Daisy Haites

Jessa Hastings

Daisy Haites
LA GRAN LIBERACIÓN

Traducción de
Martina Garcia Serra

MOLINO

Papel certificado por el Forest Stewardship Council®

Título original: *Daisy Haites. The Great Undoing*

Primera edición: marzo de 2025

Publicado por primera vez en Reino Unido en 2022 por Orion Fiction,
un sello de The Orion Publishing Group Ltd,
una compañía de Hachette UK.

© 2021, Jessica Rachel Hastings
© 2025, Penguin Random House Grupo Editorial, S. A. U.
Travessera de Gràcia, 47-49. 08021 Barcelona
© 2025, Martina Garcia Serra, por la traducción

Penguin Random House Grupo Editorial apoya la protección de la propiedad intelectual. La propiedad intelectual estimula la creatividad, defiende la diversidad en el ámbito de las ideas y el conocimiento, promueve la libre expresión y favorece una cultura viva. Gracias por comprar una edición autorizada de este libro y por respetar las leyes de propiedad intelectual al no reproducir ni distribuir ninguna parte de esta obra por ningún medio sin permiso. Al hacerlo está respaldando a los autores y permitiendo que PRHGE continúe publicando libros para todos los lectores. De conformidad con lo dispuesto en el artículo 67.3 del Real Decreto Ley 24/2021, de 2 de noviembre, PRHGE se reserva expresamente los derechos de reproducción y de uso de esta obra y de todos sus elementos mediante medios de lectura mecánica y otros medios adecuados a tal fin. Diríjase a CEDRO (Centro Español de Derechos Reprográficos, http://www.cedro.org) si necesita reproducir algún fragmento de esta obra.
En caso de necesidad, contacte con: seguridadproductos@penguinrandomhouse.com

Printed in Spain — Impreso en España

ISBN: 978-84-272-4628-7
Depósito legal: B-626-2025

Compuesto en Compaginem Llibres, S. L.
Impreso en Rotoprint by Domingo, S. L.
Castellar del Vallès (Barcelona)

MO 46287

Para todas las personas que me mandan mensajes privados para decirme que tengo que pagarles la terapia. No lo haré, pero sí os dedicaré este libro. Sed siempre así de dramáticos. Con cabeza. En las circunstancias apropiadas. Aunque, tal vez, no seáis tan dramáticos en vuestro día a día. A pesar de todo. Gracias absolutas.

Y para Christa. Porque sí.

UNO
Daisy

Ruedo hacia él y apoyo el mentón sobre su pecho.

—Buenos días. —Me lanza una sonrisa cansada y me rodea con el brazo—. ¿Cómo has dormido?

—Creo que bien.[1] —Asiento—. ¿Verdad?

Killian Tiller se encoge de hombros y hace un gesto con los labios.

—No me pegaste una paliza cuando me metí en la cama anoche, lo que me pareció estupendo.

Le sonrío orgullosa y él suelta una carcajada sin dejar de mirarme. La gente normal no atiza con los codos en un acto reflejo a sus novios cuando dichos novios estadounidenses se les meten en la cama en mitad de la noche.

—¿A qué hora quieres que salgamos para el mercado de agricultores? —Me siento y me acerco más a él.

Esboza una sonrisa incómoda.

—Tengo que trabajar...

—¡Es sábado! —Frunzo el ceño.

—Lo sé. —Vuelve a encogerse de hombros—. Es un momento un poco delicado...

—Tills. —Hundo los hombros—. ¿Tiene que ver con mi hermano?

—Dais, sabes que me apartaron de todo lo que tenía que ver con él...[2] —Frunce los labios y niega con la cabeza—. Piénsalo... Si yo no voy, podrás tirarte el rato que quieras en la sección de verduras de hoja.

Le lanzo una mirada medida.

---

[1] Al rato. Tras una melatonina y cuatro meditaciones guiadas.
[2] Conflicto de intereses, eso le dijo su jefe.

—Eres muy pesado con esa sección.[3]

Suspira, preparándose para la conversación que hemos mantenido ya cincuenta veces.

—Una hoja es solo una hoja, Daisy…

Niego con la cabeza.

—No lo es.

—Sí lo es. —Niega él también—. No son más que un puñado de hojas a las que unos botánicos excéntricos les han puesto un nombre…

—Una lechuga romana tiene un aspecto y una función muy distintos de, pongamos, una col rizada. —Le lanzo una mirada, y él niega con la cabeza muy testarudo, solo para mosquearme.[4]

—¿Estarás en casa para la cena?

—Debería.

Asiente, se inclina hacia mí, me besa como durante años siempre quise que hiciera, y luego sale de la cama para ir a ducharse.

Él tiene casa, pero en realidad vive aquí conmigo en mi piso de Kensington Gardens Square.[5]

Llevaba cerca de un mes viviendo sola, y un día llegué a mi casa y me encontré que habían allanado mi piso.

La puerta reventada, el cerrojo forzado, estaba todo patas arriba… No faltaba nada, al menos a primera vista.

Llamé a la policía porque al parecer es lo que hace la gente normal[6] si algo va mal. No llaman a su hermano[7] ni a sus Chicos Perdidos,[8] sino que llaman a la policía.[9] Así que llamé a la policía.[10]

Y, después, se presentó Killian Tiller.

Llamó a mi puerta destrozada y se abrió despacio. Yo estaba allí, sen-

---

[3] No le gustan las verduras de hoja, a mi novio.
[4] Y si Killian Tiller cree que la rúcula se puede intercambiar con las espinacas baby, francamente no puedo ayudarle.
[5] Bayswater.
[6] Entre la cual, insisto, actualmente me incluyo.
[7] Porque es un idiota.
[8] Porque son todos unos idiotas.
[9] Que posiblemente también son idiotas.
[10] Aunque, en realidad, cada fibra de mi ser quería llamar a mi hermano.

tada en un banco junto a mi vecino, Jago,[11] que miró con suspicacia al hombre que había en la puerta.

Me puse en pie de un salto cuando lo vi y un escalofrío extraño me recorrió el cuerpo, una especie de alivio y de tristeza entremezclados. Recuerdo ser muy consciente de que yo llevaba unos 501 viejos y anchotes y una camiseta corta negra. Calcetines desparejados y el pelo recogido de cualquier manera en una coleta alta casi imperceptible, porque me corté el pelo cuando corté lazos con todo el mundo.

—Lo he oído en la radio... —me dijo Tiller con el ceño fruncido mientras se llevaba la mano al bolsillo de atrás para sacar su placa y enseñársela a Jago.

—Te presento a Killian Tiller... —Lo señalé con la cabeza—. Es un... —Miré a Tiller con los ojos entornados y él arqueó las cejas de ese antiguo modo juguetón—. Un viejo amigo, más o menos.

Jago asintió, me dijo que le llamara más tarde, que podía quedarme en su casa si quería, y se fue.

Tiller miró a su alrededor.

—Tus labores domésticas han perdido mucho.

Puse los ojos en blanco y él me lanzó una sonrisita. Se alegraba de verme, me di cuenta.

—¿Te lo has encontrado así? —Empezó a tocar con un boli para no alterar nada—. ¿Has movido algo?

Negué con la cabeza y él sacó el móvil al instante para empezar a hacer fotos.

—¿Alguna idea? —Me miró.

—¿Si ha sido Julian, preguntas? —Enarqué las cejas a la defensiva.[12,13] Apreté la mandíbula.

—Lo has dicho tú, no yo.

—No, no ha sido Julian. —Lo fulminé con la mirada y él se limitó a asentir mientras daba algunas vueltas más.

---

[11] Sí, Jago Benz. El de la banda. Solo pasa temporadas aquí, casi siempre está en Nueva York.

[12] Supongo que porque cuesta acabar con los hábitos de toda la vida.

[13] O tal vez porque defenderé a mi hermano, lo quiera yo o no, hasta el día que me muera.

—¿Qué tal has estado? —me preguntó mirándome de lejos. Los brazos cruzados y el semblante serio.

—Hombre… —Paseé la mirada por mi salón destrozado—. He estado mejor.

Él reprimió una sonrisa.

—Antes de que pasara esto, ¿cómo estabas?

—Bien. —Fruncí los labios—. Supongo.

—¿Has sabido algo de él?

Negué con la cabeza.

—Lo último que supe es que huyó de Londres[14] porque Scotland Yard lo busca. —Le lancé una mirada lúgubre.

—Bueno… —Encogió sus hombros estadounidenses—. Ha robado un montón de obras de arte.

—Lo sé.

—Incumplido un montón de leyes.

—Lo sé. —Asentí con impaciencia.

—Secuestrado a un par de críos.

—Lo sé, Killian —medio grité. Y, a continuación, se me suavizó la voz—. Ya no nos hablamos.[15]

Asintió una vez y rompió el contacto visual.

—Lo siento. —Y lo decía en serio, se lo noté—. Necesitas una cerradura nueva —me dijo mientras lo señalaba.

Fruncí los labios y asentí.

—Bueno, ¿llamo a un cerrajero entonces?

—Yo lo haré —replicó al instante. Me miró a los ojos con calma.

Negué con la cabeza y le sonreí, agradecida.

—Bueno, eso no forma parte de tu trabajo.[16]

Hizo un gesto con los labios, como si le pareciera divertido.

—Ya, pero esto tampoco, así que… —dijo señalando mi piso.

—¿Pasabas por el barrio, entonces? —pregunté con las cejas enarcadas.

---

[14] A algún lugar de Suramérica, me dijo Miguel sin que yo se lo preguntara.

[15] Logré decir eso sin que se me viera por fuera cómo me siento por dentro: rota como una cáscara de huevo.

[16] Que, para refrescarte la memoria, es ser investigador de la NCA.

—Sí... —asintió serenamente—. Algo así.[17]

Aún hoy, si tuviera que representar con imágenes ese momento, escogería la de un retoño diminuto emergiendo de la tierra.

Esa noche dormí en casa de Jack,[18] Tiller me llevó en coche y, luego, a última hora de la tarde siguiente, se presentó en mi piso con una cerradura nueva y una caja de herramientas.

En cuanto llegó, Jack, que se había pasado todo el día conmigo,[19, 20] abrió los ojos como platos y articuló con los labios:

—Me cago en mí, está buenísimo.

—Cá-lla-te —le contesté articulando también en silencio.

Jack hizo un círculo con el índice y el pulgar, y metió el otro índice varias veces.[21]

—Lárgate... —Señalé hacia la puerta y mi mejor amigo se rio como una gallina mientras se me acercaba para darme un beso en la mejilla.

—Llámame.

—Vamos a discutir —le grité cuando se iba.

—¿Por qué vais a discutir? —preguntó Tiller mientras levantaba la vista de su caja de herramientas.

Le lancé una sonrisa rápida.

—Por nada.

Me acerqué y me quedé junto a la puerta que él arreglaba porque es que nosotros y las puertas... ¿sabes? Yo tenía el corazón hecho mierda. Echaba de menos a mi hermano, echaba de menos a Christian. Estaba sola y estaba asustada, y Tiller estaba de rodillas en mi piso arreglando algo que no había roto él.

---

[17] Luego me enteraría de que había estado al tanto por si oía algo acerca de mí y de mi hermano; por si acaso, porque sabía que yo estaba sola.

[18] Quien, por cierto, se puso muy dramático con toda la historia, dijo que tendría que haberme ido a vivir con él, que esto nunca habría pasado de haber tenido un compañero de piso, que sabía que tendríamos que haber buscado un piso juntos, y yo le contesté: «Con todo el respeto, Jack, el otro día encontraste una araña del tamaño de una moneda de un penique en el lavadero y me obligaste a ir a matarla, así que hoy por hoy mis expectativas de cómo te enfrentarías a un ladrón no son precisamente altas».

[19] Porque es muy buen amigo.

[20] Y porque tenía la esperanza de ver al Policía Sexy.

[21] Este hombre es un absoluto crío.

Ese hombre sabía lo que hacía. Lo cual, vamos a ver, desde luego que sabía, se había ofrecido a hacerlo, pero hasta entonces yo nunca había observado a un hombre arreglar nada.

El taladrar, el limar, el atornillar... Dios bendito, fue una tortura. Me mordí el pulgar porque de no haber mordido nada, me habría quedado mirándolo sin más, con la boca permanentemente abierta porque Tiller era... Tiller es Tiller, ¿sabes? Es divino con ese pelo rubio y esos ojos azules y esos hombros, y ese acento. Llevo derritiéndome por él desde los dieciséis años, más o menos, y me estaba fundiendo otra vez en mitad de mi propia cocina.

Levantó los ojos para mirarme.

—Bueno... —Tosió superdespreocupadamente—. ¿Estás saliendo con alguien?

—No.

Me crují la espalda al tiempo que estiraba las manos por encima de la cabeza. Un poco porque tenía la espalda dolorida, un poco porque toda yo estaba dolorida de una manera que no podía solucionar sola. Odiaba estar sola. Me había pasado toda mi vida deseando desesperadamente estar sola y ahí estaba, tan sola como había deseado estar siempre y no sabía qué hacer con tanta soledad.

—¿Y tú? —pregunté con ligereza—. ¿Hay alguien?

Tiller me miró fijamente una fracción de segundo más larga de la cuenta, creo, y luego negó con la cabeza.

—Pues no.

—Oh. —Asentí una vez. Me aclaré la garganta—. Oye, ¿quieres tomar algo? —Me aparté de la pared y me abalancé hacia la nevera, sin esperar respuesta.

Tiller volvió la vista para mirarme con esa carita seria que me parecía tan sexy,[22] desvió los ojos hacia la nevera y después volvió a mirarme a mí. Asintió una vez y luego se concentró en la puerta con exagerada intensidad.

Nos serví dos copas de vino más que generosas y me di cuenta de que él había reparado en ello, porque cruzamos miradas cuando le tendí

---

[22] Y todavía me lo parece. La preocupación es monísima en los hombres como él. Adorable no sé cómo, nada condescendiente.

su copa y me dio la sensación de que se estaba preparando, como si se encontrara al borde de un precipicio y se estuviera convenciendo a sí mismo para saltar.

Tiller dio un buen trago y me devolvió la copa, siguió trasteando con la cerradura, y recuerdo que me resultó tan claramente sexy y provocadora la sublime falta de atención que me prestaba, que en ese momento empecé a preguntarme si lo hacía a propósito. Lo de no mirarme. Las cejas tan fruncidas por la concentración que prácticamente fulminaba la puerta con la mirada…

Pasado un ratito, se puso de pie. Cerró la puerta con llave y volvió a abrirla.

—Todo en orden… —Me lanzó una sonrisa rápida. Parecía nervioso. Qué mono.

Alargué la mano y cerré la puerta con llave y el sonido de la cerradura resonó a nuestro alrededor y abrió de par en par el viejo abismo de mi interior.

—Gracias —le dije en voz baja.

Tiller me miró a los ojos.

—De nada.

Luego asintió una vez, volvió a arrodillarse en el suelo y empezó a guardar sus herramientas.

Fue más o menos en ese momento de la tarde cuando empecé a preguntarme si toda esa tensión sexual que creía estar sintiendo era por completo producto de mi imaginación. ¿El taladro en realidad era solo un taladro? ¿El deseo que me parecía haber sentido entre nosotros era unilateral? No sé por qué, pero entonces me recorrió por dentro esa vieja sensación que tenía a veces al poco de morir mis padres, de que era una chiquilla indefensa, sola en el mundo entero. En realidad, solo me sentí así durante unos cuantos meses después de lo que sucedió ese día en la playa, pero casi todas las noches soñaba lo mismo, de vez en cuando todavía lo sueño: yo en la arena, ellos mueren igualmente, pero Julian muere con ellos y yo me quedo allí sola, viva, pero soy huérfana de verdad y estoy sola de verdad. Soy todo lo que mi hermano dijo que yo era.

Así es como me sentí cuando mi hermano salió de esa habitación del hospital y así es como empecé a sentirme de nuevo al ver a Tiller guardando sus herramientas allí delante de mis narices, por eso en cuanto lo sentí, quise que se marchara, necesité que lo hiciera. No quería que me viera la cara, que viera que estaba triste, que viera que no había cambiado en absoluto; que me acostaría con él allí mismo del mismo modo en que lo haría con Jago o con el camarero de la cafetería de enfrente, que usaría sus cuerpos como un tablón de madera contrachapada para cubrir el abismo y no volver a caer por él.

Me arrodillé a su lado y le ayudé a recoger las cosas más rápido, recogí una broca y soplé el serrín que la manchaba y…

—¡Ay! ¡Mierda! —Me llevé la mano al ojo al instante.

—¿Estás bien? —Tiller frunció el ceño, preocupado.

Me puse de pie trastabillando, me abrí paso a tientas hasta el baño de invitados y él me siguió corriendo, y recuerdo ver con el ojo bueno que estaba más preocupado de lo que requería una motita de serrín.

Me eché agua en el ojo, hice todo lo posible para eliminarla. Y, entonces, noté una mano en mi cintura que me hacía darme la vuelta.

—Déjame ver. —Me sujetó el rostro con ambas manos y con mucho cuidado me abrió el ojo con el pulgar.

Nuestros rostros estaban suficientemente cerca para que yo sintiera el calor residual de su cuerpo.

Cuando me acuerdo de esa noche, eso es lo que recuerdo mejor. La calidez que me hizo sentir.

—Creo que te lo has quitado… —dijo, pero la voz le salió un poco ronca.

Me recorrió con los ojos, se apretaba la lengua contra el labio inferior, no despegaba sus ojos de los míos y luego se inclinó hacia delante… muy despacio… Fue una inclinación de lo más medida.[23] Me observó todo el rato para asegurarse de que yo no cambiaba de opinión.

Como si fuera a hacerlo, teniendo su cara acercándose a la mía por fin como siempre había deseado que hiciera.

Le rodeé la cintura con las manos y lo atraje hacia mí, nuestros labios se encontraron y toda su prudencia saltó por los aires.

Voy a serte sincera: había fantaseado con acostarme con Killian Tiller más veces de las que podía contar desde que tenía unos dieciséis años.

---

[23] Me hace sonreír recordarlo. Es tan Tiller ser tan medido…

Por eso, estar allí y así, cargaba con años de expectativas y Tills no defraudó.

No bajó el ritmo en ningún momento, no se detuvo, no vaciló ni una sola vez. Me subió a su cintura y lo hicimos en el lavabo de mi baño bajo unas luces increíblemente terribles, del tipo de luces que delatan todos tus defectos, y no le vi ni uno solo.

Luego, después, se sentó contra la pared de mi diminuto baño y fijó la vista en el techo; se le veía pensativo, preocupado de nuevo.

—Joder… —Negó con la cabeza.

—¿Qué? —Me senté y volví a ponerme la camiseta.

—Lo siento… —Empezó a fruncir el ceño—. No tendría que haberlo hecho.

—¿El qué?

Me señaló vagamente con un dedo.

—¿Hacerlo conmigo? —Parpadeé.

Asintió deprisa, se pasó las manos por la cara, agobiado. Volvió a ponerse la camiseta de cualquier manera, se levantó.

—No quería, en fin, aprovecharme de ti…

Lo miré confundida.

—Tiller, te he puesto el equivalente de tres copas de vino en una sola porque quería que esto pasara.

Me lanzó una mirada impasible.

—Llevo años intentando llevarte a la cama, Tills… —le dije intentando rebajar la tensión. No me gustaba lo tenso que estaba—. ¡Tiller! —me reí, porque estaba siendo monísimo—. Solo ha sido sexo.

Y entonces recuerdo que me miró con suspicacia, como si yo estuviera diciendo tonterías.

—Eso no existe.

—¡Claro que sí! —Negué con la cabeza, riéndome—. ¡Desde luego que sí! ¡Acabamos de hacerlo!

Soltó una bocanada de aire como si hubiera estado conteniéndola.

—Te juro por Dios que he venido exclusivamente para arreglarte la cerradura.

Le lancé una sonrisa diminuta.

—Te creo.

No tardó mucho en irse, y al rato me mandó un mensaje diciendo que lo sentía y que si necesitaba ayuda con cualquier cosa, que le escribiera.

Y… ¡no te lo vas a creer! Al cabo de unos días, se me atascó el fregadero.

Así empezamos. Primero la cerradura, luego el fregadero embozado. Luego mi nevera empezó a gotear y necesité una nueva. Luego me quedé tirada con el coche por falta de gasolina… a propósito.

Y después empecé a hacer cosas como sacudir una bombilla hasta que el filamento de tungsteno se rompía y luego volvía a ponerla, fingiendo que no sabía cómo se cambiaba una bombilla.

—Sabes que puedes pedirme que venga para tener sexo, ¿verdad? —me preguntó esa noche mientras me tiraba del pelo, juguetón. Lo cual hice, durante más o menos una semana. Porque cuando paraba, lo echaba de menos.[24] Y fue una semana estupenda. Tiller venía muchas noches después del trabajo, a «echar un polvo» como diría Julian. Y a mí ya me venía bien, porque tenía la universidad y ningún amigo, excepto Jack,[25] y estaba soltera y sola, y estar sola me recordaba que, en realidad, estaba verdaderamente muy sola. Sin familia, con solo dos amigos y un guardaespaldas que se negaba a renunciar.[26]

Y fue entonces cuando luego alguien llamó a la puerta de mi piso una noche, sin previo aviso.

—¿Qué estás haciendo aquí? —le solté bruscamente a Tiller, mirando de reojo el vino y las flores que llevaba en las manos.

—Es San Valentín. —Se encogió de hombros.

Yo también lo hice.

—Lo sé.

—Quiero pedirte una cita —me dijo rodeándome para entrar en casa.

Cerré la puerta.

—¿Qué?

—¿Qué? —Se rio divertido—. Tampoco puede ser una sorpresa tan

---

[24] No a él, al otro. Al que amo, pero que ya no puedo amar, porque ahora soy normal.
[25] Y, un poco a regañadientes, Taura. No sé mucho cómo se las arregló para quedarse a mi lado, pero en fin.
[26] Aunque intento que lo haga, cada día. Además no le dejo entrar en casa, más que nada para ponérselo difícil. Una vez le dejé entrar a hacer pis, eso sí.

grande, hemos dormido juntos casi todas las noches durante… dos semanas.

—Lo sé. —Puse los ojos en blanco—. Pero eso es…, en fin, algo superficial, ¿no?

Cierto dolor le cruzó la carita.

—Para mí, no.

—Tills… —Suspiré—. Siempre he… Contigo, sabes que yo… —Lo señalé con un gesto y tragué saliva porque es demasiado atractivo—. Sabes que lo he hecho, pero sigo sin haber, en fin, superado de verdad lo de… —No pude decir su nombre, sigo sin poder hacerlo. Siempre se frena en seco en mis labios como si decirlo en voz alta pudiera significar que estoy permitiendo que parte de él me deje,[27] de modo que señalé con un gesto impreciso el fantasma de Christian Hemmes, que me sigue a todas partes.

Y, entonces, Tiller ladeó la cabeza y me lanzó media sonrisa.

—No te estoy pidiendo que te cases conmigo, Dais. Solo es una cita.

Así que salimos. Y ocurrió algo extrañísimo: me lo pasé auténtica y feliz y verdaderamente de maravilla. No me había divertido tanto en meses. Y no hicimos nada especial, acabamos en Nando's porque todos los restaurantes de Londres estaban llenos y él no había pensado en reservar, porque no creía que yo le fuera a decir que sí a la hora de la verdad, así que nos quedó Nando's[28] y entonces dimos un paseo y escuchamos música country, lo cual en ese entonces, que era febrero, me parecía una mierda y le tomé el pelo por lo mucho que le encantaba, pero ahora estamos casi en noviembre y puedo cantarte las letras de todas las canciones de Thomas Rhett, por no hablar de Dan + Shay.

Esa noche volvió conmigo a casa y vimos *El sexto sentido*, escogí una peli más o menos de miedo porque esperaba que significara que se quedaría a dormir, y cuando la estábamos viendo me rodeó con el brazo y parecía nervioso cuando lo hizo, no me miró, no despegaba los ojos de la pantalla, y sí que se quedó a dormir.

A Tiller le resulta fácil dormirse, llegados a este punto ya me he dado

---

[27] Y no creo que vaya a permitirlo nunca.
[28] El cutre, el de Queensway.

cuenta. Creo que es porque es innatamente bueno, no tiene preocupaciones, viene a ser la personificación de *Hakuna Matata*, está siempre relajado, y para cabrearlo le digo que creo que es porque pasaba los veranos con su abuelo en Venecia y fumaba demasiada hierba y él dice que pare de decirlo tan fuerte todo el rato y que, si me lo contó, fue porque se encontraba coaccionado y yo le dije que de coacción nada y él contestó que hubo unas manillas involucradas, así que técnicamente… Esto viene a ser todo lo que necesitas saber de la historia. A lo que iba es que a Tiller le resulta fácil dormirse.

Y esa noche de San Valentín, mientras lo miraba fijamente (a él, que podría decirse que es uno de los hombres más preciosos que he visto en toda mi vida entera), en ese preciso instante, hice un trato conmigo misma: dejaría atrás a Christian Hemmes. Lo dejaría tan atrás como pudiera, aunque nunca podré del todo, no lo creo, pero Christian estaba ahí en ese rincón, era esa inmensa estatua como si estuviera en un altar que yo misma había construido de él, o para él, en mi salón y siempre estaba allí, proyectando una sombra sobre todo, decolorando todas las maneras en las que yo podría ser potencialmente feliz sin él, porque no quiero estar sin él, quiero estar con él. Ya lo hacía, sigo haciéndolo, desde luego que sigo haciéndolo, pero no puede ser. Queremos cosas distintas. Él quiere estar ahí en el meollo de todo y yo… En fin, la verdad es que lo echo de menos, si te soy sincera. Aunque es porque está relacionado con mi hermano y probablemente, en realidad, lo echo de menos más que nada de una forma parecida al síndrome de Estocolmo, porque es todo cuanto he conocido y me da miedo no tenerlo y por eso no cuenta. Y por eso no importa que ame a Christian, que lo haga,[29] porque el amor no basta y no es todo cuanto necesitas y nosotros somos prueba de ello.

De modo que decidí justo entonces, esa noche del Día de San Valentín, que iba a echar a Christian. No podía seguir viviendo en mi salón. No sabía cómo echarlo, no sabía cómo desmontar el hecho de quererlo,[30] no creo que pueda. Creo que, sin querer, lo amé de una manera que lo convirtió en mi rodilla mala para siempre, de modo que tal vez es una estatua

---

[29] Más que a nada y de una forma muy dolorosa.
[30] Sigo sin saberlo.

que no puedo derrumbar y ante la que siempre haré una reverencia y veré bajo cierta luz celestial, pero quizá es una estatua a la que puedo subir a un carrito para sacarla de la estancia principal y desterrarla al cuarto de invitados, el mismo lugar donde viven todos mis pensamientos, los que tienen que ver con mi hermano y lo mucho que lo echo de menos y lo asustada que estoy sin él, y lo mucho que desearía que él viniera a buscarme y me obligara a volver a casa, pero no lo hará así que yo tampoco. En fin, ¿y si Christian no es más que otra cosa que nunca seré capaz de desmontar? Al menos puedo meterlo en un cuarto, cerrar la puerta con llave y llevarla colgando del cuello. Visitarlo cuando me haga falta (si tengo que hacerlo), pero luego cerrar la puerta y adiós. Eso es lo que hice esa noche, cerré la puerta y fijé la vista al frente, y al frente estaba Tiller.

Y eso fue hace casi nueve meses.

Compro dos cafés en el puesto de abajo, pero llevo mis propias magdalenas porque las mías son mejores que las de allí, y luego cruzo la calle hacia el Escalade negro que siempre está aparcado enfrente de mi casa.

Doy unos golpecitos a la ventana y se baja.

—Para de seguirme —le digo a Miguel mientras le tiendo un café y una magdalena.

—Basta de semillas de chía, te dije que no me gustaban.

—No. —Niego con la cabeza—. Te hace falta el potasio.

—Pues dame un plátano... —Frunce el ceño mientras le pega un bocado igualmente—. Y no. —Me lanza una sonrisa radiante y yo pongo los ojos en blanco, luego le paso mi café sin decir nada para poder agacharme a atarme el zapato.

—¿Adónde vamos hoy? —me pregunta cuando vuelvo a ponerme de pie y me devuelve el café.

—No vamos a ninguna parte. —Le lanzo una mirada antes de señalarme a mí misma—. Yo me voy al mercado de agricultores con Jack.

Asiente.

—¿Qué ruta vas a tomar?

—Oh, la ruta No Te Importa, es superbonita. —Le lanzo una sonrisa.

—Dímelo.

—No.

—Venga, dímelo.

—Déjame en paz... —Lo fulmino con la mirada mientras me voy.

—¿Misty Way? —me pregunta.[31]

Le hago una peineta con una mano y abro la puerta del coche con la otra.

—¿Eso es un sí? —insiste exasperado.

—¡Sí! —gruño.

—¿Sabe tu hermano que él sigue contigo? —pregunta Jack al cabo de unas horas, señalando a Miguel con la cabeza mientras se mete en el reservado de detrás del nuestro.

—Supongo que sí. —Me encojo de hombros—. Eso o Julian se ha resignado a que Miguel se haya convertido de repente en un empleado nefasto que desaparece un montón de horas cada día.

—Es bastante dulce. —Jack se encoge de hombros, intentando ayudar.

—Es bastante innecesario... —digo en voz alta, suficientemente alta para que Miguel me oiga—. No me hace falta un guardaespaldas, ¡estoy saliendo con un agente de la policía! ¡Ahora soy normal!

—¡Pareces de lo más normal! Gritando de esta manera en una cafetería, *idiota louca*... —contesta Miguel y yo hago un puchero.

Jack alarga la mano y aprieta la mía.

—Dime, ¿qué tal estás hoy?

—¿Hoy? —Le pongo ojitos, me encojo de hombros como si no supiera de qué me habla. Jack pone los ojos en blanco—. ¿Qué pasa hoy? —Sigo adelante.

Me lanza una mirada, señala mi plato con la cabeza. Guiso para desayunar.

Aparto el plato. De todos modos no está tan bueno como los que hacía yo antes.

30 de octubre. El cumpleaños de mi hermano.[32] Apenas he pensado en él una sola vez.

—¿Vas a mandarle algo?

---

[31] Jjjj.
[32] Hoy cumple treinta y uno.

—Desde luego que no. —Niego con la cabeza.

Jack se encoge un poco de hombros.

—Sería una bonita ofrenda de paz...

—No quiero una ofrenda de paz —miento.

Y sé que no servirá. Si ha habido alguna vez algo que hubiera podido conseguir que mi hermano y yo volviéramos a estar bien, ya ha pasado y no ha cambiado nada.[33]

—Venga. —Doy una palmada—. Tengo que irme a preparar la cena.

—Qué rico estaba —anuncia Tiller, mientras me atrae hacia su regazo y se recuesta en la silla.

—Era un pollo asado... —Pongo los ojos en blanco y él me abraza con más fuerza.

—¿Qué tal te va con ese tipo,[34] Jacko? —Tiller lo señala con el mentón.

—Bueno, bien... —Jack intenta no sonreír demasiado—. Llevamos juntos un mes ya, un poco más...

—¿Y cómo decís que se llamaba? —Tiller nos mira a los dos.

—August Waterhouse —anuncio.

—Productor. —Tiller asiente—. Ya está. Me acuerdo. Qué bien, tío. Me alegro de que esté yendo bien.

Jack sonríe y abre la boca para decir algo antes de pasear la mirada por nuestro piso.

—¿Por qué hay tantas rosas por todas partes?

Miro alrededor, solo en el comedor hay seis ramos.

—Oh... —Me encojo de hombros—. Tiller no para de mandarme flores.

Tiller suelta una carcajada.

—No. No lo hago.

Me vuelvo para mirarlo.

—¿Qué?

---

[33] Y no quiero hablar de ello.
[34] Prepárate. ¡Notición!

—Que no te mando flores. —Señala hacia las flores—. Estas no son mías.

—¿Estás seguro? —Frunzo el ceño.

—¿Si estoy seguro de que no te mando flores? —Me lanza una mirada—. Pues sí.

—Pero a veces apareces con flores…

—Ya. —Se encoge de hombros—. Porque me las encuentro junto a la puerta…

Parpadeo.

—¿Nunca me has mandado rosas?

—¿Creías que te estaba mandando flores todo este tiempo y nunca me has dado las gracias, ni una sola vez? —Se sienta más erguido.

—Ay, por Dios. —Pongo los ojos en blanco y me revuelvo en su regazo—. Son rosas, no el diamante Hope. Tú me las pasas, yo digo gracias. Es un intercambio perfectamente aceptable.

Jack se pone de pie y empieza a revisar un ramo.

—No hay tarjeta… —le digo. Nunca hay tarjeta. Me vuelvo hacia Tiller—. Pensaba que eran tuyas.

Tiller se revuelve, se tensa un poco bajo mi cuerpo. Me abraza distinto. Su cara se pone en modo preocupación. Me mira a mí y luego a Jack.

—¿Hemmes? —sugiere.

Niego con la cabeza.

—No hemos hablado desde…[35] —Se me atraganta el recuerdo, de modo que miro a Tiller a los ojos para serenarme—. Desde esa noche aquí.

Cambia la cara, esa noche fue dura para él, pero asiente.

—¿Romeo? —aventura Jack.

—Me odia. —Les lanzo a los dos una sonrisa valiente.[36]

Tiller me coloca la mano en la parte baja de la espalda y suspira.

—¿Tu hermano?

Niego con la cabeza.

—También me odia.[37]

---

[35] Desde esa noche en la que no cambió nada.
[36] Como si decir aquello no me hiciera sentir verdaderas náuseas.
[37] Fuerzo una sonrisa porque mantendrá a raya las lágrimas.

Una nube se cierne sobre la estancia y necesito ahuyentarla, de modo que me pongo en pie de un salto y empiezo a recoger los platos.

—Seguramente será un error… —Me encojo de hombros.

—¿Qué? —Jack y Tiller fruncen el ceño al unísono.

—Pues que alguien tendrá mal apuntada la dirección e intenta mandarle flores al pibón del piso de arriba.

Jack pone los ojos en blanco.

—Dais, tú eres el pibón del piso de arriba.

Me inclino y le toco la cara a Tiller; está preocupado.

—No es nada, Tills. Solo es un pobre disléxico que está tirando el dinero… —Me encojo de hombros con ligereza—. No son para mí.

DOS
Christian

Pensé mucho en ello, en por qué hice lo que hice... Por qué la dejé, me fui de ese piso como si ella no fuera lo único en lo que pienso desde que terminamos por primera vez esa noche en el cumpleaños de Jules. Como si ella no siguiera siendo lo único en lo que pienso aún hoy.

Es demasiado tarde. Está con otra persona.

Parece estúpido últimamente cuando lo pienso, por eso hago todo lo que puedo por no hacerlo.

Daisy para mí fue una absoluta sorpresa. Me enamoré de ella sin querer, y la perdí sin querer. No estaba listo. No estaba listo para amar a alguien como resultó que la amo a ella.

Es que nunca la vi venir, no podría haber escogido amarla en una rueda de reconocimiento hasta que sucedió y entonces lo fue todo: lo primero en lo que pensaba, lo último en lo que pensaba, lo que pensaba entremedias; el nombre que pronunciaba en sueños, el cuerpo en el que pensaba cuando estaba con otros cuerpos, la fragancia que intento perseguir cada vez que cruzo un Selfridges para poder respirar algo que huela como ella y sentirme cerca de ella de nuevo, pero nunca puedo encontrarlo.

Cuando me pidió que lo dejara todo con ella, toda la mierda de la vida en la que nacimos... No sé por qué no lo hice, es que no me lo esperaba... Eso, y que no tengo nada más, supongo. No tengo un plan de vida. Mi plan de vida se me presentó delante cuando tenía quince años.

Jo y yo haciendo esta mierda juntos.

Menos «él primero y yo segundo», más colaboración entre iguales, pero bueno, que él se está volviendo bastante arrogante últimamente...

Aunque en realidad no me importa, si te soy sincero. Es un negocio, y formo parte de él porque me toca.

Casi desearía ser como el tío Harv, que se piró a Australia y todo eso con lo del deporte, pero destrozaría a mamá y, a decir verdad, mamá ha tenido suficientes cosas ya en esta vida que la han destrozado.

De modo que me quedé... me quedé con lo que ya conocía, aunque me dejó muy tocado. Me quedé en Londres, a solo unas calles de donde vivía Daisy, pero ya no vive porque siguió adelante con lo que dijo. Dijo que se iría y que lo dejaría todo atrás y lo hizo. Se ha hartado. Se ha largado de esta vida y, seguramente, sea lo mejor para ella. Mejor es como estaríamos todos si hubiéramos solucionado nuestras mierdas, pero no podemos porque es puto difícil dejar lo único que conoces, incluso queriendo, y de esto no te quepa duda: algunos días, de verdad que quiero.

Me alegro por ella, parece que está bien. Vamos a ver, estoy hecho una puta mierda. La he cagado un montón de veces desde que rompimos, pero estoy contento por ella. Mientras ella esté contenta...

Parece feliz.

Taura dice que lo es.

Después de todo lo que ha pasado, se merece ser feliz.

¿Yo? Yo me quedo mirando todas las margaritas que crecen por doquier, ahora veo *The Great British Bake Off* para dormirme por las noches; veo su rostro cada vez que cierro los ojos, aunque llevo ya casi dos meses, más o menos, saliendo con Vanna Ripley.

Es un jaleo, ella es un poco un castigo, y yo debería ser más sensato, pero está buena y es complicada de una manera que logra distraerme lo suficiente para no pensar en la persona de la que estoy enamorado en realidad.

Antes de ella estuve dando tumbos. Casi tuve una noche peligrosa con una Parks desolada en Nueva York, pero al final no lo hicimos (fui yo quien lo frenó, si puedes creerlo), pensé en Daisy, en el daño que le haría si se enterara, que no se enteraría. ¿Cómo iba a enterarse? Como si le hubiera importado, además, ahora está con el poli ese que siempre la rondaba. Pero pensé en ella de todos modos; me hizo frenar en seco.

Me arrellano en una de las butacas de terciopelo rojo de la sala de lectura y biblioteca de Sketch; llegamos tarde. Nos ha azotado una horda de *paparazzi* saliendo de mi piso y otra a las puertas del restaurante, y te mentiría si no admitiera que estoy bastante convencido de que los ha avisado ella misma.

Es un incordio, si te soy sincero, Vanna, pero ¿cómo cojones pasas el rato en la ciudad donde vives cuando la chica de tus sueños no te habla y está refugiada con otra persona?

Salgo a cenar con su hermano, es uno de mis pasatiempos últimamente. Saludo a Jules con el mentón al tiempo que nos damos la mano.

—Feliz cumpleaños atrasado, tío…

Vanna le da un beso en la mejilla antes de sentarse a mi lado y sonreírle secamente a la chica que tiene delante, la acompañante de Julian.

—Os presento a Josette Balaska —dice Julian, señalándola vagamente.

Es una mujer atractiva. Bajita, el pelo rubio casi blanco, la piel pálida, con los ojos como morados, aunque no parece que lleve lentillas.

—Entonces tú eres el famoso Christian Hemmes. —Alarga la mano con una sonrisa cómplice. Estrechamos las manos—. Me han contado que le salvaste la vida.

Me encojo de hombros.

—Algo así…

Julian pone los ojos en blanco ante mi falsa modestia y Vanna se revuelve en su asiento porque no está acostumbrada a no ser el centro de atención.

—Te presento a Vanna. —La señalo con la cabeza.

—Un placer… —Josette alarga la mano y Vanna se queda mirándola antes de dársela a regañadientes.

Josette le sonríe con cordialidad.

—Bueno, ¿cuánto tiempo lleváis juntos?

—Uy, no est… —empiezo a responder, pero Vanna me interrumpe.

—Dos meses. —Se pasa el pelo por encima de los hombros.

Julian y yo intercambiamos una mirada y él aparta los ojos, divertido, antes de avisar a una camarera y pedirle una botella de su mejor tinto.

—Yo no bebo vino tinto —le dice Vanna a Julian, claramente aburrida.

—Pues bebe otra cosa. —Suelta un bostezo sin mirarla.

Rodeo la silla de Vanna con el brazo.

—¿Qué quieres?

—Sorpréndeme —contesta sin apartar los ojos del móvil.

Pido una botella de champán para ella, y se me acerca y me besa como si tuviera algo que demostrar, luego mira a Josette de reojo, después a Julian y, finalmente, otra vez a mí.

—¿Cómo lo salvaste?

Reprimo una sonrisa al tiempo que pongo los ojos en blanco.

—Me ayudó a encontrar una cosa —ofrece Julian.

—¿Cuál? —pregunta Vanna, guardando el móvil.

—Un cuadro —contesta él mientras se sirve más vino.

Vanna exhala por la nariz y vuelve a coger el móvil.

—Qué aburrido.

Josette y yo cruzamos una mirada. Supongo que ella lo sabe.

—Claro. —Me encojo de hombros—. No hay para tanto...

Total era un cuadro valorado en cuarenta y cinco millones de libras que llevaba doce años desaparecido y que Scotland Yard estaba dispuesta a intercambiar por la libertad de Julian.

Realmente, ese par de meses fueron una absoluta locura.

Jules huyó en enero. Llegó hasta la República Dominicana y luego se escondió hasta que tuvo trazado un plan.

Los chicos y yo viajamos a Hawái para surfear y a la vuelta hice escala en Playa Rincón. Jules me contó que quería encontrar un Van Gogh, negociar su vuelta a Londres y obligarles a retirar todos los cargos.

Yo no tenía mucho más que hacer en ese entonces, y echaba de menos a su hermana. Quería encontrar una manera de sentirme cerca de ella sin arrastrarla de vuelta a todo lo que había dejado atrás.

Así que me apunté.

Al final lo encontramos, por eso ha vuelto. Y sin un solo cargo contra él.

En algún momento de la velada, Vanna se levanta y se va al baño. Julian espera hasta que no pueda oírnos y me lanza una mirada.

—Lo siento, tío, pero es imposible que el sexo sea lo bastante bueno como para aguantarla...

Suelto una carcajada.

—No está tan mal.

Josette niega con la cabeza.

—Es la persona más desagradable con la que he cenado en mi vida, y eso que una vez compartí accidentalmente una comida con un neonazi.

La señalo con el mentón.

—Parece una buena historia…

—No me cabe duda de que a estas alturas todas las historias te parecen buenas, hermano. —Julian me lanza otra mirada—. La precisión con la que ha escogido ponerse eso en los labios justo antes, sujetando esos dos tubos como si no fueran del mismo color… ¿Te estás metiendo drogas duras para aguantarlo?

—Si te está reteniendo contra tu voluntad… —Josette me lanza una mirada—. Parpadea dos veces.

—Muy bien… —Pongo los ojos en blanco—. Decidme, ¿cómo os conocisteis vosotros dos?

—Oh —Julian inclina la cabeza hacia ella—, somos viejos amigos…

—Amigos es un término muy amplio. —A Josette le brillan los ojos—. Vivo entre Berlín y Nueva York, sobre todo. Hago escala en Londres a menudo. Intentamos sacarle el máximo partido.

Le pincha en las costillas y él le pega un codazo. No es exageradamente íntimo, ni siquiera con las chicas que se está tirando.

La única chica a la que le he visto abrazar es a su hermana, así que supongo que últimamente no abraza a nadie. La echa de menos, salta a la vista.

Y voy a decirte una cosa, conociéndolo como lo conozco (que a estas alturas es bien, por cierto), cuanto más conozco a Julian, más obvio resulta: no fue solo que él rompiera las reglas de Daisy, ella rompió las de él.

Lo veo en cómo Jules esquiva el nombre de su hermana, cómo se va de donde estemos cuando pregunto por ella. Que lo hago, le pregunto a Miguel sistemáticamente, miro a escondidas su Instagram, agobio a Tausie para sacar pistas, aunque en realidad nadie me da mucho, solo migajas. Pero me permite continuar. A Julian le duele, sin embargo. Parpadea cada vez que alguien dice el nombre de su hermana. Aparta la mirada y toma aire.

Lo entiendo. A mí también me duele, pero por encima de todo me alegro de que esté bien. Sé que él también, aunque no lo dice porque puede ser así de gilipollas.

Sigue pagándole el sueldo a Miguel, aunque finge no fijarse en el trabajo que lleva a cabo en realidad porque también sabe ser así.

Me pregunto cómo se siente Daisy al respecto. Estará molesta, supongo. Los guardaespaldas no son normales, ella lo decía mucho.

Pero eso es parte del problema, supongo. Se apartó de esta vida para ser normal, pero ella es ella. La chica más preciosa del mundo entero, la que tiene tarros de miel por ojos, la persona más inteligente allá donde vaya. Ella nunca será normal, por mucho que lo intente.

TRES
Julian

Cada día pienso en lo que pasó con ella en el hospital. Lo llevo alrededor del cuello como si fuera un yugo que me aplasta y me recuerda qué cojones soy, que mi estúpida hermana se equivoca, que no sabe una mierda, que soy tan malo como dicen que soy, y prueba de ello son todas y cada una de las cosas que le dije ese día, porque no eran solo palabras hirientes; quise tocarla y hundirla.

Dais y yo nos conocemos demasiado bien como para no destrozarnos el uno al otro. Y yo sabía mientras les decía que no eran unas putas palabras ciegas y desafortunadas, yo sabía lo que estaba haciendo. Sabía que al decírselas no solo conseguiría que se sintiera triste y sola en ese momento, sino que además era probable que le arrebataran toda la sensación de seguridad que me he pasado la vida construyendo para ella.

Por eso sé que se equivoca. No hay nada de bondad en mi interior, solo en el suyo, y no discutí cuando me dijo que quería ser normal, que ni siquiera sé qué coño significa…

¿Quería irse? Pues muy bien. Que la jodan. Se ha ido, no la necesito. Aunque sea mi mejor amiga, aunque abandonarla ese día me sentara como partirme por la mitad.

Tuve que irme de Londres bastante rápido después de aquello, Scotland Yard me soplaba en la nuca y esas mierdas.

Supongo que al final salió bien. No sé qué clase de mierda habría llegado a hacer sin Daisy manteniéndome a raya cuando me enfadaba de esa manera.

Fue de camino a casa, tras salir del hospital, cuando recibí la llamada de Declan. Me avisó para que no volviera al Recinto, que la policía estaba allí y me esperaba con una orden de detención.

Koa y yo abandonamos el coche, y llegamos a pie al hangar que los Bambrilla tienen en Clavering.

Volamos hasta la pista de aterrizaje que la familia Onassis tiene en el norte del estado de Nueva York. Me planteé durante un minuto muy duro ir a visitar a una persona, pero me pareció demasiado peligroso. Condujimos hacia el sur, hacia Florida. Pagué a un tipo en Key Largo para llegar a Nassau, de Nassau a Cayo Romano. De Cayo Romano a Baracoa, de Baracoa a Haití. Estuvieron a punto de pillarme en Cabo Haitiano, pero nos escapamos, logramos cruzar la frontera de la República Dominicana, gracias al puto cielo. No hay extradición con el Reino Unido. De modo que nos instalamos en Playa Rincón.

¿Y sabes qué? Con lo mucho que critico a mi hermana con lo de su puta vida normal de ensueño, no estuvo nada mal.

Surfeaba, pescaba mi propio pescado. Salvé a un cachorrito que querían sacrificar. Muy guapo, la verdad. Un crestado rodesiano que nació sin cresta. El tipo del criadero quería matarlo, así que me lo quedé yo. No tenía mucho más que hacer, de modo que lo adiestré que flipas. Ahora es un perro guardián de la hostia, feroz que te cagas, muy protector conmigo, que es exactamente lo que quieres cuando te has dado a la fuga.

¿Lo más difícil de todo? No saber si Dais estaba bien.

La odio, ¿verdad? Lo hago. Pero me he pasado toda mi vida cuidándola. Toda mi vida se ha enfocado en mantenerla con vida, así que no importa (y que la jodan por esto), no importa si ella se ha hartado porque yo no puedo. Es mi niña, aunque ella ya no quiera serlo. Sigue siéndolo.

Pero no tuvimos contacto, allí estábamos solo Koa y yo, él rompiendo los corazones de la mitad de isleñas y yo enseñando a mear donde tocaba al puto perro. No supe nada de mi hermana hasta que Christian apareció por aquí y me dijo que estaba saliendo con el poli.

Reaccioné como si me hubiera jodido, pero en realidad sentí cierto alivio. Sin mí ni Christian cerca y ella tan concentrada en conseguir una puta vida normal... Sé que Miguel sigue vigilándola, pero ahora desde más distancia. Que Tiller esté en su cama tendría que haberme hecho enfadar, que haber hecho que la traición de ella fuera mucho peor, pero si soy sincero, debo decir que me alivió saber que estaba a salvo.

La historia es de las buenas, pero la versión corta es que Christian, Koa y yo encontramos el cuadro, en Rotterdam nada menos. Hubo un sustillo a medio camino. Pero lo logré. Se lo entregué a la Interpol tras cerrar el trato de que retirarían todos los cargos contra mí y *voilà*, vuelvo a estar en Londres. Se lo entregué a Tiller, de hecho. Él no es de la Interpol, pero yo sabía que él se lo haría llegar. Albergué la esperanza de que informara a mi hermana de que yo había vuelto, pero no sé si lo hizo. Ella no vino a casa para ver cómo estaba. Que tampoco necesitaba que lo hiciera, ni siquiera quiero que lo haga, la verdad.

En fin, el primer punto en la agenda del día era echar de la ciudad al puto Eamon Brown, pero supongo que se enteró de que yo estaba volviendo y se largó jodidamente rápido. Se esfumó del mapa. No he sabido nada de él desde entonces, así que supongo que tampoco salió mal del todo.

Llevo en casa unos tres meses ya, y me da la sensación de que ya empieza a ser hora de que encuentre algo que hacer. He mantenido un perfil bajo durante un tiempo. Estoy un poco aburrido.

Dios sabe que Scotland Yard sigue vigilándome, pero no me importa el reto. Aunque me pillen, siempre habrá otro cuadro de valor incalculable que encontrar. Ahora que lo pienso, quizá hasta tenga unos cuantos en el sótano de mi casa…

CUATRO
Daisy

Tercero de Medicina no es para bromas.
Me han enviado al Mary Saint Angela para las prácticas.
La duración de las prácticas varía en función del campo: empecé con seis semanas de prácticas en Psiquiatría y aquello fue más agotador de lo que podrías imaginarte. Luego siguieron cuatro semanas en Medicina de Familia, que no resultó mucho mejor.
Justo ahora voy por la quinta semana de las seis que me tocan para el bloque de Ginecología y Obstetricia.
Los días son largos y las tareas desagradecidas, pero llevo una bata blanca y tengo un busca, así que mola bastante.
—Tú has follado... —me dice Eleanor Wells, cuyos brillantes ojos de color zafiro me repasan de arriba abajo con suspicacia.
Pongo los ojos en blanco y suelto la mochila encima del banco para buscar un coletero.
—Mi novio vive conmigo, no me digas que te sorprende.
—¿Cómo puedes tener tiempo para el sexo ahora mismo? —Exhala ruidosamente por la nariz—. Cuando yo estaba en tercero, iba por los sitios con un gotero intravenoso enganchado a mi cuerpo permanentemente. Mi única relación era con mi vibrador... —Me quita de las manos la barrita de muesli casera[38] que me estoy comiendo y se la acaba en dos bocados—. ¿Cómo puedes tener tiempo para el sexo?
—¿Cómo puedes no tenerlo tú, El? —pregunta Warner (el típico HBP).[39] No sé si Warner es su nombre o su apellido. Tiene una melena

---
[38] https://goop.com/gb-en/recipes/homemade-granola-bars/
[39] Hombre Blanco con Privilegios.

estupenda, unos ojos como piscinas, es de lo más elocuente, y estoy convencida (aun a falta de experiencia personal para demostrarlo) que su pene es seriamente más pequeño de lo que sugiere su ego—. Es la parte más importante de la vida. Nos moriríamos sin sexo.

—¿Puede ser que estés confundiendo el sexo con el oxígeno? —pregunta Alfie Farran.[40]

—¿Qué me dices de los eunucos, pues? —pregunta Grace Pal,[41] cruzándose de brazos.

Estos son mis compañeros, supongo. A todos nos han asignado el mismo residente, que a mí me ha parecido muy bien porque dicho residente es Eleanor Wells.

No caigo muy bien al resto porque soy claramente su favorita. Tengo bastante claro que nuestra relación se podría considerar, a nivel académico, inapropiada. No sé cómo nos hicimos amigas; a decir verdad, creo que me vio discutiendo en la escalera con Miguel mi primer día aquí y me preguntó si me estaba acosando y si necesitaba ayuda, y me pareció tan divertido y casi agradable, y su implacable pasión por las chuches[42] la convirtió en alguien adorable y considerablemente menos amenazadora de lo que debería resultar una chica que se parece a Olivia Munn.

Decidí ser sincera con respecto a la historia de mi familia con los de mi grupete. Un poco más con Wells que con el resto, pero se van enterando de cosas porque hablamos como si estuviéramos solas.

—No nos moriríamos literalmente sin sexo —bufa Warner—. Es evidente.

—¿Solo metafóricamente? —digo lanzándole una mirada a Wells mientras recojo mi mochila para guardarla. Abro la taquilla y algo cae de dentro.

Me miro los pies.

Un ramo de margaritas.

—¡Oh! —gorjea El—. ¡Alguien te ha mandado flores! Qué detalle...

Las miro con el ceño fruncido. Margaritas. Eso es nuevo.

---

[40] Muy atractivo, piel oscura, ojos amables, pelo corto.
[41] Un poco irritante, pero muy inteligente. Buen pelo, ojos perfectamente correctos y cierto deje de acento alemán que heredó de su padre.
[42] Haribo, en particular.

—¿Qué? —pregunta—. ¿No te gustan?

—¿Son tuyas? —pregunto, supongo que demasiado rápido.

—¿No? —Se echa a reír mientras las coge—. No hay tarjeta.

Se encoge un poco de hombros, impertérrita, como haría cualquier persona normal, porque para una persona normal las flores no son más que flores, pero para mí de algún modo resultan vagamente amenazadoras.

Miro al resto.

—¿Habéis visto a alguien por aquí?

Todos niegan con la cabeza y me miran raro porque ellos son normales, y me entra el miedo de que yo no lo seré jamás de verdad.

Cojo las flores que Wells todavía tiene en la mano y las meto de cualquier manera en la taquilla. Saco el móvil y llamo a Tiller.

Me salta el contestador.

—Hola, soy yo. Hoy he encontrado unas margaritas en mi taquilla, en el hospital. ¿Has sido tú? Ya sé que dijiste que no, pero ¿has sido tú? Porque…, bueno, da igual, será una coincidencia. No pasa nada, no te preocupes. Voy a… adiós. Que tengas un buen día, te quiero, adiós.

Sonrío a Wells intentando demostrarle que estoy tranquila[43] y me la devuelve, con la boca fruncida porque se está comiendo un Dib Dab a las nueve de la mañana.

Su mecanismo de afrontamiento para esta vida es el azúcar. Y no dormir.

Cafeína y azúcar en vena.

Eleanor coge los informes del puesto de enfermería mientras mira el móvil y luego vuelve la vista para comprobar que todos la seguimos.

Tendrá veintimuchos. De buena familia, eso seguro. Se le ve en lo mucho que se contiene. Buena educación, padres estupendos. Tiene demasiada confianza en sí misma y sus habilidades, no solo como profesional de la Medicina, sino como mujer y como humana en general, así que seguro que tuvo unos padres estupendos. Ni medio trauma con su madre.

—¿Por qué te has puesto tan rara con las flores? —pregunta mientras acepta el café que le ofrece Alfie. Él es mi favorito del grupo. Es muy

---

[43] Que lo estoy. ¿Por qué no iba a estarlo?

dulce y, la verdad, muy atractivo. Piel oscura, ojos cálidos que le engullen toda la cara, inteligente pero callado, un poco santurrón porque siempre le lleva cafés a Wells, pero a veces también me trae a mí, así que no me importa mucho. Si yo fuera Wells, me lo tiraría. Aunque quizá es ilegal, no lo tengo claro.

—No me he puesto rara con las flores. Es que estaban en mi taquilla, ¿cómo han llegado a mi taquilla?

—Pues tendrás un admirador secreto. —Se encoge de hombros—. Quizá son de esa paciente de la semana pasada, la que tenía ese forúnculo en el labio y tú se lo drenaste…

—Ay, joder… —Warner niega con la cabeza—. Hasta yo quise regalarte flores por encargarte de aquello.

Los fulmino a ambos con la mirada.

—Fue una puta asquerosidad y merezco más que margaritas por ello.

—A ver, técnicamente no nos dedicamos a esto por la gloria, pero… sí, no. Con esta estoy de acuerdo. —Me lanza una mirada de disculpa y luego chasquea los dedos dos veces—. Grace…

Grace Pal levanta sus ojos de color chocolate oscuro que siempre parecen nerviosos. Tiene una cara que me recuerda a un zorro de dibujos animados y nunca tengo claro si me parece algo bonito o no.

Wells alarga la mano, a la espera. Grace le planta un paquete recién abierto de gominolas Jelly Tots en la palma.

—Gracias… —Wells se para delante de la cama de la señora Green y le hace un gesto a Grace—. Adelante.

—La señora Green es una mujer de treinta y siete años que acude a las treinta y seis semanas por deshidratación debida a una gastroenteritis; sus antecedentes obstétricos son relevantes por un parto vaginal espontáneo a término en 2015. Sus antecedentes ginecológicos son relevantes por…

El día avanza bastante rápido para ser un turno de doce horas. Adoro la sensación de quitarme el uniforme, un poco porque normalmente da asco al final de la jornada y puedo ponerme ropa limpia, pero, sobre todo, porque me genera la sensación de haber hecho algo bueno y en lo que merece la pena destinar mi tiempo y mi día.

Saco la mochila de la taquilla, tiro las margaritas a la papelera y salgo al vestíbulo, buscando mis llaves, y me doy de bruces contra mi novio.

—Tills. —Lo miro atónita—. ¿Qué estás haciendo aquí?
Tiene cara de agobiado.
—Me he encontrado esto en la puerta cuando he llegado a casa.
Me muestra una caja, que destapa.
Un puñado de margaritas marchitas.
Se me hunde el corazón en el pecho y asiento una vez.
—No es una coincidencia.
Tiller niega con la cabeza.
—Venga. —Señala hacia su coche con la cabeza—. Tenemos que irnos.
—¿Adónde? —Frunzo el ceño, aunque ya sé la respuesta.
Me lanza una larga mirada.
—A ver a tu hermano.

CINCO
Julian

Las cenas realmente han perdido mucho en esta casa desde que mi hermana se fue.

Pedimos comida a domicilio todas las noches y no pasa nada, pero es que no es lo mismo que una comida casera.

Esta noche toca indio, está bastante bien, supongo.

Hasta ahora, nunca había tenido que organizar comidas, de modo que tiendo a pedir de más.

—¿Has contado cuántos éramos antes de pedir? —Christian me mira y yo paseo la vista por la estancia.

Christian saca diez envases de pollo a la mantequilla.

—Somos ocho —me dice mientras saca cinco saagwalas de cordero y cuatro kormas de pollo.

Pongo los ojos en blanco y me encojo de hombros mientras me siento.

Y justo después, un extraño escalofrío recorre la estancia y todo el mundo se queda callado. Romeo me pega una patada por debajo de la mesa y levanto la vista.

En la puerta del comedor está mi hermanita pequeña y su novio, el poli.

—Bueno —digo, sacando mi pistola y dejándola encima de la mesa. Espero que ella lo vea como una amenaza de verdad y no como la amenaza vacía que es en realidad—. Mirad quién viene por aquí.

Daisy pasea la vista por la estancia y frunce el ceño al ver la mesa.

—¿Cuánta comida has pedido?

Qué pesada.

—La cantidad perfecta. —Me cruzo de brazos.

—¿Para qué, para toda Camboya?

Christian ahoga una sonrisa.

Ella se acerca a la mesa y todo el mundo está como petrificado, como si estuvieran viendo un fantasma.

Rome no quiere mirarla a los ojos. La odia más que yo. Lo cual, supongo, significa que no la odia en absoluto.

Se fija mejor en la comida de la mesa y pregunta horrorizada:

—¿Es de Karma Marsala?

—Sí. —Frunzo el ceño.

—¿Por qué no has pedido a Khan's?

—Porque Karma Marsala está bien. —Me encojo de hombros.

—Khan's es mejor, eso es verdad —se mete Kekoa.

—Pues sí —asiente TK.

Y yo pongo los ojos en blanco y, joder, lo retiro, sí que la odio.

—¿Qué estás haciendo aquí? —le pregunto mientras me pongo de pie.

Abre la boca para decir algo y luego se fija en PJ, a mis pies.

—¿Tienes perro? —Va corriendo hacia él.

—No… —Niego con la cabeza—. Es un perro guardián, Daisy. Puede ser feroz, no le gustan nada los desconoci…

Se tira al suelo para mimarlo y él, el puto traidor, se pone panza arriba para que le pueda rascar la puta tripita.

—Te ha dejado como el culo —susurra Koa.

—¡Es monísimo! —gorjea Daisy—. ¿Cómo se llama?

—PJ —gruño fulminándolo con la mirada.

—Ah, ¿por qué? —me pregunta sin mirarme.

—Pequeño Julian.

Ahora sí que me mira frunciendo el ceño.

—Eres un puto narcisista.

—No lo soy…

—¿Por qué no le has puesto un nombre de verdad?

—¡Este nombre es de verdad!

—No hace falta que todo tenga que ver contigo…

—¡Es mi puto perro! —grito más fuerte de la cuenta.

Se pone de pie, vuelve junto a Tiller y entonces, no te lo vas a creer, el jodido perro la sigue, moviendo la cola y todo.

Una vez lo vi arrancándole la oreja de un bocado a un poli corrupto en Brasil.

—¿Por qué cojones estás aquí? —pregunto con voz fuerte, haciendo caso omiso de las miradas que me lanzan la mitad de los presentes por hablarle de esta manera.

Se coloca delante de Tiller para hacerle de escudo.

Muy lista, supongo. Sé que Rome podría matarlo sin pensarlo si le diera la oportunidad.

—¿Me estás enviando flores? —contesta con otra pregunta.

La miro de arriba abajo y me río irónico.

—Me estás vacilando, ¿verdad?

Se cruza de brazos.

—Lo estás haciendo, ¿sí o no?

—¿Para qué cojones iba a enviarte flores? —escupo.

—No lo sé... —Tiller la rodea y me fulmina con la mirada—. ¿Quizá porque te salvó la puta vida?

—Oh. —Enarco las cejas—. Mirad quién ha encontrado la voz.

Daisy agarra a Tiller por la muñeca.

—Vayámonos... —Tira de él para marcharse, pero él no se mueve y me mira a los ojos por encima de la cabeza de ella.

—Alguien le está mandando flores —me dice Tiller y Christian lo mira con el ceño fruncido.

—¿Y? —pregunta Declan.

—¿A quién le importa? —se mete Romeo y él y Daisy intercambian una mirada. Ella parece triste, él parece herido. Pronto se intercambiarán los puestos, es la danza que bailan siempre.

A Tiller le importa una mierda una cosa y la otra. No parece inmutarse por estar en una sala con los tipos más buscados de Londres. Solo tiene ojos para mí.

—Alguien las deja en la puerta de nuestro piso —dice.

Christian se estremece al oír el «nuestro» de esa frase. No lo ha superado. Ha notado que Daisy ni siquiera lo mira y me doy cuenta de que él cree que eso significa que ella sí lo ha superado, pero él no conoce el rostro de Daisy como lo conozco yo. Yo sé darme cuenta por cómo parpadea de que apenas puede mantener la compostura y que si lo mira se vendrá abajo.

—Vale. —Asiento—. Pero son flores, no granadas, así que...

—Quiero irme... —Levanta la mirada hacia Tiller, el disgusto se refleja en sus ojos cuando tira de la manga de él, y ¿sabes ese dolor que notas y que te llega hasta los huesos cuando la estás cagando y sabes que la estás cagando y le estás haciendo daño a alguien que quieres, pero por algún motivo no puedes parar? Pues eso pasa.

Tiller no desvía la mirada, pero sí alarga la mano hacia ella y la coloca detrás de él, agarrándola de la mano. La protege de mí y la mitad de los presentes se ponen tensos.

—Empezaron siendo rosas...

—Oooh. —Pongo los ojos en blanco—. Mierda, eso sí parece peligroso...

—Vete a la mierda —dice Daisy asomando la cabeza para fulminarme con la mirada.

—Fueron rosas durante meses, ¿verdad, Dais? —Tiller vuelve la mirada hacia ella.

—Unos tres —le contesta. A él y no a mí. He perdido el privilegio de establecer contacto visual con ella.

—Hoy han sido margaritas, se las han dejado en la taquilla del hospital... —prosigue él y siento que se me frunce el ceño. Eso no me gusta—. Y luego me he encontrado esto en el portal al llegar a casa.

Tira una caja encima de la mesa, delante de mí.

Le lanzo una mirada larga e impasible antes de apartar la tapa a regañadientes.

Margaritas marchitas.

Siento un retortijón. Me dan náuseas. Sin duda es una amenaza. Sin embargo, no dejo que se me note en la cara.

Vuelvo a mirar a mi hermana.

—¿Dónde está el problema? Te encantan las manualidades, úsalas para hacer un popurrí.

Suelta una carcajada que es todo dolor, no le ha parecido nada divertido, a continuación, se da la vuelta y se va.

Tiller adelanta el mentón y asiente un par de veces.

—Imagínate si fueras siquiera un cuarto del hombre que ella asegura que eres...

Me lanza esa especie de sonrisa, como si le hubiera decepcionado (no sé por qué eso me ha dolido, pero lo ha hecho) y luego se va tras ella.

Espero hasta oír la puerta principal cerrarse de un portazo y después miro a Christian.

—¿Se las mandas tú?

—No. —Frunce el ceño. Parece preocupado.

Miro a Rome.

—¿Tú?

Niega con la cabeza, traga saliva, nervioso. Esto le volverá loco también. Para él, nadie puede herir a Daisy aparte de él.

Señalo a Decks con el mentón y él pone los ojos en blanco.

—Vete a la mierda...

—Vale, muy bien. —Asiento—. Parad todo lo demás... Llamad a todos los floristas, jardineros, todos los botánicos, todos los putos horticultores de las Islas Británicas que hayan cultivado o vendido rosas y margaritas durante los últimos tres meses. —Miro a Miguel—. ¿Cómo cojones se te ha escapado esto?

El comentario lo ofende, me doy cuenta. Me mira con el ceño fruncido.

—No me deja entrar.

—Pues entra por la fuerza —ladro.

Pone los ojos en blanco.

—Uy, claro, estoy convencido de que eso funcionaría de maravilla.

Le lanzo una mirada y señalo la puerta por la que acaba de salir ella.

—Ya sabes dónde está la puerta, colega. Venga, aire.

Miguel me fulmina con la mirada otra vez, pero se pone de pie y se va.

—Las rosas y las margaritas son flores que se envían bastante a menudo —dice Declan con cautela.

Lo miro y niego con la cabeza.

—Me importa una puta mierda, hermano. —Paseo la mirada por el comedor—. Encontrad al responsable. Llamad a los Boroughs, preguntad a todo aquel que conozcamos si le ha mandado flores a mi puta hermana.

Todo el mundo asiente y se dispersa, pero Christian no. Él me mira fijamente, parece molesto. Se reclina en la silla.

—Me parece una reacción exagerada —me dice con las cejas enarcadas.

Imito su expresión.

—¿Ah, sí?

Se encoge de hombros.

—Sobre todo habiéndole hecho pensar que no te importa una puta mierda...

—No me importa una mierda… —miento intentando ocultarlo tras una sonrisa de indiferencia.

Christian se ríe, divertido.

—Bueno, es evidente que sí…

Niego con la cabeza.

—Me vendió…

Se saca algo de entre los dientes.

—Rompiste sus reglas.

—La crie —rebato.

—Sí… —Se pone de pie, mosqueado—. Y ella te salvó de las puertas de la muerte en el quirófano que tiene en el cuarto de invitados.

Lo miro con los ojos entornados.

—¿Qué pretendes decirme?

—¡Que te disculpes y punto! —contesta, exasperado.

—Vete a la mierda —gruño.

—Podrías haberlo arreglado, Jules, no haberle hecho sentir como una puta broma cuando algo le da miedo. Podría haber vuelto a casa…

—No quiero que vuelva a casa —miento de nuevo.

—Vale. —Asiente, mosqueado—. Dale otra oportunidad a la negación, entonces, veremos qué tal va…

—Encuentra quién las ha mandado y punto —le digo.

Él niega con la cabeza.

—No trabajo para ti.

—¿Esas tenemos? —Echo la cabeza hacia atrás—. Sin embargo, estás enamorado de ella, así que por una cosa o por la otra, creo que sí te merece la pena invertir tu tiempo en ello.

—Vale, muy bien. —Se encoge de hombros y me lanza una mirada mientras me señala—. Pero tú también la quieres, así que ¿por qué no creces de una puta vez y empiezas a actuar en consecuencia?

SEIS
Daisy

Llevaba meses sin verlos. Ni había visto ni había hablado ni con el uno ni con el otro. Me había enterado de que mi hermano se había dado a la fuga, que había huido de Londres, que Declan se había quedado aquí y al mando de todo en su ausencia, que Julian se había ido con Koa, y eso me hizo sentir agradecida. Al menos no estaba solo, al menos tenía a alguien que no le permitiría ser un capullo integral el ciento por ciento del tiempo.

Para entonces Tiller y yo ya llevábamos una temporada juntos, alrededor de cinco meses. Incluso entonces se quedaba en mi casa casi todos los días de la semana. A veces dormíamos en su casa, pero él tenía un compañero de piso y mi casa era más bonita, además, porque por mucho que a él le repatee admitirlo, el crimen realmente compensa.

Era muy entrada la noche. Julio, creo. Alguien aporreó como un loco la puerta de casa.

Me incorporé de golpe.

—¿Lo has oído? —Lo miré con el ceño fruncido.

Él saltó de la cama y yo hice lo mismo. Él agarró su pistola, que tenía en la mesilla de noche, y yo agarré la mía. Se quedó mirándola un par de segundos, también frunciendo el ceño, no le hice ningún caso y seguí el ruido hasta la puerta de entrada.

Hice ademán de abrirla y Tiller me apartó de en medio.

—¿Qué estás haciendo? —preguntó con mala cara—. Abro yo.

Echó un vistazo por la mirilla y se quedó lívido.

—Ay, mierda. —Suspiró y abrió la puerta de golpe.

Mi hermano, sangrando profusamente por el estómago, sujetado entre Koa y Christian Hemmes, Miguel iba detrás de ellos.

—Dios Santo. —Me cubrí la boca con la mano al instante.

Julian estaba como hundido entre ellos dos, con la cabeza caída hacia delante. Había muchísima sangre.

Mi hermano levantó la cabeza para mirarme. Nos miramos a los ojos. Ninguno de los dos dijo nada.

—No sabíamos adónde más llevarlo —dijo Christian, con los ojos cargados con la disculpa que creo que él pensaba que me debía, como si pensara que no hacía lo correcto para conmigo trayéndolo aquí.

Christian me miraba con fijeza, había cierto dolor en sus ojos, como si le resultara difícil verme tan suelta con otro hombre. No iba muy vestida, supongo...[44] A mí no me habría gustado verle así con cualquiera de las chicas con las que se acostaba.[45] Pero no podíamos estar juntos, y que él se hubiera presentado en mi casa en ese momento, con mi hermano desangrándose entre sus brazos, reafirmaba mi teoría.

Olvídate de que mi corazón se había convertido en un barquito en mitad del mar bajo una tormenta al verle allí de pie ante mí, daba igual que no hubiera pasado ni un solo día desde que en enero dejamos de hablarnos en que él no se haya escurrido en mi subconsciente... Estaba allí en el portal de mi casa con mi hermano. Arrastrándome de vuelta a la vida que había abandonado.

Los hice pasar y cerré de un portazo detrás de ellos.

—¿Tienes un cuarto? —Kekoa miró a su alrededor, luego a mí y a Miguel, pero él no lo sabía porque hasta entonces casi nunca había entrado en mi piso.

Tiller frunció el ceño, confundido, y nos miró a todos.

—¿Para qué?

Koa le ignoró, no me quitaba los ojos de encima.

Me pasé las manos por el pelo y me lo recogí con un coletero.

—La segunda puerta a la derecha. —La señalé con un gesto y arrastraron a mi hermano hacia allí.

Recuerdo que Tiller me miraba con fijeza, boquiabierto, con los ojos como platos y sin entender nada.

Levanté la vista, pero apenas pude mirarlo a los ojos.

---

[44] Un camisón blanco con botones, y Tiller solo llevaba los pantalones del pijama de CK.
[45] Me llegan rumores.

—Hay muchas cosas que no sabes de mí.

Y luego corrí tras ellos.

—¿Cuál es el código? —pidió Kekoa.

—Tres, cero, uno, cero[46] —le grité a Koa y cruzamos una mirada... Parecía triste por mí.

La puerta se abrió de golpe y Tiller se tensó detrás de mí.

Una mesa quirúrgica, un par de goteros, un armario con material médico básico, una mesa de mayo con la bandeja de instrumental quirúrgico lista para usar.[47] En la pared de la otra punta, una vitrina con navajas, pistolas y armas.

—Joder. —Miguel soltó una carcajada burlona—. Cuesta acabar con los hábitos de toda la vida, ¿eh, Dais?

Ya de entrada todo el panorama era excesivo, imagino, para descubrir en mitad de una noche, pero creo que la verdadera guinda del pastel para Tiller fue lo que colgaba en la pared opuesta a la puerta: *Naturaleza muerta de vánitas* de Pieter Claesz.[48]

Tiller arrastró la mirada de vuelta hacia mí como si le hubiera traicionado.

Tengo este cuarto cerrado con llave. Siempre le había dicho a Tiller que era porque ahí es donde guardo mis pistolas, lo cual es selectivamente cierto. En realidad, es donde guardo toda mi vida anterior. Es donde voy a llorar su pérdida los días que me planteo si cometí un error.

No lo he cometido, no lo creo. No creo que lo haya hecho. Quería normalidad.

Tiller me da normalidad.

Él vuelve a casa cada día, es de fiar. Es bueno, es amable, es estable, pero tras ver ese cuadro, empezó a tener dificultades.

Sin embargo, yo no tenía tiempo para sus dificultades en ese momento. Empezó a respirar más rápido. Lo señaló.

—Dime que no es real.

---

[46] El cumpleaños de Julian. El único código que soy capaz de recordar.

[47] Y el collar del corazón con Hemmes grabado que me regaló Christian, pero que espero que nadie encuentre porque creo que no tendría que haberlo guardado.

[48] 1625. Óleo sobre madera. 29,5 × 34,4 cm. Cuelga en el Frans Hals Museum de Haarlem (Países Bajos). O eso creen.

Una pausa torpe.

—Claro. —Me encogí de hombros débilmente y Tiller bufó con ironía.

—Daisy... —Koa me llamó para que volviera a concentrarme.

—Ponedlo en la mesa —le dije, pero no lo hizo, sino que hizo una pausa.

—¿Estamos a salvo aquí? —preguntó Koa, y tanto Miguel como yo lo fulminamos con la mirada. No pude soportar la insinuación. Me conoce desde que nací, tendría que haberme conocido mejor como para pensar que podría delatar a alguien que se estuviera desangrando como lo estaba haciendo mi hermano, y mucho menos a él.[49]

—Desde luego que estáis a puto salvo aquí —escupí.

Y Koa negó con la cabeza, hizo un gesto hacia Tiller, que estaba andando arriba y abajo por la salita, negando con la cabeza y con la vista fija en el suelo.

Lo agarré por el brazo y me lo llevé al pasillo.

—¿Qué? —Sacudí la cabeza con gesto impaciente.

Él soltó una carcajada hueca.

—¿Qué cojones está pasando?

Volví a menear la cabeza, irritada.

—¿Por qué lo dices?

—¿Pieter Claesz? —Me fulminó con la mirada, los ojos muy abiertos—. Ni siquiera se ha denunciado que haya desaparecido...

—No puedo hablar de esto ahora, Tills... Tengo que curarle.

Tiller desvió la vista hacia el cuarto donde estaba mi hermano, sin tenerlo claro.

—No puedes decirle a nadie que está aquí. —Toqué la muñeca de mi novio.

Tiller apretó la mandíbula y negó más con la cabeza.

—Es mi hermano —le dije con voz fuerte.

—Se le busca por secuestro, extorsión, ¡asesinato! ¡Asesinato, Dais!

—¡Me da igual! —Negué con la cabeza como una loca—. Es mi hermano, me da igual...

---

[49] Él. Mi única familia, mi mejor amigo, mi salvador, mi protector, mi némesis, a quien quiero y querré siempre, cada día de mi vida. Incluso aunque no vuelva a hablar con él nunca más.

—¡Pero a mí no! —Tiller se pegó en el pecho—. Soy un agente federal. A mí no me da igual.

Me acerqué un paso a él.

—¿Me quieres? —le pregunté con la voz rota.

Él parpadeó desprevenido.

—¿Qué?

—¿Me quieres? ¿Sí o no? —Tomé aire con dificultad.

Tiller me lanzó una mirada.

—Daisy...

—¿Sí o no? —Exigí saber.

Suspiró.

—Sí.

Tragué saliva con esfuerzo.

—Entonces no vas a decir nada.

Volví corriendo al cuarto.

—Todo bien —le dije a nadie en particular—. Ponedlo en la mesa y contadme qué ha pasado.

Miré fijamente a mi hermano, que no me había dirigido una sola palabra y cruzamos una mirada y el corazón se me hundió en el pecho.

Le vi la preocupación en los ojos. Julian nunca se preocupa.

Habían pasado meses. ¿Seis quizá? O algo así. Los seis meses más solitarios de toda mi vida. Lo eché de menos cada día, había tantas cosas que quería contarle, tantas cosas que quería hacerle saber, y no le había contado ninguna y quizá ya nunca tendría la oportunidad de hacerlo, porque mi hermano me observaba con ojos de moribundo.

¿Has mirado a los ojos a un moribundo? Ocultan un cálculo desesperado, una resignación hacia el destino que le espera, una inclinación hacia la inevitable oscuridad que va a por él, y pude verlo en mi hermano... Se estaba inclinando. Le sujeté la cara entre las manos porque no tenía suficientes palabras para decirle lo mucho que lo quería aunque siguiera odiándolo tanto como lo hacía por haber roto nuestras reglas.

—Herida de bala en el bajo abdomen —me dijo Kekoa, arrancándome de mis pensamientos.

—¿Hay salida? —Toqué el cuerpo de Julian por debajo y él gruñó de dolor.

Christian negó con la cabeza.

—Dais… —Kekoa me lanzó una mirada—. Ha perdido demasiada sangre.

—¿Cuánta? —Tendí la mano—. Tijeras.

Koa me las alcanzó y le corté la camisa a mi hermano.

Hizo una mueca.

—Al menos un litro. Seguramente más.

Di una bocanada de aire con dificultad, asentí un par de veces e intenté procesar.

Mi cerebro nadaba[50] en la idea de qué aspecto tendría y qué sensaciones generaría y cómo sería el mundo si realmente llegara a perder a mi hermano para siempre, en la manera permanente que implica estar enterrado, en la manera en que no hay esperanza general de que quizá un día nos despertaremos y él retirará todo lo que me dijo, y a mí dejará de importarme que seamos quienes somos, y podremos encontrar el camino para salvar los montones y montones de mierda y basura que nos hemos arrojado el uno al otro. Perderlo de la manera en que no solo su mundo se quedaría a oscuras, sino también el mío, porque incluso entonces, incluso cuando no estaba lista para admitirlo en voz alta o de una manera en que me moviera a cambiar, sabía que yo no sabía quién era sin mi hermano.

Les di la espalda a todos, solo un segundo. No quería que ninguno de ellos me viera en la cara la angustia que la invadía.

Tiller porque no lo entendería. Él lo ve todo blanco o negro.

Kekoa y Miguel porque se lo contarían a mi hermano.

Christian porque es él y me conoce como siempre había soñado que alguien llegaría a conocerme verdaderamente, y ahora él lo hacía, pero de todos modos no importaba porque tampoco podíamos estar juntos, así que ahogué con la mano el sollozo que me subió por la garganta y respiré hondo un par de veces.

Luego noté una mano sobre el brazo.

—Estás temblando —me dijo mi voz favorita del mundo entero.[51]

—Es por la adrenalina —le dije a Christian sin mirarlo.

---

[50] Se ahogaba.
[51] Y no es la de mi novio.

Él asintió y me colocó un par de mechones sueltos detrás de las orejas sin ser siquiera consciente de que lo hacía.[52]

—Tú puedes, Dais. Puedes hacerlo... —Inclinó la cabeza para que nuestras miradas se encontraran—. ¿Qué necesitas?

—Esto... —Me volví para mirar al resto de los presentes—. Sangre.

—¿Tú no tienes? —Kekoa me miró con fijeza.

—¡No es un puto hospital, Ko! —le gritó Miguel.

Negué con la cabeza, mirando con fijeza a mis más viejos amigos y protectores, desesperada.

—No tengo bolsas de sangre guardadas en la nevera, Kekoa...

—¡Mierda! —gritó y yo caí presa del pánico de nuevo.

—¿Qué pasa? —preguntó Tiller, con gesto preocupado.

El grupo sanguíneo de Julian es difícil de encontrar. A negativo. Ambos lo somos.

Kekoa es O positivo, igual que Miguel. Estadísticamente la mayoría de la gente lo es.

—No puedo donarle toda la sangre que le haría falta y luego operarle. ¿De qué grupo sanguíneo eres? —le pregunté a Tiller.

—O positivo —contestó, y yo negué con la cabeza.

—¿Y tú? —le pregunté a Christian.

—O negativo —dijo mientras ya se remangaba. Suspiré, aliviada.

No podía sacarle un litro. En realidad, no debería sacarle más de 450 ml, pero intentaría sacarle 600 y después yo le daría 400, así quizá al final todos estaríamos bien...

—¿Vas a hacerle una transfusión de sangre completa? —Kekoa me miró fijamente.

—No tenemos otra opción. —Me encogí de hombros—. Koa, conéctalo al monitor,[53] el pulsioxímetro en el dedo izquierdo, el cable rojo va arriba a la derecha, el amarillo arriba a la izquierda y el verde...

—Tengo experiencia, Dais...

—Tiller. —Lo miré—. Tú mantén presión sobre la herida, cuando esté conectado la máquina empezará a pitar porque ya estará en el estadio

---

[52] Y mi novio, en un rincón, trasladó el peso del cuerpo de una pierna a la otra.
[53] Monitor de pacientes Edan iM60.

uno de hipertensión, quizá el dos. Quiero que sus constantes estén por debajo de 160 y por encima de 100 y, si suben, me avisas de inmediato.

—Vale —asintió con obediencia.

Me llevé a Christian a un lado de la habitación y cogí una bolsa de sangre[54] CPDA-1.[55] Él se quitó el jersey y yo le cogí el brazo, intenté no pensar en cómo, incluso bajo esas circunstancias, me hacía sentir tocarlo.

Le doblé el brazo un par de veces y le di unos toquecitos en la vena del pliegue del codo.

Y Christian no hacía más que mirarme con fijeza con esos ojos tristes y heridos a los que yo no podía mirar.

Le limpié el brazo con una gasa empapada de alcohol e introduje la aguja, solté la pinza y esa hermosa y encarnada sangre O negativo empezó a llenar la bolsa.

Me remangué yo también, me busqué mi mejor vena y noté que Christian me miraba con el ceño fruncido.

—Sácame más a mí.

—Tendrías un shock hipovolémico.[56]

—¿Eso es grave?

Levanté la mirada hacia él.

—Sí, es grave.

Asintió una vez y seguí buscando la vena.

Encontré una, me pinché y me senté junto a mi exnovio.

—¿Te encuentras bien? —le pregunté.

—¿Y tú? —preguntó, con aspecto preocupado.

Lo miré fijamente y todo, absolutamente todo aquello se me antojó un sueño febril. Nunca había pensado que Christian sería una de esas personas para mí, la verdad. Cuando empezamos a liarnos (desde lo cual ahora me parece que ha pasado una eternidad), nunca pensé que se convertiría en una de esas personas contadas cuya presencia te desarma, y no solo en sentido negativo (aunque sí que en sentido negativo), sino tam-

---

[54] Bolsa de transfusión de sangre de 600 ml con una aguja de venopunción de calibre 16 preinsertada en la palomilla.
[55] Citrato fosfato dextrosa adenina, que contribuye a que los glóbulos rojos duren más.
[56] Que ocurre cuando no tienes suficiente sangre para que tu corazón la bombee y te llegue a todo el cuerpo.

bién en sentido positivo, en el que me hace sentir segura cuando no estoy segura, y valiente cuando no soy valiente, y bien cuando no estoy bien, y desearía que ese yugo se rompiera, y desearía no sentir esas cosas al mirarlo, pero las sentí.

Las sentí muchísimo,[57] por eso dejé de mirarlo y volví a fijarme en Tiller, que nos observaba con ese rostro serio tan suyo y me pregunté si se había dado cuenta.

Si lo hizo, no cambió nada. Hemos seguido saliendo durante meses y nunca ha mencionado nada.

Empecé a sentirme un poco mareada, así que dejé de donar sangre un minuto. Me puse de pie y busqué una vena para hacerle la transfusión a mi hermano.

—¿Cómo tiene las constantes?

Koa negó con la cabeza.

—Nada bien.

—158 sobre cien —me dijo Tiller y yo asentí.

—Tengo que sacarle la bala. —Me quité la aguja del brazo y me pegué una tirita de cualquier manera—. Pásame los guantes.

Me desinfecté las manos y luego me puse los guantes.

—Luces. —Le hice un gesto a Kekoa—. ¿Cuántas busco?

—Dos —croó mi hermano. Fue lo primero que dijo.

La primera fue fácil. Había penetrado pocos centímetros en el abdomen; la luz delató el metal al instante. No había tocado nada. Supongo que él ya estaba cayendo cuando le volvieron a disparar, o que se movió un poco o algo, pero no había perforado nada y fue fácil de sacar.

La segunda...

De ahí venía toda la sangre.

—Tiene el intestino perforado —susurré.

—No me jodas... —dijo Koa con un hilo de voz, y odié con todas mis fuerzas que lo dijera porque aunque yo ya sabía que era una situación funesta, que Kekoa lo reconociera lo hizo insuperablemente peor.

—Sigue ahí dentro... Luz... —Negué con la cabeza—. Da... dame una pinza.

---

[57] Y las siento.

Intenté detener la hemorragia. Apreté la herida con gasas.
Miré a Kekoa.

—No... no creo que pueda...

Julian empezó a ponerse pálido. Más pálido de lo que ya estaba. Señalé hacia los cajones.

—Tengo una linterna ahí dentro, cógela e ilumíname aquí.

Christian obedeció.

—Sus constantes están cayendo, Dais... —me avisó Tiller.

Negué con la cabeza.

—Puedo sacarla, no puedo cerrar la perforación, pero sí puedo sacar la bala y detener la hemorragia... Fórceps hemostáticos... Pinzas... —Tendí la mano y Koa me las pasó.

—Siguen bajando —anunció Tiller, aunque podía oír los pitidos. A decir verdad, sigo oyendo esos pitidos todavía hoy.

Los monitores se estaban volviendo locos y la respiración de mi hermano se iba volviendo cada vez más y más débil y Koa me gritaba que parara y yo le gritaba que podía sacarla y que me diera más gasas y él me gritaba que había demasiada sangre... y entonces noté la horriblemente gratificante sensación del metal agarrando metal y supe que la tenía. La tenía.

Saqué la bala y la solté encima de la mesa, junto a mi hermano.

Y entonces entró en parada cardiaca.

Christian clavó los ojos en él.

—Me cago en...

—¿Julian? —Lo zarandeé—. Ay, por Dios...

—Daisy... —Tiller me cogió y me agarró por los hombros—. ¿Tienes un desfibrilador?

—Eh... Eh... ¿Sí?

—¿Dónde está? —preguntó con voz fuerte y calmada.

—En... en el... —Señalé un armario. Estaba temblando. Se me estaba nublando la visión periférica. Me da vergüenza. Es vergonzoso. Tendría que haber reaccionado mejor. Tendría que haber sido yo quien recordara que guardo un desfibrilador en el armario, tendría que haber sido yo quien fuera a buscarlo, quien le pusiera el electrogel en el pecho.

—¿Julian? —Me arrodillé a su lado, le pasé las manos por el pelo.

—Daisy... —dijo Koa, con un resucitador manual en las manos—. Aparta.

Tiller encendió el desfibrilador.

—¿Fuera? —gritó, y yo no solté a mi hermano, por eso Christian tuvo que apartarme de un tirón, me abrazó por detrás y no me soltó. Parte de mí quería agarrarse a cómo me sentía al tenerlo contra mi cuerpo de nuevo, pero el trauma inminente me arrebató el momento.

Y luego le dieron la descarga.

Y nada.

El cuerpo de mi hermano botó de esa manera horrible encima de la mesa y volvió a caer como un plomo.

Koa empezó a bombear de nuevo.

Me liberé del abrazo de Christian a codazos y le arrebaté las palas a mi novio porque soy mejor de lo que estaba siendo en ese momento.

—¡Fuera! —repetí y luego le di otra descarga.

Y se quedó allí, una pequeña infinidad en la que mi hermano no estaba vivo. Yo estaba sola. Desprotegida de todo lo que este mundo podría echarme encima y yo lo superaría todo sola de todos modos si él se despertara. Él es muchas cosas, muchísimas cosas horribles, y pese a todo es mi persona favorita de todo el planeta. No recuerdo a mi padre, en realidad. Ya no, y antes me ponía triste, pero ahora creo que es porque Julian lo hizo tan bien que no me hacía falta recordar al tipo que murió en una playa porque tenía a mi hermano en su lugar.

Le pegué un golpe en el pecho tan fuerte como pude con el puño cerrado (dos veces, por si acaso) y luego… Pip.

Mi hermano dio una inmensa bocanada de aire y abrió los ojos y cruzamos una mirada. Dejé caer la cabeza sobre su pecho entre lágrimas, y él dejó caer débilmente su brazo sobre mi cabeza y me abrazó como pudo.

Volvió a quedarse inconsciente poco después y yo volví a ponerme manos a la obra.

El trabajo era imperfecto y a él tendría que verlo un médico de verdad. Lo único que hice fue detener la hemorragia, limpiar la herida y hacerle una transfusión de sangre. La perforación seguía allí.

Miré a Tiller y él me lanzó una sonrisa rápida y cansada.

—¿Estás bien? —me preguntó respirando con dificultad, como si hubiera estado conteniendo la respiración.

Asentí una vez.

—Voy a darme una ducha. —Me devolvió el gesto y luego salió del cuarto.

—Tiller... —Salí tras él. Se detuvo en mitad del pasillo y se volvió para mirarme.

Corrí hacia él y le sujeté el rostro entre las manos.

Me ahogué. Él no.

—Lo has salvado.

—No. —Negó con la cabeza, la giró entre mis manos y me besó la palma—. Tú lo has salvado.

—Oye... —Busqué sus ojos y yo sé la verdad tanto si él está dispuesto a aceptarla como si no. Mi hermano está vivo gracias a él—. Yo también te quiero —le dije.

Y era cierto. Lo es. ¿Tanto como quiero a otra persona? No, pero ya no puedo amar a esa persona, aunque siga haciéndolo. Christian seguía viviendo tras esa puerta que yo había cerrado con llave[58] y Tiller seguía estando delante de mí. Yo seguía queriendo ser normal. Esa noche no cambió nada. Quiero la normalidad, de modo que quiero a Tiller.

Me lanzó otra sonrisa cansada y subió las escaleras.

Volví a entrar en el cuarto y Christian estaba apoyado contra la pared, exhausto.

—¿Estás bien? —le pregunté con el ceño fruncido—. Estás un poco pálido.

—Sí, estoy bien. —Se encogió de hombros—. Solo estoy un poco mareado.

—Venga. —Señalé con la cabeza hacia la cocina—. Tienes que comerte un plátano.

Me siguió hasta la cocina sin decir nada y se apoyó contra la encimera.

Pelé un plátano y se lo tendí junto a un vaso de leche.

—Para que recuperes los glóbulos. —Le lancé una sonrisa rápida.

Me entraron ganas de llorar, no sé por qué. Dejando a un lado lo que acababa de suceder, verlo en cualquier momento, creo, siempre iba a joderme un poco.

—Has estado increíble esta noche, Dais...

---

[58] Y que esa noche se había abierto de par en par.

Negué con la cabeza y suspiré.

—¿Qué estás haciendo con mi hermano?

Se lo pensó un par de segundos y luego se encogió de hombros.

—Ahora somos amigos.

—¿Por qué? —Parpadeé y él me lanzó una mirada. Suspiré—. ¿Qué ha pasado esta noche? ¿Por qué le han disparado?

—Estamos siguiéndole la pista a un cuadro desaparecido...

Asentí y fijé la vista al frente.

—¿Cuál?

—Un Van Gogh. —Dio un trago de leche.

Me volví hacia él y enarqué una ceja.

—¿Está buscando *Las amapolas*?

Christian asintió.

—Oh. —Lo comprendí—. Está intentando volver.

Christian volvió a asentir.

—Y tú le estás ayudando. —Me mordí el labio inferior.

—Sí.

—¿Por qué?

Me tocó las costillas y solté una sonrisa triste.

—Dais... —Me llamó Koa, haciéndome un gesto con la cabeza—. Necesita morfina.

—Sí, claro. —Asentí—. Voy...

Volví a mirar a Christian e hice acción de pasar por su lado.

Me cogió la mano y la sujetó un par de segundos, me la apretó. Levanté la mirada hacia él, le acaricié el pulgar con el mío un par de veces y él tragó saliva con esfuerzo.

Se acercó mi mano a sus labios y la besó.

No dijo nada, se limitó a mirarme fijamente, parpadeó un par de veces y entonces me soltó.

Cuando me levanté al día siguiente por la mañana, se habían ido.

Casi habría pensado que había sido un sueño de no ser porque la sangre de mi hermano seguía manchando toda mi casa.

Tiller y yo no volvimos a hablar de ello jamás. Del hecho de que salvó a mi hermano, del cuadro, del extraño hospital que yo tenía escondido en un cuarto de nuestra casa, de que yo creía que él sabía que yo seguía amando a otra persona también...

Había demasiadas capas en esa noche, lo que decía de mí, lo que decía de nosotros, yo en contexto con él con ese cuadro en la casa en la que ambos, casi siempre, vivimos. Él había salvado a un criminal, ahora tenía una prueba indiscutible de que además estaba saliendo con otra (las implicaciones de eso ya...), no podía tirar de un hilo sin acabar tirando de todos y por eso no tiró de ninguno. Y toda esa noche entera se convirtió en algo que metimos dentro de una caja que luego escondimos debajo de nuestra cama.

SIETE
Christian

—Muy bien. —Jo se arrellana en su asiento en South Kensington Club—. Ponme al día... —Me señala con un gesto—. ¿Por qué Jules de repente ha perdido la puta cabeza con las flores?

—¿Qué? —ríe BJ, mirándome.

—Julian —Jo le lanza una mirada— de repente se ha vuelto una verdadera autoridad en variedades de rosas.

Mi hermano se encoge de hombros desconcertado y yo pongo los ojos en blanco.

—Alguien ha estado mandándole flores a Daisy. —Suspiro.

Henry me mira con los ojos entornados.

—Ese alguien... ¿eres tú?

—No. —Pongo los ojos en blanco—. Todo este rollo es bastante raro...

—¿El qué? —Se mofa Jo—. ¿Que alguien le mande flores?

Beej me lanza una mirada.

—Está bastante buena, tío... Me da la sensación de que muchos le irán detrás, ¿no?

—No. —Vuelvo a suspirar. Niego con la cabeza—. Es... Da igual.

No me molesto en explicarlo. Parece que me dé igual, lo cual no es verdad. He pensado en ello sin parar, pero ellos no van a entenderlo. Jo nunca se toma nada en serio y este tampoco es el tipo de tema que comentaríamos con los chicos.

—Julian es Julian... Hace montañas de granos de arena —digo en lugar de contarlo.

Henry me mira fijamente un par de segundos y luego exhala por la boca.

—No estarás aquí fingiendo que está exagerando cuando te pasas una hora tras otra vigilando a todos los floristas...

Jonah se echa a reír.

Hago un gesto despreocupado, intentando quitarle importancia. Esos solo conocen los titulares de mi relación con Daisy. Saben que me enamoré muy fuerte y que luego no salió bien. No saben que ella también me amaba a mí. No saben lo de su sempiterna búsqueda de la normalidad y no saben lo mucho que nos ha costado a ambos. No saben que todavía la quiero.

Porque ¿para qué iban a saberlo? Quedaría como un idiota amando a una chica que no me quiere, o quizá sí, o quizá antes sí y ahora es demasiado tarde porque creo que debería haberla escogido a ella antes que a esta mierda, pero no lo hice y ahora ella ha logrado la normalidad con otra persona que realmente puede dársela.

Beej me señala con el mentón.

—¿Qué le parece a Vanna Ripley que vayas visitando floristas para tu ex?

—Vanna Ripley está en Mykonos.

Henry niega con la cabeza y pone los ojos en blanco.

—A Mykonos la mandaría yo a esa monstrua.

Pongo los ojos en blanco.

—Nosotros vamos a Mykonos.

—Sí, pues ya no —contesta antes de apurar su copa.

Beej le lanza una mirada divertida a su hermano.

—Veo que no eres su mayor fan, ¿no, Hen?

—¿De la perra rabiosa y narcisista que se está tirando este? —Me señala con el pulgar y yo pongo los ojos en blanco—. Qué va, no lo soy.

Jonah nos mira a ambos.

—Vaya ambiente más raro en casa, ¿no?

Henry y yo intercambiamos miradas y yo bostezo.

—Henry no deja que venga a casa.

BJ se echa a reír.

—¿Y cómo le ha sentado eso?

Me encojo de hombros.

—Normalmente le digo que Henry y Taura tienen un sexo muy raro y que mejor ir a su casa…

Y entonces la mesa se tensa.

Supongo que no debería haber dicho eso. Sin duda es doloroso tanto para Jo como para Hen.

Henry me lanza una mirada y Jo exhala por la nariz al tiempo que aparta la mirada.

—Genial. —Henry asiente, irritado.

Vuelvo a encogerme de hombros.

—Quizá no deberíais tiraros a la misma chica, entonces.

—Quizá tú deberías cerrar la puta boca —me suelta mi hermano.

Levanto las manos en señal de rendición.

Miro a Beej.

—¿Y tú qué tal, campeón? —Lo señalo con el mentón—. ¿Cómo lo llevas?

—¿El qué? —Finge no saberlo y le lanzo una mirada—. Ah, ¿que venga Magnolia? Bueno, bien. No he pensado mucho en ello.

Jo adelanta el mentón mientras lo mira.

—¿Por eso has ido a cortarte el pelo?

—He ido a cortarme el pelo porque soy modelo... —BJ se sirve un poco de agua.

—Oooh —se mete Henry—. ¡Es modelo!

Beej pone los ojos en blanco y se pasa las manos por el pelo antes de negar con la cabeza.

—Supongo que ni siquiera la veré.

—¿En la boda de su padre nada menos? —se ríe Jonah—. Claro, claro.

—¿Irás con Jordan? —pregunto.

Jordan es la nueva novia de BJ. Muy nueva. Beej nunca había tenido novia aparte de Parks, es bastante fuerte. A mí me da igual. A Henry no le cae muy bien, aunque a decir verdad, no creo que tenga que ver con ella en sí.

BJ niega con la cabeza y yo me apoyo en el respaldo y me cruzo de brazos.

—Interesante.

—Mucho —asiente Henry.

—¿Qué le parece a Jordan no acompañarte a la boda?

—Bien. —Se encoge de hombros—. Le da igual.

—Ah —asiente Jonah—. La mentira. Los cimientos de todas las relaciones sanas...

—Oh... —BJ lo mira con fijeza—. Porque tú sabes mucho de ellas, ¿verdad? Cuando has tenido exactamente cero novias...

—Muy bien… —bufa Henry—. Cálmate, chico, por haber tenido la friolera de dos novias en total.

—Parks va a volver… —BJ niega con la cabeza—. No pasa nada. Todo sigue como siempre.

—Claro —me río con ironía—. Seguro.

OCHO
Daisy

Tiller abre la puerta de mi lado y me ayuda a salir a la calle.
—¿Estás bien?
—¿Mmm? —Le sonrío, distraída.
—Has estado muy callada desde que hemos salido de casa de tu hermano.
—Oh, no... ya. No... —Asiento—. Estoy bien.
Me atrae hacia él, coloca la barbilla sobre mi cabeza y me abraza con fuerza.
—Te veo triste —dice contra mi pelo y me aparto un poco para mirarlo.
—No... Estoy...[59]
—Triste. —Tiller asiente esbozando una sonrisa.
—Mi hermano... —Niego con la cabeza—. Nunca había pasado que... Nunca en la vida se había sentido indiferente con respecto a mi seguridad.
Tiller me hace dar una vuelta y empieza a andar calle abajo, abrazándome desde atrás. Le oigo suspirar. Me siento estúpida y avergonzada por todas las veces que he defendido a Julian delante de Tiller, por hablarle a Tills de la clase de persona que puede ser mi hermano cuando no intenta demostrar algo en mitad de una sala repleta de los idiotas que echo de menos cada día.
—Yo no me siento indiferente con respecto a tu seguridad —me dice intentando que me sienta mejor.
Es cierto. Sé que es cierto. La arruguita de preocupación que se ha instalado en su ceño desde que hemos salido del Recinto me lo confirma.

[59] Destrozada.

—Lo sé. —Asiento y lo miro cuando nos detenemos ante Tell Your Friends,[60] donde he quedado con Delina[61] para desayunar.

Me da la vuelta y deja caer las manos hasta mi cintura.

—Te quiero.

—Lo sé. —Asiento una vez más.

—Tú también me quieres —me dice él y yo asiento por tercera vez.

—Sí.

—¿Estarás bien? ¿Llegarás bien al hospital?

—Estaré bien. —Me encojo de hombros—. No hay ningún florista por aquí cerca. —Le lanzo una mirada juguetona.

Se me antoja más fácil quitarle importancia ahora que lo ha hecho mi hermano. Como si fuera una idiota por preocuparme si él no lo hace.

Aunque claro, para él es como si estuviera muerta, así que…

Tiller pone los ojos en blanco, a él no le gusta nada todo esto, y tampoco le gustó mucho cómo se comportó mi hermano. Se pasó una hora despotricando; fue dulce, en realidad, lo mucho que se indignó por lo desdeñoso que se mostró Julian.

Podrían ser las dos caras de una misma moneda, Tiller y mi hermano. Si uno no fuera tan tremendamente bueno y el otro posiblemente tan tan malo, si él no perteneciera a las fuerzas del orden y mi hermano no fuera un delincuente, si Tiller no hubiera sido el enemigo y antagonista de mi hermano durante los últimos prácticamente cinco años…, creo que podrían ser amigos.

Salta a la vista que Tiller está muy preocupado con todo esto. Sus ojos revelan lo agobiado que está.[62]

—Puedo esperarte —plantea con las cejas enarcadas—. Solo llegaría tarde a trabajar.

—No… —Hago un gesto con la mano—. Seguro que Miguel está rondando al acecho por aquí.

Tills frunce el ceño.

—¿Estás segura?

Asiento.

---

[60] 175 New King's Road, SW6 4SW.
[61] Bambrilla, por si te habías olvidado de ella, aunque ¿cómo ibas a hacer tal cosa?
[62] Mono, pero…

—Estaré bien.

Me devuelve el asentimiento, aun sin tenerlo del todo claro, luego roza sus labios contra los míos, me besa un poco y luego me besa más. Lo cual ya viene a ser el funcionamiento de nuestros besos. Es posible que sus besos sean mis favoritos del mundo entero, de hecho. Porque siempre empieza a besarme rápido, como si fuera un hábito, y luego es como si se acordara de lo bien que se nos da besarnos, y me besa más y más y me pone las manos en el pelo o en la cara, y me siento como la chica más preciosa que haya visto nunca, claro que así es como me siento siempre que estoy con él. Es como me sentía siempre con él incluso antes de que estuviéramos juntos; siempre le gusté, aunque verdaderamente fue sin querer, lo cual me confirmó que era cierto, que nunca tuvo intención de pillarse por mí, ya no digamos de amarme. Nunca pretendió acostarse conmigo esa primera noche. Ni siquiera tenía pensado besarme, pero no supo encontrar la manera de... no hacerlo.

Romeo siempre me ha amado, pero nunca disimuló al mirar a las otras chicas. Y luego con Christian fui una especie de idea tardía durante la mayor parte de nuestra relación. Quizá ahora no lo sería, de todos modos nunca lo sabré, sin embargo, Tiller...

Me está besando de una manera aquí en New King's Road a las nueve de la mañana, como si se le hubiera olvidado que estamos en público, como si le diera igual de todos modos... Si esta es la sensación de que me ame sin querer, no puedo ni imaginar cómo sería si me amara a propósito.

Me aparto y tengo las mejillas encendidas.

—Vale —me río—. Adiós.

Agacha la cabeza y mira a través del ventanal, saluda con la mano a Delina, y luego se va.

—Llámame cuando llegues al hospital, ¿vale?

Entro en el restaurante y me siento enfrente de la madre de mi exnovio, me he tapado las mejillas con las manos para que no me vea colorada, aunque tampoco hace falta, conoce todas mis expresiones.

Me sonríe, divertida.

—Qué chico tan dulce.

Había echado de menos su voz. Sobre todo británica, pero ligeramente teñida con dejes de su acento eritreo.

Se inclina por encima de la mesa y me da un beso en cada mejilla.

—Has faltado a nuestros últimos desayunos. —Delina me lanza una mirada.

Se la devuelvo.

—Eres la madre de mi exnovio.

Exhala por la nariz.

—Soy más que eso.[63]

Pongo los ojos en blanco y aviso a un camarero.

—Ya sabes a qué me refiero...[64]

Asiente, pensativa.

—Sí. —Frunce los labios—. Romeo me contó que te vio la otra noche, me dijo no sé qué de unas flores. —Frunce el ceño, no lo entiende—. Parecía preocupado.

Tiene razón. Es cierto que Romeo me vio la otra noche, y aunque no en ese instante, sí se preocupó. Toda esta frase está más que suavizada, además, porque la verdad es que tras esa noche en que le conté a mi hermano lo de las flores, he visto a Romeo cada día.

Los últimos cuatro días he terminado mi jornada laboral, he bajado al parking y me lo he encontrado esperando junto al ascensor.

No me dice nada. Realmente, ni siquiera me mira.

Camina un metro por detrás de mí. Me acompaña hasta el coche, observa cómo arranco y salgo del aparcamiento y luego se va.

—Cómo voy a saberlo... —Le lanzo una miradita educada a su madre, porque no sé si a Romeo le gustaría que alguien se enterara de que lo está haciendo—. Sigue sin hablarme.

—Claro que lo sabes, aunque siga sin hablarte... —empieza a decir—, lo cual todos sabemos que mereces... —añade después.

Rompo el contacto visual.

—De todas las personas ante las que podrías haberlo hecho... ¿Delante de mi hijo? —Niega con la cabeza—. Daisy...

—Delina —suspiro—. Fue hace diez meses.

—Y sigue yendo a terapia por ello. —Asiente. Se me hunden los

---

[63] Es muchísimo más que eso.
[64] Pido un café con leche de avena y Delina pide una tetera.

hombros—. Imagínate herirte a ti misma delante de un chico que se ha pasado toda su vida intentando protegerte.

Aquello me da ganas de llorar, no solo porque ella esté decepcionada conmigo (que lo está) y no solo porque él esté yendo a terapia por mi culpa (que lo está),[65] sino porque Romeo sea lo que siempre ha sido conmigo, incluso odiándome. Mi protector.

—Pero... —Se encoge de hombros—. Ya lo sabes. Por eso me has estado evitando.

Hago un mohín.

—No te he estado evitan...

—Ah, ah... —Levanta un dedo para mandarme callar, igual que hacía cuando tenía cinco años—. No te lo estaba preguntando, te lo estaba diciendo. Me has estado evitando.

Apoyo la barbilla en la mano.

—¿Crees que me perdonará algún día?

Da un sorbo de té.

—En cuanto se lo pidas.

---

[65] Para ser justos, le hacía falta ya de antes.

NUEVE
Christian

—¿Y qué tal está esta noche el supuesto novio de la querida de Hollywood Vanna Ripley? —pregunta Taura mientras se deja caer en el sofá junto a Henry.

Enarco las cejas impasible, pero no la miro. Sigo jugando al Halo.

—Muy bien veo, ¿no? —Taura me lanza una sonrisa petulante.

—Sí, no... —Me encojo de hombros—. Yo estoy bien, ¿qué tal está mi hermano?

De repente se pone seria y se aprieta la lengua contra la mejilla, entornando los ojos.

—Capullo.

—Zorra —le contesto.

Se encoge de hombros.

—Le dijo la sartén al cazo.

Henry me tira el mando tan fuerte como puede. Me pega en la cabeza. Lo fulmino con la mirada.

—Eh —me gruñe con ojos lúgubres—. Retíralo.

—No... —Taura niega con la cabeza—. Qué va. No me importa...

—Bueno, pues a mí sí —contesta Henry sin quitarme los ojos de encima.

—Pues que no te importe. —Taura le sonríe con dulzura y le pasa las manos por el pelo—. Christian siempre ha sido un crío con sus emociones, y se pone borde cuando lo provocan como recurso para luchar contra su agitación interior.

La señalo sin apartar los ojos del televisor.

—No me está gustando esta dinámica...

—Oh, no. —Taura pone los ojos en blanco—. Qué voy a hacer ahora.

Exhalo por la nariz, le lanzo una mirada de irritación y pongo en pausa el juego.

—Lo siento.

Me guiña el ojo.

—Venga, suéltalo. —Henry me hace un gesto con la cabeza—. ¿A qué se debe la agitación interior?

Vuelvo a mirar el televisor.

—No hay ninguna agitación interior.

—Ah, entonces ¿se trata de Daisy? —pregunta Taura con desparpajo.

La miro, molesto.

—No. Llevo meses sin verla.

—Hasta hace unos días... —Henry me lanza una mirada.

—¿Qué pasó hace unos días? —pregunta Taus, que se emociona al instante.

Henry se encoge de hombros.

—No lo sé, alguien le mandó unas flores o algo...

Suelto un improperio por lo bajo, tiro el mando encima del sofá, me levanto y me voy a la cocina.

Henry me sigue al cabo de unos segundos, con el ceño fruncido, confundido.

—¿Es porque alguien le regaló flores a Daisy?

—No... Yo... Joder. —Me paso las manos por el pelo y niego con la cabeza—. ¿No puedes ponerlo en el cesto de mierda que no vas a entender nunca porque eres normal?

Henry parpadea un par de veces.

—Vale. —Se rasca la barbilla, ubicándose—. ¿Está bien ella?

Me encojo de hombros.

—No... Sí. Creo.

Henry abre la nevera y me tira una IPA turbia, coge otra para él. La abre y se apoya contra la puerta, observándome un par de segundos.

—¿Vuelves a quererla? —pregunta con cautela.

Hace demasiado tiempo que somos amigos. Me ve la respuesta escrita en la cara, pero me planteo mentir de todos modos, casi quiero hacerlo para guardar las apariencias, aunque tampoco me apetece seguir negando que la quiero, no después de cómo empezamos.

Me encojo de hombros.

—Nunca he dejado de hacerlo.
Henry me mira fijamente, en silencio.
—Joder... —Exhala—. No lo... Mierda. Pero, Vanna...
Pongo los ojos en blanco.
—Es una distracción de mierda.
—Y Daisy..., ya sabes... —No acaba la frase.
Asiento con la cabeza.
—Creo que... No lo sé. Pensaba que sí, pero...
—Está con el poli, ¿verdad?
Asiento.
Henry frunce el ceño.
—¿Entonces...?
Suelto una risa cansada.
—Hay muchísimas cosas que no sabes de esta historia, tío.
Salimos de la cocina y vamos a la terraza.
—Pues cuéntamelas. —Se encoge de hombros mientras se sienta delante de mí.
Yo niego con la cabeza.
—No lo entenderías.
—Ponme a prueba.
Lo miro fijamente unos segundos, planteándomelo. Qué cojones...
—Se pegó un disparo a sí misma en el estómago para joder un trabajo que estaba haciendo su hermano... —Henry abre los ojos como platos, pero yo sigo hablando—. Tuvieron una discusión gordísima, ya no se hablan...
—Sí, eso lo sabía —asiente intentando seguir el hilo.
—En enero, cuando pasó..., me pidió que huyera de Londres con ella.
Parpadea un par de veces.
—¿Qué?
—Quiere largarse. No quiere... —Hago una pausa—. No quiere hacer lo que hacen nuestras familias.
—Vale —asiente una vez.
—Quería ser normal, ¿sabes? —Me encojo de hombros.
—Claro...
—Y me pidió que me fuera con ella y que tuviéramos una vida normal. Me dijo que me quería.

Hasta ahora Henry no tenía ni idea y se le ilumina la cara, pero a mí no.
—Le dije que no podía irme.
Frunce el ceño.
—¿Por qué?
Me tapo la cara, agobiado.
—¡No lo sé! Me pilló a contrapié…
—Y ahora… —Entorna los ojos, esforzándose por seguir la historia—. ¿Alguien le está mandando flores, tú estás con Vanna, ella está con el poli, tú todavía la quieres, pero no sabemos qué siente ella por ti?
Cambio la cara y me lanza una mirada. Se inclina hacia delante, intrigado.
—¿Sí… sabemos… lo que siente ella por ti?
Vuelvo a negar con la cabeza.
—Hace unos meses hubo un… incidente. —Así lo llamo—. Y nos dimos la mano… un par de segundos.
—Mierda. —Henry se apoya en el respaldo de su silla, parpadeando, procesando—. Espero que no la dejaras preñada…
Le lanzo una mirada.
—No, va en serio. —Niega con la cabeza—. Es de lo más sexy…
Le pego una patada por debajo de la mesa tan fuerte como puedo y él se echa a reír.
—Es mono. Es muy mono. —Henry asiente, ni siquiera intenta disimular lo divertido que le parece—. ¿Vas a hacer algo al respecto?
—No. —Niego con la cabeza—. Quiero que sea feliz. Quiero que tenga la vida normal que desea.

DIEZ
Julian

Vale, a ver..., habría ido a la inauguración de Christian de todos modos. Somos amigos y esas mierdas, me ayudó a encontrar *Las amapolas* y a limpiar mi nombre, no me pidió nada a cambio, me acompañó sin más, de modo que habría acudido de todas formas.

Sin embargo, cuando pasé junto a un quiosco y vi «¡Magnolia Parks vuelve a Gran Bretaña!» en la portada de *The Sun*, ¿aumentó un poco más mi interés? Tal vez.

Entro en el local con Decks, el ambiente está bastante guapo, te hace pensar en Positano en verano, aunque aquí ahora estemos en invierno.

Él se va hacia la barra, ha visto a una chica con la que se entiende.

Miro alrededor, vuelvo la cabeza hacia la mesa más ruidosa de todo el local, y ella es lo primero que veo.

Parece romántico. No lo es. Sencillamente, ella es una de esas chicas con una gravedad propia.

La observo un par de segundos. Está sentada delante de su exnovio y la novia actual y, a decir verdad, se la ve insegura, lo cual es una locura porque... ella es ella.

La novia nueva está bastante buena, no la echaría de la cama..., pero no es lo mismo. Y Magnolia está haciendo un pucherito con los labios que me interesa, porque con una chica como ella, la belleza es dinero. Y a ella le sale por las orejas, pero aquí no le está sirviendo de nada.

Se me da bien interpretar a las personas. Siempre se me ha dado bien. Por eso soy tan bueno haciendo lo que hago, por eso tengo un equipo que haría cualquier cosa que les pidiera. Sé cómo plantear las preguntas adecuadas, sé de qué hilos tirar para conseguir las respuestas que quiero. Todo se basa en interpretar a las personas.

Y al verla a ella, veo que está triste.

Me acerco y me quedo más o menos a un metro de ella.

—Oh, mierda... —digo, fingiendo que me acabo de dar cuenta de que está allí—. Se vienen problemas...

—Julian. —Se le ilumina un poco la cara.

—Eh. —Le hago un gesto con la barbilla—. Vamos, ven aquí y dame un abrazo.

Me echa los brazos al cuello y yo le rodeo la cintura con los brazos, no sé por qué, pero la levanto del suelo y ella vuela como si fuera una bolsa de papel. No detesto la sensación de tenerla entre mis brazos, si soy sincero. Ni de que su cara esté tan cerca de la mía.

Como no me gusta ponerme sentimental con otra persona, bajo las manos por su cuerpo, intento tocarle el culo y ella me mira a los ojos y me lanza una sonrisa juguetona. La última vez que hice esta mierda con ella me apartó las manos a tortas.

Interesante...

La miro un par de segundos; ella no aparta la mirada. Trago saliva con esfuerzo, recupero la puta compostura y vuelvo a dejarla en el suelo.

—¿Qué tal Nueva York?

—Tiene sus ventajas. —Me pone ojitos.

Miro a un tipo que está detrás de ella ocupando la silla en la que quiero sentarme. Adelanto el mentón y le digo sin palabras que se aparte.

Lo hace al instante y a Parks se le iluminan los ojitos como si acabara de verme hacer un truco en una fiesta y estuviera impresionada.

La siento a mi lado.

—¿Por ejemplo?

Frunce los labios.

—Pues que a los *paparazzi* de Nueva York les importo una mierda...

—Gilipolleces... —Niego con la cabeza—. Seguro que te siguen en tropel.

—Pues no, la verdad... —Baja la vista para mirarse una uña y luego vuelve a mirarme—. Allí tienen famosos de verdad. Les da igual la gente como yo.

Sorprendentemente, eso parece hacerla feliz.

—Venga, ¿qué más?

—Mmm… —Se aprieta el pulgar contra la boca mientras reflexiona y yo la observo con avidez. Vuelvo a tragar saliva con esfuerzo—. Carruajes tirados por caballos. Mi completamente ridícula vecina, Lucía. La Quinta Avenida. Central Park a medianoche…

Le lanzo una mirada.

—¿Central Park a medianoche? ¿Tienes ganas de morir?

Me mira y pone los ojos en blanco.

—Quién fue a hablar... ¿Qué tal estuvo tu viaje por Suramérica?

Suelto una risita.

—Pues bastante divertido, la verdad… —Miro más allá de ella y cruzo una mirada con Christian, lo señalo con la cabeza—. Este tipo es muy divertido.

Ella vuelve la mirada hacia él y luego gira la cabeza como un resorte poniendo mala cara.

—¡Puaj! ¿Qué está haciendo aquí Vanna Ripley?

Suelto una carcajada.

—Pues creo que se está haciendo a tu colega, ¿no?

—¿Todavía? —Parpadea—. Dios, esta ciudad verdaderamente se ha ido al garete.

—Eh… —Ballentine se inclina sobre la mesa para llamarle la atención. Lo miro con fijeza; somos amigos, supongo. Por Jonah. Hay algo en él que me jode. Al menos hoy, porque la semana pasada comí con él y los chicos y me lo pasé bien. Sin embargo, hoy este chico me molesta. No sé por qué.

Ella siempre ha estado tan colgada de él que resulta molesto. También me molesta que él la trate como a una mierda y ella lo siga a todas partes de todos modos. No estoy escuchando mucho la conversación, no sé qué dicen de Gwyneth Paltrow, y luego oigo algo…, redoblo mi atención, vuelvo a meterme en el cuadrilátero.

Me inclino hacia delante.

—¿Has dicho «vaporizaciones vaginales»?

Magnolia asiente.

—¿Con Gwyneth Paltrow? —recalco.

Pone los ojos en blanco.

—¿Con quién ibas a hacerlo si no?

Echo la cabeza para atrás.

—¿Con quién iba a hacerlo yo si no? —La señalo con la barbilla y enarco las cejas.

Ella se echa a reír, prácticamente arde en llamas. Me gusta. Me hace sentir bien.

Ballentine se revuelve en su asiento.

—¿De qué habláis cuando os están vaporizando la vagina? —pregunto.

—Vamos a ver, ¿de qué no hablas? —responde ella con ligereza, absorbiendo todo el aire del local—. Al fin y al cabo, ya está todo sobre la mesa…

—¿Te ponen sobre una mesa? —pregunta la novia nueva.

Parks desvía la mirada hacia BJ y siento una punzada de celos.

—Siento decir que no saliste especialmente bien parado durante los monólogos de vaginas.

—No imaginaba otra cosa. —BJ se encoge de hombros y empiezan a charlotear otra vez. Aparto la mirada, hablo con la chica que tengo al otro lado.

Es aburrida, bastante guapa. Estudia Fisioterapia. No recuerdo su nombre. No creo que se lo haya preguntado, lo cual no es propio de mí, realmente. Es que no es ella con quien me interesa mantener una conversación.

Me siento como un puto idiota esperando a que Magnolia vuelva a prestarme atención, de modo que decido recuperarla yo mismo.

—Bueno, ¿cuándo dices que vuelves? —La rodeo con el brazo.

—Tengo el vuelo de vuelta el 5 de diciembre.

Asiento y le lanzo una sonrisita.

—Quizá vaya a visitarte…

Me sonríe.

—Eso espero.

Le recorro la cara con los ojos y aterrizo en sus labios.

—Creo que lo pasaría muy bien contigo.

Me sostiene la mirada y apura la copa de un trago.

—Uy… No creo que puedas seguirme el ritmo.

Ballentine se aparta ruidosamente de la mesa. Parece cabreado, estaba mirando cómo ella me miraba a mí.

—Vámonos de aquí —le suelta a su novia.

—Encantada de conocerte —le dice ella a Magnolia, que se queda mirándola un par de segundos. Me da un poco de pena.
—Sí, igualmente —le contesta, con los ojos un poco tristes.
Ballentine le hace un gesto con el mentón.
—Nos vemos, Parks.
Se van, él se gira un segundo y le dice algo moviendo solo los labios. Miro a Parks con los ojos entornados.
—¿Acaba de decirte a espaldas de su novia que te escribirá?
Ella frunce los labios.
—Sí. Lo ha hecho… —Dobla las manos delante del cuerpo—. Qué terriblemente clandestino…
—Ahora te va lo clandestino, ¿eh? —Le pego un codazo.
Ella me mira con ojos impasibles.
—Igual sí.
Trago saliva.
—Está bien saberlo.
Voy a hacer una pausa para decirte una cosa: no lo entiendo. En serio. Yo no me cuelgo de la gente, y para dejarlo claro, no estoy colgado de ella. A veces pienso en ella, nada más.
Le escribo cuando pienso en ella. Que no es a menudo, solo a veces.
Es que es una de esas personas que se te mete en la cabeza.
—Bueno… —Se aclara la garganta, parece nerviosa, quizá—. ¿Qué es esto? —Me coge la copa que tengo en la mano, se la acerca a los labios. La prueba. Tequila, solo y sin hielo.
Tose y yo me lamo los labios para ocultar una sonrisa al ver el ruido de disgusto que hace.
—No tenemos el mismo gusto para las copas.
Recupero mi vaso. Doy un sorbo mientras la miro.
—Nunca lo hemos tenido.
Ella no dice nada, se limita a quedarse allí sentada esperando a que yo diga algo más, con la barbilla apoyada en la mano, parpadeando despacio. Joder. Me hace sentir incómodo, pero me encanta. No sé cómo, pero la balanza del poder cae a su favor. Nunca había tenido que esforzarme en una conversación en toda mi vida, pero esta chica me está exprimiendo.
Me aprieto la lengua contra el labio inferior.
—Podríamos tener otras cosas en común…

—¿Ah, sí? —Me quita una pelusa del hombro.

Joder. Vuelvo a tragar saliva con esfuerzo.

—Ajá. —Asiento.

Enarca las cejas moderadamente interesada.

—Uy, dímelas…

Miro a mi alrededor, me encojo de hombros.

—Somos los más guapos de todo el local.

Ella también pasea la mirada alrededor y luego asiente reflexiva.

—Bueno, BJ se ha ido, así que ahora es cierto…

Suelto una carcajada, pero estoy molesto y ahora me mola más que hace un segundo.

—¿Qué más? —Se muerde el pulgar.

Hostia puta.

Respiro hondo. Levanto los hombros despreocupadamente.

—Creo que tendría que enseñártelo.

—Julian. —Me pone ojitos—. Si fuéramos a desnudarnos y tuviéramos esas mismas cosas en común, lamento decírtelo, pero estaría terriblemente decepcionada.

Me río. Ella sonríe.

Un camarero le trae otro Martini y ella le lanza una sonrisa.

—¿Qué tal tu hermana? —Da un sorbo.

La pregunta me altera.

—Bueno… Esto… Yo… —Niego con la cabeza. Me centro, no quiero quedar como un idiota delante de ella—. ¿Sabes qué pasó?

—No, no mucho… —Magnolia niega con la cabeza—. He oído que no os habláis.

Asiento.

—Lo siento… —Me toca el brazo—. Sé lo mucho que ella significa para ti.

—Significaba —matizo.

Parks pone los ojos en blanco.

—Mentiroso.

—Tiene novio —digo, no sé por qué.

Lo arrojo en el montón de cosas que no entiendo de Magnolia Parks, pero sí creo que está bien hablar con ella.

Asiente.

—Los he visto por ahí. Él es realmente atractivo.

Arrugo un poco la nariz.

—¿Lo es?

—¡Sí! —Se ríe ella.

—Joder... —Niego con la cabeza—. A mi hermana y a ti se os solapan mucho los hombres en los que tenéis interés.

Pesca la aceituna de su copa y le pega un bocado. Se deja el palillo en la boca.

—No exhaustivamente.

Hago un ruido gutural involuntario que me disgusta, pero niego con la cabeza y le sonrío.

—¿Puedo llevarte a casa?

—¿Te refieres a acompañarme a casa?

Me río.

—Eh..., claro. —Suelto otra risita—. Desde luego.

—Julian. —Me mira con fijeza.

—Magnolia.

Exhala por la nariz. Niega con la cabeza.

—Acabo de salir de algo.

—Justo a tiempo para meterte en mi cama. —Le lanzo una gran sonrisa.

Ella pone los ojos en blanco de nuevo y vuelve a negar con la cabeza.

—Eres un idiota, Julian Haites.

Trago saliva, me concentro en asegurarme de que mi cara no revele que me ha decepcionado que me dijera que no.

—Cualquier día de estos me vas a decir que sí...

Esboza una gran sonrisa de disculpa.

—No lo creo...

Me pongo las manos en la cabeza y exhalo.

—Eres mi Everest.

Me lanza una miradita y niega con la cabeza.

—Hay quien muere intentando escalar el Everest.

La miro fijamente.

—No me da miedo morir.

Suelta una carcajada, pone los ojos en blanco como si pensara que soy un idiota otra vez. Nadie piensa que yo sea un idiota, exceptuándola a ella, al parecer, y eso hace que la desee todavía más.

Coge su bolso. Se pone de pie. La imito. ¿Por qué la imito?

—Vendré a Nueva York a visitarte.

Ladea la cabeza.

—No es la primera vez que me lo dices.

—Bueno, lo digo en serio. —Me encojo de hombros.

Le da un beso a Henry Ballentine en la coronilla sin decir nada. Le sopla un beso a Christian. Fulmina con la mirada a Jonah.

Vuelve a mirarme a mí.

—Tampoco es la primera vez que me lo dices.

—Sí, pero... —Dejo caer la cabeza hacia atrás—. Estaba un poco en un aprieto.

Le aprieta la mano a Taura Sax y luego vuelve a mirarme.

—¿Un aprieto en el que te metiste tú solito, entiendo?

—Calma, muñeca... —Le lanzo una mirada—. Pero sí, supongo que sí.

Magnolia se echa a reír y ese sonido me hace sonreír. Lo cual es raro, así que dejo de hacerlo.

—Nos vemos —me dice rozándome la mejilla con los labios antes de irse.

22.47

+44 7700 900 959

A ver...

De qué nivel de clandestinidad estamos hablando???

Jaj.

Un encuentro en un hotel o más bien...

Te llevo a comer y te meto mano por debajo de la mesa...?

> Seguramente, ni una cosa ni la otra.
>
> Tal vez incluso las dos!

Vale

> Vale.

Tú dime dónde y cuándo.

ONCE
Daisy

Al terminar la jornada, cojo el ascensor para bajar al parking con Grace. Me está poniendo la cabeza como un bombo hablándome de Warner, que se lo tiró el fin de semana y que no tendría que haberlo hecho porque es un capullo[66] y un consentido[67] y un misógino[68] y que se siente mala feminista por haberlo hecho.

Para mí, Grace tiene toda la pinta de ser una de esas chicas a quienes les encantan las palabras de moda. Parece una introvertida con mucha ansiedad social a quien le han hecho luz de gas toda la vida, pero no lo es, no la tiene y no se lo han hecho nunca.

Prueba de ello es que no he dicho ni una sola palabra desde que hemos echado a andar al salir del vestuario hace ya cuatro minutazos, pero a mí me viene bien porque estoy cansada y no me apetece repartir consejos sexuales, aunque es verdad que tengo un poquitín de curiosidad por saber qué tal se le da a Warner.

La puerta del ascensor se abre con un ring y ahí está, esperándome como ha hecho cada día de las últimas dos semanas.

Romeo Bambrilla me mira a los ojos. Nos miramos fijamente un par de segundos. Hay demasiadas cosas por decir, tantas que ni siquiera sabría por dónde empezar...[69]

—Oh, hola. —Grace se queda mirándolo, parpadeando mucho. No es culpa suya, es realmente guapo.

---

[66] Que lo es.
[67] Que lo es.
[68] Que lo es.
[69] «Lo siento, eres mi mejor amigo, te quiero, por favor, perdóname» podría ser un buen punto de partida.

Salgo del ascensor y echamos a andar.

—¿Lo conoces? —Sale corriendo detrás de mí, vuelve la vista por encima del hombro para mirar a Romeo, que camina tranquilamente detrás de mí.

—Sí. —Empiezo a buscar mis llaves, aunque todavía no estoy cerca de mi coche.

—Es muy sexy... —comenta, volviendo a mirar hacia atrás por encima del hombro y oigo que Romeo se ríe por la nariz.

Vuelvo la mirada hacia él yo también, nuestros ojos se encuentran, y miro a Grace.

—Sí —contesto.

—¿Es tu novio?

—Ex. —Paro de andar para rebuscar en el bolso.

¿Dónde están las malditas llaves?

Romeo se cruza de brazos, mirándome fijamente. Sé que la impaciencia se ha colado en sus ojos incluso sin siquiera mirarlo, puedo notarlo.

—¿Por qué rompisteis? —pregunta Grace mirándome a mí y luego a él, como si fuera a contestarle delante de él. Como si fuera a contestarle en general.

Fijo los ojos en Romeo y el corazón empieza a hundirse en mi pecho porqué él me ofreció una vida normal una vez, cuando era demasiado joven para saber que la necesitaba. Aunque él sí lo sabía. Dije que no, le rompí el corazón. Lo cambié junto con la normalidad que me ofrecía por un par de años más con mi hermano, y total ¿para qué?

Suspiro, abro la boca para decir algo (¿qué podría decir?) y luego oigo el fuerte rechinar de neumáticos.

—¡DAISY! —chilla Romeo.

Una furgoneta se detiene junto a mí, dos disparos, me miro a mí misma, intento ver dónde me han dado, pero no ha sido a mí. Miro a Romeo, que está sacando la pistola, encañona a todas partes, me apunta a mí, pero no me apunta a mí, a mí no me apuntaría nunca, ¿verdad? ¿Dónde está Grace? Miro a mis pies. Oigo la puerta de una furgoneta abrirse con fuerza.

Está muerta a mis pies, ahí es donde está Grace. Quizá no está muerta, pero está bocabajo. No puedo verlo.

El charco de sangre que mana de ella me lleva a creer, opinión médica a parte, que probablemente está muerta, o que se está muriendo muy deprisa.

Y, entonces, siento unos brazos que me agarran por detrás.

Y es curioso, no tengo miedo, no pienso en quién me salvará, ni siquiera si habrá posibilidad de salvarme. No me preocupa morir, creo que la muerte siempre ha sido de los míos. ¿Lo primero que pienso?

«Ahí va la normalidad».

El hombre que me ha agarrado me arrastra de espaldas hacia la furgoneta, y Rome no le dispara porque yo estoy en medio. Sin embargo, sí dispara mientras corre hacia los asientos delanteros del vehículo y alcanza al conductor.

Me revuelvo entre los brazos de ese hombre, pero no me suelta, de modo que me acerco las rodillas al pecho, me saco la navaja[70] de las botas de combate de Balmain[71] que llevo y empiezo a apuñalar a ciegas detrás de mí.

Hombro, cuello, cara, me da igual, le alcanzo en todas partes y él grita de dolor. Me suelta al caer y otro hombre emerge de la furgoneta con una pistola y me apunta y oigo un disparo. Me toco la cabeza, él tampoco me ha dado.

El hombre cae. Muerto.

Vuelvo la mirada hacia Romeo.

Respira con dificultad. Luce esa expresión en la cara que ha puesto ya demasiadas veces en nuestras cortas vidas.

Me inclino hacia Grace.

—¡No! —Me agarra.

—¡Sí! —Me aparto—. Podría estar…

—No lo está… —Niega con la cabeza.

Lo aparto de un empujón.

—¡No lo sabes!

—¡Sí lo sé! —me grita—. Le han disparado en la cabeza, he visto cómo le han dado…

Me pongo las manos en las mejillas. Creo que voy a vomitar.

---

[70] El cuchillo de bota de un solo filo de 85 mm de Bear OPS con la hoja negra en punta de lanza.
[71] Las Ranger. De cuero negro.

—Tenemos que irnos, Dais. Ahora. —Rome me agarra la mano y corremos hacia mi coche, me arranca las llaves de la mano, abre el coche y me mete dentro.

—¿Estás herida? —No me mira cuando me lo pregunta, sino que enciende el coche y arranca.

Revienta la barrera de la salida del parking.

—No. —Niego con la cabeza, me meto los pies debajo de las piernas—. ¿Y tú?

Me mira y niega con la cabeza él también.

Luego asiente y saca el móvil.

—¿Miguel? —dice por teléfono—. No, iban a por ella. En el parking. No, sí… Estoy… Está conmigo. —Me mira de reojo—. Están muertos. —Hace una pausa—. Igual que la chica del ascensor.

—Grace Pal —digo.

Romeo no repite su nombre.

—¿Tienes el Escalade? —pregunta en lugar de repetir el nombre—. Te esperamos en la puerta. Nos desharemos del coche.

—No. —Le arreo un manotazo y él me lanza una mirada afilada, luego cuelga el teléfono.

—¿Cómo lo sabías? —pregunto cruzándome de brazos.

Toma aire con dificultad.

—Has cabreado a todo el puto mundo, ¿quién cojones iba a mandarte flores?

DOCE
Julian

Me llamaron cuando ya estaban volviendo al Recinto.

Me entraron putas ganas de vomitar por no haber actuado más rápido, por no haberla obligado a volver a casa en cuanto vinieron a contármelo.

Tuve el presentimiento de que debía hacerlo cuando vino la otra noche, aunque no imaginé que fuera a salir demasiado bien. Se habría peleado conmigo, eso me habría hecho enfadar...

Además, no me apetecía que se viniera arriba, que pensara que la echaba de menos o cualquier mierda por el estilo, lo cual quizá sea verdad, pero tampoco hace falta que ella se entere.

Sin embargo, ahora ha ocurrido esto y me importa una puta mierda todo lo demás.

Entra como una exhalación por la puerta de mi despacho y se lanza derechita a mis brazos. Suelta un enorme sollozo contra mi pecho y yo la abrazo con más fuerza. Me retiro un poco para mirarla.

—¿Es tuya? —Señalo la sangre que cubre a mi hermana.

Ella niega con la cabeza.

—¿Estás bien? —Le pongo la mano en la mejilla y ella me fulmina con la mirada antes de apartarla de un manotazo.

La miro fijamente con los ojos como platos.

—¿Qué haces apartándome la puta mano, estás tonta?

—Seguimos peleados —dice con voz fuerte.

—¿Y?

—Ay, Dios. —Koa se cruje el cuello.

—Pues... —Me pega en el brazo—. Que no intentes ser amable y consolarme, pedazo de psicópata.

—Muy bien. —Le lanzo una mirada lúgubre y vuelvo al otro lado del escritorio—. Discúlpame por haberme preocupado un momento por la niña a la que crie.

Daisy me fulmina con la mirada y se va hacia Romeo sin darse cuenta, se sienta en el brazo del sillón que ocupa él. Vaya par, te lo juro por Dios.

Mi perro sale a rastras de debajo de mi mesa, se encamina hacia mi hermana y le coloca la cabeza en el regazo. Ella empieza a acariciarlo automáticamente y yo pongo los ojos en blanco.

Hinco los codos encima de la mesa, dejo caer la cabeza entre mis manos y exhalo.

—¿Conclusiones? —pregunto a los presentes.

Romeo niega con la cabeza.

—Ha sido un puto desastre... Un puto y absoluto desastre.

Lo miro.

—¿Qué dices tú ahora?

—No ha sido un buen trabajo. —Niega con la cabeza—. Ha sido una chapuza.

—La chica que ha muerto... —empiezo a decir.

—Grace —salta Daisy.

—Grace... —Mi hermana y yo nos miramos a los ojos—. ¿Qué sabemos de ella?

Daisy niega con la cabeza.

—Veintitrés años, lista, un poco pesada. Supongo que su familia es de clase media-alta.

—¿Podría haber escondido mierda? —Nunca se sabe.

Daisy niega con la cabeza como si yo fuera un idiota. Por la cara que pone veo que está a punto de hacer algo que me saque de mis casillas, pero justo entonces Tiller irrumpe en mi despacho.

—¿Dónde está? —dice, primero me ve a mí.

Ella se pone de pie al tiempo que él se vuelve y la ve cubierta de sangre.

—Por Dios... —La agarra y la mira de arriba abajo buscando la herida.

—No es mía... —Niega muy rápido con la cabeza.

Tiller le acuna el rostro entre las manos y le da un beso en la mejilla, la abraza y nunca había visto a nadie abrazándola con tanta fuerza. Y resulta extraño ver a alguien queriéndola tanto de repente. Un extraño pensamiento retumba en mi cerebro: tendría que haber estado allí para verlo. Uno quiere ver a alguien enamorándose de su niña como merece que la quieran y yo me lo he perdido. Ahora he caído en la cuenta de que están completamente formados y esas mierdas. Aunque supongo que esto es lo que ocurre cuando le das la espalda a todo y a todos los que conoces, y solo tienes una persona en la que pensar y él era la de Daisy.

—¿Qué ha pasado? —Tiller se separa de ella y nos mira a todos.

—Una furgoneta me esperaba en el parking... Han disparado a mi amiga. Me han agarrado a mí.

Tiller saca el móvil y Daisy lo aparta.

—Nada de policía.

—Acabas de decir que ha muerto una chica...

Niego con la cabeza.

—Tengo a un par de chicos en ello, harán que parezca que la han atacado en el parking...

—Vaya. —Tiller me mira con sarcasmo—. Eso me tranquiliza muchísimo...

Daisy le quita el móvil de las manos, se lo guarda de nuevo en el bolsillo y lo mira negando con la cabeza.

—¿Cómo puedes estar bien? —Le pregunta señalándola.

Daisy mira a Romeo, que se pone de pie. Tiller los mira a ambos. Piensa un segundo. Luego se acerca a Romeo y le tiende la mano.

Una extraña ofrenda de paz, de madero a maleante.

Rome mira fijamente a Tiller.

—*Fanculo* —dice para sí y se va, no sin antes pararse ante Daisy y darle un beso en la frente—. Bienvenida a casa —le dice antes de largarse.

—No he vuelto a casa... —le contesta ella.

Me río, divertido.

—Desde luego que sí.

—No... —Me mira a mí y luego a su chico—. No voy a volver.

—Sí. Sí lo harás. —La miro como si fuera una idiota. Que lo es—. No vas a volver allí, regresarás al Recinto desde ahora mismo. Ya he mandado que recojan tu piso. Me preguntaba adónde había podido ir a parar mi Matisse...

Le lanzo una mirada y ella cambia el peso del cuerpo de una pierna a la otra, haciendo caso omiso de los ojos como platos de su novio el poli.

—Ni siquiera te gusta el expresionismo... —le digo cruzándome de brazos.
—Bueno, ese sí me gusta. —Se encoge de hombros.
—¿Por qué? —Le pongo cara de irritación—. Solo son «señoras desnudas pintadas con ceras». —Pongo los ojos en blanco, citándola.
—Ni siquiera tienen cara. —Gruñe con un hilo de voz.
—¿Por qué te lo llevaste entonces?
—Porque me recuerda a t... —Cierra la boca con fuerza. Exhala por la nariz. Me siento como una mierda—. No voy a volver a vivir aquí.
Niega con la cabeza, mira a Tiller en busca de refuerzos y, ojo a la sorpresa, él pone cara de no tenerlo claro.
—Creo que deberías. —Asiente él.
—¿Qué? —Parpadea ella.
Tiller le hace una especie de encogimiento de hombros desesperado; suspira.
—¿Quién puede protegerte como él?
Nadie, es la verdad. Al menos él lo sabe.
Tiller niega con la cabeza.
—Porque yo no puedo. Quiero, pero no puedo. Todo lo que está en mis manos es insuficiente, Dais. Con él estás protegida.
—Me gusta mi piso. —Ella niega con la cabeza al instante. Tiene una expresión en la cara..., es extraña, verdaderamente desesperada. Conozco todas sus caras, ahora mismo siente que pierde algo. Como si intentara agarrarse a algo y se le estuviera escapando de entre los dedos. No sé lo que es, pero me doy cuenta de que se siente así. Hay cierta aflicción reflejada en sus ojos.
—Sobre eso... —le sonrío incómodo—. La verdad es que ya está anunciado en Rightmove.
Se abalanza sobre mí al instante.
—¡Vete a la mierda! —Me pega—. ¡Vete a la mierda! —Vuelve a pegarme una y otra vez, y luego Tiller la levanta y la aparta de mí.
Y ya vuelve a ponerle las manos en la cara. Está llorando, ella, ahora. Niega con la cabeza como una loca.
—Esto no es lo que quiero..., no es lo que quiero...
—Dais. —Tiller busca sus ojos—. Todo irá bien...
Ella lo mira y es raro. Frenético. Como si intentara decirle algo.

—Esto no es lo que quiero…, no quiero esto…

Tiller asiente, algo confundido.

—Lo sé.

Ella niega con la cabeza.

—No podemos vivir aquí…

La miro fijamente, confundido. No sé de qué habla… Señalo a Tiller con un gesto despreocupado.

—Puede quedarse, los chicos no le harán nada…

—¡No queremos vivir aquí! —chilla, más enfadada de la cuenta.

Me acerco a su cara.

—Bueno, ¿queréis morir?

Tiller vuelve a apartarla, le seca las lágrimas de la cara. Se le da bien calmarla, la verdad.

—Me quedaré contigo, Dais… Todo irá bien.

Ella asiente, sigue llorando un poco.

—Prométeme que te acordarás…

De nuevo, Tiller también parece confundido.

—¿Que me acordaré de qué?

Dais lo mira con ojos vidriosos.

—De que nada de esto es lo que yo quería.

—Claro. —Él se encoge de hombros sin comprenderlo—. Vale.

Creo que él piensa que ella está en shock o histérica o algo.

Empieza a llevarla hacia la puerta de mi despacho.

—Id a tu cuarto de antes… —le digo mientras se marcha.

Daisy no se vuelve, pero Tiller asiente con la cabeza.

Miro a Koa desconcertado.

—¿Qué cojones ha sido eso?

—Él todavía no lo sabe, pero ella sí. —Se encoge de hombros—. Se han metido en terreno pantanoso.

TRECE
Daisy

Cuando nos metemos en la cama esa noche, Tiller carga la pistola y yo lo miro con fijeza. Pone mala cara y luego se disculpa, pero acaba metiéndola debajo de la almohada de todos modos.
No digo nada, me quedo ahí tumbada mirando el techo.
—Solo será durante un tiempo, Dais. —Rueda hacia mí.
—Mmm —asiento.
Esto no es lo que quiero, eso le he dicho. Aunque sí lo sea a veces. Me pasé toda mi vida queriendo ser normal, y luego lo conseguí, por fin, solo me costó todo lo demás. Y después, cuando ya lo había logrado, me esperaba hasta que Tiller se dormía por las noches y entraba a hurtadillas en un cuarto que tenía cerrado bajo llave y me sentaba debajo de un cuadro que mi hermano y yo robamos juntos, y me preguntaba si mereció la pena. No sé si fue así.
Amo a Tiller. Funcionamos; cuando soy normal, funcionamos. Él es bueno, apuesto, protector, considerado, es amable... y funcionamos en mi piso en W2 4BA. Funcionamos en la cafetería de la calle de enfrente. Funcionamos en el restaurante tailandés de la esquina, en el cine, en el mercado de agricultores, funcionamos cuando paseamos por Kensington Gardens Square...
Pero no sé si funcionaremos aquí.
—Estaremos bien —me dice apretando la nariz contra la mía. Pero sospecho que piensa lo mismo que yo.
Nunca he estado en un barco que naufraga, pero la verdad es que pienso bastante en ellos... Pienso que mi vida es un barco que se hunde a cámara lenta... Me alcanzarán un día... Un día, moriré. Algún día, alguien me alcanzará y la espada finalmente caerá y mi barco se hundirá.
Ahora mismo, Tiller y yo somos un barco que se hunde. Estamos en

el Titanic y nos ha alcanzado el iceberg, pero todo el mundo está diciendo que no hay peligro, que todo irá bien, que es un barco insumergible, que sigan durmiendo.

Cuando coloco la cabeza junto a la suya sé que hay un agujero en el barco, y la pistola debajo de su almohada confirma que él también lo sabe. Es solo que ninguno de los dos está dispuesto a bajarse del barco todavía.

—Estaremos bien —le devuelvo la mentira.

Tiller se levanta pronto al día siguiente por la mañana. Me dice que tiene un asunto del trabajo y que se tiene que ir.

Quizá es cierto, pero es que creo que no quiere estar aquí. Lo entiendo, no se lo reprocho.

Trabaja con la chica con la que salía antes de estar conmigo.[72] Siguen siendo amigos.

No creo que estas dos cosas guarden relación alguna, la verdad, pero supongo que la mente de una siempre va hacia allí, porque ¿es posible desconectarse total y verdaderamente de una persona? No lo sé... Él llega pronto al trabajo, ella ya está allí y le dice: «Qué pronto llegas», y él se encoge de hombros, responde algo así como: «Sí, es que tenía que irme de casa». Y ella se pone en plan: «Uy, ¿problemas en el paraíso?». Y él contesta: «No quiero hablar de ello», que no querría, quizá eso es cierto, pero al mismo tiempo sin querer sí le estaría diciendo que hay algo de lo que hablar... y ella le tocaría el brazo y le diría: «Bueno, si cambias de opinión...» y luego ella se iría y él se fijaría en ella marchándose, y se preguntaría si era más fácil entre ellos que entre nosotros, y desde luego (¡desde luego!) la respuesta es que sí. Es que sí. Ella era una chiquilla de la campiña británica que creció en Bakewell, bajó a Londres para ser policía en la gran ciudad, ascendió a la NCA al cabo de unos años y se enamoró del estadounidense trasladado.[73] Y él, en fin, creció cerca de Cisco Beach.[74] El segundo de tres hermanos, su madre es dentista[75] y su

---

[72] Michelle, se llama.
[73] ¿Qué? Investigo a todo el mundo que conozco.
[74] Nantucket, Massachusetts, EUA.
[75] Por eso él tiene una sonrisa tan perfecta.

padre también era policía (ahora retirado), originarios de Irlanda.[76] Tiene dos hermanos: uno es maestro,[77] el otro es abogado,[78] y él es el agente de policía convertido en agente de la Interpol convertido en agente de la NCA. Le fue bien en el colegio, era popular, estable, absolutamente precioso toda su vida, pero no pareció afectarle de ninguna de las maneras que se dan a veces. Ha tenido dos relaciones serias antes que yo: una en la universidad y luego Michelle.[79]

Sé que la llevó a casa a ver a su familia al menos dos veces,[80, 81] pero a mí no me ha pedido ni una vez que vaya a casa de sus padres. Y eso que él ya ha ido dos veces a casa desde que estamos juntos. Y eso que él va a ir a casa el mes que viene para Navidad.

Los he conocido vía FaceTime. Su padre no se queda mucho rato, no es muy hablador, según Tiller. Finge que no tiene que ver conmigo. Ambos sabemos que sí.

—Bueno, ¿y qué tal está Michelle? —le preguntó su padre una vez delante de mí.

—Papá... —Tiller le lanzó una mirada y me señaló con la cabeza tan sutilmente como pudo, pero su padre se limitó a hacer un gesto desdeñoso con la mano y luego Tiller cerró el portátil de golpe, me subió a su regazo, me besó un montón y eso llevó a que hiciera algo más que besarme un montón. Ese fue el momento en el que tuve claro que verdaderamente era por mí a nivel personal, hasta entonces me había preguntado si sus padres tenían algún problema conmigo, con que yo fuera yo y Tiller fuera Tiller. Porque Tiller es la personificación del bien, yo soy la hermana de la personificación del mal, al menos para ellos. No soy idiota, naturalmente que me lo había planteado, lo que pasa es que no sabía si era del todo cierto hasta ese día en que él intentó esconder el rechazo de su padre hacia mí con un millón de besos diminutos y, al rato, con todo su cuerpo entero.

---

[76] De ahí que se llame Killian.
[77] Marcus.
[78] Phelan.
[79] Ella es mayor que yo. Nació a principios de los noventa. A Tiller no le gusta que mencionemos que yo nací en el año 2000.
[80] Revisé el registro de los vuelos correspondientes.
[81] Cierra el pico.

La bondad de Tiller es lo que me confirma que no va antes a trabajar para ver a Michelle, eso lo sé,[82] confío en ello. También es la bondad de Tiller lo que me confirma que se ha ido pronto del Recinto porque intenta alejarse de aquí tanto como pueda y tan rápido como pueda, como si pudiera contagiarse de la maldad de todos nosotros... o peor, como si pudiera contagiarse de su atractivo.

Bajo tranquilamente las escaleras para ir a la cocina a media mañana del día siguiente, con el perro de Julian pisándome los talones. Me cae bien. Es un buenazo. En cuanto me ha oído levantarme esta mañana, ha salido corriendo del cuarto de mi hermano para venir conmigo. Siempre había querido un perro. Tuvimos un tigre una vez, un tiempecito. Julian intentaba robar *Impresión, sol naciente*,[83] que todo el mundo cree que cuelga en el Musée Marmottan Monet,[84] pero, en realidad, el verdadero cuelga en el despacho de la mujer que contrató a Julian para que lo robara. Presuntamente, el hombre a quien Julian se lo robó era el exmarido de ella, aunque el cuadro en verdad era propiedad de la mujer; él se negó a entregárselo cuando se divorciaron y por eso ella contrató a mi hermano para que lo recuperara en su lugar. Cuando él y los chicos llegaron a la casa, encontraron un cachorro de tigre enjaulado y Julian no puede tolerar un animal enjaulado, de modo que robó el cuadro, se llevó al cachorro y se tiró a la exmujer.[85] Al menos esa es la historia. El cachorro vivió con nosotros un tiempo, era muy bueno y muy dulce, pero cuanto más crecía, más precaria se volvía la situación, y Julian nunca le quitaría las garras a un animal, de modo que tuvimos que deshacernos de él y ahora vive en una reserva para tigres de Sumatra en Ubud.

Es una sensación extraña la de bajar tranquilamente las escaleras que he bajado tranquilamente toda mi vida hasta que mi vida dio un giro total. Adoro estas escaleras, son superteatrales. Todo en nuestra casa es palaciego. Unas escaleras que fácilmente encajarían a la perfección en un gran museo o un palacio barroco de algún rincón de Austria, pero están

---

[82] Lo digo en serio, de verdad que lo sé.
[83] 48 cm × 63 cm. Óleo sobre lienzo.
[84] 2 Rue Louis Boilly, 75016 París, Francia.
[85] Desde luego que lo hizo.

aquí plácidamente instaladas en South Kensington y han presenciado un sinfín de cosas ilegales e indecentes a lo largo de los años.

Llego hasta la cocina preguntándome si voy a encontrarme a mi hermano, y si lo hago, si le hablaré o no.

Uno de nosotros tendrá que disculparse primero y quizá debería ser yo porque por mi culpa perdió mucho dinero, pero bueno, igual que le den por saco porque dijo cosas horribles para vengarse de mí, y lo hizo y funcionó, y me hizo pedazos.

Lloré hasta tener un ataque de pánico. El enfermero del hospital tuvo que administrarme algo para calmarme.

No quiero verlo. Pero igualmente la puerta de la nevera está abierta cuando entro. Un par de piernas.

Pero no las de Julian.

Asoma la cabeza. La mejor cabeza del mundo, apostaría, pero no debería pensar eso, así que olvida que he dicho nada.

—Hola. —Christian me mira con fijeza.

—Oh. —Trago saliva—. Hola.

—Hola. —Cierra la nevera, sonríe un poco mientras me recorre con la mirada. De todas las personas que podía encontrarme… Christian Hemmes ni siquiera se me había pasado por la cabeza como posibilidad. Llevo un sujetador deportivo y un pantalón de chándal de Stella McCartney.

Señala con la cabeza a PJ.

—El perro te ha cogido cariño, ¿eh?

Me encojo de hombros.

—No sé por qué.

Él me observa un par de segundos.

—A los perros se les da bien juzgar a la gente.

—¿Qué haces aquí? —Parpadeo.

Se señala a sí mismo. Lleva ropa de deporte. Pantalón corto gris, camiseta sin mangas negra, deportivas.

—El mejor gimnasio de Knightsbridge.

—Eso es cierto. —Asiento una vez, sonriendo…, pero no demasiado. No quiero que sepa lo feliz que me hace verlo, y sea cual sea el nivel de mi felicidad, sé que es más alto de lo que debería.

Se me acerca y, Dios, es muy pero que muy apuesto. Intento quitarle importancia mentalmente cuando pienso en él, lo cual no es muy a menudo,[86] ese pelo que siempre está peinado hacia atrás hasta cierta clase de perfección y el rosa de esos labios cuya sonrisa podría dejarte preñada. Se detiene, ladea la cabeza.

—¿Es raro que esté aquí? Porque si lo es… —Se le apaga la voz—. Seguiré viniendo de todos modos…

Me echo a reír y él me sonríe.

—Por el gimnasio. —Asiento.

—Es que las cuotas de los gimnasios están muy caras…

—Llevas un coche que cuesta 180.000 libras…

Se encoge de hombros como si fuera un pobrecito.

—Por algún lado hay que recortar…

Pongo los ojos en blanco, lo rozo un poco a propósito al pasar a su lado mientras voy hacia la nevera.

—No hay comida en esta casa. —Fijo la mirada en el horrible vacío que esconde.

—Ya, bueno… ¿No te enteraste? —Me lanza una mirada—. La chef se largó hará un año…

Le lanzo una mirada.

—¿Eso hizo?

Asiente.

—Unas condiciones laborales nefastas, imagino… Es un trabajo muy ingrato cocinar para una panda de chicos.

—Yo recuerdo darte las gracias personalmente… —me dice, y parece que intente reprimir una sonrisa, y cierro la nevera.

—¿Eso hiciste?

Asiente tranquilamente.

—Te di las gracias allí… —Señala la encimera—. Te di las gracias allí… —Señala la mesa—. Te di las gracias contra esa ventana.

—Bueno, creo que con esa ventana realmente te diste las gracias a ti mismo…

Se echa a reír y yo no le devuelvo la sonrisa, aunque quiero.

¿En serio está flirteando conmigo? No digo nada, me limito a encaramarme a la encimera y a mirarlo.

---

[86] Aunque sea todo el rato.

—Tu hermano ha ido a Waitrose… —Christian señala con el mentón—. Creo que esperaba tener la cocina abastecida antes de que te levantaras.

Niego con la cabeza.

—No parece algo propio de mi hermano…

Aunque en realidad lo es.

—Oye… —Se pone de pie delante de mí—. Siento lo que le pasó a tu amiga.

Rompo el contacto visual.

—Gracias… —Niego un poco con la cabeza—. No éramos muy amigas, en realidad. —Pongo los ojos en blanco al oírme a mí misma—. Claro que eso tampoco lo arregla.

Asiente, busca mis ojos.

—Aun así, ¿estás bien?

—Sí. —Le lanzo mi mirada más radiante—. Ni un rasguño.

Exhala, parece aliviado a decir verdad.

—El puto Romeo Bambrilla… —Niega con la cabeza—. Qué jugada tan fina…

Le lanzo una mirada.

—No fue una jugada.

—¿Es su truco, entonces? —Christian suelta una carcajada—. Salvarte, digo.

Me siento más erguida y enarco las cejas a la defensiva.

—¿Y qué pasa si lo es?

Levanta las manos en el aire y se da la vuelta.

—¿Cómo cojones se supone que tengo que competir contra eso?

Lo miro frunciendo el ceño con curiosidad. ¿Acaso está…? No sabría decirlo. Me parece que sí sabría decirlo, pero no lo sé. Ya me he equivocado otras veces.

Además. Novio. Tengo uno.

Vuelve la vista por encima del hombro, exhala una sonrisa, niega un poco con la cabeza.

—Me gusta volver a verte en esta casa —me dice.

Me encojo de hombros.

—Yo todavía no sé cómo me siento viéndote en esta casa… —Lo miro entornando los ojos con suspicacia—. Que tú y mi hermano seáis amigos… ¿Quién lo habría pensado?

—Tú… —Se apoya contra la nevera—. Hace un tiempo, al menos.

Le lanzo una sonrisita, no sé qué significa, pero me siento demasiado expuesta sentada delante de él, ahí quieta donde puede interpretarme y observarme, de modo que me bajo de un salto de la encimera y empiezo a llenar el lavavajillas.

—Bueno —dice mientras se acerca al fregadero y empieza a aclarar los platos para luego dármelos—, ¿cómo se siente esa vida normal que conseguimos acerca de los acontecimientos de los últimos días?

Frunzo los labios, miro fijamente el plato que tengo en la mano, tomo una decisión consciente de no darle más significado del que tiene el plural de esa frase. Lo miro.

—No muy bien.

Ese comentario parece entristecerle.

—¿Sí?

Asiento.

—He tenido que aplazar este semestre.

—¿No…? —Él frunce el ceño y yo asiento.

—Julian dijo que me traería un tutor privado… —Me encojo de hombros—. Pero no es lo mismo.

Christian suspira.

—Lo siento, Dais.

Lo miro y me encojo de hombros con resignación, porque ¿qué otra cosa puedo hacer? De la noche a la mañana me habían arrebatado toda posibilidad de tomar decisiones sobre mi vida.

Luché durante muchísimo tiempo para ser yo quien tuviera el control sobre mi vida, y luego unas flores, una chica muerta y una estúpida furgoneta blanca usurparon todos mis esfuerzos.

Christian me mira con fijeza, tiene la cara tan seria como siempre, me observa con unos ojos en los que ni siquiera me atrevo a creer, y tiene el ceño fruncido.

Se me acerca. Me pega un codazo.

—Bueno, ¿y no te alegras ni un poquito de haber vuelto?[87]

Inspiro por la nariz y lo miro a la cara.

---

[87] Sí.

—¿Hueles distinto? —pregunto intentando que la voz no delate mi devastación.

Él ladea la cabeza, sin acabar de comprender a qué me refiero.

—Ya no hueles a John Varvatos.

—Oh. —Asiente comprendiéndolo—. No, dejé de ponérmela.

—¿Por qué? —Frunzo el ceño como si no estuviera personalmente ofendida ante la idea.

Él pone cara de estar incómodo y, madre de Dios, qué cara, es lo primero que pienso. Está, casi por completo, tal y como la dejé.

Tiene una peca nueva bajo el ojo derecho. Esos ojos siguen siendo tan peligrosos como siempre, del color de la miel derramada sobre las hojas de otoño.

Unos pómulos y una mandíbula que cortan como el cristal. Lleva el pelo un poco más largo, pero tiene el dorado de siempre.

Me hace sentir como si observara un cuadro.

—Porque Magnolia me la compró cuando íbamos al internado y siempre me la ponía porque pensaba que así le gustaría más.

—Oh —contesto y me vuelvo.

—Ya no quiero gustarle —me dice y me giro para mirarlo—. Por eso dejé de llevarla.

Me cruzo de brazos.

—Bueno, ¿y qué llevas ahora entonces?

Una sonrisita se apodera de la comisura de sus labios.

—Blanche. De Byredo.

—Vale. —Me encojo de hombros—. ¿Por qué?

Me devuelve el asentimiento.

—Pues porque me recuerda algo que adoro.

CATORCE
Christian

No me lo esperaba, aunque, ahora que lo sé, me siento estúpido porque es evidente. Es tan jodidamente evidente y hace que toda su historia, todos sus putos problemas, todas las maneras en que no podían lograr soltarse el uno al otro, que desaparecieran esa semana cuando íbamos al instituto, todo lo que pasó, hace que lo de ese par tenga sentido, porque, verdaderamente (y lo digo en serio), nunca lo había tenido.

Iban a tener un bebé. Beej y Parks. En el instituto, iban a tener un bebé.

A decir verdad, he estado bastante jodido desde que me enteré.

Hace que la actitud que Beej tenía conmigo y Parks cobre mucho más sentido también.

Hace que lo que Parks y yo estuvimos a punto de hacer en marzo sea mucho peor.

Quiero estar cabreado con ella por eso, pero ¿cómo iba a estarlo, teniendo en cuenta el contexto?

Le doy vueltas durante un par de días a si tendría que hablar con Beej o qué, porque me parece lo correcto.

Últimamente, ha estado bastante en nuestra casa. De normal estamos más en casa de ellos, pero creo que intenta verla aunque sea de refilón.

Beej ha estado muy callado desde que nos lo contaron, incluso dentro del grupo.

Hen y Jo están jugando a *Red Dead Redemption 2* y Beej está fuera, en el balcón, sentado solo con un whisky.

—Eh. —Me quedo de pie en la puerta.

Señala a los chicos con el mentón.

—¿Vas a dejarlos solos ahí dentro?

Me encojo de hombros.

—Tienen que arreglar las cosas.
—¿Se hablan?
Niego con la cabeza.
Deja caer la cabeza hacia atrás, mira el cielo y suspira.
—No sabría decirte si es mejor o peor que cuando tú y yo…
Me cruzo de brazos.
—Es peor. Parks no estaba dividida —digo. Me mira—. Ella siempre te quiso a ti. Sin embargo, Taura… —Me encojo de hombros—. No sabe lo que quiere.
Beej inclina la cabeza, reflexionándolo, y me siento en el umbral de la puerta con un suspiro.
—No lo sabía, tío…
Levanta la mirada y se encoge de hombros.
—Ya, lo sé…
—De haberlo sabido… —Niego con la cabeza—. Nunca habría…, ya sabes…
—Ya, claro… —Suelta una risa irónica y me lanza una mirada amenazadora—. Finjamos que eso es cierto…
Dejo caer la cabeza hacia atrás y exhalo por la boca. Puede ser un buen capullo cuando quiere. Durante un segundo me dan ganas de pegarle un guantazo, pero reprimo el impulso.
—¿Estás bien? —pregunto.
Él apura la copa. Fija la vista en el vaso vacío.
—No, tío… —Niega con la cabeza—. La verdad es que no.
Me lanza una mirada rápida y luego vuelve a apartarla.
—Es típico de Parks. —Exhala—. Vuelve a casa y me jode por completo al instante.
—Pues sí. —Suelto una carcajada y luego noto que se me frunce el ceño mientras lo observo—. ¿Por qué no me contaste lo del bebé?
—No se lo contamos a nadie. —Niega con la cabeza.
—Pero si me lo hubieras contado, yo no habría…
—Para. —BJ niega con la cabeza—. Es mentira. Sé que no es cierto…
—Hermano… —Suspiro, preparado para defenderme, pero él me mira fijamente con ojos lúgubres.
—No sabías que tuvimos un bebé, eso lo sé. Pero, vamos a ver, sí sabías lo que ella significaba para mí.

Niego con la cabeza, pero supongo que en cierto modo es verdad.

—Y no te detuvo, tío. No te importó. También la deseabas y punto.

Dejo caer la mirada y una culpa que no había sentido nunca por amarla se filtra en mi interior.

—Lo siento —me disculpo, y lo digo en serio.

Él me lanza una sonrisa rápida y asiente apartando la mirada. Parece cansado. Agobiado, quizá. Luego vuelve a mirarme y le veo esa arruga en el ceño que solo le aparece cuando se trata de ella.

—¿Lo sabías? —pregunta—. Que se quedaba, digo.

—No... —Lo miro confundido y niego con la cabeza—. ¿Cómo iba a saberlo antes que tú?

Me lanza una larga mirada.

—Nunca se sabe con vosotros dos.

9.52

Parks

> No quiero hacerme el prota, sé que no va de mí...

> Pero estoy algo mosqueado

Por?

> Cómo pudiste no contármelo?

No se lo contamos a nadie!

> Pero yo?

Christian

> No. Cállate...

> Con lo que fuimos? Y lo que hicimos?

> Y Nueva York?

> Qué cojones, Parks?

Cuando empezamos, ninguno de los dos sabía que acabaría siendo más que cuatro besos...

> Ya, pero...

> y cuando dejo de serlo?

No podía decírtelo

> Por qué no?

Hubieras seguido conmigo?

> Si digo la verdad, es probable.

Oh.

> Pero tendrías que habérmelo dicho...

> Porque él es mi mejor amigo y tú tuviste un bebé con él.

No es Henry tu mejor amigo?

Técnicamente?

> Magnolia

Bueno, él se acostó con mi mejor amiga y sabía que había tenido un bebé conmigo.

> Eres puto increíble.

No te enfades!

> Pues sí

No!!!

> Esto hace que lo de Nueva York sea mucho peor

Por?

> No lo sé, pero lo hace

> Deberíamos contárselo?

Oh! Tal vez...!

Dime, te apetece morir hoy?

> Un poco.

Y a mí, la verdad :)

> Lo siento.

> Estás bien?

No se alegra de que me quede.

> No es verdad

No le viste la cara

QUINCE
Daisy

Los oigo a todos en el piso de abajo, todos esos Chicos Perdidos que antes eran míos, pero con los que ya no sé estar a solas.
   Son (solo para que lo sepas) ofensivamente ruidosos. Del tipo de ruidoso del que te quejas si lo tienes sentado en la mesa de al lado en un restaurante. Absolutamente escandalosos. Intento atarearme con cosas que hacer en mi cuarto, que llevo un año sin ver, y que ahora está abarrotado de cosas mezcladas con las de mi[88] piso nuevo.[89]
   Nadie vació mi habitación cuando me fui. La dejaron tal cual.
   Seguro que alguien de la limpieza ha entrado, eso sí, ha pasado el aspirador y ha quitado el polvo porque está limpia. Ahora bien, aparte de eso está... tal y como la dejé.
   Alguien llama a mi puerta y la abre sin que yo diga nada.
   Rome asoma la cabeza.
   —Eh.
   —Oh, hola. —Le lanzo una sonrisa rápida y devuelvo un libro al estante que estaba inspeccionando sin motivo alguno.
   —¿Puedo entrar?
   Le hago un gesto para que lo haga.
   —Tienes que odiarnos de veras para no asomarte ni siquiera un minuto, ¿no?
   —No os odio a ninguno... —Lo miro enseguida, un poco cohibida—. Es que no sé cómo bajar...
   —¿Qué...? —Se ríe—. ¿En tu propia casa?

---

[88] Ya no es mío.
[89] ¿Ahora antiguo?

Miro perpleja a mi viejo amigo.[90]

—¿Esta es mi casa?

—Quizá te fuiste... —se mira las manos—, pero nunca ha dejado de ser tu casa.

Me inclino y le empujo con todo mi cuerpo.

—Bueno, ¿ya te has hartado de no hablarme?

Frunce los labios.

—Depende... —Se encoge de hombros—. ¿Te has hartado de ser una idiota?

Suelto una carcajada y él, otra, y de algún modo las risas alisan los bordes afilados que se interponían entre nosotros.

Me lanza una mirada.

—Si mi novia pregunta..., no, seguimos sin hablarnos.

—¡Novia! —Lo miro con los ojos como platos. Me alegro por él—.[91,92] ¿Quién es? ¿La conoz...? —Me lanza una mirada y ladeo la cabeza sin poder creerlo—. No me digas... —Se presiona la lengua contra el labio superior—. ¡Rome!

Deja caer la cabeza hacia atrás.

—Dais...

Me pongo de pie, negando con la cabeza.

—Puto increíble...

—¡Tienes novio! —Se pone de pie de un salto.

—Pero... —Niego con la cabeza como una loca—. ¡De toda la gente con quien podías juntarte!

—Oh... —suelta un bufido irónico—. ¡Mira quién fue a hablar! ¿El poli? —Me mira fijamente, incrédulo. Me señala—. Joder, es que te dije que le gustabas... —Pongo los ojos en blanco—. Y tú ahí quitándole importancia siempre...

—¿Yo? —le interrumpo—. ¡Y qué pasa contigo y Tavie! —Le pego un empujoncito—. Haciéndome pensar que estaba loca por tener miedo de que siempre volvieras a las andadas...

—¿Y qué te importa si lo hago, Dais? —Acerca su rostro al mío, me

---

[90] Me quedo corta.
[91] Genuinamente.
[92] Más o menos.

dedica una sonrisa tensa de suficiencia—. Total, yo no soy quien te gusta. Lo único que te pasa es que se te da como una mierda compartir…

Le doy la espalda, me preocupa que no sea verdad, o peor, que sí lo sea. Que lo haya mantenido a mi lado durante años porque no podía soportar la idea de que otra persona tuviera algo que primero fue mío. Me cruzo de brazos.

—¿Por qué me seguías en el parking?

Se encoge de hombros con desdén.

—Tuve un presentimiento…

—¿Un presentimiento? —repito frunciendo el ceño.

—Un presentimiento, sí… —dice con voz más fuerte y algo desafiante—. Me he pasado toda mi vida protegiéndote. No voy a dejar que te mueras ahora, solo porque te hayas pasado este último año comportándote como una zorra…

—Yo no fui ninguna z…

—Te pegaste un tiro en el estómago para…

—¡Salvar a unos críos! —salto.

—¿Delante de mí? —Parpadea, herido.

—¿Y qué le parece a Tavie que me salvaras?

Aprieta los labios.

—Tavie no sabe…

—Oh… —Le lanzo una mirada tonta—. Interesante.

Pone los ojos en blanco y tenemos las caras realmente cerca.

—¿Por qué no me das las gracias y punto?

Lo miro fijamente, tozuda, un par de segundos y luego le pego una patada con el dedo gordo del pie.

—Gracias.

—De nada. —Pone los ojos en blanco, reprimiendo una sonrisa—. Ahora baja. Estamos jugando a Dedos Pegajosos.

—Vale. —Oigo que berrea mi hermano antes de que lleguemos siquiera donde están—. El juego es Dedos Pegajosos. Conocemos el objetivo. Tenéis vuestros equipos, y…

Deja de hablar cuando Rome y yo entramos. Sonríe a medias.

—Mierda —gime TK—. Ya no quiero jugar…

Lo miro fijamente, herida, parpadeo un par de veces.

—¿Por qué cojones no quieres? —ladra Rome.

—Porque tú... —TK corre hacia mí, me levanta del suelo y me hace dar vueltas, juguetón— ganas todas las putas partidas.

Le sonrío radiante, muy feliz de verle.

Me inclino hacia él.

—Oye, siento lo de... —Simulo que le tapo la cara con un trapo.

Booker se acerca y me rodea con un brazo.

—Olvídalo, yo lo ahogo con Propofol todo el rato.

TK pone los ojos en blanco.

—Es la única manera de hacerlo callar. —Feliz me hace un gesto de asentimiento y me guiña el ojo.

Booker me besa la coronilla y luego mira a mi hermano.

—Pero Teeks tiene razón, sepáralos...

—Eh. —Rome los señala a ambos con un gesto de la cabeza—. Podéis iros a la mierda y jugar mejor.

—Nah, no es justo... —Declan niega con la cabeza, me mira fijamente desde la otra punta de la estancia—. Vosotros dos os inventasteis el juego.

Es cierto, nos lo inventamos. Un punto medio entre el suelo es lava, capturar la bandera y robar.

Miro fijamente a Decks.

—Hola —articulo con los labios.

—Hola —contesta igual.

Siento que podría echarme a llorar de lo majos que están siendo todos conmigo, tratándome como si no hubiera pasado un año desde la última vez que hablamos, como si no hubiera puesto nuestro mundo patas arriba...

—Muy bien. —Kekoa se me acerca y me abraza por detrás—. Basta de cháchara. ¿Para qué jugamos?

Mi hermano enseña una cajita y todo el mundo frunce el ceño.

—Un pastillero de finales del siglo XVIII. Francés. Hecho de perlas, oro y esmaltado, valorado en, a la baja, 20.000 libras.

—Vale. —TK asiente, impresionado—. Esta cajita diminuta no es moco de pavo...

—Y esto. —Julian enseña un anillito de oro con una piedra azul marino en forma de corazón. Rome lo mira entrecerrando los ojos.

—Me lo pido... —me susurra.

—De oro con un zafiro, manufacturado en la madre patria Gran Bretaña en el siglo XV, posiblemente antes.

—¿Valor? —pregunta Declan, impaciente.

Mi hermano le lanza una sonrisa altanera.

—Unas 55.000 libras.

Rome me da un codazo.

—Ya conocéis las reglas, pero las repetiré para Declan. —Lanza una mirada afilada a su amigo—. Prohibido derramar sangre, prohibido agarrar por el cuello... —Me mira a mí y añade—: Daisy, prohibido usar cloroformo. —Le hago una peineta—. Koa y yo defenderemos el premio. —Sujeta en alto una pistola de *paintball*—. Si os alcanzamos, quedáis congelados un minuto... —Da una palmada—. En marcha.

Te cuento el funcionamiento. Los chicos esconden los dos premios en algún lugar de la casa (pueden estar juntos, pueden no estarlo) y luego se esconden con las pistolas de *paintball* e intentan darnos para obligarnos a ir más lentos. El suelo es lava: no puedes tocarlo con los pies o quedas eliminado al instante. Es el juego favorito de todos, y no solo porque las cosas que nos jugamos siempre sean buenas, sino porque es divertido.

Rome y yo nos lo inventamos un año en Navidad, cuando éramos críos.

No ganamos todas las partidas, pero es verdad que ganamos la mayoría.

Al resto no les gusta que vayamos en el mismo equipo porque casi todos consideran que yo juego con ventaja; para empezar, soy más menuda y ligera, puedo contorsionarme para caber en espacios más pequeños, puedes lanzarme en el aire más arriba. Pero no ganamos por eso. Rome y yo ganamos sencillamente porque siempre estamos en la misma onda y no nos hace falta comunicarnos cuando nos comunicamos. Normalmente también gano si hago equipo con mi hermano.

Ya hemos encontrado la cajita de las pastillas, y me alegro de haberla encontrado porque la quería. A decir verdad, quería ambos premios, pero Romeo ya se ha pedido el anillo,[93] así que da igual. Estaba en el conducto de ventilación de encima de la pila de la cocina.

---

[93] Y si se lo da a Tavie voy a gritar.

Y hemos localizado el anillo: está en un cuernito de la lámpara de araña que pende en nuestro vestíbulo. Y estoy colgando de dicha lámpara (con una sola mano) y mi hermano y Miguel me están chillando desde el suelo mientras yo me columpio de aquí para allá; Kekoa ha traído una colchoneta para que pueda caer encima y Rome intenta agarrarme por los tobillos para devolverme al descansillo...

—¡Suéltate! —me chilla Julian.

—Qué va, la tengo... —dice Rome, sin tenerlo muy claro.

—¡Déjate caer, Cara! —me dice Koa.

—¡Pero quiero el anillo! —le grito a mi hermano sin mirarlo.

—¡Te vas a matar! —berrea Miguel.[94]

—¿Quién ha tenido la idea de ponerlo en la araña? —les grito—. Es culpa vuestra.

—¡Nadie te ha obligado a SALTAR ENCIMA! —vocifera Julian y es justo entonces cuando entra Tiller.[95]

—¿Qué cojones está pasando aquí? —grita al tiempo que yo alargo, alargo, alargo las puntas de los dedos, y la mano me resbala, me voy a caer, lo estoy notando, y siento la otra mano cerrándose alrededor del anillo justo cuando la araña acaba de escurrirse de entre mis dedos y empiezo a caer... ¿cuánto? Qué sé yo, unos cinco metros y medio.

—¡Allá va! —grita Romeo, y mi hermano y Kekoa tensan la colchoneta y aterrizo a la perfección con la cabeza levantada como una suricata, orgullosa de mí misma.

—Eres jodidamente ridícula. —Mi hermano suelta una risita mientras niega con la cabeza—. ¿Lo has conseguido?

Levanto un dedo y se lo enseño.

Él suelta otra carcajada, me ofrece una mano para ayudarme, pero en cuanto lo hace, Tiller me aparta de él, fulminándonos a ambos con la mirada.

—¿Qué estáis haciendo? —pregunta mirando alrededor, confundido.

—Nada, jugar. —Me encojo de hombros inocentemente.

—¿Y a qué narices estáis jugando? —pregunta con voz fuerte.

---

[94] Y eso dicho con su acento brasileño manda a Rome al borde de un ataque de nervios.

[95] ¿Sabes ese meme de Danny Glover entrando en una sala en llamas con una pizza en la mano? Esto es la versión real de aquello.

—A nada... —Niego con la cabeza, desdeñosa—. No es más que un juego, una tontería —digo,[96] y mi hermano frunce el ceño.

—Oh, oh... —dice Romeo mientras baja las escaleras trotando tranquilamente—. Se acabó la hora de juegos. Papá está en casa.

Rome se me acerca.

—Buena partida —me dice y yo le tiendo el anillo. Él lo mira y niega con la cabeza—. Quédatelo tú.

Se inclina hacia delante, me da un beso en la mejilla[97] y sale por la puerta principal.

Trago saliva, de pronto me he puesto un poco nerviosa porque Tiller lo mira con fijeza.

—Venga... —Agarro a Tiller de la mano y me lo llevo escaleras arriba. Mi hermano me observa mientras me voy, sigue con el ceño fruncido.

—Nosotros tres vamos a cenar juntos esta semana, ¿vale? —me grita Julian.

Tiller vuelve la mirada y yo niego con la cabeza.

—Mmm, no...

—No era una pregunta, Cara —replica Julian mientras se va.

Meto a Tiller en mi habitación y cierro la puerta con una sonrisa de disculpa. Él se cruza de brazos.

—¿Qué juego era ese?

—Oh... —Hago un gesto desdeñoso con la mano—. Uno muy tonto.

—¿Cuál era? —pregunta de nuevo.

Aprieto los labios.

—Se llama Dedos Pegajosos.

—Dedos Pegajosos. —Parpadea, impasible.

Asiento.

—¿Y qué se hace durante el juego Dedos Pegajosos? —Me lanza una mirada con las cejas enarcadas.

---

[96] Aunque es mi juego favorito del mundo entero.
[97] Y siento una oleada de añoranza y amor hacia él, aunque no sé agrupar específicamente en qué capacidad siento estas cosas por él. ¿Es algo nostálgico y él siempre va a hacerme sentir un atisbo de todo eso solo por ser quien es, o es una ternura de un pasado en el que él no es más que algo a lo que le tendré siempre mucho cariño, o siempre hay más que todo eso cuando se trata de nosotros dos? No lo sé.

Me cruzo de brazos a la defensiva.

—Se parece un poco a capturar la bandera.

Entorna un poco los ojos.

—¿Y qué es la bandera, Dais?

—Oh... —Me lamo los labios y me encojo un poco de hombros—. Depende.

—¿De? —pregunta con voz afilada.

Aparto la mirada porque no sé qué decir.

—Enséñame el anillo —me pide tendiendo la mano a la espera.

—No. —Niego con la cabeza.

—Enséñamelo.

—¡No! —Hundo las manos en los bolsillos—. Mi hermano lo compró en una subasta por internet... —le digo, aunque no estoy segura de que sea completamente cierto. A veces es cierto.

Tiller me mira y niega con la cabeza.

—Daisy... Entiendo que intentes sacar el máximo partido de una situación negativa, pero ¿me voy una noche y cuando vuelvo aquí te encuentro jugando a fingir que eres una ladrona?

—¡Soy una ladrona! —le grito y él parpadea un montón de veces. Parece asustado, la verdad, de modo que niego con la cabeza muy rápido—. Bueno, lo era...

Él exhala con la vista fija en el suelo.

—¿Y qué eres ahora?

—Veamos... —Le lanzo una sonrisa tensa—. Es verdad que quería ser normal, pero luego me acosaron, intentaba ser médica, pero una chica murió en un parking por estar de pie a mi lado y, en fin, pensaba que era, ya sabes, una buena persona, más o menos, pero mi novio está aquí de pie, mirándome como si fuera algo que se le ha pegado en la suela del zapato...

Se le suaviza la expresión al instante.

—No, no lo hago... —Se me acerca un paso, me atrae hacia sí y exhala ruidosamente—. Dais, no puedo cenar con tu hermano, si alguien me ve...

Lo miro fijamente.

—Estás viviendo con él.

—Ya... —Me lanza una mirada—. ¿Y en qué posición crees que me deja eso?

—Tiller —digo—. Tienes que darle una oportunidad…
Suelta un bufido.
—Por favor…
—Daisy… —suspira.

Entierro la cara en su pecho, aspiro su aroma y me siento triste al hacerlo.

Huele a lo que ha sido mi hogar este último año. Es él, él ha sido mi hogar. Él ha sido lo constante, él ha sido lo que me hace sentir segura. Y el iceberg nos ha golpeado, pero siguen diciéndonos que durmamos.

Yo sigo diciéndonos que durmamos.

—Por favor… —le pido, la voz me sale ahogada contra su cuerpo—. Por favor, por favor…, te va a encantar.

Me levanta el mentón.

—No quiero que me encante —me dice muy serio.

—Hazlo por mí —le pido bajito.[98]

—Vale. —Suspira y asiente un poco—. Lo haré por ti.

---

[98] (Y manipuladoramente).

DIECISÉIS
Julian

Tiller no está por aquí, parece que ahora es tan buen momento como cualquier otro para hacer lo que llevo evitando hacer, pero debería haber hecho hace ya un año.

Llamo a la puerta de su cuarto y acto seguido mi hermana pega un chillido, de modo que entro de golpe empuñando la pistola.

Y me la encuentro ahí, sentada en la cama, con mi puto perro sentado a sus pies, el muy traidor.

—¿Estás bien? —Frunzo el ceño, mirando a mi alrededor, con la pistola todavía en la mano.

Ella exhala y se agarra el pecho.

—Joder... —Suspira—. Guarda eso... Estaba viendo *Mentes criminales*.

—¿Por qué? —Me acerco a ella mientras vuelvo a poner el seguro y la guardo.

Frunzo el ceño al ver lo que está viendo.

—Este programa siempre te hace tener pesadillas.

Le cierro el MacBook.

—¿Dónde está Tiller?

Daisy se cruza de brazos.

—En el trabajo.

Asiento una vez, la observo un par de segundos, intento interpretarla como he hecho siempre.

—¿No le gustó mucho el juego de Dedos Pegajosos? —le pregunto.

Parece un poco triste, pero intenta convertirlo en una sonrisa.

—No, no mucho. —Me mira—. ¿Pusiste el anillo en la araña porque sabías que yo era la única que podría conseguirlo?

Me río intentando disimular lo mucho que me ha pillado.

—Tal vez. —Me encojo de hombros—. De todos modos, iba a robarlo para dártelo si lo ganaba otra persona.
Me mira fijamente.
—¿Lo hiciste?
—¿Si hice el qué?
—Robarlo.
Aprieto los labios y me encojo de hombros.
—¿Te gusta, al menos?
—Sí. —Asiente y esquiva mis ojos—. Gracias.
—Tengo otra cosa para ti…
Se lo tiro en el regazo y ella lo coge, finge un instante que no sabe qué es. Como si no le regalara uno cada vez que meto la pata o hago algo que no debería hacer o sé que le he fallado. No sé por qué le regalo doblones de oro, la cosa empezó antes de que mamá y papá murieran, un año que olvidé comprarle un regalo de cumpleaños. No tenía nada que sintiera que podía regalar a una chiquilla de siete años, pero me acordé de que tenía una moneda de oro que papá me había dado tiempo atrás, así que se la regalé y ella perdió la puta cabeza. La llevó consigo a todas partes durante un año. Y ahora se ha convertido en lo que le regalo cuando me siento como una mierda o he hecho algo que no le va a gustar.
—¿De dónde es? —le pregunto, poniéndola a prueba.
Le da la vuelta a la moneda de ocho escudos, inspeccionándola.
—De Perú… —Achica los ojos—. *HISPANIARUM ET INDIARUM REX*… —Reflexiona para sus adentros un minuto y yo siento esa punzada de orgullo y fastidio de que sea tan lista—. Rey de España y… ¿las Indias?
Suelto una carcajada.
—Bien. —Me planteo preguntarle por su valor, pero no quiero que me pregunte de dónde la he sacado. No quiere saberlo.
Me siento en el borde de su cama. Acaricio la cabeza de mi perro traidor.
—Dais, tenemos que hablar.
Se sienta más erguida, parece nerviosa. Me entristece que se ponga nerviosa cuando estoy cerca, me hace enfadar conmigo mismo haber tirado por la borda la confianza que ella había depositado en mí durante toda su vida solo por ganar una puta discusión estúpida.

Me inclino hacia delante, no la miro, exhalo, dejo caer un poco la cabeza.

—He hecho cosas de las que no me enorgullezco a lo largo de mi vida, pero lo que te dije ese día en el hospital es, probablemente, la que más lamento de todas.

La miro de reojo y tengo náuseas.

—¿En serio? —me pregunta, casi esperanzada.

Asiento.

—¿Más que esa vez que Flopsy había metido la cabeza entre los radios de tu bici y tú no te diste cuenta y empezaste a pedalear y le partiste el cuello?

Pongo los ojos en blanco.

—Sí.

—¿Más que esa vez que besaste a una chica del instituto delante de Gia Bambrilla y al día siguiente encontraron a esa chica muerta en el Támesis?

No me jodas... Le lanzo una mirada de exasperación.

—¿Por qué sacas esto?

—Intento orientarme. —Se encoge de hombros inocentemente.

—Vale... —La miro con impaciencia—. Más que eso, entonces, sí.

—Caray.

Suelto una carcajada y luego fijo la vista al frente. Siento burbujeando en mi interior la pregunta que no quiero hacerle porque me siento como si no tuviera que importarme, pero me importa.

—¿Por qué lo hiciste, Dais? —le pregunto, y ella se acerca las rodillas al pecho.

Espero que mi rostro no muestre la tristeza y el dolor que siento por todo ello.

—¿Cómo pudiste hacerme eso?

Exhala por la nariz, se mordisquea el labio inferior como ha hecho toda la vida cuando está pensativa.

—¿Recuerdas lo que nos dijo papá antes de morir? ¿Lo que me dijo a mí?

La miro de soslayo.

—Eres quien me guarda.

Ella fija los ojos en un rincón.

—Secuestraste a esos críos y trabajaste con los MacMathan y luego, Jules… ¿Trabajaste con Mata Tosell? ¿Cómo pudiste?

Espera. Frunzo el ceño. ¿Qué?

Niego con la cabeza.

—Nunca he trabajado con Mata.

Vuelve a apartar la mirada, molesta.

—No me mientas.

—Dais… —Busco sus ojos—. No he trabajado literalmente nunca con Mata Tosell… —La verdad es que estoy hasta ofendido—. ¿Cómo pudiste pensar que había trabajado con él?

—¡Le hiciste una transferencia de dos millones de libras!

Pongo los ojos en blanco.

—Primero, ¿cómo cojones te enteraste de eso? Y segundo… —Le lanzo una mirada de exasperación—. Era una partida de póquer.

Parpadea un par de veces.

—¿Qué?

—Que era una partida de póquer con apuestas altas.

—¿Cómo de altas? —pregunta con voz fuerte.

Dios, qué pesada es a veces.

—Muy altas, obviamente. Perdí dos putos millones de pavos.

Se me acerca un pelín y parece que le brillen un poco más los ojos.

—¿Me prometes que nunca has trabajado con él?

Asiento una vez.

—Lo prometo.

—¿Y mis otras reglas? —me pregunta con las cejas enarcadas—. ¿Has secuestrado a alguien desde entonces?

—No. —Aunque miento—. No, claro que no… —Niego con la cabeza, le lanzo una sonrisa tensa—. Sí. Joder.

—¡Julian!

—Lo siento… —Me paso las manos por el pelo—. ¡Lo siento! Es que… funciona mucho…

Baja la barbilla y me fulmina con la mirada.

—Julian.

—Pero ahora ya no lo haré más, ¿vale? —Le lanzo una sonrisa—. Lo prometo… —Asiento y veo que me está mirando raro, como si estuviera intentando comprender algo—. ¿Qué pasa? ¿Por qué me miras así?

—Por nada… —Niega con la cabeza—. Es que me sorprende que Koa te dejara…

—¿Qué coño quieres decir con que «me dejara»?

—Nada, que me sorprende que te dejara. —Se encoge de hombros.

—Sabes que soy su jefe…

—Ya… —Pone los ojos en blanco—. Pero…

—Y ya lo conoces. Un juego rápido es un buen juego.

Me lanza una mirada severa.

—No fue lo correcto.

—No, lo sé. —Asiento, intento aplacarla—. ¡Es que tú eres el sol, Cara! Eres el sol que brilla sobre todo y lo ilumina todo y eres lo que nos permite distinguir lo que está bien de lo que está mal… y cuando te fuiste, nos volvimos peores, pero ahora has vuelto. —Le doy un codazo muy flojito.

—Lameculos —me dice, y yo no digo nada porque lo soy—. Y no he vuelto-vuelto. —Me mira—. No voy a trabajar para ti ni nada, solo… vivo aquí.

Le lanzo una mirada.

—Nunca he querido que trabajaras para mí. En la vida.

Parece ofendida.

—Eras tú. Siempre has sido tú quien intentaba meterse en mis trabajos…

Parece todavía más ofendida y me hace reír.

—¡Se me dan bien! —Frunce el ceño.

Le lanzo una mirada como si no lo tuviera claro, aunque ella es mejor que yo en todo.

Me arrea un manotazo y no quiero que lo sepa porque me lo vea en el gesto, así que aparto la vista.

—Te he echado de menos, Cara.

Ella fija los ojos al frente y me coloca la cabeza en el hombro. Siento que es la primera vez que puedo respirar hondo desde hace un año.

—Y yo a ti —me dice.

DIECISIETE
Daisy

Mira, con mi hermano pasa una cosa: no puede caerte mal.[99] Puedes intentarlo, pero tarde o temprano te va a caer bien. Es más que carismático, te podría estar matando y pedirte de forma educada que le alcanzaras su otra pistola y seguramente le harías caso.
Y no pasa solo con las mujeres, con los hombres también.
Es la clase de persona que quieres tener cerca y recibir su aprobación.
Tiene una clase de aplomo ante el que sucumbe todo el mundo.
Esta noche tenemos la cena. La cena que Tiller lleva tres días consecutivos intentando esquivar y quizá si fuera mejor novia le permitiría perdérsela, pero esta noche no se lo voy a permitir porque no puedo ponerle un parche al agujero de la cubierta del barco, pero estoy casi segura de que puedo apagar el incendio de la sala de máquinas.
Invito a Jack para tener refuerzos en ambos flancos.[100]
—¿Adónde vamos? —pregunta Jack, atándose un zapato.
Tiller me ayuda a ponerme el abrigo mientras mi hermano y yo nos batimos en un duelo visual para decidir el restaurante al que iremos.
—A The Ledbury —contesto.
—Bar 61 —responde mi hermano al mismo tiempo.
Nos miramos fijamente el uno al otro y luego, sin decir nada, tras una tácita cuenta hasta tres, nos lo jugamos a piedra, papel o tijera.
Julian: piedra. Yo: papel.
Jack pone los ojos en blanco, mira el reloj.[101]

---

[99] Siempre ha sido así.
[100] Julian lo adora, Tiller lo quiere.
[101] Está acostumbrado a nuestras mierdas.

Julian: piedra. Yo: tijeras.

—No les hagas caso —le dice Jack a Tiller—. También deciden así dónde van de vacaciones.

Julian: papel. Yo: tijeras.

Le sonrío con suficiencia.

Mi hermano suspira.

—Pues a The Ledbury.

Sabía que Jules sacaría toda la artillería esta noche con Tiller. Lo sabía, podía sentirlo antes de que empezara. La cuestión es que Julian necesita que todo el mundo lo ame,[102] incluso mi novio, el agente de la NCA.

Entramos a The Ledbury y nos recibe el *maître*.[103] Él mismo nos lleva a la mesa que ocupamos siempre Julian y yo.

Tiller observa fascinado cómo se mueve la gente alrededor de mi hermano.

Le abren paso como las aguas a Moisés, y Julian ni siquiera parpadea. Está acostumbrado, ya ni se da cuenta. Y en su defensa diré que está demasiado ocupado haciendo carantoñas a bebés.

Lo hace de buen grado, además. Estrecha manos y da palmaditas a los hombros de las personas con las que se va encontrando, entre ellas distintos empleados, y se acuerda de todos y cada uno de sus nombres. De hecho, incluso le pregunta a uno de los camareros qué tal anda su padre.

Una vez sentados, Julian le dedica una sonrisa radiante a la camarera.

—Zoe, ¿verdad?

La chica asiente y se pone roja porque se ha acordado de ella. Jack y yo intercambiamos miradas.

—Una botella de vuestro mejor tinto, una botella de vuestro mejor blanco y todos los entrantes que vayan a gustarme. —Sonrisa radiante.

Julian mira a Jack y chasquea los dedos.

—¿Qué tal nos va con Waterhouse?

—Está yendo bien —responde Jack, que no parece convencido.

---

[102] Mis profesores, el cartero, la señora mayor de la panadería, el señor mayor de la tienda de la esquina.

[103] Que abraza a mi hermano, y me gustaría recalcar la nota al pie número 102.

—¿Bien? —Jules mira a mi mejor amigo con los ojos entornados—. No se te vaya a ocurrir volver con el puto Hot John ese o como se llame... Hot Dom.

Jack me mira desanimado.

—No me jodas, Dais...

—¿Qué? —Parpadeo haciéndome la inocente—. ¡A él se lo cuento todo! Es casi como el psicólogo.

Jack me fulmina con la mirada.

—¿Y por qué no vas al psicólogo directamente?

—Bueno... —Frunzo el ceño, mirándolos a los tres—. Lo hice el año pasado... Ir a una psicóloga, digo. —Miro a Tiller en busca de apoyo y él asiente—. Pero no paraba de decirme cosas que no me gustaban.

—¿Ah, sí? —Mi hermano frunce el ceño a la defensiva—. ¿Como qué?

—Bueno, mierdas como... que uso el sexo de una forma casi medicinal...

Julian pone mala cara.

—Lo odio...

—Y como mecanismo de afrontamiento.

Hace otra mueca.

—Eso también lo odio.

—Que tengo problemas con las mujeres por nuestra madre...

—¡Ya te digo! —bufa Jack como solo podría hacerlo un mejor amigo, pero Tiller también va asintiendo.

Julian suelta un silbido grave, alarga la mano y me aprieta disimuladamente el brazo como si lo sintiera por mí, como si fuera culpa suya haber acaparado todo el afecto de nuestra madre. Luego señala a Tiller con la barbilla.

—¿Tú estás muy unido a tu familia?

—Pues sí —asiente Tiller.

—¿Familia numerosa?

Tiller se encoge de hombros.

—Dos hermanos, mamá y papá.

Jules hace un gesto para señalarlo.

—Estadounidenses, está claro...[104]

---

[104] Adoro el acento de Tiller.

Tills asiente.

—¿De dónde?

—Nantucket.

Miro a Jack con cara tensa. La conversación no está fluyendo mucho, Tiller se ha puesto la coraza.

—A Tiller le encanta hacer surf… —Le cuento a mi hermano mientras le aprieto el brazo a mi novio, intentando[105] persuadirlo con disimulo.

Jules asiente.

—Sí, tienes toda la pinta… Pillé algunas gigantescas en Playa Encuentro…

Mi novio entorna la mirada.

—Está a un buen trecho de donde te escondías…

Julian se cruza de brazos, impasible.

—Tampoco tenía mucho más que hacer.

Doy una bocanada de aire y les sonrío con nerviosismo.

—Bueno… —Julian le sirve más vino a Tiller—. ¿Cómo te metiste en tu carrera?

Se me encoge un poco el corazón. Tenía la esperanza de que no saliera el tema del trabajo, una estupidez por mi parte, la verdad. Era evidente que lo haría. Una esperanza vana, pero una chica tiene derecho a soñar…

¿Un detective de la NCA sentado para cenar con un jefe del crimen en The Ledbury? Es prácticamente una puta cumbre de la OTAN.

—Mi padre —asiente Tiller, cauteloso—. ¿Y tú? —añade, guasón.

Jules se ríe por la nariz.

—Mi padre.

Tiller se acerca un poco de pan. Juguetea con él, porque no se lo come.

—¿Siempre habías querido ser un capo de la mafia?

—No soy un capo de la mafia. —Julian pone los ojos en blanco—.[106] Y no… —Sonríe—. Ni de lejos, tío. Quería ser luchador de artes marciales mixtas o *fullback* para los Harlequins.

Tills se apoya en el respaldo de la silla, pillado a contrapié, y esboza una sonrisa de confusión.

---

[105] Y fracasando.
[106] A él y a Jonah nunca les ha gustado ese término, pero no creo que hayan ofrecido nunca una alternativa.

—Es muy bueno... —Jack señala a mi hermano con la cabeza.
Julian le lanza una mirada medida a Jack.
—Tú eras muy bueno —le recuerda mi hermano.
—¿Juegas? —le pregunta Tiller a Jack con las cejas enarcadas.
Le pego una patada a Jack por debajo de la mesa, orgullosa.
—Los Saracens quisieron fichar a Giles al terminar la secundaria.
Jack podría haber sido lo que le hubiera dado la real gana en este mundo. Jugador de rugby, modelo, cirujano general, rompecorazones profesional.
—¿Y por qué no aceptaste? —pregunta Tiller.
Jack hace una pequeña mueca.
—No quería vivir para ser un jugador de rugby homosexual.
—¿Y no podrías haber sido un jugador de rugby a secas? —pregunta Tiller.
Jack se encoge de hombros.
—Dímelo tú.
Tiller reflexiona, parece sentirlo por mi amigo, y luego señala a mi hermano con la barbilla.
—Dime, si te hubieran ofrecido un puesto, ¿lo habrías aceptado?
—Lo hicieron...[107] y no. —Mi hermano niega con la cabeza, y veo una sombra de tristeza cruzándole la expresión un instante.
A cualquier otra persona le habría pasado por alto, pero a mí no, porque lo entiendo. Jonah también se habría dado cuenta, igual que Christian.
Lo mires por donde lo mires, independientemente de lo buenas que sean nuestras vidas, repletas de incontables beneficios y ventajas, ninguno de nosotros tuvo elección.
—Tengo que preguntártelo, tío... —Tiller mira a mi hermano de hito en hito, y a mí también de reojo—. ¿Cómo lo haces?
Julian esboza una sonrisita.
—¿Estás siendo un poco meta, Tiller, o me estás pidiendo una explicación literal?
Tills suelta una carcajada.
—La primera.

---

[107] El talento que tenía era una absoluta locura.

Julian se lame el labio inferior, pensativo.

—¿Has visto alguna vez *Green Street Hooligans*?

Tills asiente.

—¿Y *Oceans Eleven*? ¿*The Italian Job*? ¿*Fast...*? Da igual, ya hay demasiadas. ¿No las viste y pensaste: «joder, eso parece divertido»? —Julian lanza una mirada a Tiller y lo señala—. Y no mientas. Todo el mundo lo ha hecho. Desde luego que sí, es una puta pasada...

—Pero estás haciendo cosas malas —le recuerda Tiller.

Mi hermano se encoge de hombros.

—¿Según quién?

Tiller me mira como si no pudiera creerlo, como si fuera obvio. Mira fijamente a Julian.

—La ley.

Julian hace un gesto desdeñoso con la mano.

—No me rijo por tus leyes.

—Ya, tío —se ríe Tiller con ironía—. Lo sé jodidamente bien.

Julian niega con la cabeza apasionadamente.

—Me encanta despertarme por la mañana sin saber lo que va a ocurrir, a quién conoceré o dónde me llevará la vida...[108] —Inspiro profundamente por la nariz. Jack y yo intercambiamos miradas. Está dando el discurso de Jack Dawson. Siempre recurre al discurso de Jack Dawson cuando quiere ponerse evasivo. A la gente le parece tremendamente encantador que alguien como Julian se sepa de memoria un monólogo de Leonardo DiCaprio, y quizá lo es. O tal vez lo es porque yo tuve una fase muy macabra durante mi ruptura preadolescente con Rome y vimos esa peli noche sí y noche no.

Julian se encoge de hombros inocentemente.

—Hace unas noches dormía debajo de un puente[109] y ahora estoy aquí, en el buque más grande del mundo bebiendo champán con personas distinguidas...

Tiller hace una mueca, confundido.

—No estamos en...

---

[108] Venga ya, puto pesado.
[109] Tiller me mira de reojo, ya no entiende nada.

Niego con la cabeza.

—Está citando *Titanic*.

Julian vuelve a encogerse de hombros con ligereza, coge la copa de vino y da un sorbo, que completa con un «aaah» tras tragar.

—Creo firmemente que la vida es un regalo y no pienso desperdiciarla. Nunca se sabe qué...

—Ya vale. —Le arrojo un panecillo en la cabeza.

Julian suelta una risita y por el rabillo del ojo veo que ha funcionado.

Citar esa puta película ha encandilado a Tiller. Se lo veo en los ojos, mi hermano le está pareciendo (a regañadientes) absolutamente delicioso.[110]

—Mira, la cuestión es esta... —Mi hermano alarga la mano y le pega en el brazo a mi novio—. Todos acabaremos muertos algún día. Lo único que hago es intentar pasarlo bien antes de que llegue ese día.

—¿Sabes qué? —Niego con la cabeza—. Yo no lo creo, la verdad.

—¿Por qué? —asiente Julian, que adora debatir.

—Pues porque crees en Dios.

Tiller se sienta más erguido. No se lo esperaba.

—¿Y? —replica Julian, que no comprende mi confusión.

—Pues que si crees en Dios, la vida que lleves sí importa. No se trata solo de pasarlo bien en la Tierra, es imposible. Tienes que ser bueno para poder ir al cielo.

—¡Ah! —Mi hermano sonríe con los ojos centelleantes—. Caradaisy, si crees que el hecho de que cualquiera de nosotros vaya a ir al cielo viene determinado por lo que hayamos hecho o no, no has entendido nada de todo el libro. —Me lanza una mirada—. De una forma peligrosa, además —añade al final.

Tiller parpadea y vuelve a relajarse en la silla.

—¿Crees que tienes salvación?

—Qué va, lo dudo... —Julian se encoge de hombros y suelta una risita antes de volver a dar un buen trago de vino—. Aunque sí cierta adoración.

---

[110] A todo el mundo le pasa.

DIECIOCHO
Christian

Estoy en el Recinto matando el tiempo con Jules. Estamos jugando al FIFA en la sala de audiovisuales de su casa, cuando aparece Daisy, con un vestidito vaquero que no se ha abotonado del todo, solo un poco, y me pregunto si lo ha hecho por mí. No sé si ella sabía que yo estaba aquí o no, pero quiero pensar que se está luciendo para mí.

—Hola. —La saludo con un gesto de la barbilla y ella viene hacia mí para sentarse en el brazo de mi butaca.

Intento no darle un significado que no tiene. Hay más butacas, podría haberse sentado en el brazo de la de Julian…, pero no lo ha hecho.

Él la señala con la barbilla.

—¿Adónde vas?

—Oh, estoy esperando a Tills… —Le lanza una sonrisa fugaz—. Vamos a la National Gallery antes de que se vaya a pasar las Navidades con sus padres…

—Oh. —Julian parece interesado—. ¿Tanteando el terreno?

Ella se cruza de brazos, impasible, pero él sigue hablando.

—¿Por fin vas a dejarme robar *Whistlejacket*?

Daisy lo fulmina con la mirada y luego su móvil empieza a sonar, lo cual le va muy bien a su hermano, que ya se había aburrido de la conversación y volvía al videojuego.

—¿Hola? —Se tapa la oreja.

Y yo intento no escuchar, pero lo hago.

—Oh —dice.

La miro, ha puesto una cara muy triste. Intercambio una mirada con su hermano.

—No… no pasa nada… No, lo sé. Ya… Está bien. Sí. Claro. Vale, adiós.

Cuelga, frunce los labios y se guarda el móvil. Exhala por la nariz.

—¿Estás bien? —pregunta Julian, que ha pausado el juego.

—Sí... —Se encoge de hombros—. No, sí..., no pasa nada. Es que ya no puede llevarme.

—Oh... —asiente Julian, observándola atentamente.

Nos lanza una sonrisa fugaz y parece triste.

—Es que ya había mandado a casa a Miguel... Creía que... En fin, da igual.

Julian mira el reloj y hace un ruido con la boca mientras reflexiona.

—Tengo una reunión dentro de una hora, pero puedo llevarte después si quieres —le propone.

—Oh... —Frunce el ceño—. Y ¿dónde tienes la reunión? Es que solo abre hasta las seis...

—Te llevo yo —digo antes de darme cuenta siquiera de que lo estoy diciendo.

Los dos hermanos me miran sorprendidos. Él tiene las cejas enarcadas, claramente divertido, y ella ha abierto los ojos de una manera que me hace sentir cierta esperanza y cierta tristeza, todo a la vez.

—¿En serio? —Parpadea—. ¿No tienes planes?

Me encojo de hombros.

—Nada importante...

Hago caso omiso de la cara que pone su hermano y rezo para que Daisy no se dé cuenta.

—Vale... —Se le ilumina toda la cara—. Voy a por mi abrigo.

Asiento deseando que mi cara no me delate.

Julian la mira mientras se va y luego me mira a mí, que ya estoy poniendo los ojos en blanco.

—¿Sabe Vanna que no es importante?

—No. —Me encojo de hombros—. Vanna cree que es el centro del universo...

Julian chasquea la lengua.

—¿A qué estás jugando?

—A nada... —Le lanzo una mirada—. Solo acompaño a la hermana de mi amigo a una galería de arte.

—¿Da igual que estés enamorado de ella, entonces? —pregunta, con las cejas enarcadas de nuevo.

125

—Sí —me río—, eso da igual.

Nos miramos fijamente a los ojos y creo que cree que el hecho de saber que la amo le da cierto poder sobre mí. Aunque la verdad es que me importa una mierda quién sepa que la amo. O quizá sí me importa porque ahora ella ama a otra persona y yo odio quedar como un estúpido.

Y, en ese instante, aparece ella por la puerta, jodidamente perfecta de la cabeza a los pies.

—¿Lista? —Aparto a su hermano para pasar y él me pega un empujón, negando con la cabeza.

—Sip. —Sonríe. Parece nerviosa, creo.

—Bueno, adiós... —le dice Julian y ella le hace un gesto con la mano sin volverse.

Me sigue hasta el coche y la miro al tiempo que le ofrezco las llaves.

—¿Quieres conducir tú?

Una sonrisa de las buenas le ilumina la cara y trago saliva con fuerza porque la echo de menos.

—Sí. —Coge las llaves y se mete en mi coche, mirándome feliz de la vida.

Querría decirle muchísimas cosas: que la echo de menos, que la amo, que lo siento, que por qué sigue con ese poli, que si está bien... Pero no digo ninguna, más que nada porque parece feliz y casi tranquila.

No sé cuánta paz encuentra estos días, ni cuánto espacio o silencio. Sé que antes nunca solía sentir que estaba sola, así que me limito a mirar entre ella y la ventanilla. Estoy casi abrumado por volver a estar juntos en mi coche, y aunque no es como me gustaría, me contento de todos modos porque el sol le está dando desde atrás y la ilumina como si tuviera un halo, y para mí lo tiene.

Me mira un instante y parece algo cohibida.

—¿Estás callado en plan raro o en plan bien?

—En plan bien. —Me río y ella me mira con una sonrisa de comisuras tristes, como si no estuviera absolutamente feliz y yo quiero que esté absolutamente feliz todo el rato.

—¿No vas a casa de sus padres con él estas Navidades? —pregunto, porque soy un cotilla.

Ella me mira de reojo y vuelve a sonreír. Parece un poco triste.

—No...

Frunzo un poco el ceño.

—¿Es eso normal?

Da una profunda bocanada de aire mientras reflexiona.

—Su padre... es un agente de policía retirado.

—Joder... —me río.

—No creo que de todas las decisiones que ha tomado su hijo estar conmigo sea su favorita. —Me lanza una sonrisa rápida como si no le hiciera daño, pero la conozco bien, por eso sé que se lo hace.

—¿Y él va igualmente? —pregunto, un poco porque soy un capullo y quiero que él signifique menos para ella.

Se encoge de hombros.

—Es su familia.

Asiento un par de veces.

—Pero ¿tú y Tiller estáis bien? —pregunto, aunque no quiero saber la respuesta por si acaso lo están.

—Sí, estamos... —Breve pausa—. No, estamos bien —dice con cero convicción.

Me lanza una mirada de soslayo y luego vuelve a fijar la vista en la carretera, y llega un momento en que se está agarrando al volante con tanta fuerza que alargo la mano y le sacudo las suyas para que las relaje, y ella no dice nada, se limita a reírse como si le hubiera dado vergüenza, pero nuestras manos se han tocado, y no puedo pensar en otra cosa hasta que aparcamos cerca de la galería.

Le abro la puerta del coche y la miro.

—Antes no me di cuenta —señalo con la cabeza nuestros tiempos pasados— de que te gustaba el arte. Sabía que lo robabais, pero no sabía que os gustaba.

Ella frunce los labios y me mira muy seria.

—Hay muchas cosas que antes no sabías.

La miro fijamente un par de segundos y suspiro un poco.

—Lo sé —asiento. Me pregunto si se me ve en la cara lo mucho que lo lamento—. ¿Vas a reprochármelo para siempre?

—¿El qué? —Parpadea con las cejas enarcadas y los ojos encendidos, listos para la batalla—. ¿Que estuvieras locamente enamorado de otra persona mientras yo estaba enamorada de ti? —Me adelanta y sube las escaleras muy rápido antes de volverse y fulminarme con la mirada—. Tal vez.

—Fue un error —le digo.
Se le oscurecen un poco los ojos.
—No me cabe duda.
Niego con la cabeza.
—No lo decía por eso, Dais…
—Ya sé por qué lo decías —me contesta orgullosa, pero dudo que lo sepa.
Una vez dentro, me adelanto y voy a por nuestras entradas sin decir nada.
¿Tendría que sentirme como una mierda por esta conversación que apenas estamos manteniendo? No lo sé. Ella me lo reprocha y me aleja, pero hay algo en ello, en el hecho de que todavía esté jodida por todo aquello, que todavía esté enfadada conmigo por haberla cagado como lo hice, que me hace feliz porque ahora estoy casi convencido de que ella y Tiller en realidad no están bien.
No vuelvo a abrir la boca hasta que estamos ante un cuadro.
—*Jesús entre los escribas* —me dice, mirándolo con avidez—. Se supone que tiene doce años.
Miro a Jesús con el ceño fruncido.
—Tiene barba. —Miro con más detenimiento—. Se parece un poco a la *Mona Lisa*.
Ella se ríe un poquito, no sé si porque piensa que soy un idiota o no. Luego se va negando con la cabeza. Un idiota, supongo.
Voy corriendo tras ella y me gusta la sensación de desearla y perseguirla. Le tiendo un mapa de la galería y ella me mira como si fuera un imbécil.
—No me hace falta.
—Oh… —Echo la cabeza hacia atrás, tomándole el pelo—. ¡No te hace falta!
Me lo quita de las manos igualmente, fulminándome con la mirada en broma.
—Ha vuelto, ¿lo sabías? —le digo observándola de cerca.
Daisy asiente despacio.
—¿Y cómo te sientes al respecto?
La miro con cierta mala cara.
—Me siento bien.

—¿En serio? —me pregunta con las cejas enarcadas.

—¿Por qué no iba a estar bien? —pregunto cruzándome de brazos.

—Porque la querías —me dice con ojos impasibles.

—La quería —repito. En pasado.

—Al menos estarás contento, ¿no? —Me mira de reojo, preguntando sin preguntar.

—Sí, claro... —Me encojo de hombros—. Es amiga mía, me alegro de tenerla de nuevo.

Ella asiente una vez y avanza hasta la siguiente sala.

Cuatro cuadros grandes sobre una pared verde.

Ella se cruza de brazos y los mira con fijeza.

—*Cuatro alegorías del amor* —me dice.

—¿Cuál es tu favorito?

—¿De aquí? —aclara. Yo asiento una vez y luego ella señala un cuadro—. *Unión feliz*. Desde luego.

—Qué raro. —Me río—. Habría pensado que te gustaba este. —Señalo con la barbilla a *Desdén* y luego vuelvo a mirarla.

Hace todo lo que puede para no sonreírme, aunque da igual porque yo sigo sonriéndole de todos modos.

—¿Y fuera de esta sala? —le pregunto.

—¿En general, dices? —Arquea las cejas y yo asiento.

—Mmm. —Piensa para sí—. *Primavera*. De Pierre Auguste Cot. ¿Sabes cuál es?

Niego con la cabeza.

—Está en el Met. Es una pareja joven que está en un bosque, subidos a un columpio... —Sonríe al pensar en el cuadro y me entran ganas de ir a Nueva York, descolgarlo de la pared y regalárselo. Lo haría si me garantizara poder recuperarla.

—Están tan enamorados... —Se encoge de hombros—. Y, no lo sé, es una descripción de lo más simplista de algo complicado.

Frunzo un poco el ceño.

—¿Crees que el amor es complicado?

Le cambia la cara.

—Ambos sabemos que lo es.

Sostengo su mirada un par de segundos y suspiro, exasperado, mientras recorro unas cuantas salas porque estoy cansado de sentirme atascado.

—Dais... —empiezo a decir—. Todo lo que pasó... La cagué, sé que la cagué. Ni siquiera sabía que estaba ena...

—No hace falta que hablemos de ello. —Niega rápidamente con la cabeza.

—Sí, sí hace falta. —Me acerco un paso hacia ella con el rostro muy serio.

Ella sigue negando con la cabeza.

—No quiero...

—Yo sí. —Me encojo de hombros.

—Tengo novio.

Le sonrío secamente.

—No me importa.

—¡Christian! —Se cruza de brazos, pone cara de estar contrariada y testaruda, casi agobiada—. Te estás cargando el Día del Arte.

Siento que mis estúpidos rasgos se relajan. Ya me he cargado suficientes cosas con ella, no quiero cargarme nada con ella nunca más.

—Lo siento —le digo mientras la sigo a la sala siguiente.

—Este... —Lo mira fijamente—. Tiene unos quinientos años.

—¿En serio? —Lo observo. Es..., joder, ¿qué sé yo?, un sátiro y una chica muerta y un perro.

—Me ha robado el corazón —me dice.

—Y a mí —le contesto mirándola a ella.

Dais me mira y nuestros ojos se encuentran y me pongo rojo, y luego desvío rápidamente la mirada hacia el cuadro.

—Y a mí —repito serenamente.

21.49

Tiller

Me sabe mal no haberte llevado.

Ha salido una cosa del trabajo.

Qué era?

Unas cosas de unas pruebas.

Oh

No pasa nada

Te llevaré después de Navidad

En realidad, ya he ido.

Ah, sí?

Bien, me alegro.

Con quién?

Me ha llevado Christian

Christian?

Sí.

Tu ex?

Iba a llevarme Julian, pero tenía una reunión.

Y Christian ha aprovechado?

No ha aprovechado, yo estaba muy disgustada

Mucho mejor.

Solo estaba siendo amable.

Cómo de amable?

Tiller.

Llego a casa en nada.

Vale

Pero no estés raro.

No estoy raro.

DIECINUEVE
Daisy

No sentó especialmente bien, que Christian me llevara a la galería de arte, pero bueno, Tiller tampoco podía decir mucho, porque ambos sabíamos que había fingido que no podía venir a casa. No sé si fue porque le parecía demasiado arriesgado ir a un museo conmigo o porque está evitando a mi hermano, pero fuera por una cosa o por la otra, que se lo contara no fue lo que más ilusión le hizo en la vida.

La cena, sin embargo, para bien o para mal, fue genial. Tiller estuvo a gusto con mi hermano.[111]

No me lo dijo,[112] pero me percaté de ello. No es culpa suya, es prácticamente imposible que Julian no te caiga bien, incluso sabiendo todas las mierdas que dice y hace. Mi hermano es muy humano, y ahí es donde te pilla. Sus defectos son tan evidentes como sus imperfecciones y siempre está dispuesto a admitirlos. Tanto, de hecho, que te desarma.

No siempre es así, solo cuando quiere ganarse tu simpatía, y él quería ganarse la de Tiller. Los he pillado un par de veces mirando ESPN Classics.

Sin embargo, esta noche Tiller llega a casa después del trabajo y en cuanto entra en mi cuarto, sé que le está dando vueltas a la cabeza.

A veces se pone así, me he dado cuenta. Piensa las cosas de más. Piensa en cómo podría desarrollarse todo, cómo podría salir, cómo no, cómo se ve desde fuera, las perspectivas de todo. Necesita que lo aparten del borde del precipicio de vez en cuando, pero normalmente a mí me da igual que se ponga serio porque me gusta la expresión que se le dibuja en

---

[111] Por desgracia para él.
[112] Dudo que lo admita nunca en voz alta.

la cara. Tiene unas cejas preciosas, muy rectas. Y siempre tiene un aspecto muy intenso, pero la claridad de sus ojos lo combate.

Camina hasta mi cama, se inclina, me roza los labios con los suyos y sonríe, cansado.

—¿Ha ido bien el día? —pregunto.

Asiente, pero parece un poco cansado.

—¿No? —insisto sentándome más erguida.

—Sí, no... —Se encoge de hombros—.[113] Ha ido bien, sí, bien.

—Vale. —Frunzo el ceño, observándolo.

—¿Qué tal el tuyo? —Se sienta en el borde de mi cama, se quita la camiseta como lo hacen los chicos que están buenos. Desde la nuca y tirando hacia delante. No sé por qué, pero se me antoja un truco de magia.

—Pues bien. —Me encojo de hombros—. Aburrido, en realidad. Me paso casi todo el día en casa.

—¿Todavía no ha habido suerte con el tutor?

—Bueno —me encojo de hombros—, Julian ha contratado a un cirujano militar jubilado para que venga y me enseñe tácticas militares, triaje y técnicas de atención de urgencias, en fin... —Le lanzo una sonrisita—. Cosas que a él personalmente le resultarían útiles.

Tiller se ríe, pone los ojos en blanco un poco y luego su mirada tropieza con mi mesilla de noche.

Quizá fue una estupidez por mi parte dejarlo fuera, pero ni siquiera pensé en ello.

—¿Qué es eso? —Frunce el ceño al tiempo que señala con la cabeza mi doblón de oro, que descansa sobre mi cuaderno Moleskine.

A día de hoy tengo ya treinta y ocho doblones.

Mi hermano lleva regalándomelos casi toda mi vida. Los dibujo todos y cada uno en mi cuaderno y escribo todo lo que puedo descubrir sobre la moneda y su historia y luego pongo[114] el oro en mi caja fuerte y sueño despierta imaginando que dentro de doscientos años alguien encontrará mi propio cofre del tesoro y no entenderá nada porque habrá

---

[113] Y me doy cuenta de que miente.
[114] Normalmente.

doblones de oro de todos los tiempos y de todo el mundo, y la idea me hace feliz.

—¿Esto? —Lo cojo y se lo tiro—. Me lo regaló Julian. —Le sonrío un poco.

Tiller le da la vuelta entre las manos y frunce el ceño al hacerlo. Luego me mira, sosteniendo la moneda entre el pulgar y el índice.

—Ayer se denunció la desaparición de unas monedas como esta.

La recupero al instante.

—No, no es verdad...

—Oh. —Baja el mentón—. Porque ahora haces el seguimiento de robos de antigüedades, ¿verdad?

—¿Y tú? —pregunto, mordaz.

—No... —Niega con la cabeza—. No me mires como si fuera el malo porque estoy haciendo mi puto trabajo y sé cuándo alguna mierda es robada...

—¡Que no es robada! —miento. Tal vez. Quizá no miento, no lo sé, pero seguramente no lo es—. La compró para regalármela...

—Tu hermano, el archiconocido ladrón de arte y antigüedades, resulta que te ha regalado una moneda de oro pirata cuyo robo se ha denunciado esta mismísima semana...

Niego con la cabeza despectivamente.

—Hay montones de mierdas de estas abarrotando el fondo del mar...

—¿En serio? —Me lanza una mirada—. ¿Ocho escudos peruanos de 1715? Joder, ¿tú a qué playas vas?

Lo fulmino con la mirada y él empieza a negar mucho con la cabeza, se pone de pie y echa a andar de aquí para allá.

—Esto está mal, Dais... ¿Qué tengo que hacer ahora?

—¡Nada! —niego con la cabeza—. No puedes hacer nada...

—Soy un puto detective de la NCA y mi novia se está quedando mierdas que sabe que son robadas... —Me lanza una mirada—. Julian es un ladrón... Sé que sabes que lo ha robado...

—¿Qué estás haciendo? —Me pongo de pie y lo miro negando con la cabeza—. ¡Te cae bien! ¡Sé que te cae bien!

—¡Pues sí! —asiente Tiller, agobiado—. Me cae bien. ¡Y no lo soporto! —Se encoge de hombros—. No quiero que me caiga bien alguien como él.

Lo fulmino con la mirada mientras me cruzo de brazos, desafiante.
—Estás saliendo con alguien como él.
Tiller se pasa las manos por el pelo y se le ve el sufrimiento en los ojos.
—Ya, bueno, quizá no debería...[115]
Me quedo boquiabierta. Parpadeo un par de veces.
—¿Estás cortando conmigo?
Tiller viene hacia mí y me acuna el rostro entre las manos.
—No. —Niega con la cabeza—. Pero no sé... No sé si...
—No estoy preparada... —Entierro la cara en su pecho y él me rodea con los brazos al instante, así que quizá él tampoco lo está—. Por favor, Tills... —gimo contra su pecho y me agarra con más fuerza—. No lo estoy...

Todavía no estoy preparada, ese es el titular. Porque sé qué pasará pronto..., sé que tenemos los días contados. Los hemos tenido desde que cruzamos las puertas de esta casa. Esto no es lo que quería, Dios, espero que lo recuerde. No me gusta la sensación de tener que esconderle partes de mi vida y no me gusta pensar que él tiene que mentir por mí, y sé que tiene que hacerlo. Y que lo hará, porque me quiere. Pero como yo también le quiero, no deseo que tenga que hacerlo, y supongo que ahí está el iceberg.

Hemos chocado, eso lo sé. No hay forma de llegar a tierra firme, pero tal vez podemos seguir fingiendo que lo lograremos porque no estoy preparada. No estoy preparada para dejarlo ir, no estoy preparada para dejar de verlo, no estoy preparada para dejar de notar sus manos en mi cintura, no estoy preparada para volver a sentirme sola, no... no estoy preparada para despedirme de él ni de la vida que él representa.

Tiller niega con la cabeza, me empuja la cara con la suya hasta que vuelvo a mirarlo.

—Yo tampoco estoy preparado —me dice antes de besarme.

Desliza la mano por debajo de mi camisa, la deja en mi cintura un par de segundos antes de seguir deslizándola más arriba y desnudarme.

Me levanta, me carga de espaldas, me tumba y me mira con unos ojos por los que creo que siempre estaré agradecida sin importar lo que pase

---

[115] Creo que se le escapa.

después o más adelante, porque esos ojos fueron mi cuerda salvavidas y mi lugar seguro cuando no tenía nada más.

Y desliza las manos por mi cuerpo, arrastra la boca con ellas. Hay una urgencia triste y desesperada en nosotros ahora mismo, somos dos personas que se agarran a una balsa salvavidas, que dan profundas bocanadas de aire que parecen extremaunciones.

Y lloro un poco, y creo que él lo ve, pero no dice nada, un poco porque ahora que estamos aquí, creo que la estatua que escondí en ese cuarto de mi piso de antes vuelve a estar expuesta, justo en el centro, proyectando una sombra sobre todo lo demás, distorsionando la luz, robando el foco de atención y, un poco también, porque aunque eso sea cierto, no significa que no ame a Tiller, que lo hago, que se lo digo, y él me lo dice a mí. Y por cómo se le ponen los ojos cuando me mira sé que él también me ama, pero puedes preguntárselo a cualquiera y te lo dirá sin pedir nada a cambio (aunque la lección en sí a menudo conlleve un coste enorme): el amor no es suficiente y difícilmente te hará libre.

VEINTE
Christian

Soy idiota. Debería haberlo visto venir, porque ella se pone así...

Deja a Magnolia Parks en un rincón y toda la flor y nata de la mierda de Kensington se esfuma y ella aparece atacando a diestro y siniestro de la manera que mejor se le da. Y si es BJ quien la está dejando en un rincón... Es que tendría que haberlo visto venir, eso es todo.

Estamos en el *brunch* de Nochebuena, una tradición de la Colección Completa, aunque la ausencia de algunos de los miembros fundadores es escandalosa, pero por razones obvias además de comprensibles. El tema que nos tiene a todos fascinados últimamente es la revelación de que Magnolia estaba en Nueva York tirándose a Jack-Jack Cavan.

Supongo que ya sabes quién es, pero por si no lo sabes, deja que te lo defina de un modo que comprenderás bien. Lo que Kelly Slater era para el surf a principios de los años 2000, Jack-Jack lo es para el mundo del *skate*. Un poco como Dylan Rieder también, haciendo de modelo y mierdas.

BJ lo adora. O lo adoraba, mejor dicho.

Todos hemos estado bombardeando a Henry con preguntas, pero él no suelta prenda; no puedo creer que lo supiera y que no haya dicho nada. Hace una semana vimos algo en *VICE* sobre él, Beej estaba que echaba espuma por la boca. Henry se pasó casi todo el rato con el móvil, bastante indiferente.

Me doy cuenta de que Beej está cabreado por eso y supongo que con toda la razón.

Parks y yo borrachos nunca es buena combinación. No lo ha sido en ningún momento de nuestras vidas. Antes de que saliera con Beej, cuando estábamos en el instituto, si yo bebía un poco, la besaba aunque en realidad no me gustaba, lo hacía por tener algo que hacer. Una vez empezaron a estar juntos, si yo bebía, hacía cualquier cosa para intentar que se pusiera celosa; en lo cual no creo ni que se fijara la mitad de las veces, ahora que echo la vista atrás. Si ella bebía, estaba encima de Beej más de lo normal, lo cual me llevaba a beber más. Y más adelante, cuando terminaron y empezamos nosotros, en realidad tampoco había mucho alcohol de por medio, porque yo quería recordarlo todo. Sin embargo, cuando rompimos, el alcohol se convirtió un poco en una puerta al pasado. Para mí y para ella, tras un par de copas uno de los dos empezaba a susurrarle al otro cosas que no debíamos.

Hen y yo la visitamos en Nueva York en marzo. Yo estaba hecho una mierda tras terminar con Daisy y me puse en modo Beej total, como lo llama Henry. Hubo algo en el hecho de saber que yo la quería y que ella me quería a mí, y que nuestras vidas estaban demasiado jodidas como para ser capaces de encontrar la solución, que me hizo perder un poco la cabeza. Intenté ahogarlo como pude, fui a todas las fiestas y locales que Londres podía ofrecerme, y luego cuando aquello fracasó, Ámsterdam, Mykonos, Santorini, Phuket... ¿Por qué no Nueva York?

No fui a Nueva York pensando que podía pasar algo entre ella y yo, ni siquiera se me pasó por la cabeza. Pensaba que me liaría con la vecina pibón y rara de Parks, pero Henry se me adelantó. Él y Lucía se entendieron de ese modo tan irritante con el que Henry se las arregla para entenderse con todas las chicas. Estaban en el rincón del reservado, y ni siquiera estaban borrachos, dos copas de vino nada más, y ya se estaban enrollando.

Parks me miró fastidiada e irritada a partes iguales, y no era plan de salir e ir a por todas, pero de pronto resultó demasiado lúgubre estar ahí sentados, casi sobrios, mirando a Henry metiéndole mano a esa chica, así que avisé a un camarero y pedí una botella de tequila.

—Ay, Dios... —Se rio ella mientras yo nos servía un chupito con limón y sal a cada uno.

—Bueno, ¿qué pasó con Tom y contigo? —le pregunté acercándole el chupito.

Ella me miró fijamente, se le entristeció el gesto, parpadeó un par de veces (parecía un poco que acabara de pegarle un bofetón) y luego apuró el chupito de un trago y me quitó el mío de la mano.

—Ah... —Asentí con los ojos como platos—. Vale.

—Ponme otro. —Señaló la botella y le hice caso.

Uno no puede no hacerle caso, aunque sepas que es mejor no hacerlo. Y supongo que yo lo sabía, pero te juro por Dios que no pensé que las cosas iban a ir por esos derroteros.

Yo ya no sentía nada por ella, me había desenamorado por completo; la quería porque es una de mis más antiguas y tontas amigas, pero no estaba enamorado de ella.

—Cuéntamelo... —insistí, más que nada porque mi interés había aumentado a raíz de esa reacción suya.

—Vale —contestó apurando otro chupito—. Te lo contaré cuando tú me hayas contado qué pasó contigo y con Daisy.

Le lancé una sonrisa tensa. Bebí un chupito.

—Estabas enamorado, sé que lo estabas. Ambos lo estabais, os lo veía en la cara... —me dijo, como si yo no lo supiera ya.

Bebí otro chupito.

Parks tiene un gesto, es lo que delata que está borracha, que hace cuando está verdaderamente perjudicada y es que tamborilea con los dedos sobre una de sus mejillas, debajo de los ojos, para ver lo mucho que se le está entumeciendo la cara. Lo hace incluso sin darse cuenta y, a menudo, es la señal para que uno de nosotros desmonte el puto campamento. Henry estaba a lo suyo y yo estaba tan borracho como ella, pero sabía que pronto empezaría a desmoronarse todo, de modo que decidí llevarla a casa, acostarla en su cama y darle las buenas noches.

Le dije a Henry que nos veríamos luego en el piso y nos fuimos.

No había mucha distancia desde el bar de Lexington hasta casa de Parks. Y todo iba bien, nosotros estábamos bien y todo era completamente normal, solo amigos, lo juro por Dios.

Ella caminaba de espaldas, demostrándome lo bien que lo hacía con esos zapatos suyos (un par de absolutas monstruosidades de tacón de aguja) y a su favor diré que se las estaba apañando muy bien. Lo digo en serio, ¿eh?, recorrió casi veinte metros brincando de espaldas antes de tropezarse con una alcantarilla, torcerse el tobillo y arañarse la rodilla.

Ahora tengo que decirte algo por si acaso no lo sabes (aunque supongo que ya te lo esperabas): Magnolia Parks es una puta cría pequeña cuando se hace daño. A los doce años le picó una abeja y le insistió a la jefa de su residencia del internado que tenía que tomarse el día libre para recuperarse porque «le parecía algo personal». Cuando le extrajeron las muelas del juicio prácticamente escribió un puto obituario para sí misma y se organizó un regalo de «Recupérate pronto» para que todos nosotros contribuyéramos.

Por eso se echó a llorar, es un poco imbécil con la sangre también (la verdad es que al final resultó que se había desgarrado un tendón, pero bueno). Insistió en que no podía andar, de modo que la levanté y la llevé en volandas hasta casa.

Y aquí empezaron los problemas.

Ambos estábamos demasiado borrachos y teníamos las caras demasiado cerca. Se le pusieron los ojos muy redondos y el rostro serio, y para cuando cruzamos el vestíbulo de su bloque y nos metimos en el ascensor, creo que ya supe lo que se venía. Lo supe y no me importó. Agradecí la distracción.

—Puedo estar de pie... —me dijo, aunque en realidad no podía. La dejé en el suelo y ella hizo equilibrios sobre un pie, agarrándose a mi brazo para tener estabilidad.

Es que, a decir verdad, solo nos separaban unos centímetros y ella me miró con esos ojos que en otros tiempos yo amaba, y se mordió ese labio inferior que en otros tiempos mordía yo, y le puse una mano en la cintura y luego ella pulsó el botón de parada del ascensor y yo la pegué contra la pared. Me la subí a la cintura, le puse las manos en el pelo, y ella me quitó la camisa sin pensárselo dos veces. Resulta curioso que cuando ya lo has hecho, tienes cierta memoria muscular sexual, te mueves en coordinación con el cuerpo de la otra persona, cada uno sabe lo que tiene que hacer para llegar más rápido. Yo ya le había desabotonado el cárdigan y la besaba por el cuello, ella me desabrochó los vaqueros y fue a tocarme, y entonces vi mentalmente a Daisy y me quedé paralizado. Pensé en cómo se lo explicaría si algún día tenía que hacerlo. Ese día se me antojaba bastante abstracto y casi ficticio en ese momento (también ahora), pero pensé en su cara, en la expresión que pondría ella si yo tenía que contarle que Parks y yo nos habíamos acostado y de pronto se me fueron las ganas.

Me aparté, dejé de besarla. Ella abrió los ojos, nerviosa y triste.

Negué con la cabeza.

—No puedo, Parks... Yo... —La miré y me encogí de hombros como un estúpido—. Estoy enamorado de ella... Si se enterara de esto, la mataría.

Asintió y rompió el contacto visual.

—Me gustaría bastante que algo le matara.

Solté una carcajada mientras me inclinaba sobre la cabeza de mi vieja amiga y le di un beso en la mejilla.

—Que estés aquí le mata cada día. —Le pinché en las costillas—. No hace falta que lo intentes.

Y, entonces, se echó a llorar y yo también me eché a llorar, y fue raro y jodido, pero bonito en cierto modo, y supongo que llevó nuestra relación a un espacio nuevo, el haber estado a punto de hacerlo y haber parado. Se durmió sobre mi hombro en el sofá y yo no me moví en toda la noche, no porque estuviera enamorado de ella, sino porque la quiero y ella estaba tan jodida como lo estaba yo.

—Muy bien, suéltalo ya, Parks. —La presiona mi hermano—. ¿Te estás follando a Jack-Jack Cavan o qué?

—Bueno. —Se aclara la garganta, gozando de la atención—. Ahora mismo no.

—¿Pero lo estás haciendo? —insiste mi hermano con una risita.

Deja que la pregunta flote unos segundos, Beej está a punto de ahorcarse a sí mismo.

—Lo hacía. Es que... estuvimos saliendo. —Mira de reojo a Henry, que asiente como si ya lo supiera—. Cuando estaba en Nueva York.

—Y una mierda. —Frunzo el ceño y los miro a ambos—. ¿Y no nos dijiste nada?

Henry se limita a encogerse de hombros. Cómo son tiene que estar jodiendo a Beej. Vamos, seguro. Todavía me jode a mí y ni siquiera pinto ya nada aquí.

—¿Jack-Jack Cavan? —La miro con fijeza, verdaderamente sorprendido.

Mi hermano niega con la cabeza.

—¡Es la hostia ahora mismo! —dice Jonah con demasiado entusiasmo y hiere a Beej.

Jo se aturulla e intenta arreglarlo, pero en realidad ya no se puede.

—¿Entonces salisteis cuando estabas en Nueva York? —pregunta Henry con voz fuerte, haciendo avanzar la conversación.

Ella asiente.

La miro con los ojos entornados.

—¿Durante cuánto tiempo?

—Bueno, ya sabes. —Me sonríe amablemente, como si no fuera una planta carnívora con los hombres—. Mi tope habitual. ¿Unos cuatro meses? Por ahí.

Y Beej es tan malvado como ella. Se les da demasiado bien hacerse daño el uno al otro. Es la parte negativa de quererse tanto como lo hacen. Saben cómo hacerse pedazos el uno al otro sin siquiera intentarlo.

BJ la observa fijamente y la fulmina con la mirada.

—¿Por qué rompiste con él?

Le lanza una mirada gélida, pero no muerde el anzuelo.

—Era demasiado para mí en la cama.

BJ exhala por la nariz, harto.

—Perfecto. —Jonah niega con la cabeza—. Venga, pues cuéntanos todo lo que pasó en Nueva York...

—Vale —asiente ella—. Pues mira, llegué el diciembre pasado. Mi familia vino a verme justo antes de Navidad y fuimos a Whistler con Tom. Entonces él y yo pasamos Nochevieja en Hawái con las hermanas Foster, y luego en enero...

—Me refería sexualmente —interrumpe Jonah.

Henry le lanza una mirada y Taura lo mira de reojo. BJ se queda quieto.

—Oh. —Parks hace una mueca—. Un poco pervertido por tu parte, pero te complaceré.

Él niega con la cabeza.

—No, es que... ¿Tú teniendo sexo sin compromiso? Es como ver a un perro andando sobre los cuartos traseros... Es que no puedo comprenderlo. Es que, ¿cuándo te acostaste con Rush por primera vez?

—¿Cómo sabías que me acosté con Rush? —pregunta ella, enarcando las cejas.

Mi hermano le sonríe con petulancia.

—No lo sabía hasta ahora.

—Marzo. —Parks se mira las uñas.

—¿Y cuándo te acostaste con Stavros? —Jo entorna los ojos.
Ella se encoge de hombros con recato.
—Fue fugaz.
Beej parece estar a punto de vomitar, y yo tendría que haberlo visto venir (a Parks le flipa disparar a matar), pero estoy demasiado ocupado intentando echar cuentas mentalmente desde que nos liamos para fijarme.
—Entonces Rush, luego Stavros, luego…
—No… —Ella niega con la cabeza—. Rush, luego Christian, luego St…
A BJ se le caen los cubiertos y le clava la mirada como si le acabara de rajar el pecho para arrancarle el puto corazón.
—¡Parks! —grito hundiéndome en el asiento—. ¿Qué co…? —Niego con la cabeza, furioso—. ¿Por qué cojones…?
Jonah se lleva las manos a los ojos. Henry me mira a mí y luego a ella, frustrado.
—Pensaba que habíamos decidido no pregonarlo.
¿Y Beej? Se ha quedado petrificado.
—Escuchad, reinas del drama. —Parks levanta una manita para silenciarnos a ambos—. Baxter James Ballentine tuvo sexo con penetración en una bañera en la cumbre de nuestra relación con la chica que entonces era mi mejor amiga.
—Venga ya —comenta Taura con sarcasmo.
—Sí, pero… —Me pongo las manos en la cabeza, jodidamente angustiado—. Va a perder la puta ca…
—No pasa nada —me dice BJ, pero veo a la legua que sí pasa.
Aprovecho la oportunidad igualmente.
—Gracias, Ballentine. —Magnolia le hace un gesto sabiendo de sobra que no es así—. Realmente creo que el hecho de que Beej se follara a Paili y luego mintiera sobre ello durante tres años nos da a Christian y a mí un poco de margen para haber estado a punto de tener sexo una noche en un ascensor de Nueva York. —Le lanza a BJ una sonrisa que creo que pretende ser la gota que colma el vaso, pero en realidad le está echando do un cable.
—Entonces ¿por qué vosotros dos no llegasteis a follar? —le pregunta BJ con las cejas enarcadas—. ¿Qué os impidió llegar por fin hasta el final?

Exhalo por la boca, cansado y harto de sus mierdas y ya intuyo la dirección que tomará la noche. Empezarán a disparar hasta que uno de los dos desfallezca. Sabiendo cómo está él últimamente, seguramente será ella. Miro a Henry con fijeza, le pregunto sin preguntarle quién va a arreglar el desastre que su hermano está a punto de hacer con ella. Podríamos ser cualquiera de los dos, pero lo mejor para el grupo sería que esta noche lo hiciera él.

Parks y BJ se miran a los ojos y todos sabemos que él sabe por qué ella paró, como si nunca hubiera existido la pregunta (como si nunca existiera tratándose de ellos dos) y se queda ahí suspendido lo jodido que es todo esto, lo mucho que ella lo quiere, lo mucho que todos sabemos que él la quiere también y, a pesar de ello, a pesar de su historia, de haber estado enamorados durante toda su vida y de haber tenido un bebé, lo indescriptiblemente frustrante que resulta que no puedan, ni por el amor del mismísimo Dios, estar juntos de una puta vez.

Ella se va. Él se queda.

Henry y yo cruzamos una mirada y yo desconecto del resto de la conversación antes de levantarme y salir, la verdad, a esperar. Sé lo que se viene. Un poco me lo merezco, pero de algún modo pienso que es puto gratuito igualmente, si te soy del todo sincero...

BJ me sigue al cabo de unos minutos.

—Joder, tío, ¿te estás quedando conmigo? —Pone su cara de querer pelea—. A ella la entiendo, ¿pero a ti? ¿Cómo has podido hacerme eso?

Exhalo por la boca, negando con la cabeza.

—Por el amor de Dios, Beej, joder. —Me paso las manos por el pelo—. No sé cómo metértelo en la puta cabeza, pero tienes que entender que no todo tiene que ver contigo. —Le sonrío secamente y hago como que señalo lo de Nueva York—. No tenía nada que ver contigo.

Suelta un gruñido.

—Ella —Me pega un empujón— siempre tiene que ver conmigo.

Y yo me limito a mirarlo fijamente un par de segundos. Estoy aburrido, la verdad, pero me quito sus manos de encima por si acaso, porque él siempre quiere ser el macho alfa, pero en realidad no merece la pena el drama de pelearse.

—Beej... —Me encojo de hombros—. Tú eres suyo, ella es tuya, lo pillo, pero yo no estaba pensando en ti... —Le pincho en el pecho—. No me pasaste por la cabeza ni una sola vez. Estaba en Nueva York con una de mis mejores amigas y yo tenía el corazón destrozado... Estaba enamorado de una chica con la que no podía estar porque ella quería algo que yo no podía darle. Estaba hecho una mierda y Parks también. Nos emborrachamos y se cayó y tuve que llevarla en volandas a casa. Nos besamos y le metí mano y aquí viene la parte importante, tío: no pensé en ti. —Enarco las cejas y espero que eso le cale un poco—. Lo creas o no, no tenía nada que ver contigo. Al menos para mí —añado como si se me acabara de ocurrir y me encojo un poco de hombros—. Para ella todo tiene que ver contigo.

Exhala ruidosamente y luego se apoya en la pared a mi lado.

—Podrías habérmelo dicho...

—Claro... —Lo miro como si fuera un idiota—. Porque históricamente siempre te has tomado de maravilla las mierdas entre Parks y yo.

Pone los ojos en blanco al tiempo que Henry sale y nos señala con la barbilla.

—¿Habéis arreglado vuestras mierdas ya?

—Sip. —Saco el móvil, ansioso por dejarlos.

21.58

Julian

Eh

Has salido?

Qué va, estoy en casa.

Qué haces

Del chill.

Voy a tomarme una copa.

Claro, como quieras

Pero te aviso:

Daisy y el poli están follando

100 %

Joder. No. Esta noche no.
Habla con otra persona.

22.03

Vanna Ripley

Hola

Estás por aquí?

Claro, en mi casa

Vienes?

Estoy de camino.

VEINTIUNO
Daisy

La mañana del día de Navidad es silenciosa y no me gusta. Nuestra casa nunca es silenciosa.

Muchos de los chicos volvieron a sus hogares para celebrarlas, incluso Kekoa se tomó un par de días libres para irse a su casa, algo que apenas ha hecho un par de veces en toda mi vida.

Es una buena señal, sin embargo, que me hace sentir que estaré más segura que antes, porque de no ser así él no se habría ido nunca. Miguel también se ha tomado unas vacaciones más que merecidas y se ha ido a España unos días, y Julian se está comportando como si fuera mi sombra ahora que es mi autoproclamado guardaespaldas.

La verdad es que no me importa, aunque la casa se me antoja demasiado grande para nosotros dos. Pasamos Nochebuena en la cocina. Mi hermano es, y no puedo insistir lo suficiente en ello, el puto peor *sous-chef* de la historia y de todos los tiempos. Se come todos los ingredientes, cree que conoce técnicas que no conoce, es de lo más creído, quema mierdas, siempre le parece que añadir más sal es siempre la respuesta, pero aun así, es mi persona favorita[116] para tener en la cocina.

El día de Navidad vemos *Mickey y sus amigos juntos otra Navidad* a las siete de la mañana en pijama como hemos hecho siempre desde que tengo cuatro años. Incluso se ha puesto el pijama a conjunto con el mío que le dejé encima de la almohada, pero me ha dicho que si saco una foto de los dos con ellos puestos, me romperá el móvil.

Normalmente vamos a casa de los Bambrilla después de la iglesia, pero Delina me avisó de que Tavie estaría allí y aunque también me dijo

---

[116] Segunda persona favorita.

que estábamos invitados de todos modos, la verdad es que prefería no presenciarlo. Quizá es estúpido e infantil, tal vez técnicamente es hasta antinavideño por mi parte. Pero se me habría antojado una derrota. No solo por quedar mal, sino por haber perdido en general. Y no quiero perder nada en Navidad. Aunque echo de menos a mi mejor amigo y a su madre, y al tonto de su hermano y a su padre. Nunca echo de menos a Gia, sin embargo, porque está un poco más pirada de la cuenta para mi gusto. Perdió la virginidad con mi hermano y si lo sé es porque ella misma lo menciona en todas las conversaciones humanamente posibles, incluso cuando habla conmigo. Da igual cómo la mire,[117] lo mucho que mi cara transmita que me perturba[118] cada vez que recuerda su primer encuentro amoroso,[119] que tuvo lugar en el asiento de atrás del coche de mi hermano,[120] ella me lo cuenta igualmente.

¿Que si pensé que era raro que Tiller y yo no pasáramos la Navidad juntos?[121]

Sí, tal vez, pero no es más raro, supongo, que cuando sé que está haciendo algo con sus amigos del trabajo y no me invita.

Es verdad que me invitó una vez. La exnovia[122] también estaba y no es que yo fuera su persona favorita.

Que no es que me importe una mierda, esa chica apesta a remordimientos e inseguridades y yo estoy quince veces más buena que ella,[123] pero es una borde e hizo todo lo que pudo para asegurarse de que yo me enterara de que, en realidad, no era bienvenida y que estar conmigo era un esfuerzo que todos estaban haciendo por Tills.

Su pareja,[124] Dyson,[125] es bastante majo, si eres capaz de soportar su diarrea verbal, y no tengo muy claro que yo sea capaz. Sin embargo, nunca ha sido desagradable conmigo.

---

[117] Que lo hago como si fuera una idiota, así la miro.
[118] Que lo hace muchísimo.
[119] Vomito.
[120] Vomito otra vez.
[121] «Raro» quizá no es la palabra adecuada.
[122] Michelle.
[123] Una estimación modesta, la verdad.
[124] En la NCA, no romántica. Yo soy su pareja romántica.
[125] Desgraciadamente, no es pariente cercano de la dinastía de las aspiradoras.

Sé que Tiller se va a tomar algo después del trabajo casi todas las noches al bar que hay junto a su edificio[126] y lo sé porque un día pasé por allí con Jack, pero no porque Tiller me invitara.

—¿Ese es Tills? —Jack lo miró dos veces.

Yo volví la mirada por encima del hombro.

—Oh… —Me aclaré la garganta—. Sí.

—¿Vamos a saludar? —preguntó Jack, radiante.

—Esto… —Espero que mi cara no mostrara nada más que consternación—. No, dejémoslo… Parece una noche de chicos.

—Hay una chica —observó Jack con el ceño fruncido.

Pero no era consternación. No quise ir a saludarlo porque Tiller me había dicho que estaría trabajando hasta tarde, no tomando algo.

Y las cosas cambian, eso lo entiendo, pero luego me pregunté si lo que pasaba es que él pensaba que era mejor que yo no estuviera. Y ¿sabes qué?, que no pasa absolutamente nada. No hace falta que vivamos pegados el uno al otro, no me hace falta formar parte de cada minuto de su vida, pero no me gusta sentir que me esconden.

Y sé que él está en una posición dura en el mundo real, soy yo quien aporta el lado precario a lo que somos, soy yo quien trae la carga, pero en mi mundo, con mi familia, con mis amigos, Tiller es el problema. Para mí y para mi gente, es Tiller quien nos ha causado, de una forma bastante literal, una injusticia y yo no lo escondo. Sigo estando orgullosa de él. Y no tengo la certeza de que esa sea la razón por la cual estamos pasando las Navidades separados, pero sí sé que cuando me dijo que iría a Massachusetts a pasar una semana en Navidad[127] y yo le dije que me parecía que tenía que quedarme en Londres con mi hermano, él se mostró de acuerdo al instante.

—Sí… —Hizo un gesto con la mano—. Sé que estáis volviendo a la normalidad, supongo que lo mejor es no forzar las cosas.

—Claro. —Asentí y estuve de acuerdo. No quería no pasar la Navidad con mi hermano; adoro la Navidad con mi hermano. Pero estoy convencida de que vi un alivio y una impaciencia en Tiller que no creo que esté proyectándoselos yo.

---

[126] The Lion's Gate.
[127] Y que volvería a tiempo para Nochevieja.

Y no es que no sepamos lo que somos.

Podemos fingir, es más fácil hacerlo tras la otra noche, pero ambos lo sabemos. Lo que pasa es que ninguno de los dos estamos preparados.

¿Que si me visto para ir a la iglesia el día de Navidad por la mañana pensando que quizá veré a Christian Hemmes? Es posible.[128]

¿Que si lo veo?

Sí, pero apenas me permito mirarlo. Me concentro en el Niño Jesús y la terrible trampa que fue su pequeña y corta vida. ¿Morir a los treinta y tres? La edad de Julian en dos años. Jesús nació para morir. La crueldad de ello es estremecedora. Y aquí estamos todos nosotros, con la ropa de los domingos para celebrar su lenta y dolorosa muerte.

Julian dice que no he entendido lo importante, pero yo creo que no lo ha entendido él. Jesús murió por nosotros, eso dice mi hermano. Lo cual... vale, claro, es estupendo, pero no es a lo que voy. A lo que voy es que no tendría que haberlo hecho.

Después, Christian se nos acerca y se le ve algo tímido al andar, casi como si estuviera nervioso. Él y mi hermano se dan un abrazo y me mira con las cejas enarcadas, preguntando sin preguntar.

—Feliz Navidad. —Extiende los brazos y yo me acurruco entre ellos. Me envuelve en un abrazo y yo me hundo en él, y me sienta mal porque había olvidado cómo era que me abrazara. Eliminé de mi mente que es mi sensación favorita del planeta, que no hay otros brazos, ni siquiera los de mi novio (a quien te recuerdo que sí quiero), no hay otros brazos como los de Christian. Es como si acabara de cerrar una cortina a mi alrededor y hubiera dejado fuera todo lo malo, y siento el grito de la revelación de todo lo que he perdido para ganarme mi vida normal, pero ¿qué vida normal?

No digo nada, no quiero romper el momento. Si no contesto «Feliz Navidad», puedo fingir durante un segundo que nos estamos abrazan-

---

[128] Minivestido floral con apliques de pedrería (Oscar de la Renta); sandalias Aveline con el lazo y un tacón de diez cm (Jimmy Choo); torera Desire (Unreal Fur). Estoy guapa.

do porque sí, sin ningún motivo, que él me está abrazando porque le da la gana, igual que lo hacía un año atrás durante ese breve periodo de tiempo que compartimos cuando funcionábamos.

No me suelta. Se agarra a mí un segundo más de lo que creo que cualquiera de los dos podría argumentar que es normal, y respira mi aroma. Levanto la mirada, con los ojos muy abiertos, con la mirada confundida, y él me dedica una media sonrisa y luego me suelta.

—¿Qué vais a hacer hoy? —pregunta Jonah al tiempo que un hombre a quien no he visto nunca se queda de pie detrás de él sin decir nada. ¿Será su padre? Creo que sí.

—Oh. —Me encojo de hombros—. No tenemos planes en realidad... Casi todos los chicos están fuera...

—Y de viaje —asiente mi hermano—. Será una Navidad tranquila... —Me mira—. Seguramente veremos *Iron Man 3*, ¿no? Quizá *Die Hard*.

—Y yo haré un asado navideño. —Les sonrío.

—¿Para vosotros dos? —pregunta su madre. Se abre paso entre sus hijos para darme un beso en la mejilla.

—Venid a casa —dice Christian, mirándome fijamente.

—Uy, no... —Niego con la cabeza—. No querríamos molestar.

Julian me mira un instante, preguntándome sin preguntar. Apenas muevo las cejas, pero él sabe de todos modos que es un sí.

—¡Desde luego que sí! —exclama Jonah alegremente mientras me rodea con un brazo—. Tu hermano nos molesta siempre a todos. Al menos así se nos compensa con un asado.

Los chicos se suben a nuestro coche para indicarnos. Jonah va delante con mi hermano, Christian detrás conmigo. Julian me ha regalado muchas cosas en Navidad, entre ellas el huevo de Fabergé centenario, pero el mejor regalo fue que me dijera de malas maneras que me sentara detrás y que delante iban los mayores. Luego me guiñó el ojo con disimulo, lo cual significa que sabe que sigo amando a Christian, lo cual no es necesariamente lo mejor del mundo en general, pero en ese momento lo agradecí.

Nunca he estado en casa de Christian, no en la casa donde creció. Obviamente he estado en su casa de Knightsbridge, pero nunca me llevó a casa-casa.

Exceptuando esa vez que comí con su madre y su hermano en Berkley, él tampoco me incluía mucho en los eventos familiares. No sé si es porque se avergonzaba de mí, aunque… creo que quizá es porque se avergüenza un poco de ellos, no lo tengo claro. Se pone raro con su padre. Sin embargo, la casa hace que todo cobre más sentido para mí. De algún modo la casa hace que Christian cobre más sentido.

La finca está situada en Saint George's Hill y es inmensa. Es una enorme mansión antigua. Un poco oscura, pero sin duda muy hermosa, un poco como él.

Su rostro adopta instantáneamente una expresión estoica en cuanto entramos, es raro. La casa descansa sobre su ceño, pesada, y está muy guapo cuando se pone así, preocupado por cosas que no comparte, pero lo único que quiero hacer es quitarle ese peso de encima y cogerle la mano, pero sus preocupaciones son invisibles y están demasiado fuera de mi alcance y su mano ya no es mía. Aunque no sé si algún día lo fue de verdad.

—¿Dónde está la cocina? —pregunto, señalando con la cabeza el jamón para asar que lleva por mí—. Tendríamos que ir poniéndolo en marcha.

Encuentro un curioso choque entre lo antiguo y lo nuevo, lo moderno y lo anticuado.

Hay tapices en las paredes, chimeneas en todas las estancias, incluso una armadura en el recibidor, pero luego la cocina parece sacada de una edición sueca de *Architectural Digest*.

—¿Cumple tus estándares? —pregunta, juguetón.

—¡Un horno Aga! —gorjeo mientras me abalanzo sobre él. Me encantan, pero Julian no me deja tenerlos. Dice que suben demasiado la temperatura de la casa. Sin embargo, tiene sentido ponerlos en una casa de campo. Y son tan preciosos…—. Ponlo por allí —le digo señalando la encimera.

Hace lo que le pido y luego se apoya hacia atrás, con los brazos cruzados y sonriendo un poco.

—¿Qué? —Lo miro por encima del hombro mientras voy familiarizándome con la cocina.

—Nada. —Niega con la cabeza, pero sigue sonriendo—. Es que es Navidad…

Por alguna razón me pongo colorada, así que me doy la vuelta muy rápido y abro tres armarios en busca de una tabla de cortar, aunque no la encuentro.

Él se me acerca por detrás y abre un cajón para sacar una y tendérmela, aunque no se la he pedido.

Nuestras miradas se encuentran y yo trago saliva con esfuerzo, pienso en mi novio y en su hermoso rostro, en que estuvo a mi lado cuando no tenía a nadie, en que me dio normalidad...

—¿Te han hecho algún regalo bueno? —le pregunto intentando aligerar las cosas.

—Pues sí. —Asiente.

—¿El favorito? —le pregunto, sin girarme hacia él.

—Mi mejor amiga en la cocina de casa de mi madre —contesta sin perder un segundo.

Vuelvo la vista. Cruzamos las miradas. Por la ventana de encima del fregadero se filtra el sol de mediodía y aterriza en sus ojos, entorna uno ligeramente para protegerse un poco de ella, pero no aparta la mirada y hace que mis inhibiciones caigan de rodillas, y gracias a Dios estamos rodeados de gente, su familia y mi hermano, porque tengo novio y yo no soy así..., pero hay algo en la manera que la suave luz invernal le ilumina y le llena el rostro de calidez, que me arrastra tiempo atrás y recuerdo con una fuerza brutal lo muchísimo que lo amaba, y en un instante añoro lo que éramos... y lo odio. Odio lo descontrolado que se me antoja amarlo, odio estar con otra persona y que él también lo esté, odio que ni siquiera parezca importar porque para mí sí que importa aunque no lo haga. Odio haberme acostumbrado a estar sin él y que luego, cuando ni siquiera ha pasado un mes desde que he vuelto a casa, en la que él está siempre con mi hermano, que eso haya bastado para deshacer lo que me he pasado todo el año intentando empaquetar y dejar atrás. Da igual que además ahora quiera a otra persona, da igual el daño que me hizo Christian, da igual que pasara unos meses agónicos con el corazón roto intentando en vano dejar de amarlo, porque aquí estoy, un año más tarde desde ese día que le reté a volver a tocarme en las escaleras de la iglesia para que mi hermano tuviera una excusa para pegarle una paliza, y justo ahora tengo la cara pegada a la ventana del pasado, mirando hacia lo que fuimos.

Me aclaro la garganta, intento que no se me note en el rostro lo mareada que me siento con toda nuestra historia y todas las maneras en que lo quiero abriéndose paso por los bordes de mi concentración.

—¿Cómo puede ser esta la cocina donde has crecido y que ni siquiera tuvieras un espiralizador de hortalizas?

Él pone los ojos en blanco.

—Su madre no cocina... —comenta una voz que no reconozco.

Me doy la vuelta y veo al hombre que estaba detrás de Jonah.

Sin duda es su padre, tienen las mismas cejas. Christian tiene el pelo más rubio y la piel de este hombre es un poco más tostada, pero salta a la vista.

Christian se tensa en su presencia de una manera que me entran ganas de colocarme delante de él.

—Oh —digo, porque ¿qué iba a decir si no?

—Papá —casi suspira Christian—. Te presento a Daisy.

—La hermana de Julian.

Asiento con una sonrisa.

—Ese nombre me pusieron al bautizarme, sí.

Christian suelta una risita, pero su padre se limita a darse la vuelta y largarse.

Espero un par de segundos y suelto un silbido grave.

—Normalmente caigo bien a los padres. —Hago una mueca.

—Me encaja. —Christian se encoge de hombros—. Él no puede considerarse mucho un padre.

La comida tarda unas horas en estar lista, y le pido a mi cerebro que pare de sentir ese anhelo que siente porque esto sea mi nueva normalidad, moviéndome por la cocina, con Christian junto a la encimera,[129] bebiendo vino, hablando de todo y de nada como hacíamos antes, que su madre aparezca y se apoye en la encimera junto a él... Adoro cocinar para la gente que quiero, y todos los presentes que aprecio gravitan por la cocina. Julian le enseña a Barnsey cómo hacer malabares con unas naranjas, Jonah usa una cuchara para cantar villancicos y Christian está más cerca de mí de lo necesario. Es mi Navidad favorita en años.

Cuando finalmente nos sentamos todos a comer, me las arreglo no sé

---

[129] Resulta que es peor *sous-chef* que mi hermano.

cómo para sentarme entre mi hermano y mi exnovio, lo cual me hace sentir la chica más afortunada del mundo.

También lo agradezco porque está su tío. No el que le cae bien a Christian,[130] sino el otro. Callum Barnes. El más joven de los tres[131] hermanos Barnes.

A ver, conozco a muchos hombres. Muchísimos. El campo laboral de nuestra familia me ha permitido conocer a lo peor de lo peor y a lo más bajo de entre lo bajo, y hay indicadores que normalmente me llevan a que alguien no me caiga bien. Son personas maleducadas con los camareros, tienen pistolas en la mesa a la hora de cenar, miran partes de mi cuerpo que no están expuestas para ellos, me estrechan la mano y la sujetan más rato de lo que nadie consideraría normal ni apropiado, pero este hombre... es atractivo, parece tranquilo y despreocupado. Va bien vestido. No es excesivo. No hemos hablado nunca en ninguna de los encuentros de Boroughs en los que lo he visto. Nunca se ha propasado, nunca ha dejado vagar la mirada más rato del apropiado. No parece molesto por nuestra presencia allí, lo cual es bastante agradable, ¿no?

Ese hombre es, se mire como se mire, perfectamente aceptable y absolutamente normal, incluso simpático, y aun así no me cae nada bien. Me hace sentir incómoda. No sé por qué.

Está sentado en un extremo de la mesa, el padre de los chicos en el otro, y creo que no son imaginaciones mías cuando veo que se están fulminando con la mirada.

Aun así, no me preocupa. Me hace sentir casi como si estuviera en una película, drama familiar intensificado el día de Navidad. No hemos tenido ninguno desde que nuestros padres murieron, no desde esa Navidad que mi madre se negó a sentarse a mi lado en la mesa cuando yo tenía seis años y Julian se cabreó tanto con ella que me agarró de la mano, me metió en el coche y me llevó a un McDonald's para hacer nuestra propia comida de Navidad. Cuando volvimos, ella me dijo que había estropeado la Navidad y luego mi padre empezó a gritar y mi hermano hizo lo mismo, y Kekoa me llevó al lavadero y metió las monedas en la secadora.

---

[130] Harvey, el que vive en Australia.
[131] Que están con vida.

—Bueno —dice Barnsey al cabo de un rato mientras deja los cubiertos—, ¿estás saliendo con alguien?
Me pongo colorada. Suelto el tenedor.
—Sí.
Christian me mira de reojo.
—Un agente de policía —dice ella. No es una pregunta.
—¿Qué? —El tío Callum escupe el vino.
—La verdad es que —los miro a ambos— es un detective de la NCA.
—Mucho mejor. —Jonah me guiña el ojo.
El padre se inclina hacia delante, fascinado.
—Estás de broma, ¿verdad? —dice Callum con el ceño fruncido.
—Ojalá… —Se ríe mi hermano, irónico, y yo lo fulmino un poco con la mirada. Entonces hace un gesto con la mano para quitarle hierro—. Qué va, es buen tipo…
—Es un poli —replica Callum.
Lo miro con severidad.
—Puede ser ambas cosas.
Niega con la cabeza.
—No, en mi casa no.
—Por suerte no estamos en tu casa, ¿eh? —Christian lo mira con fijeza.
—¿Qué os traéis entre manos, entonces? —pregunta el padre con brusquedad desde el otro extremo de la mesa.
—Jud —suspira la madre.
Jud Hemmes. Me gusta ese nombre.
—Nada… —Christian niega con la cabeza.
—¿Os estáis acostando?
Mi hermano echa la cabeza para atrás, lo mira fijamente con las cejas enarcadas y expresión de desafío. Jonah niega con la cabeza, tiene la mandíbula apretada y no aparta los ojos de la mesa.
Barnsey da un sorbo de vino y Christian se tensa a mi lado, sin embargo, tratar con padres a quienes no caigo bien es mi zona de confort últimamente.
—Hace tiempo salimos juntos —le digo con gesto impasible.
—¿Salisteis? —repite.
—Sí. —Christian asiente.

—Pero ya no. —El padre entorna los ojos.
—No. —Le sonrío secamente.
Me señala con el mentón.
—¿Por qué?
Eso me pilla a contrapié, la verdad.
—¿Cómo? —Parpadeo.
—¿Por qué rompisteis? —pregunta con las cejas enarcadas—. ¿La jodió él?
Lo miro con el ceño fruncido, estupefacta ante la conjetura. Ofendida por Christian, dolida incluso.
—No. —Niego severamente con la cabeza.
—Sí. —Responde Christian a la vez.
Y entonces nos giramos para mirarnos el uno al otro, y no sé qué decir ni qué hacer, y me siento atascada y un poco avergonzada y sin duda nerviosa, porque me pregunto si sigue queriéndome. Claro que en el pasado ya pensé que me quería y no era verdad, así que no confío en mis instintos con él.
—La verdad —interviene mi hermano en voz alta—, fue culpa mía.
Lo miro fijamente, con los ojos como platos y sin tener ni idea de adónde irá todo esto.
—Hice algo el año pasado que Daisy no pudo tolerar y decidió dejarlo todo. —Hace un gesto impreciso alrededor de sí mismo—. Dio un paso atrás. —Me mira y le veo en los ojos que lo siente—. Se apartó de todo lo que tenía algo que ver con esta mierda.
—¿Qué mierda? —Callum frunce el ceño.
Julian le sonríe con impaciencia.
—El crimen.
Al tío Callum se le ve en la cara; eso no le ha gustado. No le ha gustado que yo estuviera dispuesta a dejarlo, ni le ha gustado que mi hermano se refiriera a ello como «esta mierda».
El padre de Christian se relaja en la silla, me mira con fijeza de un modo distinto.
—Espabila, Cal, en serio… —Barnsey niega con la cabeza.
Y entonces me siento cohibida, como si todo el mundo me estuviera mirando por varias razones distintas. Su tío porque lo he ofendido. Su madre, creo, lo siente por mí. ¿O quizá por nosotros? Su padre no sé por

qué me mira con tanta fijeza, pero la combinación de todo me pone nerviosa, de modo que miro a Christian.

—¿Puedo ir a tu cuarto?

—Claro. —Se aparta de la mesa al instante.

—¿No vais a preguntar si podéis iros? —nos riñe su padre.

—¿Por qué iba a hacerlo? —Christian se para en seco—. Tú no lo hiciste cuando te largaste de nuestras vidas.

Se gira sobre sus talones, me agarra la mano y me lleva hacia las escaleras.

No es hasta mitad de la escalera que se da cuenta de que me está cogiendo la mano, pero yo he sido consciente de ello todo el rato.

—Lo siento… —Aparta la mano de golpe.

Le sonrío y niego con la cabeza, pero apenas.

—No pasa nada.

—Bueno. —Sigue subiendo las escaleras despacio—. ¿Le contaste a Tiller lo del otro día?

—¿El qué? —Me hago la tonta.

Mira por encima del hombro y pone los ojos en blanco.

—Se lo conté —contesto manteniendo un tono de voz animado.

—¿Y qué dijo?

—No mucho, surgió hablando por mensajes…

—Ah.

—Pero cuando vino a casa esa noche me dijo: «No vas a pasar la Navidad con él, ¿verdad?».

Christian suelta una única carcajada mientras me guía por el pasillo.

—¿Qué le dijiste?

Hago una mueca.

—«Desde luego que no».

Él se vuelve a reír y yo me encojo de hombros, impotente.

—En ese momento era verdad.

Me lanza una media sonrisa torcida.

—Me alegro de que al final no fuera verdad.

Luego abre la puerta de su cuarto y yo me echo a reír a carcajadas.

Tiene un póster de las Pussycat Dolls colgado encima de la cama.

Me cubro la boca con la mano al instante para ahogar la risa y él se esfuerza por no sonreír mientras niega con la cabeza. Entro, todavía riendo, con los ojos como platos.

Es el cuarto de un crío, en realidad. Hay LEGO en las estanterías. Maquetas de trenes y coches. Todos los juegos de la Xbox del planeta.

—Empecé el internado en Varley cuando tenía once años. —Pasea la mirada por la habitación—. Nunca volví.

—Oh —digo y me siento triste—. ¿Y la dejaron como estaba todos estos años?

Él niega con la cabeza, mirando alrededor.

—Toda esta casa es un puto mausoleo...

—¿Tu hermana murió en esta casa?

Asiente sin mirarme.

—¿Tu familia no se mudó después? —Ladeo la cabeza.

—Creo que mi padre pensó que si nos quedábamos aquí, él seguiría teniendo cerca a Rem.

—Oh. —Asiento—. ¿Y funcionó?

Christian se encoge de hombros.

—Quizá. Ya no está cerca de nadie vivo, pero...

Le toco el brazo. No sé por qué, es que quiero hacerlo.

Baja la mirada hacia mi mano y luego la fija en mis ojos. Traga saliva con esfuerzo.

Se pasa la lengua por el labio inferior y baja los ojos hacia mi boca. ¿Va a besarme? Creo que va a besarme y estoy paralizada porque yo también quiero besarle, ¡desde luego que quiero! Pero Tiller... Y yo morí la última vez que me permití amar a Christian a las claras... Y se me está acelerando la respiración igualmente y sin mi permiso, empiezo a inclinarme hacia él yo también y, de repente, me suena el móvil.

FaceTime. Saco el móvil del bolsillo.

Es Tiller.

Christian suelta una carcajada teñida de ironía y retrocede un paso al tiempo que yo justo antes de que conteste.

—¡Hola! —Sonrío de oreja a oreja. Me pregunto si estoy extraña, ¿estoy extraña?

—¡Feliz Navidad! —canturrea.

—Feliz Navidad, Tills. —Le sonrío.

Lleva un suéter de punto azul marino y una camisa debajo y creo que nunca le había visto tan arreglado. Me señala con el mentón.

—Estás guapa de ese color... —me dice.

Yo me miro, sintiéndome cohibida porque sé demasiado bien que no me lo he puesto para él.

—Gracias... —contesto enseguida, queriendo cambiar de tema—. ¿Qué tal tu familia? ¿Dónde están? ¿Habéis pasado buena mañana?

—Sí... —Se ríe—. Ha ido genial. —Luego le cambia la cara—. ¿Dónde estás?

—Oh... —Le lanzo una sonrisa rápida—. Esto... Bueno... —Él frunce el ceño—. Nos hemos encontrado con la familia Hemmes en la misa matinal... —Mi novio ya tiene el ceño fruncido—. Y luego nos han invitado a comer.

—Son las siete de la tarde GMT.

—Ya, bueno... —Niego con la cabeza para quitarle peso—. La comida ha tardado un rato en estar lista y luego, bueno, nos hemos quedado a pasar la tarde...

Entorna los ojos disgustado.

—Claro.

—No es para tanto... —Niego con la cabeza—. Íbamos a estar Julian y yo solos... Solo están siendo amables...

Niega con la cabeza.

—Me dijiste que no pasarías la Navidad con él.

Desvío la mirada hacia Christian y lo veo allí de pie en su propio cuarto de su propia casa con gesto de incomodidad y quizá también de tristeza. Aunque sospecho que no es la primera vez.

—No iba a hacerlo... —insisto—. Era cierto cuando te lo dije...

—¿Estás con él ahora mismo? —pregunta Tiller con la mandíbula apretada.

Vuelvo a mirar por instinto a Christian, que está negando con la cabeza como un loco.

—Di que no —articula con los labios.

—Sí... —digo, porque no me considero una mentirosa.

Tiller deja caer la cabeza hacia atrás.

Christian viene a mi lado, fulminándome con la mirada antes de forzar una expresión alegre y mirar la pantalla.

—¡Feliz Navidad!

—Claro... —Tiller no le devuelve la sonrisa—. Quiero hablar con mi novia a solas.

Christian asiente una vez y se aparta de la pantalla.

—¿Sigue ahí? —pregunta Tiller con el ceño fruncido.

Yo exhalo por la nariz y salgo al pasillo, pero mantengo a Christian en mi campo de visión porque soy una adicta.

Tiller está negando con la cabeza.

—Voy a volver antes.

—No... ¿Por qué? —Frunzo el ceño.

—Porque al paso que vas, acabarás besándolo a medianoche en Nochevieja.

Volvemos a cruzar la mirada, yo desde el pasillo, él desde su cuarto. Me pregunto un segundo si es cierto..., pero desde luego que no. Él está con Vanna.

—Eso no es justo... —Fulmino mi móvil con la mirada, hago como que estoy más ofendida de lo que me siento en realidad.

Tiller vuelve a echar la cabeza hacia atrás.

—¿Ah, no? —Mi novio aprieta la mandíbula—. Nos vemos mañana por la noche. —Y cuelga el teléfono.

Miro fijamente mi móvil durante un par de segundos y luego desvío la mirada hacia Christian, que está horrorizado.

—Bueno —suspiro—. Eso no hará que le caiga mejor a su familia... —comento mientras vuelvo a entrar en su habitación y me encaramo en el borde de su cama de cuando era niño.

Bajo la mirada hacia la colcha y luego vuelvo a fijarla en él.

—¿Tus sábanas son del Halcón Milenario?

Él niega con la cabeza.

—No quiero hablar de ello.

Reprimo una sonrisa porque me parece más adorable de lo que debería.

Se sienta a mi lado.

—¿No les caes bien?

Frunzo los labios y me miro las manos.

—Su padre es un policía retirado, ¿recuerdas?

—Ah. —Asiente y luego se encoge de hombros con gesto consolador—. A su hijo le gusta, ¿no?

Suelto una carcajada.

—Se salta una generación.

Él me mira.

—Lo siento —me dice, y creo que va en serio.

—Ya. —Asiento y noto el agua que se está filtrando en el barco (y que estoy ignorando) a la altura de las rodillas ya—. Y yo.

Christian me observa un par de segundos, pensativo, descifrando mi expresión.

—¿Quieres que te acompañe a casa? —pregunta.

También traga saliva al preguntarlo y me imagino cómo sería, qué podría pasar si él me llevara en coche a casa a solas, si no hubiera nadie más en nuestra casa excepto nosotros y el equipo de seguridad que la protege. Qué podríamos hacer, cómo habríamos llenado ese tiempo antes, en cada habitación, ruidosamente porque por qué no cuando no hay nadie, tantas veces como hubiéramos podido... y me pellizco el labio inferior, tenso el estómago con la esperanza de aplastar las mariposas que se están volviendo locas en mi interior y niego con la cabeza muy rápido. Sé qué pasará si me acompaña.

Yo no soy así.

Tampoco quiero que él sea así.

—Mmm... —Niego con la cabeza y me encojo de hombros y esbozo una expresión despectiva y arrugo la nariz; todo a la vez. Básicamente me da un ictus de campeonato en directo—. No... —Adelanto el labio inferior de un modo muy raro—. No. Esto... Deberíamos, mi hermano y yo me refiero, dejaros un rato para estar en familia.

Él parpadea dos veces mientras me observa.

—No quiero un rato para estar en familia, Dais.

Doy una bocanada de aire superficial.

—Aun así.

Él exhala despacio y creo que está decepcionado.

—Vale.

—¿Vale? —Lo miro con el ceño un poco fruncido, molesta conmigo misma, arrepentida de haberlo puesto triste. Arrepentida de haberme puesto triste a mí misma, la verdad.

Pero Tiller ha acortado el viaje que era para estar con su familia y volverá conmigo tres días antes.

No puedo hacerle eso aunque quiera hacerlo con todas mis fuerzas.

21.58

+44 7700 900 959

Hola

Has salido esta noche?

Sí. Club Haus.

Quédate ahí.

Ok.

Por qué?

Hace tiempo me hiciste una promesa.

VEINTIDÓS
Christian

Unos días después de Navidad me voy a uno de los locales con Jules y un par de colegas suyos porque sé que Tiller ha vuelto y estoy hecho un poco una mierda porque Daisy sigue con él y no conmigo.

Dejando a un lado toda esa basura, Jo me contó que mientras estuvieron fuera por el cumpleaños de Taura pareció que Beej y Parks se estaban reconciliando por fin, que estaban juntos en serio y esas mierdas. Por lo que a mí respecta, son buenas noticias. Beej y Parks deberían estar juntos; son polos opuestos de imanes que destrozan todo lo que se cruza en su campo magnético. Se juntarán sin importar qué haya en medio, ahora lo veo. Ojalá lo hubiera visto antes de que uno de esos imanes me destrozara el corazón de un porrazo, pero bueno, a la mierda.

Hace un rato le he mandado un mensaje a Jo para que me ponga al día. Es que, seamos sinceros, BJ y Magnolia son nuestra versión privada de *Made in Chelsea*, solo que seguramente habría que llamarlo *Made in Trauma*. Lo único que ha contestado Jo es: «En la mierda».

No sé qué coño significa eso. Sea lo que sea, en realidad no quiero formar parte de ello ahora mismo. Soy dolorosamente consciente de lo puto soltero que estoy. Aunque técnicamente no estoy soltero, supongo. No según Vanna o cualquiera de los tabloides de mierda a los que les va con el cuento. Me olvidé de ella durante las Navidades. Francamente, no pensé en ella ni una sola vez. Fue muy de capullo por mi parte, lo sé. No supe nada de ella hasta el 26. Le dije que tenía planes aunque la verdad es que los planes eran más que nada Parks y yo lamentándonos en el sofá de mi casa, porque ambos queremos a otra persona que no nos quiere, pero ahora quizá se ha cambiado de bando, la puta traidora.

Total, que hoy he salido a emborracharme con el hermano de la chica a la que amo, pero está puto perdido en combate, no tengo ni idea de adónde ha ido. Estamos en uno de los locales de mi hermano, así que imagino que estará en el despacho de Jo.

A Julian le pierden los «caprichos de despacho» como los llamamos. Drogas o chicas, o ambas cosas; cierto libertinaje se apodera siempre de los despachos y Jules a menudo está justo en el meollo.

Y, en ese momento, oigo una discusión detrás de mí y miro hacia allí.

—Magnolia, no —grita Henry con firmeza—. Escúchame... —Henry la agarra por los hombros. La mira con dureza—. No.

—Aparta... —Ella intenta hacerlo a un lado al tiempo que yo me voy hacia ellos con el ceño fruncido. ¿Cuándo han llegado?

—Hola. —Les hago un gesto con la barbilla, pero no me responden ni el uno ni la otra.

—¡No! Magnolia, para. —Henry niega con la cabeza—. No es lo de siempre, no es Rush ni Jack-Jack...

—Henry —le gruñe—. Aparta.

—Magnolia, escúchame... —dice Henry con voz grave.

—¿Qué está pasando aquí? —La miro a ella con el ceño fruncido.

—Henry se ha vuelto controlador —responde Magnolia.

—Magnolia se ha vuelto loca —dice Henry al unísono.

Los miro a ambos, confundido. Podría contar con los dedos de una mano la cantidad de veces que he visto en mi vida a esos dos discutiendo.

—¿Por? —Sigo mirándolos a ambos.

Y entonces Kekoa aparece detrás de mí, avanza un paso y nos mira a los tres desde las alturas.

—¿Hay algún problema?

—No —contestamos Magnolia y yo a la vez, solo que ella aparta a Henry de en medio con un codazo bien dirigido, me quita de en medio a mí también para avanzar y plantarse en las narices del gigante nativo de la Polinesia.

Hago una mueca intentando comprender qué está pasando.

—He venido por Julian —anuncia con los hombros cuadrados en un intento de parecer valiente, pero yo la conozco demasiado bien y oigo que le falla un poco la voz.

Me giro para verla de cara, la miro a los ojos y sé que yo los tengo abiertos como platos. Henry hace un gesto con la mano como si se diera por vencido y todo significa «a la mierda» porque nuestra amiga nos está ignorando a los dos.

—¿Ah, sí? —Koa la mira con una sonrisita irónica, divertido—. ¿Quién pregunta por él?

Magnolia suelta un bufido, irritada y aburrida, niega con la cabeza mientras mira a ese hombre alto como un castillo que (y no lo digo en broma) la mayoría de los hombres hechos y derechos darían media vuelta para irse al verlo. Está tan jodidamente fuerte que parece sacado de una peli de Marvel. Es una de las personas más temidas del mundo. De mi mundo, al menos, y se me ocurre que tal vez Jo y yo la hemos protegido demasiado. Porque está ahí plantada ante las narices del guardaespaldas de un hombre que, hasta hace unos cuatro meses, estaba en busca y captura por secuestro, agresión, robo y asesinato.

—No seas estúpido. —Se cruza de brazos con impaciencia—. Sé que sabes quién soy. Me hiciste tortitas.

Henry frunce más el ceño.

Kekoa sonríe, irónico y divertido.

—Así es.

Ella se encoge de hombros, admitiéndolo.

—Estaban ricas.

Él se encoge de hombros, admitiendo los hechos.

—Son mi especialidad.

—Sí, bueno, por espectacularmente esponjosas que fueran…

—Es por el suero de mantequilla —le cuenta.

—En realidad no estoy aquí por tu especialidad. —Magnolia le lanza una mirada—. Necesito la de Julian.

Miro a Henry y abro los ojos como platos al tiempo que él se pasa las manos por el pelo, agobiado. Joder, tío, BJ nos matará.

—Me está esperando —le dice Parks con las cejas enarcadas.

—Ay, bebita, creo que lleva cinco años esperándote… —le responde Kekoa al tiempo que le lanza una mirada y luego señala hacia los despachos con la cabeza—. Ven, te llevaré arriba.

Me acerco un paso hacia Henry y susurro a voz en grito:

—¿Qué cojones está pasando?

Henry la agarra por la muñeca, niega un poquito con la cabeza.

—Lo que supondrá el fin del mundo tal y como lo conocemos.

Ella empieza a seguir a Kekoa a través de la multitud.

—Mándame un mensaje cuando llegues a casa —le pide Henry.

—No voy a ir a casa, Hen —le responde ella muy solemne.

Y Henry, pobre desgraciado, parece que esté a punto de expulsar una puta piedra del riñón cuando ve a la que hace veinte años que es su mejor amiga desapareciendo hacia las profundidades del local.

Parpadeo un par de veces.

—Bueno, ¿qué me he perdido?

Henry se frota las sienes.

—Muchas cosas.

VEINTITRÉS
Julian

Estoy sentado en el escritorio de Jonah cuando oigo que llaman a la puerta del despacho. No digo nada y se abre de todos modos.

Koa asoma la cabeza.

—Tienes una visita.

«Joder, vaya manera de quedarse corto», pienso al tiempo que entra ella.

Me he pasado los últimos cuarenta y cinco minutos mirando fijamente su mensaje, intentando descifrar si esto va en serio o no. Y, escúchame, si soy sincero, no tengo ninguna expectativa real de lo que podría pasar esta noche. Nos mandamos mensajes. Siempre lo hemos hecho, más o menos. Creo que es porque ambos estamos muy fuera del mundo inmediato del otro. Es un lugar abstracto donde soltar y descargar sin consecuencias. Y esto ya ha pasado antes, que ella recurriera a mí de esta manera, esa única vez, supongo, pero aun así, no pasó nada. Una chica como ella necesita sentir que no está en el camino que está, y un hombre como yo resulta una manera limitada de explorarlo. He sido el revolcón guarro de una noche para un montón de pijas, pero si te digo la verdad, no es como me estoy imaginando que irá mi noche con Magnolia. Ella no es así.

Se adentra más en el despacho y se está sujetando el índice de la mano derecha con la mano izquierda, tiene los ojos muy abiertos y redondos, y «joder, es preciosa» es lo primero que se me pasa por la cabeza cuando la miro.

Koa hace una mueca por encima de la cabeza de ella, abre mucho los ojos, sabe que siempre he sentido debilidad por esa chica.

Agito un dedo señalando la puerta, le indico que se vaya y luego me levanto, rodeo el escritorio y vuelvo a apoyarme en él. Me cruzo de brazos y la miro con fijeza.

—Hola —digo, sin permitirme sonreír.

Está ahí plantada, con los pies juntos, los ojos muy redondos, la cara aún nerviosa. Traga saliva.

—Una vez me hiciste una proposición.

Asiento despacio.

—Sí.

Se cuadra un poco.

—¿Todavía sigue en pie?

Me aparto del escritorio y voy hacia ella con la cabeza ladeada.

—Estamos hablando de sexo, ¿verdad?

Ella me sostiene la mirada.

—Sí.

—Claro… —Le sonrío con reticencia—. No es la primera vez que estamos así, tú y yo…

—Ya —asiente decidida—. Pero eso fue antes, y yo ahora soy distinta.

Observo su rostro, dejo caer la mirada hacia esa boca suya con la que llevo demasiado tiempo fantaseando desde esa única vez que nos besamos. Es vergonzoso, la verdad…, que alguien como yo piense en alguien como ella tanto como lo hago. No es que ella dé vergüenza, es que… No lo sé. Es solo que no pienso en chicas si no las tengo delante.

Arrastro la vista de vuelta a sus ojos, me cruzo de brazos otra vez porque es la única manera de no empezar a meterle mano allí mismo.

—¿Ah, sí? ¿En qué eres distinta? —pregunto, impasible.

—¿Por qué no me desnudas y lo compruebas? —me dice y te juro por Dios que casi se me cambia la cara. Esa frase me ha pillado tan jodidamente desprevenido que ni siquiera contesto. Me quedo mirándola y ella empieza a sonrojarse.

Me espera.

—¿Acaso no quieres?

Niego con la cabeza, mirándola con los ojos entrecerrados.

—No es eso.

Toma un poco de aire.

—Entonces ¿qué es?

¿Sabes ese tono rosado que se les queda en las mejillas a las chicas después de haber llorado? Y que las comisuras de los ojos quedan algo más evidentes. Y que las narices se les quedan algo rojas de haberse sonado. ¿Sabes?

—¿Ha pasado algo? —pregunto y no avanzo hacia ella aunque me lo planteo.

—No. —Niega con la cabeza al instante.

Vamos, que sí.

Ladeo la cabeza hacia el otro lado sin dejar de mirarla.

—¿Estás bien?

—Sí —asiente, de nuevo al instante.

Vamos, que no.

Me acerco a ella y le seco la comisura del ojo derecho con el pulgar.

—Tienes pinta de haber estado llorando.

Da una bocanada de aire y retrocede un paso. Me mira con el ceño fruncido.

—¿Qué pasa, que ahora de repente eres un detective?

Niego un poco con la cabeza.

—Solo presto atención.

—Pues para... —Da un pisotón antes de abalanzarse sobre mí. Me agarra la cara con ambas manos, presiona sus labios contra los míos y me empuja de vuelta al escritorio.

Y no soy un santo, no vamos a fingir que lo soy. Todos sabemos que no lo soy. Vuelvo a apoyarme en el escritorio y ella se aprieta contra mí, de pie entre mis piernas. Me agarro a la mesa y no a ella porque no acabo de confiar en mí: si empiezo a tocarla no sé si pararé. Sin embargo, hay un lado positivo: que yo no la toque, conlleva que ella se acerque más a mí. Se aprieta contra mí, enrosca su cuerpecito a mi alrededor.

Y besarla..., joder..., es que es... Ni lo sé. ¿Has pisado arenas movedizas alguna vez? Como cuando estás en la orilla y sin saber cómo se te hunden los pies en el suelo, ¿sabes?

Eso siento cuando la beso, así que me agarro más fuerte a la mesa.

Pierdo un poco la noción del tiempo. No le doy más significado del que tiene, la chica besa bien. Y después empieza a tener las manos largas y tantea en busca del botón de mis vaqueros.

—Eh, eh... —Me aparto un poco, pero no mucho porque, en realidad, no quiero parar—. ¿Qué está pasando aquí?

—¿Nada? —Niega rápidamente con la cabeza.

Le pongo ambas manos en la cintura. Supongo que no ha sido buena idea porque ahora que lo he hecho, ahora que la tengo entre las manos… supongo que no volveré a dejarla escapar.

—Magnolia. —Ahora hablo en serio—. ¿Qué ha pasado?

Ella da un par de bocanas de aire superficiales. No pinta bien, se echará a llorar.

—Le dije a BJ que lo quería. Él me dijo que también me quiere… —Vuelve a respirar superficialmente—. Me besó. Se acostó conmigo y me dijo que rompería con su novia. Luego discutimos y, en lugar de dejarla, se acostó con ella.

Le brillan los ojos porque no está llorando, aunque quiere hacerlo.

—Mierda. —La miro parpadeando. Joder con el tío ese.

—Sí. —Me sostiene la mirada, pone cara de derrota. No me gusta, no le queda bien. Una chica como ella no está hecha para perder. Me lamo el labio inferior, pensando a toda velocidad.

—¿Y ahora estás aquí?

Asiente.

Ladeo la cabeza.

—¿Por qué aquí?

Traga saliva con nerviosismo y se encoge un poco de hombros.

—Eres Central Park a medianoche.

Me cambia la cara. ¿Soy su deseo suicida?

La miro con el ceño fruncido.

—Yo no voy a hacerte daño.

—Él va por ahí empuñando lo mucho que lo quiero como si fuera una espada de juguete. —Me mira y se encoge de hombros, desesperada—. Y da igual cómo me mire o lo que yo sienta por todo mi cuerpo cuando noto su brazo apretado junto al mío cuando vamos en el asiento de atrás del coche… Hay muchas maneras en las que una persona puede ser peligrosa y tú no eres el hombre más peligroso que conozco.

Y ahora me ha convencido. Está herida y quiere vengarse. Me alegro de poder ayudar.

—Tienes sed de sangre. —La miro fijamente.

Ella asiente.

—Bueno, pues… —La atraigo de vuelta hacia mí al instante—. Manos arriba, muñeca. Es hora de hacerle sangrar.

VEINTICUATRO
Daisy

Tiller volvió a casa al día siguiente como dijo que haría. El Día de San Esteban por la noche. A su familia no le hizo ninguna gracia y no creo que vayan a recibirme con besos y abrazos en un futuro cercano. Se me antojó bastante normal. Él parecía contento de verme, ¿o aliviado, quizá? Fuimos a pasear por el parque. No hablamos mucho, pero me pareció agradable, sus brazos rodeándome el cuerpo y el aire gélido lamiéndome la cara. Me besó contra una farola, me dijo que no tendría que haberse ido para pasar las Navidades fuera, que era culpa suya, y yo me siento mal porque fue la mejor Navidad que he tenido en siglos, y la tuve sin él.

Dos días más tarde ya ha vuelto a trabajar. Y la verdad es que no sé por qué. Creía que se había tomado unas vacaciones, pero supongo que le está resultando difícil estar en esta casa. ¿Puede ser? Los chicos son simpáticos con él. Él es simpático con los chicos.

¿Quizá ahí está el problema? No lo tengo claro.

En cuanto ha entrado en mi cuarto esta noche se me ha echado encima, me ha rodeado la cintura con los brazos, me ha hecho andar de espaldas, me ha tumbado en la cama, ni siquiera se ha quitado la ropa ni me la ha quitado a mí. Ha entrado directamente a matar.

Hay algo en el hecho de que las cosas no funcionen que te lleva a intentarlo con más ahínco. Es lo más astuto que hace el sexo. Te engaña para que pienses que la cosa está funcionando. Tener a Tiller dentro de mí, acunándome el rostro con una mano, nuestras frentes tocándose... Realmente uno siente que podría con cualquier obstáculo que se interpusiera en su camino.

Y él se lo estaba demostrando a sí mismo más que a mí, creo, que funcionamos. Que esto está bien... y lo está. Que quiere todo esto, lo cual creo que sigue siendo verdad. O lo era, porque creo que puedes querer dos cosas a la vez, solo que te van a llevar por caminos distintos, y él me está observando, me mira muy concentrado, convenciéndose a sí mismo de que me desea más a mí que a lo que sea que lo está alejando, y yo lo estoy observando a él con la incipiente revelación de que sí, lo amo, y sí, quiero estar con él, y aun así quizá, de algún modo, quizá no sea suficiente.

Parece ser suficiente cuando entra más dentro de mí y se le atraganta la respiración junto a mi cuello, pero incluso entonces... es la puta oxitocina que todos sabemos que me hace la vida imposible.

Al terminar, me ha dado un beso y me ha dicho que salía a correr, y yo me he duchado porque me sentía culpable por lo concentrada que he tenido que estar todo el rato para no pensar en Christian.

Llevaba meses y meses y meses sin pensar en Christian cuando lo hacíamos y mi mente no paraba de tropezar con la idea de lo que podríamos haber hecho si me hubiera llevado en coche a casa, pero no lo hizo porque yo no se lo permití, así que aunque creo que soy una persona bastante de mierda por tener que decidir no pensar en mi exnovio mientras me estoy acostando con mi novio actual, me digo a mí misma que no soy una persona de mierda del todo porque aunque cuesta acabar con los hábitos de siempre, y Christian Hemmes es un hábito con el que para empezar, nunca he querido acabar, no lo hice, aunque creo que podría haberlo hecho.

Aun así, no sé lo que significa, en el contexto completo de la vida, y no creo que esté lista para descubrirlo ahora mismo, no cuando Tiller me ha echado a perder las Navidades para demostrar algo que creo que si fuéramos nuestros amigos mirándonos desde fuera, nos diríamos que no es la clase de cosa que tendrías que tener que demostrar, de modo que si tenemos que hacerlo, ¿por qué tenemos que hacerlo?

Bajo las escaleras, impaciente por encontrar la distracción que me proporcionan siempre mi hermano y sus colegas.

No he visto mucho a mi hermano estos últimos dos días porque ha estado encerrado en su cuarto con (mátame, por favor, y no te lo pierdas) la puta Magnolia Parks.

Se le ha iluminado la cara cuando me ha visto esta mañana, qué pesada. Creo que piensa que somos amigas. No creo que sepa que fue ella la que puso toda mi vida patas arriba... No creo que sea consciente de que su personita es una puta granada, divina de la muerte, apareciendo de la nada y haciéndolo saltar todo por los aires. Me ha saludado alegremente desde el despacho de mi hermano esta mañana estando sentada en su regazo, y yo he puesto los ojos en blanco y he subido las escaleras.

Además, tampoco es que sean discretos. No sé si Magnolia Parks está descubriendo los orgasmos o qué, pero es asqueroso.

Tiller me preguntó con quién estaba mi hermano y te juro que ni siquiera fui capaz de decirlo en voz alta. Me limité a suplicarle a quien claramente no está escuchando mis putas plegarias para que se acabe pronto y ella se vaya por donde vino.

Echo un vistazo por el comedor antes de entrar para asegurarme de que no está. Todo despejado.

Mi hermano levanta la mirada y me saluda haciendo un gesto con el mentón.

—Vaya. —Le lanzo una mirada a Julian—. Mira quién ha decidido salir a respirar.

Él pone los ojos en blanco.

—¿Adónde se ha ido tu juguetito?

Me fulmina un poco con la mirada y se rasca la nuca.

—Sigue aquí. Pero necesitábamos hacer una reunión… —Señala con un gesto a sus hombres, todos congregados alrededor de la mesa, y se inclina sobre lo que sé que es una especie de plan.

Lo miro con el ceño fruncido.

—¿Qué? ¿Está rondando por aquí sin más?

Él coge una hoja de papel y la mira con los ojos entrecerrados.

—He mandado venir a mi masajista.

Paseo la mirada por el comedor en busca de un rostro que comparta mi horror. No lo encuentro.

—¿Por qué?

—Pues para que le dé un masaje —contesta Julian al tiempo que coge otro papel.

—¿Por qué no se va a que se lo den? —Frunzo el ceño.

Dios, esta chica es un incordio.

—Pues porque… —Julian señala un punto de la pantalla del portátil de Declan—. No quiero que se vaya.

Me mira.

—¿Por qué no? —Pongo mala cara.

Se lame los labios, parece irritado.

—¿Hay algún problema, Dais?

Niego con la cabeza, tozuda.

—No. Es que... no me gusta.

—No pasa nada. —Mi hermano se encoge de hombros—. Soy yo quien se la está follando, no tú.

Y un par de los chicos se ríen y mi intolerancia hacia ella aumenta porque ha sido pasar una noche con ella y, de pronto, Julian se cree que es monologuista o algo. Esa tía se lo carga todo.

Lo fulmino con la mirada para asegurarme de que sabe lo irritadísima que estoy y él se limita a sonreírme con indiferencia.

—En fin, ¿qué estás haciendo? —bufo cruzándome de brazos.

—Trabajar —contesta sin siquiera mirarme.

Pongo los ojos en blanco.

—¿En qué?

—En un trabajo —responde Declan, lo cual no ayuda nada.

Mi hermano me mira.

—No quieres enterarte de esto, Dais... Venga, vete. —Señala la puerta con la cabeza.

Suelto un gruñidito y estoy a punto de irme cuando reparo en lo que muestra la pantalla.

Un cuadro.

—¿Es...? —empiezo a preguntar, pero niego con la cabeza para mí misma.

«No te involucres», me digo. Una vida normal. No te involucres. Doy un par de pasos y luego vuelvo a ver la foto en la pantalla de TK. No es la primera vez que lo veo.

Frunzo los labios.

—¿Vais a robarlo?

Julian levanta la mirada con las cejas algo fruncidas.

—Vamos a interceptarlo.

Asiento una vez.

—¿De dónde?

—Por Bélgica. —Julian levanta la mirada, molesto por tantas preguntas—. ¿Por qué?

Me rasco el cuello.

—Vale.

Julian me lanza una mirada rara.

—¿Buena fuente? —pregunto—. ¿Confías en quien te lo ha dicho?

—¿Por qué? —Kekoa frunce el ceño.

Me inclino sobre Booker para coger una de las galletas que les he preparado esta tarde. Chocolate negro y sal marina. Le doy un mordisco.

Están muy buenas. Soy muy buena. No debería ser médico, debería ser pastelera.

Y además, a la mierda. Me siento en el brazo de la silla de Declan y me acerco su portátil.

—¡Eh! —gruñe. Y yo le ignoro.

—¿Qué estás haciendo? —Julian me mira, molesto.

—¡Nada! —Miro la pantalla con los ojos entornados y niego con la cabeza. Me cercioro de que estoy muy convencida de ello antes de decir lo que digo—: Es que… —Paseo la mirada entre todos los presentes, que ahora me miran expectantes con las cejas enarcadas. Me aclaro la garganta—. Es falso.

Julian se vuelve como un resorte para mirarme.

—¿Qué?

—Que es falso. —Me encojo de hombros.

—No, no lo es. —Declan pone los ojos en blanco.

Miro a Julian y a Kekoa y asiento.

—Sí lo es. —No me cabe ninguna duda.

—¿Cómo lo sabes? —Cañón me mira con los ojos entrecerrados.

Frunzo los labios y vuelvo a mirar a mi hermano.

—¿Conoces a mi amiga Taura Sax?

—Íntimamente. —Julian esboza una risita y yo pongo los ojos en blanco.

—Bueno, el real está colgado en el despacho de su padre.

—Y una mierda —bufa Book.

Yo asiento una vez, mosqueada porque no me están creyendo de primeras. Miro a Miguel en busca de refuerzos.

—¿Tú lo viste? —le pregunto.

Él niega con la cabeza.

—No me dejaste entrar.

—Oh. —Suelto una carcajada nerviosa—. Lo siento.

Miguel pone los ojos en blanco.

Julian se apoya en el respaldo de la silla.

—Lleva desaparecido desde…

—Desde 1945… —le interrumpo—. Lo sé. Los nazis lo robaron.

—Entonces ¿cómo lo consiguió Sax? —Julian se cruje la espalda, parece dubitativo.

—Su bisabuela por parte de padre era nazi.

Todos los chicos se echan a reír.

—¡En serio! —Parpadeo—. Estaba en la Liga Nacionalsocialista de Mujeres, y tenía un rango muy alto, la verdad. —Me encojo de hombros—. Y luego se le fue la cabeza (y, a fin de cuentas, le estuvo bien empleado), y el cuadro se quedó en el sótano de casa de su hija, que era la madre del padre de Morley, y resulta que la mujer murió hace apenas unos meses y entonces lo encontraron ahí abajo…

Julian frunce el ceño.

—¿Y él se lo colgó en el despacho sin más?

Asiento encogiéndome de hombros con indiferencia.

—¿Sabes que la policía lleva buscándolo casi ochenta años?

—¿En serio vas a usar esa carta cuando tú y tu banda de Hombres Alegres a lo Robin Hood estáis sentados alrededor de una mesa trazando un plan para robarlo?

Julian se cruza de brazos, pensativo, e intercambia una mirada con Miguel.

Me voy hacia la puerta.

—Es una trampa —le advierto decidida—. Alguien intenta tenderte una trampa.

VEINTICINCO
Julian

Las fiestas que organizo en Nochevieja son legendarias.

No he acudido acompañado a ninguna de ellas en toda una década porque siempre cabía la posibilidad de que la chica no fuera con quien acabara pasando la noche, pero este año sí.

La verdad es que no ha salido de mi casa desde la noche en que la traje aquí.

Aunque no me la llevé a casa de inmediato. El escritorio de Jonah tiene una altura apropiada y Magnolia Parks estaba más que dispuesta a hacer cosas que borrarían la sonrisita de comemierda de su exnovio.

La llevé a casa después de todo; lo cual no hacía falta, pero me apeteció.

Me gustaba la sensación de tenerla abrazada a mí, cómo me siento cuando la muevo por una estancia, empotrándola contra las paredes, penetrándola encima de las mesas, etcétera, etcétera. Decidí traerla a casa para poder llevarla por todas y cada una de las habitaciones.

Se durmió antes que yo, de cara a mí, y tal vez la observé durante un par de segundos. Me pregunté cómo una persona puede tener un rostro como ese, me pregunté lo mucho que tiene que pesar un labio inferior para que se separe del superior del modo en que lo hace el suyo. Pensé en la cantidad de veces que a lo largo de los años se lo había propuesto, en la cantidad de veces que ella se había reído y me había dicho que no, aunque aquí me tienes, tumbado junto al Everest en persona.

Si te soy sincero, siempre pensé que en cuanto la tuviera se rompería el hechizo. Que mi fascinación por ella quedaría relegada al olvido junto a todas mis otras conquistas. Estaba convencido de que la mayor parte de su atractivo se consumiría en cuanto nos hubiéramos acostado, pero ya lo hemos hecho (tres veces esa primera noche y de ahí en adelante ya he perdido la cuenta) y aquí viene la parte que no sé gestionar: sigo jodidamente cautivado por ella. De un modo hasta irritante.

Y sé que a algunos chicos (como los hermanos Hemmes, por ejemplo), cuando se acuestan con una chica, no les gusta que se quede a dormir. ¿A mí? A mí me parece una gilipollez, pueden quedarse a dormir en mi cama, me da igual, ¿qué van a hacer?

Ahora bien, lo que no me gusta es cuando no saben cuándo marcharse. Sin embargo, Magnolia…, no me gustó cuando puso cara de estar a punto de irse.

—Julian… —dijo antes de nada la mañana siguiente. La voz le salió ahogada.

—¿Qué? —gruñí con los ojos cerrados.

Se aclaró la garganta con educación.

—Tengo a un perro gigante encima.

Mierda. Abrí los ojos de golpe y me volví hacia ella.

—Vale, no te muevas… Es un perro de presa y puede ser bastante agresi…

Y, entonces, el perro se le lanzó a la cara y empezó a lamerla como un puto loco.

Ella se echó a reír a carcajadas y el sonido me desarmó y no me gustó en absoluto, de modo que lo aparté de un empujón para que parara.

—¡Ay, por Dios! —gorjeó al tiempo que se incorporaba y salía corriendo detrás del perro. Yo tragué saliva con esfuerzo porque todavía no se había vestido—. ¡Es sin ninguna duda el perro más adorable y cariñoso que he conocido en mi vida!

Fulminé a mi perro con la mirada, le acaricié la cabezota con brusquedad al tiempo que le decía:

—Eres una puta broma, eso eres…

Y Parks echó la cabeza hacia atrás.

—¿Disculpa?

Aplasté una sonrisa.

—Se lo decía al perro.

—Oh. —Se sonrojó un poco y se cubrió con las sábanas—. Bueno, de todos modos supongo que debería ir yéndome.

Templé mi expresión. Me aseguré de que no se me notaba ni un atisbo de la decepción que sentí durante un segundo.

—¿Tienes planes?
—Hoy iba a darme un masaje para estar lista para Nochevieja...
Ladeé la cabeza.
—¿Necesitas un masaje para estar lista para Nochevieja?
Ella parpadeó muy rápido, echó la cabeza para atrás como si yo fuera el idiota.
—Bueno, sí..., ya sabes..., me gusta estar ágil.
Solté una carcajada y ella hizo un puchero. Pequeña orgullosa.
—¿Qué? —Frunció el ceño.
Me lamí el labio inferior.
—No te vayas.
Puso cara de sorpresa.
—¿Por qué?
Negué con la cabeza.
—Mandaré que venga mi masajista a casa.
—Bueno, iba a ir al gimnasio.
Me encogí de hombros.
—Yo tengo un gimnasio.
Me miró de reojo, desconfiada.
—Me gusta trabajar con un entrenador.
—Yo te entrenaré —le dije al tiempo que le lanzaba una sonrisa torcida.
Se me acercó un poco.
—¿Eso harás?
Asentí mientras estiraba los brazos hacia arriba y me recostaba en la cama.
—Tengo un plan bastante sólido para trabajar todos y cada uno de los músculos de tu cuerpo.
Tragó saliva y volvió a sonrojarse.
—¿No quieres que me vaya?
Me reí cuando intentó sonsacarme. No sé por qué las chicas intentan sonsacar. Es jodidamente irritante, ¿para qué tiene que intentar sonsacar una chica como ella?
—No es eso. —Me encogí de hombros y dejé de mirarla. Le acaricié la cabeza a mi perro—. En fin. Me da igual, haz lo que quieras.
Me observó un par de segundos. Puso cara de sentirse rechazada y le estuvo bien.

—Bueno, pues… ¿Qué harás hoy?

Me incliné hacia ella, me pregunté si sus labios siempre tenían ese color o si se había puesto algo cuando yo no miraba.

Me lamí el labio inferior.

—Hacerlo contigo, espero.

Una sonrisa se apoderó de su rostro y me gustó, y luego lo hicimos.

Eso fue hace dos días. Hoy ya es Nochevieja y ella todavía no se ha ido a casa. Tuve que ir a Versace a comprarle algo que ponerse esta noche, pero me alegra informar de que está, de hecho, muy ágil.

Además es capaz de follarte con la mirada de una manera que ni te imaginas. Creo que es el color de sus ojos, no lo sé…, quizá sea ella en sí.

La fiesta ha empezado y ella está en la otra punta de la estancia con Taura y una chica con la que fueron al internado, y sé que están hablando de mí.

Me doy cuenta por cómo me mira. Con la cabeza ladeada, la boca haciendo un mohín, los ojos cargados.

Las otras dos también me miran susurrando y soltando risitas…

Niego con la cabeza, aparto la mirada porque hay algo en ello que me hace sentir como un crío y yo no soy ningún crío.

Doy un golpecito a una botella del whisky que quiero estar bebiendo y TK me sirve una copa.

Me pongo al día con mi colega, Storm.

Si te metes en una situación divertida, recurre a él. Yo he recurrido a él un montón de veces.

Es un buen hombre, en realidad. Las chicas lo adoran, pero él es raro con ellas. Todavía más que yo. Cree que es demasiado peligroso tenerlas cerca mucho tiempo.

Seguramente tiene razón. Por eso yo nunca las tengo cerca mucho tiempo.

Seguramente por ello tendría que empezar a no tener a Parks tan cerca, claro que entonces… cruzamos miradas y se me olvida todo.

Koa y Decks están ahí plantados, negando con la cabeza, sonriendo con gesto travieso.

—¿Qué? —Frunzo el ceño cuando los veo.

—Nos hemos colgado un poco, ¿no? —ríe Declan.
—Pues no. —Le lanzo una mala mirada.
—Oh… —Koa hace una mueca—. Casi me lo trago, te has tirado las últimas setenta y dos horas follando con esa chica.
Me encojo de hombros.
—Tu récord anterior era Josette. Cincuenta y cuatro horas.
No sé qué insinúa, pero no me gusta.
—Quizá estamos prestando más atención de la cuenta, colega…
Koa pone los ojos en blanco.
—Soy tu jefe de seguridad.
—¿Y?
—¿Esto va en serio? —me pregunta Declan, mirándola.
—No. —Lo miro de soslayo, molesto—. ¿Cuándo algo así ha ido en serio?
La miro, que sigue susurrándole a Taura, mordisqueándose la punta del pulgar… ¿Por qué cojones tiene el pulgar en la boca?
Me mira y ya volvemos a follar con la mirada.
—¿Vas a irte para allá otra vez? —Koa la señala sutilmente con la barbilla.
—La verdad… —Le lanzo una sonrisa tensa—. Sí, voy para allá.
Enarca una ceja.
—Tengo la sensación de que crees que estás demostrando algo… —Lo señalo—. Es un buen polvo y punto.
—Si tú lo dices —me contesta cuando ya me estoy yendo.
Es lo que es, porque yo no salgo con nadie. No puedo salir con nadie. Además, ella está enamorada de otra persona, lo cual está bien. Es una buena defensa natural.
Puedo tirármela cuando quiera, sin compromiso.
Me flipa que no haya compromiso.
—Eh. —Le hago un gesto con el mentón cuando me acerco—. Hola, Taus… —Le doy un beso en la mejilla y luego miro a Parks, deseoso de sacarla de quicio—. ¿Te resulta raro que hayamos follado?
Taura pone los ojos en blanco y Magnolia hace un puchero. No sale como esperaba, porque la forma de sus labios hace que quiera besarla.
—Bueno, no me lo había planteado hasta ahora. —Se presiona el labio superior con la lengua—. Pero sí, supongo que no es mi favorita de

todas las ideas que he tenido en la historia de todos los tiempos. —Aparta la mirada y da un buen trago.

Y no lo entiendo… ¿Por qué me hace sentir raro y como una mierda que ya no me esté mirando, que parezca estar tan incómoda? Quería que se sintiera incómoda. Me resulta divertido observar cómo tocas la fibra de las personas, pero esto no ha sido divertido.

Busco sus ojos y ella no me deja encontrarlos, de modo que la agarro por la muñeca y la separo un poco de sus amigas.

—Ven conmigo arriba.

Aparta la muñeca, sigue mosqueada, lo está aprovechando como siempre.

—¿Para qué?

La miro ladeando la cabeza.

—Ya sabes para qué.

De repente pone cara de timidez antes de levantar la mirada con el ceño fruncido.

—Tienes invitados.

Me encojo de hombros, indiferente.

—¿Quieres que ordene a todo el mundo que se vaya?

Entorna los ojos, divertida. Le ha gustado. A esta chica le encantan las ostentaciones de poder.

—Porque lo haré… —Le lanzo media sonrisa. En realidad, lo haría si significara que ella accede.

Suelta una carcajada. Siento alivio.

—Venga. —La levanto en volandas (es ligera como una puta pluma) y la cargo escaleras arriba.

—Esto es muy ordinario —me dice mientras subimos, mirándome fijamente, y yo me echo a reír.

Le pego una patada a la puerta de mi cuarto para cerrarla. La tumbo encima de mi cama.

—Bueno, es que soy bastante ordinario.

Me lanza una mirada.

—Sí, ya me estoy dando cuenta.

—Y tú… —la arrastro por la cama hacia el cabecero— eres muy excitable.

Ladea la cabeza, confundida.

—Parece gracioso, pero tengo la sensación de que no lo dices como un cumplido.
—Y no lo hago.
—Oh. —Frunce el ceño y yo reprimo una sonrisa. Dios, es una monada, joder.
Mierda. Odio pensar que alguien es mono.
—Te corres demasiado rápido —le digo. Y a mí mismo. Necesito quitarle un poco de brillo a esa chica.
Se le sonroja toda la cara.
—No, no es verdad...
—Sí, sí lo es —le respondo con calma.
Se sienta, se abraza las rodillas contra el pecho.
—¿Quién lo dice?
—Lo digo yo. —Le lanzo una mirada—. La persona con la que... no... te estás corriendo.
—Oh. —Parpadea dos veces muy rápido.
Normalmente tiene cierta gracia desestabilizar la confianza de chicas como ella, aunque ya no sé lo que significa, porque no ha tenido gracia y ahora ya no estoy seguro de que haya más chicas como ella.
—Eh. —La señalo con el mentón—. ¿Con cuántas personas te has acostado?
Echa la cabeza un poco para atrás, como si estuviera expuesta o avergonzada.
—¿En la vida? —Parpadea.
—Sí.
Parpadea más, se sienta más erguida.
—Ocho.
—¿En la vida? —Abro mucho los ojos y ella frunce el ceño a la defensiva.
—Sí.
—Yo me acosté con ocho chicas distintas la quincena anterior a que tú y yo empezáramos a follar.
—Oh —asiente con frialdad—. ¿Quieres que te dé una medalla al mérito?
—No. —Me encojo de hombros y le lanzo una mirada—. Solo un orgasmo en sincronía con la chica que me estoy tirando.

Y, entonces, tras oírlo, vuelve a respirar superficialmente. Y no me gusta. Se encorva un poco, como si se hubiera hecho un ovillo. Esta tía es un absoluto rompecabezas, cuesta un huevo entenderla. Es ingeniosa y juguetona, pero orgullosa y frágil e insegura y uno le hiere los sentimientos con demasiada facilidad, y te voy a ser franco: normalmente no me importa una mierda, pero ella... a ella quiero tumbarla en la cama, estirarla bien, hacer que se le ilumine la cara de nuevo.

La mayoría de las chicas con las que me acuesto están contentas solo por estar ahí, pero con ella, soy yo quien está contento de que ella esté aquí. Vamos a ver, no estoy contento, no le vayas a sacar un significado que no tiene. Me siento indiferente, ¿vale? Pero, a ver, está bien que ella esté aquí, no me importa. Pero supongo que sí me importará un poco porque tras oír lo que le he dicho, ha puesto una cara como si le hubiera pegado una patada en el estómago.

Se succiona el labio inferior, parece avergonzada, yo no quería que sintiera vergüenza, solo que le apeteciera un poco más complacerme. No parece que ella tenga mucho que demostrarme. Y no estoy acostumbrado a ello.

—Es que... —Se encoge de hombros como si le diera igual y fija la vista en la botella de tequila que tengo en la mesilla de noche. Se sirve un trago en mi vaso de anoche—. A mí no me sale así...

—Así ¿cómo? —La miro entornando los ojos.

—Pues así..., ya sabes... —Hace un gesto impreciso con la mano hacia mí, como si yo fuera la personificación de los orgasmos—. Solo con BJ.

Joder. ¿Por qué de repente me siento como si midiera medio metro?

—Tiene sentido —asiento como si no me hubiera dolido. ¿Por qué cojones me ha dolido?

—Me pongo nerviosa y luego... tachán. —Hace un gesto con las manos—. Normalmente no... con, en fin, rollos de una noche...

—Llevamos ya tres noches —le digo.

—Con el tiempo dejo de estar tan nerviosa... —Y ya tiene la nariz levantada. No puede quedar mal—. A la mayoría de los chicos no parece importarles...

—La mayoría de los chicos mienten porque están contentos de estar ahí y punto.

—¿Acaso no está bien que esté excitada? —Frunce el ceño—. ¿Por qué está mal?
—No está mal. —Niego con la cabeza y me encojo de hombros—. Pero es más divertido llegar juntos.
La agarro por el tobillo y la tumbo bien sobre mi cama, me coloco encima de ella y la miro un segundo.
—¿Por qué estás nerviosa conmigo? —pregunto mirándola con una sonrisa.
—BJ y Jonah siempre me han dicho que si algún día estoy en peligro y no los encuentro a ellos, que vaya a buscarte a ti...
Desvío los ojos hacia sus labios.
—No creo que lo dijeran en este sentido...
—No. —Frunce los labios—. Supongo que no.
—Aun así, me has encontrado —le digo. Y le toco la cara porque puedo.
—Mmm. —Asiente una vez.
La miro a los ojos.
—No tienes que estar nerviosa por nada.

Al cabo de una hora, está de pie ante el espejo de mi baño vestida solo con unas braguitas.
Está inclinada sobre el lavabo, poniéndose un poco de pintalabios otra vez, y necesito una decente cantidad de autocontrol para no recorrerle la espalda desnuda con la mano e intentar sacar una segunda ronda.
—¿Soy tu acompañante esta noche? —pregunta sin mirarme mientras me pongo los vaqueros.
Normalmente, me gusta ducharme después de mantener relaciones sexuales. Pero me da igual que mi olor delate que la he tenido a ella encima.
Me encojo de hombros.
—Supongo.
Parpadea y luego frunce el ceño.
—¿Supones?
—No suelo llevar acompañante a esta fiesta... —Recojo una camiseta del suelo del baño y ella la mira fijamente.

—Esta camiseta no… —me dice antes de ir corriendo a mi cuarto y volver al cabo de un segundo con una distinta que a mí me parece exactamente la misma camiseta blanca.

Miro ambas piezas y le lanzo una mirada a ella.

—La costura de los hombros de esta hará que parezcas más corpulento.

—Ya soy corpulento —gruño mientras me la paso por la cabeza igualmente y ella tira de las mangas de la camiseta y yo trago saliva. No me gusta que las chicas quieran vestirme o hacerme de madre, pero no muevo un puto músculo mientras ella me pasa la mano por las costuras.

—Sí, lo eres. Mucho. —Asiente—. Pero ¿por qué no parecerlo más?

No digo nada, miro más allá de ella y me observo en el espejo y no digo nada en voz alta, pero sí, no… Su elección es mejor.

Se vuelve hacia el espejo. Rímel.

—¿Por qué no sueles llevar acompañante a estas fiestas? —le pregunta a su propio reflejo.

Me coloco detrás de ella, le rodeo la cintura con las manos porque nadie me ve y me da la gana.

—Resulta más difícil acostarse con otra al final de la noche.

—Oh. —Se muerde el labio inferior, pensativa—. Bueno, igual tendríamos que tener una palabra clave para que sepa que te apetece meterte en la cama con otra mujer…

Niego con la cabeza mirándola a través del espejo, aunque acerco su espalda hacia mí.

—No, te diría que te fueras y listo.

—Oh. —Parece hecha polvo un instante y yo reprimo una carcajada porque esta chica es una puta montaña rusa de emociones—. Eso sería muy directo por tu parte… —Frunce los labios—. Aunque supongo que lo agradecería, teniendo en cuenta lo poco directo que es mi exnovio.

—Se folló a otra —le recuerdo porque sí—. Yo te diría que eso es bastante directo.

Parpadea un par de veces cuando se lo digo, traga saliva una vez, luego se pone más erguida, se mira a sí misma con ojos ansiosos. Creo que busca algún defecto en su cara, pero no existe y ella se fulmina a sí misma con la mirada de todos modos.

Exhala, baja la vista, y yo siento una necesidad de apartarle el pelo del cuello y besarla, pero es raro y no lo hago.

Muevo la mano por su cintura, la miro a través del espejo.

—No voy a acostarme con otra esta noche.

—¿Por qué? —pregunta en voz baja.

Le lanzo una sonrisa traviesa y la repaso con la mirada.

—¿Tú te has visto?

Y luego se da la vuelta entre mis manos, poniendo cara de disgusto y yo ladeo la cabeza, confundido.

—La gente me dice estas cosas bastante a menudo..., como si ser guapa fuera un rasgo de mi personalidad. —Me fulmina con la mirada. Me gusta cuando se pone desafiante—. Como si yo no fuera más que eso.

Entorno los ojos, interesado.

—¿No te gusta?

Se cruza de brazos sobre el pecho desnudo.

—Creo que hace que a la gente le resulte más fácil tratarme como si no fuera una persona real.

Joder.

—¿Crees que BJ no te trata como a una persona real?

—Creo que piensa que el hecho de que yo sea guapa absorberá el golpe de sus repetidos rechazos, pero lo único que ha hecho es demostrarme que la belleza no vale para nada al final.

Me aparta y vuelve a mi cuarto, se va hacia mi mesilla de noche y se acaba el tequila que se ha servido antes. Lo apura de un trago. A ella no le gustan los licores fuertes. Los odia, de hecho. Y ¿sabes qué? A la mierda, odio a ese tío. Antes no lo odiaba, pero ahora sí.

Señalo la puerta con la cabeza.

—¿Volvemos abajo?

Exhala por la nariz al tiempo que le tiro su vestido.

—¿Y si ha venido?

—Seguramente ha venido —asiento.

Abre más los ojos, muy nerviosa y toda esa mierda, y la agarro por la cintura otra vez, me agacho un poco para que nuestros ojos queden a la misma altura.

—Eh. Vamos a cuchillo, ¿recuerdas? —Le lanzo una mirada—. Vamos a hacer que sangre.

VEINTISÉIS
Daisy

Mi hermano ha ido a por cafés esta mañana.

Ha llamado a la puerta de mi cuarto y la ha abierto de todos modos sin esperar respuesta.

—Oh —lo he mirado y me he cruzado de brazos al sentarme—, qué detalle por tu parte sacar la lengua de la boca de Magnolia Parks suficiente rato para ser un miembro funcional de la sociedad...

—Decir «funcional» sería exagerar un poco. —Se ha reído, travieso.

Me ha tendido un café con leche de avena. Le ha dado a Tiller el suyo.

—Americano, ¿verdad? —Le ha sonreído mi hermano distraídamente.

Tiller ha fruncido el ceño.

—Sí.

Se lo he notado, esta extraña incomodidad por el hecho de que mi hermano lo conozca. Que lo conozca lo suficiente para saber qué café le gusta y para pensar lo suficiente en él por la mañana como para comprárselo.

Tiller piensa de más, lo he dicho otras veces, pero le veo los engranajes girando detrás de los ojos. Cree que el hecho de que Julian le traiga un café significa que lo ha asimilado demasiado, que ya forma excesiva parte del mobiliario, que mi hermano está demasiado acostumbrado a que él esté allí, pero no creo que nada de todo eso sea cierto. Lo que pasa es que mi hermano es considerado.

La gente cree que no lo es, pero lo es. Y lo es mucho. Lo que pasa es que normalmente decide no potenciarlo. No queda muy lejos el ser considerado del ser calculador y nadie me cuestionaría una sola vez si dijera que Julian es calculador, pero déjame ser franca: mi hermano es ambas cosas.

Tiller ha dejado el café a un lado, ni siquiera le ha dado un sorbo.

—Voy a salir un rato a correr —me ha dicho sin mirarme. Se ha cambiado los pantalones, se ha quitado la camiseta, se ha puesto las zapatillas y listo. Se ha largado jodidamente rápido.

He suspirado, cansada, aunque me acababa de despertar.

Me he ido al cuarto de mi hermano, he abierto la puerta y he soltado un gruñido cuando los he visto en la cama. Aunque era exactamente lo que esperaba encontrarme al abrir.

—¡Daisy! —A la tonta de Magnolia se le ha iluminado la cara—. ¡Hola!

Se ha sentado más erguida y se ha soltado del abrazo de mi hermano (lo cual es raro, la verdad, Julian no es de los que hace la cucharita).

—Qué alegría verte. Siento lo de anoche...

He puesto los ojos en blanco otra vez y me he apoyado en la pared.

—¿Estáis intentando romper alguna especie de récord?

Julian me ha lanzado una mirada mientras se bebía el café.

—Mira quién fue a hablar, Cara... ¿No fuiste tú quien bloqueó así los recuerdos estas mismas fechas el año pasado?

Le he hecho un corte de mangas.

—¿Quieres que te escoja la ropa para Nochevieja? —se ha ofrecido Magnolia con una gran sonrisa.

—No... —He negado con la cabeza frunciendo el ceño—. De veras que no.

—Oh. —Ha fruncido el ceño y ha mirado a mi hermano—. ¿Quieres que te escoja la ropa a ti?

—No.

—Qué raro. —Ha hecho una mueca con los labios—. De normal todo el mundo se muere para que lo vista... Se me da muy bien —nos ha dicho a ambos, mirándonos alternativamente.

—Sigo diciendo que no. —He bostezado mientras me iba de la habitación.

—¡Me alegro de verte! —ha gritado.

Y yo he seguido negando con la cabeza porque la odio. Más de lo que la odiaba hace un minuto porque antes ni siquiera me había planteado qué me pondría esta noche y encima luego he rechazado la asistencia de la chica con más estilo de todo Londres, así que he tenido que sacar la artillería solo para demostrarle que no necesito ayuda.

Cuando me ha visto luego con el vestido que he acabado escogiendo,[132] ha ladeado la cabeza y me ha mirado fijamente los pies, enfundados en unas botas, y me ha dicho:

—Quizá prefieres combinarlo con unas sandalias de tiras de tacón.

Y yo le he dicho:

—O quizá no. —Antes de maldecir para mis adentros porque, joder, tiene razón. Unas sandalias de tiras de tacón quedarían muy bien con el conjunto.

Dios, es irritante de cojones.

Aunque más irritante es que al cabo de una hora me haya encontrado encima de la cama un par de sandalias de tiras de tacón, nuevas y con la etiqueta puesta.

¿Cuándo cojones esa idiota ha tenido tiempo para ir corriendo a Harrods y volver?

Decido que no me las pondré hasta el ultimísimo momento porque no he encontrado nada mejor y ahora el conjunto me parece incompleto, y casi me da igual hasta que me pregunto si Christian vendrá. Y luego me siento como una mierda, porque quizá Christian vendrá o quizá no, pero de un modo u otro, Tiller sí estará y por eso debería ponerme esos tacones porque quiero estar guapa para él. Y déjame reiterar una cosa: esa chica es insoportablemente irritante, pero, Dios, qué bien se le da la moda.

Me los pongo, me armo de valor para soportar el torrente de comentarios irritantes que no me cabe duda me esperan por su parte sobre que tiene razón, y lo sabe todo y tiene el estilo supremo de la galaxia, pero lo único que pasa cuando me ve es que repasa mi conjunto con la mirada, aterriza en mis tacones y sonríe para sí misma un pelín antes de colocarse entre los amigos de mi hermano mientras espera que lleguen los suyos.

Tiller aparece y se planta a mi lado, incómodo, escrutando la multitud.

—Esta fiesta es, a la vez, mejor y peor de cómo la había imaginado —dice.

—Venga, Tills... —le pincho—. Suéltate un poco.

—Daisy. —Me lanza una mirada—. Estoy en una casa llena de gente a la que he dedicado los últimos cinco años de mi vida profesional para poder detenerlos. Dame un puto respiro.

---

[132] El vestido negro Nyoka de Nanushka.

Doy un gran suspiro y tomo una copa antes de mirarlo y negar con la cabeza, teniendo un poco la sensación de que casi me apetece discutir.

—Sabes que no te he obligado a venir…

—Claro… —Pone los ojos en blanco—. Como si estuviera dispuesto a no pasar la Nochevieja con mi novia.

—No pasaste la Navidad conmigo —le recuerdo, aunque no tengo claro por qué.

Me lanza una mirada.

—¿Y qué tal fue eso?

—Podríamos haber ido con tus amigos. —Me encojo de hombros con rostro inocente antes de transmudarlo a una expresión feroz—. Ay, no, espera… No hubiéramos podido porque tú no me invitas a una mierda con ellos.

Traga saliva y niega con la cabeza.

—Ahora no vayamos por ahí.

—¿Por qué? —pregunto, casi disfrutando de la fricción. Quizá porque al menos es algo.

—Porque no estoy listo, Dais —me contesta con una mirada que me hace parar.

Tiene los ojos muy redondos y tristes, y recuerdo que antes de que fuera mi novio con el que discuto constantemente porque quién es mi familia y quizá incluso quién soy yo (para él) es fundamentalmente inaceptable, hubo un tiempo cuando Tiller era el hombre con los ojos más azules del planeta que se convirtió en un chaquetón en el frío invernal de una noche de diciembre cuando yo apenas llevaba un top cortito.

—Vale —asiento y le agarro de la mano, la aprieto. Señalo con la cabeza hacia la puerta—. Vayamos arriba… —Al cruzar la estancia para salir, le echo una mirada a mi hermano. «¿Azotea?», articulo con los labios en silencio.

Julian asiente y coge a Magnolia de la mano, y me fijo que aquello mata un poco a BJ y veo cómo mi hermano se da cuenta, recoge sus pedacitos[133] y se los unta en una tostada.

Julian está disfrutando de lo lindo. Es un puto gilipollas a veces.

---

[133] Los de BJ, vaya, una persona que hasta la semana pasada era amiga suya.

Y entonces me doy cuenta de que Christian está ahí, de camino a la azotea con nosotros. Y siento una oleada de emoción y de tristeza. Primero porque está aquí, porque puedo verlo, pero a la vez porque estoy emocionada y estoy con otra persona igualmente y, de algún modo, ahora me parece que quiero cosas distintas a lo que cualquiera de los dos puede darme.

Tiller entabla conversación con Henry porque Henry podría entablar una conversación con un extranjero mudo en menos de cinco segundos. Y probablemente le curaría la mudez y, ya puestos, le enseñaría diecisiete idiomas.

—Hola —saluda Christian mientras se sienta a mi lado. Está guapísimo.

—Hola. —Sonrío.

—Me gusta cómo vas. —Me hace un gesto con la cabeza—. Pedazo de zapatos.

Magnolia Parks vuelve la vista por encima del hombro y me lanza una mirada muda de suficiencia y me pregunto si sabe en este preciso instante que se me ocurren tres buenas maneras de matarla aquí mismo. ¡Cuatro! Se me acaba de ocurrir una cuarta.

La azotea es un bar que construyó mi hermano. Completamente abastecido y con servicio disponible siempre, cuenta con todo lo que podrías imaginar. Corren rumores acerca de la azotea que ni siquiera sé si son del todo ciertos, nacieron historias legendarias aquí arriba, la cantidad de cosas que han sucedido y de tratos que se han cerrado.

Solo hay un modo de subir y uno de bajar.[134] Hay un pasadizo secreto que atraviesa el tejado y llega a un rinconcito que no figura en ningún plano (que tampoco es que haya planos) donde se supone que no debo ir a no ser que me esté escondiendo, claro que a veces voy por las vistas. Últimamente no, claro está, últimamente no he pasado por aquí.

Tiller me mira lleno de curiosidad cuando llegamos a la azotea.

—Nunca me habías traído aquí arriba.

Le sonrío incómoda.

—Es que no acaba de ser la clase de lugar de cuya existencia te apetezca estar al tanto.

---

[134] ... que la gente sepa.

Asiente una vez y mira alrededor, intranquilo, pero se sienta junto a mi hermano igualmente. Le mira a él y luego a Magnolia, que, una vez más, está sentada en su regazo.

—Bueno, ¿cuánto tiempo lleváis liados, entonces?

—Pues... —Magnolia frunce los labios pensativa—. Probablemente unas setenta y cuatro horas ya, ¿no?[135]

Mi hermano le muerde el hombro porque es así de asqueroso.

—Sin parar.[136]

Hago un ruido gutural.

—Y vosotros... —Le pone ojitos a Tiller—. Vosotros dos lleváis bastante tiempo juntos, ¿verdad?

Tiller asiente y me rodea con un brazo.

—Casi once meses —le contesta.

Christian se revuelve en la silla. Se mira las manos.

Tengo ganas de vomitar.

Magnolia se inclina hacia Tiller, curiosa.

—Tienes una sonrisa realmente maravillosa...,[137] tienes los dientes muy limpios.

Tiller suelta una risita, perplejo, que es una de las tres posibles respuestas para Magnolia Parks en cualquier situación.

—Mi madre es dentista —le cuenta.

—Ah. —Sonríe ella complacida.

—Tú también tienes buenos dientes —le dice Tiller—. ¿Cuál es tu secreto?

—Oh. —Se encoge de hombros—. Nada, tengo unos padres muy atractivos, aunque también bastante pésimos.

—Y yo... —digo sin pensar y a Magnolia se le ilumina la cara al ver el punto en común, de modo que me apresuro a añadir—: ¿Qué estás haciendo aquí? Creía que te habías ido a vivir fuera. —Porque no quiero que piense que de pronto somos amigas.

Julian me lanza una mirada, sabe lo que estoy haciendo. Y no le hago ni caso.

---

[135] Vomito. Por favor, mátame.
[136] Mátame más rápido.
[137] Es verdad.

—Me ofrecieron un trabajo nuevo si volvía a la ciudad.

—¿Cuál? —pregunta mi hermano, interesado, y lo miro un poco irritada.

—¿Habéis pasado todo este tiempo juntos y no lo sabes?

Él niega con la cabeza, indiferente.

—No nos hemos dedicado mucho a hablar, Dais.

Magnolia le pega para que se calle. Jamás había visto a nadie pegándole para que se callara.

—Nada, editora de Estilo y Moda en *Tatler* —contesta con una ligera sonrisa antes de volver a inclinarse hacia Tiller—. Julian me ha contado que eres agente de la NCA.

Tiller mira más allá de ella para clavar la vista en mi hermano un segundo, y creo que piensa que es raro, tal vez, que Julian hable de él, ¿puede ser? Tiller asiente de todos modos.

—Así es.

—Qué trabajo tan emocionante. —Ella sonríe y da un trago de la copa de mi hermano—. ¿Quién es la persona más loca que has pillado?[138]

Tiller frunce un poco el ceño, intercambia una mirada con mi hermano y lo señala un poco a regañadientes.

—Oh. —Frunce el ceño y los labios. Se gira sobre el regazo de mi hermano para mirarlo—. ¿Fue un malentendido?

Julian la mira fijamente un par de segundos, creo que intenta comprender si lo pregunta en serio o no.

—Claro. —Acaba asintiendo él.

—Oh... —Exhala, satisfecha con la respuesta—. Qué maravilloso que lo arreglarais, porque si no habría sido de lo más raro.[139]

—¿Verdad? —asiente Jules y me lanza una mirada de diversión.

Christian no me pierde de vista, intenta intercambiar una mirada conmigo, pero yo me niego porque no quiero que Tiller vea que todavía miro a Christian como lo hago, porque no pretendo hacerlo, lo hago sin querer, y ya estoy bastante triste por todo lo de Tiller y ahora mismo me parece que está cada vez peor.

---

[138] Ay, Dios.
[139] Esta chica es espectacularmente idiota.

Tiller no se lo está pasando bien, eso es evidente, lo cual significa que yo no me lo estoy pasando bien, porque él es mi novio y no puedo dejarlo. Así que aunque estoy con un grupo de gente que me cae genial y Magnolia Parks, yo me lo estoy pasando de pena porque él se lo está pasando de pena. Se ha puesto tenso, charla un poco con los hermanos Ballentine durante un rato, seguramente porque no son criminales, pero luego TK, Booker y Decks aparecen en la azotea y aprieta la mandíbula, y se pone muy serio.

Me mira a los ojos.

—Tengo que irme, Dais.

—¿Qué? —Frunzo el ceño, le agarro la mano y lo aparto del resto.

—A dormir... —me dice, y miente—. Mañana madrugo, ¿sabes?

Niego un pelín con la cabeza.

—No sabía que trabajaras mañana.

—Ah... —Se encoge de hombros—. Pues sí.[140]

—Es festivo nacional.

—Ya, es que... —Niega con la cabeza—. Le estoy siguiendo la pista a alguien.[141]

—Claro. —Asiento y la verdad es que no puedo mirarlo porque yo no quería esto. Quiero que recuerde que yo no quería esto. Además, odio que me mientan y sé que me está mintiendo. Sé que lo que pasa es que no sabe cómo recibir el año nuevo rodeado de toda esta gente a la que yo quiero y que resulta que son criminales y seguir dedicándose a trabajar de lo suyo. Esa es la cuestión, y nos resulta más fácil a los dos fingir que mañana tiene que madrugar... y no que se pasará todo el día conduciendo por ahí siguiendo una pista que no existe para un caso que no es prioritario.

Lo acompaño abajo, hasta mi cuarto.

Me toca la cara.

—Te quiero[142] —me dice.

Lo hace. Lo sé. Pero en ese estúpido barco ya es más de medianoche y hemos alcanzado el punto en el que el agua ya nos llega a la altura de las rodillas.

---

[140] Otra mentira.
[141] Y otra.
[142] Eso no es mentira.

—Yo también te quiero —le digo de todos modos.

Los barcos que están a punto de naufragar pueden arrastrarte de esta manera.

—No estoy cansada —le digo—. Igual vuelvo arriba.

Cierto dolor le cruza la cara, como la expresión que pondrías antes de que un médico te enderece un hueso roto.

—Claro… —Me roza los labios con los suyos—. Deberías.

Asiento.

Vuelve a besarme y me entran ganas de echarme a llorar.

—¿Estarás triste tú solo aquí abajo? —le pregunto al tiempo que retrocedo un paso.

Niega con la cabeza.

—Estaré dormido. —Y ya volvemos a las mentiras.

—Bajaré pronto —le digo, aunque ambos sabemos que no es cierto y me asusta cómo la vida se te puede echar encima de esta manera y destruirte a ti y a tu novio por completo, convertirnos en un par de mentirosos, hacer que nuestro espacio seguro de pronto parezca un castillo de naipes.

Cierro la puerta de mi cuarto, intento no sentirme como si cerrara la puerta de nuestra relación mientras vuelvo al piso de arriba, con el perro de Julian siguiéndome por alguna razón que desconozco, lo cual supongo que es bastante adorable. No sé dónde está Christian ya, y de todos modos no es por eso por lo que estoy volviendo a la azotea, los dos pensamientos no están relacionados. Sin embargo, no augura nada bueno, tratándose de un chico como él, el no saber dónde está. Hay demasiados rincones en esta casa que podría aprovechar, los conoce todos, yo misma se los he mostrado. Seguramente ahora está con Vanna, me digo a mí misma mientras reviso la azotea con la mirada. No lo sé, antes no la he visto, pero bueno, tampoco estaba prestando mucha atención, que tampoco era cuestión de hacerlo porque tengo novio.

Tengo novio, pero aquí estoy de todos modos.

Y, entonces, lo veo.

VEINTISIETE
Christian

Está ahí de pie, ella sola. ¿Adónde se ha ido el novio? Miro alrededor, buscándolo. Ella me mira fijamente, sosteniéndome la mirada. Le hago un gesto con el mentón, porque no tengo claro qué más puedo hacer.
Ella ladea la cabeza hacia la barra.
Me gusta comunicarme con ella sin palabras. Me acerco a la barra. Me hace sentir como si siguiéramos conectados en los aspectos que quiero estarlo.
—¿Dónde está Tiller? —le pregunto tan despreocupadamente como puedo, miro por encima de mi hombro como si esperara verlo por allí.
—Se ha ido a dormir.
Me echo un poco para atrás.
—Vaya.
Alarga una mano hacia la barra y coge una aceituna, que se mete en la boca.
—Mañana tiene que madrugar...
Se me escapa una mueca. No lo pretendo. Es que... tiene que saber que es una excusa. Una excusa lamentable, la verdad, ¿quién se inventa excusas para no pasar la Nochevieja con ella?
—No... —Niega con la cabeza.
Le lanzo una mirada y ella pone los ojos en blanco divertida.
—Para... —Niega de nuevo con la cabeza—. No seas capullo.
—Lo siento. —Hago todo lo que puedo para reprimir una sonrisa, así que desvío la mirada.
Es complicado mantener la sonrisa a raya cuando estás mirando a la chica a la que..., ya sabes, ¿sabes?
—¿Qué? —pregunta volviéndose un poco más hacia mí.
La miro por el rabillo del ojo.

—Quizá este año no será tan de mierda al final…

Me arrea en el brazo y se vuelve hacia la persona que está detrás de la barra.

—Un sazerac y un gin-tonic, por favor —le dice antes de volverse de nuevo hacia mí.

—No has venido con Vanna.

Niego con la cabeza mientras me agacho para acariciar al perro.

—No iba a hacerte algo así.

—¿Por qué? —Se ríe ella, irónica y divertida—. Yo sí te lo haría…

—Ya, pero yo me lo merezco más que tú —le contesto encogiéndome de hombros. Y lo digo en serio.

—¿Ah, sí? —Frunce un poco el ceño—. ¿Cómo lo has sabido?

—Tardé demasiado tiempo en comprender lo que eres para mí.

Entorna los ojos mientras me pasa la copa arrastrándola por la barra.

—¿Qué soy para ti?

—Ay, no lo sé… —Me encojo un poco de hombros y luego fijo la vista al frente. Doy un trago largo antes de volver a mirarla—. Pues, en fin… Todo.

Parece nerviosa, ha echado la cabeza hacia atrás y parpadea mucho.

—¿Por qué lo has dicho?

—No lo sé… —Me encojo de hombros mientras me paso las manos por la cabeza—. Supongo que pensé que después de toda la mierda que pasó antes y cómo se nos torció la cosa, que tratándose de ti y de mí, la honestidad sería la mejor base…

Tiene los ojos muy abiertos y llenos de preocupación, y me pregunto si me he pasado.

—No hay un nosotros —me dice con una voz que suena a medio camino entre la sorpresa y la satisfacción a la vez, de modo que decido doblar la apuesta.

—De momento —le contesto con una sonrisita.

—No. —Niega con la cabeza, se sonroja, parece aturdida—. ¡No! Estoy con Tiller…

Me gusta sacarla de quicio, así que insisto más.

—De momento.

Me lanza una mirada.

—Christian…

—Daisy... —Alargo la mano y le coloco un mechón de pelo detrás de la oreja.
Me mira parpadeando, paralizada.
—¿Qué estás haciendo?
—Lo siento. Es que... —Niego con la cabeza y suelto una carcajada, aunque nada de todo esto me parece gracioso—. Eres tan hermosa que duele.
Parpadea un par de veces.
—¿Estás borracho?
—Un poco. —Asiento mientras le acerco su copa para que estemos empatados. Ella la apura con facilidad y luego le hace un gesto al camarero para que le ponga otra.
Traga con las mejillas encendidas y negando débilmente con la cabeza.
—No puedes decirme esas cosas.
Me gusta desarmarla.
—Te diría mierdas de estas para siempre si me dejaras.
—Mira, yo... no. —Parpadea mucho, traga más saliva—. No. Pues no.
Avanzo un paso hacia ella, ladeo la cabeza, cojo otra copa.
—¿Quieres que pare?
Bufa ofendida al menos dos veces y yo me echo a reír cuando la veo fruncir el ceño, irritada y nerviosa.
—¡Sí! —contesta enseguida.
—¿Sí? —repito acercándome otro paso, sin importarme una mierda que cualquiera de los que están aquí arriba pueda vernos. Quiero que nos vean, quiero que el mundo nos vea. Ella no retrocede, me está mirando fijamente, muy de cerca, pone una cara de preocupación que quiero suavizar y besar entera.
Le lanzo una mirada y controlo la sonrisa.
—¿Quieres que volvamos a intentarlo, Dais? ¿Quizá con un poco más de entusiasmo?
—¡No! —Exhala. Pone los brazos en jarras—. ¡Y hubo muchísimo entusiasmo!
Le miro la cara; adoro hasta el último rasgo. He echado de menos no poder observarla como lo hago ahora, un poco como si fuera mía, un poco como si yo pudiera hacerle cosas que nadie más puede hacer.

—¿«No» es que no quieres que pare? ¿O...?

—N-no... —tartamudea—. No. Sí... Yo... Para ya. —Pega un pisotón en el suelo.

Me lamo una sonrisa y asiento una vez.

—Vale.

—¿«Vale» quiere decir que vas a parar? —pregunta con las cejas enarcadas mientras se ajusta el vestido, que ya está perfecto como está.

—De momento —le contesto con una sonrisita y ella reprime otra, y la quiero. Yo ya estoy. No hay más que esto. La amo.

Necesito estar con ella, a decir verdad. Necesito solucionarlo.

Y no sé si ahora mismo ella también me quiere (¿creo que es posible?), sonrojada de esa manera y estando ahí arriba conmigo en lugar de abajo con él, pero no lo sé...

Daisy mira por encima del hombro y hace una mueca cuando ve a Julian, que tiene la mano por debajo del vestido de Magnolia.

Esta puta fiesta, tío..., está plagada de drama.

Beej está bastante jodido a estas alturas. Prácticamente se le han caído los ojos antes cuando ha visto a Parks bajando las escaleras junto a Julian.

No ha hablado mucho conmigo en toda la noche, también ha evitado a Henry. Como si fuera culpa nuestra que él la haya cagado tanto que ella ha tenido que correr a los brazos del hombre más peligroso de Inglaterra.

También está cabreado con Jo. Pero no puede irse, porque todo el mundo sabría por qué se ha ido, incluida la novia, y es demasiado orgulloso.

Su orgullo podría sentenciarlos a muerte cualquier día.

Así que esto por un lado, y luego toda la mierda entre mi hermano y Henry. Taura está aquí, técnicamente con ninguno, técnicamente con ambos.

La he visto besarlos a ambos en ciertos momentos a lo largo de la noche, lo cual es muy jodido y creo que la deja peor de lo que es.

Ver a Parks y a Julian juntos (que todavía me resulta raro decirlo) es interesante. Porque ella está haciendo lo que ha hecho siempre. ¿Sabes esa parte en *Jurassic World* en que el *Indominus Rex* escapa del cercado y persigue a Chris Pratt y se esconde debajo de un coche y corta el tubo de la gasolina, y se baña entero para ocultar su olor y despistarle? Ya lo hemos visto otras veces, lo ha hecho con mil tíos. Lo hizo conmigo, lo hizo con Tom y Rush y Jack-Jack… Julian es la gasolina con la que se está bañando ahora.

Sin embargo, Jules…, no lo sé. Hace ya meses que somos amigos de verdad, más que eso, creo. Lo he visto con muchas chicas. Nunca lo había visto con una chica cómo se está comportando ahora.

No se separa de ella. Le toca el pelo, la tiene en el regazo, le pone la barbilla en el hombro.

Me pregunto si será para aparentar.

No se lo reprocharía a Parks, la verdad, si hubiera hecho un trato de esa clase. Que le hubiera pedido que se comportara de cierta manera, que la tocara de cierta manera… Pero si ella no se lo ha dicho, si él lo está haciendo porque quiere… Joder, entonces estamos todos metidos en un buen marrón.

—Dios, son odiosos. —Daisy fulmina con la mirada a su hermano y a Magnolia.

Esa imagen me habría dejado sin respiración hace un año: Parks apoyada contra la pared, Julian ante ella, tocándole la cara con la suya y besándola por todas partes… ¿Ahora? No podría traérmela más floja.

Aunque si soy sincero, eso no es del todo cierto. Sí me pone un poco triste, pero porque ella es mi amiga y está hecha una puta mierda.

—¿Quieres que nos vayamos a otra parte? —Señalo con la cabeza hacia ningún sitio en particular.

Ella me lanza una mirada, entre recelosa y esperanzada.

—Tal vez.

—¿Adónde?

Frunce los labios. Adoro esos labios. Pienso en esos labios todo el rato.

—Tengo un lugar —dice justo antes de agarrarme la muñeca con ambas manos y llevarme más allá de la barra y entrar en una cámara de refrigeración que parece no tener salida. La miro sin comprender, igual que ese perro suyo que la sigue a todas partes. Y, en ese momento, me fijo en la pared falsa.

Se desliza por la apertura y desaparece y yo la sigo, tengo el corazón desbocado y no sé por qué. Porque ella tiene ese efecto en mí, supongo.

Abre una ventana que no se ve desde la calle y sale al descansillo del tejado y, de una forma un poco patética, me señala con el dedo el horizonte de Londres.

—Caray. —Parpadeo mucho—. No sabía que este lugar estaba aquí.
Ella me observa un par de segundos.
—Nadie sabe que este lugar está aquí.
—¿Nadie?
Ella niega con la cabeza.
—Solo mi hermano y yo. —Me lanza una sonrisa rápida que parece triste y tierna a partes iguales—. Si hay una violación de la seguridad, si estoy en peligro, tengo que subir aquí y él vendrá a mi encuentro. No figura en los planos. Y no se ve desde la calle.
La miro fijamente y siento una extraña tristeza culpable, porque su vida está jodida y yo no puedo desjoderla, y aunque quisiera, que una pequeña parte de mí sí quiere, la mayor parte de mí no quiere porque si está jodida, podemos estar juntos, creo.
—No lo sabe nadie… —insiste muy seria—. No se lo cuentes a nadie.
Niego con la cabeza imperceptiblemente.
—Soy una tumba.
Y luego, tras sentarme en el tejado con las rodillas dobladas, añado:
—Bueno. ¿Qué haremos a medianoche?
Ella suelta una carcajada y se sienta a mi lado, dejando una separación de unos treinta centímetros. Estoy bastante convencido de que lo ha hecho a propósito.
—Nada.
Me lanza una mirada y yo le devuelvo otra como si ella fuera una idiota.
—Algo tenemos que hacer… —Niego con la cabeza mientras la miro—. Si no tendremos mal karma durante todo el año.
Acaricia el perro distraídamente.
—Eso no es verdad…
Le doy un codazo.
—¿Ah, no? Entonces ¿qué?
Me lanza una mirada de impaciencia que adoro porque antes me lanzaba esas miradas todo el rato cuando yo me equivocaba al adivinar el periodo de un cuadro o cuando decía que las setas que cocinaba eran «blancas» en lugar de decir que eran «champiñones».
—Representa que cómo pases la Nochevieja será como pases el resto del año.

—¿Ah, sí? —La miro con las cejas enarcadas. Ella asiente una vez—. Vale, entonces ¿qué vamos a hacer?
—Nada —repite.
—¿Entonces no quieres hacer nada en todo el año?
—¿Contigo? —Me mira orgullosa—. Tal vez.
—Mentirosa —contesto mirándola fijamente.
Se pone roja. Tan roja que se ve hasta en la oscuridad.
Exhala por la nariz. Casi resopla.
—Te pondré la cabeza en el hombro —me dice mirando hacia el horizonte—. A medianoche —aclara más que nada para sí misma.
—Me parece bien. —Asiento mirándola.
Y luego la medianoche nos sorprende. No controlamos los minutos, los perdemos... Se nos escurren entre los dedos mientras cotilleamos, hablamos de todo y de nada, y es la mejor noche de mi vida y me doy cuenta por milmillonésima vez desde ese día en su piso que tendría que haberle dicho que sí, tendría que haberla besado como un loco, tendría que haberla agarrado de la mano y seguido adonde ella hubiera querido ir.
Y quizá ahora es demasiado tarde, o quizá no lo es, no lo sé..., porque ella está aquí conmigo y no con él, ¿verdad? Eso tiene que contar para algo, él le dio la vida que yo dije que no podía darle, pero creo que le daría cualquier cosa para deshacer todo aquello y no decirle que no, decirle: «Vale, ¿dónde?» y punto.
Empieza la cuenta atrás, toda la ciudad grita 10, 9, 8...
Y ¿qué daría por besarla?
Cualquier cosa. Literalmente cualquier cosa. 7, 6, 5...
Se me acerca, todavía con la vista al frente.
4, 3, 2...
Muevo el brazo para que quede detrás de su espalda, pero no la rodeo. Técnicamente no la estoy rodeando con el brazo, pero supongo que un poco sí.
1.
Se oyen gritos y vítores a nuestro alrededor, ahogados por la distancia y la campana de la iglesia que tañe en mi pensamiento mientras ella deja caer la cabeza sobre mi hombro y yo dejo caer la cabeza hacia atrás y miro a la nada del firmamento, doy una profunda bocanada de aire, aspiro lo mucho que la quiero.

—Feliz Año Nuevo —me dice sin mirarme.

Yo no digo nada durante un par de segundos. Dejo caer la cabeza encima de la suya, la dejo descansar ahí como siempre querría hacerlo.

—Esto es lo más sexy que me ha pasado una medianoche.

Ella suelta una carcajada. No mueve un solo músculo.

—No me lo creo ni por un segundo.

Me muevo un poco, presiono los labios contra su coronilla.

—No autorizado —dice, pero no se mueve.

Me río.

—Lo siento.

—No me has contestado… —me reprocha, con la cabeza todavía donde la quiero.

Sonrío pero ella no puede verlo, me alegro de que no pueda, por cierto. Estoy sonriendo como un puto idiota.

—Feliz Año Nuevo, pequeña.

VEINTIOCHO
Julian

Estoy en la ducha cuando ella aparece por el cuarto de baño. Se coloca ante el lavabo, pilla su cepillo de dientes del tarro... y siento algo nuevo.

Nunca había tenido a nadie suficiente tiempo aquí como para que dejara su cepillo de dientes junto al mío.

Llevamos ya casi una semana.

Antes estaba dándole muchas vueltas a lo mucho que pienso en Magnolia.

Apenas la he perdido de vista, así que eso me lo concedo. Aun así, además, no es cierto que no me ponga así con otras chicas. Sí lo hago. Lo que pasa es que a menudo están en un lienzo. O sobre madera o papel, en fin, no soy quisquilloso.

No hay necesidad de ponerse raro al respecto. Encuentro a Magnolia Parks fascinante de la misma manera que encuentro a la *Judith* de Klimt fascinante. Tras conseguirla, me pasé semanas mirándola fijamente, colgada en la pared, preguntándome un montón de cosas sobre ella: en qué pensaba, cómo se sentía, si era real. Un poco la misma mierda que me pregunto sobre Parks. No hay diferencia. Las cosas hermosas me quitan el sueño, ¿qué quieres que te diga?

No es más que eso, otra cosa hermosa, aunque no se lo digas porque al parecer no lo considera un cumplido, pero es lo que es. A menudo, no salgo en toda una semana tras conseguir un cuadro. De algún modo me quedo en casa y lo observo, orgulloso de lo que he adquirido. Y todo eso es una agradable revelación de uno mismo porque antes me sentía raro, como una mierda, como si tal vez... Nada. No fue nada. Una estupidez. Pero ahora me doy cuenta de que no hay nada especial en Magnolia, exceptuando que es algo que he deseado durante mucho tiempo. Y ahora la he conseguido, de modo que si me deleito en la infatuación de la conquista, dentro de unos días me habré cansado de ella. Yo me convertiré en lo que ella le cuenta a su exnovio para hacerlo estremecer y ella será otro de los elementos que, colgados en la pared, durante un tiempo me cautivaron y luego ya solo miro de vez en cuando con cierto cariño.

Me alivia, si te soy sincero… porque no he querido que ella se marchara. Me he planteado mentalmente un poco todas las razones que podrían explicarlo, pero ahora lo comprendo y está todo bien. Ella no tiene por qué irse y yo no tengo por qué sentir que debería querer que se fuera.

—¿Qué haces hoy? —le pregunto ajustándome la toalla alrededor de la cintura.

—Tengo el Brunch de Mierda —me dice con la boca llena de pasta de dientes.

—¿El qué? —Frunzo el ceño.

—Lo hacemos todos los años. En realidad técnicamente es el Brunch de Mierda de Año Nuevo.

La miro con los ojos entornados, esperando más información.

—Bueno, pues… —Pone los ojos en blanco, impaciente—. En el *brunch* de Año Nuevo todo el mundo está resacoso y asqueroso, y de todas formas no hay ningún sitio bueno abierto para comer, y en cierto modo necesitas el segundo día del año para recuperarte de lo terrible que es el primer día, pero para el 3 de enero —me lanza una mirada con la nariz levantada, le rozo los labios con los míos en un gesto fugaz porque me apetece y porque no es raro ahora que ya he comprendido que para mí no es más que otra pieza de mi colección y nada más— todo está abierto, nadie está resacoso, todo el mundo está fresco.

—Qué mono. Un *brunch* anual… —Le lanzo una mirada, hago que parezca que pienso que es algo un poco tonto, pero creo que me gustan un poco las estúpidas tradiciones que tiene ese grupo.

Sigo mirándola. Es bastante difícil no hacerlo. Te absorbe la concentración, incluso a primera hora de la mañana. Es algo propio del arte, igual que de su rostro.

La mejor manera en que puedo describirlo es la primera vez que vi *La novena ola*. ¿Lo conoces? De Ivan Aivazovsky, el que está en San Petersburgo.

La primera vez que lo vi, me quedé ahí parado, atónito. Cómo pinta la luz, cómo rompe por el horizonte y cae sobre el agua, cómo hace que lo oscuro sea más oscuro, cómo te genera una sensación visceral en el pecho cuando lo ves y la luz te alcanza como alcanza a la gente del naufragio. Es más grande de lo que te imaginas, además: mide 221 cm × 332 cm. De algún modo te engulle entero.

Igual que ella, supongo.

Se pasa los dedos por debajo de los ojos, mirándose a sí misma, y suspira bajito.

—¿Nerviosa?

—No —contesta enseguida, poniéndose más erguida. Vamos, que sí—. ¿Por qué iba a estar nerviosa? —pregunta, porque es orgullosa.

—Porque quizá aparece con ella —le digo y frunce un poco el ceño—. Aunque lo haga, serás la más sexy del lugar. —La empujo con el hombro por detrás.

—Sí. —Asiente una vez, se coloca un mechón de pelo detrás de la oreja, no deja de mirar su reflejo, tampoco sonríe al oír el cumplido. De todos modos, no sé si es un cumplido para una chica como ella, quizá más bien es un hecho.

Parpadea un par de veces. Exhala por la nariz y luego se vuelve hacia mí.

—¿Y luego qué? —Se encoge de hombros de una manera que quiere ser despreocupada, pero no lo es. Es el encogimiento de hombros de una chica que se ha pasado toda su vida siendo la persona más hermosa allí donde fuera y que un día se levantó y descubrió que eso, al fin y al cabo, no significa una mierda.

—¿Quieres que vaya?

—No. —Niega con la cabeza muy rápido.

Me echo para atrás.

—¿No?

Ella vuelve a negar con la cabeza.

—Bueno, sé que no somos… Sé que tú no eres así.

Ladeo la cabeza.

—¿Así cómo?

—Pues el tipo de chico que te acompaña a un *brunch*. —Se encoge de hombros y me lanza una sonrisa fugaz.

—Para empezar… —Me doy unos golpecitos en el pecho—. No soy

un chico. Y para seguir, ya… —Me encojo de hombros—. No soy la clase de hombre… —le lanzo una mirada por haberme llamado de otra forma—… que te acompaña a un *brunch*.

Por principios. ¿He ido a algún *brunch* con una chica en alguna ocasión? Sí. ¿Me he acostado con ella después de dicho *brunch*? También. ¿He ido a algún *brunch* con una chica con la que me acosté la noche anterior? Eso ya no.

Bueno, exceptuando quizá a Josette, si se puede contar, claro que es distinto porque somos colegas.

Pero, en general, no. Complica demasiado las cosas.

Ir a un *brunch* después de follar te compromete. Hace que la chica se enganche, pero ahora con esta… ni siquiera me lo ha pedido. Eso es una buena señal. No hay sentimientos en el otro lado, lo cual está bien. No quiero que los haya.

No me importaría ir al *brunch*, de hecho.

—No pasa nada… —Me sonríe con valentía—. Puedo ir sola. Beberé mucho y todo irá bien.

—Iré —le digo.

Y, entonces, se le iluminan los ojos.

—¿En serio?

—Sí. Hoy no tengo mucho que hacer. —Es mentira, pero tiro para delante igualmente—. Hay poco trabajo por aquí ahora mismo. —Otra mentira.

¿Por qué estoy mintiendo para pasar tiempo con ella?

Se gira para ponerse de cara a mí y mi mirada tropieza con mi peca favorita de las que tiene en la nariz y no me gusta nada tener una peca favorita.

—Gracias. —Me lanza una pequeña sonrisa.

Me muerdo el labio inferior y le sonrío.

—En cuanto a las gracias, muñeca, no soy un tipo muy aficionado a las palabras…

Ladea la cabeza.

—¿Es eso cierto?

La levanto para sentarla en el lavabo.

—Lo es.

—¿Por qué tus amigos van a todas partes contigo? —me susurra bajito, mirando a Declan y a Kekoa por encima del hombro.
—Seguridad —le digo.
—Tonterías... —Me da un empujoncito y me mira fijamente—. ¿Quién podría hacerte daño?
Entrar en cualquier lugar con ella tiene un no sé qué... Todas las miradas que se fijan en ti, que la gente gire la cabeza, que el resto de los hombres te miren jodidos de envidia al instante... resulta un poco adictivo.
Cuando llegamos al restaurante, se desata la oleada de susurros que la sigue a todas partes y yo me descubro tocándola y ni siquiera sé por qué lo hago. Para protegerla o quizá solo para estar cerca del deslumbrante objeto de todas las miradas y hacer saber a todo el mundo que está conmigo. No lo sabría decir, pero Jo es el primero en vernos y se pone de pie.
—Eh... —Extiende los brazos para abrazarme—. ¿*Brunch*? —pregunta con un hilo de voz y yo le lanzo una mirada asesina.
—Cállate.
Agita las cejas, divertido.
—Vamos a necesitar otra silla... —le dice BJ al camarero mientras le desordeno el pelo a su hermano.
—Qué va... —Ahuyento el camarero y la silla, cojo a Parks y me la siento en el regazo, muy cerca de mi cuerpo y miro fijamente a Ballentine mientras lo hago—. No hace falta.
Magnolia se vuelve para mirarme, con los ojos llenos de diversión porque sabe que me estoy haciendo el hostil, de modo que la empujo con la nariz.
Espero que nadie lo vea porque creo que ha quedado más tierno de lo que pretendía.
Magnolia se inclina sobre la mesa y le agarra la mano a Taura.
—Te echo de menos.
—Y yo —suspira ella.
La novia de Ballentine la mira.
—¿Dónde has estado?
Parks la mira y abre la boca, pero no dice nada.
—Conmigo —respondo por ella, luego miro a Taura con una expresión traviesa—. Te diría que vinieras con nosotros, Tausie, pero parece que últimamente ya tienes muchas cosas entre manos.

Magnolia ahoga un grito y se gira en mi regazo, me arrea en la cara con el pelo sin querer y con la mano queriendo.
—Qué borde... —Pone muy mala cara—. Discúlpate.
Me quedo con la boca medio abierta, porque nadie me había reñido jamás en toda mi puta vida, aparte de mi hermana.
No es lo que más me guste, pero como también tengo cerca de catorce ideas en la cabeza de cosas que me gustaría hacer con ella y que sé que no podré hacer ni una si está mosqueada conmigo, de modo que la fulmino con la mirada y luego miro a su mejor amiga.
—Era broma, Taurs. Lo siento.
Luego sigue un silencio. Christian enarca una ceja, Jonah sonríe confundido y Taura se echa para atrás en su silla, de brazos cruzados, mirando fijamente a Magnolia.
—Joder, tía... Tienes que ser la hostia en la cama.
He estado con chicas mejores, es la respuesta absolutamente sincera, y aun así, creo que ella es mi favorita. Me descubro frunciendo el ceño al pensarlo, luego esbozo una sonrisa y me recuerdo a mí mismo que no es más que *Judith* colgada en la pared al cabo de una semana de haberla robado, eso es todo. Eso es todo, me digo a mí mismo, y ya no le doy más vueltas, ni siquiera cuando me coge la mano para ocultarse el rostro cuando le entra la vergüenza.
Magnolia y Ballentine tienen una conversación pasivo-agresiva desde lados opuestos de la mesa y Christian se inclina hacia mí y articula con los labios:
—¿Qué cojones estás haciendo aquí?
Señalo sutilmente con la cabeza hacia Parks, pero aquello no aclara nada, él niega con la cabeza como si no fuera una respuesta ni útil ni en sí misma.
Inclina la cabeza hacia ella.
—¿Qué estás haciendo?
Le lanzo una mirada.
—Pues pasármelo bien, papá.
—Sí, papá... —Se mete Magnolia—. Solo estamos pasándolo bien.
Christian pone los ojos en blanco y Parks alarga una mano para pincharlo en el hombro.
—Me alegro de que no hayas venido con Vanna...

—¿Por qué? —pregunta Christian, aunque ya lo sabe.
Magnolia lo mira como si fuera un idiota. Es un idiota.
—Porque es muy desagradable.
Y eso es quedarse jodidamente corto. Es un puto grano en el culo.
—¿Ah, sí? —contesta Christian, solo para picarla.
—Sí —asiente Parks.
—¿Por?
—Porque es una borde, es una consentida, es una arrogante, es…
Christian le sonríe para provocarla.
—Si a ti te parece que ella es arrogante, Parks… Que Dios nos asista.
Magnolia se queda boquiabierta y fulmina a su amigo con la mirada.
—Yo no soy arrogante —contesta y al otro lado de la mesa BJ se ríe.
Me vuelvo hacia él al instante con las cejas enarcadas.
—Has estornudado, ¿verdad? —Lo fulmino con la mirada y él no dice nada, se limita a mirarme mal—. *Gesundheit* —le digo sin apartar la mirada, y él ni se inmuta, toma la copa y da un trago eterno, no parece sentirse amenazado como uno esperaría que se sintiera. No sé quién va a apartar primero la mirada, pero no seré yo.
Entonces me suena el móvil y le echo un vistazo. Mierda. Se lo tomará como si me hubiera ganado, pero no lo ha hecho.
Hundo el mentón en el hombro de Parks.
—Enseguida vuelvo… —le digo—. Pídeme una copa.
Ella asiente contenta.
—¿Qué te apetece?
—Me da igual, lo mismo que a ti. —Me encojo de hombros.
Ella se sienta más erguida, parece complacida.
—¡A ti también te gusta el cóctel 75!
—No… Joder… —Pongo mala cara, molesto—. Jo, puedes…
Jo asiente, pone los ojos en blanco y me hace un gesto para que me vaya a lo mío.
Me acerco un poco a Koa y a Declan, que están sentados en una mesa cercana, me aseguro de que Magnolia no me oye cuando contesto.
—¿Qué?
Es TK.
—Hola a ti también —me dice al otro lado de la línea.
—Estoy almorzando.

—¿Con Magnolia? —pregunta TK alegremente.
—¿Sí? —Frunzo el ceño.
—¡Caray! Tú nunca vas a almorzar con las chicas, esto es…
—No estamos teniendo una puta charla, Teeks. ¿Qué quieres?
—Ay, desde luego. —Se aclara la garganta—. No te pongas nervioso…
—Vale. —Me pellizco el puente de la nariz, impaciente—. No es mi frase favorita para que me den buenas noticias, pero sigue…

Se hace una breve pausa.

—Lo hemos perdido.
—¿A quién? —pregunto alto y claro aunque ya sé de quién me habla.
—A Brown —contesta TK—. Estaba en…
—La Valletta —interrumpo—. Lo sé. ¿Y luego?
—Y luego lo seguimos hasta un vuelo hacia Marrakech. Embarcó…, jamás se bajó del avión.
—Y una mierda.
—Ha estado viajando en aviones comerciales…
—¿Para qué cojones iba a viajar en aviones comerciales? —respondo, cabreado.
—¿Se ha vuelto descuidado, quizá? No lo sé. En fin…, he estado controlando las aduanas de todos los aeropuertos marroquíes: Rabat, Fez, Casablanca… De momento, nada.
—¡Joder! —exclamo lo bastante fuerte para que Parks me mire con el ceño un poco fruncido, curiosa. Le hago un gesto con el mentón y articulo con los labios que necesito un segundo más—. No me gusta esto… —le digo a TK.
—Lo sé.
—Arréglalo.
—Ya. —Lo oigo tecleando como un loco de fondo—. Estoy en ello.

Cuelgo y Koa se pone de pie, con una mirada me pregunta en silencio por la llamada.

—Hemos perdido a Brown.

Declan se cruza de brazos y nos mira a los dos.

—Joder, mierda.

VEINTINUEVE
Daisy

Han pasado un par de semanas desde Nochevieja y Tiller y yo hemos estado raros (lo normal, vaya), pero incluso eso es raro.
No deberíamos estar normales. Nochevieja no fue normal.
Él se fue pronto a la cama. Yo me quedé despierta hasta tarde con mi exnovio, quien es posible que me hiciera sentir la emoción de mi vida porque es posible que se pasara toda la noche coqueteando conmigo. No lo tengo claro. Cuando me fui a la cama esa noche, Tiller ya dormía y cuando me levanté por la mañana, ya se había ido.
Se había ido por aquel asunto inventado de trabajo al que tuvo que ir para alejarse de todas mis personas favoritas, y sé que estamos siendo estúpidos, y sé que uno de los dos tendría que romper, porque es lo que hay que hacer, pero cada vez que pienso en hacerlo, me acuerdo de la mañana siguiente de nuestra cita de San Valentín. Él se levantó a hurtadillas para bajar a comprarme un café y yo no le oí irse, pero sí lo oí entrar sin hacer ruido, porque que alguien se cuele en mi casa pertenece a la clase de ruidos que estoy entrenada para detectar, así que me escondí detrás de una pared y le pegué en la cabeza con un libro de texto de Medicina, y los cafés salieron volando por los aires, y él se cayó al suelo, y yo me dejé caer de rodillas, medio en shock, medio partiéndome de risa, y a él le salió un chichón enorme, y aun así, se echó a reír y me atrajo a su regazo, sujetándose la cabeza con la mano libre, y me besó y dijo: «Ya no tienes que hacer estas mierdas, Dais». Y por alguna razón, esa fue una de las cosas más románticas que me han dicho en mi vida.
Esta noche cuando Tiller llega a casa después de trabajar, me percato de que le está dando vueltas a la cabeza.
Se tumba en mi cama bocabajo, se encarama sobre mi cuerpo, entierra

el rostro en mi cuello y no dice nada, se limita a quedarse ahí callado, respirando de una manera que parece que suspire de vez en cuando.

Le pongo la mano en la cabeza, le acaricio el pelo, me desconcierta cómo puedo sentir que necesito ponerle fin y lo poquísimo que quiero hacerlo, aun queriendo.

Oigo que llaman a la puerta de mi cuarto.

Julian asoma la cabeza.

—¿Todo el mundo está vestido?

—No, Tiller está desnudo.

—Daisy... —gruñe Tiller antes de rodar por la cama, totalmente vestido.

Julian pone los ojos en blanco y entra, saluda a Tiller con el mentón.

—Tenías razón. —Julian asiente una vez mientras se sienta en la cama—. Con lo del cuadro. Era una trampa.

Lo miro orgullosa. Adoro tener razón.

—Lo sé.

—Bueno, gracias. —Se encoge de hombros, incómodo. A mi hermano no le gusta mucho dar las gracias.

—¿Alguna idea de quién? —Me cruzo de brazos y mi hermano asiente con cautela, desvía la mirada un instante hacia Tiller.

—Sí, alguna idea tengo.[143]

Frunzo el ceño.

—¿Alguien que yo conozca?

—Qué va.[144]

Frunzo todavía más el ceño.

—¿Algo que deba preocuparme?

Mi hermano me lanza una sonrisa tensa que no pretendía que fuera tensa y me desordena el pelo.

—No, Cara.[145]

Mi hermano se pone de pie y va hacia la puerta.

—Salgo un momento para una reunión. ¿Queréis que os traiga algo cuando vuelva?

---

[143] Que Dios los asista.
[144] Está mintiendo.
[145] Otra mentira.

Tiller niega con la cabeza, no dice nada. Por su cara ya me doy cuenta de que vamos a meternos en el trapo.

—No hace falta... —Le lanzo una sonrisa rápida a mi hermano para que vaya tirando y así poder acabar con esto de una santa vez.

¿Quizá esta noche será la definitiva?

Tiller se mueve para incorporarse a mi lado.

—¿De qué está hablando?

—¿Mmm? —No lo miro, sigo con los ojos fijos en el móvil en un intento de mantener la conversación ligera e imprecisa tanto rato como sea posible.

—¿De qué está hablando? —repite quitándome el móvil de la mano y tirándolo encima de la cama.

Doy una bocanada de aire.

—Le dije una cosa, eso es todo.

—¿Qué le dijiste? —Se le ha puesto la mandíbula tensa.

Intento que no se me note la irritación y abro la cara para que pueda entrar la luz.

—Vi una cosa que no me cuadró y se lo dije, no hay más. —Me encojo de hombros.

—Estás siendo evasiva —me dice, mosqueado.

—¡Y tú estás siendo cotilla! —Salto de la cama, me cruzo de brazos y lo miro fijamente—. No quieres saberlo, no preguntes.

—Daisy... —Tiller me lanza una mirada afilada mientras se pone de pie y luego me mira fijamente—. Soy investigador de la NCA, ¡mi novia no puede ayudar a criminales!

Tomo aire lentamente.

—¡Es mi hermano!

—¡Es un criminal!

—¿Y qué? —Me encojo de hombros caprichosamente—. ¿Acaso quieres que permita que lo detengan?

—¿Tal vez? —chilla él, exasperado, y me sienta como una bofetada.

—Vete. —Señalo la puerta.

—No. —Se pone firme.

—¡Es mi familia!

—¡Huiste de esto Daisy! ¡Durante ocho meses!

Y esto se me cae de la boca sin coherencia ni permiso:

—Y fueron los ocho meses más solitarios de mi vida.[146]

Y eso le sienta a Tiller como una bofetada, lo sé por la cara que pone. Luego guarda silencio durante un minuto, como si le hubiera traicionado.

—Lo siento... —empiezo a decir, y él niega con la cabeza para silenciarme.

Pone esa cara que ponen los hombres cuando están disgustados contigo, pero intentan ser estoicos y mantener la calma, pero realmente quieren que te calles porque si sigues hablando aparecerá una grieta y si aparece una grieta, la fachada se desconchará y ya no estarán templados y quedarán mal cuando ya tienen la sensación de estar quedando mal.

—Es un criminal buscado —dice recalcando mucho su argumento.

—Es —contesto señalando la puerta por la que acaba de salir mi hermano— ¡mi única familia!

—Entonces ¿por qué cojones me ayudaste a sabotear ese trabajo el año pasado? —Se alza como una torre ante mí. Lo dice como si él también pensara que soy una traidora.

—¡Porque lo estaba salvando! —grito.

Tiller niega con la cabeza.

—¿De qué?

El cuarto se queda en silencio, como si alguien hubiera aspirado todo el aire.

—De sí mismo. —Levanto la mirada.

Su expresión empieza a suavizarse como tarde o temprano parece suceder siempre conmigo.

—Tiller... —Alargo la mano para agarrar la suya—. Entiendo que para ti, que te educaron como lo hicieron, existe el bien y existe el mal, y no hay nada en medio. Sin embargo, para mí... —Le lanzo una mirada—, por cómo me educaron, en mi mundo, que para mí es tan real como el tuyo... —Pone los ojos en blanco—. Sí, gobernado por fuerzas distintas, pero con leyes de todas formas. Y lo que mi hermano hizo con ese trabajo violó las reglas que habíamos creado para nosotros mismos para poder coexistir en esta vida. Julian cruzó nuestros límites, Julian obró mal

---

[146] No tendría que haber dicho eso.

respecto a mí ese día. Ahora bien, todo lo demás… Todo lo que sale de mi árbol prohibido… —Me encojo de hombros, desesperanzada—. No sé cómo hacer que me importe, no de la manera que quieres tú.

Tiller vuelve a sentarse en la cama, deja caer la cabeza entre las manos y suspira ruidosamente.

Le aparto las manos de la cara y me siento en su regazo.

—¿Puedes besarme y olvidarlo todo? —suspiro, cansada, sintiéndome al borde de las lágrimas y lo uso a mi favor. Necesito que esta conversación se acabe. Dejo que se me adelante un poco el labio inferior. Me tiembla y los ojos se me ponen un poco vidriosos.

La expresión de Tiller se suaviza como ya sabía que haría porque hay algo en lo que piensa cuando está preparado para romper conmigo,[147] sé que es así, lo veo, sea lo que sea, piense lo que piense, se reproduce ante sus ojos, y justo cuando está a punto de desabrocharse el cinturón de seguridad, piensa en mí de esa manera y luego le cambia la cara y en lugar de desabrocharse, se lo ciñe más.

Se lo ciñe más. Me rodea la cintura con los brazos, me atrae hacia sí y roza sus labios con los míos y lo percibo en el beso.

Es el beso de Judas, como siempre lo ha llamado Jack.

El beso que precede la ruptura.

Sé que está al acecho. Lo noto igual que notas el sol poniente. Todo se vuelve más frío y más oscuro y más sombrío y es como hemos estado desde Navidad, y debería haberlo dejado ya, pero pienso en él con los cafés por el suelo, en la sensación de despertar junto a él, en la sensación de que él es como la luz matutina sin importar la hora del día; es difícil alejarse de la luz. Él es la luz, Killian Tiller. Es muy hermoso, muy lleno de luz, lo ve todo en blanco y negro, creo, o al menos lo hacía, y yo pienso que el mundo se le ha vuelto más gris por mí, y no es lo que quiero para él. No es lo que quiero para él y aun así no digo nada, le devuelvo el beso, le doy un beso de Judas yo también. Aunque supongo que todos los besos son de Judas últimamente. Me dice que tiene que trabajar. Es mentira, acaba de regresar de trabajar. Se está volviendo descuidado.

Ya casi serán las dos de la madrugada en nuestro barco zozobrante.

---

[147] Aunque no sé lo que es.

Bajo a la cocina porque mi cuarto se me antoja un espacio complicado ahora mismo, por cerca de cien razones distintas, y, además, la cocina es y siempre ha sido mi lugar seguro.

Así que imagina mi consternación cuando entro y Magnolia Parks levanta la mirada con los ojos muy brillantes desde la mesa de mármol blanco italiano de estilo neoclásico del siglo XVIII que compré la semana pasada.

Suelto un gruñido.

—¿Es que no tienes casa?

Se sienta un poco más erguida y coloca una mano encima de la otra frente a su cuerpo.

—Claro que sí. —Asiente una vez.

Me reclino sobre el banco y apoyo la barbilla en las manos.

—¿La están fumigando?

Parpadea dos veces. Estúpidos parpadeos de ojos enormes y abiertos como platos.

—No.

Enarco una ceja.

—Entonces ¿por qué no estás en tu casa?

Exhala por la nariz, se levanta de la mesa y me lanza una sonrisa incómoda antes de irse hacia la puerta.

—Ya me voy.

—Ay, no... —digo, con un sarcasmo mudo—. No, mujer, quédate...

Se detiene, se da la vuelta y me mira con el ceño un poquito fruncido.

—No lo sabía, ¿sabes? —Se cruza de brazos con gesto defensivo.

Me pongo de pie, ya me ha mosqueado.

—¿Saber qué?

—Que Christian todavía me quería. —Hace un pucherito y veo algo más que burbujea hasta la superficie, como si estuviera luchando consigo misma—. Más o menos.

Le lanzo una mirada impertérrita.

—¿Qué?

—Bueno, quizá sí... —se encoge de hombros— lo sabía. En cierta manera.

—Ah, ¿te refieres a la manera evidente?

—No. —Me reprende un poco con la mirada, como si yo estuviera actuando mal con ella por no seguirle el rollo con su incesante verborrea—. En la manera en que reconocer que todavía me quería implicaba reconocer que me trataba de una forma especial, y no quería que dejara de hacerlo porque cuando lo hacía, me sentía sola. Y no me gusta estar sola.

Me quedo mirándola, confundida. ¿Por qué me ha…?

Me descoloca un poco que se haya sincerado de esta manera. No quiero pensarlo, pero hay algo en ella que desarma. Resulta irritante. Quiero seguir mosqueada con ella, de modo que me centro en lo negativo.

—¿Eso es mi hermano para ti? —le pregunto con las cejas enarcadas—. ¿Algo que usas para no sentirte sola mientras tu novio anda por ahí metiéndole mano a otras chicas?[148]

Me arrepiento en cuanto acabo de decirlo, sinceramente. Hay algo en la cara que pone cuando se habla de BJ, ni siquiera hace falta que digas su nombre, pero es como si la dejara sin aire en los pulmones, y seguro que me estoy perdiendo algo…, que hay más de lo que yo sé, tiene que haberlo. Eso o que ella lo quiere excesiva y estúpidamente, supongo que como yo a Christian, y por alguna razón (y conociéndola a ella, seguro que es una estupidez) no pueden estar juntos.

Me siento como una mierda, sin embargo, cuando ella se da la vuelta para irse.

Suelto un gruñidito.

—Espera —le digo y ella deja caer la cabeza hacia atrás cuando se para. Como si pensara que le he pedido que se quede para poder seguir comportándome como una cabrona con ella.

Gira sobre sus talones.

—¿Qué? —pregunta con hastío.

—Voy a descorchar una botella de vino —le digo, aunque no acabo de saber del todo por qué. Estúpida zorra desarmadora—. ¿Quieres un poco?

Me mira fijamente un par de segundos, confundida, y luego asiente muy rápido.

Y después, no sé qué pasa, que ha transcurrido una hora y ya llevamos dos botellas y media, estamos sentadas en el suelo de la cocina y me está

---

[148] Eso ha sido borde por mi parte, pero la odio, de modo que…

contando con una convicción absoluta y sincera mientras me trenza el pelo que mi hermano, sin ningún lugar a dudas, no es un ladrón de arte.

—Es que es demasiado sexy y encantador, y sexy con las manos y la boca y...

—Vale. —Frunzo el ceño para cortarla.[149]

—Vamos, es que es evidente que no es un ladrón de arte.[150] Vaya, que seguramente es profesional de algo. De, yo qué sé, algo sexy y que requiere de grandes hombros,[151] como un remero.

—¿Un remero? —repito poniendo los ojos en blanco. Luego uso una cuchara sopera para mirarme. Estoy bastante guapa.[152]

—Pues claro que sabes hacer trenzas. —Suspiro—. Las chicas como tú siempre saben.

Me mira confundida.

—¿Las chicas como yo?

—Las populares. —Me encojo de hombros, mosqueada porque me ha hecho decirlo en voz alta.

Frunce los labios, pensativa.

—Mi pelo se parece más al de mi madre, un pelo más caucásico de persona blanca, ¿sabes? —Se encoge de hombros—. Un poco ondulado, me hace un poco... Bueno, no, en realidad llevo un par de días sin peinarme, siempre lo tengo así.

Y, te lo digo en serio, que se vaya a la mierda porque parece que acabe de salir de la puta peluquería.[153]

—Sin embargo, el de Bridget tiene una textura un poco más afro, como papá... —Parece confundida de sí misma—. Quiero decir, nuestro padre.

Se corrige sin motivo y frunzo el ceño, es que ¿qué?

—Y bueno, en fin, cuando era pequeña, a Bridget no le gustaba que el pelo le tapara la cara, así que aprendí a hacerle trenzas.

---

[149] Es que qué asco.
[150] Claro, si tú lo dices.
[151] ¿?
[152] Irritante.
[153] No va en coña, cuando la he visto en la cocina, lo primero que he pensado ha sido: «Me pregunto cuánto rato tardará en dejarse el pelo así». Pues resulta que ni un minuto.

Joder. Qué historia más tierna.[154]

La fulmino un poco con la mirada.

—¿Por qué no se lo hacía vuestra madre?

Me dedica una sonrisa agradable con los ojos un poco empañados.

—No es esa clase de madre.

—Oh. —Asiento una vez. La observo en busca de otra cosa que me disguste—. ¿Y por qué tienes tan buena postura?

Se encoge de hombros.

—Hice de modelo algunas veces en el instituto.

—Oh.[155]

—Pero, la verdad, creo que es porque, si me encorvaba, mi abuela me pegaba entre los hombros con un *Argumenty i Fakty* enrollado.

Me quedo boquiabierta.

—¿Tu abuela era soviética?

—Desertora. —Se encoge de hombros.

—¿Y qué está pasando aquí? —pregunta mi hermano, confundido, desde la puerta de la cocina. Confundido pero contento, ¿tal vez? Y luego Christian asoma la cabeza por detrás de él y yo me siento más erguida y al instante Magnolia me tira de la camiseta un poco para que no se me note tan ansiosa, y no entiendo cómo puede ser tan tremendamente consciente de algunas cosas y tan dolorosamente ingenua con otras.

—Has vuelto. —Magnolia le sonríe a mi hermano y, la verdad, quizá parece que se le relaje un poco la expresión en su presencia.

Ahora que los chicos están en la cocina y yo tengo un marco de sobriedad de referencia, me doy cuenta de que las dos estamos (pero ella en particular) mucho más borrachas de lo que creía.

Mi hermano asiente una vez, intentando no sonreírle como sé que quiere hacerlo.

—He vuelto.

—Has tardado mucho más de lo que me habías dicho de primeras —le reprocha y se pone de pie y trastabilla al instante.

---

[154] Qué asco. ¡Esta tía es muy pesada!
[155] Qué pereza.

Julian se lanza a por ella y la agarra antes de que pueda acercarse remotamente al suelo, la endereza y me mira.

—¿Qué cojones le has dado?

—Bueno, ya sabes… Un poco de absenta, un poco de Flunitrazepam… —Me encojo de hombros con sarcasmo y a Julian no le hace gracia la broma. Se le oscurece la expresión—. Un chardonnay del valle de Napa que no le ha gustado, ha dicho que tenía demasiado cuerpo…

—¡Tenía mucho! —se queja ella.

Christian niega con la cabeza.

—Paladar de cría pequeña…

Le sonrío a Christian, contenta de que él también sea borde con ella.

Magnolia le señala la cara a bocajarro.

—Ya puedes retirarlo, Christian Hemmes, ¡sabes que tengo un paladar muy *fosisticado*!

Suelto una risita y Christian enarca una ceja.

—¿Eso sé?

—Venga. —Mi hermano se la coloca en la cintura[156] y la lleva hasta la encimera—. Vamos a prepararte un sándwich.

—No… —Hace un puchero—. No quiero.

Se acerca las rodillas al pecho y se abraza. Luego Christian da un paso hacia ella, con el ceño un poco fruncido.

—¿No quieres?

Ella niega con la cabeza, tiene los ojos cerrados, tozuda y borracha.

Él avanza y se coloca justo delante de su vieja amiga, se acerca a su rostro más de lo que me resulta cómodo y entonces unos celos que el año pasado por estas fechas nos destrozaron levantan su fea cabecita y agarro la copa de Magnolia, que se ha quedado en la mesa y está casi llena, y la apuro de un trago.

Christian mira fijamente a Magnolia, le escruta el rostro con los ojos entornados buscando algo que no comprendo. La señala con el mentón.

—¿Has comido hoy?[157]

Ella vuelve a mirarlo con los ojos entornados y levanta la nariz.

---

[156] Asqueroso.
[157] ¿Qué?

—Sí.
—¿Cuándo?
—Antes.

Julian se detiene ante la nevera, los mira frunciendo el ceño tanto como yo.

—Antes, ¿cuándo? —insiste Christian.
—Antes de que Daisy entrara en la cocina. Yo estaba sentada en la mesa y… ¿te acuerdas? —Me mira en busca de apoyo—. ¿Recuerdas que yo estaba sentada en la mesa?

Asiento confundida. Pero no recuerdo que estuviera comiendo.

Christian me mira para confirmarlo. Vuelve a fijar los ojos en ella con la mandíbula apretada.

—¿Qué era?
—¿Qué? —Ella parpadea mucho y mi hermano se cruza de brazos.
—Que qué has comido, Magnolia —pregunta Christian, enfatizando cada palabra.

Se hace una pausa extraña y pesada mientras ella piensa la respuesta. Y podría ser porque está borracha o podría ser por lo otro, no lo sé, ahora yo también me siento un poco mareada.

—Sobras —acaba diciendo ella.
—A ti no te gustan las sobras —le contesta él.

Magnolia entorna los ojos.

—Las de Daisy sí me gustan.[158]

Ahora tengo curiosidad, de modo que voy hacia el fregadero para comprobar si es cierto y entonces resbalo con un poco de vino que se le ha derramado a Magnolia antes de que ellos llegaran y que a mí se me había olvidado y caigo como el barco en el que estamos Tiller y yo.

Tanto Christian como mi hermano hacen ademán de sujetarme, solo que, a diferencia de Magnolia, yo sí me doy de bruces contra el suelo.

—¿Estás bien? —pregunta Christian, agachándose hasta el suelo a mi lado.

Me siento estúpida y muerta de vergüenza por haberme caído delante de Su Alteza Real la Gran Emperatriz del Decoro y quizá hasta de

---

[158] Honestamente, no sé si tenía sobras en la nevera. Podría ser. Pero no estoy segura.

Gran Bretaña, así que asiento al instante, intentando levantarme para que nadie vea que me he puesto roja como un tomate.

Christian se afianza un poco y me ofrece ambas manos.

—Cuando cuente tres, ¿vale? Una, dos y tres... —Me levanta, pero me falla el tobillo. Sin duda no está roto, pero como poco me he hecho cien por cien un esguince y es posible que hasta me haya desgarrado un tendón... tendría que mirarlo con mejor luz.

Esta vez Christian sí me sujeta, me pasa un brazo por debajo de las rodillas y me levanta en volandas.

Magnolia nos está mirando con los ojos muy abiertos, agarrando con fuerza el brazo de mi hermano, como si estuviera viendo la parte emocionante de una película. Julian está ahí de pie, mirándonos, con la sombra de una sonrisa en el rostro, luego él y Christian intercambian una mirada.

No cruzan palabras, mi exnovio le dice con la mirada a mi hermano «La tengo» al tiempo que señala con la cabeza hacia las escaleras.

Julian asiente un poco y le guiña el ojo con sutileza.

—Subidme un poco de hielo —le dice a mi hermano mientras a mí se me lleva.

No dice nada mientras me sube por las escaleras y a mí el corazón me late desbocado en la garganta porque no es la primera vez que me sube por esas escaleras por otros motivos y que me lleve de esta manera me hace pensar en ellos aunque no debería.

—Christian —digo bajito.[159]

Él me mira con la cara muy seria.

—¿Mmm?

—Creo que no ha comido.

Tensa los labios.

—Ya. —Asiente y la expresión se le vuelve más seria. Sigue subiéndome por las escaleras—. No, lo sé. Se pone así a veces cuando se siente... —Se le apaga la voz y me lanza una sonrisa fugaz—. No te preocupes. Estaré atento.

---

[159] Si tuviera que ser completamente honesta, y quizá solo lo estoy siendo porque estoy un poco borracha, me he puesto un poco nerviosa por ella.

Parece un poco triste y yo me siento un poco triste, no solo por él, sino por ella, porque me pregunto por primera vez si la vida de esa chica no es tan perfecta como yo pensaba.

Christian abre la puerta de mi cuarto, me sienta en el borde de la cama y me mira desde arriba, negando con la cabeza y con una sonrisita.

—Joder, Dais, si tanto querías que te prestara atención, solo tenías que...

—Vete a la mierda. —Lo fulmino con la mirada, levantándome de la cama, a pesar de lo mucho que me duele hacerlo.

Él me lanza una mirada y me da un empujoncito que me hace perder el equilibrio y me devuelve directa a la cama.

—No seas estúpida.

Feliz nos trae el hielo y yo le lanzo una sonrisa fugaz, cohibida por el revuelo.

—Gracias, tío. —Christian coge el hielo y luego me moviliza el tobillo y se sienta a mi lado y, con cuidado, deposita mi tobillo sobre su regazo y empieza a examinarlo.

—Está hinchado —me dice.

—Lo sé. —Lo digo como si fuera un idiota porque es evidente, yo también tengo ojos, y de todas formas, soy yo quien estudia Medicina, no él. O lo hacía hasta que dejé de ser normal otra vez.

Me toca la zona hinchada y hago una mueca.

—Aunque es probable que no esté roto.

—Lo sé.

—Solo te lo has torcido. Tal vez te has hecho un desgarro. —Me examina el tobillo más de lo que debería.

—¡Lo sé! —respondo en voz alta y poniendo los ojos en blanco.

Se queda mirándome un par de segundos, con la mandíbula un poco apretada, luego se aclara la garganta, asiente una vez y entonces veo que hace un gesto con los labios. Me mira por el rabillo del ojo.

—¿Estamos discutiendo?

Nuestras miradas se encuentran y me fallan las rodillas del corazón. Le lanzo una mirada, una sonrisa se cuela en mis ojos un pelín más de lo que pretende.

—Nosotros no discutimos.

Me recoloca el hielo sobre el tobillo y luego mira a la nada, hacia la otra punta de la habitación.

—¿Dónde está Tiller?

Observo a Christian un par de segundos antes de responder porque no pasa muy a menudo que pueda mirar fijamente su perfil y es que es… todo. Es perfecto. Como si estuviera hecho de mármol. Olvídate del David, él es la verdadera obra maestra con esos rasgos y esa nariz que parece un príncipe de Disney.

Trago saliva.

—En el trabajo.

Christian asiente una vez.

—Vaya.

—No hacía falta que fuera —le cuento.

—Vaya. —Se vuelve para mirarme—. Entonces ¿por qué?

Dejo caer la cabeza hacia atrás y me quedo mirando el techo y suspiro.

—Toda la identidad de Tiller está envuelta en ser buena persona. Y yo soy…

—¿La mejor? —propone Christian[160] y yo le lanzo una sonrisa diminuta que probablemente tiene los bordes tristes porque no sé si me lo dice en serio.

—No lo bastante… buena —le digo.

Niega con la cabeza, el enfado se refleja en sus ojos.

—Y una mierda. ¿Te ha dicho eso?

Me tumbo en la cama, con las piernas todavía estiradas sobre el regazo de mi exnovio.

Le lanzo una sonrisa fugaz y herida.

—No ha hecho falta.

Christian vuelve a recolocar el hielo y me mira con las mejillas algo coloradas.

—¿Trae mal rollo que esté aquí arriba?

Frunzo los labios.

—¿Quizá?

—¿Debería irme?

Me cruzo de brazos, sintiéndome cohibida.

—Si quieres.

---

[160] Lo echo muchísimo de menos.

Frunce los labios y entorno un poco los ojos.

—No quiero.

Cruzamos una mirada y mi rostro se queda quieto.

—Entonces, quédate un minuto. —Me encojo de hombros.

Se recuesta en mi cama y estamos los dos tumbados, pero no está mal, ni siquiera se acerca remotamente a ser infiel, porque estamos tumbados en perpendicular el uno respecto al otro, que es el ángulo menos sexy de todos.

Me mira, tira de mi tobillo para colocárselo en el pecho y vuelve a relajarse.

—Si a ti no te importa, pequeña, quizá me quede hasta cinco.

11.43

Magnolia

> No te gusta que tu padre y yo seamos colegas?

Es un pelín raro... pero es mono.

> Yo no soy un tío mono

Discrepo

> No lo soy

Vale

> Que no

De acuerdo

> Parks

Dime, monada

> Vete a la mierda

> Y deberíamos ir a comer con tu padre?

...

> Qué?

Que eres una monada

> No

> Tu padre es famoso y guay.
> No soy mono. Te estoy usando.

Qué ☹

> ?

Nada, supongo que no pasa nada

Yo también te estoy usando.

> Genial. Pensamos igual.

Qué monos somos.

> No somos un plural

Eres agotador

> Mejor eso que ser mono

TREINTA
Christian

No pasó nada entre Daisy y yo la otra noche. Creo que quizá, posiblemente, si hubiera querido, habría podido pasar.

«Si hubiera querido», como si quisiera otra puta cosa en este mundo. Lo que pasa es que no quiero volver a joderla.

Y por eso estoy aquí.

En el hotel de Vanna.

Llamo a la puerta, la abre y veo que lleva un vestido rojo ajustado. A estas alturas, la conozco bastante bien.

Los colores que lleva indican su estado de ánimo. Te doy tres oportunidades para adivinar qué significa que vaya vestida de rojo.

Me agarra por la muñeca y me hace entrar, cierra la puerta detrás de mí y me empuja contra ella.

—Tenemos un rato antes de cenar... —me dice, alargando la mano hacia el primer botón de mis vaqueros.

—Esto... —Le sujeto las manos para alejarlas de mí y le lanzo una sonrisa fugaz al tiempo que entro en la habitación.

Se hospeda en uno de los áticos del Corinthia. Es una habitación bonita. Un poco blanca, crema y dorada para mi gusto, pero bueno, la casa de Daisy tiene todos estos colores y es mi lugar favorito del mundo entero, así que dale el significado que te dé la gana.

Ella es la razón por la cual estoy aquí. Porque no me puedo quitar a Dais de la cabeza, porque me siento como una mierda al respecto, como si me estuviera portando mal con todo el mundo; con Vanna, sin duda, incluso conmigo mismo. Y tengo la sensación de que también me estoy portando mal con Daisy, y ella es la persona que me importa.

No quiero volver a portarme mal con ella nunca más.

No sé qué quiere ella ni qué siente por mí, ni si hay algo más de lo que somos en nuestro horizonte, pero en cualquier caso, estoy siendo un mierda con Vanna, quedándome con ella ahora que sé que quiero pasar cada minuto con otra persona.

Llevo una semana sin llamarla.

La he mantenido a raya con mensajes y la promesa de una cena pronto.

Nunca termino de entender qué cree que somos.

Según el día, estamos juntos. A veces la prensa dice que soy su novio, otras veces dicen que tenemos una relación cerrada. Durante la mayor parte de este tiempo ha sido así. Sería un idiota si no supiera que siempre que ella está con Rush Evans, se lo está tirando, y están juntos muy a menudo. Aparecen en la misma franquicia cinematográfica. Es probable que Magnolia la odie más que nada por esta razón. Es así de territorial. Hace un par de meses pasamos por delante de un escaparate y Parks vio un artículo sobre Vanna y Rush. Entró, cogió la revista, Henry me miró con una mueca por encima de la cabeza de ella. Sucedió en un momento un poco raro, ahora que lo pienso. Creo que ella estaba con Jack-Jack. Aunque para Magnolia eso no tiene importancia, a no ser que tenga la de BJ, ella quiere que la atención del resto del planeta esté completamente fijada en ella. En fin, que el artículo contenía fotos de Vanna y Rush en el set de rodaje, solo que no estaban grabando, él le había metido la mano por debajo del vestido.

El día que lo descubrí fue el día en que me di cuenta de lo jodido que era todo esto. Porque no me importó una mierda.

Me hizo sentir un pelín menos cabrón por mi parte por haber estado enamorado de otra persona durante toda la puta relación.

—Vans. —Hundo las manos en los bolsillos—. Escucha…, tenemos que hablar.

Me lanza una sonrisa de aburrimiento.

—¿Ah, sí?

—No puedo hacerlo.

—¿El qué? —Me mira confundida—. ¿Ir a cenar?

Niego con la cabeza y nos señalo a ambos.

Le cambia un poco la cara y parpadea un par de veces.

—¿De qué estás hablando? —pregunta al instante.

—Que no… —Me encojo de hombros. ¿Por qué romper con alguien es tan difícil aunque no te guste la otra persona?—. Que no sé qué tenemos, Vans, pero no quiero seguir con ello.

Parpadea muy rápido, como si su mente estuviera rechazando lo que le digo.

—Disculpa, ¿qué?

No digo nada. No tengo muy claro qué decir.

—¿Hay otra persona? —pregunta negando con la cabeza, sin comprender nada.

Y, de repente, a mí se me cambia la cara. Me siento como una mierda porque durante todo este tiempo había pensado que yo para ella era lo que ella para mí: una distracción. Que ella intentaba picar a Rush Evans quedando conmigo y que yo me estaba distrayendo con ella, pero por cómo me está mirando ahora, tengo la sensación de que tal vez no interpreté bien la situación.

Creo que le gusto.

Frunzo un poco el ceño y me pregunto si se me nota en la cara lo mucho que verdaderamente lo lamento.

—Vans, siempre ha habido otra persona.

Se pueden decir muchas cosas de Vanna Ripley, y sí, vale, muchas de ellas son malas. Es insulsa, es egocéntrica, puede ser borde, puede ser egoísta... Un poco todo lo que te esperas de una actriz que se hizo famosa de niña. Es incapaz de llegar a comprender que el mundo entero no gira a su alrededor. Pero bueno, ¿sabes cuando pasas más tiempo con una persona, que puedes ver más cosas a través de la mierda y la comprendes mejor?

Ser famosa desde los cinco años la dejó tocada. Emocionalmente, a nivel de relaciones y socialmente. Tiene una relación de mierda con su padre y una complicada con su madre. Es alcohólica desde los dieciséis años. No para de entrar y salir de rehabilitación, aunque la gente en general eso no lo sabe. La fama no es sencilla, te deja jodido. Y a ella la ha dejado jodida.

Creo que está menos jodida cuando está en Londres, pero solo está aquí algunos meses. ¿Sabes todos esos rumores que corren sobre el efecto que Los Ángeles tiene en una persona? Pues con ella son ciertos.

Vanna salió con un chico en el instituto, Thatcher Hendry, se juntaba a veces con BJ, así que la conozco un poco, pero la verdad es que lo que nos empujó a estar juntos fue Cannes, este año. Parks y Rush estaban haciendo lo que coño fuera que Parks y Rush hacían, en cierta manera con todo aquello Parks se metió en un camino del que no supo cómo salir. O no quiso hacerlo. Me da igual lo que diga, yo creo que Rush le gustaba. O que le gustaba tanto como podía gustarle mientras seguía estando completamente loca por Beej.

Estoy bastante convencido de que pensó que si Henry y yo estábamos allí con ella, quizá England no se enteraría de lo que estaba haciendo con su mejor amigo.

No funcionó.

Ese par en la alfombra roja de esa película, cómo la tocaba él, esa foto en que ella sonreía mientras él le susurraba algo al oído… Si sintieras algo por ella, te habría destrozado. Beej quedó destrozado. Hecho verdaderamente pedazos. Ni siquiera puedo imaginar cómo fue para Tom, ya no solo el verla de esa manera, sino que nada menos que con su mejor amigo. Es muy jodido.

Aunque supongo que yo no soy quién para decir nada.

Ahí fue cuando Rush y Tom tuvieron su gran bronca. Un momento muy inoportuno para la cara de Rush Evans que la familia England estuviera en su barco en la Riviera cuando *The Sun* publicó una serie de fotos de Magnolia y Rush tomando el sol juntos en un yate, besándose y esas mierdas.

Un desastre total, pero bueno, que Vans y yo coincidimos en el vuelo de vuelta a Londres después de todo aquello y nos enrollamos. Y, entonces, ¡pam!, estábamos liados. Y yo pensaba que eso era todo hasta que vi mi cara junto a la de Vanna en la portada de *Daily Mirror*. ALERTA ROJA: PAREJA NUEVA.

Solo que nadie me había alertado a mí.

Le mandé un mensaje a Vanna para echarnos unas risas y ella me contestó: «Bueno, más o menos lo somos» junto al emoji del encogimiento de hombros.

No supe qué decir, de modo que le mandé el mismo emoji y aquí estamos.

Vanna traslada el peso del cuerpo de un pie al otro, echa los hombros atrás y se echa el pelo hacia la espalda.

—Sabes que hay gente que mataría por estar conmigo.

—Lo sé —asiento—. No tiene nada que ver contigo, Vans. Soy yo… Es que estoy enamorado de otra persona, eso es todo.

—¿Enamorado? —Pone mala cara.

Asiento.

—¿Acaso no tiene novio?

—Sí. —Me cruzo de brazos.

—¿Entonces?

—Vanna… —Me paso las manos por el pelo, exhalo por la nariz. Ya estoy cansado—. No estoy rompiendo contigo para poder estar con ella, estoy rompiendo porque me siento como una mierda.

Alarga la mano y me toca el brazo con una expresión inmaculada de preocupación que no sabría decirte si es real o fingida.

—¿Por qué te sientes como una mierda?

—Porque soy un cabrón, Vans… No te llamo, no pienso en ti, pienso en ella. Todo el rato, y no quiero sentirme culpable por ello, pero me siento culpable, y no sé cómo frenarlo, así que algo tiene que cambiar. Y no voy a volver a rendirme con ella. —Me encojo un poco de hombros, abatido.

Tengo a la querida de Los Ángeles mirándome con ambas cejas enarcadas y gesto impertérrito, se le ha tensado la mandíbula de una manera que hace que, por primera vez en todo este tiempo que hemos sido esto, me descubra pensando que no es atractiva.

Me hace un gesto con desdén hacia la puerta y yo le sonrío, tenso e incómodo, y me voy sin decir otra puta palabra.

TREINTA Y UNO
Julian

Kekoa entra en mi despacho por la mañana tras una noche bastante larga y precaria. Magnolia está en el trabajo, se ha ido, aunque he intentado convencerla para que no se fuera. No sé por qué he intentado convencerla para que no se fuera. Ya han pasado un par de semanas, el periodo de gracia de la infatuación posconquista tendría que estar llegando a su fin. Aunque no estoy seguro de estar en ese punto todavía.

Koa se sienta en la silla que hay frente a la mesa, delante de mí, y me señala con el mentón.

—¿Anoche dejaste que esa chiquilla te dijera lo que tenías que hacer?

Aprieto la mandíbula, mosqueado. Por dos motivos. ¿Chiquilla? Es un capullo. Y luego, mira, que se vaya a la mierda.

—Qué va. Es que... —bufo—. Fue porque es un puto incordio y de no haberle hecho caso, no me habría dejado en paz...

Esa razón en particular no afecta en absoluto a Kekoa. Ni siquiera parpadea.

—¿Y?

Le lanzo una mirada.

—Pues que no me habría dejado en paz...

Se encoge de hombros.

—Pues mándala a paseo.

Y entonces hago un ruido extraño. A medio camino entre un bufido y una carcajada, un balbuceo cien por cien incoherente que no forma parte de nuestro idioma. En respuesta a mi viejo amigo sugiriéndome mandar a paseo a Magnolia Parks, si tuviera que transcribirlo, creo que lo que he dicho es: «Hkdfvvrt».

Kekoa echa la cabeza para atrás, atónito.

—Dios.
—¿Qué? —Frunzo el ceño a la defensiva.
—¡Dios! —Ahora está sonriendo de oreja a oreja.
Lo miro negando con la cabeza y pongo los ojos en blanco.
—Para.
—Esto es enorme... —Koa asiente para sí mismo.
—¿El qué es enorme? —pregunta Declan mientras se arrellana en mi *chaise longue* de madera tallada y con tapicería amarilla de la época victoriana. Me lo entregaron ayer y lo único en lo que he pensado es en que quiero hacerme a Magnolia encima.
Que Decks esté ahí se carga mi imagen mental. Aunque supongo que ya me vale, viendo toda esta puta mierda.
—No, no es enorme. —Sigo negando con la cabeza—. No es nada. Ella no es nada.
—¿Quién no es nada? —pregunta Decks y lo ignoro.
—Vale. —Koa asiente al tiempo que se cruza de brazos.
Le lanzo una mirada con las cejas enarcadas.
—Vale.
Kekoa se apoya en el respaldo de la silla.
—¿Qué haces luego? ¿Quieres que más tarde vayamos a cenar algo al Connaught? Me apetece esa pizza de *prosciutto* con higos.
—Me apunto. —Declan se incorpora.
—Qué va, no puedo —le digo—. Voy a llevar a Parks a... —Enarca las cejas al instante, divertido—. A ninguna parte. Da igual. No la llevo a ninguna parte. Me parece bien ir a cenar.
No me parece tan bien, si te soy sincero, pero accedo porque si no se convertirá en un puto grano en el culo, él y Decks no me dejarán en paz porque, la verdad, es cierto que dejé que esa chiquilla me dijera lo que tenía que hacer anoche y no tengo ni puta idea de por qué. A decir verdad, me comporté fatal con ella.
Cuando llegamos al local de Jonah, ella y Ballentine vagaron el uno hacia el otro como hacen siempre. Les di espacio un rato, pero al cabo de un minuto ya me mosqueé.
Es raro, hace un par de semanas Ballentine y yo éramos amigos. Técnicamente aún lo somos, supongo. Solo que ahora lo veo como un puto grano en el culo.

Lo miras a través de los ojos de Magnolia (y debo admitir que últimamente miro muchísimo a través de los ojos de Magnolia), pero da igual cómo mire a Ballentine ahora mismo, que o bien es el chaval al que la chica que me estoy tirando siempre se escapa para ir a ver, o bien es quien hizo daño a la persona con la que paso todo el rato. De un modo u otro, no puedo decir que el chaval me entusiasme. Sin embargo, Parks y yo no estamos saliendo, sé por qué estoy aquí, por eso les di un minuto cuando entramos. Le dije que había visto a un colega, lo cual era verdad, y ella se fue derechita a Ballentine como hace siempre.

Ella le tocó la camisa, él le sonrió como si su novia no estuviera a su mismísimo lado.

Al cabo de unos minutos me aburrí de hablar con mi colega, apenas le dije nada, de hecho, me pasé casi toda la conversación alargando el cuello para mirar a Magnolia e intentar oír lo que decía y fue entonces cuando me pareció captar que decía: «Y me corrí», y decidí meterme en la conversación.

—¿Me pitan los oídos, muñeca? —Le lancé una mirada y Ballentine puso los ojos en blanco, así que alargué la mano hacia Magnolia, la levanté del regazo de Taura y me la coloqué en el mío. No sé por qué lo hice, pero me apeteció tocarla, de modo que le rodeé los hombros con el brazo, la sujeté contra mi cuerpo mientras miraba fijamente a Ballentine.

—Tal vez. —Magnolia me puso ojitos.

Señalé a BJ con la barbilla.

—No pareces muy contento, colega. ¿Hemos perdido el sentido del humor?

Magnolia me pellizcó el brazo y, sin pretenderlo, me fulminó con la mirada.

—Pórtate bien.

Le apreté los labios contra el oído y dije lo bastante fuerte para que BJ lo oyera:

—Eso no es lo que dijiste anoche…

—Vale… —Ballentine puso los ojos en blanco—. Lo pillamos, tuvisteis sexo.

Eché la cabeza un poco para atrás.

—¿Me estás hablando a mí?

Y, entonces, Ballentine se puso chulito.

—Pues sí.

Parks se tensó contra mi cuerpo, de modo que dejé caer el mentón sobre su coronilla para hacerle saber que yo seguía teniendo el control. Además de para cabrear a Ballentine, pero eso solo fue un agradable efecto colateral.

—Si tienes algo que decir, grandullón, dilo.

Y señaló con la cabeza hacia la puerta.

—¿Quieres que lo hablemos fuera?

Magnolia negó con la cabeza muy rápido.

—BJ...

Me apreté la lengua contra el labio inferior.

—Me encantaría.

Magnolia se dio la vuelta entre mis brazos, me colocó la manita en el pecho como si en serio pudiera detener una mierda.

—Julian —dijo con calma.

—¡Eh, eh! —Jonah se acercó corriendo—. ¿Qué pasa aquí?

Soltó una carcajada nerviosa, me miró a mí y luego a su otro mejor amigo.

BJ se encogió de hombros, esperándome.

—Vamos...

—Beej... —Parks se giró para mirarlo, ponía mala cara, y me di cuenta de que estaba asustada. Y con razón. He matado a gente por menos. Lo señalé con un dedo.

—Será mejor que vigiles a tu chico, Jo. Eso no ha dejado de sonar como una amenaza. —No rompí el contacto visual con Ballentine cuando le lancé una sonrisa arrogante.

Y luego BJ esbozó una sonrisa, se encogió de hombros como si no le importara morir.

—¿Sabes qué? Creo que eres todo palabrería, tío.

—BJ... —susurró Magnolia con un hilo de voz. Noté que el miedo se apoderaba de ella.

—¿Ah, sí? —Lo señalé con la barbilla, divertido en cierto modo—. ¿Estás dispuesto a jugarte la vida para comprobarlo?

—Calma... —Magnolia se giró para mirarme, me puso la mano en el pecho otra vez y me acunó el rostro con la otra para que la mirara bajo el ángulo que ella quería.

No me importó que me tocara… Buscaría pelea con ese idiota todo el rato si conllevara que ella se interpusiera físicamente como lo hizo entonces.

—Mírame. —Me lanzó una mirada—. En la vida. ¿Entendido?

Tensé la mandíbula cuando me dijo lo que tenía que hacer, quizá un poco porque me jodió que lo estuviera protegiendo. Le hacía falta.

Jo apareció detrás de mí y me colocó las manos en los hombros.

—Eh, colega. Vamos a mi despacho —Jo lo señaló con la cabeza antes de apuntar a Ballentine—. Y tú centra ya la puta cabeza, pedazo de idiota.

Miré a Parks.

No le gustan las drogas. Me di cuenta cuando me vio esnifando coca el otro día. Yo estaba en mi escritorio y era de día. Ella entró en el despacho y se quedó paralizada. Como si la hubiera asustado o algo. Fue un poco raro.

—¿Te importa? —le pregunté señalando con la cabeza hacia Jonah. No sé por qué lo pregunté, ¿por qué cojones lo pregunté? Me importa una mierda si le importa, aunque… ¿seguro?

Sí le importaba, se lo vi en la cara, pero decidí hacerlo de todos modos porque yo hago lo que quiero.

La agarré por la cintura y la morreé solo para poner a Ballentine en su sitio, y un poco porque no quería que se mosqueara demasiado conmigo por ello.

—Vuelvo enseguida.

Seguí a Jo hasta allí, y él se sentó en la silla de detrás del escritorio y se reclinó.

—Lo siento —suspiró negando con la cabeza—. Es un puto gilipollas con ella.

Asentí y me senté delante de él. Jo sacó un tarrito de cristal.

—¿Cómo os va? —preguntó.

—¿A mí y a Parks?

Sacó un poco mientras asentía y le daba forma de línea.

—Bien… —Me encogí de hombros. Me arrepentí al instante, no pareció que me importara una mierda—. Normal.

Me miró mientras cortaba.

—Habéis pasado bastante tiempo juntos…

Volví a encogerme de hombros.

—Sí, supongo. Es que no se va nunca —mentí mientras me pasaba el tubito. Entornó los ojos al oírlo y me pregunté por un segundo si él ya sabía que yo había sido el instigador principal de que ella no se fuera. Que ella dice que se va a ir y yo hago algo y digo que puede hacerlo en casa y listo, y tiro de un vergonzoso montón de hilos para que sea cierto.

—¿Ah, sí? —Asintió despacio y me sentí como un capullo. Esnifé la raya. Me pellizqué la nariz y asentí—. Es buena. ¿De dónde es?

—De Perú. —Esnifó.

Jo se recostó en la silla, se colocó los brazos detrás de la cabeza, me observó un segundo.

—No se le dan bien los límites, ¿sabes?

Le lancé una mirada.

—Si solo follamos, Hemmes. ¿Qué clase de putos límites quieres que tenga?

—No sabe estar sola. —Se rascó la nuca—. Nunca ha sabido.

Me encogí de hombros.

—Hay cosas peores…

—Ya. —Volvió a asentir—. Vigila.

Me reí, irónico.

—¿Con qué?

—Con ella. —Se encogió de hombros mientras volvía a guardar el tarrito en el cajón.

—Claro. —Me reí y puse los ojos en blanco—. Es un verdadero terror en miniatura.

—Te lo digo en serio, Jules… —Me lanzó una mirada y yo le devolví otra—. Te atraerá hasta que te enamores de ella y… y ¿sabes qué? —Se encogió de hombros—. Incluso ella también se enamorará de ti, pero no como lo ama él.

Le lancé una mirada impertérrita y me aparté de la mesa.

No sé por qué aquello me molestó, pero lo hizo.

Volví al local para buscarla. Me sentí como si estuviera demostrando algo, pero no supe identificar qué.

Y luego la vi en la barra con él, tan cerca el uno del otro que se tocaban y no sé por qué sentí un cosquilleo en la piel, pero lo sentí.

Observé cómo lo miraba. Apreté la mandíbula y fruncí el ceño. Que la jodan, pensé. Que la jodan por mirarlo de esa manera. No sé por qué, pero que la jodan.

Miré a mi alrededor y localicé bastante rápido a una chica con la que ya había follado. Tenía el pelo de color melocotón o una mierda así. Excesivamente plasticosa para mi gusto, llevaba demasiado maquillaje de ese que a las chicas les flipa ponerse para parecer sudorosas o centelleantes o lo que coño sea. La verdad es que no me importaba. Solo quería tocar otro cuerpo, demostrarle a Jonah que se equivocaba porque yo sabía que no me estaba enamorando de ella. Y tal vez también para joder a Magnolia en el proceso.

—Hola. —Aparecí en el campo de visión de la chica. Chelsea, creo que se llamaba.

—Hola... —Abrió un poco los ojos.

—¿Te acuerdas de mí?

Ella asintió y tragó saliva.

Le rodeé la cintura con el brazo.

—Yo también me acuerdo de ti.

La llevé hacia donde estaban Decks y un par más de mis chicos, me senté con ellos y luego me la coloqué en el regazo.

¿La manera más rápida de hacer que se te acerque una chica? Colócale la mano en la parte baja de la espalda. Las vuelve jodidamente locas. Se derriten.

Charlé con Chelsea un minuto, me puse un poco al día con ella porque no soy un puto bárbaro, le pregunté cómo le había ido el examen que tuvo la mañana siguiente de la noche que nos acostamos (no le fue bien) y luego le dije que me gustaba lo que se había hecho en el pelo. Y es lo que digo siempre, recuerda una cosa, fíjate en otra y ponle la mano en la parte baja de la espalda, ¡y listo!, ya la tienes.

No sé cuánto tiempo llevaba metiéndole mano a Chelsea en el sofá antes de que Declan empezara a pegarme codazos como un puto loco, lo miré mosqueado y, en ese momento, vi esas manitas en las caderas delante de mí y al levantar la mirada me encontré con una Magnolia Parks jodidamente cabreada.

En una fracción de segundo, decidí que ser apático la cabrearía más y me alegraba de que estuviera enfadada.

—Oh. —Le lancé una sonrisa soñolienta—. Hola.
—¿Oh, hola? —repitió.
Parpadeé otra vez y ella entornó los ojos.
—Escúchame bien. Me da igual lo que hagas cuando yo no estoy, que es esto, imagino.

Solté un bufido y aparté la mirada y ella agachó un poco la cabeza, enarcó las cejas a la espera de que le prestara atención, y lo hice. No puedo no hacerlo con esa cara.

—No he terminado de hablar. —Negó con la cabeza y yo eché la mía hacia atrás, sorprendido y divertido—. ¿Quieres meterle mano a cualquier chica que pase que será siempre considerablemente menos atractiva que yo? Tienes ese privilegio. Ahora bien, cuando tú y yo estemos en el mismo sitio, solo tendrás ojos para mí.

Es probable que nunca la hubiera deseado tanto como en ese momento. Aun así, me hice el duro.

—¿Es eso cierto? —le pregunté como si estuviera aburrido.
—Lo es.
La señalé con el mentón.
—¿O qué?
—O hemos terminado. —Se encogió de hombros con demasiada facilidad y sé que a mí se me cambió la cara y sé que ella se dio cuenta—. Lo cual me parece bien, por cierto. Llevas deseándome desde hace... Mmm... —Fingió que pensaba y miró a Kekoa—. ¿Tú qué dirías, Kekoa? ¿Cuatro años más o menos?

Koa, que estaba reprimiendo una sonrisa, hizo un pequeño asentimiento.

—Creo que más bien cinco.
Me planteé despedirlo por ese comentario.
—Llevas deseándome desde hace cinco años y se podría decir que yo te deseo desde hace unas tres semanas y media, quizá, así que me trae sin cuidado.

Me presioné la lengua contra el interior de mi mejilla. Vaya puta boca que tiene esa chica, es increíble.

—Bueno. —Empezó a dar golpecitos con la punta del pie, impaciente—. ¿Qué vas a hacer?

Le aguanté la mirada, intenté que fuera ella la que rompiera el contacto visual, pero no lo hizo. Era una lucha de poder y la estaba perdiendo yo.

Me lamí el labio inferior, negué con la cabeza y me encogí de hombros.

—Ya has oído a la jefa…

La otra chica se cayó de mi regazo y aterrizó en el sofá cuando me puse de pie y me acerqué a Magnolia para rodearle la cintura con los brazos.

Ella me lanzó una mirada desafiante y levantó el mentón.

—No vuelvas a hacer eso.

—No me jodas, qué exigente eres…

—Uy, no tienes ni idea. Pero estás a punto de enterarte. —Me lanzó una sonrisa tensa mientras señalaba con la cabeza hacia la puerta—. Vamos. Vas a llevarme a casa y me vas a meter en la cama.

La agarré un poco más fuerte, le levanté el mentón con el índice para que sus ojos quedaran a la altura de los míos.

—¿Ah, sí?

Tragó saliva una vez, al fin conseguí que le cambiara la cara y recordara con quién estaba hablando.

—Pues sí —contestó de todas formas, haciéndose la valiente.

Ladeé la cabeza mientras la miraba fijamente.

—¿De qué manera voy a meterte en la cama?

—De la manera que quieras —contestó con indiferencia.

Le cogí la mano y bajamos juntos las escaleras hacia mi coche. La cogí en volandas para meterla dentro.

Ella se quitó los zapatos de una patada y se metió los pies debajo de las piernas.

—Es una calle de doble sentido, muñeca, ¿lo sabes verdad? —le dije a la ventana al cabo de unos minutos de haber arrancado porque sabía que si la miraba, me distraería.

—¿El qué? —Buscó mi mirada y no le permití encontrarla.

—Si yo solo tengo ojos para ti, tú solo tienes ojos para mí…

—Vale. —Se encogió de hombros, dándome la espalda, de brazos cruzados muy mosqueada, y me pregunté si estábamos teniendo nuestra primera discusión.

Aunque, ¿por qué íbamos a estar teniendo nuestra primera discusión? No estamos… En fin…

—¿Ah, sí? —Seguí pinchando porque me dio la gana—. Porque no te has cortado un pelo con tu puto chico allí en la barra...

Soltó un bufido de indignación.

—Si crees que tú y yo estábamos haciendo las mismas cosas, tenemos un problema.

Le lancé una sonrisa tensa y me encogí de hombros con indiferencia.

—Qué suerte que no seamos un plural, ¿eh?

De nuevo, enarcó las cejas al instante.

—¿Ah, no?

La miré fijamente.

—Solo follamos.

Le cambió la cara, confundida.

—¿Quién?

—¿Tú y yo...? —Fruncí el ceño, un poco mosqueado.

Me miró lentamente, se colocó las manos en el regazo con recato mientras me lanzaba esa puta sonrisa engreída, parpadeando hasta que cuajó.

Me reí, puse los ojos en blanco, me pasé la lengua por los dientes, intenté poner cara de que me había hartado de sus mierdas, pero ¿sabes qué? Estoy hundido hasta las rodillas. Y quizá me hunda un poco más, la verdad...

Al cabo de un par de horas, Magnolia aparece brincando en mi despacho.

Kekoa levanta la mirada del móvil, la mira a ella y luego a mí, conteniendo una risita a duras penas.

—Hola. —Brinca hasta mí y se me planta en el regazo.

Paseo la mirada por su rostro y me hace feliz verla, descubro que se me van las manos hasta su cintura automáticamente.

—Hola. —La miro con gesto confundido—. ¿Qué haces aquí?

Imita mi expresión.

—Me vas a llevar a Le Gavroche, ¿recuerdas?

Veo por el rabillo del ojo que Koa se sienta más erguido, mirando de soslayo, ese cotilla cabrón.

—Ay, mierda… —Suspiro—. Se me olvidó llamarte. No puedo ir a cenar.

—Oh —dice y se le cambia la cara, como si la hubiera decepcionado, y por alguna razón, el corazón se me cae medio metro dentro del pecho—. Bueno, vale. No pasa nada… —Fuerza una sonrisa y se encorva un poco, como hace siempre que se siente expuesta.

—Lo siento… —Niego con la cabeza—. Es que…

—No, ¡no pasa nada! —Se pone de pie muy rápido y me quita literalmente las manos de su cintura.

Me quedo mirando mis propias manos, que acaba de apartarse del cuerpo, y siento una extraña punzada por todo el cuerpo por lo mucho que odio no tocarla. ¿Por qué odio no tocarla? Se está poniendo colorada y como resultado le brillan más los ojos y estoy jodido porque ¿qué voy a hacer? ¿Decirle que no a esa carita?

—Qué va, a la mierda… —Hago un gesto en el aire—. Ya me apañaré… —le digo.

—¿Eso harás? —pregunta Kekoa, lamiéndose el labio inferior y guardándose el móvil.

—No… —Magnolia niega con la cabeza, haciendo ademanes—. No pasa nada, sé que estás ocupado. Tienes un… —Se calla, confundida—. Bueno, ¿acierto si pienso que tienes un trabajo en cierto modo ilegítimo entre manos?

Koa se echa a reír y yo ahogo una sonrisa.

—Me voy. —Se da la vuelta y se va hacia la puerta, pero yo le agarro la mano.

—No, no te vas —le replico ignorando a Koa, que ya se ha puesto de pie, ha cruzado los brazos y ha enarcado las cejas hasta el cielo para dejar claro lo que piensa.

Vuelvo a atraerla hacia mí, vuelvo a colocarle las manos en la cintura, que es donde quiero tenerlas.

—Qué revelador… —comenta Koa desde el rincón.

Magnolia lo mira.

—¿El qué?

Mi amigo y yo cruzamos una mirada desde puntas opuestas del despacho y él va a decir algo irritante, pero lo corto.

—Nada.

—Uy, algo sí es… —Niega con la cabeza, divertido.

Le señalo la puerta con la barbilla.

—Ko, lárgate de una puta vez…

—Oooh —canturrea para cabrearme—. ¿Vas a besarla con esa boca?

Magnolia nos mira con gesto confundido y yo pongo los ojos en blanco, me aseguro de que Parks ve que Koa me parece un idiota.

Pero sí, voy a hacerlo.

TREINTA Y DOS
Daisy

Dicen que el barco se quedó a oscuras a las 2.17 de la madrugada.

Tiller y yo nos quedamos a oscuras hace un poquito más. Supongo que antes de Navidad, te diría, pero decidida e indudablemente para Nochevieja nos habíamos quedado a oscuras y tal vez, si hubiéramos prestado suficiente atención, habríamos podido oír el estruendoso ruido de nosotros mismos doblándonos, agrietándonos y rompiéndonos por la mitad.

Ha sido raro, él no se deja nada casi nunca. Es muy impropio de él, pero supongo que se le puede perdonar, teniendo en cuenta nuestro barco tocado y hundiéndose, y todo lo demás. Intentaba no ahogarse, es todo.

Cuando he salido de la ducha a media tarde, la he visto en el mueble de mi baño, su placa. Ahí parada tan fuera de lugar como él en esta casa. Al verla he suspirado porque he sentido que tenía que ir a llevársela.

Habría sido lo correcto. Lo propio de una novia. Y tampoco es que yo ande tan ocupada. Solo tengo las clases privadas con el doctor que mi hermano contrató para que viniera tres días a la semana, y hoy no es uno de esos días. Ya he leído todo lo que me mandó para esta semana en tan solo una hora, y me he inventado un tema de redacción para imponerme a mí misma. Cuatro mil palabras acerca de la ética de los precios de la industria farmacéutica.[161] Nadie me lo ha pedido. Ni siquiera viene a cuento, pero echo de menos aprender y, desafortunadamente, mis días están vacíos en este momento, con lo cual no tengo ningún motivo para no ir a llevársela, aparte de que no es lo que quería hacer hoy. No porque sea egoísta, me gusta ayudarle. Lo que pasa es que... ¿sabes en las comedias románticas, cuando la chica entra en el despacho del novio y todo el

---

[161] Alerta de spoiler: la ética de los precios de la industria farmacéutica no existe.

mundo empieza a cuchichear sobre ella y sobre ellos y escuchan a escondidas? Yo no tengo la estúpida ensoñación de que entraré en la NCA y él me besará delante de todos sus amigos policías, confesará su amor por mí, anunciará lo sólida que es nuestra relación. Aunque, la verdad, sería bonito y quizá nos abriríamos paso por el agua helada y llegaríamos a un bote salvavidas y sobreviviríamos esa noche. Pero nuestra relación no es sólida y él no va a besarme cuando me vea entrar. No me ha besado desde que discutimos por mi hermano hace unos días. Eso es una mala señal, ¿verdad?[162] A veces me acuna el rostro con la mano y me observa. Tiene los ojos tristes como si lo lamentara y me echara de menos, y le devuelvo la mirada como si yo sintiera lo mismo. Él todavía me quiere, eso lo sé, esa no es la cuestión. Lo que pasa es que ya no es suficiente. Aunque, últimamente el amor nunca parece ser suficiente para llegar a buen puerto.

Bajo tranquilamente hasta el despacho de mi hermano buscando a Miguel. Están viendo repeticiones de carreras de Fórmula 1 en la tele de encima de la chimenea y ambos me miran.

—¿Es nueva? —Señalo con la cabeza una escultura de cristal.

Mi hermano la mira de reojo y asiente.

—Walter Furlan.

Me acerco a ella y la inspecciono.

—¿Te gusta? —pregunta Julian, que ya está a mi lado.

Normalmente no me gusta el expresionismo abstracto, pero esta escultura es exquisita. Al menos la maestría para esculpirla.

Me encojo de hombros porque no me apetece darle esa satisfacción a Julian, ni tampoco quiero que piense que me parecería bien que empezara a exhibir obras impresionistas y expresionistas por toda la casa.

—¿Te viene bien llevarme en coche a un sitio? —le pregunto a Miguel volviéndome hacia él.

Se pone de pie y asiente.

—¿Adónde vas? —inquiere mi hermano.

—A la NCA.

—Ah. —Asiente con frialdad—. Lo que todo criminal quiere oírle decir a su hermana, con la que comparte casa.

---

[162] No hace falta que contestes, ya lo sé.

Me cruzo de brazos, mosqueada.

—No digas «con la que comparte casa» como si yo hubiera elegido estar aquí.

—¡Solo intento que no te maten, Cara! —Mi hermano me rodea los hombros con un brazo—. ¿Y a qué debe el placer la NCA?

Le enseño la placa de Tiller y él me la quita de las manos.

—Eh, ¿en serio nos parece que devolverle esto es la decisión correcta?

—Sí. —Asiento una vez.

Mi hermano me lanza una mirada.

—¿Estamos seguros?

—Sí. —Vuelvo a asentir—. No me parece que el hecho de que tú le robes la placa a mi novio vaya a ayudar a nuestra relación.

—¡Y necesitan toda la ayuda del mundo! —anuncia Miguel y yo le lanzo una mirada poco impresionada.

—¿Sabes? —Miro fijamente a mi guardaespaldas—. Cuanto más mayor te haces, más te pareces a esos hombres gruñones del balcón de *Los teleñecos*.

Miguel hace rodar sus llaves con el índice y agita las cejas arriba y abajo.

—A eso aspiro.

Pongo los ojos en blanco y me voy hacia la puerta.

—Cuando estés ahí, ¿podrás mirar si sigo siendo su número uno? —me pide Julian.

—Aunque lo seas…

—Que lo soy —me interrumpe, y yo no le hago ni caso.

—… no creo que tengan una foto tuya colgada en un corcho ni nada por el estilo.

Julian pone los ojos en blanco.

—Saluda a Tills de mi parte.

Le hago un gesto afirmativo con el pulgar y me voy hacia el coche de Miguel.

—¿Tiller y tú estáis bien? —pregunta Miguel tras un minuto de silencio.

—Mmm. —Asiento mirando por la ventana.

—Entonces ¿no eras tú a quien oí llorar la otra noche cuando discutisteis y él se fue?

Esquivo la pregunta.

—No se fue, salió a correr.

—¿Hasta las tres de la madrugada? —pregunta Miguel, lanzándome una mirada.

¿A esa hora volvió? No lo sabía. Lloré y me puse *The Great British Bake Off*[163] para dormirme. Tills estaba ahí cuando me desperté por la mañana. No hablamos del motivo de la discusión y ahora no recuerdo por qué discutimos, pero, de un tiempo a esta parte, parece que siempre discutamos, ahora que nos hemos quedado a oscuras.

—¿Quieres que entre contigo? —Miguel señala la puerta con un gesto cuando paramos enfrente.

Niego con la cabeza.

—Solo será un momento.

Me identifico ante seguridad, les digo quién soy. Entornan los ojos como ya esperaba que hicieran y me cachean por todo el cuerpo, aunque no se lo hacen a ninguna de las otras personas que entran. Por suerte, he dejado la pistola en el coche.

Entro en el ascensor y subo a la planta de Tiller y allí pregunto dónde está su despacho. Me acompaña hasta allí un hombre que no hace esfuerzo alguno por ocultar que desconfía de mí, y cuando veo que no hay ni rastro de Tiller, me limito a dejarle la placa encima de la mesa.

Deseo durante un segundo que ese hombre no estuviera vigilándome como lo hace, así podría tomarme un momento aquí dentro, intentar imaginar una vida en la que yo podría encajar, en la que Tiller y yo funcionamos sin tener que comprometer las partes de nosotros mismos que cada uno quiere más de lo que quiere al otro, pero el hombre no me deja espacio para hacerlo. Está ahí de pie junto a la puerta, impaciente, mirándome con ojos asesinos sin más razón que mi apellido, y no hay muchos sitios en este mundo donde yo me sienta intimidada, y me molesta sentirme así aquí. Me cruzo de brazos sobre el pecho, sintiéndome cohibida, y no le digo nada al hombre cuando paso a su lado, de vuelta hacia el ascensor. Hay un montón de agentes esperando y siento una oleada de

---

[163] Imaginé que había otra persona viéndolo conmigo en mi cama, lo cual me hizo llorar más.

nervios al pensar en cómo me sentiría de pie entre todos ellos, sola, sin Tiller[164, 165] a mi lado para protegerme. No creo que fueran a hacerme daño, pero nunca se sabe y tengo la pistola en el coche, de modo que opto por bajar por las escaleras.

—¿Volverás a venir al bar con nosotros esta noche? —pregunta una mujer. No la veo, está en algún punto de las escaleras.

Y es entonces cuando oigo su voz. Mi corazón pega un saltito de alivio, como si pensara durante un segundo que está a salvo, pero no lo está.

—Creo que debería ir al Recinto... a ver a Daisy, ¿sabes?

—¿Por qué? —pregunta la mujer. Y aunque no puedo verla, sé que es su ex—. ¿Para poder seguir aplazando el romper con ella?

Me quedo paralizada. Presto atención a los ruidos que hacen. Ellos tampoco andan.

Oigo a mi novio suspirando.

—¿Quién ha dicho que vaya a romper con ella?

—¡Ay, venga ya! —se queja la ex—. ¿Tú mismo ofreciéndote voluntario para todos los casos y quedándote en el bar hasta que cierran cada noche de esta semana?

Alguien arrastra los pies y retrocedo hasta apretarme contra la pared para que no puedan verme, pero yo sí pueda seguir escuchándolos.

—¿A qué estás esperando? —presiona la ex.

—Es complicado, Michelle.

—Claro. —Bufa, irónica—. Ella es una criminal y tú no.

No le veo la cara, pero quiero que sea de ofendido total o de furioso directamente o, al menos, que la mire con el ceño fruncido y a la defensiva. Cualquier cosa que supere la expresión que imagino acompañando su suspiro derrotado.

—No la llames así.

—¿Por qué? —Suena tan caprichosa... Contenta de meter baza entre nosotros dos. Aunque supongo que es justo, yo también lo hice entre ellos—. Es lo que es. En realidad, es lo único que es —le suelta, y yo espero que él conteste, le diga que soy mucho más que eso. Que soy in-

---

[164] Ni Julian.
[165] Ni Christian.

teligente y preciosa y divertida y que casi soy médica y que soy muchas otras cosas, pero que en concreto soy su novia y que debería hablar de mí como tal, pero no dice nada.

En algún lugar del océano Atlántico norte a las 2.20 de la madrugada del 15 de abril de 1912, el Titanic se hundió poco después de haberse partido en dos.

—Estaré en los archivos —le dice Tiller a su ex—. Ven a buscarme antes de irte.

—Vale —contesta ella.

Unos pasos empiezan a acercarse a mí y yo subo corriendo dos tramos de escaleras con la sigilosa y silenciosa habilidad que se espera de una criminal como yo.

Espero hasta que oigo dos puertas cerrándose y luego bajo las escaleras corriendo, la sangre me bulle y tengo el corazón roto y aliviado a partes iguales. Vuelvo a subirme al coche de Miguel y me pongo la pistola donde debe estar: a mi vera.

Miguel me mira frunciendo el ceño.

—¿Todo bien?

Lo miro fijamente unos segundos sin decir nada.

—Llévame a The Lion's Gate.

—¿Ese pub no es de polis?

—Sí.

A Miguel le cambia la cara.

—¿Tiller está ahí?

—No. —Saco el móvil para escribirle a alguien—. Pero estará.

13.35

Christian

Hola

Hola

Tienes planes después?

No son importantes.

Por qué?

> Podemos quedar en un sitio?

> The Lion's Gate

Claro.

Cuándo?

> A las cinco

Vale

Estás bien?

> No llegues tarde.

TREINTA Y TRES
Julian

—Toc, toc —dice una voz y yo levanto la vista del escritorio.

Josette Balaska asoma la cabeza por la puerta de mi despacho y luego la cierra detrás de sí.

—¡Jose! —sonrío de oreja a oreja, me pongo de pie y voy hacia ella.

—¡Hola! —Me lanza los brazos al cuello, radiante, y se pega a mí como suele hacer siempre.

—¿Qué estás haciendo aquí? —pregunto, confundido.

Normalmente me avisa cuando viene a Londres.

—Quería darte una sorpresa. —Se encoge de hombros—. Llevo tiempo sin saber de ti y sé que eso significa que tienes muchas cosas entre manos. Y pensé que podría ayudarte a distraerte un poco... —me dice al tiempo que me empuja hacia atrás y me guía hasta el *chaise longue*. Me caigo de espaldas y la miro fijamente, con las cejas enarcadas. Aquello me pilla por sorpresa, aunque no debería. Se sienta a horcajadas sobre mi regazo como ha hecho en incontables ocasiones anteriores a esta.

Siempre que Josette está en la ciudad, hacemos esto. Ponemos empeño en hacerlo. Es una locura lo buena que es en la cama. Es la mejor manera de liberar el estrés. Llevamos años haciendo esto, y cuando se inclina para besarme, noto que la miro con el ceño fruncido, aunque estoy intentando sonreír.

—¿Estás bien? —Se ríe, algo confundida.

—Claro. —Niego con la cabeza—. Estoy bien, no, claro...

Es probable que nunca nadie me haya atraído tanto como Josette. Es muy pecosa, bajita, lleva el pelo cortito y teñido de rubio platino, tiene unos ojos casi púrpura. Es una locura lo buena que está. Es sexy, divertida, está dispuesta a probar cualquier cosa. Es superguay, tranquila, no piensa de más en las mierdas. Es una pasada estar con ella. Entonces ¿por qué cuando Josette me está besando como lo está haciendo, restregándose sobre mi cuerpo tumbados en este sofá, estoy pensando en Magnolia Parks?

No puedo pensar en otra cosa. En el aspecto de sus labios por la mañana. En su aspecto en la ducha. En la sensación que tengo cuando me coge de la mano sin preguntar.

No sé por qué estoy pensando en todo esto, o en ella, siquiera. No estoy haciendo nada malo. No somos exclusivos. Ni siquiera somos un puto plural. Ella dijo que no le importaba lo que yo hiciera cuando ella no estuviera ahí, lo que pasa es que casi siempre está. Quizá eso es lo raro. No he tenido tiempo de liarme con otra persona en hace ya semanas y me siento raro al hacerlo, pero es culpa de la puta Magnolia porque siempre anda por ahí, organizando armarios que nadie le ha pedido que organizara, trabajando desde mi mesa subida a mi regazo porque Jonah tiene razón y esta chica no sabe estar sola. Pero ninguna de todas estas cosas responde a la pregunta de por qué cojones estoy pensando en que la puta Magnolia Parks no sabe estar sola cuando Josette me ha metido las manos en los pantalones. Porque no pasa nada por esto. Incluso está bien. Es lo que quiero, porque Parks y yo no estamos juntos y por milésima puta vez: no somos un plural.

Josette se acerca la mano a la nuca y se suelta el lazo del vestido. Se le cae y la descubre, no lleva nada debajo, solo ese cuerpo que he tocado demasiadas veces para contarlas, así que lo toco otra vez. Casi por hábito, creo, porque sigo pensando en Magnolia. Sigo pensando en por qué estoy pensando en Magnolia, de hecho.

Y es demasiado. Josette apoderándose de mi cuerpo, Magnolia apoderándose de mi mente, yo intentando convencerme a mí mismo de que todo esto no significa nada y que la puta culpa es de Jonah, que me metió mierdas en la cabeza, diciéndome que me enamoraría de ella. Yo no me enamoro. A la mierda el amor. No necesito ese punto débil y quizá si no estuviera arrastrando toda esa mierda, quizá habría prestado atención a lo que está pasando de verdad a mi alrededor: un lejano «No seas tonto, si siempre entro en su despacho...».

Quizá ese habría sido un sonido ante el que reaccionar en lugar de ser un ruido secundario que estoy ignorando mientras intento follarme a mi amiga para poder demostrarme a mí mismo que no me importa una mierda la chica que creo que, en realidad, un poco sí me importa una mierda.

—Oh —dice la voz de esa chica, de pie bajo el dintel de mi puerta.

—Magnolia... —Me incorporo un poco. Ella me mira con los ojos un poco abiertos, un poco vidriosos, Decks aparece tras ella, sujetándole el brazo como residuo de un intento por su parte de impedir que entrara en el despacho.

Magnolia desvía la mirada de mi rostro hasta el torso desnudo que tengo delante, a mis manos sobre el cuerpo de Josette y luego hasta su cara. Josette no se cubre, no cambia la postura, se limita a mirar fijamente a Magnolia como si fuera un inconveniente.

—Oh..., eh... —Desvía la mirada hacia el techo—. He cruzado la puerta que no era... Estaba... Lo siento... Estaba buscando la salida... —balbucea como una idiota. Magnolia gira sobre sus talones y desaparece.

Lanzo una mala mirada a Declan y él se estremece.

—Lo siento, tío... Es difícil controlarla.

Pongo los ojos en blanco. Joder, como si no lo supiera.

Me quito a Josette de encima y la deposito en el *chaise longue* mientras me pongo de pie.

Ella me fulmina con la mirada.

—¿Quién es esa?

—Esa es Magnolia —contesto, sin tener muy claro qué más decir.

—¿Quién cojones es Magnolia? —Se cruza de brazos sobre su pecho desnudo.

—Esto... —Me callo. ¿Qué cojones está pasando? Yo nunca no sé qué decir—. Estamos..., bueno, llevamos... —Niego con la cabeza—. Tú dame un minuto, ¿vale?

—¿Para qué? —Frunce el ceño, pero yo ya me estoy yendo. Vuelvo la vista por encima del hombro. Levanto un dedo.

—Un minuto... —le pido y luego voy tras Magnolia.

Voy corriendo tras ella, si te soy sincero. Yo jamás he salido corriendo detrás de una chica, ni una vez en mi puta vida, y ahora estoy corriendo detrás de esta... Oigo que el portal de mi casa se cierra con fuerza un par de segundos antes de alcanzarlo. Vuelvo a abrirlo al instante y me quedo en lo alto de las escaleras que bajan hasta el patio.

—Magnolia... —la llamo.

Ella se está dirigiendo a toda velocidad hacia su coche. Es el Aston Martin DBS Superleggera blanco, no la limusina. Eso es que tenía previsto quedarse.

—Magnolia... —la llamo más fuerte, bajando las escaleras corriendo—. ¡Parks!

Ella sigue ignorándome y la atrapo justo cuando llega junto a su coche. Ahora ya estoy cabreado. Yo no persigo a la gente, ha sido jodidamente embarazoso salir corriendo detrás de ella, llamarla por su nombre, que ella me ignorara en mi propia casa, delante de hombres que trabajan para mí. Me ha hecho quedar como un idiota.

—¡Eh! —La agarro por el brazo y la hago girar para que me mire a la cara—. Que te estoy hablando.

—¡Oh! —Abre mucho los ojos e intenta parecer alegre y relajada y esas mierdas. Niega con la cabeza—. Lo siento... No te he oído.

—¿Que no me has oído? —repito—. ¿En este callejón sin salida en el que no pasan coches? Acabo de oír a un pájaro poniendo un puto huevo...

—¿En serio? —Me lanza una sonrisa tensa—. ¿Cómo has logrado oír eso por encima del ruido que hacía esa chica al desnudarse encima de ti?

Exhalo por la nariz.

—Estás disgustada...

—No estoy disgustada. —Niega con la cabeza.

Le lanzo una mirada.

—Vale...

—Que no... —Se encoge de hombros despreocupadamente.

—Vale. —Asiento sin creérmelo—. Es que pareces disgustada...

—¿Por qué iba a estar disgustada, Julian? —pregunta en voz alta, como si eso demostrara que no lo está, aunque realmente lo único que consigue es evidenciar que sí. Al menos un poco. No sé qué dice de mí que el hecho de que ella esté disgustada me complazca un poco. Aunque diga lo que diga, sé que es una mierda.

Ella hace un gesto con la manita entre los dos.

—Ya sé que no somos... un plural y que..., en fin, que tú eres... así.

Entorno los ojos.

—¿Que yo soy así? —repito.

Ella asiente.

—Con las otras chicas.

—Claro. —Frunzo los labios. Asiento una vez.

—Vamos, que todo bien. —Se encoge de hombros como si no le importara, pero me parece que tal vez sí.

—¿En serio? —pregunto con la cabeza ladeada, buscando sus ojos.

—Sí. —Evita mi mirada.

—¿Seguro que sí?

—¡Que sí! —Pega un pisotón contra el suelo y yo me quedo mirando su pie, divertido.

Lleva un vestidito blanco y un abrigo a conjunto, las piernas asoman por debajo... Me gusta cuando va de blanco, creo.

La miro con el ceño fruncido porque es un puto incordio, le tiro la diadema un poco para atrás, solo para mosquearla.

—No me acuesto con ella.

A Magnolia se le suaviza la expresión, pasa de estar completamente dolida a confundida.

—Oh —dice mientras se la recoloca.

—Antes sí, pero... —Me encojo de hombros.

Ella se cruza de brazos, entre impaciente y mosqueada.

—¿Antes en plan hace cinco minutos o...?

—No... —Le lanzo una mirada—. Antes en plan en noviembre.

Los últimos noviembres, si fuera completamente franco, pero no lo seré. Creo que ahora no es el momento de mencionarlo. Aunque, ¿por qué cojones iba a mencionarlo?

—Habría podido hacerlo si no hubieras aparecido... —Me encojo de hombros. Solo estoy siendo honesto.

Ella vuelve a poner cara de estar dolida.

—Pero has aparecido. —Le lanzo una mirada—. Así que ahora...

—¿Ahora qué? —Frunce el ceño.

—Ahora... —Me encojo de hombros y se me apaga la voz—. Ya no.

Se muerde el labio inferior y yo vuelvo a buscar su mirada, porque me da el subidón.

—¿Por qué ya no?

Ignoro la pregunta y le acuno el rostro con la mano como me gusta hacer, me agacho un poco para obligarla a mirarme.

—Te has puesto pálida —le digo y eso hace que vuelva a apartar la mirada.

Niega con la cabeza.

—Estoy bien.

Le levanto el mentón para colocarle la cara donde la quiero.

—No parece que estés bien.

Ella se yergue y veo esa mirada orgullosa en sus ojos que es una de mis cosas favoritas sobre ella. ¿Se puede saber cuándo he empezado a tener cosas favoritas sobre ella?

—Bueno —dice con la nariz levantada—. Quizá no me conoces tan bien como crees…

Suelto un bufido, indignado.

—¿Eso crees?

—Ajá… —Se encoge de hombros con las cejas tan enarcadas que prácticamente se le salen de la cara.

Y nos miramos fijamente, ambos desafiantes, ambos a la espera de que el otro ceda. Yo no quiero ceder, no entiendo qué cojones está pasando porque yo no persigo a la gente, no me importa si la gente no está bien, si se han puesto pálidos, no me importa si una chica que me he tirado me ve con otra persona, pero ya estoy nadando por mi cerebro intentando encontrar la manera de quitármela de la cabeza… La cara que ha puesto cuando me ha visto tocando a Josette. Aunque, ¿por qué cojones me está mirando así, toda herida y traicionada y esas mierdas? Está enamorada de otro. Entonces ¿qué cojones está pasando aquí?

Eso es lo que quiero saber al mirarla fijamente y ella me devuelve la mirada, y supongo que me paso unos segundos, porque ella traga saliva y los ojos se le ponen como hacen siempre justo antes de abrir las compuertas de las lágrimas.

Niega con la cabeza.

—Me voy.

Abre la puerta de su coche y yo la cierro al instante.

—No quiero que te vayas —le digo.

No se da la vuelta, ni siquiera me mira, se limita a abrir la puerta otra vez. ¡Insoportable! ¡Es puto insoportable! Alargo la mano, cierro de un portazo, le agarro la cara con ambas manos, la empotro contra el coche y le pego un morreo que te cagas.

Su cuerpo se relaja contra el mío y hace aquello que hacen las chicas cuando se funden con un beso, y la beso hasta que toma aire con dificultad y me mira con los únicos ojos que me interesa ver.

—Quiero que te quedes... —le digo al tiempo que le rodeo la cintura con la mano—. Vuelve a entrar.

No dice nada. Parpadea un par de veces.

—¿Por favor? —añado, como el idiota que estoy hecho. Suplicándole a esa chica. Joder, ¿en quién me he convertido?

Ella asiente, por fin, con ojos tímidos.

Le cojo de la mano y la llevo de vuelta a la casa, le rodeo la cintura, camino detrás de ella y subimos las escaleras.

A mitad de camino me detengo y la hago girar para que estemos cara a cara. Señalo con la barbilla hacia mi cuarto.

—¿Puedes subir y esperarme arriba?

Frunce el ceño.

—¿Por qué?

—Porque tengo que hablar con Josette.

Magnolia exhala por la nariz con impaciencia, se ha cruzado de brazos.

—¿Por qué?

Le descruzo los brazos, vuelvo a ponérselos a ambos lados del cuerpo, donde deben estar. Intento demostrarle que sigo siendo yo quien tiene el control, aunque sospecho que llegados a este punto ambos sabemos que no acaba de ser cierto.

Me paso las manos por el pelo.

—Porque voy a pedirle que se vaya.

—Vale. —Asiente una vez, aunque no me sigue—. Pero ¿por qué tengo que irme arriba?

—Porque sí.

—¿Por qué porque sí? —pregunta pegando un pisotón al ver que no contesto nada—. ¿Me estás ocultando?

Niego con la cabeza.

—No.

—¿Vas a intentar acostarte con ella muy rápido para luego subir conmigo?

Me aprieto los ojos con las puntas de los dedos.

—¿Qué cojones te hizo BJ para que preguntes eso?

Se le hunden un poco los hombros. No debería haber pronunciado ese nombre. Se cierra en banda cuando lo hago.

Suspiro ladeando la cabeza, buscando sus ojos.

—Creo que no va a tomárselo demasiado bien y no quiero que pase vergüenza.

—Oh. —A Magnolia se le suaviza la expresión—. ¿Por qué no iba a tomárselo demasiado bien?

Me aprieto el labio inferior con la lengua.

—Llevamos mucho tiempo acostándonos.

—Oh. —Deja caer la mirada y hace otro puchero y esta vez sí sonrío un poco. Le coloco detrás de las orejas ese pelo suyo al que no le hace falta ajuste alguno.

—Y estoy a punto de decirle que vamos a dejar de hacerlo.

—Oh. —Vuelve a arrastrar los ojos hasta los míos, abriéndose de nuevo—. ¿Por qué?

¿Que por qué voy a decirle a Josette Balaska que no vamos a acostarnos más? Porque cuando has entrado y nos has pillado, me has puesto una cara que no quiero volver a verte poner nunca más, pedazo de grano en el culo.

Por eso. Aunque no se lo digo.

En lugar de hacerlo, pongo los ojos en blanco.

—Joder, tú vete arriba, ¿vale? —Niego con la cabeza como si estuviera mosqueado. Quizá lo estoy, ya ni lo sé—. ¿Por qué cojones todo es tan difícil contigo?

Y, entonces, vuelve a poner cara de mal humor como hace siempre cuando la riñen; indignada y desubicada porque el mundo no va exactamente como ella quiere, se muerde el labio inferior, arruga la nariz, frunce las cejas, y yo le agarro la cara otra vez y la beso tan fuerte como puedo porque no creo que pueda evitarlo.

—Por esto —le digo y ella hace una especie de asentimiento (apenas) sonrojada hasta las orejas. Me gusta sonrojada.

Se da la vuelta y sube las escaleras, luego cierra la puerta de mi cuarto detrás de sí.

Me cubro la cara con las manos, exhalo un poco de aire por la boca, y luego vuelvo a entrar en mi despacho.

Josette me mira, sigue completamente desnuda encima de mi *chaise longue*.
Me aprieto la boca con la mano. Cierro la puerta detrás de mí.
—¿Te has librado de ella? —Sonríe.
Niego con la cabeza, se me escapa una mueca.
—No exactamente.
Me mira confundida y yo señalo con la cabeza hacia la dirección de dónde vengo.
—Está arriba.
Josette se yergue un poco y baja el mentón.
—No me parece la clase de chica a la que le vayan los tríos...
Suelto una carcajada. La ha calado.
—Y así es. Escucha... —Ando hacia ella, recojo el vestido y se lo tiendo—. No puedo hacerlo contigo.
—¿Qué? —Su rostro se queda congelado un minuto. Vergüenza, creo, y luego se convierte instantáneamente en furia. Se pone de pie de un salto y señala hacia arriba—. ¿Quién cojones es esa?
—No lo sé... —Niego con la cabeza—. No sé cómo explicar lo que es...
—¿Es tu novia? —pregunta.
Le lanzo una mirada.
—Sabes que yo no tengo novias.
Y ambos sabemos que a Josette le habría gustado ser mi novia si yo se lo hubiera permitido.
Aprieta la mandíbula.
—Tampoco te lo haces con chicas que no te permitan hacértelo conmigo. Conque, ¿qué está pasando aquí? —Vuelve a señalar hacia la puerta con un brazo.
Me encojo de hombros.
—Estoy intentando descubrirlo.
—¿Te gusta esa chica? —exige saber con las cejas enarcadas.
—No lo sé... —Niego con la cabeza.
No sé por qué he dicho que no lo sé. No sabía que no lo sabía hasta ahora.
Josette frunce los labios.
—Es una pregunta de sí o no, Jules.

—No, no lo es…

—Responde y punto. —Se encoge de hombros como si no le importara. Me arrebata el vestido de las manos.

—No…

—¿No, no te gusta? —aclara con las cejas enarcadas mientras vuelve a ponerse el vestido.

—No…

—¿Entonces sí te gusta? —me pregunta con los ojos entrecerrados.

—Joder. No lo… —Estoy negando mucho con la cabeza—. Sí… ¿Tal vez?

Me mira fijamente un par de segundos con los ojos muy vidriosos. Que las chicas lloren es lo peor. No sé gestionarlo, y aquí la tengo, a mi vieja amiga, a punto de echarse a llorar delante de mí, y lo único que me pasa por la cabeza es la cara que ha puesto la puta Magnolia Parks cuando la he besado contra su coche.

—Llevamos cuatro años acostándonos, hace cinco segundos estaba aquí de pie delante de ti completamente desnuda ¿y tú me estás diciendo que no puedes hacer nada al respecto porque te gusta una puta pija?

Aprieto la mandíbula.

—No la llames as… —logro decir antes de que me interrumpa un tortón en la cara.

No ha sido una bofetada, tampoco ha llegado a ser un puñetazo.

Me lamo el labio inferior. Pruebo la sangre.

Ella me mira fijamente, respirando con dificultad, un poco asustada. Como debería ser.

Señalo hacia la puerta con la barbilla.

—Tal vez quieras irte ya mismo.

—¿O qué? —pregunta ella, cuadrando los hombros, intentando parecer valiente.

Me inclino hacia ella.

—No quieres saberlo.

Y luego la dejo ahí, subo al piso de arriba para ir con la puta lianta que hasta ahora me había dicho a mí mismo que era la infatuación posconquista. Quizá llegados a este punto ya es una infatuación normal y corriente.

Me da un punto de vergüenza que la chica desnuda de abajo me haya partido el labio.

Entro en mi cuarto, cierro la puerta detrás de mí y miro a Magnolia.

Tarda un par de segundos en fijarse en mi labio y luego viene corriendo hacia mí, me pone las manos en la cara.

—¡Por Dios! —Se pone de puntillas—. ¿Te ha pegado?

Asiento y la observo moviéndose a mi alrededor, fascinado por cómo lo hace.

¿Sabes?, de todas las peleas en las que me he metido, nunca había tenido a una chica a mi lado después. A ver, he tenido el feroz trato con los pacientes y la fría mano de mi hermana, pero nadie parecido a una Florence Nightingale sexy... Así preocupada por ti y queriendo curarte y atenderte, y ¿sabes qué? No está ni medio mal. Que me mire el labio partido como si fuera una herida de arma blanca.

—Tiene bastante mala pinta. —Le echa un vistazo, menos aprensiva con la sangre de lo que uno esperaría de ella.

—¿Ah, sí? —Me paso un dedo por la herida. Hago una mueca un segundo. Hay más sangre de la que esperaba. Es más grave de lo que pensaba, pero no creo que haga falta que me den un punto.

—¿Te ha dado por mi culpa? —Frunce el ceño, no me mira, de modo que me agacho un poco.

—A ver, normalmente cuando viene por aquí... sí, nos damos, aunque de un modo distinto.

Magnolia me pellizca en las costillas y yo me escabullo, suelto un gruñido ahogado y luego ella sale corriendo hacia mi baño y vuelve con un puñado de pañuelos.

—Venga... —Me los tiende y luego sale de mi cuarto—. Vamos a curarte.

La sigo en silencio, bajamos las escaleras y me siento en la mesa, la observo correr hacia la cocina de mi hermana y luego corto las patas de las ensoñaciones que se están abriendo paso por mi mente al ver lo bien que encaja aquí. Que no lo hace. Las cosas no van así.

No pueden.

Encuentra un paño de cocina, lo humedece, lo llena de hielo picado. Vuelve a mi lado, se queda de pie ante la silla que ocupo, me inclina la cabeza hacia atrás y empieza a darme toquecitos en el labio con cuidado.

—¡Ay! —La aparto de un manotazo.

Ella me devuelve el manotazo sin siquiera fijarse.

—No seas estúpido.

No me gusta que me peguen ni que me devuelvan los golpes. Estas putas chicas, tío... La agarro por la cintura y me la siento en el regazo.

Al principio está tensa, se relaja al cabo de un segundo, se coloca mejor y también coloca mejor el hielo sobre mi boca. Me pasa la mano libre por el pelo como si fuera algo que le hiciera falta hacer y no algo que le apetece hacer.

Ladeo la cabeza mientras la observo.

—¿Se puede saber por qué una chica como tú sabe curar un labio partido?

Retira el trapo y lo examina, desvía la mirada de mi boca a mis ojos y de vuelta a mi boca.

—BJ se mete en m...

—Joder, macho. Lo retiro. No quiero... —Niego con la cabeza poniendo mala cara—. No quiero hablar de él.

Traga saliva.

—Vale —asiente.

Le toco la cara. No sé por qué. Me inclino para besarla y me doy cuenta de que tiene el vestido manchado de sangre.

—Ay, mierda... —Lo señalo con el dedo mirándolo fijamente.

Ella baja la mirada y luego vuelve a fijarla en mí, se encoge un pelín de hombros y luego sonríe con timidez.

—No pasa nada.

—Está perdido.

Ella me mira.

—Sí, quizá sí.

Miro fijamente la mancha.

—Lo siento.

Ella vuelve a encogerse de hombros, se mueve para estar todavía más cerca de mí de lo que ya estaba por estar sentada en mi regazo, me rodea el cuello con el brazo y me mira con una cara que podría ser mi perdición. Me roza los labios con los suyos mientras me acaricia el pelo y luego me lanza una media sonrisa.

—Siempre supe que serías un polvo muy caro.

TREINTA Y CUATRO
Daisy

The Lion's Gate es ese pub de Vauxhall que rondará los doscientos años, tiene mucha madera y vitrales, y es del tipo de lugar en el que, si pides cualquier cosa que no sea una cerveza, se reirán de ti lo que quede de noche.

Yo nunca había estado aquí. Es el tipo de lugar del que la gente como yo oye hablar desde críos. Es legendario. Una vez cuando Romeo tenía dieciséis años vino aquí por una apuesta. Tenía que pedir una pinta de Guinness. Lo hizo. Se la bebió entera y casi le dispararon en el proceso.

He tenido que esforzarme muchísimo para convencer a Miguel de que permitiera llevar a cabo este plan.

Le he pedido que se fuera a casa y se ha reído en mi cara.

Le he suplicado que esperara en el coche y me ha contestado con un no rotundo.

He intentado obligarlo a que se quedara en un rincón observándolo todo y me he encontrado con otro no.

De modo que hemos acordado que se quedará a un par de metros de mí, fingiendo que no me hace ni caso como hace siempre.

Y ahora estoy esperando a Christian. Al menos tengo la puta suerte de haberme vestido de punta en blanco para devolverle la placa a Tiller. Por si acaso me encontraba a la estúpida de la puta Michelle, quería que se sintiera mal consigo misma cuando me viera, por eso me he puesto el minivestido de pedrería Virtus Animalier[166] con un cárdigan negro[167]

---
[166] De Versace.
[167] El cárdigan de cachemira The Scarlet, de Khaite.

y unos tacones grandotes de tono broncíneo.[168] No he comprado una sola de las piezas que llevo puestas, aparte de los pendientes y el bolso,[169] un buen día aparecieron en mi armario, así que supongo que ¿gracias, Magnolia?[170]

Llega más o menos a las cinco y cuarto. Lleva unos pantalones anchos de color negro, unas Converse y la sudadera negra con capucha de YSL.

Me ve al instante, sentada en un taburete junto a la barra yo sola.

Quizá se le ilumina un poco la cara, quizá no.

—Hola —me saluda repasándome la cara con los ojos—. ¿Estás bien?

Le lanzo una sonrisa rápida y asiento. No se lo cree.

—¿Qué estamos haciendo aquí?

—¿Aquí? —Miro a mi alrededor como si no supiera por qué lo dice.

—Sí…, aquí. —Enarca las cejas y no espera una respuesta antes de acercarse a mí, presiona la mitad de su cuerpo contra el mío para pedirse una cerveza—. ¿Me pones una ale clara, tío? Una Hoppy. Más oscura si la tienes… —Le lanza media sonrisa al camarero y luego me mira.

Sigue estando más cerca de mí de lo necesario, porque hay espacio de sobra para que esté de pie a mi lado sin tocarme como haría una persona normal y ya me odio a mí misma por ponerme así, buscándole significado a todo lo que puedo.

—¿Qué quieres? —pregunta Christian.

—Una Stout imperial, por favor.

Me lanza una mirada.

—Mírate, con tu cerveza negra… Eres una caja de sorpresas.

Me acerca mi cerveza y nuestras manos se rozan y nuestras miradas se encuentran.

—¿Qué estamos haciendo aquí, Dais? —pregunta, paciente.

Me encojo de hombros, haciéndome la inocente.

—Nada, tomar una cerveza.

Da un sorbo comedido.

—Este bar es de polis.

—¿Ah, sí? —Parpadeo unas siete veces.

---

[168] Las sandalias de charol Aura de 105 mm, de Gianvito Rossi.
[169] Mi bolso en forma de corazón, de Dolce & Gabbana. Los pendientes en forma de cadena gruesa, de Federica Tosi.
[170] Y vete a la mierda, también, y déjame en paz.

—Sí... —Christian se aprieta la cara interior de la mejilla con la lengua, divertido—. ¿Quién lo iba a decir?

Le pongo ojitos, levanto los hombros y los bajo muy rápido.

—Pequeña... —Ladea la cabeza y yo imito el gesto porque ya me he puesto a coquetear a muerte con él.

—Dime, Christian.

—No soy idiota. Sabía qué era The Lion's Gate antes de venir. He venido igualmente. —Me lanza una mirada—. Estoy aquí, Dais. Lo único que quiero es saber a qué he venido.

Y en el momento perfecto, Tiller entra con todos sus amigos del trabajo.

Tills no nos ve, pero Christian se fija al instante y frunce el ceño. Se vuelve hacia mí y se me acerca un paso mientras espera una respuesta.

—Vale. ¿Qué está pasando aquí, Dais?

Le lanzo una sonrisa tensa.

—Soy una criminal. Es lo único que soy.

—Y una mierda. —Christian me toca el brazo mientras niega un poco con la cabeza—. ¿Te lo ha dicho él?

—Lo ha dicho su exnovia. —Niego con la cabeza—. Él no ha dicho nada.

Christian aprieta la mandíbula.

—¿Quieres que le parta la cara? —Mi exnovio señala con la cabeza hacia Tiller y yo vuelvo a negar con un gesto.

—No, de hecho... —Me acerco otro paso hacia él—. Quiero que me beses.

Acto seguido se hace una breve pausa. Durante medio segundo me siento estúpida y muerta de vergüenza y luego Christian esboza una sonrisa y asiente una vez.

—Claro, sí. Puedo hacerlo.

Me mira un par de segundos, su mirada danza entre mis ojos y mis labios, y mi corazón galopa como Seabiscuit en mi garganta, y no puedo creer que esté a punto de besarlo de nuevo. He hecho todo lo que he podido para serle fiel a Tiller, incluso cuando he salido perdiendo. Evité tanto como pude pensar en Christian Hemmes. Los recuerdos se abrían paso, las comparaciones sucedían, pero hice todo lo que pude cada día para no cavilar sobre cómo el sol le bañaría los pómulos o en el color que toman sus labios después de haberlos presionado con los míos.

—¿Lista? —me pregunta con un gesto muy serio.

Asiento una vez.

Me coloca un mechón de pelo detrás de la oreja como ha hecho siempre, baja la mano hasta dejarla en mi nuca y con la otra me rodea la cintura y aprieta mi cuerpo contra la barra, detrás de mí.

Va lento para besarme (¿casi con cuidado?) y me pregunto si no quiere hacerlo. Luego traga saliva con esfuerzo, roza mis labios con los suyos y se me cierran los ojos sin querer, porque incluso teniendo en cuenta todas las circunstancias, lo único que quiero es empaparme de esto un instante. Regocijarme en la gloria de su boca contra la mía. Y recuerdo en una fracción de segundo la primera vez que lo hicimos, esa noche de hace una eternidad, cuando me besó, me sentí así. Tuve una estúpida sensación de estar flotando, como esas imágenes de la NASA de las galaxias con el polvo cósmico de color rosa y lila y las estrellas y los planetas... Besar a Christian Hemmes es eso. Aunque nada de ello sea real.

Y, entonces, percibo que alguien aparece a nuestro lado.

Que empiece el espectáculo.

Abro un ojo con la boca todavía apretada contra la de Christian. Vuelvo la cabeza un pelín para que Christian y yo técnicamente sigamos besándonos.

—¿Qué cojones, Dais? —pregunta Tiller con los dientes apretados.

Christian se aparta, se seca la boca con el dorso de la mano y se yergue cuan alto es. Lo mira con una sonrisita.

—Uy, hola. —Contesto radiante.

—¿Qué estás haciendo? —pregunta con voz fuerte.

—¿Yo? —Me toco el pecho—. Uy, nada. Solo estoy aquí con otro criminal...

Nuestras miradas se encuentran y Tiller hunde los hombros.

—Daisy...

—Haciendo cosas de criminales, porque es lo único que soy, de hecho, ¿lo sabías?

Deja caer la cabeza un poco hacia atrás.

—Dais...

—Vete a la mierda, Tills —le grito lo bastante fuerte para que la gente que nos rodea deje de hablar y nos mire—. ¿Eso es lo único que soy?

Él no dice nada, se limita a mirarme fijamente con una expresión de dolor en la cara.

—Pues sí —contesta Michelle, y Christian le lanza una mirada asesina.

—¿Y a ti qué te pasa? —La señalo con el mentón—. ¿No me soportas porque durante toda tu relación con Tiller él estuvo obsesionado conmigo? ¿O es más bien porque… —Michelle entorna los ojos y Tiller, una vez más, no dice nada, de modo que sigo hablando— cancelaba citas que tenía contigo para hacer guardia delante de la puerta de mi casa durante cinco minutos fingiendo que buscaba a mi hermano?

—Pues la verdad es que no te soporto porque eres escoria.

Christian cuadra los hombros y la fulmina con la mirada.

Y lo que pasa a continuación sucede muy rápido. Yo tenía la mano en la pistola desde que Tiller ha aparecido. También sé dónde la lleva él. En una cartuchera de hombros.[171] Tan hollywoodiense… Tan yanqui… Tan fácil de alcanzar poniéndole la mano en el flanco izquierdo de la chaqueta, desenfundarla y apuntarle con ella.

A Tiller se le oscurecen los ojos al instante, se le afilan. Como si fuera yo quien nos ha traicionado y no él con su silencio en esa escalera.

Y aquí estamos, ambos luchamos por salvar la vida hundidos en ese gélido océano. Solo hay espacio para uno en esta puerta de madera, y que te den, Tiller, no voy a hundirme con el barco.

La magia de este momento es que Christian lo sabía. De algún modo lo sabía. Ha sacado su pistola y apunta con ella a Michelle, que tiene los ojos muy abiertos e iluminados, como alguien que disfruta de los conflictos por el conflicto en sí.

—Vaya… —La miro por el rabillo del ojo—. Es nueva.

—Pues sí —asiente Christian—. Acabo de subir a las P220 Legion Full-Size.

—¿De nueve milímetros? —pregunto.

—De diez —asiente él.

Tiller nos mira a los dos.

Christian se encoge de hombros.

—Es que quería algo más pesado en la mano, ¿sabes?

---

[171] La Miami Classic II de Galco en cuero marrón.

Asiento.

—¿Qué acabado tiene?

—Acero inoxidable.

—Guay —asiento fulminando a Tiller con la mirada.

Miguel también ha desenfundado las pistolas, mirando a todos los que nos rodean y no voy a exagerar: nos apuntan unas ochenta pistolas.

Tiller mira alrededor con las cejas enarcadas, como si pensara que es divertido delante de sus amigos, pero yo sé que me quiere[172] porque, aunque él intenta ocultarlo, se lo veo escondido bajo el miedo en la mirada.

—¿Vosotros tres solos vais a poder con todo el Departamento de Policía de Londres?

—Qué va. No sería una pelea justa. —Adelanto el mentón al tiempo que niego con la cabeza—. Os haríamos puto puré.

Christian suelta una carcajada.

—Daisy... —empieza a decir, con la expresión triste que siempre pone conmigo, y niego con la cabeza, apuntándole a bocajarro en la cara.

—Hemos terminado —le digo.

—Ya. —Pone los ojos en blanco—. ¿No me jodas?

Me encojo de hombros como si fuera sencillo, apuntar con un arma a la cabeza del hombre que he amado durante buena parte del año, un hombre que me ha protegido y ha luchado por mí, y por el cual yo he matado. Le presiono el cañón de la pistola en la frente sobre mi cicatriz favorita de todas las que tiene, como si fuera capaz de meterle una bala a través de la parte de su cara que he tocado cada noche como una lámpara que he frotado para lograr dormirme. Como si nuestro fin no fuera algo contra lo que he luchado durante los últimos dos meses, incluso sabiendo que era lo correcto, incluso sabiendo que seguía amando a otra persona, dejar ir a Tiller se me ha antojado imposible. Quizá no lo habría hecho si él no lo hubiera hecho por mí hoy mismo en esa escalera. Y ahora aquí estamos. Discutiendo en un bar, yo arrojándole a mi exnovio en las narices y poniéndole literalmente una pistola en la cara solo

---

[172] Solo que ahora ya no es suficiente.

para hacerle daño, y Tiller está aquí mirándome como siempre he temido que me mirara algún día. Como si realmente yo no fuera más que una criminal.

—Baja ya la pistola, Dais... —me dice.

Hago un gesto amplio con la cabeza hacia nuestro alrededor.

—Ellos primero.

Nuestros ojos vuelven a encontrarse, un duelo entre los dos que es la gota que colma el vaso de lo que fuimos.

Tiller hace un gesto hacia abajo con ambas manos.

—Ha sido un malentendido, chicos, bajad las armas.

Lo hacen despacio, hay cerca de un centenar de ojos entrecerrados y llenos de desconfianza.

—Voy a quedarme esto... —Me guardo la pistola de Tills. Christian baja la suya, pero no la guarda.

—Mañana iré a recoger mis cosas —me dice Tiller.

—No te molestes. —Niego con la cabeza—. Mandaré a uno de los chicos que te las lleve a casa de Dyson. O... —Hago un gesto hacia su exnovia—. ¿Prefieres que te las dejen en casa de Michelle?

Tills suelta un bufido irónico.

—No eres tú la más indicada para decir nada.

—Sí, bueno... Me ha parecido que tú no decías suficiente para ambos. —Vuelvo a encogerme de hombros con aire desdeñoso y se le cambia la cara. Hago otro gesto impreciso con la mano hacia Michelle—. Diviértete en los... archivos. —Le lanzo una sonrisa falsa y poco impresionada.

—Que te jodan.

—Tú ya lo has hecho. —Le pincho en el pecho y él mira mi dedo como si fuera un objeto extraño—. De guardia, para más inri..., fuera de tu jurisdicción y todo... —Hago una mueca.

Él exhala con calma por la nariz.

—¿Sabes, Dais? Nunca te lo había contado, pero mi jefe me mandó pegarte un toque ese día...

Ese comentario me sienta como la bofetada que él pretendía que fuera y Christian me mira de soslayo como si lo sintiera por mí, pero yo soy una putísima Haites, criada por mi hermano, y jamás me achanto en una pelea, ni siquiera cuando alguien me hace daño.

—Ya… —Me encojo de hombros otra vez con una mueca—. Un toque, te dijo, no un polvo.

Christian esboza una «o» con los labios y me hace sentir inteligente. Tiller rompe el contacto visual y baja la mirada.

—Oye, para que lo sepas, Tills… —Me agacho para mirarnos a los ojos—. Sé que la verdadera razón por la que hemos terminado no tiene tanto que ver con que yo sea una criminal, sino con que te intriga todo este mundo y te da miedo.

Se queda paralizado. Es solo un segundo, pero veo un destello de miedo y de aceptación pasar rodando a la velocidad del rayo por su mirada como un cardo ruso.

—Vete a la mierda —me escupe como si me odiara.

—Con gusto… —Asiento una vez y le hago un saludo militar mientras empiezo a retroceder—. Inspector.

Christian me agarra la mano y me saca a la calle. Corremos cerca de un centenar de metros y nos perdemos entre la multitud para que no puedan venir a por nosotros.

Mira por encima del hombro y Miguel me empuja un poco más entre el gentío.

—¿Esa eres tú no haciendo nada? —pregunta Miguel con las cejas enarcadas—. ¿Pedir que te vuelen la tapa de los sesos para mandar a paseo a tu novio?

Está enfadado, niega con la cabeza, pone mala cara.

En realidad no tengo una excusa, de modo que me encojo débilmente de hombros.

—Ex. —Aclaro inútilmente, y Miguel se limita a lanzarme una mirada—. No se lo cuentes a Jules…

—Uy… —Me lanza una mirada distinta, afilada por la furia—. Voy a mandarle un puto telegrama rimado sobre esto, Daisy, pedazo de idiota…

Christian ladea la cabeza, mirándome con fijeza.

—¿Estás bien?

Asiento, volviendo la vista por encima del hombro.

—Es un capullo —me dice Christian, y le lanzo una sonrisa triste—. Aunque estuvisteis juntos una temporada…

—Ya —asiento.

Christian se da cuenta de que todavía estamos cogidos de la mano y me suelta. La mano se me cae junto al cuerpo y el momento se me antoja torpe.

Se aclara la garganta.

—¿Cuánto tiempo?

Frunzo los labios, pensativa.

—Diez… ¿o quizá casi once meses?

—Mierda… —Inspira por la nariz irritado.

—¿Qué? —Frunzo el ceño y él niega con la cabeza como si fuera un estúpido.

—Es que me jode que me superara…

Pongo los ojos en blanco como si yo también pensara que es un estúpido, pero la verdad más verdadera es que nunca nadie podría superarlo.

Trago saliva y lo miro a los ojos.

—Gracias por besarme.

Él se echa a reír y niega con la cabeza.

—No hay de qué.

Nos sonreímos el uno al otro de una manera que creo que no acabo de comprender del todo. Ojalá la comprendiera, pero hasta la fecha las cosas nunca me han ido así con Christian.

Se aparta un paso de mí y luego hace una pausa. Frunce el ceño y se acerca dos pasos más.

—Solo ha sido un beso, ¿verdad? —me pregunta con el ceño fruncido.

No. Contigo no hay nada que sea solo eso.

Sin embargo, digo:

—Sí.

—Guay. —Asiente varias veces—. Pues ya nos veremos.

Se da la vuelta y se va, yo lo observo marcharse y luego se detiene. Se gira y me mira con los ojos entornados.

—¿Puedo llevarte yo a casa?

Miro a Miguel, que suspira y pone los ojos en blanco. Señala a Christian con gesto amenazador.

—Nada de paradas por el camino.

Él asiente.

—Sal por Vauxhall Bridge en cuanto puedas. Coge Lupus Street, ve por Pimlico, ¿entendido?

—Sí, señor. —Christian asiente obedientemente—. ¿Crees que me sobrará un minuto para llevarla por Ebury Square Gardens y asesinarla rapidito...?

Miguel lo fulmina con la mirada, impasible, y Christian hace un ruidito incómodo.

—¿Hoy no estamos de humor para bromas? Lo pillo. En nada estamos en casa.

Miguel pone los ojos en blanco exagerando mucho y se va.

Christian se gira y me sonríe con expresión triunfal y luego señala con la cabeza hacia el final de la calle.

—Tengo el coche allí.

Nos pasamos casi todo el trayecto hasta casa comentando la tarde, todas las armas con las que nos han apuntado, que él ha sabido que también tenía que sacar la pistola, lo que habríamos podido hacer si la situación hubiera escalado todavía más, lo poquísimo que mi hermano va a perderme de vista de ahora en adelante.

El trayecto en coche es tan fluido y dulce y despreocupado, y se pasa tan rápido... Deberíamos tardar unos quince minutos, pero esta vez me parece que quizá solo nos llevará diez, y me da la sensación de que el universo me está haciendo trampas y por eso cuando aparcamos en el patio de mi casa me quedo sentada en el coche en un gesto de protesta muda.

Me aclaro la garganta y no lo miro.

—¿Quieres entrar? —les pregunto a mis manos.

Él abre la boca para responder algo y luego frunce un poco el ceño. Exhala por la nariz.

—No debería.

Lo miro.

—¿Por qué?

Frunce más el ceño.

—Es que... no debería.

Me cruzo de brazos, un poco mosqueada.

—Acabo de romper con mi novio.

—Exacto. —Me señala con un gesto—. Acabas de romper con tu novio.

—¿Estás de broma? —pregunto con voz fuerte, desabrochándome el cinturón.

—¿Qué?

—Eres puto increíble... —Niego con la cabeza—. Hace una semana no podía librarme de ti, aparecías por todas partes... y ahora estoy disponible y...

Él me mira y niega con la cabeza.

—¿De qué estás hablando?

—Pues de que solo me quieres cuando no puedes tenerme. —Niego con la cabeza yo también.

Le cambia la cara.

—Eso no es cierto.

Enarco las cejas de golpe.

—¿Ah, no?

—No —me dice.

—Entonces ¿qué pasa? —Me encojo de hombros—. ¿Ahora que eres amigo de mi hermano no quieres tocarme?

Deja caer la cabeza hacia atrás como si estuviera cansado y se pasa la mano por el pelo como desearía que la pasara por el mío.

—En fin. —Pongo los ojos en blanco, abro la puerta de una patada y salgo como una exhalación.

Oigo a Christian gruñendo por lo bajo y sale del coche de un salto, corre hasta alcanzarme y se para muy cerca de mí.

—¿Puedes parar? —Niega con la cabeza—. ¿Qué cojones te pasa?

—Nada. —Intento esquivarlo, pero me lo impide.

Me mira con mala cara.

—¿Por qué de repente te has vuelto loca?

—Quítate de en medio. —Lo empujo y él enarca las cejas de golpe, cabreado y un poco vengativo. Levanta las manos, retrocede un paso, como si se hubiera librado de mí.

Lo miro fijamente un segundo o dos, odio que estemos otra vez aquí. ¿Un beso? ¿Eso es lo que consigo? ¿Un beso para recordar lo bien que estábamos, lo mucho que lo quiero y lo deseo y volvemos a estar puto aquí? ¿Aquí donde me quiere cuando no puede tenerme y cuando se harta de mí después de una sola discusión?

Paso junto a él, espero y deseo que no se dé cuenta de lo destrozada que estoy y nuestros hombros se rozan y luego dice:

—¿Sabes qué? Que no. A la mierda.

Me agarra por la cintura y me empotra de espaldas contra su coche, aprieta sus labios sobre los míos de esa manera tan perfecta y atropellada.

Me besa durante lo que se me antoja una eternidad. Una nueva era. ¿O una vieja? Si Tiller y yo éramos el Titanic, Christian es Nueva York en el horizonte. Él es el té y las mantas que me envuelven en el Carpathia. Él es la Estatua de la Libertad. Y yo le daré *my tired, my poor, my yearning to breathe free...*

Adoro sentir sus manos sobre mi cuerpo, una todavía me acaricia el pelo, la otra me agarra con firmeza por la parte baja de la espalda, acercándome a él.

Me aparto un milímetro, recorriendo con el dedo la cinturilla de sus Calvin.

—¿Ahora entrarás?

—Luego.

Solo me dice eso antes de levantarme hasta su cintura y deslizar las manos por debajo de mi vestido y... Ya sabes...

Todas las sinfonías potentes y perfectas, cada inmaculado choque de colores pastel en todos los cielos que este estúpido y hermoso mundo nos ha regalado, él es todo eso. Él es la droga. Cada colocón que he perseguido, cada sensación buena, cada vacío llenado momentáneamente. Sus manos sobre mi cuerpo, su boca sobre mi boca, él dentro de mí... Todos los demás son Vicodin, morfina y fentanilo, pero Christian... Él es la mierda buena.[173]

Él es la heroína.

Y suena mal, lo entiendo..., pero ni está mal ni es malo. Es él. Y punto. Creo que ha vuelto a cablear mi cerebro. ¿La dopamina de mi sistema de recompensa? No conozco nada más gratificante que su mano colocándome detrás de la oreja un mechón de pelo que no está desordenado. No hay una sola cosa en el planeta que adore más que eso, excepto, quizá, a él, y no sé si puedo..., si volveré a tenerlo, pero al menos he recuperado esto.

Y me contento con lo que venga.

---

[173] Para que quede claro: no soy drogadicta.

TREINTA Y CINCO
Christian

Son cerca de las dos de la madrugada, hemos trasladado la acción dentro y no puedo creer la puta suerte que tengo.

Daisy y yo..., no sé cómo. Ni siquiera sé qué, a decir verdad, pero estoy abierto a todo.

Llevamos un buen par de horas haciéndolo y Dais ha ido al baño un minuto, así que yo salgo a hurtadillas de su cuarto para ir a la bodega a por un poco de vino. No quiero que la noche se acabe.

Quiero recuperarla.

No parece el momento, la verdad. Ella y su exnovio acaban de dejarlo y toda esa mierda. Le daré un tiempo, pero soy feliz de poder estar aquí.

Total, que bajo a escondidas, pillo una botella de su tinto favorito y vuelvo a subir sin hacer ruido. No enciendo las luces, incluso a oscuras conozco estos pasillos como la palma de mi mano. Llevo pensando en ellos desde el día en que dejé de ser bienvenido en esta casa.

Ya he cruzado la mitad del pasillo que lleva a las habitaciones cuando oigo un ruido.

Me doy la vuelta para ubicar el origen, sigo andando y me doy de bruces contra alguien, que se echa a gritar al instante.

Sé quién es al medio segundo de empezar el primer grito y le cierro esa puta bocaza de gilipollas con la mano.

Magnolia prácticamente se retuerce entre mis brazos, cagada de miedo en la oscuridad, pegándome que alucinas.

La hago girar y la miro fijamente un par de segundos, a la espera de que se dé cuenta de que soy yo.

—¡Hijo de puta! —Se cubre la cara, exhausta—. ¡Eres tú! Oh... —Exhala, aliviada—. Dios mío, casi me matas del puto sust...

Miro a mi vieja amiga anonadado.

—No puedo creer que acabes de decir «hijo de puta». A decir verdad, creía que eras incapaz…

—Lo sé —contesta con una mano en el pecho, recuperando el resuello.

—Te follas a un capo de la mafia durante un par de semanas, Parks, y menuda boca se te pone.

—Bueno, es que pensaba que estaba a punto de morir. ¡Dios! ¡Uf! —Niega con la cabeza, se dobla hacia delante para recuperar el aliento y luego hace una pausa—. Un momento… —Se queda mirando mi cuerpo de cintura para abajo un par de segundos.

No sirve de nada que solo lleve unos calzoncillos bóxer.

—Espera. ¿No me dirás que…? —Y ella, Magnolia Parks, mi amiga de la infancia que no conoce ni medio límite, alarga la mano y tira de la goma de mis Calvin con una exclamación ahogada—. *J'accuse!!* —Me señala como la idiota que es.

—Cállate… —gruño.

—¡Ay, Dios mío! —susurra.

La reprendo con la mirada.

—Magnoli…

—¡AY, DIOS MÍO! —susurra a pleno pulmón.

Y entonces tiene lugar este diálogo entre los dos que, tal vez, teniendo en cuenta el contexto de todo lo que nos ha ocurrido, es un intercambio milagroso. Además, es posible que también se deba a todo lo que nos ha ocurrido, a todas las formas distintas en las que nos hemos conocido y a la eternidad que hace que somos amigos, que nos podemos comunicar a la endiablada (y, admitámoslo, ridícula) velocidad a la que lo hacemos.

—¡Que la quieres! —Me pincha en el pecho.

—¡Cállate! —La pincho yo también.

—Pero ¡díselo! —Me pega un empujón.

—¡Haz el puto favor de no meterte! —Le devuelvo el empujón.

—Estás siendo tan estúpi… —empieza a decirme mientras me pega un montón de veces en el pecho y yo la miro negando con la cabeza como un loco delante de sus narices.

—Mira, pues tú siempre eres estúpida ¡y yo nunca digo nada!

Entorna los ojos como rendijas.

—¡Pues eres un amigo horrible!

—¡Tú eres una amiga horrible!

Me pega en el brazo unas cuarenta y cinco veces.
—Me votaron la mejor amiga del curso entero cuando...
Le devuelvo los golpes en ambos brazos.
—¡Teníamos nueve años!
—¡Te comportas como si tuvieras nueve años! —Ahora ya me está pegando por todas partes, sin orden ni concierto.
—¿Pero tú con qué chavales de nueve años te juntas, joder? —pregunto con los ojos entrecerrados, intentando sujetarla por la cabeza para alejarla de mi cuerpo.
—¡Yo no me junto con chavales de nueve años, pedazo de idiota!
Intenta pegarme patadas.
—Yo no soy un idiota, ¡tú eres la idiota!
Entonces alguien se aclara la garganta y Magnolia y yo nos quedamos paralizados.
La tengo inmovilizada con una llave de cabeza y ella está intentando pegarme patadas hacia atrás y me ha cogido la boca como si fuera un anzuelo...
Los dos hermanos Haites están ahí de pie, mirándonos con los ceños fruncidos.
Daisy lleva una camiseta (mía) y unas braguitas y Julian, una toalla.
Nos mira con los ojos entornados unos segundos y luego pregunta:
—¿Qué está pasando aquí...?
Magnolia suelta una risita nerviosa.
—Esto no es lo que parece.
—¿Y qué es lo que parece? —pregunta Daisy, que no sonríe ni por asomo.
Magnolia se encoge de hombros de una manera muy exagerada y dramática, y yo niego con la cabeza un montón.
—No sigo enamorado de ella. En absoluto —aclaro.
—Claro —asiente Daisy, que no se lo cree del todo.
—No, tiene razón. No lo está. En absoluto. —Mira a Julian con los ojos muy abiertos y sinceros. Como si quisiera que él tuviera clara esa parte—. Vamos, en absoluto.
Interesante.
Se aclara la garganta.
—Es que creo que Christian está siendo un poco... —fuerza el cuello para mirarme fijamente un par de segundos— bobo.

La fulmino con la mirada y ella me devuelve el gesto.
Jules ladea la cabeza.

—¿Y eso por qué?

—Porque no quiere decirle a Dai...

Y le tapo la boca con la mano otra vez y me río muy fuerte para hacerla callar.

—¡Está borracha! —digo.

—¡No lo estoy! —contesta ella, pero le sale la voz ahogada bajo mi mano—. ¡Estoy sobria!

Julian le lanza una mirada.

—Bueno, sobria tampoco —concede ella, básicamente para sí misma—. Pero borracha sí que no. Lo bastante sobria para saber...

—¡No le hagáis caso! —la corto en voz alta, y es en ese momento cuando me doy cuenta de que sigo teniéndola agarrada. Nuestros cuerpos están prácticamente enredados por cómo hemos peleado. Hago un ruido de disgusto y para quitármela de encima la mando hacia los brazos de Julian de un empujón. Él la atrapa sin mirar.

Magnolia me lanza una mirada severa y me señala con el dedo.

—Eso no me ha gustado nada, Christian.

—Oh, no. —Pongo los ojos en blanco.

Julian coloca el mentón sobre la coronilla de Parks y pone una cara que mezcla la confusión y, te diría, la diversión.

Y creo que lo sabe porque mira a su hermana enarcando una ceja.

—¿Y qué pasa aquí, entonces? —La señala con la barbilla—. ¿Dónde coño están tus pantalones?

—Se los he quitado yo. —Lo miro con una sonrisa de oreja a oreja, orgulloso de mí mismo.

Él suelta un poco de aire por la boca, incómodo, y Daisy pone los ojos en blanco, gira sobre sus talones y vuelve a su habitación.

—Estamos bien, ¿verdad? ¿Parks? ¿Todo bien? —balbuceo con los ojos muy abiertos y suplicantes, y creo que está a punto de contestarme algo, de insultarme, de decirme que soy débil y un idiota, pero entonces hace un gesto con los ojos y exhala por la nariz.

Frunce los labios.

—Vamos a tener una pequeña charla sobre ese empujón.

—Sí, bueno... —Le lanzo una mirada—. Me tiemblan las piernas.

—Muy bien. —Pega un pisotón—. Julian va a hablar contigo sobre ese empujón.

Él la hace girar y la guía de vuelta a su cuarto.

—No lo haré. —Oigo que le dice y ella suelta un gruñido de frustración.

Voy con Daisy, cierro la puerta detrás de mí. Está sentada en la cama, con las cejas enarcadas, y yo suelto una risita nerviosa. No sé por qué.

Señalo con la cabeza hacia la puerta.

—¿A tu hermano le gusta?

—No lo sé… Es difícil de decir. —Frunce los labios, reflexionándolo—. Nunca había tenido a una chica por aquí durante tanto tiempo, así que ¿quizá?

—¿Nunca? —Parpadeo y ella niega con la cabeza.

—Josette, cuando viene a Londres. Soleil, cuando él va a París… Pero nunca se quedan en casa.

—Llevan ya unas semanas, ¿no? —Intento echar cuentas mentalmente, pensando en cuándo empezaron.

Daisy asiente.

—Pero mi hermano no se enamora de las chicas… —Se encoge de hombros—. No se lo permite a sí mismo.

—Creo que está empezando a hacerlo… —Le lanzo una mirada—. Magnolia…

Me encojo de hombros como si fuera un caso absolutamente perdido. Quizá lo es. No es que a Daisy vaya a gustarle, y no le gusta. Hace una mueca y siento la necesidad de contárselo, aunque no quiero.

—Oye, mira… —Me rasco la boca—. Ya que estamos hablando de ella…

Daisy me mira con esos ojos grandes y nerviosos que odio ver en su rostro.

—Besé a Magnolia.

Arruga toda la cara, parece destrozada y yo me siento como una mierda.

—¿Qué?

—Ayer, no. —Niego muy deprisa con la cabeza, y creo que ella suelta un suspiro, aliviada—. En Nueva York, hará unos seis meses o algo así.

—Oh. —Sigue frunciendo el ceño, de modo que yo sigo hablando.

—Yo estaba triste. Ella estaba triste… —Vuelvo a encogerme de hombros, como si a Daisy le fuera a importar una mierda que la puta Magnolia Parks estuviera triste.

Daisy está haciendo una mueca. Tiene el ceño fruncido, incómoda, y se abraza a sí misma.

—¿Te acostaste con ella?

Aprieto la mandíbula.

—Casi.

Aquello parece dejarla sin respiración, hunde un poco los hombros, frunce más el ceño y yo vuelvo a sentirme como una mierda.

—¿Pero no lo hicisteis? —Traga saliva y me mira fijamente con esos ojos grandes y redondos.

Le lanzo una mirada, confundido.

—Nunca lo hemos hecho.

Le cambia la cara.

—¿Nunca?

—No.

—¿Jamás?

Hago un gesto con la boca y niego con la cabeza.

—Jamás.

—Oh. —Sus labios dibujan la forma del sonido y aparta la mirada.

—Sí. —Me agacho para que nuestros ojos queden a la misma altura, aunque ella no quiera—. Seguramente, podría haberte aclarado un montón de mierdas si me lo hubieras preguntado…

Aquello no le sienta bien, porque me fulmina con la mirada.

—O podrías habérmelo contado…

—¡Estoy intentando hacerlo ahora! —le contesto, irritado.

—Vale —asiente. Frunce los labios al tiempo que busca mis ojos—. Perdona. Entonces ¿qué pasó?

Me siento en la cama a su lado.

—Bueno, al final nada. —Me encojo de hombros—. Un beso en un ascensor y un par de prendas de ropa quitadas.

—¿Qué prendas? —pregunta sin esperar un instante.

La miro, confundido.

—¿Literalmente qué prendas, en serio?

Ella me mira fijamente y asiente.

Joder, macho, las chicas… Son tan tontas y raras.

—Eh..., vale... —Le pongo una cara a Daisy para que vea que me parece un ejercicio raro, pero que bueno, que responderé a sus estúpidas preguntas de chicas si eso me ayuda a recuperarla. Me cortaría un puto brazo si eso fuera a ayudarme a recuperarla—. Su blusa... Mi camisa... Los botones de mis vaqueros.

Está mirando fijamente un rincón de su cuarto.

—Y entonces parasteis.

—Y entonces paramos, sí —asiento.

Desvía la mirada hacia mí.

—¿Por qué?

Me encojo mucho de hombros como un tonto.

—Por ti. Te quie... —Mierda. Me aclaro la garganta—. Te quería, entonces, te... —Se me apaga la voz porque soy un puto cobarde.

Porque entonces estaba tan enamorado de ella como lo estoy ahora. Le lanzo una sonrisa incómoda y ella no me la devuelve. Vaya. Cómo le van los berrinches a esta chica.

—Y se lo dije, y luego Parks dijo que seguía queriendo a Beej, y entonces nos pareció... jodido. —Vuelvo a encogerme de hombros—. Así que paramos.

—Oh —dice ella flojito—. Vale.

La observo, hago un amago de mueca.

—¿Estás... bien?

Asiente sin mirarme y luego sonríe muy rápido.

—Sí.

—¿Sí? —Enarco las cejas.

Vuelve a tumbarse en la cama y mira el techo.

Luego me mira a mí.

—Gracias por contármelo.

Me tumbo a su lado.

—Bueno..., me alegro de estar aquí —le digo intentando parecer despreocupado, aunque no sea así. Es el único lugar del planeta en el que querría estar y ella me mira, la mejor cara que haya visto en mi vida, con esos tarros de miel que tiene por ojos y no sé qué estoy haciendo, ni qué acaba de pasar, ni qué acabamos de volver a empezar. No me importa. Sea lo que sea, voy a por todas.

TREINTA Y SEIS
Daisy

—Santo Dios. —Jack parpadea con las manos en la cara mientras le deleito con mi historia con Tiller, nuestro fin y, quizá más importante,[174] lo que pasó después.

Se apoya en el respaldo de la silla que ocupa en la cafetería donde estamos.

—No me lo puedo creer. ¿Qué significa?

—Nada. —Me encojo de hombros y le acaricio distraídamente la cabeza al perro de Julian. No sé por qué me lo he llevado, es que me ha seguido cuando salía por la puerta—. Es Christian, no significa nada.

—Es Christian... —Me lanza una mirada—. Lo significa todo.

Lo miro con el ceño fruncido y suelto un pequeño suspiro.

—Aunque siento lo de Tiller, Dais... —Da un sorbo de su cerveza—. ¿Estás bien?

¿Si estoy bien? Sí es la respuesta corta, pero no me gusta decirlo. Decir que estoy bien y combinarlo con el hecho de que la misma noche que Tiller y yo rompimos, me acosté con Christian desde el crepúsculo hasta el amanecer hace que parezca que todo lo que tuvimos Tiller y yo no significó nada para mí, y eso básicamente no es cierto.

Durante mucho tiempo lo fue todo para mí; era literalmente lo único que tenía. Y luego mi antigua vida invadió nuestro espacio de normalidad como un parásito invade un huésped y, vamos a ver, en cuanto volví a mudarme allí lo supe.

Pude sentirlo, como un cambio en las mareas, la transformación venía

---

[174] No más importante, pero un poco sí más importante. ¿Entiendes por dónde voy?

tanto si quería como si no.[175] Ya sabes lo que se dice, que, muchas veces, los familiares de los pacientes de cáncer se recuperan más pronto que tarde. Porque hacen el duelo de la persona durante el proceso, ¿sabes? La pérdida de la persona va sucediendo en una especie de cámara lenta. Yo llevaba haciendo el duelo por lo nuestro desde esa noche. Creo que ambos lo hicimos.

¿Si desearía que me hubiera defendido más? Sí. ¿Si me siento un poquito mal por besar a Christian delante de él de esa manera? También sí, pero me crio mi hermano, ¿qué esperabas?

No he sabido nada de él, antes de que me lo preguntes. Ni tampoco lo espero. No soy capaz de imaginar que el que me viera con la lengua de Christian hasta la campanilla nos llevaría a un territorio civilizado. Antes de que Christian se fuera al día siguiente por la mañana me preguntó si me parecía que Tiller podría haber usado contra mi hermano algo de lo que vio cuando estábamos juntos, y la verdad es que ni siquiera me lo había planteado. Nunca. Esa posibilidad ni siquiera se me pasó por la cabeza. Tiller no es así. No es rencoroso. Aunque quizá ahora sí lo sea.

—Bueno... —Jack me lanza una mirada—. ¿Cómo fue?

Lo miro y seguro que se me han derretido los ojos porque Jack se arrellana en la silla.

—¿Tan bien?

Lo único que logro hacer sin estallar en llamas allí mismo es asentir un poquito.

—No seas tímida, Dais... ¡Suéltalo!

—Follamos delante de casa —le digo a mi perro—. Contra su coche.

—¿El coche? —pregunta Jack—. ¿El coche con el que te enseñó a conducir? ¿Todavía lo tiene?

Asiento. Ojalá no se desprenda nunca de ese coche.

—Caray. —Asiente, complacido—. Habéis cerrado el círculo. Me encanta.

Pongo los ojos en blanco como si me pareciera que está siendo estú-

---

[175] Y no quería. Incluso aunque a veces sí quisiera.

pido, pero te mentiría si te dijera que no lo había pensado. Le tiro una patata frita al perro.[176]

—¿Tan bueno como recordabas?

—Mejor —contesto con solemnidad.

Enarca las cejas.

—¿Mejor que Tiller?

—Mejor que nadie.

Jack hace un gesto desdeñoso con la mano.

—Eso es el amor, que habla por ti.

—¡Si yo no lo quiero! —Suspiro, indignada.

Jack me mira fijamente un par de segundos antes de echarse a reír a carcajadas y yo lo miro con el ceño fruncido.

—Que no. —Niego con la cabeza, mintiendo como una bellaca—. He tenido una relación con otra persona durante casi un año…

—¿Y? —me corta Jack—. Puedes amar a dos personas a la vez, y lo sabes. —Se encoge de hombros—. Lo has hecho los últimos trescientos sesenta y cinco días…

Miro a Jack fijamente y siento que me pesan las comisuras de los ojos.

—No puedo volver a amarlo —le digo con un hilo de voz.

Él se inclina por encima de la mesa y me da la mano.

—Bueno, aquí está el problema, Dais…, que nunca has dejado de amarlo.

Dejo caer la cabeza hacia atrás y fijo la mirada en el techo.

—Te limitaste a apartar ese amor —me dice Jack—. Fingiste que no, pero tú sabes lo que pasa cuando quieres a una persona como lo quieres a él. Si no lo superas y lo dejas atrás, es como si se convirtiera en un muelle que se encoge bajo tu pie, pero que, cuando quitas la presión, salta y recupera su tamaño original.

Hundo los hombros y suspiro, desesperanzada. Odio cómo me pone el amor que siento por él.

—Y es posible que el muelle crezca todavía más fuerte que antes…

Niego con la cabeza.

---

[176] Me niego a llamarlo PJ. Además, tampoco sé qué hace aquí. Me ha seguido cuando salía por la puerta y se ha metido en el coche.

—Oye, ahora ya estás mezclando metáforas y no lo soporto.

—No te cabrees conmigo y con mis metáforas porque tú sigas enamorada —replica Jack, mirándome por encima de la nariz mientras apura la cerveza—. Además, igual ahora las cosas son distintas... —añade encogiéndose de hombros—. Al final estaba enamorado de ti, ¿verdad?

Hago intención de responder y luego lo veo aparecer por las puertas de la cafetería.

Siempre tarde, ese Romeo Bambrilla.

—¡Chitón! —Le lanzo una mirada a Jack—. No quiero que Rome lo sepa.

Jack asiente al instante en gesto solidario.

—Hola... —Romeo tamborilea con los dedos sobre los hombros de Jack y le planta un beso en la cabeza. Se inclina por encima de la mesa para besarme peligrosamente cerca de la comisura de los labios, pero él siempre es así.

Se sienta delante de mí y me pone los pies en el regazo. Me los quito de encima y él vuelve a colocarlos donde estaban, sonriéndome de oreja a oreja.

Pongo los ojos en blanco.

—¿No quieres que Rome sepa el qué? —pregunta Rome con las cejas enarcadas. Jack suelta una risita al tiempo que yo frunzo el ceño en gesto de protesta y hago ademán de decir algo, pero él me lo impide—: Hace mucho tiempo que conozco tus labios, Cara...

Me lanza una mirada como si estuviera impresionado consigo mismo y luego me señala con el mentón.

—Cuéntamelo.

Frunzo los labios.

—He roto con Tiller.

Él asiente sonriendo como si estuviera orgulloso de mí.

—¿He oído que lo encañonaste con la pistola? —Yo esbozo una mueca y Romeo me guiña el ojo—. Mi chica.

—Y... —dice Jack, de un modo irritante.

—Y. —Lo fulmino con la mirada—. Me he acostado con Christian.

Romeo hace un gesto casi imperceptible con la cara; si no hubiera invertido cada día de mi adolescencia observando ese rostro, probablemente me habría pasado por alto, pero no se me ha escapado, la he visto. Una punzada de dolor.

—¡Pero! —añado al instante[177]—. A ti eso te tiene que dar igual ¡porque te estás follando a Tavie! —Le recuerdo con alegría.[178]

Aprieta la mandíbula y se lame el labio inferior.

—Saliendo —aclara, solo para vengarse de mí y funciona.

Siempre funciona. Puedo no estar enamorada de Romeo ya y seguir amándolo. Puedo haberlo superado y, al tiempo, puede parecerme completamente antinatural pensar que pueda salir con cualquier persona que no sea yo.

Es un poco mi punto débil. Siempre lo será.

—Saliendo. —Lo miro de hito en hito y asiento—. Viejos hábitos, ¿eh?

Él me mira, molesto.

—Mira quién fue a hablar…

Bufo, molesta.

—Yo nunca fui inf…

—Me he acostado con Taj Owen —interrumpe Jack, intentando pararnos antes de que arranquemos de verdad.

—¿Qué? —Lo miro parpadeando mucho. Niego con la cabeza tratando de procesar—. ¿Qué ha pasado con Gus?

Jack se tapa la cara, un poco agobiado.

—Que me ha dejado.

Rome frunce el ceño.

—¿Por qué?

—Porque me he acostado con Taj Owen —dice Jack tras sus manos.

Rome y yo nos miramos.

Taj estudió con nosotros. Fue el primer amor de Jack, aunque claramente no fue correspondido. Es verdad que Taj le dio falsas esperanzas. Le gustan los chicos y las chicas, ¿sabes? Y juega con unos y otras a su antojo.

---

[177] Un poco porque no quiero empezar algo, y un poco también porque odio hacerle daño en general y de algún modo recordarle que está con Tavie hace que parezca menos malo. Que no es que esté mal, no estoy diciendo que esté mal. Es que, si lo estuviera… ¿Sabes? Da igual.

[178] Aunque no es una alegría genuina.

Para Jack, es quien se escapó.

Para mí, es el chico a quien le partiría la cabeza con un piano, donde fuera, cuando fuera.

Alargo la mano para tocarle la muñeca a Jack.

—¿Cómo se enteró Gus?

—Esto… —Jack me lanza una mirada fugaz antes de devolverla a sus pulgares—. Nos vio.

—Oh. —Asiento con los ojos abiertos como platos al tiempo que Rome suspira.

—Mierda.

—Sí —asiente Jack—. Se me olvidó que le había dado una llave a Gus. Hasta ese día nunca la había usado… —nos cuenta negando con la cabeza—. Es tan comedido y calmado. A veces eso es aburrido, claro…

—¿Claro? —le digo, pero no lo tengo tan claro porque Gus es la hostia y Taj es un ciclón.

—Entonces ¿Gus se presentó en tu casa? —pregunta Rome—. ¿Y vosotros estabais…?

Jack asiente.

—Sí.

Hago una mueca.

—¿Y Gus se enfadó?

Jack cambia la cara, pasa de hacer una mueca a mostrar agobio a una especie de arrepentimiento que a nadie le gusta ver en sus seres queridos.

Romeo pone mala cara, enarca las cejas y hace una mueca.

—No me digas que lo decepcionaste…

—Y le hice daño. —Jack asiente avergonzado de sí mismo—. No gritó, no montó ninguna escena. Nos miró un par de segundos. Dijo: «Bueno, pues», me dejó las llaves en la mesita de centro y…

—¿Dónde estabais? —interviene Rome.

—En su casa —gruño—. Estate atento.

—En su casa, ¿dónde? —Romeo me reprende con la mirada.

—Oh, esto… —Jack hace memoria—. En el sofá.

Romeo asiente, complacido.

—Es un buen sofá para follar.

Jack le lanza una mirada rara.

—¿Gracias?

Romeo me guiña el ojo a escondidas en un gesto que supuestamente no tenía que ver nadie, pero Jack lo ve, nos señala a ambos exagerando mucho.

—¡No! —Niega con la cabeza—. ¡No, no!

Rome se encoge de hombros entre carcajadas y yo niego con la cabeza, molesta con él, pero a la vez a una diminuta parte de mí le parece gracioso.

—Ya está hecho, amigo —dice mi exnovio con una sonrisa radiante—. Se folla genial en ese sofá.

—Teniendo en cuenta lo que nos ha contado, Rome, parece que ya lo sabe. —Le lanzo una sonrisa cortante y Jack nos contesta a ambos con una mirada abatida.

—Y Taj, por cierto, sigue viviendo en Nueva York, y no hace mucho me enteré de que está saliendo con…

—Iona Evans.[179] —Rome acaba la frase por él.

Jack lo mira fijamente un segundo.

—¿Cómo lo sabes?

—Oh. —Rome se encoge de hombros, incómodo, y ya sé adónde va todo esto—. Ella y yo, bueno…, ya sabéis…

Pongo los ojos en blanco ya por hábito.

Me señala con el brazo, exasperado.

—¡Tú te estabas follando a un agente de policía!

Y le silencio señalándolo con el dedo y lanzándole una mirada afilada, luego señalo a Jack con la cabeza, que no aparta la mirada de su copa vacía.

—Jacky… —Alargo la mano y le aprieto la suya—. ¿Estás triste porque echas de menos a Gus o porque Taj es Taj?

Apenas me mira.

—Ambas.

Rome le pega un manotazo en la espalda con cariño.

—Al final todo irá bien, Jacko.

---

[179] La hermana pequeña de Rush Evans, que es modelo.

—Tiene razón. —Le aprieto la mano a Jack—. Te arrastraremos hasta que estés bien, si hace falta.

14.46

Daisy

>> Pequeña

Christian.

>> Hola

Hola

>> Me lo pasé muy bien la otra noche

Me lo creo...

>> Tú no?

Claro que sí.

>> Bien.
>> Puedo volver a verte?

En qué plan?

>> Cualquiera.
>> Todos.

Jaja

Vale...

>> Cuándo?

Cuando quieras.

En serio?

Estoy confinada en casa, recuerdas?

Estoy aquí.

Voy para allá.

TREINTA Y SIETE
Christian

Llego tarde a desayunar con los chicos. Voy tarde porque Daisy se ha metido en la ducha conmigo cuando me estaba preparando para irme y me he despistado un poco.

Me pasaría un puto año entero despistado a cambio de cinco minutos a solas con ella. Aunque, gracias a un milagro, estoy teniendo muchos cinco minutos suyos últimamente. Y esta vez no voy a joderla.

Eso si es que hay algo que joder. Que quizá lo hay, es muy difícil de saber con ella porque en general disfruta del sexo. Entonces, es posible que solo sea eso, que no sea más que eso, o tal vez (por favor, Dios) estamos arreglando nuestras mierdas.

—Bueno. —Mi hermano se apoya en el respaldo de la silla y me pega en la espalda cuando me siento junto a él a la mesa—. Mira quién ha decidido aparecer...

—¿Una mañana movidita? —pregunta BJ, mirándome por encima del menú.

—Pues sí, la verdad —asiento tranquilamente.

—¿Qué estabas haciendo? —pregunta Henry con los ojos entornados.

Me quedo callado un par de segundos.

—A Daisy. —Le lanzo una sonrisa orgullosa y Henry se atraganta con la bebida.

—Y una puta mierda. —Me mira sonriendo de oreja a oreja—. ¿En serio?

Asiento intentando fingir indiferencia.

—¿Desde cuándo? —pregunta Jonah, pegándome en el brazo.

Me encojo de hombros como si no lo supiera al cien por cien, como si no pudiera contestar al instante que han pasado nueve días y diecisiete horas (hora arriba, hora abajo) desde que nos enrollamos por primera vez contra mi coche.

Ese puto coche, tío. Me flipa. Jamás me desharé de él. Tendría que estar en uno de esos museos que tanto le gustan a ella.

—¿Y me lo dices ahora? —me riñe Henry.

—Lo creas o no, Hen… —Niego con la cabeza—. Yo no me acuesto con una chica e inmediatamente pienso en llamarte.

—Ya, pero ella no es una chica cualquiera… —Me lanza una mirada—. Es Daisy.

—Que es una chica… —le recuerda BJ amablemente.

Henry niega con la cabeza.

—Para él, no.

Hago un gesto con la mano para quitarle peso, como si no me hubiera pasado todo el año echándola de menos, como si ahora mismo en mi caja torácica no retumbara un desfile porque esta mañana la he empotrado contra la pared del baño y luego nos hemos sentado en el suelo de la ducha y me ha explicado quiénes eran los prerrafaelitas y cómo cambiaron el curso de la historia del arte, y estaba tan contenta mientras me lo contaba, absolutamente cautivada por su propia anécdota, que me ha puesto triste porque había tenido que esconder esta parte de ella misma durante un año con ese poli, y he querido volver a besarla para asegurarme de que sabe que es una parte de ella que me flipa, pero no he querido que pensara que estaba ahí solo por el sexo, claro que cuando ha empezado a enumerar con los dedos las doctrinas de esa gente no he podido evitarlo, me he inclinado hacia ella y la he besado y se ha reído como si la confundiera la razón que me ha llevado a hacerlo, pero me ha devuelto el beso y hemos vuelto a empezar.

Me he apartado de ella, le he secado el agua que le mojaba la cara.

—No me has hablado de la cuarta… —le he dicho.

Y me ha mirado fijamente un par de segundos y luego me ha besado más.

—¿Has estado mucho por la casa, entonces? —me pregunta BJ, con una cara un poco tensa, y ya sé adónde va.

Asiento despreocupadamente en un intento de mantener el drama a raya tanto como pueda.

—¿Y ella está bien? —me pregunta cruzándose de brazos.

—¿Quién? —contesto, como si no lo supiera.

—¿A ti quién cojones te parece? —BJ niega con la cabeza mosqueado y Jonah suspira como si hubiéramos vuelto a nuestra mierda de antes.

La pregunta me molesta.

Todo acerca de lo que coño esté haciendo Beej me molesta. No porque yo siga enamorado de Parks, que no lo estoy, ni tampoco porque esté ciegamente de su lado, sino porque lo que coño esté haciendo él... está mal.

Me encojo un poco de hombros.

—No sé qué me estás preguntando...

Beej me mira casi con mala cara.

—Te estoy preguntando si está bien.

—¿Sí? —Hago una mueca—. Supongo. Tan bien como puede estar mientras tú tengas novia.

Jonah pone los ojos en blanco y Henry suelta un suspiro.

—¿Pero ella cómo está? —pregunta BJ, como si repetir lo puto mismo le aclarara algo.

—Cómo está, ¿en qué sentido? —Me encojo de hombros, esperando algo más—. No sé qué quieres que te diga. ¿Cómo está en general? ¿Cómo está a nivel de salud...?

BJ frunce el ceño.

—¿Qué le pasa a su salud?

Niego con la cabeza.

—¿Cómo está con él? ¿Me estás preguntando esto? —Lo miro fijamente, esperando que BJ me conteste, pero no lo hace. Está respirando con dificultad. Creo que espera que le diga que todo va como una mierda y que es raro y que tal, pero no lo haré.

—Está bien —le digo sin inmutarme.

—Christian... —suspira mi hermano.

—¿Qué? —le lanzo una mirada—. Tú puedes mentirle si quieres, yo no voy a hacerlo. Están bien juntos, tío.

Una quietud extraña se instala en la cara de BJ.

Jo niega con la cabeza de una manera desdeñosa, de disculpa.

—No están juntos.

—Están literalmente siempre juntos.

Jonah me lanza una mirada.

—Sabes que él no se refiere a eso.

—No lo sé… —Me encojo de hombros—. Jules mandó a Balaska a paseo por ella…

Aquello parece sorprender a Jo.

—Y una mierda. ¿A Josette? No hizo tal cosa.

Lo miro y asiento.

—Le pidió que se fuera. Parks los pilló con ella a horcajadas encima de él.

—Ay, sí… —Henry hace una mueca—. Aquello no fue muy bien.

—Parece que les vaya muy bien… —comenta BJ con sarcasmo.

Henry mira fijamente a mi hermano, molesto con él de la misma manera en que lo estamos todos, la verdad, de esa manera en plan «centra ya la puta cabeza, tío» en la que ninguno de nosotros entendemos qué cojones están haciendo ni por qué lo están haciendo. A Parks la entiendo un poco porque es una puta lianta absoluta, pero ¿Beej? No lo sé. Esto es un desastre.

—Están mejor de lo que quieres que estén, colega —dice Henry, solo para pincharle—. Y tú no estás tan bien con Jordan como quieres que todo el mundo piense que estáis. Nadie lo piensa —añade lanzándole a su hermano una sonrisa petulante.

BJ le hace una peineta e intenta no darle importancia, pero le noto que casi no consigue ocultar que está agobiado.

—No pasa nada, Beej… —dice Jo con un suspiro—. Ya conoces a Parks, se las trae. No puedes hacer malabares cuando estás con ella.

BJ lo fulmina un poco con la mirada.

—Pensaba que habías dicho que no estaban juntos.

—Y no lo están, pero, vamos a ver… —Jonah pone los ojos en blanco—. Ya conoces a Parks. Es la puta Blancanieves con las cancioncitas y los pajarillos posándose en su dedo y los cervatillos corriendo tras ella, lo que en lugar de animales, le pasa con los tíos.

Suelto una carcajada.

—Jules solo es un pajarillo que se le ha posado en el dedo. —Jonah se encoge de hombros para tranquilizarlo, pero no tengo claro que sea cierto del todo.

BJ niega con la cabeza, reflexivo, luego se rasca la nuca.

—¿Qué soy yo, entonces?

Henry apura la bebida y mira fijamente a su hermano.
—El cazador.

13.01
Daisy

> Al final no me has hablado de la cuarta doctrina.

4. "Y lo más indispensable de todo: producir cuadros y estatuas meticulosamente perfectos".

> Lo hicieron?

Sí.

Escandalosamente, sí.

> Me los enseñarás algún día?

Vale.

TREINTA Y OCHO
Julian

Carmelo abrió un pequeño restaurante italiano en Notting Hill. Uno de sus sueños desde que tengo memoria. La vida ha estado bastante relajada en los Boroughs últimamente, y Santino está estupendo, de modo que Carms tiene un rato para disfrutar de cómo habría sido su vida si todos nosotros no hubiéramos sido lo que somos.

Siempre ha sido un cocinero decente, a pesar de su madre y, básicamente, aprendió con mi hermana. Sin embargo, sabe hacer cócteles como ninguna otra persona, son su verdadera especialidad. Los aperitivos y cócteles italianos que todos hemos olvidado.

Sigo teniendo esa sensación cuando entro a cualquier lado con Magnolia y todo el mundo nos mira, es un colocón extraño. Hasta ahora nunca había sido verdaderamente consciente de con quién me presentaba a los sitios, pero con ella disfruto de las miradas. Me gusta que ni siquiera repare en ellas.

—¿Qué? —Me lanza una mirada confundida cuando nota que la estoy observando.

Esto ya está durando más de un mes. ¿Que si me tiene un poco rayado? Sí.

Sé que he agotado de lejos el encanto posconquista tras el que me escondía y sigo aquí: sigo cabreándome siempre que ella se va, sigue cabreándome que ese puto exnovio suyo aparezca en la pantalla de su móvil, sigo descubriéndome a mí mismo observándola por las noches en mi cama con una fascinación mórbida, como si fuera una bomba de relojería pintada a mano.

La agarro por la cintura y me la coloco delante, caminamos hacia Carmelo, que está de pie en el centro del restaurante, sonriendo de oreja a oreja.

—¡Ey! —Le doy un abrazo rápido y él se vuelve hacia Magnolia, le coge la mano y la besa en ambas mejillas. Ella lo mira encantada, como si no estuviera acostumbrada a que el puto mundo entero babeara con ella y, honestamente, putos italianos… Son siempre tan seductores.

—Esto es maravilloso… —Magnolia mira alrededor—. El interior es precioso. ¿Quién se ha encargado?

—Mi hermana. —Carmelo le lanza una sonrisita.

—¿Gia? —Parpadeo, sorprendido—. ¿En serio? Lo ha hecho muy bien.

Y es cierto. Es del orden del Císter, los arcos y el mármol, clásico y dramático. La iluminación es impresionante para ese espacio.

—Tú también lo has hecho bien, tío. —Lo miro y asiento.

Él se yergue un poco, complacido consigo mismo, y luego señala a Magnolia.

—Y tú lo has hecho muy bien con él… Nunca había estado tan guapo —le dice, lanzándole una mirada juguetona.

—Chaqueta *bomber* de lana A.P.C. de Mathieu, camiseta ancha gris de Han Kjøbenhavn, pantalones cargo negros de doble rodilla de Shadow Project de Stone Island y unas Timberland. —Se encoge de hombros—. Pan comido.

—¿Y yo podría ser pan comido? —le pregunta con una sonrisita.

Le lanzo una mirada y él se echa a reír. No puedo decir que me flipe que coquetee con ella, aunque solo sea para hacer la broma, por eso me complace que ella arrugue la nariz tan educadamente como puede.

—Lo siento, solo me interesa su pan comido.

Eso me ha hecho más feliz de lo que debería, pero no a Carms. Él le lanza una mirada contrariada y una sonrisa más o menos irritada.

—Vaya suerte…

Magnolia se encoge de hombros como si no pudiera evitarlo.

—Es que, ¿tú lo has visto? Tan alto… ¿Cuánto mides, un metro noventa?

—Noventa y tres —le digo.

—¡Noventa y tres! —anuncia, orgullosa. Como si me hubiera hecho crecer con sus propias manos—. Un metro noventa y tres, y mira qué cara. Dios mío, qué ojos. Tan enfadados todo el rato…

La miro y los pongo en blanco, y ella sigue hablando tal y como quiero que haga:

—Tan atractivo, todas las piezas de ropa suplican que él las lleve puestas…

Carmelo inspira fuerte por la nariz y me lanza una mirada.

—Veo que te está ayudando a mantener el ego a raya, ¿eh?

—¿Qué ego? —Le sonrío de oreja a oreja.

Carms pone los ojos en blanco y vuelve a mirar a Magnolia.

—¿Puedo traerte una copa?

—¡Sí! —Le sonríe, radiante—. ¡Lo que tú recomiendes! Aunque no quiero nada que lleve Campari…

Carmelo asiente.

—Ni tampoco Cointreau —añade como si se le acabara de ocurrir.

Carmelo vuelve a asentir.

—En realidad, nada que sea amargo. Aunque tampoco quiero que sea demasiado dulce… Quizá algo así como… Bueno, nada, algo que sea equilibrado en el paladar, semidulce pero un poco ácido…

—Joder… —Pongo los ojos en blanco—. Tráele un cóctel 75 y listo.

La miro y niego con la cabeza, y ella me mira con el ceño fruncido, como si le hubiera herido los sentimientos, pero sé que no lo he hecho.

—Yo, sin embargo, sí me tomaré lo que tú me recomiendes —le digo.

Carmelo se ríe y se va.

Un camarero nos lleva a nuestra mesa y Magnolia se vuelve hacia Kekoa y Declan, mirándolos por encima del hombro.

—¿No os sentáis con nosotros?

Declan niega con la cabeza y Kekoa le sonríe a medias. Le cae bien. Le parece tierna.

—Nos sentaremos en la barra.

Ella asiente una vez, un poco confundida.

—¿No quieren sentarse con nosotros? —pregunta, casi ofendida mientras ocupa su silla.

Niego con la cabeza.

—No es su trabajo sentarse con nosotros.

Rodeo la mesa con un brazo y tiro de su silla para acercarla a mí. Estaba demasiado lejos. Me gusta tenerla cerca.

El ruido resulta muy desagradable y fuerte, creo que le he rayado el mármol a mi amigo con el gesto, pero en realidad no me importa una mierda.

Magnolia me mira cuando la acerco a mí. Parece resultarle entre sexy y una estupidez, le gusta lo fuerte que soy y a la vez le da miedo que lo sea tanto. Ella y yo somos una yuxtaposición. No pegamos, pero supongo que un poco sí funcionamos, aunque no seamos un plural, y tengo un extraño momento de lucidez (que no agradezco, la verdad) y la idea me jode, no permito que la frase se forme por completo en mi mente, de todos modos no me permitiría a mí mismo decirla en voz alta. La verdad es que ni siquiera me gusta pensarla.

Se apoya la barbilla en la mano, cruza las piernas y roza las mías al hacerlo.

—¿Estás orgulloso de tu amigo? —pregunta mirándome.

—Lo estoy —asiento una vez y luego vuelvo a observar el restaurante—. Ha quedado bien, me gusta.

—¿Conoces a su hermana?

Le lanzo una mirada.

—Íntimamente —le digo, solo para cabrearla. Frunce un poco el ceño, un pelín celosa—. Nos acostamos una vez hará unos quince años —le aclaro.

—Hace quince años yo tenía... nueve —me dice, echando cuentas mentalmente.

Pongo mala cara.

—Nosotros dieciséis.

—¿Perdiste la virginidad con ella? —pregunta y da un sorbo de agua.

Niego con la cabeza.

—Perdí la virginidad con una chica en Porquerolles.

—¿Cómo se llamaba? —pregunta inclinándose hacia delante de nuevo. Le encanta la hora del cuento a esta chica.

Suelto una risita.

—No lo sé, no fue planeado. —Me encojo de hombros—. Pasamos el día entero todos juntos en un barco, éramos un montón, ella no hablaba inglés, yo en esa época hablaba muy poco francés, y cuando el barco atracó fuimos a dar un paseo y pasó sin más.

—¿Pasó sin más? —Magnolia pone los ojos en blanco—. ¿Pasó sin más que perdieras la virginidad en una playa con una perfecta desconocida francesa cuyo nombre no sabes?

—Pues sí.

Se cruza de brazos y se sienta un poco más erguida.

—¿Vas a preguntarme por mi primera vez?

Niego con la cabeza.

—No quiero saber nada de tu primera vez.

—¿Por qué no? —Hace un puchero.

Porque no fue conmigo.

—¿Qué tal está Bridget? —pregunto cambiando de tema.

—Oh. —Se le ilumina la cara—. Está bastante bien. Le está yendo tremendamente en la uni, va por la mitad de su tesis sobre la globalización de Relaciones Internaciona…

—¿Ya le caigo bien?

Magnolia frunce los labios y entorna los ojos.

—Todavía no.

Le sonrío con resignación. No tiro del hilo que explica por qué me molesta un poco.

—No eres tú… Es… —Pone los ojos en blanco—. No le gusta nuestro «acuerdo» —dice con delicadeza.

—¿Y a ti? —Levanto la barbilla y la miro—. ¿A ti te gusta nuestro acuerdo, muñeca? —le pregunto y se queda boquiabierta.

Parpadea. Hace una pausa. La he pillado con la guardia baja.

Me gusta pillarla con la guardia baja.

Hace intención de decir algo cuando de pronto el restaurante se queda a oscuras.

La música para, las luces se apagan, todos los sonidos se detienen.

Y antes de oír nada sé qué está pasando, de modo que la arrastro hasta el suelo y la pongo debajo de la mesa.

—¿Qué estás haciendo? —pregunta con urgencia y yo la mando callar. Escucho tan atentamente como puedo. No oigo nada, pero no confío. No veo a Carmelo cuando lo busco.

Magnolia tiene los ojos muy abiertos y llenos de confusión, quizá también de nervios.

Kekoa está a mi lado al cabo de un segundo. El volumen de los ruidos del restaurante va subiendo de nuevo cuando la gente empieza a preguntarse qué está pasando…

—Llévatela. —Empujo a Magnolia a los brazos de Kekoa.

—¿Qué? —Kekoa niega con la cabeza, apenas lo veo estando a oscuras.

—Que te la lleves, he dicho. —Lo fulmino con la mirada—. Ya.
—Vuelvo a empujarla hacia él.

Declan me levanta del suelo.

—La tengo —le dice a Koa, que por fin se lleva a Magnolia del puto edificio por la puerta de atrás, hacia los coches.

—¿Nos separamos? —pregunta Kekoa mientras la arroja al asiento de atrás.

Yo niego con la cabeza y lo aparto de en medio para meterme en el coche tras ella.

La puerta se cierra y Kekoa salta al asiento del copiloto junto a Feliz, que conduce.

Miro a Magnolia fijamente, que está ahí sentada confundida y quizá un poco nerviosa en el rincón de mi Escalade.

—¿Estás bien? —Le agarro la cara al tiempo que me deslizo hacia ella.

—Yo... sí. —Asiente un poco confundida. Mira alrededor—. ¿Qué ha sido eso?

No digo nada.

—¿Qué ha pasado? —insiste.

Y desde el asiento del copiloto, Kekoa se da la vuelta y cuelga el teléfono. Niega con la cabeza.

—Falsa alarma. Solo ha sido un apagón... —Señala con la cabeza hacia el restaurante—. ¿Quieres volver a entrar?

Me sujeto la cara y suspiro. Mierda.

No, no quiero volver a entrar. Me noto la nuca caliente. Mierda. Me siento como un puto idiota.

Magnolia me mira con cautela y luego me toca el brazo con suavidad.

—¿Estás bien?

Aparto el brazo, estoy avergonzado.

—Claro.

—¿Seguro? —Ladea la cabeza, mirándome con más atención de la que me gustaría.

No digo nada, me limito a mirar al frente.

—¿Seguro que estás bien?

Giro la cabeza hacia ella como un resorte.

—¿Por qué no iba a estar bien?

—No lo sé… —Se aclara la garganta con delicadeza—. Ha sido una reacción un poco desproporcionada para un apagón, ¿no?

La miro fijamente, incrédulo.

—¿Qué?

—¿No te lo parece? —me pregunta con dulzura, enarcando las cejas de una manera curiosa.

Odio que me lo esté preguntando con dulzura. Odio que parezca preocupada por mí, odio que el corazón me esté retumbando tan fuerte en el pecho que parece que vaya a salírseme de las costillas; solo de pensar que le habría podido pasar algo allí…

Niego con la cabeza y desvío la mirada hacia la ventana.

Y entonces me doy cuenta a la vez que ella de que me tiemblan las manos.

Alarga la mano para agarrarme una.

—Julian… —Pronuncia mi nombre con excesiva suavidad.

Aparto la mano de un tirón.

—Estoy bien, he dicho.

Me observa con cautela antes de volver a hablar.

—¿Tienes estrés postraumático? —pregunta con un hilo de voz y vuelvo a girar la cabeza hacia ella como un resorte.

—Vete a la mierda. —La apunto con el dedo y ella echa la cabeza para atrás inmediatamente. Kekoa mira por encima del hombro y yo lo ignoro.

Parks parpadea dos veces.

—¿Disculpa? —dice en voz baja.

—He dicho: vete a la mierda.

Se le descompone la cara de una manera que me recuerda a los glaciares que se ven en el Discovery Channel, una confusión que se hace añicos porque no sabe qué ha hecho ni cómo lo ha hecho.

Y yo tampoco, la verdad.

Pero ahora te diré lo que sí sé.

No quiero que una pija entrometida me pregunte si tengo estrés postraumático. No necesito que me toque la mano cuando me lo pregunte, no necesito que piense que estoy teniendo una reacción exagerada porque ella no tiene ni puta idea de lo que he visto, no necesito que su cara sea la que me cruce la mente cuando pienso que alguien está intentando matarme. No la necesito en absoluto.

Me mira con el ceño fruncido, herida.

—¿Qué estás...?

Pero la interrumpo:

—Perdona por haberme preocupado por ti durante medio segundo...

—Julian... —No entiendo su tono. No es solo confusión, tampoco es solo que esté herida, también hay algo más.

Me encojo de hombros como si me importara una mierda.

—Ahora ya está, no volverá a pasar... —La miro de lleno a los ojos—. Hemos terminado.

Me mira fijamente, inmóvil, como si no la hubieran dejado nunca. Es probable que no lo hayan hecho, así que se puede ir a la mierda también por eso.

Me giro y fijo la vista al frente.

—Llévala a su casa —le digo a Kekoa.

Magnolia aparta de mí todo su cuerpo.

Se aleja tanto como puede hacia un rincón del coche y siento una punzada en el corazón que no había sentido nunca. Siento náuseas al ver cómo está. Hecha un ovillo en un rincón como si fuera una noche de invierno y yo le acabara de arrojar un cubo de agua por encima.

Aun así, necesito deshacerme de ella. Todo son malas noticias.

¿Las luces se apagan en un restaurante y yo la cubro con mi cuerpo como si alguien nos estuviera disparando? ¿Tengo estrés postraumático? Que se vaya a la mierda.

No se ha movido desde que le he hablado. Le está dando vueltas alrededor del dedo, sin decir nada, a un anillo que yo no le he comprado.

Paramos delante de su casa en Grosvenor Square y alargo la mano para abrirle la puerta. Me mira, esperando que le diga algo, pero no lo hago. No digo una sola palabra.

Coge su bolso y se baja. Cierro la puerta de un golpazo en cuanto está en la calle y le digo a Feliz que arranque. No la miro, no miro atrás. Me cubro la cara con las manos y exhalo. Intento convencerme a mí mismo de que es un suspiro de alivio y no de arrepentimiento, pero no soy tan ingenuo.

Salimos a toda velocidad y Kekoa se vuelve para mirarme como si estuviera loco.

—Eres un idiota —me suelta.

Cuadro los hombros. Tengo ganas de pelea. Nunca me he peleado con él, probablemente perdería, pero ahora mismo tampoco me iría mal que me sacudieran un bofetón en la cara.

—Vuelve a decírmelo. —Lo miro con fijeza.

Koa niega con la cabeza aburrido, no muerde el anzuelo.

—Tengo la sensación de que vas a arrepentirte.

—Y yo tengo la sensación de que deberías callarte.

—Es verdad que tienes estrés postraumático —me dice Kekoa, impasible.

Lo fulmino con la mirada. No me gusta cuando me habla así. Es el único que se atrevería a intentarlo porque es un poco padre. Solo que no es mi padre.

—He dicho que te calles la puta boca.

Mi viejo amigo me mira con fijeza, impertérrito.

—¿Hace falta que hablemos de lo que ha pasado?

Aprieto la mandíbula y miro por la ventana.

—¿De qué estás hablando?

Koa niega con la cabeza y exhala. Está cabreado, tiene la mandíbula muy tensa.

—Me has dicho que me la llevara. Me la has puesto en las manos…

—¿Y qué?

—Pues que mi trabajo es protegerte a ti.

Niego con la cabeza.

—Tu puto trabajo es hacer lo que yo te diga.

—No. —Me reprende con la mirada—. No lo es. Mi trabajo es mantenerte a salvo a ti y a cualquier extensión tuya. Bien, ¿me estás diciendo que ella lo es?, entonces perfecto, daré la vida por ella. Con gusto, Jules. Pero tienes que decírmelo, tío, ¿qué es esto? ¿Tengo que ponerle un…?

—Hemos terminado. —Me quito una pelusa de la manga y la desecho.

Kekoa frunce el ceño.

—¿Qué?

—No somos nada. —Me encojo de hombros—. Ya me has oído. La he dejado en su casa…

—Yo la he dejado en su casa, en realidad —interviene Feliz. Por el tono de voz, no parece que esté conmigo tampoco.

—¿Estupendo? —Los miro a ambos, cabreado—. ¿Quieres una medalla? ¿Una palmadita en la espalda por hacer lo que te pago para que hagas?

—Joder, colega… —bufa Feliz y coge una curva apurando demasiado a propósito.

—Esa chica es un puto grano en el culo… —es cotilla, tengo que estarle siempre encima, solo es una distracción— y he terminado con ella —les repito a ambos. Me lo repito a mí mismo, en realidad.

—Es curioso —comenta Kekoa volviendo a mirar al frente—. No parece en absoluto que hayas terminado, tío.

00.13

Julian

> Dónde estás?

Arriba

Por?

> Es cierto?

El qué

> Tú y magnolia

?

> Habéis roto?

No estábamos juntos.

> Eso es un sí?

Que no estábamos juntos???

> …

Joder.

Vale, sí. Hemos roto.

> Estás bien?

Sip

> Quieres que suba?

Nop

> Vale.

> Te he dejado unas galletas en la puerta.

TREINTA Y NUEVE
Christian

Bueno, que Parks y Jules lo dejaron la otra noche y desde entonces las cosas están turbias.

Esta noche pinta que va a ser rara de cojones porque Jo da su fiesta anual Wet Feb en Math Club.

Magnolia insiste que Henry y yo vayamos a su casa a prepararnos, pero ambos llegamos preparados, y supongo que esto es lo que ocurre cuando no sabes estar sola y tu grupo de amigos es tan incestuoso como el nuestro y hago una nota mental para pagarnos a todos una sesión de terapia en grupo para Navidad este año.

Parks dice que está bien, pero conozco demasiado bien su cara tras años de estudiarla, aunque no debía. Por la cara que pone esta noche, está perdida.

No sabe estar sola.

Por eso Henry y yo nos vemos obligados a entrar en su baño mientras nos pregunta a ambos si se ha pintado los labios del color indicado.

Sus labios no podrían tener el color equivocado, son los segundos mejores labios del mundo y ya ni siquiera quiero besarlos. Sin embargo, veo en su forma de ir de aquí para allá que esto la ha jodido. Pasara lo que pasara entre ella y Jules, le ha hecho una putada.

Voy a la cocina a pillarme algo de beber, a soltar un poco, y su hermana está ahí sentada en el banco de la cocina.

—¿Te escondes? —le pregunto.

Bridget asiente.

—Durmió en mi cama anoche.

La miro y me encojo un poco de hombros.

—Ya sabes cómo le va estar sola.

—No sabe estarlo ni siquiera un segundo. —Suspira y enarca las cejas—. Cada vez está peor.

Me sirvo un poco de vino. Tinto. Le lleno la copa a Bridget.

—Creo que le gustaba —le digo cruzándome de brazos.

—Claro, no me jodas, Sherlock... —Bridge pone los ojos en blanco—. Claro que a ella le gustaría el pomo de una puta puerta si eso le hiciera dejar de pensar en BJ.

Niego con la cabeza.

—No lo sé... No sé si esto tiene nada que ver con Beej.

Y Bridget me lanza una mirada.

—Para ella, absolutamente todo... Dios, Christian, tú tendrías que saberlo mejor que nadie... —Me mira exasperada y no hace falta que acabe esa frase—. Para mi hermana absolutamente todo tiene que ver con BJ.

Henry entra en la cocina a toda velocidad y dobla el recodo gesticulando como un loco, ambos brazos en el aire, los pulgares hacia arriba, haciendo aspavientos con las manos cerca de su cara, articula en silencio la palabra «guapa» y luego ella entra en la cocina y la recibe un coro de «caray» y «oooh» por parte de los tres, y ella se pone las manos en las caderas.

—Ha sonado muy ensayado... —Se mira el vestidito blanco que lleva puesto—. ¿No os gusta? Es Philosophy di Lorenzo Serafini. ¿Debería cambiarme?

—Se morirá cuando te vea —le digo intentando ayudarla, porque parece algo que le gustaría oír.

—¿Quién? —pregunta ella, con las manos todavía en las caderas.

—Mmm..., ¿cualquiera de los dos? —contesto tentativo, y ella vuelve a fruncir el ceño, así que lo intento de nuevo—: ¿Ninguno de los dos? ¿Ambos?

—Joder, tío —suspira Henry.

—Magnolia... —Bridget se levanta de la mesa—. BJ se encuentra... Chicos, ayudadme... En un estado perpetuo de obsesión por ti.

—Sí —confirma Henry y ambos asentimos enfatizando mucho.

—Fue mi cruz durante muchísimo tiempo. —Le lanzo una mirada a Parks y le doy un codazo suave que la hace sonreír un poco.

—Y Julian —Bridget cuadra los hombros— es un cabrón por cómo te trató la otra noche.

—¿Cómo te trató la otra noche? —Henry se cuadra también.

—No fue nada, Hen… —Ella niega con la cabeza para quitarle peso—. Todo bien. ¿Estos zapatos son adecuados?

Todos nos quedamos mirándolos y Bridget es la única lo bastante tonta como para decir algo más que un simple: «Claro, son estupendos».

—Son negros. Son unos zapatos negros y punto.

—Sí, claro, lo sé, pero el lazo de mi vestido es de terciopelo, de modo que quizá debería… ¡Oh! —Sale corriendo de la cocina—. La semana pasada me compré un par de terciopelo de Gianvito Rossi.

Vuelve a aparecer.

—¡Maravillosos! —exclama Henry.

—¡Excelentes! —digo yo al unísono.

Y Bridget vuelve a fruncir el ceño.

—Son iguales.

—Por el amor de Dios, cierra el pico —le dice Henry con los dientes apretados, y Bridget suelta un gemido y se pega con la cabeza contra el banco.

Bebo otro trago de vino y doy un par de palmadas, porque Daisy va a estar ahí y quiero verla más pronto que tarde.

Magnolia vuelve a aparecer por la cocina con un bolso y una chaqueta en los brazos.

—Lista.

—Genial. —Me voy hacia la puerta.

—Magnolia… —la llama Bridget.

—¡No! —gruño por lo bajo.

—¿Qué? —Hace una pausa y espera.

—¿Crees que quizá en lugar de salir esta noche y buscar validación en distintos hombres porque te sientes rechazada por los dos chicos que te interesan románticamente, podrías quedarte en casa y trabajar en la gestión de esas emociones?

Magnolia mira fijamente a su hermana un par de segundos, parpadea dos veces y se echa a reír a mandíbula batiente.

—Dios, qué graciosa eres, Bridge. ¡Lo necesitaba! Gracias. —Sale brincando por la puerta, y Henry y Bridget intercambian miradas de hastío.

En cuanto entramos en el local ve a Julian. Intercambian miradas y ella lanza la primera daga con los ojos antes de que Henry la rodee con un brazo y se la lleve hacia la barra.

Julian parece cabreado de inmediato y empieza a charlar con Bianca Harrington, una de las mejores amigas de Jo. Un pibonazo. Estadounidense. Su padre es diplomático. Estoy casi seguro de que Jo la declaró territorio prohibido para todos nosotros, pero no parece que a Julian le importe esta noche.

¿Qué cojones pasó?

Daisy está charlando con algunos de los chicos. No quiero que se me vea demasiado impaciente, de modo que me limito a seguir a Parks y a Henry hasta la barra. Lo lamento al instante porque Jordan está ahí con una amiga suya que es tan pesada y me va tan detrás y coquetea de un modo tan agresivo que no quiero saber nada de ella, no quiero que Daisy lo vea y piense lo que no es, así que me voy a buscar a mi hermano, le digo que la fiesta es la hostia y que buen trabajo, le doy un beso en la mejilla a Tausie y bromeo diciendo que es la noche de Jo, y luego Jonah se pone capullo y se va, y entones yo me voy directo con Daisy.

—Hola. —Le doy una patadita en el tobillo a Daisy para que me mire.

Me mira y se mueve un poco para hacerme sitio.

—Hola.

Le doy un beso en la mejilla y ella pone cara de sorprendida ante el gesto.

Sorprendida en plan bien, pero sorprendida.

—¿Ha ido bien el día? —Le aprieto la rodilla.

—Sí. —Se encoge de hombros—. Bien. Normal, ya sabes… ¿Qué has hecho tú?

—Nada. —Me sirvo un poco del champán que tienen en la mesa.

—¿Has estado con Magnolia? —pregunta, creo que intenta sonar despreocupada, pero no le sale, así que le tiendo mi copa de champán y me sirvo otra.

—Sí. —Esbozo una mueca—. Hen y yo hemos ido a su casa antes de venir… —Bajo la voz y añado—: Creo que está triste.

—¿Por mi hermano?

Asiento volviendo la mirada por encima del hombro para ver cómo está Parks y, mira tú por donde, BJ está ahí junto a la barra con su novia y una chica que hace un segundo ha intentado comerme la oreja hasta caérseme.

—Se la ve muy triste… —dice Daisy con sarcasmo mientras la mira de arriba abajo, poco impresionada con mi amiga cuando Parks alarga la mano y le toca el dobladillo de la camisa a BJ mientras su novia no mira.

—Eh. —Alargo la mano y le pego en la pierna a Jules—. ¿Estás bien?

Parece cabreado al instante, vamos, que se ha puesto capullo de una manera desproporcionada e inmediata.

—¿Por qué no iba a estarlo? —Frunce el ceño, pero arrastra los ojos hacia Magnolia y BJ antes de volver a fijarlos en mí y fulminarme con la mirada.

Miro a Daisy de reojo y luego lanzo una mirada imprecisa a Jules.

—¿Por qué no ibas a estarlo? No lo sé…

Julian pone los ojos en blanco.

—Tengo que decir… —Daisy se inclina hacia delante— que se te ve estupendo. Vamos, a nivel mental, parece que estés en un punto verdaderamente bueno y feliz.

Julian le lanza una mirada asesina y la señala con un dedo.

—Tú te callas.

—Y tú… —lo señalo con un dedo— no le hables así.

—¡Bueno! —A Julian se le iluminan los ojos de un modo lúgubre—. Ha venido el hombretón hoy aquí…

—Ay, ignóralo… —Daisy me agarra por el brazo, me echa para atrás para apoyarme en el respaldo de la silla que compartimos y me encanta porque es un gesto mecánico y distraído. Quiero que me toque siempre—. Está de mal humor desde que… ya sabes.

Carmelo se inclina por encima de Bianca (que se lo quita de encima y se va a buscar a Jonah) para meterse en la conversación.

—¿Qué ha pasado?

—Nada. —Julian pone los ojos en blanco.

Kekoa se aclara la garganta y pone mala cara. Algo ha pasado, salta a la vista.

—¿Qué? —pregunta Carmelo, mirándolo sin comprender.

—Julian y Magnolia han terminado —dice Declan mientras le sirve un chupito a Julian y se lo acerca.

Julian fulmina con la mirada el vodka durante un par de segundos, como si bebérselo fuera una aceptación tácita de algo que no quiere decir.

Carmelo, sin embargo, se alegra mucho de oírlo.

—¿En serio? ¿Qué ha pasado?

—No ha pasado nada —insiste Julian, y luego apura el chupito.

—Es evidente que algo ha pasado… —le dice Miguel a Declan con un hilo de voz, pero lo bastante alto para que Jules le oiga.

—¿Podéis cerrar todos la puta boca ya? —gruñe Julian.

—Estás muy susceptible, Julian —le dice Daisy.

Y entonces fulmina con la mirada a su hermana.

—Os lo he dicho mil veces: no había sentimientos, solo follábamos…

—¿En serio? —Carmelo se relaja en la silla.

—Sí. —Julian se encoge de hombros—. En serio.

Carmelo lo mira.

—¿Y te has hartado?

—Sí.

—Oye… —Le pega a Jules en el brazo con gesto juguetón—. En ese caso, ¿te importa que me la lleve a dar una vuelta?

Julian se vuelve para mirar a su amigo, pone mala cara y frunce el ceño al instante.

—¿Qué has dicho?

—Mierda —suspira Kekoa con un hilo de voz.

—Bueno, si te has hartado de ella, pásale mi número, ¿no? —Carmelo se encoge de hombros.

—¿Qué? —dice Julian, con el ceño fruncido, procesando.

—Es que está tremenda —contesta Carmelo.

No entiendo cómo puede no estar captando el tono.

—Quiero mi turno.

Julian está mirando a Carmelo fijamente, niega con la cabeza confundido.

—¿Tu turno?

—A ver, tiene unas tetas diminutas, pero seguro que es un polvo decente… —Se echa a reír y estoy a punto de decirle algo yo mismo cuando Julian se pone de pie de un salto y se alza como una torre ante su amigo.

—Dímelo otra puta vez, colega.

Daisy se pone tensa a mi lado.

Carmelo se pone de pie, acto reflejo, listo para pelear.

Amar a alguien es raro. Lo primero que se me pasa por la cabeza es que tengo que sacar a Daisy de allí ya mismo.

—Que lo repitas —ladra Julian mientras le pega un empujón a Carmelo.

—Los sentimientos han entrado en el grupo —susurra Declan a nadie en particular.

Carmelo le devuelve el empujón, y no hay mucho espacio para que pase nada más aquí. La costa está estrecha, hay una mesa con un montón de botellas encima, sofás, demasiada gente para que se peleen como lo harían si no hubiera nadie mirando, pero bueno, los ojos de Jules parecen los de una fiera.

—¿Qué problema tienes, tío? —Carmelo niega con la cabeza, sonriendo, pero está tenso—. Has dicho que te habías hartado...

Julian le pega otro empujón.

—Tú eres mi problema.

—¿Te da miedo que le apetezca un salami italiano? —pregunta Carmelo entre risas, pero no me gusta.

A Julian se le cambia la cara y yo miro alrededor, analizo el espacio. Las cosas podrían ponerse feas bastante rápido.

—Jules... —Daisy se pone de pie.

Julian vuelve la mirada hacia ella un segundo. Alarga el brazo para mantenerla alejada.

—Ahora mismo no puedo gestionar tus mierdas, Cara, siéntate.

—Julian... —Ella alarga la mano hacia su hermano y él se aparta de ella.

—Daisy, te he dicho que te sientes, joder —le gruñe y no me hace ninguna gracia, de modo que me pongo de pie y la cubro con mi cuerpo.

—¿Quieres volver a hablar de ella? —le pregunta Julian a Carmelo con el mentón adelantado.

—Quizá lo haga, sí —asiente Carmelo.

Y te juro que no entiendo a qué está jugando.

Egos, tío. Pueden matarte.

Julian pone mala cara.

—Venga, pues.

Carmelo señala a Parks con la cabeza.

—Quizá iré a charlar con ella directamente, ¿qué te parece?

Hace intención de pasar junto a Julian y entonces, no sé cómo porque pasa bastante rápido, Julian agarra a Carmelo por el cuello de la camisa y lo retuerce hasta casi ahogarlo, y luego se lo acerca a la cara.

—¿Eso harás…?

El silencio se apodera del local, como si todo el mundo estuviera conteniendo la respiración.

Y luego de golpe y porrazo Magnolia está delante de él, de pie encima de la mesa llena de copas para ser más alta que él. Esta chica idiotizada subida a la mesa es una manifestación en tiempo real de por qué nuestra adolescencia fue tan jodidamente dramática.

Ella no ve el peligro y huye de él, ella corre hacia él. Y creo que una parte enorme de eso tiene que ver con que BJ siempre carga a ciegas tras ella. Infancias caóticas, no tuvo nada verdaderamente seguro en su vida hasta que lo encontró a él, por eso ella corre hacia el caos y le encuentra a él, sin embargo ahora BJ está de pie entre las bambalinas de este escenario, la cara que pone es un puto poema cuando la ve agacharse un poco para que sus ojos queden al mismo nivel que los de un hombre que no es él, y que le coloca las manos en el pecho para tranquilizarlo. Aparto la mirada. Es duro ver que hacen daño a tus amigos y yo estoy en la puta primera fila.

—Julian, para… —le pide Magnolia, mirándolo de lleno a los ojos, esperando que le devuelva la mirada—. ¿Qué estás haciendo? Es tu mejor amigo.

Julian coloca la mano con la que no está ahogando a Carmelo encima de las de Parks, sujetándolas contra su pecho.

Vuelvo la mirada para ver cómo está BJ, pero ya se ha ido.

—Para —le repite Magnolia, y él la escucha.

Suelta a su amigo con un empujón y luego se vuelve hacia Parks y la baja de la mesa.

—¿Vienes a casa conmigo? —le pide él—. ¿Ahora?

Magnolia desvía rápidamente la mirada hacia donde estaba BJ, pero ya no está.

Vuelve a mirar a Julian y asiente.

Él señala con la cabeza hacia la puerta y Kekoa les abre paso.

Yo bajo la mirada hacia Daisy, a quien estoy abrazando por detrás. Ni siquiera me había dado cuenta.

Ella me mira el brazo y luego a mí. Y suelta una carcajada, muerta de vergüenza.

—Perdona. —Aparto el brazo con un gesto torpe.

Ella se vuelve a reír, tiene las mejillas sonrojadas.

—No pasa nada…

—No me había dado cuenta… —balbuceo.

—No pasa nada. —Niega con la cabeza—. No me importa. Es…

Y en cierta manera me siento estúpido durante un segundo por no tener claro cómo reaccionaría ella ante un gesto tan evidente como este.

Entonces frunce los labios, enarca las cejas y me lanza una mirada transparente.

—Oye, ¿todavía tienes una llave del despacho de tu hermano?

02.05

Carmelo

Jules, no lo sabía

Ya, yo tampoco

Si no, no habría dicho una mierda

Tranqui, tío

Esto me ha pillado por sorpresa

Ella lo sabe?

No

Igual lo sabe

Qué va, es un poco idiota

Por suerte

Bueno, mis labios están sellados.

CUARENTA
Julian

Fue un poco vergonzoso cómo me puse la otra noche.
No sé qué me pasó.
Creo que perdí un poco la cabeza.
Magnolia Parks subida a una mesa, poniéndome las manos en el pecho para calmarme... Fue una sensación agradable, aunque no encuentro las palabras para explicar el porqué.
A decir verdad, si te soy sincero, no me gustaron mucho ese par de días en los que ella no estuvo por aquí.
Y sé lo que significa. Ha escalado por la pared y se ha metido de algún modo en mi puto corazón, pero no pasa nada. Porque sé lo que soy para ella.
Soy la boya a la que se agarra mientras espera que el barco del que se ha caído vuelva a por ella.
Me alegro de que se agarre a mí, supongo.
Esta noche ha salido con todos sus amigos para celebrar el cumpleaños de Ballentine. No me han invitado, lo cual tampoco es una gran sorpresa. Soy excesivamente consciente de su ausencia, sin embargo, así que hago todo lo que puedo por avanzar un montón de trabajo que he estado ignorando para meterle mano a ella.
Logro un progreso diminuto, pero de pronto la puerta de mi despacho se abre de par en par.
Declan levanta la mirada desde el rincón de la estancia desde donde está viendo el fútbol.
Magnolia está de pie en el umbral. Me percato al instante de que ha llorado.
—Hola. —Frunzo el ceño y me pongo de pie—. Creía que estarías en el cumpleaños.

Rodea mi escritorio muy rápido y se queda de pie ante mí, muy cerca.
—No me ha invitado.
Está destrozada.
—Joder.
Es probable que sienta una oleada irracional de ira al respecto, como si alguien hubiera sido tremendamente injusto con ella. Le pegaría un puñetazo si lo tuviera delante. Lo mataría, quizá.
Ladeo la cabeza.
—¿Estás bien? —le pregunto.
¿Y sabes lo que hace? Levanta los brazos arriba sin decir nada, esperando a que le quite la ropa. Trago saliva con esfuerzo.
—Decks... —Lo llamo sin siquiera mirarlo—. Vete. Ya.
Declan resopla, se ha cabreado un poco por tener que dejar el partido, como si no tuviera catorce televisores más por la casa, y cierra la puerta detrás de él. En cuanto lo hace, la levanto del suelo y la llevo hacia atrás para empotrarla contra la pared.
Acerco la mano a su espalda y le desabrocho la cremallera y el vestido se le cae por el cuerpo. Deslizo la mano por su espalda hasta llegarle al pelo, y ella ya me está desabrochando los botones de los vaqueros, así que me la encaramo a la cintura al tiempo que me quito el jersey por la cabeza. Camino con ella hacia atrás y choco contra un artefacto de valor incalculable que se cae al suelo con estruendo. Hago una mueca con la boca contra la suya.
Ella mira hacia el suelo.
—¿Deberíamos recogerlo?
No bajo la mirada, solo tengo ojos para ella, para nada más. Es de bronce. Si ha sobrevivido casi dos mil años, seguro que puede sobrevivir a un par de golpecitos.
Vuelvo a besarla, noto su sonrisa contra mis labios.
—¿Eso no es una vasija china del ritual del vino de la dinastía Fanghu Han?
Me aparto, sorprendido.
—Mírate... Sí. —Me la muevo por la cintura para poder mirarla mejor—. ¿De cuándo?
Cuadra sus pequeños hombros.
—Aproximadamente del 200 d.C. —Me lanza una sonrisa orgullosa.

Me cago en Dios. Creo que es lo más sexy que nadie me ha dicho en toda mi vida. Le agarro la cara y la beso más fuerte que nunca.

La empujo contra una vitrina de la cual, desafortunadamente, se cae un jarrón de jade verde del 1919 de René Lalique y se estrella contra el suelo y me echo a reír y a soltar mil palabrotas a la vez.

Ella me sonríe radiante, se aparta un poco, baja la mirada con cierto pesar.

—Todo esto es bastante caro, ¿verdad?

Me encojo un poco de hombros.

—100.000 libras por el par, más o menos…

—Oh, no… —Pone cara de sentirlo.

Niego con la cabeza y la beso más, recorro su piel hasta la oreja y susurro:

—Polvos caros, ¿eh? —Entierra la cara en mi cuello, sonriendo, y yo le levanto el mentón con el dedo—. Pagaría el doble por estar aquí contigo.

La llevo en volandas de espaldas y la deposito encima de mi escritorio.

Me quito la camiseta por la cabeza y ella me mira fijamente con ojos curiosos, como hace siempre.

Alarga la mano y me toca una cicatriz que tengo en la barriga, la de la herida que casi me mató. La de la herida de la que me salvó Daisy.

—¿Cómo?

No quiero decirle la verdad, así que miento.

—Peleas clandestinas —contesto esperando impresionarla.

Parece molestarse.

—¿Por qué?

—Es divertido.

—¿Que te hagan daño?

Le lanzo una mirada.

—Muñeca, no me hacen daño. —Le aparto el pelo de la cara. Dios, tiene una cara preciosa—. Me sabe mal que no te haya invitado.

—No quiero hablar de él. —Niega con la cabeza.

Le pincho en las costillas.

—Siempre quieres hablar de él.

—Julian… —Me coge la cara con ambas manos—. ¿Tú crees que estoy aquí tumbada, medio desnuda encima de tu mesa, para hablar contigo sobre BJ? Para de hablar —me mira y niega con la cabeza, mosqueada— y dame sexo.

No hace falta que me lo diga dos veces.

La tumbo encima de mi escritorio, con los brazos por encima de la cabeza, me gusta cuando está toda estirada. Como cuando un gato confía en ti y te muestra la barriga.

—¿Por qué sonríes? —pregunta con voz divertida.

No me había dado cuenta de que estaba sonriendo, la verdad. Es cierto, pero dejo de hacerlo en cuanto puedo y transformo el gesto en unos ojos entrecerrados.

—No te vayas a poner tierno conmigo... —me advierte, juguetona, y yo le lanzo una mirada, la cojo por las muñecas y luego está pasando. El fuego nos da caza. «Wait for Me», de Kings of Leon. La chica más preciosa del mundo debajo de mí.

Me flipa hacer esto con ella, confía tan ciegamente en mí, su cuerpo parece ir con el mío, la muevo donde quiero tenerla, como quiero tenerla, la bajo del escritorio para ponérmela en el regazo. Deslizo las manos por su cuerpo, la beso por el cuello hasta que arquea la espalda.

Se le está acelerando la respiración, y a estas alturas ya sé qué ruidos hace, sé los gestos que la delatan... Le aparto de la cara un mechón de pelo. Ella me toca el rostro con la mano y esto es jodido, lo sé. Porque yo digo su nombre y ella me mira a mí mientras piensa en otra persona.

¿Y sabes lo que es más jodido todavía? Que ni siquiera me importa.

Después, estamos tumbados en el suelo detrás de mi escritorio. Ella tiene la cabeza descansando encima de mi pecho, nos hemos tapado con una alfombra y estoy jugando con su pelo, pensando más de lo que quiero.

—Piensas en él cuando estás conmigo —le digo. No es una pregunta. Ya sé que es cierto.

—Solo a veces. —Me mira con gesto avergonzado—. Intento no hacerlo.

Me encojo un poco de hombros.

—Me doy cuenta cuando lo haces.

—Oh. —Se le ponen los ojos casi vidriosos y no sé por qué—. Lo siento...

No digo nada. No sé qué decir. Ella se aclara la garganta.

—¿En quién piensas tú? —me pregunta mientras estiro los brazos y me los coloco detrás de la cabeza.

—Últimamente se me da bastante bien vivir el presente...

Parece halagada.

—¿Piensas en mí?

Asiento.

—¿Siempre? —Parpadea, sorprendida.

Suelto una carcajada y esquivo la pregunta, aunque la respuesta es sí. Siempre.

—¿Alguna vez has estado enamorado? —pregunta y vete a la mierda.

No, no cuento cuántas veces parpadea.

—No puedo... —Me encojo un poco de hombros—. Por eso estás tú aquí. No puedo atarme.

Pone mala cara, como si no le hubiera gustado el comentario, y me confunde por milmillonésima vez hoy. Me acaricia la mejilla con los labios sin siquiera darse cuenta. No me besa, sencillamente me toca porque sí.

Me mordisquea los labios, juguetona.

—Hombre, algunos lazos sí hay.

Resoplo y le sonrío un poco mientras le coloco un mechón de pelo detrás de la oreja.

—En otra vida, creo que podría haberte amado —le digo.

Ella me devuelve una sonrisita.

—En otra vida, te habría dejado hacerlo.

Da igual que ya la ame en esta vida.

Me siento, apoyo la espalda en el escritorio, la atraigo hacia mí y me la siento en el regazo.

—¿Cómo es amar a alguien del modo en que os queréis vosotros dos? —le pregunto, un poco porque de verdad no lo sé, y un poco porque no puedo decirle lo que siento, y hablar alrededor del tema quizá es lo máximo que puedo acercarme.

Me lanza una sonrisa triste.

—Horrible.

—¿Horrible? —Frunzo el ceño—. ¿En serio?

—Pues sí. —Se encoge de hombros—. Ya no me pertenezco por completo a mí misma.

—¿Qué significa eso? —Frunzo el ceño.

—Significa que él lo es todo. Siempre estoy pensando en él, todo el rato. Quiero saber qué piensa, quiero saber qué quiere. Y me preocupa qué siente y si está a salvo y qué está haciendo. —Se hurga la piel que le rodea las uñas, muy nerviosa—. Con BJ pienso en todas las manos que han tocado su cuerpo y que no son las mías, de quiénes eran, adónde fueron, qué tocaron…

—Joder. —Me trago una bocanada de náuseas cuando pienso en las personas que la han tocado antes que yo.

—No es que una parte de mí piense en él, es que solo pienso en él. —Se le rompe un poco la voz y creo que voy a vomitar—. Ocupa todos mis pensamientos. Todas mis decisiones, todos mis sentimientos…

Niego con la cabeza más que nada para que deje de hablar. No puedo más.

—Yo no podría soportarlo, tienes razón —le digo, como si no lo estuviera viviendo en mis propias carnes.

—No, no podrías. —Me lanza una mirada—. No te enamores nunca.

Le doy un beso en la coronilla.

—Trato hecho.

CUARENTA Y UNO
Daisy

Christian me llevó a la cena de cumpleaños de BJ.
O fuimos juntos. ¿Es lo mismo?
Y nos sentamos juntos, y rodeó mi silla con el brazo, y habló de mi curso universitario, le contó a todo el mundo lo lista que soy, lo buena cocinera que soy, que mi *panna cotta* es mejor que la de ellos,[180] me explicó que estaba leyendo un libro sobre los prerrafaelitas, y me preguntó si cabe la posibilidad de que tal vez, quizá, le guste como quiero gustarle.
Y luego, me acuerdo de la última vez y la sensación se me va de golpe. Ya lo pensé una vez, lo pensé antes de que fuera cierto... Da igual que con el tiempo llegara a ser cierto, ya lo pensé una vez y por eso ahora no puedo confiar en nada de lo que me parezca captar de sus sentimientos por mí. No sé interpretarlo, aunque sea lo único que quiera interpretar durante el resto de mi vida.
A él le gusta el sexo, ¿sabes? Es un tío de esos. Le encanta follar. De modo que quizá lo único que hemos hecho es volver a hacerlo... No lo sé. Está siendo muy dulce y atento, y por ciertas cosas esta noche he sentido que estábamos juntos, pero luego a mitad de la cena me ha preguntado que qué haría después.
Y yo lo he mirado confundida y le he pinchado con el dedo.
Y él ha asentido una vez, complacido.
De modo que no sé qué tiene en la cabeza.
La cena ha sido rara de todos modos. El cumpleaños de BJ es el Día de San Valentín, de modo que ya es raro de por sí, vamos a ver, ¿siete personas cenando juntas el Día de San Valentín? Aunque en cierto modo

---

[180] Lo es.

lo agradezco, porque al menos así he podido estar con Christian. De no ser por esto, no sé si habría podido estar con él. ¿Quizá sí? Resulta difícil decirlo. Me he vestido para la ocasión, por si acaso. De hecho, Magnolia me ha vestido[181] para la ocasión.[182] Lo compró todo ella, lo colgó en mi cuarto mientras yo hacía la cena el otro día. Le colocó una nota que decía: «Para San Valentín».

La cena en sí ha sido tensa. La chica con la que está saliendo BJ parece sacar de quicio a todo el mundo, y mi hermano y Magnolia no estaban. Lo cual supongo que tiene sentido. Lo de Julian, al menos.

Que Magnolia no estuviera me ha parecido raro. Ella y BJ, sean lo que sean ahora o en un futuro, van a estar el uno en la vida del otro para siempre. Espero que la novia lo sepa.

Espero que mi hermano lo sepa.

Christian y yo cruzamos el portal de mi casa más tarde, esa misma noche, y digo hola en voz alta.

Nadie contesta, de modo que abro la puerta del despacho de mi hermano y...

Chillo. Me cubro los ojos.

Christian se echa a reír mientras una Magnolia Parks casi desnuda suelta un chillido y se esconde detrás de mi hermano casi desnudo.

—Que no cunda el pánico... —Pone los ojos en blanco.

Christian me mira, ha cerrado un ojo para no ver nada, y echa una mirada de soslayo hacia ellos. Luego me da un golpecito en el brazo.

—Ya se puede —me avisa.

Miro a mi hermano, que se ha envuelto a sí mismo y a Magnolia con una alfombra de piel de oso, y me devuelve la mirada impertérrito.

—Quiero con todas mis fuerzas que haya ropa debajo de esa alfombra.

—Mira, pues no hay. —Me lanza una sonrisa tensa.

Pongo los ojos en blanco y mi mirada aterriza en algo roto de color verde que hay en un rincón.

---

[181] Corpiño de seda con adornos de lentejuelas (Oscar de la Renta); pantalón de pitillo de cuero (Saint Laurent); sandalias de tacón de tul y grogrén con la hebilla adornada (D&G); pendientes de cerezas (E.M.); collar de oro con diamantes de dieciocho quilates Lexington (David Yurman).

[182] Cuando yo pensaba que ella también iba, y te diría que ella también pensaba que iba.

—¿Es eso...? ¿Has...?
Julian hace una mueca.
—Sí. He roto el jarrón de Lalique.
—¡Julian! —lamento.
—Se ha roto. —Se encoge de hombros.
—¡Y esto! —Alargo la mano hacia otra obra de arte de valor incalculable, mellada en el suelo—. ¿El jarrón Fanghu? —Lo miro horrorizada.
Él acentúa su mueca.
Lo levanto y lo inspecciono.
—¡Tiene casi dos mil años!
—Lo sé... —Suspira él—. Ha sido un accidente.
Me pongo de pie, con los brazos en jarras.
—¿Cómo ha pasado?
Magnolia niega con la cabeza.
—Creo que no te va a gustar la respuesta.
Le suelto un gruñido y ella esconde la cara en el pecho de mi hermano antes de lanzarle una mirada a Christian.
—¿Qué tal ha ido esta noche?
Christian pone mala cara, como si estuviera triste por ella o algo.
—Normal.
Se miran a los ojos un instante y, luego, ella rompe el contacto visual y mi hermano la abraza con más fuerza y me preocupo por él.
—¿Y tu noche? —le pregunto, solo por ser desagradable—. ¿Qué tal ha sido?
—Altamente placentera, Cara. Gracias por preguntar.
—¿Magnolia? —La miro—. ¿Estás de acuerdo?
—Lo estoy. —Asiente ella con la nariz levantada, y mi hermano le coloca el mentón en la coronilla.
—Espera, ¿llevas la bombonera Chocolate Box de Judith Leiber que te regalé por San Valentín? —pregunta Magnolia con los ojos iluminados.
—Sí... —La miro con mala cara—. ¿Por qué me hiciste un regalo de San Valentín?
Se encoge de hombros.
—Porque me encantan los regalos. —Se vuelve hacia mi hermano—. ¿Me has comprado algún regalo?

Julian la mira con fijeza.

—No estamos juntos.

—No, claro..., desde luego. —Magnolia asiente con los ojos fijos en el suelo y el ceño fruncido.

Mi hermano suelta un gruñido.

—Sí te compré unos pendientes el otro día, que vi y pensé que te gustarían. Te los compré y punto, no por ser el puto Día de San Valentín, ¿estamos?

Y a ella se le ilumina la cara y, no te lo pierdas, a él también.

—Muy bien... —Giro sobre mis talones—. Mirad, sois... puaj. Soltad esa alfombra, que nosotros vamos a... —Señalo hacia atrás con el dedo.

—¿Subir a tu cuarto a mantener relaciones sexuales sin compromiso? —me pregunta Magnolia con desparpajo y yo me quedo paralizada al instante.

—Dios... —gruñe mi hermano al tiempo que le tapa la boca con la mano.

Christian la mira fijamente y niega con la cabeza.

—¿Qué coño te pasa? —le pregunta con voz fuerte.

—¡Que qué me pasa, dice! —chilla ella—. ¡¿Qué te pasa a ti?! ¿Qué estás haciendo?

—¡Nada que te incumba! —contesta él, enfatizando mucho.

—¿Cómo no va a ser de mi incumbencia? —contesta ella con un pisotón—. Eres uno de mis mejores y más antiguos amigos y te estás comportando como un absoluto bufón...

—¿Y eso por qué? —salto yo—. ¿Porque se está acostando conmigo?

—¡Sí! —asiente ella y, a continuación, niega con la cabeza—. Bueno, no. ¡Pero sí!

Mi hermano le empuja la cabeza con el mentón.

—Creo que te interesa explicarte un poco mejor antes de que mi hermana te mate, muñeca...[183]

Christian la mira de hito en hito.

---

[183] —¿Dejarías que me matara? —pregunta poniéndole ojitos a mi hermano.
—Sí, si te lo merecieras —le digo yo.
—No —responde mi hermano a la vez.

—No. —La señala amenazadoramente con el dedo—. No digas una puta palabra...[184]

—Mira, pues para ser totalmente sincera, Christian,[185] tú no estás diciendo suficientes palabras por los dos, de modo que ahí va:[186] este chico está siendo absolutamente imprudente a nivel emocional.

—Para de hablar... —La señala con el dedo—. Tápale la boca, haz que se c...

—¿Cómo dices? —intervengo fulminándola con la mirada.

—Magnolia, te juro por Dios...

—Mira, Daisy... —Se mueve entre los brazos de mi hermano, de algún modo aparenta ser más alta—. Os estáis acostando juntos sin ningún tipo de compromiso, mientras que Christian, aquí presente, alberga profundos sentimientos afectivos hacia ti.

Christian se queda paralizado.

Yo la miro fijamente, con los ojos muy abiertos. Ni siquiera me atrevo a mirarlo a él.

—¿Tú cómo lo sabes?

Magnolia hace una mueca con toda la cara y se vuelve para mirar a mi hermano, me señala con la cabeza y se da unos golpecitos en la frente preguntando tácitamente si giro redonda, creo. Julian se encoge un poco de hombros como diciendo: «A mí no me mires», y Christian está ahí de pie, mirándome fijamente, con las cejas arrugadas y el rostro contraído.

—¿Cómo no lo sabes tú? —Echa la cabeza para atrás, confundido—. Te lo dije literalmente... Te lo dije en toda la cara en Nochevieja.

Niego con la cabeza.

—No dijiste que te gustara... Me dijiste que yo...

—Lo eras todo para mí. —Asiente una vez—.[187] Sí. ¿Y no te resultó evidente? A ti, que tienes un doble doctorado y...

---

[184] —¿En serio vas a dejar que me hable de esta manera? —Mira fijamente a mi hermano y yo pongo los ojos en blanco.
—Sí —asiente, pero luego advierte a Christian con la mirada—: Aunque, cuidadín.
[185] —No seas totalmente sincera, Parks... —dice él, tapándose los ojos. Y yo empiezo a tener náuseas.
[186] —Cállate... —la interrumpe él. Ella le ignora.
[187] —Dios —susurra Magnolia, pegándole un codazo a mi hermano—. No se le da muy bien leer entre líneas a tu hermana, ¿no?

Sigo negando con la cabeza.

—Sacar conclusiones precipitadas no me fue muy bien la última vez.

Christian se me acerca un paso.

—No había que sacar ninguna conclusión, Dais. Fui muy claro.

Cuadro un poco los hombros y me yergo.

—No fuiste tan claro.

—Vale. —Asiente una vez y se agacha un poco para que nuestros ojos queden a la misma altura—. Déjame ser claro ahora, entonces, Daisy… —Me mira con suficiencia—. Estoy jodidamente enamorado de ti.[188] Nunca he dejado de amarte desde el segundo en que me di cuenta de que lo hacía, y admito que me costó demasiado tiempo saberlo, pero ahora lo sé y no puedo dejar de saberlo. No quiero dejar de saberlo, quiero estar contigo. —Me dice, sin dejar de mirarme un solo segundo—. Y haré todo lo que haga falta para que lo nuestro funcione. ¿Quieres que me vaya de Londres contigo? Genial. Lo haré…

No sé qué decir, de modo que me quedo mirándolo, boquiabierta y con el corazón latiendo desbocado a la altura de la garganta.

—¿Quieres que lo deje todo, que no tenga ningún tipo de relación con toda esta mierda? —Hace un gesto a nuestro alrededor—. Perfecto. Está perfecto, no me importa, haré lo que sea, cualquier cosa.

Magnolia se inclina ligerísimamente hacia él y susurra:

—Quizá deberías empezar por besarla.[189]

Él aprieta los labios y desvía la mirada hacia ella.

—Quizá deberías ayudar largándote de una puta vez.

Magnolia se queda boquiabierta, horrorizada.[190]

Mi hermano no me quita los ojos de encima, sonríe feliz por mí. Su rostro muestra la ternura que uno siente cuando ve que alguien querido recibe todo lo que deseaba.

---

[188] Magnolia suelta un gritito y se lleva las manos a la boca al instante, emocionada.
[189] Mierda, ahora la quiero.
[190] Se vuelve como un resorte hacia mi hermano, todavía entre sus brazos.
—¡Menudo descaro! Decirme que me vaya… —Niega con la cabeza, consternada—. ¡Menuda osadía! ¡Menuda jeta tiene este chico! ¿Te lo puedes creer? Julian, ¿has oído lo que me ha dicho?

—Ha sido muy desagradable. —Hace un mohín.[191]

Yo estoy mirando fijamente a Christian y él me está mirando fijamente a mí, con los ojos muy abiertos y mordiéndose el labio, y yo me río.[192] Mi hermano empieza a llevársela del despacho, negando con la cabeza de lo ridícula que es.[193] Cierra la puerta tras de sí.

Christian y yo nos quedamos ahí parados, mirándonos el uno al otro; es lo más raro que he sentido en toda mi vida hasta la fecha, y en ese momento, yo suelto una carcajada, apabullada, y él empieza a negar con la cabeza, sonriendo y frunciendo el ceño a la vez.

—Es tan pesada...

Exhalo y lo admito encogiéndome un poco de hombros.

—Creo que le he acabado pillando cariño.[194]

---

[191] Jules le acuna el rostro entre las manos y la mira, empático.
—Lo sé...
—¡Nada menos que en tu despacho!
—Lo sé... —Vuelve a asentir—. Muy desagradable, muñeca. —Luego la mira con la cabeza ladeada—. Aunque vamos a dejarles el despacho, ¿vale?
—Oh. —Frunce el ceño—. ¿Ah, sí?

[192] —Solo un momento —le dice mi hermano.
Ella frunce más el ceño.
—No me hace ninguna gracia después de este arrebato. Manda un mensaje un poco contradictorio, ¿no crees?
—Sí, claro... —reconoce mi hermano—. Pero lo haremos de todos modos.
—Vaya. —Ella se cruza de brazos.

[193] —Eso lo he conseguido yo... —Señala hacia atrás, hacia Christian y yo—. Te apuesto lo que quieras que él cree que lo ha conseguido él, pero no lo ha conseguido él, lo he conseguido yo, porque se me da muy bien hacer de celestina...
Julian le lanza una mirada antes de responderle con amabilidad:
—Aun así, creo que ya estaban enamorados de antes.
Ella enarca las cejas.
—Gracias a...
Jules la mira con tristeza.
—Me sabe fatal decírtelo, muñeca, pero la verdad es que, probablemente, es a pesar de ti. Al menos al principio.
Ella vuelve a quedarse boquiabierta.
—Bueno, te has quedado sin sexo esta noche.
Julian la levanta en volandas.
—Ya lo he tenido.

[194] No vayas a decírselo a ella.

Christian alarga la mano, me agarra por la cintura y me atrae hacia él.

—Te quiero. —Luego me lanza una mirada y niega rápido con la cabeza—. Joder, es que eres estúpida…

—¡No lo soy! —Lo miro fijamente, indignada, le paso los brazos por el cuello—. Te has pasado toda la noche diciéndole a todo el mundo lo lista que soy…

—Sí, bueno… Pues ahora lo retiro porque tienes la capacidad de deducción de un bebé.

—En un sentido académico, siempre se me ha dado increíblemente bien el pensamiento crítico, muchas gracias.

Él me mira con los ojos entornados.

—¿Y qué tal en un sentido normal y útil?

Pongo los ojos en blanco.

—Bésame de una vez.

—Primero dime que tú también me quieres —contesta con voz muy alta.

Lo miro fijamente sin poder creer que esto es la vida real. Trago saliva una vez.

—Yo también te quiero.

La mejor sonrisa que he visto y veré en toda mi vida se apodera de su rostro. A la mierda *La Mona Lisa*, que le jodan a *La última cena*, no pienses más en el *David* de Miguel Ángel. Son todos una tristeza comparados con tenerlo a él delante de mí.

Rebecca Barnes y Jud Hemmes son los verdaderos maestros del arte en este mundo, con esta cara que le hicieron que jamás ha dejado de ser lo más perfecto que he visto en mi vida.

Y el aspecto de sus ojos ahora mismo, mirándome, nublándose de deseo por mí… Adoro que se le pongan los ojos así. Se lame el labio inferior, esperándome.

Sin decir nada, le quito la chaqueta y él no mueve ni un músculo, se limita a dejarme hacer.

La chaqueta tarda más de lo que parece natural en caer de su cuerpo y llegar hasta el suelo, como si se hubiera suspendido el tiempo, lo cual, la verdad, ahora que lo pienso, es cómo se comporta el tiempo en presencia de Christian Hemmes.

Levanto la mirada y me está observando, paciente.

Cojo el dobladillo de su camiseta entre los dedos índice y pulgar y jugueteo con él, ganando tiempo, intentando sacarle todo el jugo a este momento, a cada detalle. Su camiseta lisa de color gris, el fuego detrás de nosotros, la música que mi hermano ha dejado sonando de fondo,[195] la estancia apenas iluminada y el perfume de Byredo en el chico que amo.

Christian Hemmes esboza una sonrisita diminuta y yo trago saliva nerviosa, aunque no sé por qué estoy nerviosa, solo sé que espero no dejar de sentirme así nunca, como si estuviera flotando y volando y cayendo todo a la vez.

Deslizo la mano por debajo de su camiseta, la levanto y, después, se la paso por encima de la cabeza para acabar dejándola olvidada a un lado.

Él aprieta los labios con fuerza, los ojos le centellean y pasea la mirada por el despacho y, de pronto, posiblemente por primera vez en la historia de todos los tiempos, parece cohibido. Hace todo lo que puede por no sonreír cuando encuentra por fin mis ojos con los suyos y se muerde el labio inferior, lo cual suena muy sexy, pero en realidad está intentando no reírse y, por alguna razón, eso resulta aún más sexy.

Alargo la mano hacia el botón de sus vaqueros negros y se le tensa el estómago y a mí el mío se me hace un nudo pensando en lo que viene ahora.

Traga saliva, como si fuera tímido, aunque es imposible que lo sea, pero oigo su respiración, menos acompasada y más acelerada.

Llego a la cremallera y levanto la vista con una expresión sombría.

—Todavía no me has besado.

Vuelve a sonreírme, una sonrisa ancha y radiante que llega a todos los rincones. Me rodea la nuca con el brazo, me atrae hacia él y nuestros labios chocan al encontrarse.

Christian baja la mano y empieza a desabrocharme el corpiño mientras me conduce de espaldas hacia el sofá.

Se descalza de una patada y mientras caigo hacia atrás, le quito los vaqueros y él me mira fijamente desde arriba durante unos segundos que gotean como si fueran horas en un domingo lluvioso mientras espero a que me toque.

---

[195] «Beautiful War», de Kings of Leon.

Y, entonces, lo hace.

Vuelve a besarme, pero esta vez me aplasta el peso de cómo me quiere.

Todas mis cosas favoritas de hacer esto con él se abren paso hasta la superficie. Cosas en las que no me he permitido pensar estas últimas semanas porque me daba miedo lo que estábamos haciendo, que me matara como lo hizo la otra vez si no me quería como lo hace.[196] Me pierde lo mucho que me encanta cómo encaja su mentón con el mío, cómo su mano siempre reposa en la parte baja de mi espalda, cómo le despeina el sexo al cabo de un solo minuto de empezar, cómo se retira un poco para mirarme antes de lamerse el labio inferior y lanzarme una mirada que me dejaría sin respiración, pero esta noche se retira un poco y me mira (en serio, me mira en serio, observa toda mi cara, ve a través de mí como si fuera de cristal), y luego las comisuras de sus labios se curvan hacia arriba porque ahora me quiere.

Y nuestros cuerpos se entrelazan muy rígidos cuando nos acercamos al final, y adoro el final, porque el final es la parte en la que él colapsa sobre mi cuerpo, cansado, con el corazón desbocado y las palmas de las manos sudorosas, y es lo más cerca que me he sentido en toda mi vida de otro ser humano, creo, y la música que ya ni siquiera está sonando llega al clímax a nuestro alrededor, estalla cada agudo y cada melodía perfecta. Amarlo será mi obra maestra.

Me acerca más a él (no sé cuánto más podemos acercarnos el uno al otro) y luego me coloca un mechón de pelo detrás de la oreja como hace siempre.

—No puedo creer que esto sea real —me dice acunándome el rostro con la mano.

Yo niego un pelín con la cabeza.

—Yo tampoco.

Y, entonces, vuelve a besarme.

---

[196] ¡Me quiere!

CUARENTA Y DOS
Christian

Cuando Daisy y yo entramos en el Harry's de Basil Street cogidos de la mano, Henry se pone en pie de un salto y lanza los brazos al cielo. Se nos acerca corriendo, me agarra la cara con ambas manos y me planta un beso en la cabeza.

—¡Sí, joder! —Agarra a Daisy por los hombros y la sacude emocionadísimo de una manera que si ella fuera un bebé, a él lo habrían llevado preso—. ¡Mira esto! ¡Al fin!

Daisy se sonroja por el revuelo y me doy cuenta de que le gusta, pero intenta fingir fastidio.

—Calma… —dice mientras le da un beso en la mejilla a Taura.

Henry aplaude y vuelve a sentarse en su sitio, y es un puto idiota, pero es tan buen amigo, emocionándose de esta manera por mí.

—Cuánto tiempo llevaba cociéndose esto… —Nos mira y luego avisa a un camarero—. Quiero vuestra mejor botella de champán.

—Para. —Pongo los ojos en blanco.

Daisy está ahí sentada negando con la cabeza, pero feliz. Me encanta que esté feliz. Hace un par de días que lo está.

Le queda bien.

Llega el champán y Henry levanta la copa y yo pongo los ojos en blanco.

—Por el retorno de mi cordura —exclama radiante.

Daisy lanza una mirada a Taura y luego hacen chinchín.

Henry se inclina hacia delante y me dice en voz baja:

—Me alegro por ti, hermano.

Le guiño un ojo porque se me da como el culo ponerme ñoño.

—Bueno —Henry vuelve a apoyarse en el respaldo de la silla—, ¿lo vuestro es oficial o…?

Suspiro negando con la cabeza.

—Cómo le gustan las etiquetas a Henry...

Taura finge una tos rara y Henry pone mala cara.

Daisy me mira, luego se mira la punta de la nariz y se aclara la garganta.

—Bonita manera de salir del paso...

—No salgo del paso. —Niego con la cabeza.

Ella enarca una ceja.

Yo sigo negando con la cabeza.

—Tú y yo estamos juntos al cien por cien, Dais. —Le lanzo una mirada—. Novio/novia, pareja de vida, mi familia es tu familia... —Me encojo de hombros como si mi chica fuera una idiota—. Llámalo como te dé la puta gana, Dais. Me da igual.

Eso le gusta. Me abraza el brazo, me pone la cabeza en el hombro y yo miro fijamente al bocazas de mi mejor amigo.

—Y vosotros dos qué, ¿eh? —Le lanzo una mirada a Henry—. ¿Alguna etiqueta?

Henry me fulmina con la mirada. Quizá ese comentario ha sido un poco borde por mi parte.

Taura se cruza de brazos.

—Todavía no.

—Qué bien. —Daisy asiente débilmente—. Estoy segura de que este viaje no será para nada incómodo.

Henry le lanza una mirada.

Nos vamos todos a Italia. No sé por qué.

Jordan lo planeó para Beej y creo que él no supo cómo decirle que no, porque nos invitó a todos a venir. La cosa se volvió particularmente rara cuando Julian propuso que nos hospedáramos todos en la casa que tienen en el lago de Como. De modo que ahora vamos todos, porque todos perdemos el puto culo por unas vacaciones y ¿no suena relajante irse al extranjero con un grupo de amigos incestuoso en el que nos queremos todos, pero nos follamos a otras personas para darnos lecciones? Suena estupendo, me muero de ganas.

—En fin, ¿quién viene? —pregunta Daisy, inclinándose hacia mí.

—Todos nosotros... —Henry hace un gesto con la mano—. Magnolia, tu hermano... —Mira a Taura—. Creo que Banksy viene, ¿no?

—Oh... —asiente Daisy—. Claro, ¿quién?

—Nada, una amiga de Jonah —contesta Taura sin apartar los ojos del menú—. Es maja.

Daisy me mira esperando más información y yo me encojo de hombros.

—Es una chica con la que se lio una vez en el instituto y luego, bueno, siguieron siendo amigos raros.

Daisy los mira con curiosidad y frunce los labios pensativa.

—Perdón si es una pregunta incómoda…

Henry la mira con el ceño fruncido de antemano.

—Pero ¿vosotros tres cómo vais a…? —Daisy pone mala cara mientras intenta encontrar las palabras para lo que quiere preguntar—. ¿Vais a…?

—No lo sé —salta Henry, encogiéndose de hombros.

—Ya solo por las habitaciones —prosigue Daisy—. Solo hay diez, y tres de ellas las usarán nuestros guardaespaldas, el de Julian y el mío. —Nos mira con gesto neutro.

Taura le lanza una sonrisa rápida a Henry.

—Gus y yo compartiremos.

Y se queda ahí suspendido, resplandeciente sobre todos nosotros, lo obvio que resulta que el jueguecito que se traen entre manos esos tres se está yendo al puto garete. No pueden seguir funcionando como lo hacen. Y, a decir verdad, apenas funcionan ya.

CUARENTA Y TRES
Daisy

Una vez cuando era pequeña vinimos todos aquí. Mis padres todavía estaban vivos. Soy incapaz de recordar cuántos años tenía yo exactamente, pero imagino que rondaría los seis.

Ya llevábamos un par de días allí y papá dijo que quería pasar un poco de tiempo de padre e hijo con Julian, y comentó que le parecería bonito que mamá y yo también pasáramos un poco de tiempo juntas.

Así que se fueron a primera hora de la mañana, él y Julian, Kekoa y un puñado de los chicos que teníamos entonces.[197] Nos dejaron a mamá, a mí y al guardaespaldas de mamá.[198]

Me levanté temprano como hacen todos los críos, me fui brincando al cuarto de mamá, me moría de ganas de pasar el día con ella.

Me dijo que necesitaba dormir más y que se levantaría pronto.

Pasadas las once, bajó tranquilamente por las escaleras vestida y lista para empezar el día.

—¿Qué vamos a hacer? —le sonreí.

—Yo me voy de compras —me contestó con una sonrisa seca.

—Ah. —Le sonreí igualmente, porque en realidad no me importaba mucho lo que hiciéramos, con estar ahí ya me contentaba—. Vale. ¿Adónde vamos?

—Esto... —Me sonrió a modo de disculpa—. Iré yo sola con Ankers. Es que es más fácil, Daisy, ¿sabes? A ti no te gustaría ir de compras... No te gusta ir de compras. —Me lanzó una sonrisa cortante—. Te aburrirías un montón.

---

[197] La seguridad no era tan imperativa para nuestra familia en esa época.
[198] Un tipo holandés que se llamaba Ankers, con el que creo que se acostaba, pero no puedo comprobarlo porque ambos están muertos.

—Oh. —Tragué saliva—. Pero aquí no hay nadie.

—Oh. —Mi madre miró alrededor, irritada. Y luego un jardinero pasó por ahí.

—Él está aquí. —Lo señaló con el dedo—. Disculpe... —lo llamó mamá, haciéndole gestos para que se acercara—. ¿Le importaría cuidar de ella un par de horas?

Él me miró con el ceño fruncido.

—*Scusa?*

Mamá puso los ojos en blanco y miró el reloj.

—*Ti prenderai cura di mia figlia?* —Hizo un gesto vago hacia mí—. Es muy buena. *Buona. Brava ragazza.*

El hombre me observó un par de segundos[199] y luego asintió.

Mamá dio una palmada, contenta con el resultado.

—¡Pásalo bien! —Me sonrió distraídamente, y ella y Ankers se fueron.

El jardinero me miró fijamente. Hay caras que no te gustan nada más verlas, ¿sabes a qué me refiero?

No tenía una explicación,[200] pero podía sentir que una se estaba creando bajo la superficie.

Se fue hacia la cocina y abrió una alacena. La verdad es que él parecía más confundido que yo. Miraba por encima del hombro cada poco rato, para asegurarse de que yo seguía allí, para asegurarse de que todo aquello no eran imaginaciones suyas.

Volvió a acercarse a mí con los brazos llenos de chucherías.

—*Caramella?* —dijo encogiéndose de hombros—. *Vuoi guardare un film?*

No dije nada.

—TV —reformuló él.

Asentí y lo seguí hasta una de las habitaciones.

Empezó normal, pero a mitad de *Pinocchio* estaba sentado demasiado cerca de mí y aprovechaba cualquier pretexto para hacerme cosquillas.

---

[199] Y yo sentí un retortijón en el estómago.
[200] Todavía no, al menos.

Al principio era sutil, al principio era inofensivo, pero la veleta que tenía en mi interior captó un inminente cambio en el viento.

Me puse de pie de un salto.

—*Possiamo giocare a nascondino?*

—*Sì.* —Se puso de pie él también.

Me señalé a mí misma.

—Yo primero.

Él asintió.

Y, entonces, salí corriendo.

Papá y Julian me habían entrenado durante toda mi vida para cosas como esa. Lograban que pareciera divertido, como un juego.

—Vamos a ver lo buena que eres jugando al escondite, Daisy —me decían al menos una vez a la semana.

—¡Soy la mejor! —contestaba yo.

—Demuéstramelo —me respondía Julian.

Lugares como armarios o un baúl a los pies de una cama eran los obvios donde, como niño, veías un escondite natural. A mí esos no me gustaban, me encontraban enseguida.

—Te he oído subiendo esas escaleras corriendo —me decía mi padre—. Por eso ha sido fácil encontrarte.

—¿Sabes qué haría yo si quisiera ganar al escondite, Dais? —me preguntaba mi hermano—. Subiría corriendo esas escaleras haciendo tanto ruido como pudiera, y luego me deslizaría por la barandilla, silencioso como un ratoncillo.

Si algún día escogía un escondite malísimo, detrás de una cortina, debajo de algo que me dejara la espalda al descubierto y no estuviera contra una pared, me encontraban y me explicaban por qué lo habían hecho.

—Te veo los dedos de los pies, Cara —me dijo Julian una vez mientras me los pisaba.

—Has perdido esta partida, ángel mío —decía mi padre—. Volvamos a jugar.

Me gusta ser la mejor en todo lo que hago, de modo que aprendí muy rápido que a veces tienes que estar incómoda para ganar al escondite, y entonces fue cuando logré ser buena.

Subí las escaleras corriendo y haciendo mucho ruido, como me había enseñado mi hermano, y luego cuando oí los pasos subiendo las escaleras, bajé por el tubo de la ropa sucia.

Sin embargo, recuerdo pensar que un lavadero podría ser un lugar donde alguien me buscara. Había una puerta que daba al patio principal y una ventana diminuta con vistas a las proximidades de la orilla del lago. La ventana era estrecha, pero podía colarme por ella y me encantaba ganar las partidas del escondite y me parecía que ganar esa era muy importante.

Me deslicé por la ventana, aterricé y me quedé quieta. Me puse a cuatro patas y me arrastré hasta el embarcadero donde papá tenía amarrada una de sus Rivamare. Me tumbé en el suelo de la lancha durante un par de minutos, pero tuve la sensación de que papá y mi hermano me encontrarían con excesiva facilidad si estuviéramos jugando. Fui a cubrirme con cojines, pero ya lo hice en una ocasión y Julian se me sentó encima y me encontró al instante. Fui a devolver los cojines al espejo cuando vi un pequeño picaporte escondido que abría la bodega.

En cuanto hube entrado, me adentré a rastras en el casco tanto como pude y me enterré bajo unos cuantos chalecos salvavidas.

No sé cuánto tiempo estuve allí. ¿Sabes que el tiempo se percibe distinto cuando eres pequeño? Veinte minutos pueden parecer ocho horas.

Aunque bien pudieron haber sido ocho horas.

No me desperté cuando empezaron a gritar mi nombre. Se ve que estuvieron horas buscándome.

Fue mi hermano quien me encontró.

—¿Daisy? —gritó a las profundidades de la bodega.

No dije nada durante un segundo.

—¿Se ha acabado el juego? —pregunté al cabo de un par de segundos más.

Julian exhaló aliviado.

—Sí, Dais... Se ha acabado el juego.

Me tendió la mano y me sacó de allí, me subió a su regazo y me abrazó tan fuerte, que supe que algo iba mal.

—¿Por qué te escondías, Dais? —me preguntó mientras me llevaba en brazos hacia la casa.

—El hombre con el que me ha dejado mamá quería hacerme cosquillas todo el rato, pero a mí no me gustaba.

Julian no dijo nada, se limitó a darme un beso en la mejilla, asintió y me metió en casa.

En cuanto entró conmigo en brazos, estalló un suspiro de alivio colectivo.

—¡Ah! —suspiró mi madre con alegría—. ¿Lo veis? Está bien.

—Leesh...[201] —Papá la señaló con un dedo—. Tú cierra la puta bocaza.

Vino corriendo hacia mí, me arrancó de los brazos de mi hermano y me abrazó tan fuerte que me hizo un poco de daño. En cuanto dejé de estar entre los brazos de mi hermano, Julian se abalanzó sobre el jardinero y lo empujó contra la pared, presionándole la garganta con el brazo.

—¿Has tocado a mi hermanita, desgraciado? —gruñó. Tendría dieciséis o diecisiete años en ese momento, más o menos.

—Julian... —dijo nuestro padre, que señaló a mi hermano y le hizo un gesto para que lo soltara y se apartara—. Mi niña. —Mi padre me movió entre sus brazos para poder verme la cara. Era muy apuesto, mi padre. Tenía la frente ancha, las cejas oscuras y los ojos marrones. Llevaba la barba que podrías verle a un granjero acicalado. Siempre tenía la mandíbula tensa y los ojos serios—. Cuéntame qué ha pasado —me pidió con calma.

—Cuando me he levantado, tú y Julian ya no estabais, así que he ido a buscar a mamá, pero me ha dicho que todavía estaba cansada y que me fuera abajo, y lo he hecho...

Él asintió una vez.

—Y luego cuando ha bajado ella...

—¿Cuánto rato has estado abajo sola, Dais? —me preguntó.

—Mmm. —Hice un gesto con la boca mientras pensaba—. No lo sé. ¿Te refieres a antes o a después de que mamá se fuera?

Mi padre lanzó una mirada fugaz a mi madre y ella abrió mucho los ojos, nerviosa.

—Antes.

—Tampoco lo sé.

---

[201] Laoise era el nombre completo de mi madre, por si no lo sabías. Todo el mundo la llamaba Leesha.

—¿Te has puesto la tele? —me preguntó con una sonrisa.
Asentí.
—¿Cuánto rato?
Apreté los labios.
—No hay límite para ver la tele en vacaciones, ¿verdad? —Papá me sonrió con dulzura—. ¿Qué te has puesto?
Me encogí de hombros.
—Pues he visto dos pelis y luego un poquito de otra…
Mi padre apretó más los dientes.
—¿Y luego ha bajado mamá?
—Sí, quería irse de compras con Ankers.
Papá la miró con ojos amenazadores.
—¿Y luego qué ha pasado?
—Bueno… —Me froté un ojo—. Me ha dicho que no me gustaría ir de compras y le ha pedido a ese hombre que jugara conmigo.
Señalé al jardinero.
Papá asintió.
—¿Y por qué te escondías, ángel mío?
—Pues porque él quería hacerme cosquillas todo el rato y a mí no me gustaba.
Mi padre hinchó las narinas.
—¿Dónde te ha hecho cosquillas, tesoro?
Volví a encogerme de hombros.
—Por todas partes.
—¿También donde llevas el bañador?
—Un poco. —Asentí—. Pero no llevaba puesto el bañador, era ropa normal.

Mi padre asintió una vez, me movió entre sus brazos y sacó la pistola[202] y disparó a matar al jardinero allí mismo. Le disparó dos veces en la cabeza. Solo le hizo falta un disparo.

Y luego, sin dudar un instante, movió la pistola y se la plantó de lleno en la frente a mi madre.

—¿Has dejado a mi hija con un puto pedófilo?

---

[202] Revólver Smith & Wesson Modelo 648 22Mag.

345

Yo estaba paralizada, me agarraba al cuello de mi padre con tanta fuerza que probablemente lo estaba ahogando.

Julian, inmóvil, tenía los ojos muy abiertos.

—Papá...

—Hadrian... —Kekoa avanzó hacia él.

—Déjame, hostia —contestó papá sin mirarlo, mientras apretaba la pistola contra la frente de ella con más fuerza.

—No... No lo sabí... —tartamudeó ella.

—Papá... —Julian se acercó un poco a él—. Baja la pistola...

—Joder, Julian, no te metas.

Mamá no miraba a mi padre, sino a mí, como si fuera yo quien le estuviera poniendo una pistola en la cabeza, como si se lo estuviera haciendo yo.

—¿Has dejado que un puto pedófilo tocara a mi hija para poder irte de compras con tu yogurín? —rugió mi padre, pegándole la pistola todavía más a la cabeza.

—Por favor, papá, dame a Daisy... —dijo Julian flojito a nuestro lado.

Miró a mi hermano y luego a mí, como si se le hubiera olvidado que me tenía en brazos.

Me entregó a Julian y, en cierta manera, eso fue un error, porque en cuanto Jules me tuvo en brazos, papá la agarró por el cuello y la empujó contra una pared, encañonándola en la cabeza.

A ella se le llenaron los ojos de lágrimas sin querer y me miró con fijeza, me fulminó con la mirada, me dijo sin palabras que todo eso era culpa mía.

Julian me sacó corriendo de allí y subió las escaleras, cerró la puerta tras él, encendió la tele y subió el volumen. *Un padre en apuros*, aunque era pleno verano.

Suspiro, con la barbilla apoyada en la mano, sentada en el cuarto donde pasó todo aquello hace ya tantos años.

Por si te lo estabas preguntando, ha sido un viaje tan raro como imaginabas que sería,[203] ¿quizá lo que ocurre es que esta casa saca lo raro de las personas?

---

[203] Demasiados intereses cruzados, demasiada tensión, etc.

—Te has puesto el cárdigan —comenta Magnolia, mirándome con una sonrisa.

He perdido la cuenta de la cantidad de ropa nueva que recibo semanalmente porque ella me la deja en mi cuarto. Exceptuando el sujetador de La Perla,[204] todo lo que llevo puesto[205] es de su parte, creo.

—¿Estás bien? —me pregunta observándome desde la puerta.

—Sí... —Me encojo de hombros con desdén—. Claro.

No se lo cree y se adentra más en la estancia.

—¿Estás segura?

—Es... un recuerdo raro. —Niego con la cabeza.

—Cuéntame. —Se me acerca otro paso y me sonríe con amabilidad.

Le devuelvo una sonrisa brusca.

—No...

Suelta una especie de suspiro, me lanza una sonrisa cansada y se da la vuelta para irse.

—Mi padre mató a un hombre de un disparo justo aquí. —Señalo hacia donde está ella.

Se queda quieta.

—Oh. —Se desplaza un poco hacia la izquierda—. ¿Por qué?

Pienso qué responder.

—Porque fue un hombre malo, creo.

—¿Contigo? —pregunta con delicadeza.

Asiento.

Se sienta delante de mí y apoya la barbilla en la mano.

—Lo siento.

—Me libré. —Niego con la cabeza—. Me escondí.

Se encoge de hombros.

—Lo siento de todos modos.

—Mi madre me dejó con él —digo, no sé por qué.

—Oh, Dios... —Parpadea dos veces.

—Cuando nuestro padre se enteró, se puso hecho un basilisco.

---

[204] Sujetador deportivo con el logo estampado por todo el dobladillo (La Perla).
[205] Cárdigan corto de mezcla de mohair con detalles de pedrería (Alessandra Rich); pantalones sueltos con el tobillo abierto; mules acolchados BV Lido 90 mm (Bottega Veneta).

Magnolia se limita a asentir.

—Le puso una pistola en la cabeza a ella y todo.

Frunce el ceño, triste, y yo niego con la cabeza.

—Después de aquello no volvieron a ser los mismos.

—Oh. —Se mordisquea el labio inferior—. ¿Ella lo dejó?

—No. —Niego con la cabeza—. No podrías. Ella no lo habría hecho. Lo quería, a él y a mi hermano…

—Y a ti —me recuerda, porque es lo normal, pero yo niego con la cabeza.

—No.

—Estoy segura —asiente ella.

—No, no lo sé… —Niego con la cabeza. No estoy hurgando—. Cuando murieron… ¿Sabes cómo murieron?

—Sé que los mataron, eso lo sé —contesta—. Me temo que tu hermano no se ha metido mucho más en el tema…

No puedo creer que siquiera haya entrado en el tema.

—Les dispararon en una playa. —Me mordisqueo el interior de la mejilla—. El tipo de la pistola intentó matarnos a nosotros también.

Pone una expresión consternada, devastada.

—Dios mío. —Parpadea.

—Julian le paró los pies —le cuento, y me parece ver cierto orgullo en la sonrisa que me muestra.

—¿Cómo?

La miro con la cabeza ladeada. Le lanzo una mirada y se lo digo sin palabras, no quiero destruir por completo la ilusión que se ha hecho sobre quién es mi hermano, pero creo que lo hago sin querer.

—Oh.

No dice nada más y el orgullo se disipa, y quizá cierto miedo empieza a echar raíces.

—Cuando el hombre sacó la pistola, mi padre se abalanzó delante de mí, no de mi madre…

—Instinto paternal. —Parks asiente, luego reflexiona para sus adentros un segundo y se encoge de hombros—. Aunque, ¿qué voy a saber yo?, mi padre no tiene.

—Siempre he sentido que ella murió por mi culpa.

—Bueno —me mira con fijeza—, pero no es así.

Le devuelvo la mirada.

—Solo que un poco sí lo es.

—No. —Niega con la cabeza, firme—. Eso es porque tu mente juega contigo, pero no es cierto. No fue culpa tuya.

Suspiro, pongo los ojos en blanco con gesto desdeñoso hacia ella por intentar hablarme de algo que es imposible que comprenda.[206]

Aprieta los labios, tiene el ceño fruncido. Traga saliva.

—BJ y yo… Bueno, me quedé embarazada en el instituto.[207]

Me quedo paralizada y la miro fijamente.

—¿Qué?

—Perdimos al bebé.[208] —Se encoge con todo su cuerpo como si no pasara nada, pero sus ojos delatan que está destrozada.

—Dios mío… —La miro parpadeando.

—Y… tengo veinticuatro años… —Se toca el pecho, cierra los ojos con mucha fuerza—. Y sé… sé que… yo no lo maté… —Luego abre los ojos y me mira nerviosa—. Sin embargo, a veces tengo la sensación de que sí.

Ladeo la cabeza.

—Magnolia…

—Estaba… muy delgada en esa época.

¿En esa época? La miro fijamente, perpleja. No puedo imaginarla estando mucho más delgada que ahora. Me sonríe con tristeza al tiempo que se encoge de hombros.

—No creo que estuviera muy sana…

No sé qué decir, de modo que me encojo un poco de hombros.

—Estabas en el instituto…

—Lo sé. —Asiente—. Eso lo sé y tú también lo sabes, y cuando lo oyes, sabes que obviamente yo… —hace una pausa. Recupera la compostura—. Que no lo hice. Pero a veces, si escuchara las partes erróneas de mi mente, podría sentir que lo hice. —Me lanza una mirada—. Así que, aunque sientas que lo que le pasó a tu madre fue tu culpa, sé que no lo fue. ¿Vale?

---

[206] ¿Cómo puede ser tan pesada?
[207] Dios mío.
[208] Hostia puta. Instantáneamente tienen mucho más sentido.

Se me nubla la mirada,[209] pero asiento de todos modos.

—Vale.

Se da la vuelta para irse y justo hace una pausa.

—Christian lo sabe —me dice.

—Vale.

Aprieta los labios.

—Pero Julian, no.[210]

—Vale —asiento.

Me mira con ojos suplicantes.

—No se lo digas.[211]

Niego un poco con la cabeza.

—No lo haré.[212]

Se pellizca el labio sin darse cuenta, por los nervios.

—Es que tengo la horrible corazonada de que si se enterara, esa decencia secreta que tiene y que solo tú y yo conocemos podría activarse y haría lo correcto y terminaría conmigo.

—Vale. —Trago saliva, noto que frunzo un poco el ceño—. Aun así, ¿debería?

Magnolia frunce los labios.

—Probablemente… —Asiente y me sonríe con tristeza—. Mmm…, probablemente. Pero, en realidad, no quiero que lo haga.

Creo que pronunciar esa frase en voz alta la pilla con la guardia baja. Niega muy rápido con la cabeza.

—Todavía no.

Y lo entiendo, comprendo un «todavía no». Y sé lo que quiere decir sobre mi hermano, sé lo que es estar con él o bajo su protección. Es como la capa de ozono, como si sin él, ella fuera a ser un pedazo de tierra chamuscado, nada más.

—Vale —le digo asintiendo un poco.

Me lanza una sonrisa rápida y hace el amago de irse.

---

[209] Aunque te juro que preferiría morir antes que echarme a llorar delante de ella, así que…

[210] Mierda.

[211] Doble mierda.

[212] Triple.

—Lo siento… —le grito antes de que se vaya—. Siento lo que te pasó.
Esboza una pequeña sonrisa de agradecimiento.
—Yo también siento lo que te pasó a ti.

CUARENTA Y CUATRO
Julian

Estar de viaje con Magnolia y BJ ha sido una puta mierda a nivel mental. Sin embargo, cada vez que los veo juntos, lo cual viene a ser tan a menudo como te imaginas y más a menudo de lo que yo querría, creo que empiezo a comprenderlos más. Él la ha puesto en un pedestal tan alto que está convencido de que nunca será lo suficientemente bueno para ella, y está tan jodidamente enamorado de ella que ni siquiera se da cuenta de que a ella le importa una buena mierda y que quiere estar con él a toda costa. Ahora bien, yo no quiero saber todo esto, no quiero que me importe una mierda y sentirme mal por él, solo quiero ponernos a ella y a mí en un vacío donde no haya nadie más y nada pueda tocarnos.

Me entretengo intentando encontrar el lugar para colgar *La ventana abierta* de Matisse. Una obra que he «adquirido» hace poco. Es muy importante encontrar el lugar para exhibir una obra. El espacio tiene que ser el adecuado, la iluminación tiene que ser la adecuada, la altura desde el suelo, las obras que la rodean. Soy bastante quisquilloso con todas las obras que cuelgo, pero esta (no sé por qué) me está costando ubicarla. Hay algo en este cuadro... Me hace pensar en ella de una manera que es estúpida y que preferiría no hacer. Anhelo una vida que no había anhelado jamás hasta ahora. Ventanas abiertas, respirar tranquilamente, cielos que te rompen el corazón. Lo miro y lo único que veo son paseos sin rumbo por calles adoquinadas de un pueblecito de la vieja Francia con nada más que ella en mis manos, y odio ese pensamiento porque no es solo un pensamiento, es una burla. Amarla es una burla.

Ha estado distraída todo el viaje. Me ha resultado algo molesto ver que se le iban los ojos hacia Ballentine cada vez que él aparecía. Me he quedado un poco corto diciendo «molesto», le pegué un puñetazo a una pared del armario anoche cuando los vi en el balcón.

El golpe resultó bastante ruidoso y ella subió a ver cómo estaba.

—¿Estás bien? —Me miró con el ceño fruncido desde la puerta.

Asentí.

—Claro.

Oculté la mano detrás de la espalda. Se dio cuenta. No sé cómo se dio cuenta de eso, se le escapan tantísimas otras cosas, joder, pero se me acercó con paso decidido, me descubrió la mano y la examinó. Algo magullada. Un poquitín de sangre. Es probable que me rompiera un nudillo.

—¿Qué has hecho? —Me miraba la mano con fijeza.

—Nada. —Me encogí de hombros.

—Le has pegado un puñetazo a algo. —Me miró de hito en hito.

—Solo a una pared.

Me miró fijamente con el ceño fruncido.

—¿Por qué?

Volví a encogerme de hombros.

Ella puso los ojos en blanco como si el irritante fuera yo y se fue de la habitación. Eso me molestó todavía más que lo del balcón en sí. Que se diera la vuelta sobre sus talones y volviera corriendo con Ballentine.

O eso pensé hasta que regresó al cabo de cinco minutos con un cubo para el champán lleno de hielo, un par de toallas y un botiquín.

Exhaló por la nariz, diciéndome sin palabras que estaba enfadada conmigo.

Me empujó hacia una de las butacas Bas Van Pelt que pillé en los Países Bajos la última vez que fui. Cuesta bastante encontrarlas últimamente. No hice un mal trato. Unas quince mil libras por dos butacas.

Se arrodilló a mi lado y me miró con gesto impasible.

—Tenemos que trabajar tu temperamento —me dijo.

—No somos un plural —le contesté, porque quiero que lo seamos.

Ella exhaló ruidosamente y puso los ojos en blanco mientras me limpiaba la herida.

—Eso dices tú.

—¿Me equivoco? —Busqué su mirada.

Me lanzó una sonrisa tensa.

—A menudo sí.

Ladeé la cabeza.

—¿Y sobre esto?

Apartó la mirada para examinar mi mano, esquivó mi mirada.

Se quedó conmigo lo que quedaba de noche. Me sentí un poco como una mierda al respecto, porque sé que no me quiere a mí, pero bueno, a la mierda, soy egoísta y estoy mejor cuando está conmigo, y no lo ha estado mucho este viaje.

Ni siquiera sé si saben que lo hacen, todos esos momentos y miradas robados, cómo gravitan hacia los mismos lugares al mismo tiempo. Es un puto castigo.

Odio quererla. Es un desastre.

Me llamaron cuando ya se hubo dormido.

Le dije que tenía que ir a recoger una cosa en la ciudad.

—¿Voy contigo? —me preguntó por la mañana.

Ojalá haber podido decirle que sí, pero no.

Negué con la cabeza y le di un beso en la coronilla, me fui sabiendo que encontraría la manera de pasar el día con ese exnovio suyo que antes era mi amigo, y que ahora tengo ganas de matar todo el rato.

Casa L'acqua es uno de los lugares más frecuentados por la gente como yo en el lago de Como.

Nosotros y los famosos más valientes que corren por ahí. Está pegado al agua. Lo único más loco que las vistas son los precios.

Me siento en una mesa para dos, miro hacia el lago. Espero.

Tengo a los chicos conmigo.

Pido un Barbera. Picoteo unas aceitunas.

No tengo mucha hambre.

Tengo una corazonada.

—Julian... —Se detiene de pie ante mí, sonriendo con gesto brusco.

Me pongo de pie porque soy un caballero, absolutamente siempre, incluso con ella.

Me da un abrazo raro y yo le hago un gesto para que se siente.

—Me sorprende que me llamaras. —Inclino la cabeza hacia ella.

Se coloca un mechón de ese pelo castaño oscuro suyo detrás de la oreja.

—Me ha parecido el momento. —Roisin MacMathan se acomoda en el asiento—. ¿Y dónde está mi sobrina?

Me mira fijamente con las cejas enarcadas.
—No la llames así... —Niego con la cabeza.
—Claro, pero es la verdad, ¿o no?
—No de ninguna manera que importe.
Se encoge de hombros.
—La verdad es la verdad, Julian.
—Gilipolleces. —Bebo un poco de vino—. Es algo objetivo.
Enarca las cejas.
—¿Y eso por qué?
—Porque la verdad tiene mil capas e implicaciones. La verdad absoluta no existe. —Me encojo de hombros—. La verdad literal es que Daisy y yo tuvimos la misma madre. La verdad también es que, aunque era la misma mujer, todos sabemos que no la tuvimos.
—Sé que no estás hablando mal de mi hermanita muerta. —Se cruza de brazos.
Le lanzo una mirada.
—Solo estoy diciendo... la verdad.
Daisy no lo sabe. ¿Cómo se llamaba nuestra madre? Todo el mundo de nuestro entorno la llamaba Leesha. Pero se llamaba Laoise MacMathan.
Me pregunto si debería contárselo.
Nunca he sabido ver de qué le serviría saberlo. Ella y mamá tenían una relación de mierda de todos modos, nunca conoció a nadie de la familia de mamá, nunca supo que ese lado de la familia existía siquiera. Siempre he tenido la sospecha de que mamá puso a todo ese lado en contra de Daisy de todos modos. Sabía ser muy convincente al respecto, que papá la forzó a tenerla (que lo hizo), que ella nunca había querido otro bebé (solo que lo que no quería era una niña), que Daisy era complicada e insolente e imposible de controlar (gilipolleces), que Daisy se interpuso en el matrimonio (al final es verdad que estuvo en medio, pero no por nada que hiciera ella), que Daisy los echó a perder... y eso en parte es cierto. Papá solo quiso a Daisy, se obsesionó con ella en cuanto mamá la hubo sacado. Y el amor que él sentía por Daisy es verdad que pasó por delante de todo lo demás. Mamá casi murió en la mesa de operaciones después de tener a Daisy, por una hemorragia posparto.
Papá ni siquiera se enteró. Él tenía a Daisy; papá la cogió en brazos,

se sentó en una silla a contemplar a la recién nacida, se olvidó de su mujer, cuya vida en ese momento peligraba.

Al final se acabó recuperando bien, pero su relación con Daisy estuvo condenada de buen principio.

Volvió a casa con ellos al cabo de poco… para recuperarse y recobrarse, eso dijo Kekoa. Papá no dijo mucho al respecto. Ella volvió a Docklands y se quedó unos seis meses allí. Yo la visité unas cuantas veces, Daisy nunca lo hizo. Oí a papá discutiendo con ella por teléfono al respecto. A él no le gustó, no le gustaba cómo trataba ella a Dais…, que se fuera directamente a Docklands en cuanto hubo salido del hospital.

Recuerdo oír a papá y a Roisin discutiendo fuerte por teléfono.

—Porque es su madre —gritó papá. Negó con la cabeza enfadado, mirando fijamente a Daisy, que era un bebé que dormía en la cuna que él tenía en el despacho—. Puedo ¡porque es mi mujer! —gritó, y luego me vio, me lanzó una sonrisa que pretendió ser valiente, pero que en realidad fue triste, y luego cerró la puerta.

—Esa hermana tuya ha sido un problema desde el día que nació. —Roisin me mira con esos ojos que son como los de mi madre. La echo de menos un segundo. Es rápido y repentino. Como una gota de agua que no esperabas que te cayera en la cara.

—¿Y tú cómo lo sabes? —Bostezo—. No la conoces.

Papá se aseguró de ello. No le gustaban los MacMathan, él también mantenía las distancias. Creo que cuando mamá y papá empezaron a salir, es posible que él albergara la esperanza de que la familia de ella y la de él se fusionaran. La de él era más grande, más poderosa, tenía mayor alcance. La de mamá era más orgullosa.

Para cuando Daisy llegó, el clan MacMathan estaba bien situado en la trata de personas, y ya conoces las reglas de mi hermana. También eran las reglas de mi padre, y ahora las mías. No tengo estómago para eso, se me antoja que está por debajo de todos nosotros.

Dais quedaría destrozada si se enterara.

—¡Oh! —canturrea Roisin—. Me encantaría conocerla, ven a verme con ella cuando quieras. A Cian Gilpatrick le encantaría saludarla un segundo.

Me acomodo en el asiento y me cruzo de brazos.

—Sé que no ha sido una amenaza.

Ella también se arrellana en el asiento. Demasiado relajada.

—¿Lo sabes? —Sonríe con las cejas enarcadas.

—Por tu bien, espero que no lo fuera —le contesto, impertérrito.

—Mmm. —Me sonríe un poco—. Las amenazas son tan divertidas, ¿verdad? Están vacías si lo está tu vida… —Entorna los ojos—. Dime, Julian, ¿últimamente está vacía tu vida?

Me rasco el cuello fulminándola con la mirada. Me pregunto si está deduciendo lo que creo.

—Ahora tienes un perrito, ¿verdad? —me pregunta con una sonrisa extraña—. Yo tuve un perro una vez. Lo quería muchísimo. —Asiente con solemnidad—. Por eso mi padre lo ahogó.

Alarga una mano y se mete una aceituna en la boca.

—En ese momento fue horrible, pero a toro pasado, se lo agradezco. Me hacía débil.

Me encojo un poco de hombros, ignoro las náuseas que me está generando.

—Igual te habría suavizado un poco el carácter.

Suelta una risita. Niega con la cabeza mientras se acomoda en el asiento.

—He oído que también te has buscado una noviecita.

Se me hace un nudo en el estómago. Mierda. No reacciono. No dejo que se me note en absoluto en la cara.

Ella interpreta mi silencio como un indicador para seguir hablando. Señala vagamente a su alrededor.

—Tengo ojos en todas partes…

Niego un poco con la cabeza, me paso la lengua por el labio inferior. Hago todo lo que puedo por aparentar aburrimiento.

—Bueno, pues tus ojos son una mierda.

—¿Ah, sí? —pregunta con las cejas enarcadas.

La miro como si fuera una idiota.

—Tiene novio —le digo poniendo los ojos en blanco. Doy gracias por Ballentine por primera vez en mi puta vida—. Copan las portadas de todas las putas revistas de este país.

Le vacila la expresión un instante, confundida, y le rezo a Dios para que estén donde estén los ojos de esa mujer, ahora mismo estén viendo a Magnolia sentada a horcajadas encima de Ballentine.

Se pellizca el labio inferior, parece mosqueada.

Me río.

—Solo follamos, Ro.

—¿Y eso qué le parece al novio?

—Pues mal. —Suelto una carcajada hueca y luego me encojo de hombros—. Si la vieras, tú también querrías catarla.

Me lanza una sonrisa desagradable.

—Quizá lo haga.

Creo que voy a vomitar.

Hago un gesto con la cabeza como si no me importara una mierda nada de lo que me está diciendo. Como si no fuera a llamar a Jonah en cuanto me meta en el coche para que mantenga a Magnolia alejada de cualquier ventana, como si no estuviera a punto de revisar las cámaras del Recinto para ver cómo está PJ.

Me pongo de pie y ella me sigue con mirada asesina.

—Creo que hemos terminado —le digo al tiempo que empiezo a alejarme.

Luego me suelta:

—Hablaremos pronto.

16.45

Magnolia

> Estás bien?

Sí! Tú?

> Dónde estás?

En la habitación

Por qué?

> Por nada

> Todo bien

Vale

Iba a ir a nadar, te vienes?

> Claro. Me esperas?

Vale.

Va todo bien?

> Sí, genial
>
> Llego a casa en nada 🙃

CUARENTA Y CINCO
Christian

Desde que se supo que volvemos a estar juntos, mi madre me ha estado comiendo la oreja para que invite a Daisy a casa.

Italia estuvo bien, pero me alegro de haber vuelto. Había demasiadas cosas raras allí, y a Daisy y a mí no nos hacen ninguna falta.

Y luego, si soy sincero, volvimos a estar juntos de verdad unos cuarenta segundos antes de que nos fuéramos todos a Italia. ¿Alguna vez te has mudado a una casa, y has podido trasladarte bien, deshacer todas las maletas, pero luego te has ido de vacaciones, y solo habías pasado un par de noches en la casa nueva antes de marcharte? En realidad, no acabas de sentirla del todo tuya todavía. No empiezas a sentirla tuya hasta que vuelves a tu propia cama, aprendes a usar la lavadora, te quemas en la ducha nueva... Hasta que vives allí, vaya. ¿Entiendes?

Lo único que quiero es vivir allí con Daisy.

Brunch los domingos con mamá, algo que lleva intentando imponernos este último año. No siempre han ido muy bien.

A veces los hacemos en casa, otras veces los hacemos fuera. Cuando eran fuera, de vez en cuando iba con Vanna. Normalmente vivía para lamentarlo.

A mamá no le entusiasmaba.

Daisy parece nerviosa de camino hacia allí. Le he puesto una mano en el regazo mientras conduzco y ella me la sujeta con las dos, me pellizca los dedos sin darse cuenta de que lo está haciendo.

—Mamá te adora... —le digo frunciendo un poco el ceño.

—¿Sí? —Me mira.

—Sí —asiento.

—¿Quién más habrá?

—¿Jo? —Me encojo de hombros—. Callum, tal vez...

—¿Tu padre no? —le pregunta a mi mano.

Me encojo de hombros de nuevo.

—Doy por hecho que estará en la finca, pero dudo que esté en la mesa.

Aparco en la carretera de entrada y exhalo, siento una especie de alivio de tenerla conmigo. Hice todo lo que pude por no imaginarla aquí, en mi vida, como quería tenerla, porque quería su felicidad por encima de la mía. El amor te deja jodido. Antes no era así. Quería mi felicidad por encima de la de cualquiera, y ahora seguramente metería la mano en una licuadora si eso le hiciera sonreír.

—¡Daisy! —Mamá le echa los brazos al cuello y le da un puto abrazo de oso—. Como me alegro de verte, cielo. —Mamá me da un beso rápido en la mejilla—. Hola, cariño mío.

Se lleva a Daisy hacia el comedor.

—Bueno, como no te llego ni a la suela del zapato como chef, Daisy, he encargado un catering.

—Mamá... —Pongo los ojos en blanco.

—No hacía ninguna falta... —Daisy niega con la cabeza, me mira avergonzada—. Me comería unos Cornflakes si me los dieras.

—Mamá, podríamos haber ido por ahí... —Las sigo.

—Qué va, tonterías. Me encanta tener a mis chicos en casa. —Invita a Daisy a sentarse. Yo me siento a su lado al tiempo que nos traen suficiente comida como para alimentar a toda Papúa Nueva Guinea.

—¿Quién más va a venir? —Frunzo el ceño, mirando toda la comida.

—Yo —responde el tío Callum mientras se sienta enfrente de mí. Me lanza una sonrisa tensa.

—Cal. —Le hago un gesto con la cabeza—. Cuánto tiempo... ¿Cómo estás?

Se fija en mi brazo, con el que rodeo a Daisy.

—Bueno. —Sonríe y la verdad es que no me importa. Nunca me ha caído muy bien—. Vaya por dónde...

Pasea los ojos de mí hasta Daisy y abre la boca para decir algo cuando aparece Jonah.

—¡Lo siento! —grita a pleno pulmón—. Lo siento... Siento llegar tarde. Vengo de Tottenham.

—¿Por qué? —Daisy frunce el ceño.

Jonah ignora la pregunta, le pasa un brazo por el cuello bruscamente y le planta un beso en la cabeza, luego da la vuelta a la mesa y se sienta junto al tío Callum.

Jo no le hace ni caso.

—Por el amor de Dios, Jonah... —suspira su madre, que entra con una fuente de cruasanes en las manos. No sé por qué, pero somos cinco y creo que hay doce cruasanes—. ¿Llevas pintalabios en el cuello?

Jonah se toca el cuello, pensativo.

—¿De qué color es?

—Rojo —le digo.

Callum se vuelve hacia Jo y entorna los ojos.

—Yo diría que es más bien un color borgoña, ¿no?

—Tienes otro en el otro lado del cuello que claramente es fucsia —señala Daisy.

—¡Jonah! —exclama mamá. Luego señala la comida de cualquier manera—. Todo el mundo a comer, venga. Menos tú... —De un manotazo aparta la mano de Jo de un bollo danés.

—¿Las marcas de ambos pintalabios son de Taura?

Jonah pone mala cara y luego me mira.

—¿Es mejor o peor si digo que sí?

Me encojo de hombros.

Daisy frunce un poco el ceño.

—Entonces ¿de quién son?

Mi hermano la mira fijamente y no dice nada. Le veo en algún rasgo de la cara que se siente como una mierda al respecto, pero que no sabe qué más hacer.

Esta mierda con Taura ya hace demasiado tiempo que dura. Y creo que Jo no sabe qué más hacer. Lleva meses con esto (lo cual es raro viniendo de él) y solo sirve para demostrarme que estamos jodidos. Da igual cómo caiga la espada, ya estamos jodidos.

Y luego mi madre, mi hermano y Callum se quedan todos paralizados mirando algo que hay detrás de mí.

Daisy vuelve la mirada por encima del hombro, curiosa.

—Oh. —Sonríe—. Hola.

Mi padre no dice nada mientras se sienta en la cabecera de la mesa.

—Papá —digo. No es una pregunta, pero tampoco es una afirmación.

Él me mira, como si le sorprendiera verme.

—Christian —dice parpadeando un par de veces. ¿Irá borracho?

Luego deja de mirarme a mí para mirar a Daisy entre más parpadeos. Me coloco delante de ella porque no quiero que la mire con tanta fijeza. A continuación, arrastra la mirada hasta Jonah.

—Y Jonah. —Pausa larga—. ¿A qué debemos el placer?

—¡No! —interviene mamá, haciendo un gesto desdeñoso con la mano hacia su primogénito—. A él se le ha acabado el placer. —Lo señala con un dedo—. ¿Me oyes? ¡Basta! Tienes veinticinco años. Escoge una.

Jonah aprieta los labios y mira fijamente su plato. Avisa a un miembro del servicio.

—Un bloody mary, amigo. —Jo me mira a los ojos—. Mejor que sean tres... —rectifica.

—Bueno, al final qué pasó contigo y el jodido policía ese, ¿eh? —pregunta el tío Callum, dando un sorbo de té.

Lo miro con los ojos entrecerrados, cabreado, abro la boca para decir algo, pero Daisy se me adelanta para asestar el golpe.

—Preguntaba demasiadas cosas que no eran de su incumbencia. —Le sonríe secamente y al tío Callum no le hace ninguna gracia.

Echa la cabeza para atrás.

—¿Sabes con quién estás hablando?

Y Daisy Haites, el amor de mi puta vida, enarca una ceja y responde:

—¿Y tú?

Eso tiene que herirle el ego, lo sé. Porque da igual cómo lo mires, ella está más arriba en la cadena trófica.

Callum no está en la línea directa de sucesión. Tendrían que pegarnos un balazo en la cabeza a mamá y a Jo y a mí para que él pudiera ocupar un lugar importante, e incluso así, nuestra familia de Londres no tiene el poder que tiene la familia de ella.

Ella es una puta Haites.

—¿Qué ha pasado con la rubia, entonces? —pregunta papá de golpe y porrazo, haciendo un gesto impreciso hacia Daisy.

A Barnsey se le caen los cubiertos encima del plato y fulmina con la mirada al hombre con el que se casó.

El cuerpecito de Daisy se pone tenso junto al mío, de modo que la rodeo con un brazo.

—Jud. —Mamá lo fulmina con la mirada y luego mira a Daisy para disculparse—. Ni siquiera ha estado nunca en esta casa. Él ni siquiera la conoce. No sé por qué...

Jo y yo intercambiamos una mirada, cansados de esta mierda.

—¿Qué? —Se encoge de hombros papá—. ¿No puedo buscar en Google a la chica que se está acostando con mi hijo?

El tío Callum suelta un bufido irónico.

—¿Qué cojones, papá? —gruñe Jonah—. La tienes delante de tu puta cara.

—¿A quién? —Parpadea y Daisy se sienta un poco más erguida, menos desconcertada de lo que imaginas.

—A mi novia, papá. —Le lanzo una mirada asesina—. Daisy.

Papá entorna los ojos para mirarla.

—¿La otra era tu novia?

—No. —Exhalo ruidosamente por la nariz.

—¿Y cuántos años tienes, Daphne?

—Daisy —corrijo en voz alta, apretando ambos puños.

—Daisy —repite papá, enfatizando su nombre a propósito—. ¿Cuántos años tienes?

Ella se rasca la punta de la nariz.

—Tengo veintiuno.

Papá la mira con fijeza, viéndola verdaderamente por primera vez.

—¿Y a qué te dedicas, Daisy? —pregunta, sin dejar de mirarla.

Ella mordisquea su cruasán.

—Estoy en tercero de Medicina.

—Eres médica... —Parpadea él, intrigado, mirándonos a los demás.

Ella le sonríe con una amabilidad que él no merece.

—Todavía me falta un poco.

Me acerco su mano a los labios y le doy un beso en el dorso para infundirle ánimo, aunque no le hace falta.

—¿Qué especialidad vas a escoger? —le pregunta alcanzando el zumo de naranja.

Jo y yo intercambiamos miradas de confusión. Papá llevaba catorce años sin hablar tanto. Y mamá está sentada en la otra punta de la mesa, mirando con curiosidad.

—Mmm... —Daisy frunce los labios—. Creo que me gustaría escoger Pediatría, pero supongo que al final acabaré decantándome por Urgencias.

Él frunce un poco el ceño.

—¿Y eso por qué?

Daisy se encoge de hombros como si no pudiera remediarlo.

—Supongo que, probablemente, Urgencias es más beneficioso para la línea de trabajo de mi familia...

Él ladea la cabeza.

—¿Y cuál es la línea de trabajo de tu familia?

Ella lo señala con el mentón.

—La misma que la de la tuya.

—Ah. —Asiente y desvía la mirada hacia Jo y yo, y luego de vuelta hacia ella—. ¿Por eso empezaste a estudiar Medicina?

—Mmm. —Frunce el ceño, planteándoselo—. Supongo que para combatirla más que nada, ¿no?

—¿Combatirla? —repite el tío Callum, que se ha ofendido al instante—. ¿No te gusta lo que hace tu familia?

Daisy me mira a mí y luego a Jo y luego a mamá, como si hubiera pisado una trampa.

—Hombre... —Se obliga a sonreír educadamente a Callum—. ¿A alguien le gusta? Nadie crece aspirando a ser criminal, ¿no?

La miro fijamente, la quiero más que hasta hace un segundo, no sé por qué. Es así. Luego me señala y dice:

—Capitán de rugby... —A continuación, señala a Jo y añade—: Organizador de fiestas náuticas, doy por hecho...

Mamá suelta una carcajada.

Luego Dais mira a mamá.

—¿Qué querías ser tú de mayor?

Mamá esboza una expresión triste, como si hiciera tanto tiempo que no piensa en ello que se le ha olvidado que, hubo una vez, antes de que el tío Beau muriera y antes de que Harvey se fuera, ella tenía una vida que no era como esta. La pregunta la pilla a contrapié. Parpadea un par de veces.

—Profesora de Lengua —dice mi padre desde la otra punta de la mesa, mirando fijamente a su esposa con expresión seria y la mandíbula apretada.

Se miran a los ojos y el aire parece llenarse de las palabras que se niegan a decir en voz alta, y luego papá se vuelve hacia Daisy y esboza la sombra de una sonrisa.
—Ella quería ser profesora de Lengua.

20.37

Taura

> Hola

Hola!

> Cuándo vas a decírselo?

A quién?

> A Jonah.

Decirle qué?

> Que no es él.

> Sé que no es él

Cómo lo sabes?

> Taura.

> Qué cojones?

> Cómo no lo sabes tú?

CUARENTA Y SEIS
Julian

Italia me jodió un poco. La amenaza que Roisin arrojó hacia Magnolia como quien no quiere la cosa... Mi instinto natural es no perderla de vista. Pero solo estamos follando, eso le dije.

Si la mandara a trabajar con mi equipo de seguridad, ellos lo sabrían.

Si la llevara yo mismo (es que, ¿para qué cojones iba a llevar al trabajo a una chica a la que solo me estoy tirando? No soy el puto príncipe azul), ellos lo sabrían.

Lo mejor que puedo hacer es comportarme como si ella no significara nada para mí. Y resulta bastante difícil de hacer cuando ella lo significa todo.

Eso, y que esa chica es perseverante como ella sola.

Me comprometí a ir a cenar con su familia antes de que fuéramos a Italia, porque antes de que fuéramos a Italia yo no estaba intentando disuadir a nadie de lo mucho que la quiero... Bueno, solo a mí mismo. Lo pospuse hasta más no poder, porque ¿por qué cojones iba a ir a cenar con la familia de una chica con la que «solo follamos»?

Lo único que redime un poco el asunto es que el padre de Magnolia es el puto Harley Parks. Y no hay nada sucio, todos sus negocios son trigo limpio, pero que él es un fiestero lo sabe todo el país y parte del extranjero.

Bueno, lo era antes de que se casara con la niñera.

Entro en Julie, en Notting Hill, Bridget y su padre ya están en la mesa.

Le doy un beso en la mejilla a Bridget, le doy un abrazo a Harley con tanta familiaridad como puedo, lo convierto un poco en un numerito.

Odio actuar para una cámara que ni siquiera sé que está. Aunque mejor eso que el otro método de alimentar este fuego, es decir, enviar a Magnolia a los brazos de su exnovio, lo cual también hice el otro día.

Organicé una cena en el restaurante de Carmelo para todos ellos, luego a ella le dije que llegaba tarde y no me presenté.

Me encontré con ella más tarde en uno de los locales, la llevé al despacho de Jonah y no nos acostamos, ella me hizo una pequeña presentación en PowerPoint sobre la evolución de las mangas, lo odié. Aunque me encantó. La besé muchísimo.

Le pedí a Jonah que la llevara a su casa. Me preguntó por qué, le dije que no hiciera preguntas.

Luego me lie con otra chica allí mismo. La besé en un rincón, le metí mano, tuve ganas de vomitar todo el rato.

¿Hacerlo porque la quiero? ¿Para mantenerla a salvo? Joder, vaya vida.

Llegan la madrastra con Arrie Parks y la abuela de Magnolia. Ellas dos no estaban invitadas.

Una decisión interesante por parte de la madrastra, y la observo durante toda la noche intentando descubrir si ha sido resultado de la culpabilidad o más bien un gesto de poder. Tener una aventura con tu jefe y luego casarte con él es una cosa, pero ir arrastrando por ahí a la mujer a la que dejó por ti... es jodido lo mires como lo mires, y me doy cuenta de inmediato que los problemas de apego que tiene Magnolia son un problema generacional.

La abuela es la hostia y (te lo digo completamente en serio) la invitaría a cualquiera de mis fiestas.

Me tiende la mano y se señala a sí misma con la mano libre.

—Bushka.

Le estrecho la mano y me señalo a mí mismo con mi mano libre también.

—Julian.

Ella vuelve a señalarse a sí misma.

—Capitana de la Guardia del Barrio —me dice Bushka con orgullo.

—Bueno... —empieza a decir Magnolia.

Bridget niega con la cabeza.

—No lo es.

Parks hace una mueca.

—Es más bien una situación de «binóculos y un agujero en la pared».

—Yo vigilo. —Bushka asiente.

—Bueno. —Magnolia ladea la cabeza—. En realidad, se sitúa más bien en el rango de una legalidad cuestionable.

Bridget me pega en el brazo, radiante.

—¡De lo cual tú sabes muchísimo!

Le lanzo una mirada a su hermana. Me cae muy bien. Me recuerda a mi propia hermana.

Y luego está su madre, he coincidido con ella alguna vez, es una belleza. Le habría puesto las cosas difíciles a Carla Bruni. Estoy bastante seguro de que lo hizo, a decir verdad. Honestamente, si no fuera la madre de Magnolia, creo que yo mismo querría catarla. Es un puto pibonazo. De tal palo tal astilla, supongo..., con esos ojos y ese cuerpo y esa tristeza.

Me recuerda un poco a mi madre. Ahora me arrepiento de haber dicho que querría catarla... Físicamente no se parecen. Mamá era rubia. Es el aire perdido.

Y el aire borracho.

Arrie me ha agarrado la cara y me ha besado. Me ha metido un poco de lengua y todo, la verdad.

Magnolia se ha muerto de vergüenza, me ha mirado con gesto de disculpa.

—No se la puede dejar sola...

—Dios, si fuera un poco más joven... —fantasea Arrie, con la barbilla apoyada en la mano y mirándome intensamente durante la cena.

Magnolia hace una mueca.

—O quizá, no sé, si él y yo no estuviéramos juntos...

Bridget se queda boquiabierta y yo la miro. Estoy sorprendido. Me parece bien, pero me sorprende.

Se pone colorada.

—Tú ya me entiendes... —Niega con la cabeza.

Pues no, la verdad. Aunque sí quiero entenderte.

—En fin —dice la niñera, aclarándose la garganta y tirándole un bote salvavidas conversacional a Magnolia.

Después, voy con ella a su casa. Le estoy dando muchas vueltas a todo lo que ha dicho. Ignorando estas últimas semanas, eso era exactamente lo que quería oír. Poniéndonos en el contexto de Roisin, es una auténtica putada.

Me siento en el borde de la cama que se compró en una galería de antigüedades a la que la llevé yo. Queda bien aquí... Tiene cierto efecto en mí, ver que le gustan las cosas que me gustan. Que compra cosas que me gustan, que quiere cosas que yo quiero. Como si estuviera dejando mella en ella.

La miro fijamente, frunzo los labios intentando saber qué decir.

—Conque juntos, ¿eh? —La miro fijamente, receloso. Y el recelo es válido. Creo que Jo llevaba razón. Ella es de las que prenden fuego a cualquier corazón que tengan cerca con tal de calentarse.

—No, lo siento... —Niega con la cabeza, muerta de vergüenza al instante—. Lo sé, lo he dicho sin pensar. Sé que tú no sales con nadie.

Asiento una vez.

—Exacto.

Sigue negando con la cabeza, se ha puesto las manos en las mejillas. Esa es Magnolia en estado de vergüenza total.

—No lo decía en ese sentido.

—¿En qué sentido lo decías entonces? —pregunto adelantando el mentón.

—Lo siento. —Rompe el contacto visual y se mira las manos.

Me pongo de pie, busco su mirada.

—Estás enamorada de otra persona.

—Lo sé. —Frunce el ceño.

Eso me ha cabreado, pero no sabría decirte por qué. Quería que me lo refutara o que dudara o algo... Cualquier cosa que me dijera que no estoy absolutamente solo aquí siendo el único enamorado, pero no me está ayudando nada, joder.

—Entonces ¿cómo coño íbamos a estar juntos? —La fulmino con la mirada.

Se me acerca un paso, los ojos muy abiertos, el labio inferior adelantado.

—¿Estás enfadado conmigo? —Frunce el ceño.

Niego un poco con la cabeza.

—Un poco sí.

Y, entonces, se molesta conmigo.

—¿Por qué?

—No lo sé. —Pongo mala cara—. Porque eres un puto incordio. No sabes lo que quieres. Lo quieres todo y no quieres nada, eres un putísimo grano en el culo.

Me mira fijamente, con la nariz levantada y de brazos cruzados.

—Oye, eso ha sido muy borde...

Yo sé lo que quiero, es egoísta quererlo ahora, pero pienso aprovecharlo mientras pueda, así que le agarro la cara, la empotro contra la cómoda y la levanto para sentarla encima.

—¿Qué estás haciendo? —me pregunta sin bajar el ritmo.

Le quito el vestido.

—Esto.

Parece confundida.

—¿Ahora?

—Sí. —Me desabrocho la camisa.

Parpadea, confundida.

—¿Por qué?

La miro fijamente y le acaricio la cara.

—Porque esto es lo que hacemos tú y yo.

Y luego vuelvo a besarla.

—Y no te atrevas a pensar en mí un puto momento...

Suelta una carcajada, confundida, mientras la tumbo en la cama.

—Haré lo que pueda.

—No estamos juntos.

—Creo que esto envía un mensaje un poco contradictorio —contesta.

Le lanzo una mirada para asegurarme de que sabe que hablo en serio

—Tú le quieres a él. Yo no quiero a nadie. ¿Estamos?

Estoy mintiendo como un bellaco, pero voy en serio.

—¿Vale? —Se encoge de hombros, confundida.

La abrazo.

—Vale.

CUARENTA Y SIETE
Daisy

Me quedo en el umbral de la puerta del despacho de mi hermano, observándolo.

Está distinto últimamente, va más allá de estar distraído sin más. Creo que está más dulce. Claro que a él no se lo puedo decir. Sería el insulto definitivo. Pero lo está, más dulce y más atento. Esa chica lo está ablandando.

—Hola —saludo.

Él levanta la vista y suelta el boli.

—Hola.

—¿Podemos hablar? —pregunto entrando en el despacho de todos modos.

Frunce el ceño: preocupación instantánea.

—¿Claro?

Me sigue con la mirada mientras cruzo la estancia y me observa cuando me siento.

—¿Estás bien?

—Sí —asiento y lo observo con atención—. ¿Y tú?

Suelta una risita, divertido.

—Sí, estoy bien. —Se cruza de brazos—. ¿Qué está pasando?

Imito su gesto.

—Tengo que contarte una cosa.

—Vale. —Asiente y ya vuelve a tener el ceño fruncido.

No me lo he quitado de la cabeza desde que me lo contó. Tiene muchísimo sentido. Le da contexto a toda su relación por completo, explica por qué son como son, y tal vez lo más grave y peor de todo: por qué siempre serán lo que son.

No pretendía contárselo, la verdad. No me gusta contar los secretos de otras personas (creo que Magnolia y yo somos amigas ahora),[213] pero es que... es Julian.

Traicionaría a cualquiera[214] por él.

—En el instituto Magnolia y BJ tuvieron un bebé.

Me mira fijamente, el rostro serio, parpadea una vez.

—Murió —aclaro.

Luego se pasa la lengua por los incisivos.

—Lo sé.

—¿Lo sabes? —Parpadeo echando la cabeza hacia atrás.

Asiente.

—Sí, lo sé. ¿Tú cómo lo sabes? —Frunce el ceño—. ¿Te lo ha contado Christian?

—No. —Pongo mala cara y me pongo a la defensiva ante la acusación de que a mi novio podría dársele mal guardar secretos—. Me lo contó ella.

Eso le sorprende.

—¿Te lo contó ella?

Asiento orgullosa.

—A ver, que me pidió que no te lo contara, pero...

Pone los ojos en blanco.

—¿Y tú cómo lo sabes? —Le hago un gesto con la mano.

—Lo sé todo sobre ella. —Se encoge de hombros—.[215] Sé que se quedó embarazada cuando tenía dieciséis años, sé que era de él. Sé que el bebé murió, sé que era una niña. Sé que ella tuvo un accidente de coche cuando iba al colegio porque el amigo de su padre conducía y estaba borracho. Sé que estuvo hospitalizada de forma intermitente en Bloxham House por un trastorno de la conducta alimentaria recurrente desde los quince hasta los diecisiete... Lo sé todo, Dais.[216] —Me fulmina un poco con la mirada—. No cambia una mierda.

—Porque la quieres.

---

[213] Pero, por el amor de Dios, no le digas que lo he dicho.
[214] A todo el mundo.
[215] —Un poco raro... —lo miro con los ojos muy abiertos y él me ignora.
[216] Contrató a un detective, luego me lo contaría. Le entregó una carpetita sobre ella.
—¿Tú crees que no sé con quién me meto en la cama? Venga ya.

Adelanta el mentón, se aprieta el labio superior con la punta de la lengua. No dice nada.

—Lo siento —le digo y lo siento en serio.[217]

—No lo sientas... —Niega con la cabeza—. Pude enamorarme de ella un instante. Ya puedes tacharlo de la lista de deseos.

Pongo los ojos en blanco.

—Sabes que no podemos estar juntos. —Me lanza una mirada.

—Pero ¿por qué no? —Niego con la cabeza—. Tú le gustas, sé que le gustas, se lo veo en cómo te mira, cómo se comporta contigo...

—Lo sé. —Asiente muy rápido—. Creo que lo sé, vaya. Pero aunque le gustara, a él lo quiere más. —Se encoge un poco de hombros—. Es mejor así.

—¿Ah, sí? —Frunzo el ceño.

—Desde luego que sí. —Pone los ojos en blanco como si fuera una idiota.

—Creo que podríais ser bastante felices juntos.

Lamento haberlo dicho nada más decirlo, aunque lo creo, aunque estoy convencida de que es cierto, a él le hace daño oírlo. Se lo veo en la cara, cómo le cambia, cómo está a punto de esbozar una mueca.

—Ya... —Se mira las manos con fijeza y suspira, luego vuelve a mirarme a mí—. Pero ¿estaría a salvo ella?

—Lo siento, Jules. —Alargo la mano y le aprieto la suya—. Mereces que te amen.

—No, Dais... Soy el capo de una mafia. —Hace un rictus con los labios al tiempo que niega con la cabeza—. Esto muere conmigo, ¿recuerdas?

Le lanzo una sonrisa triste y fugaz.

—O conmigo.

—Qué va. —Me sonríe, cansado—. Tú vas a vivir para siempre.

---

[217] Sería su peor pesadilla.

CUARENTA Y OCHO
Christian

Vamos a cenar a Nobu todos menos BJ y Jordan. No sé por qué no han venido, pero luego vamos a casa de Jo y BJ. Y pinta que la noche va a ser bastante tranquila.

Todo el mundo se está comportando. Ni Henry ni Jo están siendo particularmente territoriales con Taura; no sé qué significa en realidad a largo plazo, pero durante esta noche me lo tomaré como la victoria que es.

Magnolia y BJ están como siempre, raros. Miradas robadas y un comportamiento absolutamente inapropiado para dos personas que no están saliendo juntas.

Veo cómo destroza a mi amigo.

Conozco esa sensación, yo mismo la viví durante mucho tiempo y lo siento por él. Pero tiene las manos atadas porque ¿qué puede hacer?

Daisy y yo hemos hablado de ello, el tema la tiene bastante agobiada.

Está convencida de que a Magnolia también le gusta Julian, y yo le contesté que puede que tenga razón, pero que luego la ves con BJ y es que no le llega a la suela del zapato. Nunca nada lo hace.

Y ella me contestó que podría llegar si Julian se lo dijera y le dieran una oportunidad en serio, y yo respondí:

—¿Cómo iba a ser una oportunidad en serio? Él no quiere estar enamorado.

—Pero ya lo está. —Me miró con el ceño fruncido.

Le coloqué un mechón de pelo detrás de la oreja.

—Creo que vas a tener que dejar que fluya, pequeña.

Hizo un puchero.

—Pero se le romperá el corazón.

Asentí y le apreté la mano.

—Es probable, sí.

La novedad de estar así con Daisy es que sigue todo radiante.

Se sienta en mi regazo en lugar de en una silla cada vez que puede. Siempre que estamos de pie, tanto si está de cara a mí o de espaldas, me pone las manos en los bolsillos. Los bolsillos de delante, los de atrás, el bolsillo grande de la sudadera, ella y sus manitas congeladas siempre encuentran las mías y, seguramente, damos asco y sin ninguna duda me importa una mierda.

Algo entrada la noche, suena el móvil de Julian.

—Teeks… —dice al responder—. ¿Qué pasa? —Le cambia la cara—. ¿Qué? —Se pone de pie, se aprieta la oreja con el dedo y se aparta de todos nosotros.

Daisy no se fija, le pasa todo desapercibido. Se está riendo demasiado con una anécdota que está contando Henry de cuando detuvieron a su padre porque pensaron que estaba metiendo menores de contrabando en el país porque nos separaron en las aduanas de la frontera austriaca. Las chicas estaban tardando demasiado en el Duty Free y Lily fue tirando con los demás, pero Hamish se quedó intentando convencer a Magnolia, Allie, Maddie y Paili, y Magnolia se echó a llorar porque dijo que se sentía incomprendida cuando la gente la apresuraba en la sección de cosméticos, y el oficial de aduanas pensó que estaba siendo víctima de trata.

Total, que Daisy no se fija, pero yo sí me percato.

Observo atentamente a Julian, y Jo también.

Cuando Julian sale del salón, con el móvil todavía apretado contra la oreja, yo me pongo de pie con disimulo, me estiro y le doy un beso a Daisy en la coronilla.

—¿Quieres otra copa de vino? —le pregunto.

Ella asiente muy rápido y sigue riéndose con Henry.

Jonah también se escabulle, le sigue y al cabo de un minuto aparezco tras él.

Julian está de pie en un rincón del cuarto de Jonah, mirando fijamente la pantalla de su móvil.

—¿Qué? —pregunto mientras cierro la puerta detrás de mí.

Julian niega un poco con la cabeza.

—Gilpatrick.

—¿Qué? —Jo frunce el ceño, pero yo lo sé.
Me quedo paralizado.
—Cian Gilpatrick. —Julian me mira fijamente—. TK acaba de verlo en Heathrow.
—¿Vale? —Jo frunce un poco más el ceño.
Julian se lame el labio inferior.
—Daisy mató a su hermano el año pasado.
—Sin querer —añado yo al final, como si ahora importara una puta mierda.
—No me jodas. —Parpadea Jonah—. Él es uno de los chicos de Roisin, ¿verdad?
Julian asiente.
—Julian, quizá no es nada… —Me encojo de hombros, haciendo un verdadero esfuerzo por creérmelo.
Julian me lanza una mirada.
—Con ellos nada nunca es nada.
Suspira y niega un poco con la cabeza. Se pasa las manos por el pelo. Luego me mira a mí y después a Jo, con los ojos muy entornados.
—Roisin estuvo en Italia.
—¿Qué? —Parpadeo.
Jonah niega con la cabeza.
—¿Qué me estás contando?
—Me llamó. —Julian se encoge de hombros.
—¿Roisin? —Parpadeo.
Jules asiente.
—¿Por qué? —pregunta Jonah con cautela.
Julian se aprieta el interior de la mejilla con la lengua.
—Porque es la hermana de mi madre. —Hace una mueca y me mira fijamente—: Daisy no lo sabe.
—¿Qué? —Parpadeo.
—No se lo cuentes… —Niega con la cabeza.
—Julian… —Dejo caer la cabeza hacia atrás—. ¿Por qué cojones no se lo has contado?
Su rostro adopta una expresión tan oscura como protectora.
—Nunca ha sido ni será ninguna clase de familia para ella, puedes estar seguro de ello.

Lo miro fijamente, no tengo del todo claro adónde va todo esto.

—¿Me estás diciendo que crees que Cian Gilpatrick está aquí para m...? —Ni siquiera puedo decirlo en voz alta. Niego con la cabeza—. ¿Está aquí por Daisy?

Julian se aprieta la boca con la mano.

—O Magnolia.

—¿Qué? —Jonah se gira como un resorte.

Julian niega con la cabeza.

—Ro comentó algo sobre Parks cuando estuve allí.

—Julian... —advierte Jonah.

—Lo sé. —Niega con la cabeza—. No pasa nada. Voy a... Le dije que no era nada. Me creyó, creo...

Observo la cara de Julian. No sabría decirte si es cierto. Sí le veo que quiere que sea cierto, si lo es o no, ya no lo sé.

—¿Qué te dijo exactamente? —Jonah le pregunta con mucha claridad.

—Nada, hizo un comentario sobre que yo tenía novia...

—Mierda. —Gruñe mi hermano.

—Le dije que eran gilipolleces... —Jules niega con la cabeza, pero se le ve preocupado—. Que ella sale en la portada de todas las revistas que existen con su novio de verdad.

Jo lo fulmina con la mirada un poco, y sé que lo que le pasa por la cabeza es exactamente lo mismo que está pasando por la mía. Nunca tendríamos que haber permitido que esto pasara.

—Bueno, ¿qué cojones hacemos? —pregunto negando con la cabeza y mirándolos a ambos.

Julian me señala.

—Tú te vas a llevar a Daisy a casa, al Recinto, no se dará cuenta de que pasa nada malo, para ella será lo mismo de siempre.

Frunzo el ceño, pero él niega con la cabeza.

—He triplicado la seguridad, todo el mundo que está en la casa sabe que están ahí para salvarla cueste lo que cueste o para morir en el intento.

Me entran ganas de vomitar.

Estoy a punto de vomitar solo de pensar en lo que puede pasarle.

Julian me lo ve en la cara, me mira a los ojos y me agarra por el hombro.

—Christian, solo tienes que asegurarte de que está tranquila. Llévala a casa, dile que tienes antojo de… algo complicado que cocinaba siempre alguien a quien querías mucho…

—Mamá no cocina.

—Pues la abuela. Teníais una abuela que hacía unos *éclairs* para perder la puta cabeza…

—Teníamos una abuela muy aficionada a los cócteles, eso sí —comenta Jo, sin ayudar.

El hermano de ella se vuelve hacia el mío y lo manda callar con la mirada.

—Tú distráela y listo —me dice a mí.

—¿Y Parks? —pregunta Jonah con las cejas enarcadas. Está preocupado. Por fuera está manteniendo la calma, pero está de los putos nervios. La quiere como a la hermana que perdimos.

—Y aquí está el problema. —Julian empieza a andar de aquí para allá—. Si reacciono y me llevo a Magnolia a un lugar seguro, entonces es mi novia y es un blanco. Si la dejo, está desprotegida y es un blanco.

Los miro a ambos.

—Deberíamos decírselo a Beej.

Jonah me lanza una mirada afilada.

—¿Tú estás tonto o qué?

—¿Sí? —se mete Julian, enarcando las cejas—. ¿Y qué hará él, ponerse delante de una pistola?

—Pues sí. —Lo fulmino con la mirada y luego me encojo de hombros—. O, para empezar, no la pondrá a ella delante de una.

Julian me señala con un dedo.

—No es el puto momento, Christian…

—Me quedaré con Taura esta noche. —Jo asiente—. Me quedaré en casa de Taura, le pediré a mamá que mande a unos cuantos hombres a patrullar. Todo irá bien.

—¿Sí? ¿Y si entran? —Lo miro fijamente—. Entonces estarás tú solo con las dos chicas menos preparadas de toda Gran Bretaña.

Julian se aprieta los ojos con las manos y Jonah me lanza una mirada.

—No estás ayudando.

CUARENTA Y NUEVE
Julian

Al final, Jo se quedó con las chicas. Pensé en intentar entrar a escondidas en casa de Magnolia porque es lo que uno quiere hacer. Cuando quieres a alguien, si está en peligro, quieres estar con esa persona, quieres protegerla. Soy la única persona que puede protegerla como quiero que la protejan y no puedo, porque si lo hago, entonces resultará obvio que lo necesita.

Todo esto es una puta mierda. He mandado a los chicos a que vayan por los bares y me traigan a chicas a casa, y luego, al cabo de unas horas las acompaño al salir de mi casa, las beso y me despido de ellas con la esperanza de que, estén donde estén los ojos de Roisin, eso los despiste.

No quiero besar a otras chicas.

Me las he arreglado para mantenerlo al margen del radar de Magnolia, me las he arreglado para que ella durmiera en el Recinto estas últimas noches también.

Sin embargo, todo esto me jode. Moverme a hurtadillas por mi propia ciudad, encerrar a la chica que quiero para mantenerla a salvo... A la mierda, no.

Por eso convoqué una reunión de Boroughs al cabo de unos días. Hacemos una cada mil años.

¿Los jefes de todas las familias del crimen en un mismo lugar? Es la receta del desastre. Nos llevamos bastante bien, pero meternos a todos en un mismo cuarto es una invitación para los problemas.

Los Boroughs es lo que supervisaba mi padre, y ahora yo.

Seis familias, seis ciudades.

Londres es el epicentro del bajo mundo de la isla; conmigo a la cabeza de Londres, estoy en la cima y todo lo que entra por tierra, mar o aire a las islas pasa a través de mi filtro. Exceptuando Dublín.

Los irlandeses controlan su propio circuito. Te doy tres oportunidades para adivinar quién lo dirige, pero solo te hará falta una.

Podría contar con una mano las veces que hemos hecho una reunión de estas...

Los veo a todos individualmente muy a menudo. Veo a los Bambrilla cada dos por tres, pero los Boroughs son sinónimo de trabajo. Barnsey debería estar aquí, pero ella siempre manda a los chicos. Llama a estas reuniones un campo de nabos.

A Daisy tampoco le hacen mucha gracia los Boroughs, si te soy sincero. Le he pedido a Rome que la distrajera, así que ahora está en la cocina haciéndole una torta de Pascua italiana.

Magnolia está trabajando en el piso de arriba. Quizá es un riesgo, pero te reto a encontrarme en todo Londres un edificio más seguro que este ahora mismo.

—Entonces ¿te ha amenazado? —Santino (Bambrilla, Liverpool) se acomoda en la silla.

Asiento.

—No pinta bien —dice Hughie McCracken con su pronunciado acento de Glasgow, al tiempo que se pega en la boca con el puño, pensativo.

—A ver, ¿tan seria es esta situación? —pregunta James Devlin (Belfast).

—Mucho. —Asiento una vez—. Daisy mató a uno de los chicos de Roisin el año pasado.

—¿Qué? —Parpadea Danny Jukes (Birmingham).

Hughie niega con la cabeza.

—Dime que estás de broma...

—Fue un accidente —interviene Christian.

Jukes lo señala con el dedo:

—Mejor no escuchemos al chaval que se la está tirando.

—Fue un accidente —repite Santino con voz fuerte por encima del resto. Quiere a mi hermana como si fuera su hija.

—Los contraté para un trabajo y... —empiezo a explicar.

—Creía que no trabajabas con los MacMathan. —Jukes achica los ojos.

—Ya —asiento—. Se me olvidaba que tengo que darte explicaciones…

Me paso la lengua por el labio inferior, desafiándole a seguir hablando.

—Se les fue la flapa… —Christian niega con la cabeza—. Empezaron a disparar al personal…

—¿Y? —Hughie se encoge de hombros.

—Pues que Daisy nunca ha permitido mierdas como esta. —Jonah se encoge de hombros.

—Ella no sabía que yo los había contratado —les digo en general—. No sabía a quién estaba disparando cuando lo hizo.

—Estaba defendiendo a alguien —añade Christian, y cruzamos una mirada.

Tiller me cae bien, me gusta pensar que últimamente soy un hombre mejor de lo que era antes de que Parks me encontrara. Sin embargo, sí me descubro pensando un segundo en lo fácil que habría sido el año pasado para todos nosotros si Daisy lo hubiera dejado morir.

Jukes asiente con calma.

—Y ahora nosotros pagaremos el pato…

—Déjate de mierdas, Danny. —Carmelo lo señala con el mentón—. ¿Cuántas veces hemos tenido que ir cualquiera de nosotros a salvar tu puto culo de gilipollas de un gulag?

—Eso pasó una vez, y ni siquiera fuisteis vosotros, fue Storm, así que… —grita Danny, que se pone de pie y entonces Carmelo también se levanta.

Exhalo por la nariz y pongo los ojos en blanco.

—Sí, ¿y ante quién crees que responde Anatole Storm? ¿Ante el Ratoncito Pérez?

Recibo unas cuantas risitas.

Danny niega con la cabeza.

—Si voy a poner a mis chicos en peligro por esto, quiero saber qué voy a sacar a cambio —chilla mirándome a mí y a Santino, e ignorando por completo a Carmelo.

—Mi protección —le contesto.

Jukes niega con la cabeza.

—No parece que valga para mucho, ami…

Y, entonces, se abre la puerta de la sala de reuniones y Magnolia Parks llena a duras penas el umbral.

—¡Oh, hola! —Saluda radiante a los hombres.

Yo me quedo paralizado. Desvío la mirada hacia Christian, que tiene los ojos como platos y ha pegado un bote como si se hubiera metido en un lío.

—¿Hola? —Devlin la mira con el ceño fruncido, sin entender nada.

Jonah le está diciendo en silencio:

—Vete. Vete de aquí, joder.

Pero ella está demasiado ocupada mirando alrededor, con los ojos muy brillantes y emocionados por estar gozando de la atención de toda la sala.

—Hola. —Sonríe ella educadamente; la viva imagen de la sociedad aristocrática londinense.

—¿Y tú quién eres? —Jukes la mira con fijeza.

Magnolia se adentra en la sala y Christian, tan sutilmente como puede, intenta decirle que no lo haga, pero ella no está prestando atención.

—Oh, soy Magnolia Parks. —Se toca el pecho—. Soy una de las mejores amigas de Daisy... —Y al oír eso, Christian y yo nos miramos a los ojos, y él se muerde el pulgar para evitar echarse a reír—. Y, actualmente, Julian es mi... —Se le apaga la voz, se aprieta los labios con un dedo, pensativa.

—¿Amante? —aventura Carmelo, sin ayudar, y Magnolia se encoge de hombros y lo acepta alegremente.

—Claro. —Sonríe de oreja a oreja.

La tensión del cuarto cambia por completo.

—¡Amante! —canturrea Jukes.

—¡Ay! ¡Amantito! —se mofa Hugh.

Magnolia parece imperturbable ante sus bromas, casi como si no las oyera. La verdad es que resulta bastante espectacular ver en acción su negación consciente. Es algo legendario.

—Lo siento. Es que... estaba arriba trabajando y me sentía sola... —Me mira a los ojos, pero aparto la mirada porque no quiero ponerme rojo como un tomate delante de todo el mundo—. No era consciente de que teníais una comida de chicos...

—Uy, nos encantan las comidas de chicos —interviene Devlin.

Ella sonríe a modo de disculpa y se vuelve para irse.

—¡¿Adónde vas?! —la llama Devlin.

—¡Entra, mujer! —le dice Hughie, sonriendo—. Siéntate aquí con nosotros.

—Oh. —Ella niega recatadamente con la cabeza—. No querría molestar.

Santino la mira impertérrito (es inmune a su encanto, al parecer), menudo don.

—Ya lo has hecho.

—Venga, ven… —Le hago señas para que se acerque, miro fijamente a Santino para hacerle saber que me ha jodido un poco eso.

Ella se instala en mi regazo, se acomoda y luego mira a los hombres de alrededor.

—Bueno, ¿de qué hablabais?

—Oh… —Jonah se encoge de hombros con gesto desdeñoso. Nada, solo maquinábamos el fin de nuestro rival—. Esto… de fútbol. —Le sonríe con gesto tranquilizador.

Ella mira alrededor, disculpándose.

—No soy una chica muy deportista.

Christian pone los ojos en blanco.

—¿No me digas?

—¿Y qué clase de chica eres? —le pregunta Hughie.

—La mejor que hay —responde radiante y Christian pone los ojos en blanco.

—¿A qué te dedicas? —pregunta Devlin, inclinándose hacia delante.

—Bueno. —Se alisa la falda—. Soy la editora de Estilo y Moda de *Tatler*.

Santino la mira ligeramente impresionado.

—¿Ah, sí?

—Sí —le dice con la nariz levantada—. Y tengo que decir que me encanta la camisa de seda estampada con cuello cubano de Valentino que llevas. Es elegante. Fresca, muy apropiada para tu edad… Estás fantástico.

Santino la mira con cara de póquer durante cuatro largos segundos y me pregunto si lo ha ofendido, si tendré que protegerla de dos capos de la mafia ahora en lugar de solo uno… Y luego suelta una estruendosa carcajada.

Se arrellana en el asiento entre risas.

Magnolia me mira de reojo, confundida y encantada.

—Bueno, Tatler. —Devlin la señala con la cabeza—. ¿Quién dirías que va mejor vestido?

—¿De aquí? —Pasea la mirada por la mesa de los hombres más peligrosos de Gran Bretaña. Frunce los labios un segundo—. Supongo que Christian. Luego Julian, luego Jonah...

Él le lanza una mirada poco impresionada.

—Vistes demasiado de negro, te supliqué que pararas —le dice antes de desviar los ojos hacia Carmelo—. Luego tú, supongo. —A continuación, le lanza una mirada a Santino—. Bueno, quizá vosotros dos empatáis en cuarto lugar. Luego tú... —Señala a Jukes—. Luego tú... —Señala a Devlin—. Luego... —Deja de hablar, pero sonríe con educación a McCracken.

Todo el mundo se echa a reír a carcajadas.

—¿Eres de Escocia? —pregunta con cautela.

—¿Sí?

—Ya me lo parecía. Es por los vaqueros. —Asiente como si ya lo supiera—. En Irlanda y Escocia la gente tiende a llevar vaqueros que son, en mi opinión, poco favorecedores...

No me jodas. Voy a tener que pelearme con uno de mis más antiguos amigos, ¿verdad? Esta puta chica es un putísimo dolor de cabeza.

—En lugar de unos vaqueros de pitillo...

—Me gustan los vaqueros de pitillo —la corta con el ceño fruncido.

Hostia puta.

—Quizá podríamos probar con un pantalón de corte estrecho. —Se encoge de hombros ella.

Hostia puta.

—¿Como de corte de bota? —pregunta McCracken y yo no puedo creer lo que oigo.

—No. —Ella niega con la cabeza—. Por Dios, no. El estilista de 2003 de Kelly Clarkson ha llamado, dice que quiere que se le devuelvan los vaqueros... —Magnolia se ríe con su propia broma, pero no se ríe literalmente ni un alma y nadie sabe de qué habla.

Y eso basta para que Jonah se mee de risa. Se dobla por la cintura y todo.

—¿Qué haces luego? —le pregunta Magnolia a McCracken, radiante—. ¿Quieres que te lleve de compras?

Él parpadea muchísimo.

—Esto…

La atraigo hacia mí.

—Estamos en mitad de una reunión, muñeca.

—Oh… —Suelta una risita liviana—. Desde luego. Bueno, ¿a qué hora vais a terminar? —Mira el reloj de muñeca que lleva puesto.

—¿Dentro de un par de horas? —Me encojo de hombros.

—Oh. —Pone mala cara y mira fijamente a McCracken—. ¿Qué te parece si te tomo las medidas y salgo a comprarte un par de cosas?

—Esto… —McCracken me mira a mí.

—No me cuesta nada —le asegura Magnolia muy contenta.

Él se encoge de hombros, derrotado.

—Vale.

—¡Genial! —Se pone de pie de un salto y se lanza hacia él al tiempo que se saca una cinta métrica de piel de Métier y le mide los hombros con ella.

Hughie se queda paralizado.

—¿Qué tallas tienes? —le pregunta, mirándolo.

—Mido un metro ochenta y tres. Una 38 de pecho… —le dice mientras ella le va tomando medidas.

Carmelo se lame una sonrisa.

—Y un 43 de pie.

—Vale. —Magnolia asiente—. ¿De traje?

—38L.

—Genial. —Se hace una nota en el móvil—. ¿De cintura?

—Una 32.

—Voy a medirte el tiro… —Le sonríe y él la mira muerto de miedo cuando ve que ella hace acción de agacharse.

—¡No! —chillamos Christian y yo al unísono.

Niego con la cabeza.

—No… Esto… Mira, vale con que sea aproximado.

—Oh. —Ella frunce el ceño sin comprender del todo.

Llegados a este punto, Christian y Jonah ya están llorando de la risa.

—Vale. —Vuelve brincando hasta mí y me da un beso en la mejilla.

—Koa te llevará —le digo y ella asiente—. ¿Volverás después?

—Sí, claro. —Le cambia la cara—. Tendré que vestir a tu amigo.

Se va hacia la puerta.

—Bueno, ¡adiós! —se despide de todos con voz cantarina—. ¡Ha sido un placer! —Y luego se va.

Se hace el silencio un total de tres segundos antes de que las risas inunden la sala como un dique que revienta.

—¡Amante! —cacarea Jonah.

—¡Es un amante! —se mofa Hughie.

Pongo los ojos en blanco.

—¿Te mide el tiro muy a menudo o qué? —pregunta Jukes y yo le lanzo una mirada asesina.

—Muy bien, escuchad... —Pongo los ojos en blanco.

—Sí, ¡silencio! —chilla Carmelo—. El amante tiene algo que decir...

Santino le pega en el pecho a su hijo y me mira a los ojos.

Tengo la sensación de que solo con verme la cara se ha dado cuenta de que la quiero.

Odio sentirme transparente, pero aquí estoy, y necesito su ayuda para mantener a salvo a las dos chicas a las que quiero.

Esa misma noche, la reunión ha terminado y todo el mundo se ha ido a casa.

Magnolia se está haciendo una vaporización y yo estoy a punto de unirme a ella, pero oigo que llaman a la puerta justo cuando paso por delante.

Miro el portal con el ceño fruncido, molesto por tener que abrir como si fuera un puto sirviente, y me encuentro con alguien a quien no esperaba ver.

—Tiller. —Frunzo el ceño.

—Hola. —Acompaña el saludo con el mentón.

—¿Qué estás...? —Frunzo más el ceño—. ¿Has venido a ver a mi hermana?

—No, no exactamente. —Niega con la cabeza y se lame el labio inferior—. ¿Está...?

Niego un poco con la cabeza.

—Ella y Christian están...

—Lo sé —asiente.

Eso le hiere un poco, se ve a la legua. No lo había visto desde que lo dejaron. Al final, acabó cayéndome bastante bien.

Arrugo un poco la nariz.

—Lo siento.

Él niega con la cabeza.

—Cian Gilpatrick llegó a Londres hace un par de días. —Se cruza de brazos.

Lo miro, sorprendido.

—Lo sé.

—Daisy mató a su hermano.

—Ya… —Le lanzo una mirada elocuente—. Lo sé.

Pone una expresión seria, como haces cuando has querido de verdad a una persona.

—¿Van a por ella?

Me cruzo de brazos. Asiento.

—Eso parece.

Frunce todavía más el ceño.

—¿Porque me salvó?

No digo nada, me limito a mover la cabeza y encogerme de hombros.

Inhala con el rostro contraído, como si la idea le hiciera daño.

—Si necesitas cualquier cosa, dímelo. Y lo haré.

CINCUENTA
Daisy

Christian aparece en la prensa de vez en cuando por la estúpida fascinación que Gran Bretaña siente por la Colección Completa. No al nivel de Magnolia y BJ, pero va apareciendo aquí y allá.
    Cuando estaba con Vanna, sin embargo..., salía en todas partes. Estaba en todas partes. Me tiré meses sin entrar en Instagram porque me saturaban el feed. Era horrible verlo.
    Él no la amaba, eso ahora lo sé, pero aun así, tiene cierto efecto en uno como persona, ver a la persona que quieres querer a otra. Supongo que él también me vio a mí querer a otro.
    Christian y yo llegamos a uno de los locales de Jonah con mi hermano y Magnolia. Acaban de salir de la fiesta del veintiún cumpleaños de la hermana pequeña de BJ, y la idea de que Julian acudiera voluntariamente a la fiesta de cumpleaños de un desconocido es la forma más evidente de declarar que está enamorado sin declararlo con palabras.
    Christian me coge de la mano y me abre paso a través de la multitud cuando los *paparazzi* se vuelven locos con Magnolia. Mi hermano rompe una cámara cuando se acerca demasiado a ella, Magnolia se disculpa, siempre la viva imagen de la elegancia,[218] le da al fotógrafo su tarjeta y le promete que le comprará una cámara nueva, pero que si, por favor, le importaría dejarla en paz lo que queda de noche, que solo está divirtiéndose con sus amigos.
    El fotógrafo se queda mirándola casi aturdido, como si lo hubiera tocado un ángel, y luego aparta a todo el mundo de en medio porque supongo que Magnolia Parks no es la clase de chica a quien le haces una promesa y después la rompes.

---

[218] Qué pereza.

Entra arrastrando a mi hermano mientras le pega la bronca por el temperamento que tiene y él aguanta el chaparrón. Pone los ojos en blanco, parece aburrido, pero no contesta, sino que la besa y yo los miro, nerviosa por cómo será la vida cuando inevitablemente ardan en llamas.

—¿Quieres ir al baño conmigo? —me pregunta Magnolia con dulzura.

—No. —Bostezo.

—Oh, venga ya... —Hace un gesto con la mano y me agarra la mía—. Ya puedes parar de fingir que no te caigo bien, todos sabemos que sí.

—No. —Niego con la cabeza.

—Desde luego que sí. —Me aparta de Christian y de Julian—. Me lo dijo tu hermano.

—¡Julian! —gruño volviendo la vista hacia el traidor.

Él se encoge de hombros como si no pudiera hacer nada y troto tras ella.

—En realidad, no dije que ahora me cayeras bien, por cierto... —le anuncio a través del cubículo del baño—. Dije que ya no quiero que te maten.

Ella abre la puerta con brío y me mira impertérrita.

—Bueno, viniendo de ti, eso es prácticamente un abrazo.

Va hasta la pila, se lava las manos delicadamente mientras se mira con fijeza a sí misma, casi insensible, y yo pienso para mis adentros lo mucho que no debemos ver nuestros verdaderos reflejos en un espejo; de lo acostumbrados que estamos a nuestros rostros acabamos privados de dicho derecho, a pesar de lo bella que sea la imagen que nos devuelve el espejo.

—¿Cómo es tener una cara así? —La señalo con el mentón.

—Oh. —Se queda boquiabierta y desliza la vista hacia mí, sonriéndome con tristeza—. No es todo lo que se dice. —Luego me mira por el rabillo del ojo—. Tú eres tan guapa como yo.

Pongo los ojos en blanco, instantáneamente avergonzada y molesta.

—Que sí, que lo eres... Solo son los ojos, el color engaña a la gente para que piensen que soy más hermosa de lo que soy. —Luego se inclina hacia mí y susurra—: No se lo cuentes a nadie, es mi mayor secreto.

—¿Que tienes los ojos bonitos? —Frunzo el ceño—. Eso no es ningún secreto. *Vanity Fair* hizo un artículo de portada sobre ti titulado «La chica de los ojazos».

—No, Daisy... —Me lanza una mirada como si fuera idiota—. El secreto es que no soy tan guapa sin ellos.

—¿Y cuándo estás sin ellos, a ver?

—Mira... —Cierra los ojos y vuelve la cabeza hacia mí—. Ahora soy mucho más anodina. Adiós al factor deslumbrante.

—Claro. —Asiento al tiempo que frunzo el ceño—. Pero ¿con qué frecuencia te paseas por ahí con los ojos cerrados?

—Oh. —Niega con la cabeza—. Con muy poca.

—Pues ya está.

—Por algo nunca me verás con gafas de sol... —Me lanza una mirada antes de salir de los baños.

Sale ella antes que yo y se queda paralizada. La rodeo para mirar y de pie excesivamente cerca de mi novio junto a la barra está Vanna Ripley.

Christian no está haciendo nada malo, de hecho, todo su lenguaje corporal chilla que está incómodo. Mi hermano está a su lado, frunciendo el ceño al ver que Vanna se inclina tanto como puede hacia Christian sin llegar a apretarse contra él.

Magnolia hace un ruido gutural.

—Vamos —gruñe y me arrastra hacia ellos.

Christian me mira a los ojos cuando vamos hacia ellos y enarca las cejas: la tácita señal de socorro internacional.

Magnolia prácticamente me arroja a los brazos de Christian, y él me atrae hacia sí, abrazándome desde atrás.

—Vans. —Le sonríe Christian—. ¿Recuerdas a Daisy?

Vanna me mira un par de segundos, me observa como si fuera un bicho. Me siento insegura un segundo, repaso mentalmente cómo voy vestida,[219] si le llego a la suela del zapato siquiera a lo sexy que la puta Vanna Ripley está con ese vestido negro ajustado. No tengo claro que le llegue.

Al final, Vanna acaba forzando una sonrisa.

—Creo que no nos conocemos.

---

[219] Minivestido camisero vaquero con cinturón Clara (Retrofête); botas de ante hasta las rodillas Laylis (Isabel Marant); abrigo de lana de oveja joven Lennon (Nili Lotan); bolsito de lana de oveja joven acolchado Loulou Puffer (Saint Laurent). Gracias, Magnolia.

—Claro —asiente Christian—. Bueno, te presento a mi novia. Daisy.

Vanna aprieta los dientes al oír la palabra «novia» y yo le lanzo una sonrisa seca.

Mi hermano rodea con un brazo a Magnolia al tiempo que Vanna la mira.

—Magnolia. —Se yergue un poco, como si estuviera hablando con alguien de la realeza. Que un poco lo es—. Qué alegría verte… ¿Qué tal está BJ? ¿Qué tal Rush? —Luego añade con una risita—. ¿Qué tal Jack-Jack?

Christian suelta un bufido, sorprendido, al tiempo que Magnolia se echa un poco para atrás. Julian lanza una miradita a Vanna, se mira sus propios brazos alrededor de Magnolia y enarca las cejas.

—Lo sé… —Miro a Vanna, negando con la cabeza al tiempo que la fulmino con la mirada—. Sé que no acabas de insinuar nada inapropiado sobre ella.

Me lanza una sonrisa de aburrimiento.

—¿Ah, no?

Mi hermano le lanza una mirada.

—Más te vale que no.

Magnolia tranquiliza a mi hermano poniéndole esa mano en el pecho como hace siempre y fulmina a Vanna con la mirada.

—¿Lo de Jack-Jack te disgustó particularmente? Me dijo que siempre le habías ido detrás.

Vanna le lanza una mirada un poco siniestra.

—No tanto como disgustaría a Daisy cuando Christian te escogió a ti antes que a ella.

Me entran ganas de vomitar. Christian me abraza con más fuerza.

—Oh, te confundes… —Magnolia niega con la cabeza y le sonríe con educación—. Eso nunca pasó. Lo que sí hizo Christian fue escoger a Daisy antes que a ti, eso sí pasó…

Mi hermano ahoga una sonrisa y Christian suelta una carcajada.

Christian hace un gesto con la cabeza hacia lo lejos.

—Creo que ya va siendo hora de que te pires, ¿eh, Vans?

—Me encanta cuando me dices lo que tengo que hacer —le dice con una voz que rezuma sensualidad.

—¿Y qué te parece que te diga yo lo que tienes que hacer? —pregunto—. Porque estoy a punto de decirte que te jodas.

—Prefiero joder con otra persona. —Mira a Christian y él niega con la cabeza, incómodo.

—Lo siento... —me dice antes de volverse hacia ella—. Tienes que parar de una vez.

Vanna lo mira con fijeza, como si se sintiera desconcertada.

—¿Qué estás haciendo con ella?

—¿Qué estoy haciendo con ella? —Parpadea—. Estoy enamorado de ella. —Se encoge de hombros como si fuera muy sencillo—. La quiero.

Vanna se queda mirándolo un par de segundos muy largos y Magnolia suelta un gritito.

—Lo siento, esto es de lo más incómodo. —Se retuerce entre los brazos de mi hermano—. Vanna, ¿te ayudaría si todos cerráramos los ojos para que pudieras arrastrarte de vuelta al infierno del que te has escapado?

Vanna la fulmina con la mirada, furiosa.

—Empezaré yo... —Magnolia se cubre los ojos con las manos—. Daisy, mira lo que estoy haciendo por ti, tapándome los ojos y todo... ¿Se ha ido ya?

Mi hermano levanta a Magnolia en volandas y se la echa encima del hombro entre risas para llevársela de allí.

—Qué rara eres.

Christian me arrastra también para alejarnos de una Vanna perpleja, y seguimos a mi hermano por el pasillo. Para de andar y me coloca un mechón de pelo detrás de las orejas.

—Pequeña, lo siento muchísimo... —Niega con la cabeza—. Es asquerosa.

—La odio —le digo.

—Ya —asiente.

—Julian, ¿te has acostado con ella?

—¡Y una mierda! —Mi hermano nos mira, ofendido—. Que tengo ciertos mínimos... —Luego mira a Christian—. Con perdón.

Christian se encoge de hombros.

—Yo tampoco me he acostado con ella, para que quede claro —me dice Magnolia.

—Bien. —Christian asiente—. Entonces solo yo.

—¿Sabes qué? —Magnolia se vuelve sobre mi hermano—. Ya que ha salido el tema...

—Ay, Dios —suspira Christian mientras se cruje la espalda.
—¿Sabíais que cuando besamos a alguien su saliva se queda en nuestro sistema durante siete años? Entonces... —Todos nos quedamos mirándola—. Si lo pensáis... Yo me lie con Julian una vez cuando tenía diecinueve años, y luego con Christian poco después. Y luego tú te liaste con Christian... —Me señala a mí—. Y luego yo volví a liarme con él en Nueva York. Y luego yo me lie con tu hermano. De modo que si lo pensáis...
—No quiero. —Christian niega con la cabeza—. Vamos a... no... pensar...
Julian hace un ruido de asco.
—Eh... —La señalo con el dedo—. Listo, ya vuelvo a odiarte. Vamos, que te odio tipo te quiero muerta.
—¡Oh! —Magnolia da una palmada—. Tengo una idea. ¿Por qué no la matáis y ya está? —plantea Magnolia muy fuerte, sonriendo y asintiendo.
Los tres nos volvemos lentamente para mirarla, parpadeando fuerte.
—¿Qué? —Mi hermano hace una mueca.
—Es que... —Magnolia hunde los hombros—. No entiendo vuestras vidas.
Se hace un silencio extraño en el que ninguno de nosotros sabe identificar si bromea o no.
¿En qué otro círculo del mundo podría no estar bromeando?
Julian suelta una carcajada estruendosa, la agarra y la besa de nuevo.[220]
Los miro fijamente y luego miro a mi novio y me pregunto si esta es la normalidad que he deseado siempre. Tal vez esto es todo lo que he querido siempre y lo tengo delante de las narices. Y le pido a ese Dios que estoy segura de que no nos escucha que esto no cambie nunca.

[220] Y yo vuelvo a preocuparme.

CINCUENTA Y UNO
Julian

Pasa cerca de una semana y todo empieza a estar más relajado.

Una coincidencia, estoy seguro, que Cian apareciera de esa manera. Quizá solo fue un intento de Ro para tener poder sobre mí, así que puede irse a la mierda. Llevaré a Magnolia a cenar si me da la gana.

Vamos a Murano en Queen Street. Pídete la caballa asada, está para morirse.

Me descubro mirándola embobado, medio irritado, medio enamorado (que es mi configuración por defecto con ella); es una sensación de mierda, amar a alguien que no te ama. A veces me pregunto si Magnolia podría, si sería capaz, si supiera que es posible, si estaría dispuesta a darle una oportunidad.

Ella me devuelve la mirada desde el lado opuesto de la mesa, con la barbilla apoyada en la mano.

—¿Qué?

—Pensaba en lo divertido que fue verte destrozar a Vanna Ripley de esa manera.

Pone los ojos en blanco.

—Se lo merece.

Asiento una vez.

—Pues sí.

Da un trago largo de su Martini. Le gustan húmedos y sucios, y estoy un noventa por cien seguro de que la única razón es que le gusta cómo la miran los camareros cuando lo dice.

—¿Daisy estaba bien?

—Sí —asiento—. A ver... No es que él oculte mucho sus... ¿Cómo lo llamaste? —Entorno los ojos—. ¿Profundos sentimientos afectivos? —Me echo a reír y niego con la cabeza, al tiempo que ella me sonríe.

—Son felices. —Ladea la cabeza, feliz por ellos.

Y, mierda, la quiero. Joder. Cuando se mordisquea la uña del pulgar, sonriéndome mientras se come un bocado de la *focaccia*, esta chica es lo más precioso que he visto en mi vida, y lo he visto todo.

Es feliz por mi hermanita, se inclina por encima de la mesa para desabrocharme un botón de la camisa de cuadros que ha escogido para esta noche y que me he puesto porque ya no me importa, haré lo que ella diga, joder. Me flipa todo de ella: que escuche la misma canción en bucle durante dos horas y media, su pasión por la ropa, verla en mi baño cepillándose los dientes, que se siente en mi regazo sin importar qué estoy haciendo yo, lo rosas que tiene los labios sin ponerse nada.

Es la diosa de la concha de Botticelli, sus ojos son los nenúfares del lago de Monet, es la mano de Dios alargándose hacia la humanidad. El beso de Klimt es un retrato de nosotros dos y voy a robarlo. Cogerlo, hacérmelo mío, hacérmela mía a ella también. Quizá primero haré eso.

Voy a decírselo. Podemos hacerlo.

Encontraremos la manera.

Me aparto de la mesa y me pongo de pie muy rápido.

Ella me mira con el ceño fruncido.

—¿Estás bien?

—Claro —asiento deprisa—. Baño.

—Oh. —Me lanza una sonrisa rápida.

Coge el móvil, lo tenía encima de la mesa, y le da la vuelta entre sus manos.

Kekoa y Declan me acompañan, abro la puerta y me pongo ante el lavabo.

Me mojo las manos y las muñecas.

Puedo hacerlo.

No lo he hecho nunca, pero puedo hacerlo. ¿Lo digo y ya está?

¿Cómo lo digo? Igual ella también me quiere. Podría decirme que ella también.

¿Digo su nombre al final? Yo qué coño sé. Yo...

—¿Estás bien? —pregunta Kekoa, asomando la cabeza por la puerta.

—Claro —asiento.

—¿Seguro? —No se lo cree del todo. Me apunta con un dedo—. Porque pones una cara...

—Déjate de caras... —Niego con la cabeza.

Hace un gesto con los labios. Sigue sin creérselo.

Lo aparto de en medio y vuelvo a mi mesa.

Ella está allí sentada, el móvil vuelve a estar bocabajo encima de la mesa, su mentón vuelve a estar encima de su mano, y sonríe radiante a alguien que se ha sentado en mi silla.

Desde atrás no reconozco quién es y vuelvo la vista hacia Koa y luego a Decks...

La hemos dejado sola.

No echo a correr, no quiero asustarla, voy caminando hasta ella.

—Julian... —me dice, sonriéndome mientras yo me acerco a ella andando tan rápido como puedo—. Tu amigo se me acaba de presentar.

Me vuelvo para mirar al desconocido y me descubro mirando cara a cara a Eamon Brown.

—¡Julian! —Me devuelve la mirada, radiante.

Pongo ambas manos en los hombros de Magnolia.

Está más moreno que la última vez que lo vi. Lleva la camisa abierta y unos pantalones de lino bastante veraniegos, y está bebiendo de mi copa.

—Qué alegría verte. Hacía... Dios... ¿Cuánto tiempo hacía que no nos veíamos?

No digo nada, me limito a mirarlo.

—¿De qué os conocéis? —pregunta Magnolia, mirándonos a ambos.

—Oh... —Brown hace un gesto desdeñoso con la mano al tiempo que me fulmina con la mirada—. Julian hizo... de canguro para mis niños.

—¿Ah, sí? —Magnolia se apoya en el respaldo de la silla, encantada. Me mira—. ¿Cómo eres tan dulce?

—Es el más dulce del mundo. —Eamon me mira fijamente—. No pretendía interrumpir... —añade dando un bocado de mi plato.

Puto desgraciado arrogante. Si Magnolia no estuviera aquí, lo mataría ahora mismo. Le partiría la cabeza con esa botella de Malbec, lo arrastraría por los tobillos y lo colgaría del tejado de mi casa para que todo el mundo de esta puta ciudad supiera que no puedes tocarme los cojones. Solo que sí puedes tocarme los cojones porque estoy enamorado, y todos siguen usándolo en mi puta contra sin que yo mueva un solo dedo.

—Solo estaba conociendo un poco a tu… —Brown mira a Magnolia y le lanza una sonrisa inquisitiva—. ¿Qué etiqueta hemos acabado poniendo al final?

—Bueno… —Niega con la cabeza como si fuera una pregunta ridícula—. Sin duda no estamos saliendo, él me lo ha dejado muy claro… —Me lanza una mirada, divertida, quizá un poco mosqueada. Quiero que me vea en la cara que algo no va bien, no quiero que sepa qué no va bien, solo que sepa lo suficiente para tener la sensación de que debe apartarse de esa conversación, pero no lo hace. En lugar de eso, intercambia una mirada divertida con Brown—. Creo que el consenso general es amante.

—Amante. —Eamon esboza una sonrisa que me provoca náuseas. Mierda. Me mira y se lame los labios—. Esta chica es… encantadora.

—Levántate —le digo a Magnolia, la pongo de pie de malas maneras y la escondo detrás de mí.

—¿Qué estás ha…? ¡Ay! —Frunce el ceño cuando la pongo detrás de mi espalda.

—Este no es amigo mío.

Frunce más el ceño, confundida.

—¿Qué?

—Le ha dado la vuelta a la tortilla, Magnolia… —Eamon niega con la cabeza sin dejar de mirarme. Se pone de pie, tira la servilleta encima del plato que yo ni siquiera había tocado todavía—. Ha sido un verdadero placer conocerte, cielo… —Pasea la mirada intentando encontrar los ojos de Magnolia, pero sigo ocultándola detrás de mí—. Un verdadero placer —repite mirándome a mí—. No me cabe duda de que nos veremos pronto.

Se da la vuelta y se va.

—He pagado tu cuenta —dice en voz alta al salir. Y Kekoa y Declan lo miran fijamente con las manos en las armas, disimuladamente, por si acaso.

No nos ponemos a disparar a la gente en mitad de Mayfair si podemos evitarlo.

Lo observo hasta que se ha ido y luego me doy la vuelta para mirarla, sujetándole la cara con ambas manos.

—¿Qué te ha dicho?

—¿Qué? —Frunce el ceño—. Nada… ¿Qué está pasando? ¿Qué significa que no es amigo tuyo?

No sé qué decir y no tengo que responder a nada más porque nos empujan inmediatamente hacia la puerta de atrás, a través de la cocina, bajando unas escaleras hasta llegar a uno de mis coches.

La levanto para meterla en el asiento de atrás del coche, y ella pone muy mala cara, está enfadada porque no lo entiende.

—En el medio —me dice Kekoa.

La siento a ella en el medio, y él me lanza una mirada afilada.

—Julian… —dice ella y con la voz parece que esté pegando un pisotón aunque no lo haga—. ¿Qué está pasando?

—Que alguien llame a Daisy.

—Ya lo he hecho. —Declan asiente—. Está bien. En el Recinto con Miguel.

—¿Y Christian? —pregunto.

Me lanza una mirada llena de irritación.

—También está ahí.

—¡Julian! —Magnolia tira de mi brazo.

Pienso a toda velocidad qué puedo decirle. ¿Qué narices podría decirle? Tiene que ser mentira.

¿Qué está pasando? Nada, que alguien te está amenazando por segunda vez en un mes porque estás conmigo.

—¿Quién era ese? —Niega con la cabeza, la preocupación empieza a filtrarse en sus ojos. Odio que se preocupe.

—Un viejo amigo de la familia —contesta Kekoa sin volverse.

—Oh. —Magnolia frunce el ceño, sigue confundida.

—Es un poco raro… —Vuelve la mirada para reconfortarla—. No nos gusta que ande cerca.

—Oh. —Asiente como si lo comprendiera, aunque no lo hace. No puede, no podrá nunca. Le lanzo una mirada de agradecimiento a mi viejo amigo.

La llevo a casa esa noche, al Recinto, solo para ser precavido… y egoísta, porque sé qué significa esto. Esto es lo que conlleva amar a alguien.

Tenemos sexo, dos veces por si acaso. Una vez en mi cama, otra encima del lavabo del baño. Al terminar se mete en la ducha conmigo simplemente, que yo sepa, porque quiere estar conmigo, me abraza y luego nada. Siento que me estalla en el pecho, aunque todavía no lo he hecho, cuantísimo voy a sentir su ausencia cuando lo haga. Lo enorme que va a parecer esta puta casa estúpida sin toda la ropa que trae tirada por todas partes. Lo inútil que va a resultarme mi cama sin ella dentro. Lo vacío que estará mi regazo a esta misma hora dentro de una semana.

—¿Qué estás haciendo? —le pregunto tras tener su cabecita apretada contra mi pecho bajo la ducha durante cinco segundos.

—Nada... —Me mira con el ceño fruncido, ofendida—. ¿Tú puedes doblarme sobre el lavabo y yo no puedo abrazarte?

Me siento en el banco de mosaico construido en mi ducha, la atraigo hasta mi regazo y le aparto el pelo del rostro.

Mierda. Odio quererla.

Es la gran liberación de mi corazón tal y como lo conocía. Magnolia está como en casa en él, se ha quitado esos putos tacones de color cerúleo de una patada y me ha colocado los pies en la costilla izquierda. Encima de la repisa de la chimenea ella misma ha colgado su retrato, la muy descarada. El mejor cuadro que he visto en mi vida también. Mejor que cualquier mujer que haya pintado nadie en toda la historia de los tiempos, un rostro por el que ganaría batallas. Un rostro por el que lo perdería todo. Incluso a ella.

Ha llegado el momento.

La quiero más de lo que he querido nunca nada y pensaba que podría ser capaz de encajarlo, de encontrar la manera de que funcionáramos. Una vida que esté en un punto medio, entre la que puedo ser yo mismo y la que puedo quererla como lo hago y que no suponga su muerte, pero no es lo que nos depara nuestro destino. Yo supondría su muerte y no lo seré.

De modo que ha llegado el momento.

CINCUENTA Y DOS
Christian

Cañón estaciona el coche de Daisy ante De Vere Grand en Connaught y yo le abro la puerta.

Mamá organiza una gala anual para uno de los hospitales pediátricos, dice que es importante donar a la comunidad. Sé que, en realidad, lo que hace es calmar su mala conciencia.

Magnolia nos ha vestido a mí y a Daisy para esta noche. Yo llevo la americana de corte estrecho de estambre de lana de gabardina con los pantalones de traje a conjunto, una camisa blanca de Tom Ford, y unos zapatos Oxford de una marca que empieza por B.

Agacho un poco la cabeza para mirar a Daisy a los ojos al tiempo que le tiendo una mano para ayudarla a salir del coche.

En cuanto pisa la calle, me derrumbo.

Suelto una carcajada y ella frunce el ceño, ofendida.

—¿Qué?

Miro el vestido verde lima que Magnolia le ha dejado preparado. Iba acompañado de una lista de instrucciones muy específicas y un conjunto de accesorios previamente aprobados para que Daisy «se hiciera suyo el conjunto».

—Es que... —Niego con la cabeza—. Estoy enamorado de ti.

—Oh. —Sonríe ella, complacida consigo misma.

—Vale, de eso nada —se mete Jonah cuando aparece detrás de nosotros y se pone en medio—. Esta noche voy a necesitar que relajéis todas estas miraditas y gilipolleces amorosas.

—¿Dónde está Taura? —Daisy mira alrededor.

Jonah suelta un bufido. Que del idioma Hemmes se traduciría por: «No quiero hablar del tema».

—¿Un bache del *ménage à trois*? —le pregunto.

Daisy lo mira con fijeza, sorprendida.

—¿Has venido solo? —pregunta ella.

—Desde luego que no. —Me lanza una sonrisa pícara al tiempo que rodea a mi novia con el brazo y se la lleva hacia nuestra madre.

Sonrío orgulloso a mi madre al tiempo que le doy un abrazo.

—Barnsey. —Sonrío de oreja a oreja—. ¡Menudo vestido!

Ella me hace un gesto quitando importancia con la mano y se mira a sí misma, ataviada con un vestido blanco y rojo.

—¿Tú crees? Me lo ha mandado Magnolia.

Pongo los ojos en blanco.

—Pues claro que lo ha hecho.

—Estás muy guapa, Barnsey —dice una voz desde detrás y me quedo paralizado.

Jo y yo nos miramos a los ojos. Mamá levanta la mirada, sobresaltada, y luego se da la vuelta para mirar a su marido.

—¿Qué estás haciendo aquí? —pregunta con un hilo de voz.

Papá se encoge con un gesto algo vago.

—Este es el evento que comentaste el otro día en el desayuno, ¿verdad?

Ella asiente, pero no dice nada.

—He venido. —Y vuelve a encogerse de hombros.

A ella le vacila un poco la expresión.

—Pero tú nunca vienes a los eventos.

Se queda ahí suspendida, la afirmación, lo que insinúa, lo que ha significado para nosotros, los que él dejó atrás cuando no supo dejar marchar a los muertos.

Nadie dice nada, ni yo ni Jo.

—¡Me gusta tu traje! —exclama Daisy.

Papá se mira con cierta diversión.

—Gracias. Está bastante usado ya.

—¿Es el de Tom Ford? —Rebecca le echa un vistazo—. No puedo creer que todavía te valga…

Papá se mira de nuevo, un poco cohibido.

—Pues mira, sí le vale… —Daisy lo señala con un gesto—. Y ¡caray!

Me pega un codazo para que diga algo, pero no digo nada. No sé qué decir.

—Rebecca estaba a punto de ir a por unas copas para todos… —empieza a decir Dais.
—Pero si hay camareros por todas partes sirvien… —la interrumpe Jonah.
Daisy lo manda callar con una mirada.
—¡Quizá podrías ir con ella y ayudarla! —Acaba la frase y le quita el bolso de las manos a mamá.
Mamá le lanza una mirada de desánimo al captar sus intenciones y se va hacia el bar, papá va tras ella pisándole los talones.
Pero entonces, y aquí está el tema… En cuanto llegan a la barra, se miran. Hablan incómodos, como te pasa cuando te encuentras con una expareja. Que, de algún modo, es lo que les pasa. No rompieron, pero una cosa sí puedo decirte: te juro por Dios que no siguieron juntos.
—¿A qué estás jugando? —le pregunto a mi novia con los ojos entornados.
—¡A nada! —contesta ella con voz cantarina, estirando el cuello para no perderlos de vista.
La miro con suspicacia.
—Ya… —Los miro fijamente y niego con la cabeza—. Dais, no va a funcionar. Ahí ya no queda nada.
Ella me lanza una sonrisa fugaz que sospecho que va a causarme muchísimos problemas a lo largo de mi vida.
—Ya veremos.
Al rato nos sentamos todos alrededor de nuestra mesa.
Jonah está bastante jodido y tiene a una chica italiana de piernas kilométricas y con un vestido repleto de brillos sentada en el regazo. Está haciendo un Instagram live y ella le está mordisqueando la oreja, y Daisy está intentando quitarle disimuladamente el móvil de las manos. Me pone triste verlo porque está destrozado. Las chicas nunca dejan a Jo destrozado. Esto no había pasado nunca. Lo mejor que creo que puedo hacer es meterme en medio del vídeo y joderle el rollo antes de que se convierta en porno ligero.
El tío Callum se sienta en nuestra mesa con una heredera joven y rubia que parece tener la edad de Daisy. Lo cual no impresiona a nadie y a Daisy todavía menos (me mira con una expresión horrorizada y yo reprimo una sonrisa).

La heredera me repasa con la mirada como no debería hacerle a alguien que claramente tiene novia, y como no debería estando con mi tío. Callum no comparte. Si lo hubiera visto, no se lo habría tomado bien.

Rodeo a Daisy por los hombros y le doy un beso en la mejilla.

—Te quiero —le digo porque me apetece, y ella me mira con unos ojitos que lo dicen sin decirlo.

Papá se sienta junto a mamá y el tío Callum lo mira, desconcertado.

—Jud.

—Cal —asiente él.

Ninguno de los dos se alegra de ver al otro.

—¿Qué estás haciendo aquí? —pregunta Cal antes de dar un buen trago de su Martini. Lo fulmina con la mirada para asegurarse de que no se sienta bienvenido.

Su relación siempre ha sido tensa.

Callum piensa que papá fue un lastre para mamá. Papá piensa que Callum es un cabronazo, y odio decirlo, pero creo que estoy del lado de papá con este tema.

—¡Ha decidido venir! —salta Daisy—. ¿No es maravilloso?

Le aprieto la mejilla y acerco los labios a su oreja.

—Relaja.

—Sí. —Callum asiente sin sonreír—. Maravilloso.

Nos traen los entrantes y la conversación es una mierda. Todo el mundo la sigue como puede y Daisy está cargando con todo su peso.

El tío Callum tiene las manos metidas por debajo del vestido de la chica que lo acompaña, igual que Jo. Y, para ser sincero, igual que yo, pero al menos Dais y yo podemos mantener una conversación con otra gente mientras yo le meto mano.

Daisy no para de pedir copas para mis padres y toda su atención se centra en asegurarse que mamá y papá siguen a flote conversacionalmente hablando.

—Bueno, ¿y cómo os conocisteis? —pregunta inclinándose hacia ellos al tiempo que apoya la barbilla en su mentón y, sutilmente, me aparta de un manotazo unos dedos que he llevado más arriba de la cuenta.

Suelto una risita y me la subo en el regazo cuando los camareros retiran los platos.

Mamá y papá se miran a los ojos, pensativos.

—Nos conocimos en un pub —le dice papá con una sonrisa distante.

—¿Estabais solos? —pregunta Daisy, esperando más información. («¡Es como hacer sangrar a una piedra!», me había susurrado antes refiriéndose a él)—. ¿Estabais con amigos…?

—En realidad, él tenía una cita —dice mamá con una sonrisa imperceptible. Pero una sonrisa a fin de cuentas—. Yo estaba por allí con mi hermano… —Desvía la mirada hacia Callum, que le está susurrando cosas al oído a su rubia y parece hambriento—. Mi otro hermano. Harvey… —Me aclara a mí—. Estábamos en Covent Garden y…

—No, no estábamos allí —interrumpe papá.

Ella le lanza una mirada.

—Sí, sí estábamos allí.

Él niega con la cabeza.

Ya empezamos. Me revuelvo incómodo, esperando que se metan en su tira y afloja durante un rato, y que luego papá se levante y se vaya, y se tire otra década sin decir una palabra.

—No, no estábamos allí —insiste papá—. Sé que no estábamos allí.

—Llevas quince años sin recordar nada, Jud. ¿Qué te hace pensar que esto es distinto? —pregunta mamá con ese tono que rezuma años de dolor y abandono, y siento una oleada de rabia hacia él por tratarla de esta manera. Ella es la mejor madre del mundo, y cuando Rem murió, no solo perdió a su hija, también perdió a su marido.

Papá la mira con detenimiento. Como si estuviera desconcertado y, tal vez, algo herido.

—Barnsey, no podría olvidar el día que te conocí —le dice con el ceño fruncido antes de desviar la mirada hacia Daisy—. Estábamos en el Lamb and Flag…

—Oh —suelta mamá, cuya cara se queda neutra y me doy cuenta al instante de que sabe que él tiene razón. Se pone colorada.

Se alegra de haberse equivocado.

Ese silencio se queda ahí suspendido.

—¿Y dices que estabas con otra chica? —pregunto y hago caso omiso de la mirada de sorpresa que me lanza Daisy, porque las relaciones son así y, a veces, no te hace falta que tu novia tenga razón acerca de una contienda familiar milenaria.

—Pues sí. —Papá me mira—. Habíamos quedado unas cuantas veces por aquel entonces…

—Era tu novia —se mete mamá.

—Lo era —se ríe papá—. Y gracias a Dios, porque me dio la entrada perfecta.

Mamá y papá se quedan mirándose como no lo han hecho en quince años.

—¿Qué le dijiste? —pregunta Daisy, que los observa con una sonrisa.

—«Hola, me llamo Jud y acabo de dejar a mi novia por ti» —contesta mamá sin apartar los ojos de él.

Papá traga saliva con esfuerzo.

Los camareros nos traen los platos principales: unos pequeños medallones de entrecot deliciosos. Aunque, por desgracia, papá se come los suyos de dos bocados.

—Estaban deliciosos —asiente con entusiasmo—. ¿Cuándo nos traen la cena?

Mamá lo mira con fijeza, molesta.

—Te la acabas de comer.

—Un poco escasa… —Pone mala cara y me mira en busca de refuerzos, pero niego con la cabeza. No quiero ponerme en contra de mamá—. A ver… —Papá hace una pausa cuando Daisy le lanza una mirada que grita «Cállate»—. Perfectamente proporcionada. Me ha encantado.

Y, ¿sabes qué?, no puedo evitar fijarme en que mamá, aunque finge estar molesta con papá por el comentario sobre el entrecot, lo exhibe ante todas sus amigas. Hacía años que no la veía tan feliz.

—Un poco raro si ya no están enamorados, ¿no? —Daisy me pega un codazo descarado, orgullosa de sí misma.

—Cálmate, *Tú a Londres y yo a California*. —Pongo los ojos en blanco.

Cuando acaba el evento, bajamos juntos las escaleras del restaurante, somos de los últimos en irnos, pero papá va el primero. Se gira sobre sus talones y nos mira.

—¿Quién tiene hambre?

Miro de soslayo a mamá, evaluando lo mucho que se enfadará si digo la verdad.

—Me muero de hambre. —Le hago una mueca disculpándome.

—Estoy jodidamente hambriento —gruñe Jonah, que sigue bastante cabreado.

—¿Quién quiere un McDonald's? —pregunta papá y todos nosotros, Daisy incluida, miramos a mamá.

—Oh —se queja—. Vale...

Jonah nos rodea con los brazos a Daisy y a mí, nos hace andar un poco más lentos para que nuestros padres se adelanten hacia los arcos dorados de la calle.

Mira a Daisy con una gran sonrisa y los ojos empañados.

—Menuda magia tienes, ¿eh, Daisy Haites?

CINCUENTA Y TRES
Julian

Pasé un puñado de días pensando en cómo hacerlo.

Fue algo difícil de resolver, un poco porque no quiero hacerlo y también porque hay cierta logística que tener en cuenta. Quiero que valga para algo, para ella; si voy a dejarla marchar, quiero que valga para algo. Y luego, para mí, necesito convertir el dejarlo Parks y yo en un pequeño espectáculo para los ojos que me vigilan de parte de Roisin.

De modo que la llevo a cenar.

Maison François en Saint James. He reservado una sección entera. Me he llevado a toda la puta caballería, por si acaso.

He mandado que la mayoría de ellos nos esperaran allí para que no se sintiera incómoda. Quizá no tendría que haberlo hecho. Quizá tendría que haberla hecho sentir incómoda todo este tiempo, quizá se habría ido por su propio pie en lugar de haber llegado a este punto. Yo enamorado de ella y arrojándola de vuelta a los brazos de otro que le da más seguridad y, de verdad, puede irse a la mierda por ello el chico ese.

Entramos y la siento, pido un plato de cada.

Me mira con una adorable expresión de desconcierto.

—¿Qué? —Me encojo de hombros.

Con la barbilla apoyada en la mano, me sonríe.

—Me gusta la comida francesa.

—Lo sé —asiento y hago mil fotos mentales porque esta es la última vez que la llevaré a cenar.

La última vez que alargará la mano para probar mi copa y que hará una mueca porque no le gustan las cosas nuevas.

—¿Qué tal está tu madre?

Se encoge de hombros.

—Bridget dice que tiene un lameculos nuevo.

Asiento.

Ella frunce los labios.

—*The Mirror* no están siendo muy amables con ella...

—Ya, pero *The Mirror* es una mierda.

Asiente. Parece triste al respecto, así que intento cambiar de tema.

—¿Has hablado con BJ? —le pregunto y le cambia la cara. Enarco una ceja—. ¿Intentas decirme que no has hablado con él?

—¿Por qué lo preguntas? —Dobla las manos delante del cuerpo.

Porque quiero asegurarme de que vas a estar bien.

—¿No puedo? —digo, en cambio, encogiéndome de hombros.

Exhala por la nariz.

—No hemos hablado más de lo normal.

—Entonces ¿constantemente? —Suelto una carcajada y ella me fulmina un poco con la mirada.

—Me cayeron bien tus amigos el otro día —me comenta mientras alarga la mano hacia mi plato y se lleva una anchoa.

Hace una mueca.

—¿Sí? —Le lanzo una sonrisa como si no me destrozara oírlo.

Pocas cosas no daría por tenerla a mi lado con todo esto, daría cualquier cosa, de hecho. Exceptuando su vida y tengo bastante claro que ese es el paso al que vamos.

—Tú también les caíste bien, muñeca —le digo, pero ya lo sabe porque está asintiendo.

—Lo di por hecho.

Pongo los ojos en blanco.

Voy a echar de menos mirarla y poner los ojos en blanco.

Después de cenar, estamos a punto de subir al coche para ir a uno de los locales de Jo, pero todavía no me apetece. No estoy listo.

Hago un gesto con la cabeza en dirección contraria al coche.

—¿Quieres dar un paseo?

—¿Un paseo? —La pregunta la desconcierta.

—Un paseo, sabes... —le toco las piernas—, con este par. Se mueven.

Frunce el ceño como si la estuviera importunando.

—Venga... —Señalo con la cabeza hacia Green Park—. Dame ese capricho.

Se queja un poco cuando le cojo la mano, pero se agarra a la mía con fuerza y yo memorizo la sensación de tenerla agarrándose a mí como lo hace ahora.

Andamos un rato. Yo no digo mucho y ella dice de todo. No se le da muy bien estar callada. Me gusta bastante su manera de llenar espacios y el silencio con la cultura popular y las mierdas de la moda, habla de sus políticas internas como si New Bond Street y Fifth Avenue fueran países gobernados por esta gente.

Y se me ocurre que mi hermana se dio cuenta de algo. Esa vida normal de la que tanto habla. Lo bien que sienta fingir que no tenemos a seis hombres a nuestro alrededor mientras damos un paseo por el parque, lo bien que sienta que te hablen de cosas que no tienen nada que ver con sangre derramada y robos y venganzas y, durante un segundo, me siento como si alguien me hubiera abierto en canal con un cuchillo.

Quiero ambas cosas. Quiero la normalidad y quiero el poder.

Quiero lo que hago. La quiero a ella.

Nunca había dudado de ello hasta ahora, nunca había sentido que el precio de hacer esta mierda podría ser demasiado alto y ahora… La verdad es que da igual por dónde lo mire, el precio es ella.

Cuando llegamos al local de Jonah, subimos por las escaleras y hacia la mitad la beso como un puto loco.

La aprieto contra la pared, le pongo una mano en la cara y la otra en el pelo, y todo yo pegado a ella. La beso hasta que oigo que se le corta la respiración y luego, me guardo ese sonido para poder pensar en él cuando la eche de menos más adelante.

—Venga… —Señalo con la cabeza hacia la barra.

Ballentine está allí de pie como yo sabía que estaría.

Le pedí a Jonah que lo invitara esta noche.

—¿Por qué? —me preguntó.

No le dije el porqué. No tengo que darle explicaciones.

—Tú hazlo —le contesté. Y lo hizo.

Se queda mirándola cuando nos acercamos hacia él.

Abre mucho los ojos y traga saliva. Que se vaya a la mierda. A ver, que lo entiendo. Estoy igual. Pero que se vaya a la mierda porque él la tendrá para siempre y yo la tendré para mí durante veinte segundos más y, seamos sinceros, nunca la he tenido para mí solo durante un único minuto, ni siquiera cuando la tenía.

Ella le dice «Hola» articulando con los labios, cree que no lo veo, pero yo lo veo todo. No se me escapa absolutamente nada cuando tiene que ver con ella.

Intentaré usar el gesto que hacen sus labios cuando lo ven a él como gasolina para lo que estoy a punto de hacer; intento odiarla un poco por amarlo tanto, pero no puedo. Jamás voy a odiarla. Aunque esté un poco resentido con ella. Porque me ha liberado.

—Eh. —Julian señala a Beej con el mentón—. Tengo unas mierdas que hacer... ¿Puedes invitarla a una copa?

Magnolia me mira, desconcertada. Yo la miro fijamente, intento aparentar tanta indiferencia como puedo.

BJ se encoge de hombros, señala hacia la barra y ella lo sigue.

—¿Qué ha sido eso? —pregunta Jonah mientras nos alejamos.

Me encojo de hombros.

—Necesitaba un poco de espacio... Me está poniendo la cabeza loca.

Veo algo cruzando su expresión. No entiende qué ha cambiado.

Vamos a su despacho, nos pintamos un par de rayas. Me meto más de lo que me hace falta porque Magnolia lo odia y quiero joderla. No, no quiero, pero tú ya me entiendes.

Alguien llama a la puerta.

—¿Sí? —responde Jo y se abre.

Dos chicas que están escandalosamente buenas aparecen por la puerta.

—Cleo. Alexis. —Jonah se sienta más erguido—. Hola.

Les hace un gesto para que entren. Luego señala hacia la cocaína que tiene encima de la mesa.

Se meten un poco, y la que tiene el pelo castaño es guapa. Sus ojos parecen gritar que está abierta a hacer lo que sea.

No necesito que haga lo que sea, solo que se lo haga conmigo.

Baja el mentón, pero levanta la mirada. El pelo, cortito, le cae en la cara y me convenzo a mí mismo por quincuagésima vez en las últimas veinticuatro horas que esto es lo correcto.

—¿Cómo has dicho que te llamabas? —le pregunto.

—Cleo. Harrington.

Le ofrezco mi mano.

—Hola, Cleo Harrington, yo soy Julian Haites.

Mira fijamente mi mano durante un par de segundos.

—¿Tú no estabas con Magnolia Parks? —Me estrecha la mano de todos modos.

No me inmuto cuando pronuncia su nombre, pero quizá sí que trago saliva con esfuerzo. Aun así, no aparto la mirada cuando le contesto:

—¿Tú la ves aquí?

Cleo niega con la cabeza y yo ladeo la mía.

—Porque a ti sí te veo.

Una sonrisa juguetea en su rostro.

Esa chica, Alexis Blau, está sentada en la mesa de Jonah, follándoselo con la mirada que alucinas, así que cruzo una mirada con Cleo y le señalo la puerta con la cabeza.

Le cojo la mano y la llevo hasta el pasillo, la empotro contra la pared y la beso como si me apeteciera.

Oigo a Kekoa suspirar y alejarse.

Lo ignoro. Nos movemos rápido y lo odio.

Intento concentrarme en las partes del cuerpo de una mujer que me gustan sin importar a quién se las esté tocando.

Tetas. Las de Magnolia son bastante pequeñas. Me gustan los cuellos y los hombros. Besar a las chicas en el hueco entre la mandíbula y la oreja las vuelve locas a todas y en cuanto se lo hago a Cleo, me pone ambas manos en el pelo, luego debajo de la camisa, se me agarra al pecho.

Me la encaramo a la cintura. Se va de cabeza a los botones.

Tengo ganas de vomitar.

No voy lo suficientemente colocado como para querer hacer esto. No quiero hacerlo. Pero necesito que Magnolia quede libre, necesito que la gente me vea enrollándome con otra persona, que nos vea terminar de una manera obvia y rotunda.

Cierro los ojos. Pienso en Magnolia. Eso ayuda un poco, no siento lo mismo y esta chica es más agresiva sexualmente, de modo que sé que son todo imaginaciones mías. Aun así, tiro para delante.

Estamos en el meollo del tema cuando oigo una risita resonando a un par de metros.

Desvío la mirada y me encuentro a Magnolia ahí de pie, boquiabierta, con los ojos como platos. Parece triste. En cierta manera resulta gratificante, pero solo un segundo fugaz.

Así en general, quiero morirme.

Cien preguntas me cruzan la mente. ¿He cometido un error? ¿Tendría que haberlo hecho? ¿Puedo deshacerlo? ¿Me perdonará algún día? ¿Qué voy a hacer sin ella? Y entonces BJ me agarra por los hombros y me arroja contra la pared.

Cleo se cae de mi cintura, pero aterriza de pie.

Miro fijamente a Magnolia, la miro a los ojos mientras me subo la cremallera de los pantalones. Me lamo el labio inferior.

—¿Qué cojones? —pregunta Magnolia.

Le pego un empujón a BJ, pero él me lo devuelve.

—Sí, ¿qué cojones? —pregunta BJ y yo me vuelvo para mirarlo con el mentón bajo y la mirada alta.

Pongo los ojos en blanco.

—Tú no te metas.

—¿Qué cojones estás haciendo? —Señala a Magnolia con un gesto.

Niego con la cabeza.

—No veo qué coño tiene que ver contigo todo esto.

Adelanta la mandíbula.

—Ella siempre tiene que ver conmigo.

—¿Quieres que nos peguemos, colega? —Le pego un empujón.

Él asiente una vez.

—Pues sí.

Le lanzo media sonrisa.

—Llevo tres meses queriendo hacer esto.

Y, entonces, le enchufo un puñetazo en la mandíbula y se dobla por la mitad.

Solo le dura un segundo, porque BJ me devuelve el golpe.

—¡BJ, para! —chilla Magnolia, corriendo hacia nosotros al tiempo que lo hacen mis chicos.

Me quedo doblado un par de segundos y luego me yergo, me seco la sangre de la boca con el dorso de la mano y suelto una carcajada.

Veo por la visión periférica que Magnolia está asustada.

Ojalá pudiera decirle que todo terminará pronto, pero no puedo, ella ya no es mía, ya no es cosa mía hacerla sentir mejor. Ahora ya es oficial.

Escupo un poco de sangre e intercambio una mirada con Koa y señalo a Parks. Él avanza y la agarra por detrás, apartándola de allí, y ella se retuerce entre sus brazos. Una oleada de náuseas me golpea al verla gritar como lo está haciendo, alguien la aparta a rastras de mí, como si yo fuera a permitir jamás que alguien le hiciera daño en esta vida. Sin embargo, ella no lo sabe y parece asustada. Igual que Ballentine cuando se abalanza para rescatarla, esquivando uno de mis golpes.

—Ni la toques, jod... —empieza a decir, pero otro de mis golpes lo manda de espaldas contra el suelo.

—¡Julian! —chilla ella al tiempo que BJ me lanza contra el suelo.

Pelea bien, por cierto. Mejor de lo que habría pensado.

Había pensado que, muy probablemente, tendría que aflojar un poco con él, pero repelerlo no es poca cosa. No le importa una mierda si se lleva un puñetazo si eso significa que me mete otro bueno, y está dispuesto a romperse un hueso a cambio de uno mío.

No puedo mirar a Magnolia, está retorciéndose entre los brazos de Kekoa, intentando liberarse de él, como si él fuera a hacerle daño... Es curioso lo rápido que se puede romper la confianza. Solo ha hecho falta un segundo de verme follándome a otra para socavar todas las formas en las que la hacía sentir segura. ¿Está intentando escaparse de Koa o está intentando llegar hasta BJ? No lo sé. Ni una opción ni la otra son buenas, pero una podría matarme. Decido que es la segunda y es una patada en el pecho, todo lo que tiene que ver con ellos lo es, y me enfada, así que se lo hago pagar a él golpeándole muy fuerte.

Ahora ella ya está llorando, llama a gritos a Henry, a Jonah, a Christian... Y entonces Jo sale como un rinoceronte de su despacho, con la camisa medio puesta al tiempo que Christian aparece del interior del local.

Jonah le pega un empujón a Kekoa... fuerte. Tiene cojones. Hay algo reconfortante en ello, sin embargo, verlo defenderla de esta manera. Arranca a Magnolia de los brazos de Kekoa y le lanza una mirada de advertencia antes de arrojarla a los brazos de Christian y lanzarse sobre Ballentine y sobre mí.

Nos separa y me quedo ahí parado, respirando con dificultad, fulminando con la mirada a BJ, señalándolo.

—Ya puedes apartarlo de mi puta vista.

Jonah empuja a BJ por el pasillo, pasan junto a Magnolia y cruzan una mirada. Le dice sin decirle que ha hecho todo esto por ella, pero que se vaya a la mierda porque yo también. Y luego Jonah le pega otro empujón y nos quedamos solo ella y yo y Christian en el pasillo.

—¿Qué estás haciendo? —me grita ella a un par de metros.

Acorto la distancia con ella en dos pasos y le grito muy cerca de la cara:

—¿Cuántas veces te lo tengo que decir?

Christian la agarra con más fuerza. No está contento conmigo. A decir verdad, por la cara que pone parece estar a punto de pegarme él también.

—¡Que no salimos juntos, joder! Que solo follamos.

Suelta un sollozo ahogado y basta para dejarme sin respiración. Prefiero mil veces un puñetazo.

La señalo con la mano con gesto desdeñoso y aparto la mirada.

—Llevadla a casa —digo mientras me doy la vuelta.

Christian la rodea con un brazo y se la lleva de allí.

—Venga…

En cuanto se han ido me encierro en el despacho de Jonah.

Le pego un puñetazo a un espejo, tumbo una estantería, chillo contra mis manos porque la echo de menos y no he tardado ni medio segundo en ver que no quiero esto.

Pero ya está hecho. Está a salvo.

Me miro las manos ensangrentadas, que vuelven a temblarme. Encuentro la cocaína de Jonah. Me meto de más. Luego vuelvo a salir en busca de esa chica.

CINCUENTA Y CUATRO
Julian

Volví con ambas chicas a casa anoche.

No recuerdo mucho al respecto.

Al despertar esta mañana, sigo estando entre las dos chicas, que aún duermen, y yo analizo mi habitación.

Hay botellas por todas partes, ropa tirada por ahí, una cortina rasgada, de hecho, lo cual es raro...

Me froto los ojos. Veo la carita devastada que Magnolia puso anoche.

Mandé a Decks que la siguiera hasta casa para asegurarme de que estaba bien. Lo estaba. Ballentine apareció al cabo de muy poco rato.

Me resultó difícil que no se me notara en la cara lo mucho que me dolió aquello. Sin embargo, mi plan había funcionado (desde luego que había funcionado) y eso es lo único que importa.

Me quedo mirando el techo, me convenzo a mí mismo de que es cierto. Eso es lo único que importa.

No es mágico ni maravilloso, el amor es una putada.

Alguien llama a mi puerta.

—¿Qué? —respondo.

Magnolia asoma la cabeza y yo me siento más erguido. No lo pretendo. Los viejos hábitos y esas mierdas, ¿eh?

Su mirada aterriza sobre las chicas que me flanquean (Cleo y Alexis), que justo empiezan a despertarse.

—Fuera —les digo mientras me crujo la espalda.

Ambas chicas salen de mi cama, recogen sus cosas y se piran.

Salgo de la cama, completamente desnudo. Como si me importara, como si ella no me hubiera visto desnudo doce mil veces ya. Quiero que me eche de menos ella también. Me pongo un chándal y ella sigue ahí de pie, de brazos cruzados, con la nariz un poco levantada. Pone muy mala cara.

—Qué bonito. —Escupe.
—Te estabas follando a un mafioso. —Pongo los ojos en blanco—. ¿Qué esperabas?
—Esperaba más de ti. —Se encoge de hombros con gesto decepcionado y yo suelto una carcajada irónica.
—Ya, pero has conseguido lo que querías, Parks.
Retrocede un poco.
—¿Qué he conseguido que quisiera?
La miro con los ojos entrecerrados.
—¿Crees que no sé que Ballentine estuvo en tu casa anoche?
Me mira parpadeando, sorprendida.
—Lo veo todo —le digo negando con la cabeza.
Camina hacia mí, los brazos todavía cruzados, el ceño todavía fruncido. Y yo pongo los ojos en blanco de nuevo y le hago un gesto desdeñoso con la mano.
—Lo has recuperado. De nada.
Entorna los ojos.
—¿Qué?
—¿Qué? —Suelto un bufido—. ¿Crees que no sabía que él defendería tu honor cuando me viera follándome a una tía en una discoteca? —Suelto otro bufido al tiempo que niego con la cabeza, como si todo aquello no me pusiera enfermo—. Resulta tierno… lo mucho que te ama.
Magnolia está parpadeando mucho, procesando.
Me mira con los ojos entornados.
—¿En serio hiciste eso por mí o solo es una feliz coincidencia?
—¿Sabes qué, muñeca? Me avergüenza decir que he caído en las filas de los hombres que han descubierto que hay muy pocas cosas que no serían capaces de hacer por ti.
Se le suaviza la expresión como desearía que no sucediera.
—¿Lo estás diciendo en serio?
—¿Por qué iba a mentir?
—No lo sé. —Niega con la cabeza—. ¿Por qué ibas a hacer lo que hiciste?
Y me encojo de hombros, incomodado por lo mucho que está abriendo los ojos. Mi fuerza de voluntad llega hasta donde llega.
—Ballentine necesitaba sentirse lo suficientemente bueno para ti.

Nada potencia más la confianza de un chaval que pelearse por la chica que ama...

—Oh —dice. Da una bocanada de aire al tiempo que me agarra la mano y creo que se le han llenado los ojos de lágrimas. No lo sé. Estoy intentando no mirar—. Gracias.

Me acerco su mano a los labios y le doy un beso. Una debilidad por mi parte, pero a la mierda. Solo soy humano.

—De nada —le digo y le suelto la mano, preparado para mentir como un bellaco—. Y me siento aliviado.

Me mira con el ceño fruncido, pero yo niego con la cabeza.

—Pensaba que Daisy se las traía, pero me cago en todo, tú eres un verdadero dolor de cabeza.

Frunce más el ceño y yo me río porque la quiero y voy a echar de menos ofenderla.

—Aunque merece un poco la pena —añado para consentirla un poco.

—Entonces ¿ya está? —me pregunta, irguiéndose—. ¿Ya hemos terminado?

—Sip —asiento—. Hemos terminado.

—Te echaré de menos —me dice.

—No me cabe duda —asiento—. Es imposible que Ballentine sea tan bueno en la cama como yo.

Pone los ojos en blanco y yo le lanzo una sonrisa. Intento no llorar cuando le digo:

—Me alegro por ti.

—¿Sí? —Me sonríe, deseosa de recibir mi aprobación.

No puedo dársela en voz alta ahora mismo, la verdad, porque estoy al borde del abismo, de modo que me limito a asentir.

—Oye. —Me pincha y busca mis ojos—. ¿Podrías hacerme un gran favor y no mandar matar al hombre que amo?

Frunzo los labios fingiendo que me lo planteo un segundo antes de poner los ojos en blanco.

—Es un Hemmes a todos los efectos. Está bajo su protección. Igual que tú, de modo que no necesitas la mía. —Le cojo la barbilla con el pulgar y el índice—. Pero la tienes de todas formas. Si algún día necesitas cualquier cosa, cuando sea, soy tu hombre.

Se inclina hacia mí, aprieta sus labios contra los míos, dulce y liviana,

de esos besos como el viento que acaricia un prado, como el sol cuando te baña las mejillas.
—Sí, lo eres.
Se da la vuelta y se va, pero se detiene justo en la puerta para volver a girarse y mirarme fijamente.
—Eres un hombre muy peligroso, Julian. Eso lo sé. Pero de veras espero que sepas que por encima de esto y antes que esto, en realidad, eres muy buen hombre.
Que me maten de una puta vez y me lo escriban en la lápida, entonces.
Le lanzo la sombra de una sonrisa.
—Nos vemos, muñeca.

Al cabo de unas horas, alguien vuelve a llamar a mi puerta. Estoy tumbado bocabajo en la cama, bebiendo y bebido, todo a la vez.
—No —respondo a la puerta.
—¡VOY A ENTRAR! —me grita mi hermana.
Suelto un gruñido.
—Hola —me saluda desde la otra punta del cuarto.
No digo nada, de modo que avanza con cautela hasta mí y se arrodilla junto a mi cama.
—Hola —me repite con dulzura, acariciándome el pelo.
Yo la aparto de un manotazo.
—No. —Me doy la vuelta y la fulmino con la mirada—. Estoy bien.
Ella me mira con detenimiento.
—¿Sí?
—Sí —le contesto.
Pasea la mirada por mi habitación.
—Bueno, huele muy bien aquí dentro…
—Joder, Dais, ¡déjame en paz! —le suelto—. Te he dicho que estoy bien.
—Es evidente que no. —Niega con la cabeza y me mira triste.
—¡Te he dicho que me dejes en paz, hostia! —le grito como en otra situación no lo habría hecho jamás.
Ella asiente una vez.
—Estoy aquí si me necesitas.

19.21

Jack

Eh. Acabo de ver a Magnolia y a BJ de la mano.

Parecía romántico.

Qué me he perdido?

> Jules y ella han terminado

Qué?!

No?

Por qué???

> Cuestión de tiempo.

La odiamos ahora?

> No más que de costumbre.

Él está bien?

> No lo creo.

CINCUENTA Y CINCO
Daisy

Al cabo de unos días, bajo tranquilamente las escaleras una tarde y voy hacia la cocina para empezar a preparar la cena. Julian se está desmadrando. Folla para conseguir el oro en los Juegos Olímpicos sexuales. En realidad, no lo he visto mucho y tengo la sensación de que necesita un abrazo, pero no deja ni que me acerque. No he preparado nada del otro mundo, solo sus favoritos; pollo asado, patatas asadas y verduritas. Lo que sí hago es una salsa sensacional con las grasas mezcladas con mi propio caldo casero.[221]

Cuando entro en la cocina, todos los chicos se quedan paralizados.

TK, Booker, Declan y Carmelo.

—Hola. —Declan asiente sobre todo con la barbilla.

—¿Hola? —Le lanzo una mirada de desconcierto, me adentro en la cocina y todos se mueven a la vez.

Los repaso a todos con la mirada.

—¿Qué está pasando...? —pregunto con voz cantarina.

—Nada... —Todos niegan con la cabeza.

—¿Julian está haciendo algo asqueroso y no queréis que lo vea?

—Sí —asiente TK—. Pues sí, eso es.

Intento mirar más allá de él.

—¿Lo tenéis detrás?

—No. —Carmelo niega con la cabeza—. Pero hoy estás estupenda...

—¿Qué? —Frunzo el ceño.

—¿O no? —Carms mira a los chicos en busca de apoyo.

—Sí. —Books asiente con entusiasmo—. Estupendísima.

---

[221] No lo compres, hazlo y ya, que es superfácil.

Me cruzo de brazos. Están muy raros. Los miro a todos con suspicacia.

—Decidme qué está pasando.

Declan hace una mueca.

—Nah.

—Declan. —Lo fulmino con la mirada—. ¿Qué cojones está pasando?

—¿Has entrado en internet hoy? —pregunta Teeks con cautela y Books le pega un codazo para que se calle.

—¿No...? —Niego con la cabeza.

—Bien. —Carms se encoge de hombros—. Pues sigue así.

Alargo la mano para sacarme el móvil del bolsillo y me doy cuenta de que me lo he dejado arriba.

—Venga, contádmelo... —Los miro a todos.

—Hay un vídeo sexual de Christian y Vanna Ripley en internet —contesta TK al instante.

—¡¿Qué coño haces, tío?! —Declan lo mira fijamente—. No es lo que habíamos ensayado...

Parpadeo dos veces.

—¡¿Qué?!

Me quedo con la cara neutra y tiesa. Soy un par de ojos gigantescos.

Carmelo y Decks se me acercan.

—Es viejo —dice Carms—. Se ve a la legua que es viejo...

—¿Y cómo lo ves? —Frunzo el ceño.

Creo que mi respiración empieza a hacer cosas raras.

—Hombre, lo he visto contigo... —Carmelo se encoge de hombros—. Él no lo haría...

—¡¿Cómo lo sabes?! —grito con voz más alta y clara.

Carmelo empieza a negar con la cabeza.

—¡Oye, que yo no lo he hecho, a mí no me grites!

—¿Porque tiene el pelo distinto? —prueba suerte TK muy rápido.

—¿Tú lo has visto? —Lo miro fijamente.

—Oh... —Se encoge de hombros—. Sí, pero, a ver..., es que está en todas partes.

Me aprieto las mejillas con las manos.

—¿En todas partes, literalmente?

Él se encoge de hombros, pero es un asentimiento pasivo.

—A ver, en todas todas no, solo en... Instagram, Facebook, BBC, Loose Lips, TMZ, Tell Me Lore...[222]

Me quedo boquiabierta y miro a los demás.

—¿Vosotros lo habéis visto?

Todos asienten con gesto avergonzado.

—Dame tu móvil —le pido a Declan, tendiendo la mano hacia él.

—Oh. —Niega con la cabeza, sonriendo incómodo—. Tenía la sensación de que me lo ibas a pedir y que me resultaría difícil no dártelo, de modo que lo he dejado en el coche.

—¿Por qué? —Lo fulmino con la mirada.

—Eh, Dais... —Me mira con firmeza—. Créeme. No quieres verlo.

—¿Por qué? —pregunto con el corazón acelerado, las palmas de las manos sudorosas y claramente mareada.

Los primeros síntomas de un ataque de ansiedad.[223]

—¿Está muy mal? —insisto.

Declan asiente con cautela al tiempo que Booker grita entusiasmado:

—¡Joder, qué va! ¡Es un maestro!

—Pírate... —Declan señala hacia la puerta.

—¡No! —grito yo también—. ¡Vuelve! ¡Dame tu móvil!

Booker se queda paralizado como un cervatillo deslumbrado ante los faros de un coche.

—Booker... —empieza a decir Decks—. Vete ahora mismo. No le des tu móvil o te juro por Dios que te pegaré una pali...

Booker nos mira alternativamente a los dos, inseguro. Su cabeza parece una pelota de ping-pong.

—No —advierte Declan.

—Que me lo des... —digo apretando los dientes.

Declan niega con la cabeza.

—No-lo-hagas.

—Dame el puto móvil —gruño.

Declan se vuelve hacia mí.

---

[222] Vamos, que está literalmente en todas partes.
[223] Y no suelo tener. No es mi estilo.

—No puedes mirarlo.

—¿Quién lo dice? —grito.

—¡Yo! —me contesta con los ojos muy abiertos—. Considérame el sustituto de Julian.

Niego con la cabeza.

—Ni hablar.[224]

Declan me mira con el rostro más serio que me ha puesto en su vida.

—¿Confías en mí?

Lo miro fijamente un par de segundos, parpadeo cuando digo despacio:

—Dadme un móvil.

Y luego, aparece Romeo y me entrega el suyo sin decir nada.

Declan y Carmelo lo miran fijamente como si hubiera perdido la puta cabeza, pero yo lo único que siento es una oleada de afecto hacia él cuando fulmina con la mirada a su hermano y a los chicos.

—Es su novio. —Les lanza una mirada oscura—. De aquí ella es la única que tiene derecho a verlo y es la única que no lo ha hecho. —Se encoge de hombros.

Abro Google tan rápido como puedo y miro la barra del buscador con el ceño fruncido.

—¿Qué pongo?

—«Vanna Christian vídeo sexual» tendría que valer... —me dice Booker con una sonrisa y yo le lanzo una mirada asesina.

Los chicos no exageraban. Está literalmente en todas partes.

Me aparecen unos mil resultados al instante.

En todas partes desde *Daily Mail* hasta *Just Jared* pasando por *Cosmopolitan* y *People* y, te lo digo en serio, la puta BBC.

Navego hasta encontrar una página web porno que dice: «¡¡¡VÍDEO COMPLETO!!!».[225]

—¿Estás segura? —pregunta Rome con el ceño fruncido.

Le sostengo la mirada un par de segundos y, luego, pongo el vídeo en marcha.

---

[224] —Qué asco, tío. —TK hace una mueca.

—¿Pero esos no follaban? —le susurra Carmelo a Booker.

[225] Merece la pena decir que las mayúsculas y los signos de exclamación no son invención mía.

Enlazo las manos en cuanto empieza a reproducirse.

Es un dormitorio que no reconozco, gracias a Dios.

Vanna coloca la cámara. Creo que es un iPhone. ¿Quién graba con nada que no sea un iPhone hoy en día? Y si lo grabaron con un iPhone, hackean la estúpida nube cada dos por tres.

Ella se aparta de la cámara y Christian entra en el dormitorio[226] y se sienta en la cama. Ya no lleva camiseta.

Sus Calvins asoman por encima de la cinturilla de su chándal negro y me sienta como un puñetazo en el estómago porque esos mismos pantalones están tirados en el suelo de mi cuarto ahora mismo. Charlan un poco, no lo oigo. Ella señala la cámara con una sonrisa traviesa. Él desvía la mirada, la ve, suelta una carcajada y luego le coge la mano, la atrae hacia él, se acerca la muñeca a los labios y se la besa.

Por la muñeca, por el brazo, ella arquea la espalda, estirándose cuan larga es, y uno de los tirantes de la ropa interior de seda que lleva puesta le resbala por el hombro y Christian le sonríe de una manera que nunca en mi vida, por más años que viva, seré capaz de borrar de mi memoria.

Me aprieto las puntas de los dedos contra los labios para serenarme, y Rome me coloca una mano en la parte baja de mi espalda para ayudarme.

Vanna se encarama encima de Christian, se quedan así un rato, besándose. El vestido de seda pronto queda olvidado en el suelo[227] y ahora está desnuda,[228] sentada encima de mi novio que, si nos ponemos a contar pequeños consuelos, todavía lleva los pantalones puestos. Está besando las mismas partes de su cuerpo que besa en mi cuerpo[229] y, de repente, comprendo algo terrible: lo que a él le gusta del sexo no es específico mío. Es específico de las mujeres.

Pasa algo, no sé qué exactamente, veo un poco borroso por las lágrimas que ni siquiera era consciente de estar derramando, y él le da la vuelta. Ella está debajo, él está encima.

Ella le quita los pantalones tan rápido como puede, le baja los calzon-

---

[226] Tengo ganas de vomitar.
[227] Ahora odio la seda.
[228] Ahora odio la desnudez.
[229] Esto es todo lo contrario a un pequeño consuelo.

cillos y ahí está mi novio: extremadamente duro ante los ojos de todo el mundo.

Me estoy pellizcando el labio con las uñas tan fuerte que me empieza a sangrar un poco.[230]

¿Has visto alguna vez a la persona que quieres manteniendo relaciones sexuales con otra persona?

Insisto: verla.

No te estoy diciendo si has pensado en ello, todos lo hemos pensado.

La mayoría de la gente tiene más de una pareja sexual a lo largo de su vida y en un momento u otro tiene que pasársete por la cabeza, la persona que quieres con otra persona, pero no me refiero a eso.

¿Lo has visto?

¿Has visto su cuerpo moviéndose en sincronía con el de otra persona?

¿Has visto cómo le agarraba las muñecas a otra persona y se las inmovilizaba en un rincón de una cama? ¿Has visto cómo lamía el cuerpo de otra persona? ¿Cómo enterraba su cara en el cuello de esa otra persona, le subía hasta la oreja y luego has visto a la persona que quieres haciendo que otra persona grite de doloroso placer?

Veo las manos de él recorriéndola a ella entera, deteniéndose y tomándose su tiempo en las partes que a él[231, 232] le gustan más.

Observo la lengua de él recorriendo partes de ella que no creo que ahora vaya a permitirle volver a lamerme a mí. La observo a ella arañándole la espalda a él. Lo observo a él haciendo que ella apriete los dedos de los pies. Lo observo a él con los ojos cerrados, estirando el cuello hacia atrás profundamente complacido antes de acercarse a lo que puedo dar por hecho (y por experiencia personal sé que significa) que es el gran final... y, de repente, todo se queda a oscuras.

Agarro una papelera que tengo al lado y vomito dentro.

Rome se me acerca y me aparta el pelo de la cara con el ceño fruncido.

—Te he dicho que no vieras el vídeo... —me reprocha Declan desde la otra punta de la cocina.

Vuelvo a vomitar.

---

[230] Rome me mira, nervioso.
[231] ¿A ella?
[232] ¿A nosotros?

—Deberías hablar con él, Daisy —me dice Rome cuando paro.
Niego rápidamente con la cabeza, mirándolo como si estuviera loco.
—No puedo...
—Cara —prosigue Rome—, esto no es culpa suya. Él no...
—Me da igual. —Niego muy rápido con la cabeza, mirando más allá de él—. ¿Dónde está mi hermano?
Carmelo se encoge de hombros como si fuera un perro callejero.
—Desaparecido en combate.
—Está jodido, Dais. —Declan hace una mueca.[233]
Me tapo los ojos con las manos y siento otra oleada de náuseas a punto de estallar.
—Venga. —Rome me empuja—. Te llevo a casa de Christian.
—No, Rome, no puedo verlo. —Niego con la cabeza.
—Yo te llevaré con él —anuncia mi hermano desde detrás de los dos.
Me doy la vuelta y en cuanto lo veo, empieza a temblarme el labio inferior y salgo corriendo hacia él.
La cara de Julian es como una bolsa de chuches variadas. Enfado, tristeza, irritación, preocupación...
Me abraza de una manera que bloquea el mundo entero durante un segundo y durante un momento diminuto me siento un poco mejor. ¿No es curioso cómo el dolor y la tristeza se pueden olvidar durante ciertos momentos fugaces? Tu cerebro se distrae un poco y te ofrece el brevísimo momento de alivio temporal. El problema de esos alivios temporales es que no son reales, y la realidad vuelve arremetiendo con más fuerza. Y después tienes que volver a recordar que tu padre se ha muerto o que tu amor de la infancia se acostó con otra en tu cama o que el amor de tu vida tiene un vídeo sexual con su exnovia.
Los muros que mi hermano se ha pasado toda su vida construyendo a mi alrededor no me pueden proteger de esto. Los derrumba hasta los cimientos en cuestión de cuatro segundos.
Me aparto para mirar a Jules.
—No quiero verlo.

---

[233] Han pasado unos cuantos días desde que él y Magnolia terminaron, y desde entonces solo ha visto un sinfín de drogas y chicas.

—Lo siento, Cara. —Niega con la cabeza y me mira con dulzura—. Pero tienes que verlo igualmente.

No pretendo resultar tan patética como sé que se me ve cuando llamo a la puerta de casa de Christian. Le he suplicado a Julian que me llevara a casa.

He llorado durante todo el trayecto en coche hasta allí. Y cuando digo llorar es llorar, a moco tendido, vaya.

En verdad, no puedo creer que Julian no haya cedido y me haya acompañado a casa haciendo parada en un McDonald's para tranquilizarme.

De alguna manera, me hace sentir mejor.

No creo que mi hermano me hubiera traído si pensara que estar aquí me haría daño. Claro que quizá mi hermano se ha vuelto loco de remate después de su ruptura, porque mientras espero ante el portal de la casa de Christian Hemmes, esperando a que abra la puerta, me duele todo mi ser. El cuerpo de llorar tantísimo, el corazón de haber visto tanto y mi cerebro de reproducirlo tanto en bucle.

Christian abre la puerta con una sonrisa avergonzada.

¿Una sonrisa? Frunzo los labios, desconcertada.

—Hola... —Hace una mueca mientras intenta analizar los daños, pero solo puede ver el nivel superficial.

El daño principal está bajo tierra. Un puñado de tuberías reventadas estallando e inundándolo todo y ahogándome viva.

Me atrae hacia él y me abraza con mucha fuerza. Pensaba que me resultaría raro tocarlo después de ver aquello. Pero no es así: en cuanto me toca, me sienta como la presión aplicada sobre una herida.

Me lleva al piso de arriba, a su cuarto, y cierra la puerta con la cabeza ladeada.

—¿Estás bien? —le pregunto con suavidad.

Tiene que estar muerto de vergüenza.

—Claro. —Suelta una risita rara—. Claro, estoy bien... —Se encoge de hombros.

Frunzo las cejas.

—¿Estás bien? —Lo miro confundida—. Hay un vídeo en internet en el que se te ve acostándote con tu exno...

—No es mi exnovia —me recuerda—. Nunca fuimos, vamos a ver, no…

Lo miro y una sensación extraña se instala en mi estómago porque no tiene sentido que esté tan tranquilo.

—¿Eso sacas de lo que acabo de dec…?

Me mira de manera inquisitiva.

—¡Es solo sexo, pequeña! —me dice con una carcajada—. Vamos a ver, es evidente que ella y yo nos acostábamos, tú lo sabes…

—¡Claro! ¡Pero nunca quise verlo!

—¡¿Entonces por qué lo has mirado?! —me rebate.

Lo miro fijamente un par de segundos, evaluando.

—¿Es antiguo?

Suelta un bufido, pone una cara como si acabara de pegarle una bofetada.

—¿En serio?

—¿Lo es? —repito arqueando las cejas.

Para ser completamente sincera, esta conversación no está yendo como me había imaginado…

Creía que él estaría triste y que yo estaría triste, y que yo lloraría y que quizá él también lo haría y que presentaríamos este frente unido brillante y eso demostraría al mundo entero, pero sobre todo a nosotros mismos, que venga lo que venga (escándalos sexuales y mierda familiar a tutiplén), podemos con todo lo que nos echen si estamos juntos, pero ahora no lo sé.

Él niega imperceptiblemente con la cabeza, parece ofendido y a la defensiva.

—Yo no te haría algo así.

—No, desde luego que no. —Niego con la cabeza, sarcástica—. Tú solo hiciste un vídeo sexual con otra chica, nunca lo mencionaste y ahora te comportas como si no tuviera importancia cuando se hace público…

—¡No tiene importancia! —Me lanza una mirada elocuente.

—¡Bueno, pues para mí sí!

Me mira con cautela.

—¿No crees que estás exagerando un poco, Dais?

Suelto una carcajada seca, pero él me mira negando con la cabeza.

—¡Te estás comportando como si te hubiera sido infiel! ¡Pero es de hace cuatro o cinco meses! Tú todavía te estabas follando a Tiller…

Aprieto los puños.

—¿Y querrías que estuviera en internet?

—No, desde luego que no. —Exhala—. Pero no me enfadaría contigo si estuviera.

—¡No estoy enfadada contigo porque esté en internet, Christian! ¡Estoy enfadada contigo porque a ti te importa una mierda que esté en internet!

—¿Preferirías que estuviera disgustado, entonces? —me pregunta, enarcando las cejas—. Qué sano, Dais… —Niega con la cabeza, aparta la mirada y yo me quedo mirándolo sin podérmelo creer—. Daisy, lo siento… Es que este tipo de cosas me importan una mierda. Es algo que hice antes, cuando habíamos roto. Intentaba superar lo nuestro, por el amor de Dios.

Saco mi móvil y empiezo a retroceder por la galería de fotos, furiosa.

—¿Qué estás haciendo? —Pone los ojos en blanco.

Le suena el móvil y baja la mirada.

Una foto mía sentada en una tumbona con Romeo abrazándome por detrás. Estamos en algún lugar de Europa. Yo voy en bañador y Romeo también.

Christian me fulmina con la mirada.

—¿Por qué?

Su móvil vuelve a sonar. Me mira de hito en hito con gesto amenazador y luego baja la mirada.

Es una foto que Jack nos hizo a Tiller y a mí sin que nos diéramos cuenta. Estamos en el umbral de una puerta. Yo llevo un pijama diminuto y él solo lleva unos calzoncillos bóxer, me rodea los brazos con los suyos lánguidamente, sin siquiera darse cuenta, y siento una punzada en algún rincón de mis entrañas como si echara de menos a ese policía a quien amé y que jamás se atrevería a hacer un vídeo sexual con otra persona, y aquí estoy yo, enamorada de los pies a la cabeza de una persona que ha hecho uno y que no le importa una puta mierda.

En la foto que le he mandado a Christian al móvil estoy mirando a Tiller y me encanta aún hoy, porque de algún modo Jack atrapó un momento tremendamente íntimo. De lo más humano.

Christian me fulmina con la mirada con los dientes apretados.

—¿Por qué todavía las tienes?

Inhalo y exhalo por la nariz.

—¿Tú todavía tienes una copia de vuestro vídeo sexual? —pregunto con calma.

Él adelanta el mentón.

—Vete a la mierda —le digo.

Y me voy.

CINCUENTA Y SEIS
Julian

Ha pasado una semana (o un par, no lo sé), desde lo de Magnolia y yo. He perdido la noción del tiempo. Tampoco me importa. Está bien. Está todo bien.

No he mirado el móvil, no quiero ver el puto desfile que toda Inglaterra habrá montado por la reconciliación entre ella y Ballentine. No estoy listo, pero estoy bien.

Me lo he estado pasando de puta madre desde que lo dejamos. No he estado muy al tanto de nada, sin embargo, si te soy sincero. No habría sabido lo del pequeño vídeo sexual del puto Christian Hemmes si Koa no me lo hubiera contado. Llevé a Cara a su casa porque era lo correcto, pero no salió bien.

Podría hacer ciertas cosas por ella para hacerla sentir mejor. Podría llevarla a cenar, podría llevarla de compras, podría pedirle que me cocinara algo quizá... Pero no quiero parar lo que estoy haciendo.

Tuve que parar un minuto cuando Miguel y yo la llevamos hasta allí, pero yo me sentí como una mierda. Como si esta especie de añoranza hacia una persona se hubiera convertido en un chillido que no puedo dejar de oír en mi cabeza. No me había sucedido nunca.

Los silencios se han vuelto estúpidamente estruendosos ahora y se alargan demasiado tiempo, el mueble de mi baño parece vacío sin todas las mierdas con las que ella lo había abarrotado.

No sé cuánto tiempo ha pasado, no sé con cuántas chicas he estado desde entonces. Con muchas. No he repetido. Me he hartado de repetir, no voy a volver a acostumbrarme a una chica.

Así es como no paro de referirme a lo que pasó conmigo y Magnolia.

—Es que me acostumbré demasiado.

No tengo claro que alguien se lo crea. Pero así duele menos.

La chica que está ahora en mi cama es distinta de la que había esta mañana, y puedes decir lo que te dé la puta gana sobre Tinder, pero va bien para follar si no hay más remedio. No he tenido que salir de casa desde la ruptura y por aquí ha pasado una chica tras otra.

Ha habido un inconveniente, eso sí. Todas y cada una de las putas chicas me han preguntado en un momento u otro:

—¿Tú no estás con Magnolia Parks?

—No. —Espero que interpreten la mueca que hago cuando pronuncian su nombre como que me disgusta la idea.

—Es que... la prensa. —Dicen todas—. Hay fotos, ¿sabes?

—Es amiga de mi hermana pequeña, eso es todo —miento—. Hemos follado un par de veces.

—¡Oh! —Asienten todas como si lo entendieran. Como si pudieran siquiera.

Tras eso vuelven a besarme hasta que, al cabo del rato, se apartan un poco y me miran.

—¿Cómo es?

—¿Cómo es quién? —pregunto con la mandíbula apretada.

Me miran como si fuera idiota.

—Pues Magnolia.

—Normal. —Me encojo de hombros—. Es normal.

—¿Es divertida?

—Sí —suspiro.

—¿Su ropa es buena?

—Es ropa. —Exhalo por la nariz.

—¿Es alta?

—No lo sé... —Me encojo de hombros—. No. Para mí, no.

—¿Es tan guapa como parece?

Esa pregunta, da igual cómo la formulen (y todas ellas lo hacen) que siempre me pilla con la guardia baja.

—Más —digo y luego no sé, quizá resulta evidente, como si mi cuerpo rezumara que la quiero, porque todas me miran como si estuviera roto y luego follamos.

Alguien llama a la puerta de mi despacho y se abre la puerta. Kekoa llena el umbral.

Hay una chica debajo de la mesa, su cabeza se mueve arriba y abajo sin parar, y me aclaro la garganta para avisarla.

Desvío la mirada hacia mi viejo amigo.

—Estoy ocupado.

—Ya, últimamente siempre estás ocupado. —Me lanza una mirada impasible.

—¿Qué quieres? —Niego con la cabeza y él señala a su espalda.

—¿Por qué no terminas con esto y hablamos tú y yo un momento? Luego se va.

Puto cortarrollos. Como si ahora pudiera terminar.

—Ponte una copa, ¿vale? —Señalo hacia el mueble bar de la esquina—. Ahora vuelvo.

Salgo de mi despacho, cierro la puerta detrás de mí y levanto la mirada hacia Kekoa, impasible.

—Gracias, hombre.

—No hay de qué. —Asiente—. ¿Estás bien?

—Eh... —Niego con la cabeza—. Si acabas de interrumpirme para preguntarme si estoy bien, te juro por Dios que...

—¿Que qué? —pregunta, aburrido, estirando los brazos por encima de la cabeza.

—Estoy bien —le digo con una mirada elocuente.

Él niega con la cabeza.

—No lo estás.

—Lo estoy —insisto, desafiante.

—Te enamoraste.

—¿Quién coño te ha dicho eso? —pregunto en voz alta.

—Tú mismo. —Me pega en el pecho—. Cuando la arrojaste a mis brazos esa noche cuando el apagón.

Lo miro con mala cara.

—Esa noche la dejé.

—Claro, porque es superimpropio de ti exagerar ante una revelación.

Parpadeo.

—¿Disculpa?

—Aunque duró poco, ¿no crees? —Pone los ojos en blanco.

—¿Qué quieres decirme? —pregunto, exasperado.

—Lo que quiero decirte es que, en lugar de follar hasta que superes esta… —me agarra por el hombro como creo que haría un padre— inmensa pérdida que estás sufriendo… La amaste. Te enamoraste de ella. Renunciaste a ella para no ponerla en peligro, lo cual fue algo increíble y admirable por tu parte. —Me lanza una mirada que grita que lo que estoy haciendo ahora no lo es—. Enfréntate a ello, Jules. Procésalo y siéntelo y…

—A la mierda. —Niego con la cabeza—. No.

Se echa para atrás casi como si le molestara.

—¿No?

—¿Qué me espera en el otro lado, Koa? —pregunto encogiéndome de hombros—. Amo a una chica. No puedo estar con ella. No puedo estar con nadie… —Señalo hacia atrás, hacia la puerta de mi despacho y a la chica que hay al otro lado—. Eso es lo único que tengo, no puedo tener más. Así que a la mierda con tus juicios y tus procesos. No quiero aceptar una mierda. —Me alejo de él y luego le digo—: Estoy bien.

Sin embargo, ambos sabemos que no lo estoy.

CINCUENTA Y SIETE
Christian

No he recibido la respuesta más arrolladora por parte de los chicos cuando les he contado cómo me había ido con Daisy.

Jo y Hen han creído que su reacción fue un poco exagerada, pero no tanto como yo.

BJ me ha dicho que tenía que dejar de escuchar a esos dos porque sus relaciones más largas y estables eran con sus propias manos.

A Henry eso no le ha hecho ninguna gracia. Ha dicho que había tenido novias, y BJ le ha contestado: «¿Que te duraran más de un mes?». Y luego han empezado a discutir y Henry ha dicho: «¿Qué me dices de Romilly?», y BJ ha puesto los ojos en blanco y ha dicho que eso fue hace diez años. Y después Henry se ha puesto raro como siempre se pone raro Henry con Romilly Followill, de modo que me he ido a ver a Daisy porque si ya no funciono muy allá en general, imagina cuando estoy peleado con ella.

Cuando llego a su casa, Koa me abre la puerta.

—Hola. —Le hago un gesto con el mentón.

—Hola… —Creo que frunce el ceño. Supongo que también está cabreado por lo del vídeo sexual.

—¿Está Daisy? —Paso a su lado.

Kekoa asiente despacio.

—¿Sabe que vienes?

—¿No? —Me encojo de hombros y subo las escaleras, hacia su cuarto.

No llamo a la puerta, ¿por qué iba a llamar? Lo peor que puede pasar es que esté desnuda y eso sería genial.

Hoy no me la imagino quitándose la ropa por mí en ningún momento, de modo que si irrumpo en su cuarto y se está cambiando, eso que me llevo, teniendo en cuenta el panorama.

Vaya, que abro la puerta sin avisar.

—Dais, escucha, yo... —empiezo a decir, pero luego paro. Me quedo paralizado en el sitio.

¿Alguna vez has visto a la persona que amas en la cama con otra persona?

Yo sí, lo vi con Parks y Beej. Siempre estaban en la cama, incluso cuando «no estaban juntos», estaban juntos en la cama. Sin embargo, ella era suya, de BJ, aunque entonces yo lo odiara, pero esto es distinto.

Estamos hablando de Daisy.

Es mía. La chica que quiero más que nada en el planeta, sentada en la cama con su exnovio.

Hay espacio entre ellos. No parece excesivamente romántico. La tele está encendida. Ven *Cazafantasmas*.

Y Dais y yo creo que hemos hecho progresos. Soy honesto, soy abierto. En mi opinión, he sido comunicativo acerca de lo que siento por ella. Creo que le he verbalizado lo mucho que la quiero y lo que significa para mí. Y que luego aparezca un cabronazo que robe y filtre a la prensa un vídeo sexual en el que aparezco con otra chica que me tiraba y que grabamos cuando Daisy y yo no estábamos juntos, no tiene importancia para mí.

Mantenía relaciones sexuales con Vanna. Sé que las mantenía.

¿Si quería que Daisy lo viera? No, hubiera preferido que no. También hubiera preferido que no fuera la peli para adultos más vista en todo el país hoy por hoy, pero aquí estamos.

Es lo que hay. Lo hice. No le fui infiel para hacer el vídeo. Y la verdad es que no entiendo por qué está tan disgustada con el tema.

Para mí no tiene sentido. Este nivel de disgusto, en general, me parece desproporcionado.

¿Se disgusta a este nivel y corre a follarse a Rome? Puede irse a la mierda.

Suelto un bufido y ella abre los ojos como platos. Se levanta de la cama de un salto al tiempo que yo me doy la vuelta para irme. Está totalmente vestida, supongo que algo es algo. Lleva un pantalón de chándal y una camiseta.

—¡Christian! —Viene corriendo a por mí y yo me vuelvo como un resorte en mitad del pasillo para mirarla a la cara, muy cerca.

—Me montas un pollo porque hice un vídeo sexual antes de que nos reconciliáramos ¡¿y ahora estás ahí en la cama con tu exnovio?!

Pone los ojos en blanco.

—No estamos en la cama...

—¡Estáis literalmente en la cama! —le grito.

—¡Pero no en ese sentido! —me contesta gritando también—. Sabes que no en ese sentido.

—¿Cómo quieres que lo sepa, Daisy? —Le lanzo una mirada—. La última vez que discutimos, te fuiste corriendo y te lo follaste. ¿Por qué no ahora?

—¡Estabas enamorado de Magnolia! —me grita—. ¡Él es mi amigo de toda la vida!

—¿Me estás diciendo que no ves lo jodidamente hipócrita que estás siendo? Te enfadas conmigo por algo que hice cuando no estábamos juntos y tú ahora estás con él, en tu cama, en la que literalmente te lo follaste...

—No ha pasado nada... —dice Romeo, de pie detrás de ella.

Le lanzo una mirada afilada.

—Eh, estoy intentando tener una conversación privada con mi novia. ¿Quieres volver a meterte en su cama y esperarla a que acabe aquí conmigo? —Señalo con la cabeza hacia el cuarto—. Eso es lo tuyo, ¿no?

Los miro a los dos con las cejas enarcadas, y Daisy pone muy mala cara.

—Que te follen.

Señalo a Romeo.

—Nah, mejor te lo follas tú a él.

Y después, me vuelvo y me voy.

Me arrepiento de haberlo dicho. Me arrepiento inmediatamente. Tengo ganas de vomitar porque ¿y si lo hace? Podría. Las chicas pueden ser así. Te juro que odio a las chicas, joder. Son monstruos, todas ellas. Jamás hacen nada bueno, solo hacen que joderte.

Cierro de un portazo al salir y conduzco a toda velocidad para irme tan rápido como puedo.

Lo primero que pienso es que quiero devolvérsela.

Quiero hacer algo que la haga sentir como me siento yo. Y, entonces, tengo un retortijón en el estómago y sé que eso no es cierto. No quiero hacerla sentir como me siento yo, aunque una pequeña parte de mí sí lo quiera.

No puedo creer que haya hecho esto. ¿Irse corriendo con Romeo? Es muy jodido. Es tan irónico como jodido.

De todos, Rome. Creo que habría preferido que se fuera con Tiller, si te soy sincero, porque no puedo competir con Romeo. No puedo superar lo que tienen. Es historia antigua, una mierda legendaria como la de Parks y Beej, tanto trauma a sus espaldas, demasiada vida compartida como para separarlos de verdad.

¿Sabes lo que es amar a una persona que siempre tiene a alguien en el banquillo? ¿Una posible vuelta con otra persona que no eres tú? Te jode entero.

Ya me jodió en otros tiempos. Y me va a joder ahora.

Ya lo ha hecho.

CINCUENTA Y OCHO
Daisy

Llevo un día entero sin hablar con Christian. ¿Quizá tendría que haberle llamado? Se puso verdaderamente triste[234] cuando nos vio a Rome y a mí, pero te juro que no pasó nada. Es que él estaba ahí. Es que él siempre está ahí. Y Julian está hecho una puta mierda, no puede ayudarme, ni siquiera puede ayudarse a sí mismo. Lleva un descontrol de los que hacen historia y yo no puedo salir. Está literalmente en todas partes.

No puedo encender la tele, no puedo abrir el móvil.

Solo quería estar con alguien que me ayudara a gestionar toda la mierda loquísima que los algoritmos de internet creen que está bien enseñarme porque busqué a Christian en Google tiempo atrás.[235]

En cuanto llegué a casa tras discutir con él, le di a Romeo todos los dispositivos que poseo que tienen acceso a internet.

Mi móvil, mi tableta, mi portátil. Lo único que me queda es Apple TV y ni siquiera eso enciendo. Por si acaso.

Él tendría que haberme llamado. En lugar de hacerlo, se presentó aquí y eso lo empeoró todo, porque sé lo que Christian pensó cuando me vio con Rome.

Rome se fue al cabo de poco rato. Me dijo que lo sentía, que seguramente tendría que ir a ver a Tavie de todos modos y me dejó allí sola. Lo odié un poco. Él nunca me había dejado cuando le necesitaba.

Y luego, nada por parte de Christian.

Me siento rara conmigo misma porque él se pusiera triste, porque

---

[234] Mátame.
[235] Qué quieres.

yo hice que se pusiera triste. Odio lo que hice, jamás he querido hacer que se pusiera triste, pero bueno, fue muy borde cuando se fue, al decirme como me dijo que me follara a Romeo. ¿Y qué me dices de su horrible indiferencia? ¿Por qué cojones a Christian le importa una mierda que haya un vídeo en internet en el que sale él teniendo sexo con una chica que no soy yo?

Que no es que yo quiera salir en internet teniendo sexo con él. ¡Ni con nadie!

Quiero que le importe haberlo hecho, quiero que le importe que yo lo haya visto, quiero que le importe que otra gente lo haya visto... Pero le da igual, y no lo entiendo en absoluto.

Bueno, que estoy sentada en mi cama (¡sola!), dándole vueltas a la cabeza y leyendo una revista[236] con furia, pasando las páginas con tanta agresividad que no sé cuántas he roto ya.

Empiezan a sudarme las manos cuando pienso en que le mandé fotos mías con Tiller, y también con Rome, porque sé que fue cruel, y si él me mandara fotos suyas con Vanna probablemente me tiraría por un puente. Aunque luego recuerdo que al parecer él conserva su vídeo sexual con ella en el ordenador y no me siento tan mal. Tampoco me siento mejor, pero en fin.

De pronto, alguien llama a mi puerta. Dos toquecitos.

Sé al instante que no es ni Christian ni Julian, porque ellos no llaman, entran tranquilamente como si fueran los dueños del lugar. Ambos son muy imbéciles. Los hombres son imbéciles.

—¡Toc, toc! —anuncia una voz familiar que no esperaba en absoluto.

Magnolia Parks asoma la cabeza por la puerta de mi cuarto.

Frunzo el ceño.

—¡Hola! —saluda con voz cantarina—. Tu hermano me ha dejado entrar, espero que no te importe.

—¿Qué estás haciendo aquí? —La fulmino con la mirada.

---

[236] La *New Scientist* de este mes.

Entra grácilmente en mi cuarto y, una vez dentro, me lanza una sonrisa seca.

—Voy a dar por hecho que la hostilidad de esa pregunta tiene menos que ver conmigo como persona y más con el hecho de que te has pasado las últimas setenta y dos horas viendo a tu novio acostándose con otra persona... —Se ajusta la falda, aunque no le hace ninguna falta; le queda divinamente.[237]

—Pues entonces eres una idiota —le suelto mirándola, impertérrita e impasible.

Ella se encarama en el borde de mi cama. Los tobillos cruzados, las manos en el regazo.

—Bueno... —Me sonríe, radiante—. Qué semanita.

Pongo los ojos en blanco.

—Antes que nada, ¿puedo decirlo?, ¡enhorabuena! En serio, *mazel tov*.

Parpadeo unas mil veces.

—¿Qué?

—A pesar de los rumores persistentes entre nuestros amigos acerca de que Christian y yo nos acostamos, la verdad es que no lo hicimos y parece que a él se le da espectacularmente, así que bien hecho, chica.

Le lanzo una mirada lúgubre.

—¿No es el momento? Vale, bueno, no pasa nada. —Se aclara la garganta. Me mira y suaviza la expresión—. Esos chicos son gilipollas, Daisy. —Asiente a modo de disculpa.

La miro con desconfianza.

—¿Te ha enviado a pedir disculpas?

—No me ha mandado él... Bueno, un poco sí, pero he venido por voluntad propia, como una especie de difusor, si quieres llamarlo así. —Me lanza una sonrisa delicada—. Sé que supongo una presencia de lo más calmante.

—No lo eres. —Niego con la cabeza.

Ella se encoge de hombros.

—Bueno, pues muchísimas personas creen que lo soy.

---

[237] Qué pereza.

—No —le digo con firmeza—. Literalmente nadie piensa eso.
—Muchísimas personas… —asiente, tozuda.
—Dime una.
Ella me sonríe con petulancia.
—BJ.[238]
—Eso se llama dopamina. —Miro hacia arriba y pongo los ojos en blanco—. Quererte le droga. No hay absolutamente nada en ti que resulte calmante…

Hace un aspaviento con las manos para silenciarme.
—Bueno, estamos de acuerdo en que no estamos de acuerdo.
—¿Por qué estás aquí, Magnolia? —le pregunto enfatizando mucho la pregunta.
—Pues porque —se coloca un par de mechones detrás de las orejas— estoy bastante familiarizada con la sensación de perder a la persona que amas ante otra persona, sexualmente hablando… —Me mira—. Aunque en realidad no la hayas perdido.
—¿Qué? —Le lanzo una mirada impaciente—. ¿BJ tiene un vídeo sexual publicado por ahí?
—Es probable. —Pone los ojos en blanco—. Aunque todavía no tenemos constancia de ello…

Le doy la espalda.
—Entonces no lo entiendes, ¿verdad que no?
Hace una mueca al recordar.
—He pillado a BJ manteniendo relaciones sexuales con otra persona al menos una vez, que yo recuerde… También ha mantenido relaciones sexuales con mi mejor amiga, dentro de una bañera. En su casa… Se ha cambiado de casa, pero no me he vuelto a bañar desde entonces.[239] —Me lanza una sonrisa fugaz—. Se ha acostado con una famosa muy zorrona que dio un parte muy explícito del encuentro a *Rolling Stone*… Lo he visto morreándose con chicas en discotecas, en coches, en barcos, en aviones, de noche en plena calle… —La miro, horrorizada—. Cuando se lo pedí y echó cuentas, llegamos a la conclusión de que la cantidad de

---

[238] Y Julian, si te soy sincera. Jamás lo había visto calmarse en mitad de una pelea antes de que apareciera ella.
[239] Bueno, supongo que ya somos dos las que odiamos las bañeras.

mujeres con las que había mantenido relaciones sexuales ascendía a unos cuantos centenares.

Me quedo boquiabierta.

—Y estamos hablando de personas, no de veces. Lo cual lleva el cómputo de veces en las que ha mantenido relaciones sexuales con otras personas más bien hacia los miles. —Magnolia parece un poco afectada, pero prosigue—: Todo eso te lo digo porque aunque entiendo que no es exactamente lo mismo que la filtración de un vídeo sexual de tu novio con su exnovia, sí creo que es posible que me acerque bastante. —Me lanza una mirada afilada, y la mantiene durante unos segundos antes de volver a suavizarla—. Daisy, ni siquiera puedo imaginar lo horrible que tiene que haber sido verlo.

Alarga la mano para secarme con delicadeza, con la gema de su dedo, una lágrima solitaria que ni siquiera había notado que resbalaba por mi mejilla.

—Pero pasa una cosa. Todos esos chicos son innegablemente indolentes en todo lo relacionado con el sexo. Exceptuando, eso sí, cuando están enamorados... —Exhala sonoramente por la nariz y se encoge un poco de hombros, en un gesto claro de resignación—. De alguna manera han logrado distinguir el sexo con otras personas del sexo con nosotras.

Trago saliva con esfuerzo y doy una profunda bocanada de aire y me miro las manos. Ni siquiera puedo mirarla a los ojos cuando le digo lo siguiente.

—Parecía igual. Él con ella. Sin ninguna diferencia aparente... Parecía igual que con nosotros.

Me sonríe con tristeza.

Y parece entenderme.

Hace un año hubiera preferido morirme antes de que Magnolia Parks me mirara como si sintiera lástima por mí, pero hoy aquí estamos.

—Quizá lo parecía. —Se encoge de hombros y, antes de seguir, suaviza la voz—. Pero no es lo mismo, Daisy... No lo es porque él no la ha querido nunca a ella, él solamente te quiere a ti. Y para ellos esto es lo único que importa.

Me pellizco el labio sin darme cuenta.

—Vamos... —Señala con la cabeza hacia la puerta—. Te llevaré a verlo.

Me ayuda a ponerme de pie y luego me contempla durante un tiempo con fijeza, y muy poco impresionada por el chándal negro de Olivia Von Halle[240] que llevo puesto.

—Bueno, primero vamos a cambiarte de ropa.[241]

---

[240] El conjunto Gia Berlin de sudadera con capucha y pantalón de chándal de seda y mezcla de cachemira, para ser exactos.

[241] Para ser todavía más exactos, ha intentado obligarme a ponerme un vestido de gala largo hasta los pies y con mucha caída para ir a ver a Christian. Hemos discutido y luego me he puesto los shorts deshilachados de cintura alta de Denimist («Son muy cortos», me ha dicho con el ceño fruncido cuando me los he puesto) con la sudadera de algodón corta de color azul marino de Balmain («...Oh, ¿vas a salir a correr luego? ¿No? Oh. No. ¡Guay! Estás... guapa».). Y luego le he arrojado un par de zapatos (las sandalias de doble tira Bijoux con un tacón de 7 cm; de Gianvito Rossi), que ella ha usado para hacer una sutil transición diciendo que esos zapatos son los que debería ponerme con el conjunto siguiente: el minivestido de crepé estampado Jude (de Emilia Wickstead), el cárdigan negro corto con plumas en los puños (de Sleeper) y el bolso de mano de piel en forma de sobre monocromático negro (de Saint Laurent). Y ¿sabes qué? Que estoy jodidamente fantástica. Esa chica es muy pesada.

CINCUENTA Y NUEVE
Christian

Lo complacida que Magnolia está consigo misma cuando aparece en la puerta de mi casa con Daisy casi me basta para cerrársela en las narices, solo que no puedo hacerlo porque está con la chica que amo, y no alcanzo a imaginar el esfuerzo que Daisy ha tenido que hacer para tragarse el orgullo y venir aquí, acompañada nada menos que por Magnolia.

—¡Pequeña Haites! —grita Jo—. ¡Vaya milagro!

Beej mira fijamente a Parks (han medio vuelto, por cierto) y le sonríe como si acabara de ganar el puto Premio Nobel.

Miro a Daisy desde el sofá, un poco con mala cara porque sigo jodidamente cabreado.

—Eh —digo, sin embargo, y le hago un gesto con el mentón.

Magnolia empuja a Daisy hacia mí, y Dais gira la cabeza como un resorte hacia ella y la fulmina con la mirada.

—Oooh —susurra Magnolia al tiempo que pone los ojos en blanco—. Me muero de miedo.

BJ, a mi lado, me da un codazo sutilmente.

—Levántate, hostia —me susurra, sonriéndoles al hacerlo.

Me pongo de pie, hundo las manos en los bolsillos y Daisy se queda ahí parada, de brazos cruzados, fulminándome con la mirada y con Magnolia de pie entre los dos, literalmente a punto de arrancarse la puta blusa de lo agobiada que está.

—¿Qué cojones significa esto? ¡¿Cómo narices resolvéis las cosas vosotros dos si yo no estoy aquí?!

Le lanzo una mirada ofendida.

—Normalmente nos pasamos un periodo de tiempo prudencial sin dirigirnos la palabra y luego follamos —le sonrío con franqueza.

—Oh —asiente BJ impresionado—. Eso es muy innovador, Parks. Deberíamos probarlo.
Ella le lanza una mirada y Henry y Jonah sueltan una carcajada.
Yo miro fijamente a Daisy. Es una putada que esté tan buena cuando se enfada. Esa boquita de piñón. Que siempre la tiene así, pero cuando está cabreada... es que me pierdo.
Señalo con la cabeza hacia mi cuarto.
—¿Quieres que vayamos a hablar?
Ella asiente y yo la tomo de la mano para llevarla hacia las escaleras.
—¡A hablar! —nos grita Magnolia—. ¡No a mantener relaciones!
—¿Por qué no te callas y te metes en tus asuntos? —le contesto con otro grito.
—¡SERÁS HIPÓCRITA! DESPUÉS DE LLAMARME PARA QUE TE AYUDARA, PEDAZO DE DESAGRADECIDO DE MIER... —grita, pero cierro la puerta de un golpazo para mandarla callar.
En cuanto estamos en mi cuarto parece que se hace la magia y todo el orgullo se nos va y ella me mira con unos ojos enormes y tristes y yo la agarro por la cintura antes de darme cuenta siquiera de que lo estoy haciendo. La llevo contra la pared, le coloco un mechón de pelo detrás de la oreja, miro fijamente su cara al tiempo que trago saliva con esfuerzo.
—Te quiero, Dais. —Niego con la cabeza—. Lo siento.
—No, yo lo siento... —Entierra su rostro en mi cuello—. No pensé... No pasó nada.
Suspira y yo niego con la cabeza.
—Lo sé.
—Lo prometo —insiste.
—Lo sé —asiento—. Sigo sin comprenderlo del todo, pero odié esas fotos, y sé que tú odias esto, de modo que yo también lo odio... —le digo encogiéndome de hombros.
—No tendría que habértelas enviado... —Frunce el ceño para sí—. Lo siento. Nunca borro nada del móvil. Todavía tengo fotos de Rome y yo cuando íbamos al colegio...
—Escúchame... —Le sujeto la cara entre las manos—. Necesito que comprendas esto: para mí, el sexo contigo y el sexo con cualquier otra persona no son lo mismo. —Lo único que puedo añadir es un encogimiento de hombros—. Son tremendamente distintos. No me parecen lo

mismo, en absoluto. Pero tendría que… No lo sé…, nunca pensé que se filtraría.

Asiente.

—No quise contártelo porque, es que, no habría traído nada bueno, ¿sabes? Pero no lo sé… La jodí.

Su mirada empieza a suavizarse mientras hablo y me rodea el cuello con los brazos esbozando una sonrisita.

—¿Ha pasado ya el periodo de tiempo prudencial?

Me lamo el labio inferior y asiento una vez.

—Creo que sí.

—Caray —dice Henry, mirándonos cuando bajamos brincando las escaleras al cabo de media hora—. No parece que acabéis de follar ni nada, chicos.

Daisy pone los ojos en blanco y yo me paso las manos por el pelo. Me siento en el sofá y me coloco a Daisy en el regazo.

Hecha un ovillo en el sofá con Beej en la otra punta del salón, a Parks se le ilumina la cara como al puto conejillo rosa de los anuncios de pilas y nos sonríe, claramente orgullosa de sí misma.

Si nuestra reconciliación se debe a Magnolia Parks o al orgasmo doble que le acabo de dar a Daisy, realmente, ¿quién sabe?

—Bueno —Magnolia da una palmada—, ¿qué vamos a hacer con ese vídeo?

—Nada. —Niego con la cabeza.

Magnolia me lanza una mirada.

—Tenemos que descubrir quién lo ha filtrado e imponerle un castigo.

Daisy me pega un codazo, divertida.

Jo señala a Magnolia con el pulgar.

—Uy, le pierden las misiones a nuestra Parks.

Ella saca un MacBook y lo abre.

—¿Qué estás haciendo? —pregunta BJ, mirando por encima del hombro de ella—. ¿Qué estás…? ¡No lo mires! —grita y Magnolia lo mira con mala cara.

—¡Estoy buscando pistas!

—¡No! Pffff… —BJ mira la pantalla con mala cara, pero no aparta la mirada. De hecho, ladea la cabeza—. Hermano, vaya bracitos se te han puesto, ¿no?

Miro a Daisy, abatido.

Desde el ordenador de Magnolia me oigo a mí mismo y a Vanna con la respiración cada vez más agitada.

—¿Puedes quitarle el sonido, por favor? —suspira Daisy.

Yo la abrazo con más fuerza y le beso el hombro por detrás.

—Lo siento... —le susurro. Ella se vuelve y me lanza una sonrisa fugaz.

Magnolia pone mala cara y le quita el sonido enseguida, pero sigue mirando. Henry y Jonah no tardan mucho en colocarse detrás de ella y se inclinan hacia delante para mirar. Todos ellos, todos mis amigos de la infancia, amontonados alrededor de un portátil, todos ellos mirando con atención un vídeo en el que se me ve mantener relaciones sexuales con una chica que no es mi novia.

Jonah nos mira a mí y a Dais.

—¿Es raro que, en cierto modo, me sienta orgulloso?

—Sí —contestamos Daisy y yo al unísono.

—Eh, pero no me extraña que esa chica te tirara los tejos el otro día en el local, tío... —dice BJ, sin apartar la mirada de la pantalla—. Mira cómo le estás dando.

Gruño y entierro la cara en el cuello de Daisy.

—Oye, ¿cómo haces la cosa esa con la espalda? —pregunta Henry, señalando con la cabeza hacia la pantalla, que mira con los ojos entornados.

Daisy suelta una carcajada.

—¿Por qué se acaba aquí? —Magnolia mira la pantalla con el ceño fruncido.

—¿Dónde? —Suspiro, desde la seguridad del hombro de Daisy.

—Bueno, es obvio que estás a punto de correrte...

BJ le lanza una mirada.

—Conque obvio, ¿eh?

(Y yo suelto un gruñido largo y grave al tiempo que Daisy, Henry y Jo se echan a reír).

Magnolia lanza una mirada fugaz de disculpa a Beej y luego, vuelve a mirarme a mí.

—¿Por qué el vídeo se corta antes de que terminéis?

Suspiro y niego con la cabeza.

—No lo hace.

Magnolia me lanza una mirada.

—Sí lo hace.

Niego con la cabeza.

—Que no.

—Que sí —dice Daisy, mirándome—. Se corta ahí.

Magnolia gira el ordenador y le da a reproducir antes de que yo pueda taparle los ojos a Daisy, lo vuelve a ver todo: yo follándome a una chica que no es ella, mi espalda arqueándose y luego... nada.

Miro fijamente la pantalla. Me cago en la puta.

—Ya sé quién lo ha filtrado.

Me miran todos a la vez.

—¿Qué? —Daisy frunce el ceño.

—¿Quién? —dicen Jonah y Henry a la vez.

Los miro fijamente, casi en shock.

—Ella.

Daisy suelta un bufido irónico.

—¿Qué?

—Ha sido ella —asiento—. Ha sido ella, Dais.

Beej niega con la cabeza.

—Christian, pero si está saliendo por toda la prensa con un berrinche porque se ha violado su vida privada...

—Os lo digo en serio. —Le lanzo una mirada—. Lo ha filtrado ella. Sé que ha sido ella.

—¿Por qué? —pregunta Magnolia con las cejas enarcadas.

Miro a Daisy con una pequeña mueca. Quizá lo lamente, aunque, bueno, quizá no.

—Porque no es el vídeo completo.

Daisy suspira como si estuviera derrotada y se tapa la cara.

—Bueno, ¿qué hay en el resto? —Henry se yergue.

Salto del sofá, subo las escaleras a toda velocidad y vuelvo a bajarlas corriendo al cabo de un minuto con mi portátil.

—¿Estás de puta coña? —gruñe Daisy mientras yo lo abro y hago clic en un archivo que tengo en el escritorio.

—Igual lo has encontrado demasiado rápido, colega —me dice Jonah con un hilo de voz, pero no le hago ni caso y miro a Dais.

—Pequeña, creía que lo habías visto todo... —Le lanzo una mirada, que luego desvío hacia mis amigos—. Ahora tiene mucho más sentido...

Daisy frunce el ceño.

—¿De qué estás hablando?

—Lo siento... —le digo antes de volver a reproducirlo. Vanna y yo volvemos a la vida, y Magnolia y los chicos se amontonan a nuestro alrededor.

Daisy le quita el sonido, pero yo me disculpo con la mirada antes de volver a activarlo.

El salón de mi casa se llena de gemidos y jadeos y ya volvemos a tenerme ahí con la espalda arqueada hacia atrás y entonces cuando se corta el vídeo filtrado, este sigue...

Me muevo cada vez más rápido, ganando impulso, los ojos cerrados, la cara alejada de Vans y, entonces, un pequeño gemido emerge de mis labios:

—Daisy...

Daisy se cubre la boca con las manos y Magnolia suelta un grito ahogado.

Beej está pegándole sin parar a Jonah, no apartan la mirada de la pantalla, sonríen de oreja a oreja.

—¡Joder, tío! —exclama Henry, con la cara hecha una verdadera mueca de diversión.

—¿Qué acabas de decir? —susurró Vanna en la pantalla, claramente conmocionada. Entonces me pegó—. ¿Qué coño me acabas de decir?

Yo, en el vídeo porno, me aprieto una mano sobre la boca abierta, sonrojado, se me ve paralizado.

—Yo... —empecé a decir, pero ella me pegó un empujón.

—Quítate de encima, joder. —Me apartó de encima de ella a empujones y se alejó de mí—. ¿Cómo cojones sigues pensando en esa zorra?

Ella se fue hacia la cámara. Y en ese mismo momento se me oye diciendo:

—No la llames as...

Y, entonces, se queda todo negro.

El salón está en silencio.

Me vuelvo hacia Daisy.

—Creía que lo habías visto.

—Yo... —Me mira fijamente, muda—. No... Eso habría suavizado muchísimo el golpe.

—Lo sé —asiento—. Por eso pensé que te lo estabas tomando demasiado mal teniendo en cuenta que eres la única persona que sale bien parada de todo esto.

—Aunque, para que quede claro, tío... —interviene BJ—. No hay ninguna duda de que aquí no sale bien parado nadie, colega.

Le lanzo una mirada.

—¡Me quieres! —Daisy sonríe—. ¡Piensas en mí cuando tienes sexo esporádico con otras mujeres!

—Sí —asiento—. Exclusivamente.

—Oh, ¡qué dulce! —suspira Magnolia, observándonos—. Aunque deberíais dejar de hacerlo, vamos a pararlo ya...

—Estoy de acuerdo —asiente Daisy.

—Vale. —Suelto una carcajada. Miro a Daisy—. ¿Estás bien?

—Sí... —Daisy se encoge de hombros—. Sí, no, ahora me siento mucho mejor con todo esto.

—Bueno, pues... —Magnolia señala el ordenador—. Voy a necesitar que me mandes esto.

—¡No! —grito al tiempo que BJ deja caer la cabeza hacia atrás—. Joder, Parks, ¿por qué?

—BJ, por favor. —Le lanza una mirada impasible—. Aunque no es de tu incumbencia, dado que temporalmente ahora somos «solo amigos».

—Muy bien —asiente él—. De amigo a amiga, no quiero que mires vídeos de Christian acostándose con Vanna Ripley.

—No soy una pervertida. —Se cruza de brazos a la defensiva.

Jonah la señala con la cabeza.

—Tiene una misión.

Henry se ríe y la rodea con un brazo.

—Joder, me encanta cuando Parks se pone así.

—Mándamelo —vuelve a decirme Magnolia.

Niego con la cabeza.

—¡Que me lo mandes! —exclama con el ceño fruncido.

—No, Parks...

Y, entonces, Daisy exhala y la mira con fijeza.
—¿Qué vas a hacer con el vídeo?
Magnolia levanta la nariz, los ojos le brillan desafiantes.
—Nadie se mete con mis putos amigos.
Daisy me mira.
—Mándaselo.

17.41

Daisy

> Dónde estás

Fuera

Con Christian

> Ven a casa ya

Por qué?

> Ya.

Qué?

> No va en puta coña.

> Ven a casa.

Vale?

SESENTA
Julian

Cuando volvían a casa después de un partido del Liverpool han intentado asesinar a Santino Bambrilla.

Estaban saliendo del estadio, han usado una salida lateral (rotan salidas en el partido) y alguien les ha disparado.

Estaba con Rome, ambos han recibido un impacto de bala, Santino está peor que Romeo, pero no peligra la vida de ninguno de los dos. A Santino le han disparado en el pecho, pero no le han alcanzado el corazón ni los pulmones. A Romeo le han dado en el brazo.

Lo pienso y no me gusta lo mucho que quiero llamar a Magnolia. Contarle toda esta puta mierda que le ha pasado a alguien que quiero, esperar su pausa incómoda porque no sabe qué decir, así que opta por enseñarme fotos de los vestidos más importantes de la historia y pasarme las manos por el pelo, pero no puedo.

Cuando Daisy cruza el portal y oigo cómo lo cierra de un portazo, sé que está cabreada por haberla obligado a volver a casa.

Abre la puerta de mi despacho con fuerza, Christian le pisa los talones.

—Estaba teniendo un día de puta ma... —empieza a decir, pero entonces ve a Rome, el brazo ensangrentado, la cara hecha un mapa, los ojos vidriosos—. ¡Dios! —Va corriendo hacia él, le coloca una mano en la cara, la otra en el pecho—. ¿Estás bien?

Christian se queda en el umbral de la puerta, mirando con el ceño fruncido.

—¿Qué ha pasado?

—Han disparado a papá —explica Rome con voz ronca—. A mí también...

Le enseña el brazo a Daisy.

Ella, sin apartar los ojos de él, le pide a quienquiera que esté escuchándola:

—Que alguien me traiga mi botiquín.

Le sube la manga ensangrentada, retira el material que hemos usado para aplicar presión y examina la herida lo mejor que puede.

—¿Estás bien? —le pregunta Christian, avanzando hacia él.

Rome asiente, apenas lo mira.

—Santi... —pregunta Daisy, mirándonos a mí y a Rome—. ¿Está bien?

—Vivirá —contesta Rome, mirándola, y ella vuelve a tocarle la cara con la mano.

—Lo siento muchísimo...

—¿Qué cojones ha pasado? —me pregunta Christian, cruzándose de brazos.

Señalo a Rome.

—Nos han disparado en el partido. —Se encoge de hombros—. Ha pasado muy rápido y luego nuestros chicos me han puesto a mí en un coche y a papá en otro...

—¿Dónde está? —pregunta Daisy.

—No lo sé. —Rome se encoge de hombros de nuevo—. Escondido.

Declan le tiende a Daisy su botiquín y ella arrellana a Romeo en la butaca.

Se da la vuelta y se desinfecta las manos y los brazos, ella y Christian se miran a los ojos y él le sonríe con tristeza.

—Rome se va a quedar aquí con nosotros... —les digo, porque ahora me parece tan buen momento como cualquier otro—. Por seguridad.

Daisy asiente, igual que Christian. Imagino que no le apasionará la idea, teniendo en cuenta todo el contexto, pero no dice nada.

Se acerca a Daisy y la mira, arrodillada junto a Rome.

—¿Cómo puedo ayudar?

Ella coge unas gasas y empieza a limpiar la sangre.

—Necesito un cubo, necesito mucha agua estéril, o al menos embotellada... —Mira por encima del hombro—. ¿Alguien puede intentar traerme un poco de lidocaína o de articaína?

—¿Por qué a él si le das anestésicos? —Miro a mi hermana, juguetón.

Ella mira el brazo de su exnovio con los ojos entornados.

—Él no se lo ha buscado.

Me encojo de hombros y me apoyo en el escritorio.

—Tú te lo buscaste el año pasado cuando te disparaste a ti misma y te dieron anestésicos…

Los cuatro, Daisy, Christian, Rome y Miguel me miran con gesto impasible.

—Todavía no estoy preparado para bromear sobre aquello… —dice Rome, mirando hacia la otra punta del despacho.

—Ya. —Christian niega con la cabeza—. Ni yo…

—Christian… —Daisy le hace un gesto, ignorándome—. Enfócame con la linterna del móvil aquí, por favor.

Él asiente, hace lo que le pide y ella se pone manos a la obra.

Christian mira fijamente a Rome, que ha apartado la mirada.

—¿Sabemos quién lo ha hecho?

Romeo asiente sin mirarlo.

—Lo hemos alcanzado.

—¿Quién ha sido? —pregunta Daisy, mirándonos a ambos.

Rome la mira de soslayo.

—Bueno, ya está muerto…

—No lo sabemos seguro todavía, pero parece que era un viejo conocido de Italia.

Daisy asiente.

—¿Tu madre está bien?

—Muy nerviosa… —Se encoge de hombros—. Pero bien.

—¿Dónde está Carmelo? —pregunta Christian.

—Freshfield, de momento —le contesta Rome.

—Carms tomará el mando una temporada.

—Caray. —Christian parpadea.

Que los asientos cambien de manos es algo muy gordo. El padre de James Devlin sigue vivo, pero dio un paso atrás. Danny Jukes y Hughie McCracken se sentaron en la mesa cuando sus padres respectivos fallecieron; el de Jukes fue asesinado, el de Hughie murió de cáncer. Triste.

Que Carmelo se ponga al frente de los Bambrilla causará revuelo. A mí no me preocupa, pero quizá a otros sí. La gente tiene prioridades distintas, cosas que quieren conseguir, la gente tiene en su cabeza versiones diferentes del éxito, y el hambre de poder alimenta lo que hacemos nosotros, no hay vuelta de hoja.

Carms no es así, no es lo que quiere. Lo hará porque es lo que hacemos, pero no es lo que él quiere. Nunca lo ha sido, pero son las cartas que le han tocado.

—Santi volverá. —Me encojo de hombros aunque yo mismo sé que es probable que no sea cierto.

—Sí, claro. —Daisy suelta un bufido irónico al tiempo que Romeo me mira como si fuera estúpido.

Dejando a un lado las mejores virtudes de Carmelo, es un hombre y a los hombres les encanta el poder. Históricamente, no es común que alguien asuma un cargo y luego lo ceda cuando se le pide.

—La tengo —suspira Daisy y luego, oigo el ya familiar ruido metálico de una bala en una bandeja.

Romeo se mira el brazo y luego a ella.

—Gracias.

—Mmm. —Ella le sonríe con ternura mientras lo venda.

Se levanta y le mira el brazo con la cabeza ladeada, luego asiente para sí misma, contenta.

—Voy a lavarme y después te preparé la habitación. —Le lanza una sonrisa fugaz a Rome, luego mira a Christian a los ojos y le hace un gesto con la cabeza para que la acompañe.

Se detiene en la puerta y me mira, veo la angustia en sus ojos.

Está preocupada. Odio que se preocupe.

—¿Qué significa esto, Jules?

—¿Para ti? —La miro fijamente—. Triple seguridad.

Abre la boca para decir algo, pero yo niego con la cabeza y levanto una mano para silenciarla.

—No quiero quejas.

Exhala ruidosamente.

—Kevlar cada vez que salgas de casa.

—No... —se lamenta.

—Sí. —Insisto con firmeza—. A no ser que estés en mi casa o en la suya... —Señalo a Christian—. Te toca el Kevlar allá donde estés.

Suspira y se va.

Romeo me mira y se encoge un poco de hombros.

—Oye, no es por darle la razón, pero el Kevlar es incómodo de cojones.

SESENTA Y UNO
Daisy

—¿En serio quieres salir? —Miro a Christian con una mueca. Vamos en el asiento de atrás de mi coche, Miguel conduce. Solo vamos a cenar, no será salir-salir.

Hemos quedado con sus amigos.

Mis amigos también, últimamente, quizá.[242]

—No —concede—. Pero… vamos a tener que salir tarde o temprano. Pues da lo mismo que sea ahora.

—¿Por qué da lo mismo que sea ahora? —pregunto con un mohín.

Él esboza una sonrisa.

—¿Qué es lo peor que podría pasar?

La respuesta obvia, teniendo en cuenta todo lo que ha sucedido hace poco, es que me disparen. O peor: que le disparen a él.

Yo llevo el Kevlar. Él se ha negado.

Suspiro.

—¿Qué pasa si una chica te mira como si te hubiera visto desnudo?

—Pequeña —se ríe—. El mundo entero me ha visto desnudo a estas alturas. Joder, te apuesto que hasta este tío me ha visto en pelotas… —Le pega a Miguel en el brazo.

—Sin comentarios —dice Miguel desde el asiento del conductor.[243]

Christian me da un codazo suave.

—¿Estás nerviosa, pequeña?

—No. —Lo miro con mala cara, sentándome más erguida—. No me

---

[242] Quizá. Depende del día.
[243] Aunque sí tuvo muchos comentarios y uno de ellos fue que ahora sí comprendía por qué me disgusté tanto cuando rompimos.

da miedo nada. —Me sonríe y yo suspiro—. Es que si alguien te mira de una manera que odie, tendré que matar a esa persona. Y, en fin, no es algo que nos venga bien ahora mismo… —Me encojo de hombros.

Asiente un par de veces.

—Eso es cierto.

—Por eso sería más sencillo que no saliéramos.

—O… —Me lanza una mirada—. Podrías, no sé, no cometer ningún asesinato…

Le devuelvo la mirada.

—El RR.PP. de Verona me ha dicho que tengo que dejarme ver una horita, y luego nos vamos. —Exhala por la nariz—. Creía que te alegrarías de salir de casa un rato.

—Y me alegro. —Asiento deprisa, es cierto. Ha sido duro.

Es un milagro que Julian haya dicho que sí. Ha sido un sí con mil condiciones.

El Kevlar, tanto Miguel como Kekoa, un coche blindado con escolta y nada de sentarse cerca de ventanas.

Me coloca un mechón de pelo detrás de la oreja.

—Entrar y salir, Dais.

Exhalo por la nariz y lo miro fijamente cuando llegamos.

Ahora se me antoja exageradamente rara la obsesión de todo el mundo con el vídeo sexual, especialmente tras lo de Santino. Claro que nadie lo sabe. Me entran ganas de vomitar cada vez que pienso en que le hicieron daño a Romeo, aunque ahora ya está bien.

«Bien» es relativo. Está perdiendo la cabeza en el Recinto, pero técnicamente está bien. Quería venir esta noche, imagina lo desesperado que tenía que estar como para suplicarme que le dejara venir con Christian y conmigo. Le he dicho que sí, desde luego, pero Julian ha dicho que no. Ha asegurado que no le habría permitido salir a Romeo ya en general, pero ¿Rome saliendo conmigo? Desastre.

Cuando Christian y yo nos bajamos del coche, es peor de lo que te podías imaginar. Hay *paparazzi* y cámaras de TMZ por todas partes.

—¿ES CIERTO QUE HAS DEJADO A VANNA POR ELLA?

—¿QUIÉN ES ELLA?

—¿ELLA ES DAISY?

—DAISY, ¿ERES LA RESPONSABLE DE LA RUPTURA DE VASTIAN?

Miguel aparta a los fotógrafos y reporteros de en medio, y nos abre paso para que lleguemos al local.

Cruzo las puertas y parece que todo el mundo se dé la vuelta para mirar.

Christian cuadra los hombros y me rodea con un brazo para guiarme hacia el fondo, donde ya veo a Magnolia y a Taura, asomando las cabecitas entre la multitud.

—Vastian parece un ungüento para una ETS. —Levanto la mirada hacia él y suelta una carcajada.

—La verdad es que a mí nunca me gustó mucho tampoco.

Magnolia me agarra las manos, me sienta en la mesa a su lado y me abraza con fuerza, y en qué mundo habríamos pensado que a mí ese gesto me traería alivio, pero mírame…

—¿Ha sido horrible? —pregunta mirando ávida la multitud—. A Londres le pierden los escándalos.

Pongo los ojos en blanco como si me hubiera dado igual.

—¡Estás guapísima! —añade Magnolia, fijándose en mi ropa.[244] Parece que me esté haciendo un cumplido a mí, pero en realidad se lo está haciendo a sí misma, porque es una puta psicópata que se descargó una aplicación en mi móvil y me organiza los conjuntos para todos los días de la semana y todos los eventos que tengo en el calendario.[245]

—¿Quieres que salga y les enseñe las tetas? —propone Taura—. Para apartar un poco la atención de…, bueno, es difícil no fijarse en esta bomba… —Hace un gesto señalando a Christian.

—Es que es la bomba. —BJ le guiña el ojo a Christian y él pone los ojos en blanco, intentando no reírse.

---

[244] Minivestido de piel con adornos (de Valentino); cárdigan de punto intarsia en color negro (de Burberry); mules de tacón de satén Devon (de The Attico); bolso de mano de piel con el adorno Four Rings (de Alexander McQueen); pendientes de aro Meryl de oro de 18 quilates (de Anita Ko).

[245] —¿Cómo es posible que tengas acceso a mi calendario? —le pregunté, y ella se limitó a reírse con ligereza como si fuera una pregunta estúpida.

La noche avanza y todo va bien.

Nadie que no esté con nosotros es lo suficientemente audaz como para acercarse, y yo de mala gana debo admitir lo mucho que me gustan las amigas que he encontrado en estas chicas que antes odiaba.

Al cabo de un rato, Magnolia pasea la mirada por el restaurante y luego me susurra:[246]

—¿Ese no es el policía sexy con el que salías antes? —pregunta con alegría, mirando más allá de mí.

Christian, BJ, Henry y Jonah lo oyen porque esa chica no sabe susurrar, todos vuelven la vista y después comentan respectivamente:

—¿Es sexy?[247]

—Vamos a ver, ¿tú dirías sexy?[248]

—Sí, es bastante sexy.[249]

Y:

—Tan sexy no es.[250]

Y Magnolia, Taura y yo intercambiamos miradas divertidas antes de aclararme la garganta y lanzarle una pequeña sonrisa.

—Sí, lo es.

Es guapo.

Aunque Tiller siempre ha estado guapo, ese no fue nunca el problema.

O, por el contrario, ese siempre fue el problema.

Está con Dyson y su ex.

Incluso desde aquí veo esos ojos suyos, siempre claros en un lugar oscuro como este. Lleva una camiseta lisa de color azul marino y unos Ksubis también azules deshilachados con unas Chuck Taylors, y si no tuviera la cara que tiene, jamás habría podido entrar en un local como este vestido de esa manera, pero a fin de cuentas es (a pesar de lo que los chicos aquí presentes estén dispuestos a admitir) el Policía Sexy.

—¿No has vuelto a verle desde que lo dejasteis? —me pregunta BJ, pero en realidad está mirando cómo Christian no lo pierde de vista.

---

[246] Muy fuerte.
[247] Christian.
[248] BJ.
[249] Henry.
[250] Jonah.

Christian tiene los ojos entornados y su respiración se ha calmado mucho. Por fuera parece tranquilo, pero me pone nerviosa la mirada que esconden sus ojos.

Christian ha sacado las zarpas por mí como pasa siempre que alguien hace daño a la persona que quieres, pero no necesito sus zarpas, solo lo necesito a él.

Hundo el mentón en su hombro para sacarlo del bucle y niego con la cabeza mirando a BJ.

—No.

—¿Quieres que vayamos a pegarle una paliza? —propone Jonah, alegremente.

—Pues sí —contesta Christian, apartándose ruidosamente de la mesa, pero yo le agarro la muñeca para que vuelva a sentarse.

La silla ha hecho mucho ruido, incluso estando aquí dentro, y Killian Tiller desvía la mirada hacia nosotros.

Sus ojos se posan en mí, acurrucada contra el brazo de la persona que siempre lo puso paranoico.[251] A Tiller se le escapa una expresión tensa y contrariada, pero intenta forzar una sonrisa. Hace un gesto con la cabeza para que me acerque a hablar con él.

—Voy a ir a saludar —le digo a Christian, que me mira como si hubiera perdido la chaveta.

—¿Qué? —Niega con la cabeza—. ¿Por qué?

—¡Porque sí! —contesto en voz alta—. Es mi exnovio, estuvimos juntos durante un periodo importante de mi vida, y la gran mayoría de ese tiempo fue muy bueno conmigo, y es muy probable que tú y Julian os topéis con él en el futuro por vuestras mierdas, y no me parece que estar a buenas con él sea tan mala idea...

—No. —Christian niega de nuevo con la cabeza—. Nunca voy a estar a buenas con él. No hables con él.

Lo miro fijamente un par de segundos.

—Tú tienes un vídeo sexual con tu ex por todo internet.

—Joder, tía... ¡Vale! —gime—. Pero es la única vez que puedes usarlo durante lo que queda de semana, ¿vale? No voy a traerte el café por las

---

[251] Y con razón, supongo.

mañanas.[252] Si queda un solo *bagel* mañana por la mañana, que te den, me lo voy a comer y no me podrás decir una mierda…

Pongo los ojos en blanco[253] antes de irme hacia Tiller.

Él se va hacia la barra y me espera allí.

—Bueno, hola. —Lo miro radiante.

Tiller se pasa la lengua por sus dientes perfectos, con los ojos un poco achicados. No dice nada, al principio, no. Deja pasar un par de segundos, tiene la vista al frente, hacia el fondo del local, y luego se vuelve para mirarme.

—¿Ibas a decírmelo algún día?

Cuadro los hombros y lo miro con las cejas enarcadas.

—¿Que había vuelto con mi exnovio?

Hace un gesto con la cara que es un absoluto y tácito «sí».

—No me jodas. —Pongo los ojos en blanco, sarcástica—. ¿No te llegó el mensajero cantarín? Lo pagué por adelantado.

Me mira impertérrito, por eso le pincho en el brazo porque está siendo un hipócrita.

—Mira quién fue a hablar —le suelto.

—¿Cómo dices? —me pregunta, con la nariz levantada, haciéndose el santurrón.

—Es evidente que has vuelto con Michelle. —La señalo discretamente con la cabeza.

Él ladea la suya.

—Conque evidente, ¿eh?

Lo miro fijamente.

—¿Estáis aquí por mí?

Guarda silencio un par de segundos.

—Ellos no lo saben, pero sí.

Asiento una vez.

—Vale. ¿Va todo bien?

Niega con la cabeza.

---

[252] —Sí lo harás —le interrumpo.
Él pone los ojos en blanco antes de ceder:
—Sí lo haré.
[253] Y hago una nota mental para esconder los *bagels*.

—No puedo decirte nada concluyente, Dais, solo que… ¿tengo una corazonada? —Se encoge de hombros—. Algo está pasando.

Lo miro con el ceño fruncido.

—¿Rumores peligrosos?

Él niega con la cabeza, sosteniéndome la mirada.

—Nada de rumores. Ni uno.

Frunzo un poco más el ceño.

—Todo está tranquilo. El crimen se ha calmado, han bajado los robos. Parece que la gente se esté preparando para algo…

Me cruzo de brazos, como si hacerlo fuera a mantener a raya lo que sea que esté al acecho.

—¿Como qué?

Tiller abre la boca para decir algo y luego se encoge de hombros, casi desesperanzado.

—No lo sé. —Exhala por la nariz, ha puesto su cara de agobio—. ¿Tú estás bien?

Asiento.

—¿Y tú?

Él también asiente.

—¿Se está portando bien contigo?

Le lanzo una sonrisa fugaz.

—Sí.

Me lanza una pequeña sonrisa de bordes tristes.

—Bien.

—Si te enteras de algo… —empiezo a decir.

Él vuelve a asentir.

—Te llamaré.

—¿O te pasarás por casa? —planteo.

Se le escapa una sonrisa, es fugaz y triste.

—Lo dudo.

—Lo entiendo —me aparto un paso de él y finjo que no me ha dolido un poco. Me encojo un pelín de hombros, incómoda, y señalo hacia Christian—. En fin, debería ir volviendo.

—Claro —asiente, cauto—. Oye, sabes que puedes llamarme, Dais. Cuando sea. —Me mira fijamente—. Para lo que necesites.

Alargo la mano y le aprieto la suya, aunque solo un segundo.

—Me alegro de haberte visto, Tills.
Esboza una sonrisa.
—Mentirosa.
—Ya —suspiro, juguetona—. Siempre te he preferido en un portal.
Suelta un «ja, ja» mientras yo me voy.

—¿Todo bien? —pregunta Christian cuando vuelvo a sentarme a su lado. Tiene el ceño fruncido por la preocupación y, tal vez, un deje de celos, y le doy un beso en la mejilla porque me encanta que nos pongamos celosos.
Magnolia se aclara la garganta y se inclina sobre la mesa hacia mí.
—Si se me permite decirlo... Demasiadas confianzas con tu ex.
Christian, BJ, yo misma, Henry, Jonah y Taura la miramos, incrédulos.
—¿Acaso no estuviste saliendo con él... —señalo a BJ— prácticamente todo el tiempo que duró vuestra ruptura?
Ella niega con la cabeza para cortarme.
—No estamos hablando de mí...
La corto yo también:
—¿Incluyendo los periodos en que salíais con otras personas?
—Sí, pero...
—¿Y técnicamente no sigue siendo tu exnovio ahora mismo? —aclaro.
Ella pone los ojos en blanco.
—Bueno, técnicamente...
Le lanzo una mirada a Christian.
—Aprende de mí, Daisy —me dice ella, como si fuera una hermana en un monasterio—. Mira adónde me ha llevado: hasta meterme en un verdadero campo de berenjenas.
BJ le da un beso en la mejilla de una forma demasiado adorable y demasiado tierna[254] y susurra:
—La expresión no es esa, Parks. Se dice solo «berenjenal». Meterse en un berenjenal.

---

[254] Y creo que estoy un poco enamorada de él también, pero solo como lo estamos todas las chicas del mundo, así que, en fin, no tiene importancia.

Magnolia le lanza una mirada como si el problema fuera él.

—No tiene sentido.

Christian se rasca el cuello, divertido.

—¿El qué?

—Ponerse quisquilloso si son sinónimos. —Se encoge de hombros como si los idiotas fuéramos nosotros.

—Si son sinónimos, ¿por qué no usar el correcto? —pregunto yo.

Magnolia entorna los ojos y creo que entiende lo que le digo, porque parece molesta conmigo una décima de segundo y luego suelta una carcajada frívola que suena como el tañido de unas campanillas.

—Lo que pretendía decir... —Se encoge de hombros acurrucándose contra BJ a su manera de «solo amigos»—. Es que daría igual si fuera un policía normal, pero es el que sale en el calendario sexy, ¿sí?

La miro a ella y luego a los chicos, negando con la cabeza, cautelosamente confundida.

—¿No?

—Oh. —Parks hace un mohín—. Vaya, pues aquí se ha desaprovechado un poco la oportunidad, ¿no? Tendrían que ir espabilando... —BJ le lanza una mirada—. Vamos, que... —Desvía rápidamente la mirada hacia Christian—. ¡Claro que no deberían! ¡Qué asco!

Christian le hace una peineta y yo le doy otro beso a él en la mejilla.

—No te preocupes, tío... —BJ lo agarra del hombro y lo zarandea con desparpajo—. Yo compraría mil veces antes el calendario donde salieras tú.

—Reventarían las ventas: el calendario de los capos de la mafia londinenses... —interviene Henry, riéndose—.[255] Quedaría de puta madre entre Christian, Jonah y Julian...

—Y Romeo —añade Magnolia.

—Joder. —Christian pone los ojos en blanco.

Ella le sonríe como disculpándose.

—¡Lo siento! Daisy tiene buen gusto con los hombres, ¿qué quieres que te diga?

—Nada —le contesta BJ con una mirada elocuente—. Por favor... No digas... nada.

---

[255] —No soy un capo de la mafia —interrumpe Christian.

La noche avanza, Christian sube al despacho con el tipo de RR.PP. y yo me excuso para ir al aseo.

La noche se está desarrollando de un modo menos terrible de lo que había previsto, y estoy dispuesta a admitir que me siento aliviada. Me ha sentado bien ver a Tiller. Como si hubiera abierto una ventana y dejado salir el aire rancio que había dentro. Me siento como si respirara mejor después del encuentro.

Estoy volviendo a nuestra mesa cuando...

—¡Vete a la mierda! —me grita alguien.

Sé quién es antes de verle la cara. Me giro y miro fijamente a Vanna.

—Menudo par que tienes... —Niego con la cabeza—. Increíble. ¿Tienes idea de quién soy?

—Nadie. —Escupe con los ojos arrasados de lágrimas—. No eres nadie. No le importas una mierda a nadie, nadie sabe cómo te llamas.

—A decir verdad... —Hago una mueca—. Si miras ese vídeo hasta el final parece que, al menos, Christian sí lo sabe.

Entrecierra los ojos, rabiosa.

—¡Vanna! —Magnolia aparece a mi lado—. Qué alegría verte...

Vanna frunce el ceño, confundida.

—Vaya pedazo de actriz estás hecha, chica. —Magnolia niega con la cabeza—. Me encantó verte tan triste en las noticias, eres de lo más convincente. —Magnolia le sonríe con dulzura, solo que los bordes son afilados—. ¿Sabes? Vi el final alternativo de tu película picante. —Le asiente con la cabeza—. ¡Menudo giro de guion!

A Vanna le cambia la cara.

—¿Qué?

—Que Christian dijera su nombre al final... —Magnolia me señala con el dedo—. ¡Au! Oye, dime, ¿qué poca autoestima tiene que tener una para quedarse con un chico que te ha llamado por el nombre de otra a medio orgasmo? Supongo que ninguna, ¿no?

Vanna abre la boca para decir algo y Magnolia alarga la mano para tocarle el brazo con delicadeza.

—Saldrá mañana.

—¿Qué? —Parpadea Vanna.

—La versión modificada. Bueno, la versión completa, más bien. —Magnolia sonríe como si la estuviera ayudando.

—Distribuir un vídeo sexual que no es tuyo sin consentimiento es un delito sexual.

—¡Lo sé! —asiente Magnolia con entusiasmo—. Lo he consultado con un abogado de antemano. Desde luego, tengo el permiso expreso de Christian para distribuirlo, pero no el tuyo. Claro que en un proceso judicial eso sería discutible, dado que la primera difusión la hiciste tú misma de buen grado.

—Y sin el consentimiento de Christian —intervengo yo.

Vanna niega con la cabeza.

—No puedes demostrarlo.

—¡Oh! —Magnolia hace una mueca—. No, pero yo sí. He obtenido pruebas del envío de un archivo desde tu dirección IP a la dirección IP de Martin Wallace del *Daily Mail*, junto con todo un intercambio entre vosotros dos en el que tu proponías el trato, además de una transferencia bancaria a una cuenta que tienes en un paraíso fiscal realizada el día siguiente a la filtración del vídeo.

Vanna se queda boquiabierta y yo me quedo mirando a Magnolia impresionada.[256]

—Deberías llamar a tu agencia de RR. PP. —le recomienda Magnolia con una sonrisa petulante—. Seguramente se vienen un par de semanas duras, pero ¡oye!, no pasa nada, todo Gran Bretaña ya sabe que es lo que más te va. —Magnolia le lanza una sonrisa cortante y se va.

Me cago en Dios.

Incluso yo me quedo boquiabierta al oír eso.

---

[256] A mi pesar.

SESENTA Y DOS
Christian

Hoy comemos en casa de mamá. Siempre le han gustado las comidas de los domingos a mi madre. Yo no les daba mucha importancia, pero a Daisy le encantan. En realidad, le flipan tanto que me da hasta pena; lo mucho que ha deseado una familia, lo mierda que fue la suya con ella en general.

No lo sé, una parte de mí piensa que quizá Jonah tenía razón con lo de que Daisy tenía magia, porque de pronto papá vuelve a estar por nosotros.

No me lo creo, en realidad.

Me propuso ir a comer la semana pasada, le dije que no. Por lo que a mí respecta, no puedes ir a tu puta bola durante quince años y luego aparecer como si nada cuando te da la gana, pero mamá está contenta.

Jo me contó que había ido a tomar algo con él al pub el otro día por la noche. No sé por qué. Me dijo que había ido bien. Papá le preguntó tal montón de mierdas sobre él, que se sintió como si estuviera en una primera cita.

Cuando Daisy y yo aparcamos en la finca, el tío Callum se está yendo.

Lo saludo con la mano sin decir nada y en cierto modo me alivia que se esté marchando.

No me gusta que esté cerca de Daisy. Tampoco me gusta que esté cerca de mí, pero hay algo en él que me hace querer mantenerlo alejado de ella.

Un día se lo comenté a Jonah por encima y él le quitó importancia.

—No es tan mal tío —dijo Jo, negando con la cabeza—. Lo que te pasa es que le tienes manía porque ambos quisisteis ligar con la misma chica de *Love Island* esa vez en esa fiesta y ella se quedó con él.

Eso no es del todo cierto.

En cuanto me percaté de que la chica a la que le estaba tirando los tejos, también se los estaba tirando mi tío, me quité de en medio bastante rápido. Aunque, sí, tiene razón. Callum me cae considerablemente peor desde entonces. Soy un tipo rencoroso.

—¿Adónde va? —pregunta Daisy cuando entramos en el vestíbulo.

Me encojo de hombros.

—¿A quién le importa?

La beso contra la pared en el pasillo.

—¡Bueno! —se mofa mi hermano—. ¿Estamos haciendo otro vídeo o qué?

Daisy lo fulmina con la mirada y mamá pega un berrido desde las profundidades de la casa.

—Jonah, hoy no vamos a hacer bromas sobre vídeos sexuales...

Jo me lanza una mirada.

—No prometo nada.

Entramos en el comedor y papá está ahí sentado, en la cabecera de la mesa, un poco como si no se hubiera ido nunca.

Solo que sí lo hizo. Aunque no lo hiciera. Ese despacho que tiene en la otra punta de la casa podría haber estado en puta Praga, teniendo en cuenta lo poco que lo vimos y todo lo que no hizo.

A mí me crio mi madre. Y punto.

—Daisy. —Mi padre se pone de pie para estrecharle la mano—. Me alegro de volver a verte. Gracias por no dejar a Christian tras la aparición de su vídeo sexual.

Le lanzo una mirada de irritación y Daisy entrelaza su brazo con el mío y me coloca la cabeza en el brazo.

—Oh, Jud... Entonces está claro que no lo has visto. —Lo mira y niega con la cabeza—. Es un trabajo sublimemente bueno. De haberlo visto, sabrías por qué seguimos juntos. El chico tiene talento.

Daisy le sonríe como si fuera una mocosa consentida y papá suelta una carcajada, le ha hecho gracia, aunque parece haber intentado resistirse. ¿Yo? Yo la quiero más que nunca.

—Gracias —le digo al oído cuando nadie mira. La acompaño hasta la mesa y le cojo ambas manos.

Mamá entra en el comedor, se nos acerca a Daisy y a mí. Me da un beso en la coronilla, le da un beso en la coronilla a Daisy y le aprieta los hombros.

—Dime. —Se sienta enfrente de Dais—. ¿Cómo está Romeo? Hablé con Julian, me dijo que estaba en vuestra casa.

—Está mejor. —Daisy asiente—. Está tomando antibióticos para prevenir una infección, pero se está curando bien —acaba con una sonrisa, agradecida, hacia mi madre.

—¿Es raro? —pregunta Jo—. Vamos, que tanto él como Christian duerman bajo el mismo techo.

Daisy frunce un poco el ceño, pero le lanza una mirada asesina.

—Sin duda no es más raro que el hecho de que tú y Henry estéis saliendo con la misma chica…

—Joder —dice Jonah con un hilo de voz—. Siempre tienes listo el arsenal con eso, ¿eh?

Daisy le saca la lengua.

—¿Quién es Romeo? —pregunta papá.

—Bambrilla —contesto.

—El exnovio de Daisy —responde Jo a la vez.

Papá mira a Daisy.

—A quien Daisy salvó… —le dice mamá con una mirada.

—Tampoco tanto. —Daisy pone los ojos en blanco—. Tenía una bala alojada en el braquial. Yo me limité a sacarla.

La rodeo con un brazo, orgulloso, y le doy un beso en la cabeza.

—Bambrilla —asiente papá—. Ese es…

—El hijo de Santino —le dice mamá.

Papá va asintiendo, poniéndose al día.

—Y tú saliste con él.

—Sí. —Daisy se inclina hacia mí—. Durante mucho tiempo.

Miro fijamente a mi padre, me pregunto si seguirá metiendo el dedo en la llaga. ¿Me hace ilusión que el exnovio de Daisy esté viviendo con ella? Desde luego que no. ¿Si confío en él? No lo sé. Pero en ella sí confío.

Él me devuelve la mirada y deja el tema.

Papá señala la copa de Daisy.

—La salvadora necesita más vino. —Y se aparta de la mesa.

Mamá hace aspavientos con las manos.

—¡Voy yo, voy yo!

Sale corriendo y Daisy mira a papá.

—Bueno, así que creciste en Cawthorpe —le dice ella.

Él asiente, sorprendido.

—Pues sí.

—Christian me llevó allí la semana pasada. Es precioso.

Papá me mira con intención, de modo que yo aparto la mirada. Hay algo en las palabras de Daisy que consigue que parezca que estaba haciendo un esfuerzo que en realidad no quiero hacer.

Me lanza una mirada que siento cargada, y luego le hace un gesto a ella.

—Sí lo es.

Y entonces nada. Él no dice nada, yo no digo nada, nos quedamos ahí sentados, mirándonos. No sé qué decirle, no sé cómo hablar con él. Llevo años sin hacerlo.

No me gusta que él esté haciendo un esfuerzo, ¿sabes?

Tengo veinticinco años, joder, ahora no me hace falta un padre. Necesitaba uno cuando tenía doce y me encontré a mamá llorando sola en la despensa, cuando nos mandaron al internado, cuando yo tenía quince años y me pegaron la paliza de mi puta vida en el campo de rugby y quise dejar de jugar, cuando me enamoré de la novia de mi mejor amigo, cuando casi me la follé el año pasado en Nueva York... No lo necesito ahora. Ya lo he hecho todo sin él y estoy bien. Por eso me da igual el esfuerzo que esté haciendo, es demasiado tarde y no me interesa.

Jo me mira fijamente y tengo la sensación de que me lee el pensamiento. A él se le dan mejor estas mierdas, perdona más rápido y con más facilidad, lleva bien el rencor porque no suele guardarlo, a no ser que le hayas herido el ego, porque entonces que Dios te asista. Jo casi siempre está aquí para lo bueno. No nos parecemos en eso.

—Bueno... —Jo niega con la cabeza—. ¿Sabéis algo del plan de Parks?

—No. —Daisy pone los ojos en blanco—. Empiezo a pensar que quería el vídeo para quedárselo y punto.

Pongo mala cara y apuro mi copa, luego miro alrededor.

—¿Dónde está mamá con el vino?

Han pasado un par de minutos.

Jo se encoge de hombros con un gesto de los labios.

—¡Barnsey! —grita papá—. ¿Te echo una mano?

Nada.

—¡Barnsey! —vuelve a gritar. Al no recibir respuesta, se levanta de la silla—. ¿Rebecca? —grita.

A Daisy se le iluminan los ojos de preocupación y se sienta más erguida.

—¡Rebecca! —grita papá a pleno pulmón. Suelta la clase de grito que da igual dónde estés de la casa que lo vas a oír.

Y nada.

Eso me basta para ponerme de pie, y Jonah hace lo mismo.

Quizá es lo que le pasó a Rem, quizá es lo que le pasó a Santino el otro día, pero me entran ganas de vomitar. De inmediato.

Nos dispersamos todos. Jo va al piso de arriba, papá va al salón, Daisy y yo a la cocina.

—Seguro que está bien —dice Daisy, que me agarra la mano y pone cara de preocupación.

Asiento, pero tengo náuseas de todos modos. Revisamos la cocina, la cocina del mayordomo, la despensa... La puerta de la bodega está abierta. La señalo con el mentón e intercambio una mirada con Daisy.

Le enseño mi pistola.

«Yo no la llevo», articula ella en silencio al tiempo que niega con la cabeza. Se lanza hacia un cajón de la cocina y saca dos cuchillos afilados que se esconde bajo las mangas. ¿Qué mierda de vida es esta?

Me pongo a Daisy detrás de mí cuando empiezo a bajar las escaleras, la aprieto contra la pared para cubrirla un poco más. La luz está encendida.

Llegamos al pie de las escaleras y me acerco un dedo a los labios para asegurarme de que no dice nada.

Escuchamos unos diez segundos. Nada.

—¿Mamá? —grito, y nada.

Daisy saca su móvil, abre la cámara y la gira en modo autorretrato, luego mueve la cámara para ver detrás de nosotros. Yo tardo un par de segundos en procesar que mamá está ahí tumbada en el suelo. Pero Daisy no, ella entra en acción.

¿Yo? Me quedo ahí parado, mirándola, a mi madre tendida en el suelo de la bodega, con un charco de sangre manando de su cabeza como si le hubieran dado un golpe... y me quedo en blanco un segundo.

—Christian —dice Daisy, pero yo no contesto.

Es mi madre. Venía a todos mis partidos, nos dejaba cada lunes y nos recogía cada viernes, sin excusas, siempre. Sigue montando búsquedas de los huevos de Pascua. En Nochebuena pinta las pisadas de Papá Noel saliendo de la chimenea como si tuviéramos cinco años. Es la mejor madre del mundo, la única progenitora que he tenido de verdad. Al menos durante los años que cuentan.

—¡Christian! —repite Daisy con voz fuerte, mirándome a los ojos con intensidad antes de decirme con voz muy clara—: Pide ayuda.

—¡Jonah! —grito. Aun así, oigo mi voz lejana—. ¡Jo!

—¿Qué? —dice papá, que aparece en la cima de las escaleras—. ¿Qué? ¿Qué pasa?

Las baja corriendo y ve a mamá al instante.

Corre hacia ella. Corre. Se cae de rodillas, le levanta la cabeza…

—¡No! —grita Daisy—. ¡No, no le toques la cabeza!

Daisy se mueve, sostiene el peso de la cabeza de mamá y la aparta de las manos de papá para volver a depositarla en el suelo.

—Está sangrando muchísimo. —Papá la mira y alarga la mano para volver a tocarle la cara.

—Por favor, para de tocarla —le pide ella al tiempo que Jonah aparece en la cima de las escaleras.

—¿Christian…? —Baja corriendo—. ¿Qué pasa? Es… ¡Joder! —exclama cuando la ve.

—Dame la camisa —le pide Daisy a papá.

Él se queda mirándola con la expresión vacía.

Me quito la mía y se la tiendo, y Daisy la aprieta contra la cabeza de mamá.

Papá aparta los brazos de Daisy de encima de mamá.

—¡Para, le estás haciendo daño! —le grita como un loco y luego se cierne sobre mamá, tocándole la cara.

—Barnsey… ¿Me oyes? Lo siento… Lo siento. Te quiero, siempre te he querido… Solo te perdí durante un tiempo y ahora… acabo de encontrarte… y… —Le coloca un mechón de pelo detrás de la oreja, luego se ve la mano manchada de sangre y se echa a temblar—. Dios Santo —dice con un hilo de voz.

—¿Alguien ha llamado a una ambulancia? —pregunta Daisy.

—No se llama a la policía ni a ambulancias en esta casa —le contesta Jonah con una mirada elocuente.

Daisy niega con la cabeza.

—Pues hoy sí.

—Barnsey... —Papá vuelve a tocarle la cara a mamá, está llorando. Y me jode que lo haga, que se preocupe tanto, y de esta manera tan visceral tras años de no dar nada, joder. Está empezando a ponerse histérico. A hiperventilar.

—Christian. —Daisy me mira fijamente—. Llévatelo.

—No... —Papá niega con la cabeza. Yo avanzo hacia él y se pone en pie de un salto, listo para pelear conmigo—. No, por favor... Puedo ayudar.

—Jud. —Daisy lo mira con fijeza—. No puedes ayudarla, pero yo sí puedo, lo único que necesito es que te quedes ahí con Christian.

Lo agarro por los hombros y me lo llevo, y él llora, solloza entre mis brazos, y no sé qué hacer. No puedo apartar la vista de mi madre, tirada en el suelo, sangrando de esa manera, abrazando a mi padre que no creo que merezca llorar así. No creo que merezca preocuparse de esta manera cuando ha sido un mierda durante tanto tiempo.

Daisy comprueba el pulso de mamá.

—Débil... —dice—. Pero tiene pulso. Dame tu móvil —le pide a Jonah.

Él se lo tiende. Dais enciende la linterna y le abre los ojos a mamá.

—Mierda —dice con un hilo de voz y tanto Jo como yo la miramos fijamente.

Daisy niega con la cabeza.

—Todo irá bien... —asiente para sí misma—. Todo irá bien.

Oigo de fondo las sirenas que ya vienen, y parecen estar muy lejos. Todo parece estar muy lejos.

Mi madre en el suelo, mi padre entre mis brazos.

Miro a Daisy y ella me devuelve la mirada.

—No pasa nada —me dice.

Y miente.

SESENTA Y TRES
Daisy

Hay algo en el hecho de amar a una persona que te lleva a sentir su agonía mucho peor que la tuya.

Ver a Christian llorando ante la puerta de la habitación de su madre en el hospital ha sido una de las cosas más dolorosas que he visto en mi vida.

Nunca había tenido que reconfortar a alguien por una razón como esta. Normalmente a la que reconfortan es a mí.

La verdad es que no sabía mucho qué hacer. Puedo curar a las personas cuando tienen heridas que veo con los ojos, pero las heridas del corazón... no lo sé. Me limito a sentarme a su lado, darle la mano, no decir nada porque, de todas formas, no hay palabras. Ahora mismo no.

Traumatismo craneoencefálico, ese es el veredicto.

Alguien golpeó a Barnsey por detrás con una botella de vino.

Dejando a un lado las implicaciones de lo que significa que dos cabezas de dos familias distintas de los Boroughs hayan sido atacadas en tan poco tiempo, que alguien le hiciera algo así a ella, en general, es impensable.

Todo el mundo quiere a Rebecca. Sin contar, claro, a sus chicos,[257] y ellos la quieren más que nadie, toda la segunda planta del hospital de Weymouth Street se ha inundado de gente de nuestro mundo laboral.

Mi hermano ha sido el primero en llegar.

Ha venido directamente, se ha mordido el labio inferior con fuerza cuando la ha visto para no echarse a llorar. Ha llorado igualmente.

Julian quiere a Rebecca. Ella siempre ha sido paciente y compasiva

---

[257] Y me atrevería a incluir a Jud Hemmes bajo ese paraguas.

con él cuando ha tomado decisiones temerarias, buena con él cuando toda la mierda de nuestros padres. Es una buena mujer.

Su cuarto está rodeado de seguridad y gracias a Dios, porque todo esto está realmente patas arriba. Entre Callum Barnes revisando él mismo a todos los presentes, y él y Jud lanzándose el uno al cuello del otro, que lo hacen. Sin parar. Callum culpa a Jud por no estar ahí, Jud culpa a Callum por permitir que ella tuviera esta vida de buen comienzo. Sus discusiones se les van de las manos cada pocas horas y parece que van a llegar a los puños. Yo apostaría por Jud, pero también creo que Callum tiene toda la pinta de llevar una navaja escondida en alguna parte. Jugaría sucio para ganar, me parece a mí. Julian y Jonah ponen fin a las peleas cada vez que aparecen, y Jules no para de llevarse a Callum a dar paseos.

Jud no se separa del lado de Rebecca. A Christian le está costando gestionarlo, se lo veo en la cara.

Cada vez que su padre le toca la cara a su madre, Christian fulmina con la mirada la mano de él, niega un poco con la cabeza, aprieta la mandíbula, hincha las narinas.

En algún momento he bajado a comprar unas flores para alegrar la habitación.

He comprado ramos y ramos de colores claros, azules y lilas y blancos, y cuando llego con ellos a la habitación, Christian me sonríe cansado. Se pone de pie y me ayuda a llevarlos.

Me acerco a la mesilla de noche y coloco un ramo de flores de color lila claro junto a ella.

—No —dice Jud, mirando con fijeza las flores—. Las odia.

—¿Qué? —Parpadeo, confundida.

—Que odia las peonias. —Las coge y me las devuelve—. Llévatelas.

Miro a Christian de reojo, y es posible que me haya puesto un poco roja, pero me repondré, en serio, porque para empezar no he escogido de forma muy consciente los tipos de flores que compraba. No conozco los nombres de las flores, me sé los nombres de distintas pinzas quirúrgicas. ¿Quieres que te diga todos los tipos de sutura que hay en el mundo? Eso puedo decírtelo. Te puedo decir los nombres de todas las agujas quirúrgicas, ahora bien..., ¿flores? Margaritas, magnolias, rosas y tulipanes y hasta allí llego.

Por eso me quedo mirando a Christian, con el ceño fruncido porque no lo entiendo, no porque me haya herido los sentimientos[258] y luego él niega con la cabeza.

—¿Qué coño sabrás tú? —Le hace un gesto con el mentón a su padre.

—Christian... —Niego con la cabeza.

—No, en serio, ¿qué coño sabrás tú? —pregunta Christian, provocando un poco—. Tú no sabes lo que le gusta a ella, no sabes cuál es su comida favorita, cómo se toma el té...

—Negro —ataja su padre.

—Blanco con azúcar —le rebate Christian sin siquiera parpadear—. No la conoces, en absoluto.

Jud coge aire con calma y señala a Rebecca.

—Es mi mujer.

—Sobre el papel, tal vez, sí. —Christian asiente tajante—. Pero hace quince años que es viuda.

Su padre lo mira fijamente con ojos oscuros y la mandíbula apretada y se abalanza sobre su hijo. Lo agarra por la pechera de la camisa y lo arroja contra la pared.

Julian entra en acción y está a punto de separarlos cuando de pronto Christian le pega una patada para alejarlo de él. Jud retrocede trastabillando y entonces Christian le pega un derechazo en la cara.

¿Todos esos rumores de lo bien que pelea? Todos ciertos.

Con esos dos movimientos su padre está noqueado en el suelo, pero eso no frena a Christian, que empieza a pegarle patadas en el estómago. Mi hermano lo agarra, intenta separarlo, pero él le pega un puñetazo en la cara también a Julian.

Lucha o huida, se lo veo en los ojos. Una década y media de trauma y problemas de abandono reflejándose en su rostro, salen burbujeando desde su interior como si fueran magma.

—Christian... —Lo agarro por detrás, intentando hacerlo retroceder. Él se da la vuelta como una exhalación y yo sé que tengo que agacharme porque su cerebro no le está funcionando bien, y si no me agacho, me pegará.

Y tengo razón, arremete sin siquiera mirarme a los ojos y yo me aga-

---

[258] Aunque un poco lo haya hecho.

cho y toda la habitación se queda como paralizada y se apaga todo el sonido. Christian recupera la compostura, me ve y se da cuenta de contra quién acaba de arremeter.

Me agarra, me aprieta los brazos, me toca la cara, me atrae hacia él.

Julian nos mira fijamente con los ojos muy abiertos por la preocupación, pero yo niego con la cabeza.

Estoy bien. Me he disparado a mí misma, me han aplastado la laringe, me han apuntado a punta de navaja... ¿Agacharme para apartarme del golpe del hombre al que amo llevado por los traumas? Pan comido, son días felices.

—Mierda... —Me lleva a un rincón de la habitación y me sujeta la cara entre las manos—. Daisy, yo...

—No me has dado. No pasa nada. —Niego con la cabeza—. Sabía que tenía que agacharme.

Una expresión de dolor devastadora se apodera de sus rasgos.

Le tiemblan un poco las manos (la adrenalina), de modo que me lo llevo fuera. Salimos al pasillo y luego entramos en una habitación vacía, y en cuanto estamos dentro, me rodea con los brazos y me abraza con más fuerza que nunca y se echa a llorar.

Son sollozos profundos y liberadores y cada uno de ellos ata mi corazón un poquito más al suyo.

Nos pasamos unos treinta segundos así, entonces se aparta un poco y me mira con esos ojos de color avellana, enrojecidos y llorosos. Le paso los dedos por debajo de los ojos y él se ríe un poco.

—Estás bien —me dice, como si fuera yo la que está llorando. Me pasa las manos por el pelo como si me estuviera reconfortando a mí.

Hay personas que necesitan sentir que tienen el control cuando lo están perdiendo.

Le sonrío y asiento.

—Estoy bien —le digo con una sonrisa fugaz.

—Pequeña, sabes que yo nunca... —Se corta a sí mismo, empieza a respirar con dificultad.

—Lo sé —asiento al instante—. Y cuando tu madre esté mejor, trabajaremos en tu gancho.

SESENTA Y CUATRO
Julian

Toda esta mierda con Barnsey me ha jodido un poco la cabeza. Dejando a un lado toda esa mierda de «es una buena persona, no se lo merecía», porque es buena persona y no se lo merecía, es una puta capo de la mafia, así que quizá un poco sí. Quizá nos lo merecemos todos.

Las tensiones están por los cielos en el hospital. Christian se peleó con su padre (le pegó una paliza de cojones). Me pegó a mí, casi pegó a Daisy sin querer (Dais está bien). Jud Hemmes y Callum Barnes se están tirando el uno al cuello del otro todo el rato. Es muy jodido. Jonah está destrozado y exhausto, se está poniendo al día, ahora ocupa la silla. Su madre lleva mucho tiempo preparándolo bien. Callum se posicionó bien en la vida de Jonah para ascender él también.

Pero es que todo esto es demasiado.

Jud ahí con Barnsey, que no le suelta la mano en ningún momento, como si estar ahí sentado con ella medio muerta en la cama de un hospital fuera a compensar todo el tiempo que ya no solo perdió, sino que tiró por el puto retrete... Eso me dio miedo.

Cuando Rem murió, él tomó la decisión de encerrarse, de vivir sumido en el miedo y el dolor y no superarlo y perdió años. Todo este tiempo podría haber sido feliz, tendrías que haberlos visto antes. Lo enamorados que estaban... daba puto asco, pero era extrañamente bonito. No querías dejar de mirarlos. Y luego pasó una sola cosa... y fue una cosa terrible, no le estoy quitando importancia a lo que pasó, que la chiquilla murió y es muy jodido.

Es algo que puede separarte para siempre si lo permites y ellos lo permitieron.

Jud se hundió hasta el fondo de esa piscina con ella.

Esta noche voy a uno de los locales de Jonah. Es una de sus noches más importantes, me pidió que me pasara, que me asegurara de que todo iba bien.

A mí no me pareció mal, quería despejar la cabeza. Siento que mi cabeza ya no puede más con tanto drama.

No me lo había planteado, y soy totalmente sincero. Supongo que tendría que haberlo pensado, pero no se me ocurrió que podía coincidir con ellos aquí.

Había pensado en ella en el contexto de, vamos a ver, quiero llamarla, contarle toda esta mierda que está pasando, aunque no puedo contarle nada…, pero no pensé que ella estaría aquí.

Aunque, desde luego que iba a estar. Es tan amiga de Jonah como yo, ambos lo son.

Me duele verla, ahí de pie en la barra con Henry Ballentine.

Como uña y carne, ese par.

Ella jura del derecho y del revés que no han follado nunca. Christian me dijo lo mismo cuando lo puse en cuestión. Supongo que son más íntegros que yo.

Ella está ahí de pie, cerca de él, parece que mantengan una conversación seria. Qué raro que ella no esté con BJ…

Paseo la mirada por el local, lo veo en un rincón, mirándola a ella y a su hermano con el ceño fruncido y una copa en la mano.

No quiero sentirla, pero lo hago. Esa puta camaradería extraña entre nosotros. Es un idiota por mil razones, pero está ahí sentado observándola como lo haría yo si pudiera. Ese ceño fruncido me confirma que algo va mal.

—Eh. —Me siento a su lado. No hemos hablado desde que nos pegamos.

Él me mira con cierta desconfianza durante un par de segundos, pero luego enarca las cejas.

—Hola. —Un poco de mala gana, pero no me lo tomaré como algo personal.

Nos quedamos mirándonos sin decir nada sobre la mierda que pasó antes, ¿qué iba a decir: «Tú eres un desgraciado, yo soy un desgraciado y ambos estamos enamorados de la misma chica»?

Me parece que él ya lo sabe.

—¿Has visto a los chicos? —me pregunta.

—Sí… —asiento, pero no lo miro a él. No lo pretendo, pero estoy mirando fijamente a Magnolia. Vuelvo la vista hacia él—. Hoy he estado con ellos.

Asiente.

—¿Lo llevan bien?

Pongo mala cara y me encojo un poco de hombros.

—¿Y ella? —pregunta con el ceño fruncido—. Barnsey, digo.

Niego con la cabeza.

—No, no mucho…

Ballentine niega con la cabeza, parece molesto.

—Joder. —Suspira—. Es que está raro. Vamos a ver, puedo ayudar, podría… —Se le apaga la voz. Porque ¿qué podría hacer él? No es médico, no es detective, no es uno de los nuestros.

Sus intenciones son buenas, pero tiene las manos atadas.

Vuelvo a encogerme un poco de hombros.

—¿Mierdas de mafiosos? —me pregunta mirándome.

Asiento un instante.

—Algo así. —Miro a Magnolia y la señalo con el mentón—. ¿Qué está pasando aquí?

—Oh… —Frunce un poco el ceño—. Nada. Solo somos amigos de momento.

Me echo un poco para atrás, mirándola con fijeza.

—¿Qué?

Él se encoge de hombros sin dejar de mirarla.

—Estamos encontrando la solución a nuestras mierdas.

Me quedo mirándola y me repatea un poco, me hace tragar saliva con fuerza verla acercándose la copa de champán a los labios, echarse el pelo por encima de los hombros, hablar demasiado con las manos… Lo echo de menos todo de ella. Pensaba que ya lo habría superado, joder, a estas alturas, pero no, lo llevo tan mal que estoy más hundido que el puto Titanic.

Estoy un poco cabreado, la verdad. Desvío la mirada hacia Ballentine. Parece que le haya mirado el dentado a un caballo regalado… Se la devolví en una bandeja de plata ¿y tú estás buscando la solución a vuestras mierdas? ¿Qué mierdas? Que es ella.

Es lo único que importa: ella. Que se vaya a la mierda él. Es un puto idiota que creció teniéndolo todo regalado y por eso lo único que quiere de ella es perseguirla, pero yo la quiero a ella y punto.

Me pongo de pie sin apartar los ojos de ella.

—Luego hablamos, ¿vale?

No espero a que me responda, no sé si me sigue mirando o no. No me importa.

Y luego voy para allá.

—Hen… —Lo saludo primero a él.

Henry alarga la mano para darme una palmada en el brazo.

—¿Nos das un minuto? —formulo como si fuera una pregunta, aunque en realidad se lo estoy diciendo.

Él la mira y ella asiente discretamente, y yo me espero hasta que no puede oírnos para agachar la cabeza y poner mis ojos a la altura de los suyos.

—Bueno, ¿qué cojones está pasando con vosotros dos?

Frunce los labios.

—Oh, ya sabes qué se dice: tienes que golpear cuando el hierro esté… tibio.

Pongo los ojos en blanco.

—Nada. Estamos encontrando la solución. —Se encoge de hombros.

Le lanzo una mirada y luego me fijo en Ballentine, que nos observa desde el sofá. Cero sorpresas.

En realidad, no me importa. Quiero recuperarla.

—¿Encontrando la solución? —Parpadeo—. Él me acaba de decir que solo sois amigos.

Eso la hiere, un poco como esperaba que sucediera. Exhala por la nariz.

—Es un concepto impreciso.

Me inclino hacia ella, me acerco tanto como puedo, le planto los labios junto a la oreja.

—Oye, escucha, no dejé de tener el mejor sexo de mi vida para que tú pudieras irte y ser amiga de Ballentine. —Pone los ojos en blanco como si le estuviera tocando las narices, pero le lanzo una mirada. Quiero asegurarme de que sabe que hablo en serio—. Mereces más, Parks.

—Julian… —suspira. Parece frustrada—. ¿Qué estás haciendo?

—Nada. —Me encojo de hombros.

—Yo no te gusto de esta manera, ¿recuerdas? —Se toca el pecho—. Nunca lo he hecho. «Me alegro de haberme librado de ti», fueron exactamente tus palabras. —Me parece ver cierto dolor danzando por esa cara suya—. Le quiero… Creo que se me ha dado bastante mal demostrárselo.

Conozco la sensación, Parks. Vuelvo a agachar la cabeza para mirarla a esos ojos que no para de bajar.

—Igual que a él.

Me mira con los ojos muy tristes.

Niego con la cabeza y le lanzo una sonrisa seca.

—Esa estúpida cara que tienes, ¿quién no estaría contigo si pudiera?

Pone los ojos en blanco como si solo estuviera intentando halagarla, de modo que vuelvo a mirarla a los ojos y mantengo el contacto visual.

—Lo digo en serio, muñeca. ¿A qué está jugando?

Eso parece impactarle de lleno en el pecho porque baja la mirada.

—No lo sé.

Me enfada que ese chico la esté haciendo sentir así.

—¿Está follando con otras?

—No. —Me mira enfadada.

—¿Cómo lo sabes?

—Porque no… —Coge aire con dificultad—. Porque lo sé y punto.

Suelto una carcajada y vuelvo a inclinarme hacia ella.

—Muñeca, sé que bebes los vientos por él y esas mierdas, pero, honestamente, si te quiere como dice que te quiere, ¿por qué cojones no está contigo? —Me encojo de hombros una vez.

Se pasa la lengua por los labios, parece a punto de echarse a llorar (mierda) y luego me aparta de un empujón y se va hacia el despacho.

La seguiría, pero BJ ya se ha puesto de pie y me lanza una mirada asesina antes de salir corriendo tras ella.

Voy a sentarme junto a Henry, que me mira de reojo con una ceja enarcada.

—¿A qué estás jugando?

Me encojo de hombros.

—No estoy jugando a nada…

—Y una mierda que no. —Niega con la cabeza.

—¿Sabes con quién estás hablando?

—Sí, lo sé y me importa una mierda. —Aparta la mirada, aburrido.

Normalmente, que alguien me dijera eso me cabrearía lo suficiente como para pegarle una paliza, pero viniendo de él me da igual. Resulta hasta divertido, la verdad.

—¿Qué tal te va con Taura, por cierto? —pregunto, contento de cambiar de tema.

—Bueno, bien. —Se encoge de hombros—. Mejor, quizá. ¿O peor?

Es un poco una mierda. Si las cosas le van mejor a Henry, significa que le van peor a Jonah.

—¿Está con él?

Henry niega con la cabeza.

—Está viniendo para acá… Creo que ha intentado hacerles una visita, pero… —Se encoge de hombros.

Frunzo el ceño por él.

—¿El final está a la vista?

Niega con la cabeza, exhala.

—Pensé que sí un momento, pero ahora con toda esta mierda con Barnsey… No lo sé. Y si soy yo, quizá no sea yo. —Se encoge de hombros.

—Creo que sí eres tú, si te sirve de algo —le digo sin mirarlo—. Creo que Jo también lo sabe, solo que es difícil de admitir, ¿sabes?

Henry suspira y luego veo a Taura. Le doy un codazo y la señalo, y él me sonríe, pero es una sonrisa cansada. En cualquier caso, se levanta y va a buscarla.

Me pregunto qué estarán haciendo Magnolia y BJ en ese despacho. Ha pasado un rato. Sé lo que yo estaría haciendo con ella en ese despacho, lo que he hecho con ella en ese despacho cien veces ya.

Pensarlo me hace sentir como una mierda, de modo que paseo la mirada por el local en un intento de decidir a quién me llevaré a casa en lugar de a ella y, entonces, por el rabillo del ojo veo un destello fucsia cruzando el local a toda velocidad y de pronto estoy de pie, yendo tras ella.

La alcanzo cuando ha bajado la mitad de las escaleras.

La agarro por la muñeca y la obligo a girarse hacia mí.

—¿Qué ha pasado? —Agacho la cabeza para verle la cara.

Está llorando.

Exhalo por la nariz, cabreado.

—¿Quieres que le pegue una paliza?

—No. —Niega con la cabeza.

—¿Adónde vas?

Inspira por la nariz y se la seca con la manga.

—¿Puedo llevarte con el coche? —le ofrezco.

Ella asiente, me mira fijamente y yo le seco la cara con los pulgares.

—¿Qué te ha dicho? —pregunto levantándole el mentón hacia mí.

—Nada... —miente y aparta la mirada.

La rodeo con el brazo y empiezo a bajar las escaleras tras volver la mirada para asegurarme de que Koa nos sigue.

—¿Adónde te llevo? —le pregunto.

—A mi casa, Julian... —Me fulmina con la mirada.

—Vale. —Me encojo de hombros y abro la puerta del coche. La ayudo a subir y le miro el culo mientras entra. Tiene un culo espectacular. Subo tras ella—. ¿Sabes?, no estarías haciendo nada malo si no volvieras a casa...

Me mira fijamente desde la otra punta del coche.

—Sí —contesta en voz baja, pero asiente con firmeza—. Sí lo haría.

Ladeo la cabeza.

—Técnicamente no...

Mira por la ventana.

—Solo en todos los sentidos que importan.

—Venga ya... —Le agarro la muñeca de nuevo, tiro de ella para que esté sentada a mi lado—. ¿Me estás diciendo que no quieres follarme para joderlo?

Me mira fijamente, se lo plantea, le noto que se lo está planteando. Y luego, niega con la cabeza.

—Por favor, llévame a mi casa.

1.03

Magnolia

Estás bien?

Sí

> En serio?

No

> Quieres que vuelva?

Julian

> Qué?

Qué estás haciendo?

> Odio que estés triste

Estoy bien

> No lo estás, pero vale
>
> Me llamarás mañana?

Quizá.

> Te llamaré yo mañana.

Te responderé mañana.

> 🥲

🥲

SESENTA Y CINCO
Christian

Ver a mi padre gestionar una década y media de dolor con su mujer inconsciente, sin saber una mierda sobre ella, sin saber una mierda sobre nosotros, llevarlo todo escrito en la cara, el arrepentimiento, desnudo y a la vista de todo el mundo.

No quiero ser así. No quiero tener casi cincuenta palos y volver la vista atrás y sentirme como está ahora mi padre.

Tras todo lo que ha pasado, estos últimos días... Me estoy replanteando muchas cosas.

He cometido muchos errores. La he jodido, he hecho daño a otras personas. He matado a otras personas, tengo mal pronto y puedo ser ruin.

Y, a pesar de todo esto, sé lo que quiero ahora.

Mamá siempre me decía: «Cuando escojas a la persona con la que quieres estar, tienes que imaginarte todas las partes de la vida, todas las situaciones. Buenas, malas, felices, tristes, dolorosas, hermosas... No solo la persona con la que quieres coger carretera y manta, sino también la persona con la que quieres estar atrapado en un atasco. No solo la persona con la que quieres tener hijos, sino la persona con la que quieres soportar las penas, la persona que quieres tener a tu lado el peor día de tu vida, en el funeral de un ser querido, ¿quién tienes al lado? ¿A quién quieres encontrarte cuando llegues a casa? No te hace falta una amante que solo aparezca en los momentos soleados, necesitas a una persona que vaya a plantarse con las botas de agua puestas ante el ojo de la tormenta».

Es Daisy.

Sé que es Daisy.

Si lo que le ha ocurrido a mamá me ha enseñado algo, es que todo es fugaz y nada es seguro. Vivimos los momentos que vivimos y luego se van.

Mi padre tuvo a mi madre delante de él durante quince años, quince años en los que ella lo necesitó, quince años en los que él la ignoró para revolcarse en su tristeza él solo, ¿y todo para qué? ¿Para volver a enamorarse de ella tres semanas antes de que se quedara en coma?

Me quedo en el umbral de la puerta de la habitación del hospital, mirando a Daisy.

Está sentada junto a mi madre, le está leyendo.

—Hola.

—Hola. —Levanta la vista del libro para mirarme. Dobla la esquina de la página para marcarla y se lo deja en el regazo.

La señalo con el mentón.

—¿Qué estás leyendo?

Me enseña su libro. *Neurología clínica* de Bradley.

Suelto una carcajada.

—Bueno, una lecturita ligera...

Daisy se encoge de hombros.

—Hemos llegado al capítulo sobre la disfunción sexual en trastornos degenerativos y de la médula espinal, se está volviendo picantón...

Me lamo el labio inferior y asiento una vez.

Agarro una silla y la acerco a la suya.

—He estado pensando un poco...

Ella asiente y frunce un poco el ceño.

—¿Sí?

—Ajá. —Exhalo por la nariz y niego con la cabeza—. Hace un año me pediste una cosa... Que me fugara contigo, ¿te acuerdas?

Daisy me mira fijamente, un poco nerviosa, pero vuelve a asentir.

—Me he arrepentido desde entonces —le digo—. Literalmente desde entonces.

Le cambia la cara.

Le sonrío un poco.

—Cuenta conmigo.

—¿Qué? —Parpadea, confundida.

—Que cuentes conmigo, Dais. —Me encojo de hombros—. Quiero dejar todo esto y te quiero a ti, así que cuenta conmigo. Cuando mamá despierte y esté bien, me da igual adónde quieras ir, que voy. Hagámoslo.

—¿En serio?

Asiento.

—En serio.

Me mira fijamente un par de segundos, como si volviera a planteárselo todo y procesara lo que acaba de oír. Y, entonces, esboza una sonrisa de oreja a oreja y me echa los brazos al cuello y empieza a besarme.

Le sonrío, feliz de verla tan veliz y, de repente, pone cara de estar pensando.

—¿Cómo voy a dejar a Julian?

—Vendremos de visita. —Me encojo de hombros—. No es lo mismo que antes, nos iremos teniendo buena relación, viviremos en algún lugar divertido y emocionante y…

—Me gusta Canadá.

Le lanzo una mirada.

—No me parece ni divertido ni emocionante…

Frunce el ceño.

—Has dicho donde yo quiera.

—Bueno… —Le lanzo una mirada—. Dentro de lo razonable.

—¿Nueva Escocia no es razonable?

Niego con la cabeza.

—Vaya. —Frunce el ceño—. Viena es bastante bonita.

—Lo es —asiento.

—También me gusta Hawái.

—Y a mí —le digo.

Me mira radiante de nuevo, pero se mordisquea la uña sin darse cuenta.

—¿Qué? —Frunzo el ceño.

—Me pondrá nerviosa decírselo a Julian.

La atraigo hacia mi regazo.

—Claro, es normal. —Le doy un beso en la cabeza—. Se lo diremos juntos cuando llegue el momento.

Ella asiente y me coge la mano.

—Me da igual adónde ir, Dais… —Le coloco un mechón de pelo detrás de la oreja—. No me importa. Nosotros juntos, eso es lo que importa de ahora en adelante.

SESENTA Y SEIS
Julian

Me siento en mi silla del despacho, me siento bastante bien tras haber plantado las semillas correctas en la mente de Magnolia, que es lo único que quería hacer. Estar en su mente como ella sigue estando en la mía. La he llamado como le dije que haría. Le he preguntado si quería ir a comer algo y ella me ha dicho que dentro de un rato tenía que ir a recoger a su hermana de no sé dónde.

Mejor con Bridge que con Ballentine.

Creo que exageré, me obsesioné con todo aquello porque la quiero y nunca había querido a nadie. No de esta manera, al menos.

Y, entonces, la vi allí y el puto Brown intentando lanzar amenazas sutiles contra ella… Puedo librarme de él. Si ese tío vuelve a mirar a Magnolia o a mi hermana, aunque sea de reojo, lo mato y punto. Pero creo que romper con ella fue estúpido. Creo que ahí hay algo.

Creo que está hundida hasta el cuello en su mierda con Ballentine, que no son pocas, quizá lleve un tiempo, pero creo que podemos llegar a buen puerto ella y yo.

Es lo que quiero.

Kekoa aparece en mi despacho y me tira encima de la mesa el periódico de hoy.

Se reclina en el sofá junto a Declan, que está jugando al FIFA en la Xbox.

—¿Estás bien después de lo de anoche? —pregunta Kekoa mientras coge el otro mando y se une al juego.

Lo miro con el ceño fruncido.

—¿El qué de anoche?

Koa se encoge de hombros.

—Creo que puedo contar con los dedos de una mano la cantidad de veces que te han dado calabazas…

Le lanzo una mala mirada.

—No me dieron calabazas.

—Ah, ¿entonces es ella la que está arriba en tu cama? —me suelta.

Y yo ignoro el comentario. Me leo mi periódico. Ahora bien, si estamos haciendo un seguimiento (que no lo estamos), no, no es ella.

—¿Sabe que te has convertido en un putón verbenero? —pregunta Declan marcando un gol.

—¿Convertido? —repite Koa—. Siempre lo ha sido.

Exhalo por la nariz, ignorándoles.

—Ya cambiará de opinión —digo, pero en realidad no se lo digo a ellos, sino más bien un poco a mí mismo—. Necesita un poco de tiempo.

Koa me mira con fijeza. Asiente un poco como si no se lo tragara. Y quizá tiene razón, quizá a ella le hace falta algo más que un poco de tiempo, pero también quizá a ella se le ha olvidado lo jodidamente espectaculares que éramos juntos, y ni siquiera estábamos juntos. Teníamos sentido. Me flipa cómo me sentía cuando estaba con ella, me flipa la persona que ella me hace ser, cómo me hace sentir. Ahora no soporto tener a otra persona en la cama. ¿La chica que está arriba? Puede irse a la mierda. No hay infatuación posconquista. Que al final resultó que Magnolia tampoco lo era, que fue más bien un enamoramiento a cámara lenta. O quizá lo fue todo a la vez y yo no lo sabía. Resulta que es un sentimiento distinto, amar a una chica que a un cuadro.

Miro por encima del periódico y me fijo en las flores que hay en el jarrón, encima de mi mesa.

—Oye, qué bonitas —Las señalo con la cabeza—. ¿De dónde han salido?

Declan se encoge de hombros.

Koa les lanza una mirada sin interés.

—No lo sé.

Me lo acerco. La verdad es que es un jarrón bonito. Lo toco con el dedo. De cristal. Es el jarrón de cristal opalescente Ronsard. Blanco. Doble asa. Mitad de la década de 1920.

—¿Este es mío? —pregunto al tiempo que miro su base.

Koa vuelve a encogerse de hombros.

—Me gustan las mierdas de René Lalique —les digo sin apartar la mirada.

—Quizá es un regalo —comenta Declan, que insulta la pantalla cuando Koa le roba el balón.
Enarco las cejas, pensándolo.
—¿De quién?
Él se encoge de hombros.
—¿De Daisy? —aventura—. ¿No se rompió tu Lalique?
Lo miro. Supongo que sí, claro. No me imagino a mi hermana recompensándome por ese destrozo, en concreto comprándome un jarrón distinto.
Me inclino hacia delante y huelo.
Señalo las flores.
—¿Qué flores son?
—No lo sé. —Kekoa las mira—. Lirios, creo.
Asiento.
—Huelen bien.
También son bonitas.
Decks las mira un par de segundos, se rasca la nuca y entorna los ojos.
—Qué va..., son magnolias —afirma Decks.
—Oh. —Asiento.
Las miro un par de segundos, pensando que es raro. Han llegado en un momento curioso, casi parece una señal.
Y es una señal, solo que tardo un segundo en identificarla.
Kekoa gira la cabeza como un resorte hacia mí al tiempo que yo me pongo de pie de un salto.
—Mierda... —Tira el mando y viene corriendo—. ¿Llevan alguna nota?
Rebusca entre las flores y yo abro de golpe mi ordenador. Me meto en el rastreador que le escondí en la cartera. Tiene el tamaño de la cabeza de un alfiler. No me mires así, es evidente que era necesario. Lo de ahora mismo es un buen ejemplo.
—Está junto a Kennington Park —les digo.
Rebusco por los cajones de mi escritorio, cojo las llaves, Koa sale corriendo detrás de mí.
Corro hasta mi coche y se me caen las llaves cuando llego a la puerta, las recojo, pero me tiemblan las manos.
—Dámelas. —Kekoa tiende la mano—. Conduzco yo.

No se las doy, pero él me las quita de todas maneras.

Abre la puerta del coche, me mete dentro de un empujón y yo me deslizo hasta el asiento del copiloto.

Ya está en la carretera antes incluso de haber cerrado la puerta.

—Jules, igual no es nada —me dice, pero sé que es mentira porque conduce como un puto loco. Va adelantando coches como si fuera piloto de Fórmula 1—. Llámala... —me dice.

Saco el móvil. Marco su número.

Pego mil veces con el puño contra el salpicadero mientras espero que me conteste, pero no lo hace.

—Igual solo son flores, tío...

Lo miro con toda la cara contraída.

—Alguien que un buen día me manda unas putas magnolias porque sí.

—¿Tal vez? —Se encoge de hombros, débilmente, se agarra con fuerza al volante y acelera.

Vuelvo a llamarla.

—Contesta —pido con un hilo de voz—. Contesta, joder, contesta...

Suelto un ruido grave de frustración y siento náuseas por todo el cuerpo. Nunca había sentido náuseas en los dedos de los pies hasta ahora, pero mírame. Tengo esa sensación afilada, como si el borde del dolor se expandiera por mi ser al ritmo que mi mente empieza a calcular lo alto que realmente es el precio de que yo te quiera.

—¿Dónde está? —pregunta Koa.

—Yendo por Harleyford Road hacia Vauxhall.

Asiente, acelera y luego me mira.

—¿Tienes algún plan?

Niego con la cabeza.

—¿Interceptarla? ¿Llevarla de vuelta al Recinto?

—¿Qué le parecerá eso al novio?

Lo miro y niego con la cabeza.

—¡Me importa una puta mierda!

Nos metemos en Vauxhall Bridge.

Vuelvo a llamarla y por fin, joder, Bridget contesta.

—Oh, ¡hola! —saluda con voz cantarina—. ¡Mira, justo hablábamos de ti!

—Magnolia —digo con urgencia—. ¿Estás con ella? ¿Dónde estáis?

—¿Qué? —ríe Bridget, que no capta mi tono.

—Pásamela —le pido.

—Está conduciendo —me contesta Bridget.

—¿Dónde estáis? ¿En qué coche vais? —le pregunto, buscando por todo el puente. El rastreador pone que están por aquí.

—¿El qué? Lo siento, no te oigo bien…

Y es justo entonces cuando veo que van conduciendo en la otra dirección. El Aston Martin DBS Superleggera blanco.

Las veo en el preciso instante en que un coche les pega por detrás y las manda al otro lado de la carretera y Kekoa pisa el freno de golpe.

¿Alguna vez has visto un coche golpeando el de la persona que amas por el mero hecho de que también te ame?

Dos coches, de hecho. Porque en cuanto me desabrocho el cinturón para salir del coche y correr hacia ella, otro coche les pega por el lado.

El amor es loco, ¿verdad que sí? Hace que la vida tenga muchísimo más valor… No solo para mí, sino también para mis enemigos. Nadie intentaba matar a Magnolia Parks hasta que yo la amé.

Y sé que son ellos. Son coches preparados para eso.

Negros, normales, que pasan desapercibidos, sin matrícula.

Salgo como una exhalación del coche y grito su nombre, aunque mi voz suena lejana, la llamo a gritos, corro hacia ella, me siento como si corriera dentro de un sueño. Como si tuviera los pies hundidos en la arena y no pudiera llegar adónde intento llegar.

Koa me agarra por los hombros.

—Tenemos que irnos.

Le pego un empujón para apartarlo de en medio y sigo corriendo hacia ella, pero él me retiene empujándome hacia atrás.

—¡Tenemos que irnos ya!

—Tengo que ayudarla…

Él me señala el accidente.

—¡No puedes!

—¡Debo hacerlo! —Lo aparto y él me empuja hacia atrás, se afianza en el suelo.

—Escúchame. —Me agarra por los hombros—. No puedes.
—¡La quiero!
—Lo sé —asiente, medido, mirándome con fijeza—. Pero piensa en Daisy. Tenemos que ir a por Daisy.

Empiezo a respirar con dificultad al tiempo que intento ver más allá de la multitud que se está congregando para ayudarla.

—Pero ¿y si está...?

No puedo ver nada. El coche está del revés, es lo único que veo.

Los coches negros ya han desaparecido, no sé a dónde han ido, los he perdido, tendría que haber estado más atento, pero los he perdido igual que creo que la estoy perdiendo a ella.

Empujo a Kekoa, pero él me agarra.

—Julian, no sabemos si está... —Niega con la cabeza y me empuja de vuelta a nuestro coche. Abre la puerta y me mete dentro—. Lo siento...
—Vuelve a negar con la cabeza—. Tenemos que ir a por Daisy.

SESENTA Y SIETE
Daisy

Barnsey sigue en coma y apenas nos hemos separado de su lado.

Jud literalmente no se ha separado de su lado. Christian y él siguen sin hablarse, se mueven por la habitación, se evitan el uno al otro, no se miran a los ojos.

Yo voy a casa de vez en cuando, cocino para llevarles algo. Me aseguro de que mi novio duerme un poco, pero no se aleja mucho.

Encuentra un cuarto vacío en la misma planta, duerme una horita.

Me pide que me tumbe con él mientras duerme, como si pensara que algo podría ir mal si no está a mi lado.

Hemos estado hablando mucho del tema, adónde iremos cuando todo esto termine.

Él quiere ir a un lugar cálido, yo a un lugar frío.

Él se está mirando las islas de Hawái, quizá Bali o las islas Mauricio. Yo estoy presionando mucho por el Lake District de Marlborough[259] o L'Isle sur la Sorgue[260] o las Islas de la Magdalena o las Mil Islas de Canadá.

A nivel de termostato, imaginamos cosas distintas, pero lo que verdaderamente me importa es que las está imaginando conmigo.

Estoy nerviosa por decírselo a mi hermano.

Tardaré un poco en contárselo. Me preocupa dejarle. Creo que se sentiría solo. Especialmente, ahora que se ha enamorado y, en fin, ya sabes cómo te deja enamorarte de una persona y estar con ella y luego perderla. Te deja distinto. Te deja como vacío de un modo distinto.

---

[259] En Nueva Zelanda.
[260] En la Provenza francesa.

Todo lo que tiene que ver con mi hermano ahora mismo me da la sensación de que está como vacío.

Por eso dejarle aquí se me antoja egoísta.

Este año pasado he deseado tantísimo dejar todo esto. Esa vida normal que yo perseguía y que tuve durante tan poco tiempo no era para tanto.

O quizá sí lo era, pero le faltaban los ingredientes que hacen que la vida sea completa y verdaderamente buena. Cualquier vida sin Christian y mi hermano iba a ser siempre correr hacia la pérdida, y siento cierta tensión creciendo en mi interior porque tal vez algún día voy a tener que escoger. Entre querer la normalidad y querer una relación con mi hermano.

Abrazo a Christian con más fuerza mientras duerme porque me da cierta ansiedad pensarlo y abre un ojo.

—¿Estás bien?

Asiento.

—Sí, total.

Me suena el móvil y me incorporo para responder.

Romeo. Sigue estando en nuestra casa, pero a raíz de todo esto, no lo he visto mucho. Lo estamos llevando bien, eso sí. No es raro ni incómodo. Christian no está siendo raro, aunque Christian ha estado distraído, así que...

Respondo.

—Hola.

—Hola —dice, y la voz le suena ahogada.

—¿Estás bien? —Me yergo.

—Sí, sí... Oye, ¿dónde estás? —pregunta Rome.

—En Weymouth Street. —Frunzo el ceño—. ¿Por?

—Ah... No, lo sé. Digo... ¿Podemos quedar allí?

—¿Qué? —Frunzo el ceño. Se supone que tiene prohibido salir de casa.

—Es que tengo que traerte una cosa.

—¿Cómo?

—¿Puedes esperarme abajo dentro de diez minutos?

—Rome... —Niego con la cabeza.

—Dais —ataja, impaciente—. Haz el puto favor de esperarme abajo dentro de diez minutos.

Luego me cuelga y suspiro.

—Eh… —Christian me atrae hacia él—. ¿De qué iba eso?

—No lo sé… —Me encojo de hombros—. Romeo tiene que traerme una cosa.

—Oh. —Se encoge de hombros él también.

Me acerco más a él.

—¿Qué te ha dicho el médico de tu madre esta mañana?

—Que está estable. —Asiente—. Pero nada nuevo.

Le toco la cara.

—¿Estás bien?

—Sí, supongo. —Me lanza una sonrisa—. Tan bien como podría estar, vaya.

—Ya. —Me acerco y le doy un beso. Es rápido. Un roce de labios mecánico. Me aparto y me levanto de un salto—. Bajo a por lo de Romeo.

—¿Bajo contigo?

Niego con la cabeza.

—Tú descansa, será un momento.

Voy hacia la esquina de Weymouth y Beaumont y espero a Rome. Hace un día bonito. La primavera ha llegado a Londres y siempre tiene cierto encanto, pero hoy el cielo está superazul y las nubes se ven esponjosas y perfectas. Casi conspiratorio, la verdad.

Tras un par de minutos aparece uno de nuestros coches, la puerta se abre de golpe y Romeo se baja de un salto.

Tiene pinta de estar como agobiado. Va desarreglado y parece que se haya vestido de cualquier manera. Lleva una camiseta blanca, unos vaqueros holgados y una camisa roja abierta por encima.

Hay algo en su rostro que me pone nerviosa.

Romeo Bambrilla y yo nos conocemos desde que nacimos. Crecimos juntos, nos hemos visto caer,[261] nos hemos visto crecer. Sé qué cara pone cuando está enfadado, sé qué cara pone cuando está contento, cuando se siente bien, cuando me siente a mí, cuando está emocionado, cuando está asustado…

Y la cara que pone ahora mismo, aquí delante de mí… No lo sé. No la sitúo.

---

[261] De más de una manera.

—Eh... —Frunzo el ceño—. ¿Estás bien?
Señala hacia su espalda.
—Necesito que te subas al coche, Dais.
Arrugo la nariz, confundida.
—¿Qué?
—Tenemos que irnos. —Alarga la mano para agarrarme la muñeca.
Me aparto de él.
—¿Adónde?
—Daisy, necesito que te subas al puto coche.
—No. —Niego con la cabeza.
—Daisy, ¡ya! —Vuelve a intentar agarrarme.
—Romeo, no... —Le pego un manotazo y lo que pasa a continuación, no me lo esperaba.

Miguel aparece por detrás de mí (no me había enterado de que había bajado también), me agarra por la espalda y me levanta del suelo para llevarme hasta el coche.

Empiezo a retorcerme y a chillar entre sus brazos, pego patadas y golpes e intento liberarme, pero ellos dos son más fuertes que yo. Y es justo entonces cuando Christian aparece por la puerta principal del hospital. Me busca con la mirada por la calle...

—¡Christian! —grito y él echa a correr justo cuando Miguel me está metiendo en el asiento de atrás del coche. Rome se sube detrás de mí y cierra de un portazo.

Christian empieza a pegar con los puños en el cristal y yo también pego contra la ventanilla y ¿se puede saber cuándo mis gritos se han convertido en sollozos?

Aprieto la nariz contra la ventanilla y Christian intenta romperla a puñetazos. Veo cómo se fractura al menos dos dedos y creo que también un nudillo y eso no le detiene ni medio centímetro. Tiene los ojos llenos de lágrimas y enrojecidos y lo miro hasta que nos arrastra una especie de cámara lenta... El coche se mete en la bulliciosa calle londinense y yo no despego mis ojos de él en todo el rato, ni él de mí, y hay tantísimas cosas que tendría que haberle dicho. ¡Tantísimas! Pero todo se reduce a esto:

Lo amo. Él es lo único que quiero. Él es en lo único que pienso. Todo lo que yo no quería o en lo que yo no creía del amor, lo quiero y me lo creo con él. Y amarle ha sido mi gran liberación. Pero si algo me ha enseñado el tiempo es que amar a quien sea siendo mi hermano quien es, es un error.

Christian se va haciendo más y más pequeño, y yo aprieto la cara con más y más fuerza contra el cristal que nos separa, y jamás lo había visto llorando de esta manera, ni siquiera por su madre, pero, joder, ha perdido la cabeza y se me rompe todavía más el corazón al verlo ahí destrozado porque esto es lo que se lleva la gente por quererme.

Pierdo a todo el mundo. A todo el mundo, todo el rato.

Pierdo a las personas como un árbol pierde sus hojas en otoño. Es lo que me ha estropeado. Es lo que más forma me ha dado... Mi rasgo característico... Hay personas que tienen pecas esparcidas por la nariz, otras tienen los ojos claros como el agua o el pelo del color de la noche, ahora bien, ¿yo?

Mi rasgo único es que pierdo a todo el mundo, y que todo el mundo me pierde a mí.

SESENTA Y OCHO
Christian

Vomito en cuanto pierdo de vista el coche y, luego, doy media vuelta y echo a correr para volver a entrar en el hospital tan rápido como puedo.

La gente me mira, pero que se vayan todos a la mierda porque no han ayudado a la chica que gritaba cuando la agarraban y la metían en un coche.

Pulso el botón para llamar al ascensor, pero tarda demasiado, de modo que subo las escaleras corriendo.

Me planto en el tercer piso y tengo la sensación de que solo he subido dos escalones.

Cruzo el pasillo a toda velocidad, corro hasta la habitación de mi madre.

—Jonah... —Me apoyo contra la pared para no perder el equilibrio. ¿Voy a vomitar otra vez? Me cago en la puta.

—¡Pero bueno! —Jonah viene hacia mí con los ojos abiertos como platos—. ¿Qué está pasando?

Me lo llevo al pasillo y papá se sienta más erguido, nos mira, se pregunta qué ha pasado.

—Se han llevado a Daisy —le digo negando con la cabeza—. Tienes que ayudarme. Se han llevado a Daisy.

—¿Quién? —me pregunta, sorprendentemente medido.

—Miguel... —Niego con la cabeza. No tiene sentido—. Y Romeo... Se la han llevado, la han metido en el coche... Y, Jo, ella no quería irse... —Niego con la cabeza otra vez—. Gritaba, intentaba escapar de ellos...

Escapar de ellos y volver conmigo y yo no he podido llegar hasta ella.

—Eh... —Me aleja un poco más de la habitación, cruzamos el pasillo para que no nos vea tanta gente.

Frunzo un poco el ceño. Lo veo irrazonablemente tranquilo.

—Tienes que escucharme, ¿vale? Me escuchas, ¿sí? —Me mira fijamente, creo que nunca lo había visto con una cara tan seria. Traga saliva con esfuerzo y exhala por la nariz—. Magnolia ha tenido un accidente de coche.

Echo la cabeza hacia atrás, confundido.

—¿Cuándo?

—Hará una hora.

—¿Qué? —Niego con la cabeza.

A Jonah se le escapa una mueca y se le ponen los ojos vidriosos. Parpadea para ahuyentar las lágrimas. Respira dos veces por la nariz.

—Han ido a por ella, Christian.

Lo miro fijamente sin poder creerlo.

—Y una mierda.

Se seca la nariz.

—Julian se ha encontrado un ramo de magnolias encima de su mesa como…

Se me hunde el corazón en el pecho.

—Las margaritas. —Mierda—. ¿Magnolia está bien?

Niega con la cabeza.

—La están operando.

Me paso la mano por la boca y miro fijamente a mi hermano, ¿voy a vomitar otra vez? ¿Qué cojones?

—Daisy… —Niego con la cabeza, si te soy sincero, estoy mareado—. Tengo que volver con ella…

Me paso las manos por el pelo, miro el reloj como si la hora fuera a decirme algo.

Miro a mi hermano.

—¿Adónde se la llevan?

Jonah niega con la cabeza.

—No, no lo estás entendiendo, Christian…

Le lanzo una mirada.

—¿No estoy entendiendo el qué?

A Jonah se le llenan los ojos de pena y pesar.

—No sé a dónde se van… —Niega con la cabeza—. Están huyendo del país.

Lo miro fijamente.

—¿Qué?

—Ella no está a salvo aquí… —empieza a decir Jo, y yo le pego un empujón con todas mis fuerzas, le señalo la cara con el dedo.

—Te juro por Dios que si no me dices adónde se la están llevando, te mato aquí mismo.

Jonah se me quita de encima de un empujón y yo se lo devuelvo más fuerte.

—¡Dímelo! —Vuelvo a empujarlo.

—Christian, que no lo sé.

Y, entonces, saco mi pistola y se la aprieto contra el pecho.

—¿Y ahora? ¿Ahora lo sabes?

—¿Qué cojones estás haciendo? —me grita mi hermano.

—¡Que me digas a dónde se la han llevado! —le grito. Los ojos se me salen de las órbitas—. ¡Y ya, Jonah!

—¡¿Por qué?! —berrea—. ¿De qué va a servir que lo sepas? ¡No puedes ir tras ella!

—Claro que puedo —le suelto y le aprieto la pistola más fuerte.

—Claro, y que la gente que va tras ella te siga y les reveles dónde está, ¿no? No…, no puedes saberlo, tío…

—Christian… —Me dice mi padre desde un rincón—. Dame la pistola.

Y estoy llorando. No me había dado cuenta hasta ahora de que estaba llorando, aunque quizá ya llevo un rato así.

A regañadientes, aparto la pistola del pecho de mi hermano y la suelto entre las manos de mi padre. Él abre el cargador, se guarda las balas y después, se guarda la pistola.

Y, entonces, me agarra, me atrae hacia él y yo pierdo la puta cabeza.

Lloro como no había llorado en mi vida.

Porque me da miedo todo esto, lo que significa, el lugar donde la llevan, el tiempo que la tendré lejos, qué será de mí sin ella… ¿Cómo puedo haberla perdido de nuevo cuando acabo de recuperarla?

SESENTA Y NUEVE
Daisy

He estado histérica la primera parte del trayecto. He acabado teniendo un ataque de pánico cuando llevábamos cerca de medio camino, y Rome ha intentado ayudarme, ha intentado guiarme para respirar con normalidad, pero yo lo he apartado a patadas.[262]

Al principio, estaba temblando por la adrenalina y luego nada.

Me he quedado callada, iba mirando por la ventanilla mientras recorríamos kilómetros y kilómetros de la M-11 y no sabía a dónde íbamos, pero tenía una corazonada.

Hay una vieja pista de aterrizaje que mi padre construyó en los ochenta cerca de Clavering. No lo sabe nadie. Está en una granja. Los chicos la usan de vez en cuando para meter y sacar cosas de contrabando.

Tengo la sensación de que hoy soy yo lo que se va a sacar de contrabando.

Romeo me mira fijamente, herido y cansado como si le hubiera hecho daño. Tiene cojones, como si lo que me está pasando a mí ahora mismo fuera duro para él.

Me lanza una mirada triste desde el otro lado del coche.

—¿Tú crees que yo iba a dejar que alguien te hiciera daño?

Aprieta la mandíbula y aparta la mirada como si la traidora aquí fuera yo.

No sé nada de mi hermano. Eso me parece raro. Aunque supongo que todo me parece raro.

Llegamos a la granja, las luces están apagadas, todo está en silencio. El coche se detiene y yo trazo un plan mentalmente. Ya he estado aquí un

---

[262] Es un traidor.

par de veces. Hay otra granja a menos de dos kilómetros. Ellos no hacen lo que hacemos nosotros, ellos son gente normal y sencilla, sin ninguna relación con el crimen ni mi hermano. Correré hasta su casa.

Miguel abre la puerta del coche, me tiende la mano para ayudarme a salir y, perdóname, Miguel, le pego una patada con todas mis fuerzas. Lo pillo suficientemente desprevenido como para que se caiga de espaldas al suelo y salgo corriendo como una desgraciada.

Corro tan rápido como puedo.

Es oscuro, llevo una mierda de calzado. Son deportivas, pero no están hechas para correr, son esas estúpidas Golden Goose, que no valen para nada bueno. Te llegan hechas jirones, no te hacen más rápida.

—¡Daisy! —me llama con un susurro, corriendo detrás de mí.

Está cerca.

No es justo, siempre ha sido así. Él es más rápido que yo, y mira que yo soy rápida. Soy más rápida que cualquier otra persona, menos Romeo. A él siempre se le ha dado mejor que a mí correr. Cuando éramos críos me echaba a llorar porque daba igual lo mucho que me esforzara, no conseguía ganarle y mi padre siempre me sentaba en sus rodillas y me decía:

—Más rápido quiere decir más rápido, Daisy. La única forma de ganarle es ganándole.

Pero nunca lo gano, ni entonces ni ahora.

Me adelanta y me pega un empujón que me tira al suelo, se lanza encima de mí. Tenemos una verdadera pelea física.[263] Le pego un rodillazo en la entrepierna, le rodeo el cuello con las piernas, intento ahogarle, pero él se me quita de encima, me echa hacia atrás contra el suelo y luego me inmoviliza.

—Que pares ya, joder —me gruñe—. No tenemos tiempo para esto. ¡Levanta!

Intenta levantarme del suelo y yo le pego otra patada y hasta aquí ha llegado. Se enfada conmigo como nunca lo hace.

—No me pongas a prueba, Dais —me advierte apretándome los hombros contra el suelo. Lo miro fijamente, tengo los ojos llenos de lá-

---

[263] Que es bastante unilateral, si te soy sincera.

grimas, la cara sucia de barro tras la combinación de la llorera y la pelea, y Romeo se me echa encima del hombro y me lleva de vuelta al coche. Pasamos junto al vehículo, entramos en el granero donde nos espera un pequeño jet.

En cuanto veo el avión, me echo a llorar de nuevo, lloro e intento zafarme de él y él me ignora, me mete dentro de todos modos. Miguel nos sigue, cierra la puerta detrás de nosotros y luego se va corriendo hacia la cabina de mando.

Romeo me tira al suelo del avión y luego se va a resguardarse en el fondo de la aeronave como si fuera un animal herido. Yo me pongo de pie de un salto, quiero volver a pelear con él, bajarme de este puto trasto. Me da igual lo que tenga que hacer, tengo que bajar y volver con Christian.

Y, entonces, lo veo, acurrucado en un asiento junto a la ventana, mirando hacia fuera.

Observo a mi hermano un par de segundos y, no lo sé, nunca lo había visto así... Ni siquiera sé qué le pasa.

—¿Julian? —digo bajito porque no puedo evitarlo.

Él se vuelve y me mira como si acabara de reparar en mí.

Parpadea dos veces.

Tiene los ojos rojos.

No lo había visto llorar en mi vida, ni siquiera por nuestros padres.

Y, en ese momento, no lo sé, llámalo instinto, llámalo familia, llámalo todas las putas palabrotas bajo el sol, llámalo mi mejor amigo en todo el planeta... Salgo corriendo hacia él y me dejo caer de rodillas, justo delante. Le acuno la cara con la mano.

—Julian, ¿qué ha pasado?

Su respiración es profunda y lenta. Parpadea despacio.

—Han tenido que darle algo —me dice Romeo al tiempo que se encienden los motores.

—¿Para qué? —Lo miro a él y luego de nuevo a mi hermano.

Romeo se encoge de hombros.

—Estaba hecho una mierda.

Frunzo el ceño tras su no respuesta.

—Julian... —Le toco la mano con la mía y él se queda mirando el gesto—. ¿Qué ha pasado?

—Han ido a por Magnolia. —Parpadea.

Me quedo paralizada.
—¿Qué? No.
—La han atacado. —Exhala—. Dos coches se han chocado contra el suyo en Vauxhall Bridge. Lo he visto... —Se le desenfocan los ojos—. He intentado llegar hasta ella... —Niega con la cabeza.
—No... —Niego con la cabeza yo también—. No, ¿por qué iban a...?
—Por mí —contesta al tiempo que el avión empieza a salir del granero.
Noto que me falta el aire.[264]
—¿Y ella...? —Por Dios—. Vamos a ver, ¿ella está bien?
Julian niega con la cabeza y mira por la ventanilla.
—No lo sé.
Me siento junto a mi hermano y apoyo la cabeza en su brazo.
—¿A dónde vamos? —pregunto secándome la nariz con la mano.
Él apoya la cabeza encima de la mía y fija la vista al frente.
—Lejos, Dais.

---

[264] Odio esta vida.

Agradecimientos

Este libro ha sido un torbellino. Ni siquiera recuerdo ni cuándo empezó ni cómo ha sido el proceso de escribirlo, pero al parecer lo he hecho y aquí estamos.

A mi gente de siempre:

Madie Conn y Molly Lee. Gracias por permitirme agobiaros constantemente con esto solo por quererme. Como siempre, este libro no estaría aquí sin vosotras.

Amanda George, gracias por lo mucho que has hecho y llevado por mí con el Universo de Magnolia Parks. Estoy muy agradecida por tenerte, gracias por querer a estos personajes (podría decirse) una verdadera locura. Ellos también te quieren.

Avenir Creative House y, en particular, Luke Hastings y Jay Argaet, mis hermanos y amigos, que me han ayudado a desarrollar la visión que tenía para esta colección con una comprensión tan dulce hacia mí como persona y creativa, y luego ejecutarlo todo con tanta visión. Estoy muy agradecida por estar haciendo esto con vosotros.

Y a Maddi Hewit, siempre serás mi animadora número uno, y me encanta poder hacer esto contigo. Gracias.

Benjamin William Hastings, por darme tantísimo espacio en nuestras vidas para hacer lo que hago.

Juniper y Bellamy, por ser lo más brillante, agotador y constante de mi vida.

Ash y Camryn, sois mi pueblo aquí. Gracias.

Emily, por decir siempre que todo lo que te mando es lo mejor que has leído nunca con tanto fervor que me lo creo.

Luego a Celia y al resto de mi nueva familia Orion: gracias por trabajar conmigo con un calendario tan loco, sé que llegar aquí ha sido un agobio tremendo, pero agradezco muchísimo vuestro trabajo incansable y vuestra ilusión por la colección. Me muero de ganas de hacer esto con todos vosotros. Será divertido.

Y, finalmente, gracias a ti, quizá, si eres una de las personas que han querido a Daisy y a Magnolia de una manera tan increíble este año pasado. Dios mío, me habéis cambiado la vida. Me habéis dado un camino cuando nadie más lo hacía y lo habéis hecho, sencillamente, porque os han caído bien mis amigos imaginarios que viven en mi mente.

Gracias.